THÉRÈSE
La naissance d'une nation

à

Judith, pour que l'esprit de
THÉRÈSE, courage et optimisme,
soit et demeure avec elle !

Bonne lecture !

[signature]

MTS. 2004

DU MÊME AUTEUR

Quatre mille heures d'agonie, roman, Montréal, Québec Amérique, 1978.

La vraie vie de Tina Louise, roman, Montréal, Libre Expression, 1980.

Vadeboncœur, roman, Paris, Acropole, 1983 ; Montréal, Libre Expression, 1995 ; Paris, Belfond, 1997.

Marie-Godine, roman, Montréal, Libre Expression, 1994 ; Montréal, Québec-Loisir, 1995.

Mon ami Simenon, récit, Montréal, VLB éditeur, 2003.

Pierre Caron

THÉRÈSE

La naissance d'une nation

roman

vlb éditeur

VLB ÉDITEUR
Une division du groupe Ville-Marie Littérature
1010, rue de La Gauchetière Est
Montréal (Québec) H2L 2N5
Tél. : (514) 523-1182
Téléc. : (514) 282-7530
Courriel : vml@sogides.com

Illustration de la couverture : Francis Back
Maquette de la couverture : Jean-François Lejeune

Catalogage avant publication de la Bibliothèque nationale du Canada

Caron, Pierre, 1944-

    Thérèse : la naissance d'une nation

    (Roman)

    ISBN 2-89005-845-X

    I. Titre.

PS8555.A761T43   2004   C843'.54   C2004-940216-1
PS9555.A761T43   2004

DISTRIBUTEURS EXCLUSIFS :

• Pour le Québec, le Canada
  et les États-Unis :
  LES MESSAGERIES ADP*
  955, rue Amherst
  Montréal (Québec) H2L 3K4
  Tél. : (514) 523-1182
  Téléc. : (514) 939-0406
  * Filiale de Sogides ltée

Pour en savoir davantage sur nos publications,
visitez notre site : **www.edvlb.com**
Autres sites à visiter : www.edhomme.com • www.edjour.com
www.edtypo.com • www.edhexagone.com • www.edutilis.com

À mon père :
Tu étais ce pays
et tu me l'as donné.
J'en ai fait un livre pour toi.

L'histoire est le mensonge commun des historiens ;
le roman, la vérité de l'écrivain.

1663

Le grand printemps

CHAPITRE PREMIER

Au bout du fleuve géant, grande comme une province de France, l'île dormait sous la neige. Elle était allongée entre deux bras d'eau glacée, découpés à même la forêt dont l'immensité recouvrait tout un continent. Autour de l'île, le territoire était si vaste, la nature si sauvage, que le moindre vent, la moindre pluie, la moindre variation brusque de température prenaient des proportions de catastrophe. Les changements de saison étaient des mutations d'univers qui bousculaient profondément la vie des êtres, les chassaient, les ramenaient, les broyaient ou les libéraient, les sauvaient ou les perdaient.

C'était la nuit. Une nuit de fin d'hiver et le début du dégel en Nouvelle-France. Le pays entier baignait dans le silence d'un demi-jour irréel : sous un ciel plus bleu que noir, le sol blanc irradiait, renvoyant à la lune une clarté de lait trouble. Et l'astre, plein et rond, semblait immobilisé, comme gelé lui aussi, juste au-dessus de l'île. Il faisait non seulement clair, mais doux. Un temps d'humidité stagnante, malsain. Pas une brise, rien qu'un souffle léger — une impression de souffle, plutôt : l'effet de la condensation. Dans les sous-bois, au lieu des bruissements nocturnes habituels — glissements d'animaux, froissements de branches —, un murmure continu d'eau qui coule, distrait parfois par la chute soyeuse de restes d'hiver accrochés aux conifères et à leurs aiguilles sans saison.

Au centre, l'île était dominée par le dos rond et fort d'une colline, que les premiers explorateurs venus de France avaient baptisée mont Royal. Au nord, fumaient les remous de la rivière des Prairies. Les Français lui avaient donné le nom d'un des leurs, un présomptueux qui croyait pouvoir vaincre en canot des eaux tumultueuses sur lesquelles même les grands froids de janvier n'avaient pas de prise, et qui s'y était noyé près de trente ans plus tôt, un jour de septembre 1636. Au sud, le Saint-Laurent offrait une surface lisse, uniforme, d'apparence rassurante. Sur les bords du fleuve s'était établie la poignée de Blancs qui avaient traversé les mers pour fonder ici – s'en doutaient-ils ? – un peuple et une nation, rien de moins.

Dans une clairière proche du mont Royal, des chevreuils ralentirent l'allure. L'un d'eux se pencha pour mordiller la tendre extrémité d'un arbuste. La neige fondante fit frémir ses naseaux ; ses flancs se gonflèrent : l'animal avait humé le premier indice du printemps. Il se remit en mouvement avec prudence, en frappant le sol à petits coups de sabot ; quand la neige se met à fondre, un brocard redoute de s'enliser. En outre, il venait de flairer une odeur, répugnante : l'effluve de l'homme – et non pas d'un isolé, trappeur ou chasseur, mais de toute une harde des redoutables bipèdes, installée à demeure au bord du fleuve.

À quelques arpents de là, la rivière Saint-Pierre traçait dans la masse des arbres une étroite allée miroitante. Et, juste un peu au-dessus de l'eau, restée vive sous la glace, une famille de castors – des bièvres, comme les Français les appelaient encore à cause de leur fourrure marron roux – dormait paisiblement. Son chef, un vieux mâle, avait travaillé tout l'automne à préparer la longue hibernation. D'abord, choisir l'endroit où créer l'étang dont le fond vaseux servirait à emmagasiner la réserve de bois comestible. Se dresser sur ses pattes arrière, ronger avec des incisives courbes un jeune tremble d'un pied et demi de diamètre, jusqu'à ce qu'une légère poussée ou peut-être simplement un coup de vent suffise à le faire basculer en travers du courant, où il arrêterait tout ce qui flottait à la dérive, et fixerait le sable et la vase. Ensuite, par les nuits de clair de lune, charrier de la boue, rouler des pierres, transporter des rameaux, des mottes d'herbe et les intégrer à l'entrelacs de branches, afin de rendre le barrage étanche. Puis, construire la hutte familiale à deux étages – en haut l'abri, au sec ; en bas, sous l'eau, le magasin de vivres avec sa sortie de secours. Enfin, en attendant que l'étang atteigne le niveau désiré et que le froid solidifie l'espèce de torchis de la toiture et des murs, abattre, débiter et transporter inlassablement d'autres arbres à l'écorce tendre, aulnes, saules, jeunes peupliers, frênes et trembles, pour consolider l'ouvrage ou fournir des réserves de nourriture. Oui, le vieux castor avait bien travaillé pour que la famille franchît l'hiver rassasiée et au chaud.

Et cependant cette nuit-là, il était trahi par son instinct, que l'âge sans doute émoussait. Il ne pressentait aucune menace, il dormait. Non loin de là, en revanche, dans une caverne du versant sud du mont Royal, un jeune ours ouvrait l'œil, brusquement alerté, et, avec

15

le réveil, son estomac vide éprouvait soudain, douloureusement, les contractions sourdes de la faim.

Partout, d'ailleurs, la vie engourdie se mettait à bouger, obscurément consciente de l'imminence du changement.

En cette nuit de mai 1663, sur l'île de Montréal, le printemps éclatait.

Non loin de la clairière maintenant désertée par les chevreuils se dressaient les habitations des hommes dont l'odeur avait fait fuir la harde. Une soixantaine en tout, autour d'un embryon de place fermée d'un côté par un fort et orgueilleusement baptisée « Royale », comme le mont, elles formaient, avec des ébauches de rues, les rudiments d'une agglomération qui deviendrait un jour Montréal mais s'appelait encore Ville-Marie. Silencieuses et closes, trapues et comme alourdies par le sommeil de leurs occupants, elles abritaient mal de la neige leur petite population, impatiente de sortir de l'hibernation qui retardait les tâches de son établissement.

Sur le quadrilatère de la place Royale, la lune semblait se plaire à frapper plus particulièrement la façade de l'une de ces habitations, y mettant en relief le motif sculpté dans le bois de la porte : une gerbe de blé aux épis détachés avec précision, manifestement l'œuvre d'un artisan habile.

À l'intérieur, une voix troubla un instant le silence – une voix d'enfant qui rêve, laissant échapper une fièvre de mots confus et sans suite. Un œil de magicien eût vu qu'elle venait, dans une pièce plongée dans le noir, d'un lit breton entièrement fermé où reposait un petit garçon. La chambre voisine flottait dans une pénombre, à la faible lueur vacillante d'une veilleuse à graisse d'orignal. Dans le lit aux courtines ouvertes, un corps bougea sous une peau d'ours. Les formes qu'il dessinait sous la peau de bête paraissaient belles et harmonieuses dans l'abandon du sommeil et appartenaient de toute évidence à une jeune femme.

La dormeuse souleva à demi une tête aux traits brouillés par les mèches d'une forte chevelure noire. Le mouvement dégagea à côté d'elle une autre tête, toute brune aussi, mais petite, une tête d'enfant. Dans la pièce contiguë, la voix s'était tue. Quelques secondes encore, la jeune femme écouta le silence revenu. Elle soupira, songeant au petit garçon de trois ans encabané dans le lit, contre le mur, à côté : il n'était pas son fils, mais elle l'aimait tendrement, presque autant que sa propre petite fille, Marie-Ève, qui dormait là, dans sa chaleur. Pauvre Pierrot, qui n'avait plus de mère – pas de père non plus pour le moment, maintenant que celui-ci était parti avec d'autres pour aller pourchasser l'Iroquois dans la neige et le froid, depuis une semaine. Mon Dieu, pourvu qu'il revienne, cet intrépide de Pierre Gagné ! Veuf, comme elle aussi était veuve – veuve Cardinal. Qu'est-ce qui faisait donc qu'elle s'acharnait à rester sur cette terre perdue, dans sa solitude conjugale ? Pierre encore, un homme, cela s'expliquait – mais elle ?

Thérèse soupira de nouveau. À la vue de la fine vapeur qui montait de ses lèvres dans la pénombre glacée, elle frissonna et, avec un petit gémissement, se renfonça au chaud de sa chair, sous la peau d'ours. Un bref instant, elle eut envie d'un corps d'homme près d'elle ; mais elle chassa l'image et, tournant le dos à la veilleuse, enveloppa Marie-Ève de ses bras. Presque aussitôt elle se rendormit.

En amont du barrage du vieux castor s'en dressait un autre, bâti par deux familles. Il en monta soudain un furieux tapage : la colonie battait frénétiquement l'alarme avec ses larges queues écailleuses. Car les signes de danger se multipliaient. D'abord, une sorte de gargouillis insistant. Puis, des filets d'eau, de plus en plus nombreux, courant sur la glace comme une résille mouvante. Et tout à coup, un craquement sec qui fit sursauter et détaler deux lièvres.

Le vieux castor, lui, dormait toujours. Peut-être avait-il construit une habitation trop étanche, imperméable non seulement à l'hiver, mais aussi au bruit.

La nature s'arc-bouta pour rompre d'une formidable poussée l'ultime résistance de l'hiver. D'une seule déchirure qui fit vibrer l'air, la glace se fendit sur toute la surface de la rivière Saint-Pierre et bascula dans une furie de gerbes d'eau et un tumulte de fin de monde. Une vague – la première – roula et balaya toutes les installations d'hiver des castors, qui nagèrent vers la rive et s'enfuirent parmi les aulnes.

Lorsque la vague l'atteignit et fit voler en éclats sa hutte, le vieux castor plongea, bloqua ses conduits nasaux, détendit ses muscles et réduisit les battements de son cœur pour se laisser couler à pic. Mais, au bout d'un quart d'heure, la violence du rapide l'écrasait encore au fond du lit de la rivière. Quand enfin il émergea, épuisé, il n'eut plus la force d'éviter le bloc de glace qui le broya contre une roche. Sa précieuse fourrure se teignit de sang et il disparut à jamais dans la folie de la débâcle qui se ruait vers le Grand Fleuve.

Sur Ville-Marie et sa poignée de maisons pointait à présent l'aube – presque le jour, à cause de la précocité printanière. Mais le village demeurait silencieux. La petite colonie de Français dormait et, bien qu'il eût plu la veille, aucun d'eux ne s'attendait à trouver le printemps à sa porte ce matin-là.

Dans la maison de Lucien Beaupré, la dernière à l'extrémité du village, dans l'angle formé par le confluent de la rivière Saint-Pierre et du ruisseau Saint-Martin, pas un mouvement, à peine des respirations, comme un léger levain travaillant la pâte de l'obscurité dans l'une et l'autre des deux pièces.

Soudain, dans le coin le plus sombre, celui du fond, un sifflement de l'air, un bruit mat semblable à celui d'une pierre s'enfonçant brutalement dans la glaise. Deux ombres, plus noires que la nuit, ont glissé près du lit à paillasse. Le tomahawk n'a jeté aucun éclair en traversant le faible rai de lune, mince comme un doigt, qui filtre par un trou du volet de bois massif. Près de son mousquet inutilement posé à portée de main sur le plancher, Lucien Beaupré est mort sans avoir même soupçonné l'odeur de Blancs repus de vin et de bonnes cuisines que dégageaient les deux Indiens.

Si le tomahawk qui lui avait fendu le crâne n'avait jeté aucun éclair en traversant le rayon de lune, c'est qu'il était déjà noir du sang de la femme de Lucien, Annette, dont il venait de trancher les carotides. Comme son mari, Annette avait rendu l'âme sans un cri, sans un bruit à part le même frisson de l'air et un soubresaut mou.

La mort du couple s'était fondue dans le silence du village et, pour ne pas briser cette sérénité trompeuse, les deux Indiens se coulèrent dans la pièce de devant où continuaient à dormir dans le même lit les trois filles Beaupré – l'aînée avait huit ans – et les assommèrent sans les tuer. Puis, ayant glissé les corps inertes dans des sacs de peau, ils sortirent de la maison et, sans même prendre la peine de refermer la porte, sans être vus de personne, ils se faufilèrent dans la forêt avec leur triple fardeau, tels les bièvres parmi les aulnes.

Il était cinq heures du matin. À l'horizon, une barre jaune dessinait la fente par laquelle se précipiterait bientôt le jour.

La veille, le dimanche 27 mai, M. de Maisonneuve, gouverneur et commandant du poste de Ville-Marie, avait reçu et festoyé ces deux mêmes Indiens ; mais le double meurtre joint au rapt était l'un des paradoxes habituels de la vie des colons.

Tandis que des trombes d'eau menaçaient d'inondation les quarante maisons de bois alignées sur le coteau Saint-Louis, le gentilhomme avait attendu les deux hommes à l'entrée du fort, sur la place. Entouré de quelques militaires, trempé jusqu'à la moelle, il les avait regardés remontant la rue désertée par les Français, à qui répugnait l'idée de les laisser pénétrer dans le village. Car ces Indiens appartenaient à la tribu ennemie et cruelle des Agniers.

En dépit de l'attitude réprobatrice des siens, M. de Maisonneuve, habituellement de tenue si sobre, avec sa coupe de cheveux monastique et son capot de serge grise à capuchon, avait revêtu un costume d'apparat d'officier : col de lingerie, justaucorps, culotte bouffante à aiguillettes et bottes à la mousquetaire. Et, pour dissimuler l'austérité de sa coiffure, il portait un chapeau gris, en poil de loutre, à cordon d'argent.

Quant aux deux Agniers qu'on voyait traverser la place, ils étaient de haute taille, parfaitement proportionnés malgré des jambes et un cou un peu longs. Avec leur profil romain, leur port d'empereur, leur démarche pleine de dignité et de noblesse, ils n'étaient pas sans rappeler au gouverneur ces guerriers de l'Antiquité tissés dans les tapisseries ou gravés sur les vieilles médailles. Leur teint naturellement olivâtre devait son aspect cuivré à l'application régulière, dès l'enfance, de certaines substances destinées à protéger la peau du froid, du soleil et des moustiques – à l'âge adulte, elle devenait rouge. Ils étaient imberbes. C'était chez eux un artifice de beauté : ils s'épilaient totalement, soit avec de la cendre de coquillages mélangée d'eau et de graisse, soit grâce à d'autres méthodes, diverses selon les tribus. Tout cela faisait partie des connaissances courantes de M. de Maisonneuve.

Lorsque les deux Agniers arrivèrent devant lui, il n'en eut pas moins peine à maîtriser la réaction provoquée en lui par la cruauté des regards qui le fixaient. Il avait à la fois l'impression d'être en présence d'écureuils aux yeux noirs, ronds et perçants, prêts à déguerpir à la moindre brusquerie, et la sensation hautement déplaisante de se trouver à portée des griffes de deux fauves qui bondiraient à la première maladresse de sa part.

Pourtant, Paul de Chomedey, sieur de Maisonneuve, en avait vu d'autres. Né à Neuville-sur-Vanne le 13 février 1612, ce Champenois, arrière-petit-fils d'un avocat près de la cour du Parlement, avait embrassé la carrière militaire en Hollande, dès l'âge de treize ans.

Aujourd'hui, entouré de paysans français sur cette île du Nouveau Monde où il avait fondé Ville-Marie, ce vétéran des guerres européennes poursuivait une œuvre quasi mystique. Il l'avait commencée depuis vingt ans et s'était imposé la réussite comme un défi personnel. Il savait frayer avec les colons sans les traiter en inférieurs ; on le considérait plutôt comme un père et un maître que comme un commandant et un gouverneur, grand catholique, armé de tous les courages, prêt à tous les renoncements et à toutes les privations. Sa seule raison d'être était cette entreprise que l'administration royale de la Nouvelle-France, à Québec, qualifiait de folle, à cause de l'isolement et donc de l'insécurité qu'elle entraînait pour ses participants. « Tous les arbres de l'île de Montréal seraient-ils changés en autant d'Iroquois, il est de mon devoir et de mon honneur d'aller y établir une colonie », avait-il riposté au gouverneur de la Nouvelle-France, M. Charles Huault de Montmagny en son château de Québec. Et, obstiné, M. de Maisonneuve continuait à prendre tous les risques. La rencontre présente en était un.

Debout à côté de lui se tenait un autre Français, naguère captif et esclave des Indiens, jusqu'à ce qu'il eût été échangé contre quatre Agniers retenus prisonniers à Ville-Marie ; il servait d'interprète. Il se cantonnait dans la réserve et s'apprêtait à traduire les paroles du gouverneur :

– Bienvenue aux représentants des Cinq-Nations…

Le « compliment » fut répété en langue iroquoise sur un ton gourmé, monocorde, et débité sans conviction, par traits hachés.

Les ambassadeurs avaient accueilli l'exorde d'un bref mouvement de tête. C'était tout. Il faut dire que trois jours auparavant, le 24 mai, jour de la Fête-Dieu, au terme d'une expédition de trois semaines, quarante-deux guerriers algonquins, amis des Français, avaient rapporté à Ville-Marie dix scalps d'autres Indiens, ennemis ceux-ci, dont celui d'un chef renommé entre tous, Fer. Ils avaient aussi ramené trois captifs, que M. de Maisonneuve avait fait fusiller sans autre forme de procès.

La venue des deux Agniers était directement liée à cet événement tout frais. Elle illustrait la complexité de la situation à laquelle M. de Maisonneuve devait constamment faire face, complexité à la mesure des divisions et des antagonismes des tribus indiennes dans cette partie du Nouveau Monde.

Les Agniers étaient l'une des cinq nations iroquoises fédérées par une haine féroce des Algonquins, lesquels étaient des nomades aux tribus nombreuses, mais numériquement faibles. Disséminées de la Nouvelle-Angleterre jusqu'aux vastes plaines à l'ouest et au nord des Grands Lacs, ces tribus portaient des noms qui écorchaient la langue des colons : Baouichtigouins, Paouttigons, Pastigoens, Poutéouitamis, Sékis... La mésentente des Algonquins avec les Iroquois avait des origines très anciennement enracinées. Jadis, une sorte d'accord économique avait régi les rapports entre les deux peuples : les Algonquins chassaient, les Iroquois cultivaient la terre, les premiers échangeant une partie du produit de leurs chasses contre une part des récoltes des seconds. Mais les Algonquins se tenaient pour un peuple supérieur et accablaient volontiers les Iroquois de leur mépris. Tout au plus les autorisaient-ils à dépecer le gibier, à traiter les peaux, à servir d'auxiliaires dans les grandes expéditions de chasse.

Un jour, racontait une tradition orale commune aux deux peuples, six Algonquins s'étaient fait accompagner par six Iroquois. En vain, pendant trois jours, ceux-là traquèrent l'orignal. Les voyant bredouilles chaque soir, les Iroquois sollicitèrent la permission de s'y essayer à leur tour, ce qui leur fut refusé avec morgue. Une nuit, ils passèrent outre. Et, à l'aube, ils rentrèrent au campement chargés de quartiers d'orignal. Vexés, les Algonquins les massacrèrent dans leur sommeil. La nouvelle de ces meurtres se répandit parmi les villages et les tribus des Iroquois, mais les Algonquins repoussèrent toutes les demandes de réparation et de châtiment des coupables. Les Iroquois rompirent alors le pacte de subsistance, décidèrent de venger leurs frères assassinés et d'en finir avec le mépris des Algonquins. Ainsi, face à ces derniers, était née la fédération des Cinq-Nations. Elle regroupait, outre les Agniers établis dans la région la plus immédiatement proche de l'île de Montréal, au sud-est des Grands Lacs, quatre tribus iroquoises : les Onneiouts, les Onontagués, les Goyogouins et les Tsonnontouans.

Il s'était trouvé cependant des Iroquoiens pour maintenir l'entente avec les Algonquins : les Ouiendats, que les Français appelaient « Hurons », à cause de leur coiffure ressemblant à la hure du sanglier. Habitant les régions riveraines du Saint-Laurent, Algonquins et Hurons n'avaient pas tardé à devenir les alliés quasi naturels des Blancs et à guerroyer à leurs côtés contre les Iroquois des Grands Lacs et de la Nouvelle-Angleterre.

L'enjeu de ces inimitiés et de ces guerres était gros pour un soldat comme M. de Maisonneuve. Seul avec sa petite colonie d'hommes, de femmes et d'enfants, conscient de la fragilité de sa position et ne pensant qu'à l'assurer pour l'étendre ensuite, il était avant tout soucieux de paix avec et entre les tribus. Si les deux guerriers agniers étaient venus, c'était certainement pour tâter le terrain en vue d'une trêve ou d'une entente ; il ne fallait pas négliger l'approche. En même temps, le gouverneur était sans illusion. Il n'ignorait pas que, récemment, les Agniers n'avaient pas hésité à se mettre à la solde d'autres « hommes de fer », ainsi que les Indiens nommaient les Européens, à cause de leurs armes coulées dans ce métal encore inconnu en Amérique. En l'occurrence, il s'agissait de Hollandais de la Nouvelle-Amsterdam, dans la vallée de la rivière Hudson, qui troquaient des mousquets contre des peaux de castor de l'île de Montréal, les plus belles de toutes. Les Hollandais procuraient également des étoffes et, cyniquement, de l'alcool, cette « eau de feu » qui enflammait le sang, mais consumait l'esprit et le corps. Et, poussés par ces mêmes Hollandais, les Iroquois, dans leur appétit d'armes à feu et d'eau de feu, avaient entamé ces dernières années une guérilla sans merci contre les Blancs de l'île de Montréal. Ce harcèlement constant menaçait de miner la colonie des Montréalistes, comme ils s'appelaient, et Maisonneuve entendait l'enrayer par tous les moyens.

L'interprète continuait de traduire les paroles du gouverneur pour les deux visiteurs, étalant patiemment sa bonne foi et celle de ses compagnons : les Français ne demandaient qu'à vivre en bonne intelligence avec toutes les tribus indiennes ; que les Iroquois stipulent des conditions raisonnables d'entente, assorties de garanties de loyauté, et l'on fumerait le calumet de la paix.

La voix de l'interprète trahissait de plus en plus son aversion. Avant de traduire, il posait parfois son regard sur Maisonneuve, comme pour l'interroger sur l'utilité de continuer. C'est qu'il était bientôt apparu dans le dialogue – si l'on pouvait dire – que les deux Agniers étaient tout au plus des « avant-coureurs » d'ambassade. Aux propositions pacifiques, ils donnaient des réponses évasives. Le plus souvent, ils se dérobaient derrière un hochement de tête sans signification ou un sourire hermétique découvrant leurs dents d'une blancheur éclatante, due à la mastication de la gomme de sapin. Ou alors leur expression offrait une fixité digne de la légendaire réputation de stoïque impassibilité de la race. L'avarice de réactions confinant au mutisme aurait sans doute dû inciter Maisonneuve à rompre ce simulacre de négociation. Au lieu de quoi, bien qu'il ressentît au fond de lui-même lassitude et tristesse, il persistait :

– Dis-leur que je les prie à un banquet, ce soir, et que pour les honorer j'y ai convié tous les habitants de Ville-Marie.

L'heure venue, les colons s'étaient rendus en très petit nombre à la résidence du gouverneur, qui n'était autre que le corps de logis du fortin de Ville-Marie, et qui, à côté du four communal, donnait sur la place Royale – le quadrilatère de terre battue, cœur de la cité, marquant l'emplacement exact où Jacques Cartier avait pris pied le 2 octobre 1535.

Il fallait les voir aujourd'hui, ces Français de la Nouvelle-France, les hommes en justaucorps et haut-de-chausses de serge ou de basin, les femmes en mantelet de drap de Berry, camisole de ratine et jupe de grosse toile ou de serge : on les sentait sur leurs gardes, incapables de ravaler leur méfiance. Ils s'approchaient avec réticence de la longue table de merisier où les deux invités venaient de prendre place à côté de leur hôte et de l'interprète.

Un feu d'énormes bûches flambait dans la grande cheminée de pierre ; une odeur riche et sucrée de cuisine française flottait au milieu de l'ambiance guindée. Les lampes de fer suspendues aux solives de la grande salle en épinette noueux balançaient leur lueur mouvante, et créaient d'inquiétants jeux de couleurs sur les visages matachés de teintes criardes des deux Indiens : leurs joues aux pommettes saillantes, leur nez busqué et leur front totalement dégagé – les cheveux drus et noirs, entretenus à la graisse d'ours ou d'original, étaient coupés ras pour ne pas donner prise à la main des scalpeurs – montraient des tatouages où se mêlaient le rouge, le vert, le bleu et le blanc. Pour les obtenir, on introduisait sous l'épiderme, à l'aide d'aiguilles d'os, des matières colorantes végétales et minérales.

Parmi les convives contraints de ce banquet figuraient plusieurs personnages déjà considérés comme les héros de la petite colonie insulaire, tous des braves qui s'étaient illustrés dans la guerre contre les Iroquois.

Ainsi, un peu en retrait, à une table présidée par Mlle Jeanne Mance, fondatrice de l'Hôtel-Dieu, Urbain Tessier-Lavigne et Michel Chauvet affectaient de deviser entre eux avec une componction méprisante à l'endroit des Agniers. Quelque temps auparavant, sous une grêle de balles, ils avaient attendu une mort certaine, couchés visage contre terre à l'orée de la forêt, dans une cabane de rondins que les plus hardis parmi les Iroquois cherchaient à incendier. Heureusement, la fusillade et les flammes avaient donné l'alarme et M. de Maisonneuve avait détaché du fort une escouade pour repousser les assaillants. Peu ménagers de leurs munitions, les Indiens les avaient tôt épuisées. Ils s'étaient alors littéralement fait fusiller l'un après l'autre, au fur et à mesure qu'ils quittaient leur abri derrière les souches d'arbres. Trente Iroquois au moins étaient ainsi restés sur le sol. Un seul Montréaliste, François Barbeau, avait succombé à l'Hôtel-Dieu, trois jours plus tard, des suites de ses blessures. Après que l'avantage eut changé de camp, Lavigne et Chauvet étaient sortis de leur cabane, sans armes, pour se battre corps à corps avec les Indiens : ils en avaient étranglé trois.

À la même table se trouvait Martine, une Normande, femme d'Antoine Primot, lui aussi Normand, et héroïne d'un haut fait tragicomique. Au mois de juillet de l'année précédente, comme elle travaillait aux champs à sarcler les tiges de blé qui pointaient, trois Agniers, tels des oiseaux rapaces, avaient fondu sur elle. À coups de pied et de poing, elle s'était défendue avant de feindre de perdre connaissance. Lorsqu'un des attaquants avait alors mis genou à terre pour entreprendre de la scalper, elle l'avait agrippé aux testicules. Les hurlements de douleur de l'Indien avaient semé la panique chez les deux autres ; les trois sauvages avaient fini par s'enfuir sans demander leur reste. Peu après, un Français accouru à la rescousse avait pris Martine dans ses bras en la pressant contre lui pour la rassurer. Mal lui en avait pris, car il avait écopé d'une volée de gifles.

– Parmanda ! avait expliqué par la suite la fougueuse jeune femme, en jurant dans sa langue d'origine. J'ai cru qu'il me voulait baiser, tiens.

Depuis, avec un mélange d'admiration et d'humour, on la surnommait souvent Parmanda.

À côté d'elle, Michel Neveu, dit Chicot, le plus respecté des survivants de la guérilla iroquoise, ne desserrait pas les lèvres. Dans l'ombre de son tapabord, le chapeau à large bord dont il ne se départait jamais afin de ne pas découvrir l'horrible cicatrice qui lui tenait lieu de cuir chevelu, ses yeux vifs scrutaient la fausse impassibilité des Agniers. Il estimait que ce festin de Blancs les laissait indifférents, et, depuis vingt ans qu'il vivait sur l'île de Montréal, il les connaissait assez pour deviner que ces deux-là étaient capables de quelque projet sournois et prêts à se changer en bêtes furieuses en un clin d'œil.

Finalement, tous les hommes de Ville-Marie présents au souper de Maisonneuve se renfrognaient et grinçaient des dents devant leur assiette, la touchant à peine, tant l'appétit leur manquait. Car tous, sans exception, avaient eu à faire le guet autour du poste ou à la lisière des champs, pour protéger les leurs au travail, et la veille, chaque fois conscients du péril, ils priaient, se confessaient et rédigeaient même leur testament. Ils s'honoraient de faire partie de la confrérie militaire des Soldats de la très Sainte Vierge et mettaient leur fierté à prendre la relève de tel ami ou de tel parent tué d'une balle partie des sous-bois, ou d'un coup de poignard dans le dos, ou encore d'un coup de tomahawk sur le crâne.

Plus tard dans la soirée, lorsque la plupart des invités furent repartis chez eux, il n'était plus resté avec le gouverneur que Mlle Mance, Godefroy de Normanville, l'interprète, quelques officiers de la milice et Lucien Beaupré et sa femme, couple en qui le gouverneur avait mis toute sa confiance. M. de Maisonneuve avait proposé aux Iroquois de dormir dans l'enceinte du poste. Et Beaupré, qui partageait son désir de ne négliger aucune chance de paix, avait aussitôt proposé l'hospitalité de sa maison aux deux Agniers. Il prenait un risque pour sa famille et pour lui, il le savait ; mais il n'avait pas hésité : si la colonie devait vivre, il fallait à tout prix essayer de sortir du harcèlement de cette guerre indienne constante...

Les deux Agniers marchèrent deux jours dans la neige avant d'atteindre Tionontogem : c'était le nom de leur village, le plus important de tous ceux de leur peuple. Il rassemblait de grandes cabanes rectangulaires, très longues, mesurant de vingt à soixante pieds, aux murs faits d'écorces cousues à des piquets, à la toiture en forme de berceau, construite avec des perches cintrées du haut d'un mur à l'autre. Tout autour se dressait une triple palissade de pieux, doublée à l'intérieur d'une plate-forme surélevée et qui reliait des espèces de guérites contenant des tas de pierres soigneusement empilées afin de servir de projectiles en cas d'attaque.

Après avoir franchi l'unique porte d'enceinte, les deux hommes délièrent leurs sacs de peau devant la tribu assemblée : deux des filles Beaupré vivaient encore ; la troisième était morte, asphyxiée.

CHAPITRE II

En raison du sévère couvre-feu édicté par M. de Maisonneuve depuis l'aggravation de la menace iroquoise, les sentinelles de la milice de la Sainte Vierge qui arpentaient les chemins de ronde du fort de Montréal et de la citadelle, dressée entre les rives du Grand Fleuve et le coteau Saint-Louis, étaient les seules à se mouvoir à cette heure matinale. On aurait même pu croire qu'elles gardaient un village abandonné, car, malgré le froid, aucune cheminée ne fumait : par crainte des incendies, on ne chauffait pas la nuit.

Du fort, les sentinelles dominaient la clairière durement conquise sur la forêt du versant sud de l'île, et toujours engourdie par le gel et par le sommeil des quelque cinq cent quarante âmes qui la peuplaient et l'habitaient. La plupart des maisons étaient d'inspiration bretonne, bâties en gros cailloux des champs noyés dans le mortier. Quelques-unes, plus anciennes, étaient en bois de charpente avec poutres saillantes et toit brisé à la mansarde. L'ensemble composait un décor de vieille bourgade française, avec ses façades à bois apparent, parfois pris jusqu'au pignon dans les maçonneries de moellons, et où les ouvertures réduites au minimum étaient défendues pour l'heure par d'épais battants ou contrevents bardés de fer. Il n'y avait pour ainsi dire pas deux portes ni deux fenêtres de mêmes dimensions. De lourdes cheminées surplombaient les toits à deux versants flanqués de lucarnes. Le fort lui-même n'était qu'un modeste ouvrage domestique autant que militaire, aux remparts de bois carrés et massifs. Le bâtiment de loin le plus imposant était l'Hôtel-Dieu aux murs de pierre à meurtrières, que l'on venait de rénover et d'agrandir. Et c'était un symbole des dangers qui cernaient de toutes parts la petite colonie.

L'une des sentinelles interrompit sa ronde et se pencha pour mieux voir. Bravant le couvre-feu, dans la lumière rosissante encore fragile, multipliée par les cristaux du givre, une silhouette solitaire dévalait à longs pas souples la rue non encore baptisée qui suivait l'arête douce d'un tertre, en bas de la citadelle. La sentinelle se redressa. Elle avait reconnu l'homme à son large tapabord et à son arme sous le bras – grâce à son passé valeureux, il avait droit à l'indulgence. Mais où diable pouvait-il bien se rendre à pareille heure ? Battant de la semelle, la sentinelle le suivit des yeux. Au bout de la rue s'ouvrait la place Royale. Devant l'Hôtel-Dieu, avant de s'engager sur le trottoir de bois, l'homme ralentit, leva la tête, parut écouter l'air, puis repartit d'un pas obstiné.

Dans la maison à la gerbe de bois sculptée dans la porte, Thérèse Cardinal dormait toujours, serrant contre sa chaleur celle de la petite Marie-Ève, sous la courtepointe alourdie de la peau d'ours. Soudain, sans se réveiller, ses sens, son corps tout entier furent en alerte. Puis, avant même de s'en rendre compte, elle se dressa dans le lit sur son séant, le cœur battant, le front en sueur, les yeux grands ouverts. Deux mots lui transpercèrent l'esprit : les Iroquois ! Elle avait beau savoir que les approches de la mort iroquoise étaient sournoises et silencieuses, et ne pouvaient donc se confondre avec le martèlement de pas sur la banquette de bois qui longeait les maisons, le qui-vive perpétuel dans lequel chacun vivait à Ville-Marie ressuscitait sans cesse la peur, même contre toute raison. Immobile, tout son être tendu malgré elle, elle referma les yeux. Son cœur se calmait ; pourtant, sous ses paupières, elle ne pouvait s'empêcher de voir des masques guerriers grimaçants, et elle croyait entendre des hurlements barbares. Elle frémit et faillit se boucher les oreilles. Les pas atteignaient presque la porte de la maison ; elle bondit hors du lit, courut pieds nus sur le plancher malgré le froid. Elle ouvrit le guichet dans la porte ; à travers le papier huilé qui servait de vitre, elle ne distingua qu'une ombre qui s'avançait.

— Qu'est-ce que c'est, ma tante ?

À genoux dans son lit-cabane, dont les panneaux bâillaient, entrouverts par ses mains, Pierrot passait une tête ébouriffée.

— Ce n'est rien. Dors.

Mais l'enfant sauta vivement de sa couchette, trottina jusqu'à elle. D'une main autoritaire, elle le força à s'abriter derrière elle, puis repoussa sans bruit les verrous et tira sur le lourd battant, juste ce qu'il fallait pour pouvoir couler un regard.

Comme la sentinelle un peu plus tôt, elle reconnut immédiatement l'homme, un Blanc, à son chapeau à large bord et à sa démarche longue. Il passa sans la voir, marchant droit devant lui, l'air résolu et absorbé.

Thérèse respira, remit les verrous et s'aperçut qu'elle grelottait.

– Viens, dit-elle au bambin en se retournant.

Elle le souleva dans ses bras et l'emporta jusqu'à la chambre où, par jeu, elle le lança sur le lit, près de Marie-Ève à présent réveillée. En riant, les deux enfants se mirent à folâtrer sur la peau d'ours comme des chatons, indifférents au froid.

Il n'était plus question de se rendormir. Le jour était presque là.

Thérèse s'approcha d'un pichet en faïence de Nevers posé sur la commode – un meuble superbe, en chêne, à trois tiroirs bombés, œuvre d'Urbain, son mari défunt. Elle versa de l'eau glacée dans sa cuvette de toilette et s'éclaboussa le visage.

Son esprit se remettait peu à peu de son réveil angoissé. Elle retrouvait la quiétude qu'elle se faisait un devoir d'afficher en tout temps devant les enfants. Vivement, elle retira ses vêtements de nuit et passa un jupon de damas. Ensuite, elle enfila les jupes de la saison hivernale, c'est-à-dire la secrète, celle de dessous qu'on ne montrait jamais, la friponne, qu'un coup de vent polisson révélait parfois, et la modeste, celle du dessus, qui rabattait pudiquement les deux autres. On les portait toutes les trois comme l'oignon ses pelures. Enfin, elle choisit une chemisette de basin, blanche, sur laquelle elle laissa retomber une petite croix d'or émaillé qu'elle gardait toujours sur elle, en souvenir de son père mort en France avant son départ. Elle se regarda dans le miroir de fer-blanc suspendu au-dessus du meuble et remonta ses cheveux en un chignon lâche, dans lequel elle planta deux peignes d'ivoire, apportés dans son maigre trousseau.

Elle était plus que jolie, elle était belle, avec force. Son visage était d'un ovale presque parfait. Son teint, d'une douce pâleur (mais elle rougissait facilement). De grands yeux noirs, des yeux liquides, couleur de jais, et la fraîcheur d'un nez légèrement retroussé la rendaient plus séduisante encore. Une bouche délicatement dessinée, avec deux petites rides aux commissures, presque pareilles à des fossettes, lui donnait des airs pointus lorsqu'elle boudait en plissant le front. D'ordinaire, c'était une bouche qui semblait toujours sur le point de sourire. Enfin, son regard brûlait d'intensité et débordait d'une vie qui inondait tous ses traits. Elle demeurait une irréductible coquette, mais une coquette sans mièvrerie, et son charme pétillant n'avait pas été terni par les épreuves morales ou matérielles. Contrairement à la majorité des femmes de son siècle, ses vingt-six ans ne lui avaient pas prématurément ravi sa beauté. Non plus que le malheur d'avoir perdu un jeune fils et un mari – le premier assommé sous ses yeux à coups de tomahawk, le second tué dans une bataille rangée contre les Iroquois, à laquelle il avait pris part dans l'espoir de venger leur enfant. Ces deuils l'avaient profondément meurtrie dans l'âme. Mais elle n'en montrait rien. L'épreuve semblait seulement avoir encore trempé sa nature déjà indomptable et son indépendance de caractère qui semblait sa meilleure garantie de jouvence. En fait, aux yeux de tous – et elle ne manquait pas de s'en flatter – elle restait une jeune veuve, très belle, très désirable, mais fort maîtresse d'elle-même et peu encline aux privautés, à moins qu'elle ne les autorise elle-même, ce qui, que l'on sût, n'était guère le cas.

Toujours est-il qu'elle prenait grand soin de sa personne et ne dédaignait pas de tirer de son charme une fierté un peu puérile. Il lui arrivait même parfois de se regarder à loisir dans le miroir et de prendre un doux plaisir à ce tête-à-tête avec elle-même.

Elle sourit donc un instant à sa propre image. Cependant, une inquiétante question avait pris possession d'elle. Cet homme dont le pas l'avait réveillée tout à l'heure, c'était Chicot. Que faisait-il dehors à cette heure-là ? Chicot n'aurait pas transgressé le couvre-feu sans motif sérieux. Grave, même.

Elle eut un soupir. Qu'était-elle venue faire sur cette île avec Urbain, son mari ? Une île loin de toute civilisation et à propos de laquelle les gens de Québec n'avaient cessé de les mettre en garde : « Installez-vous plutôt près d'ici, sur l'île d'Orléans. Perdus là-bas, vous y seriez à la merci des sauvages ! » Mais rien, semblait-il, ne pouvait détourner de son but le mélange de flamme froide et d'entêtement téméraire qui habitait M. de Maisonneuve, et tous ils l'avaient suivi. L'homme était convaincu que Dieu inspirait la mission que lui avait confiée la Société de Notre-Dame de Montréal, grâce au mysticisme d'un certain Jérôme Le Royer de La Dauversière, à La Flèche en Normandie.

Les statuts élaborés par le fondateur, qui n'avait jamais mis les pieds dans le Nouveau Monde, étaient à vrai dire plus candides que réalistes. Ils précisaient que l'on devait « s'unir pour travailler à la conversion des pauvres Sauvages de la Nouvelle-France et pour tâcher d'en rassembler bon nombre dans l'île de Montréal que nous choisissons, adoptons, à cette fin. Notre dessein est de faire bâtir des maisons pour les loger, de défricher la terre pour les nourrir, d'établir des écoles de filles et de garçons pour les instruire et un Hôtel-Dieu pour secourir leurs malades ».

Dès le début, pourtant, au départ de Saint-Nazaire, les choses s'étaient mal annoncées : le navire, le *Saint-Nicolas*, avait fait eau de toutes parts après avoir parcouru quelque trois cents lieues en mer. Le capitaine avait dû se résoudre à retourner au port. Pendant qu'on réparait les avaries, il avait débarqué les passagers sur un îlot rocheux, pour les empêcher de s'enfuir. En vain ; quelques-uns s'étaient noyés en tentant de regagner le continent à la nage.

Le jour du départ définitif, ils s'étaient retrouvés cent vingt à bord. Il y avait des bourgeois : un militaire de carrière, Claude Robutel de Saint-André, et deux chirurgiens, Louis Chartier et Étienne Bouchard. Puis, les futurs colons de Ville-Marie, natifs de l'Anjou, du Maine, de la Champagne, de la Touraine, du Perche et même de Paris. Parmi eux, on comptait trois menuisiers, deux boulangers, un brasseur de bière, un tonnelier, un chaudronnier, un tailleur, un chapelier, trois cordonniers, un sabotier, quatre tisserands, trois maçons, quatre couvreurs, neuf charpentiers, un maréchal-ferrant, soixante bûcherons. Des filles à marier aussi. Et quelques ménages, dont celui d'Urbain Cardinal, justement, et un enfant de dix ans, une orpheline, Marie Du Mesnil, confiée à M. de Maisonneuve par La Dauversière pour qu'elle soit élevée dans la colonie.

À la tête de l'expédition, Maisonneuve et la sœur Marguerite Bourgeoys, religieuse à l'allure énergique mais sans austérité, au visage rond, aux traits paisibles qui lui donnaient un air de bonté maternelle. Jusqu'alors préfète de la congrégation externe d'un cloître de Troyes, connue pour sa grande vertu et ses dons particuliers pour l'enseignement, elle avait été recrutée

afin de tenir l'école et d'instruire les enfants de la colonie.

La traversée de l'Atlantique avait duré soixante interminables jours, dans des conditions d'hygiène im-
possibles : pas de cabinets d'aisances, il fallait aller à la
poulaine, à l'extrême avant du navire, où se trouvaient
les latrines et où souvent le vent et la houle empêchaient
de se rendre ou de rester ; une nourriture repoussante,
prise dans des plats posés à même le pont et que souvent on ne pouvait retenir dans le tangage.

À l'arrivée, on comptait huit morts parmi les passagers. Et la sœur Marguerite Bourgeoys en avait empêché
plusieurs de se jeter par-dessus bord, tant ils étaient torturés par le mal de mer.

Enfin, par une douce journée de septembre, le 27
du mois, ils étaient arrivés devant Québec peu de
jours après avoir relâché sur les bancs de Terre-Neuve
pour une pêche à la morue qui avait chassé des gosiers
les relents de viande et d'eau avariées. Thérèse se souvenait de n'avoir vu d'abord, comme les autres, que l'étin-
cellement du cap dit aux Diamants, renvoyant au
soleil des reflets si brillants que les voyageurs émerveillés durent s'abriter les yeux de la main pour discerner les premières maisons au pied du roc. Puis vint
la découverte du château Saint-Louis accroché au
sommet de la falaise sur le fleuve, avec le vert calme
des conifères, les taches plus légères et plus franches
des érables roussis par l'automne, un chemin bordé de
maisons et peuplé de silhouettes dévalant vers des
quais auxquels étaient amarrées de grandes barques
mâtées.

Dix ans de cela !

Les habitants de Québec avaient accueilli avec enthousiasme les nouveaux venus de 1653, cette « recrue », comme on le disait alors. On avait déployé tous les drapeaux, tendu toutes les banderoles. Un piaillement joyeux avait déferlé sur les quais et l'on avait prodigué tant d'embrassades qu'on se serait cru davantage à des retrouvailles qu'à un débarquement d'immigrés ! On avait de plus entonné des *Te Deum*, et la « recrue » avait défilé dans les rues, jusqu'à la haute ville, sous des nuées de fleurs.

Dans un pays comptant de nombreux célibataires, les femmes avaient fait l'objet d'une attention toute particulière ; les non mariées étaient peu nombreuses. Pourtant des ordres royaux avaient chargé des communautés religieuses du recrutement de jeunes filles issues de familles campagnardes, robustes et débrouillardes. D'autres, moins nombreuses, venaient de centres urbains. Enfin, un petit nombre étaient filles de marchands, de fonctionnaires ou de militaires, voire de nobles de rang modeste. Malgré toutes les précautions, il se glissait parfois dans le lot quelques brebis plus soucieuses d'appâter pour le gain que pour la bonne cause. Celles-là étaient vite découvertes, éconduites, réexpédiées en France par le premier bateau, et pas toujours dans les meilleures conditions.

Il arrivait aussi qu'un père se servît de ce moyen tout trouvé pour se débarrasser d'une fille enceinte de l'œuvre de quelque manant. On avait vu ainsi la fille d'un important marchand de La Rochelle, un nommé Péron, débarquer à Québec enceinte de plusieurs mois. Non seulement l'infortunée avait été renvoyée chez son père, mais encore ce dernier fut condamné aux frais de l'aller-retour et à une amende de cent cinquante livres.

L'arrivée de ces jeunes femmes en pays sauvage alimentait les salons parisiens en ragots désobligeants pour le peuple de pionniers qui défrichait aux abords du Saint-Laurent : on disait d'elles qu'elles étaient des filles de joie, la formule étant une déformation méchante de « Fille du roi », expression traduisant le fait qu'elles étaient recrutées selon un plan établi par Louis XIV en personne et son intendant des Finances, Colbert : l'État payait en partie les frais de voyage, d'établissement et de trousseau des jeunes immigrantes. Or, à la différence d'autres colonies françaises, comme les îles de la Martinique et de la Guadeloupe, où on était moins rigoureux sur le choix et sur la vertu, ces « Filles du roi » n'avaient rien de créatures de mœurs légères.

Quand même, la calomnie persistant, on avait pris à Québec des mesures efficaces, extrêmes, pour la contrecarrer : toutes les arrivantes, même celles qui étaient mariées et accompagnées de leur époux, comme Thérèse, étaient logées au couvent des ursulines, rue du Parloir. Thérèse, seule sans Urbain, y avait passé plus d'un mois, sa vie de femme en quelque sorte suspendue comme ses vêtements de couleur – qu'il aurait été déplacé de porter en ces lieux –, au crochet de la porte d'une petite cellule monastique.

Pendant ce temps, Urbain avait végété sur les quais, autour des magasins de la Compagnie des Cent-Associés, corporation accréditée par le roi pour veiller à la colonisation de la Nouvelle-France, en échange du droit exclusif de la traite des fourrures sur tout le territoire, à l'exception de l'île de Montréal, celle-là même où, enfin, en novembre de cette année 1653, ayant vaincu les tracasseries de l'administration et rassemblé les barques nécessaires pour remonter le fleuve, les colons harassés avaient pris pied. Il n'était que temps ! Les dernières nuances de rouge des érables et la chute de la température annonçaient que bientôt le Grand Fleuve gèlerait, interdisant la navigation. Thérèse avait encore dans les yeux la vision de la carcasse fumante du vieux navire *Saint-Nicolas* achevant de se calciner sur la rive. Leur barque était passée tout près, et elle avait serré le bras d'Urbain et lu sur son visage la même pensée : c'était le symbole d'un non-retour, tout un passé qui se détruisait à jamais devant eux. Au-dessus de leur tête, un long vol en formation de canards sauvages. Sur la berge, deux orignaux redressaient leurs bois monumentaux pour observer le mouvement lent des gabares et des rames. Et partout, sans fin, la forêt… Mon Dieu ! Le travail qu'ils avaient abattu, dans la peine et dans la joie, dans la douleur et dans le sang…

Devant le miroir, Thérèse se secoua. Par la fenêtre, elle vit que, dehors, le matin montait. Le soleil dessinait des jeux sur la cloison de bois. Elle ouvrit la fenêtre, respira longuement. Aux senteurs des sous-bois qui lui parvenaient, une autre se mêlait ce matin, qu'elle reconnut aussitôt : le souffle puissant que dégageait le Grand Fleuve. « La débâcle des glaces est commencée, se dit-elle, les eaux se libéreront. » Elle referma, et revint lentement au milieu de la chambre.

Qu'était-ce donc qui la tracassait ? Ah oui… ! Chicot. Chicot si tôt ! Qu'est-ce que cela pouvait bien augurer ?

Elle irait aux nouvelles. Elle prétexterait un motif banal pour sortir sans alerter les enfants. Ils ne jouaient plus.

– Marie !

Dans le lit, Marie-Ève s'était recouchée, seule. Elle suçait son pouce en passant et repassant l'index replié sous le nez.

– Marie ! répéta Thérèse.

L'enfant se tourna, ouvrit les yeux et dit d'une voix pointue :

– Oui ?

– Lève-toi, paresseuse. Regarde Pierrot !

Pierrot, lui, était déjà debout. On devinait un corps déjà musclé sous ses vêtements – un casaquin ample, une culotte retenue par une seule bretelle et des chaussettes fourrées dans des mitasses de peau –, mais il avait des joues gonflées de chair, des joues de bébé, disaient les grandes personnes en les lui pinçant, trop souvent, à son goût.

Il suivait du regard un rayon de soleil qui faisait briller des pistolets d'arçon accrochés au mur, hors de la portée des petites mains d'enfants. Car c'étaient des armes qui n'étaient pas des pièces de décoration : la veuve d'Urbain Cardinal savait s'en servir et l'avait déjà prouvé, l'été précédent, en faisant feu sur un groupe d'Agniers surgis des emblavures de l'Hôtel-Dieu.

– Maman, tu vas chercher l'eau ?

« Voilà mon prétexte tout trouvé », pensa Thérèse.

Chaque matin, munies de leurs seaux de bois, les femmes se rendaient à l'un des deux puits du poste. Le premier, et le plus important, avait été creusé à l'intérieur du fort ; le deuxième, réservé à l'usage de l'hôpital et des quelques familles voisines, l'avait été dans la cour même de l'Hôtel-Dieu. Naguère encore, il fallait descendre à la rivière Saint-Pierre pour quérir l'eau potable. Plusieurs fois, ces sorties avaient donné aux Indiens l'occasion de faire des prisonniers.

Thérèse s'aperçut qu'elle avait oublié d'éteindre la veilleuse à graisse d'orignal. Elle la souffla.

En désignant l'âtre où elle venait d'allumer le feu, elle recommanda aux enfants :

– Quand la flamme sera haute, vous y mettrez des bûches de hêtre.

Ils acquiescèrent d'un mouvement de tête et coururent vers le garde-manger à vantail dressé contre le mur nord de la maison, celui qui subissait les bourrasques venues du fleuve. Ils y prirent le lard doux, tacheté par la saumure dans laquelle on le conservait ; une gourgane, bajoue de porc que Thérèse avait fait fumer ; de la tête fromagée et une grosse miche de pain bis, qu'ils posèrent sur la couverture de lit en taffetas que Thérèse utilisait comme nappe.

– Bon, je reviens dans un instant, soyez sages, mes enfants.

La veille, Thérèse était sortie vêtue seulement de sa simarre, ce survêtement long et traînant, un peu comparable à la soutane des ecclésiastiques. Mais ce matin-là elle prit un vêtement plus chaud : son manteau d'hiver, en bouracan gris, doublé de drap de Berry. La mode était au noir pour les femmes dès qu'elles sortaient dans la rue. Thérèse, qui préférait les couleurs, couronna ses épaules d'une crémone rouge vif comme un défi. Puis elle saisit son seau et sortit.

La douceur du temps la surprit. La parure glacée des arbres et des toitures se liquéfiait. Le ciel, parfaitement bleu, annonçait un beau jour de printemps.

Elle prit la grande rue, celle qui reliait les deux points extrêmes de Ville-Marie : la place de l'Église et la place du Marché, le long de laquelle se succédaient les boutiques d'artisans entre les comptoirs de pelleteries, points stratégiques de toute l'économie du poste. Il y régnait une animation peu commune et Thérèse nota que, des rues transversales, y affluaient encore des gens. Intriguée, elle interrogea Pierre Perrat, dit Lafontaine, le tonnelier :

— Mais qu'est-ce qui se passe donc ?

Il s'arrêta, regarda par-dessus son épaule vers l'ouest, du côté du fleuve, et dit, avec une moue :

— La débâcle.

Traversant la chaussée boueuse, Thérèse aperçut un attroupement sous l'enseigne du marchand Jacques Le Ber.

Une cinquantaine de personnes, muettes ou chuchotant respectueusement, étaient groupées devant le magasin. Toutes étaient visiblement angoissées, tendues, le visage crispé, les mâchoires serrées.

Thérèse comprit aussitôt : une fois de plus, Ville-Marie se réveillait dans la tragédie.

— Seigneur ! murmura-t-elle en se signant machinalement.

Ainsi, c'était bien cela : avec son instinct infaillible, Chicot l'avait pressenti. Tout à coup, surgie impérieusement, une image s'imposa à son esprit : Pierre ! Pierre Gagné, parti avec les autres pour le fort Richelieu.

Portant la main à son cœur, elle s'approcha.

Chapitre III

La peur, la vraie, celle qui tord le ventre, et l'horreur, celle qui rend malade au point de vous faire vomir, Pierre Gagné les avait déjà connues. Mais jamais encore il n'avait éprouvé, comme au matin de ce 28 mai, cette hantise atroce : la soif ! – et ce, même quand, autrefois, en France, il conduisait en plein été le coche entre Paris et Orléans. Non, jamais encore comme ici il n'avait eu la sensation que, dans son corps privé d'eau, desséché, tari, chacun de ses organes se rétrécissait et s'étranglait, l'un après l'autre. D'abord le gosier, puis l'estomac, les poumons, le ventre...

Immobile derrière la palissade du fort, une épaule appuyée contre la crosse moite de son mousquet, les yeux brûlants des reflets du soleil qui pailletaient le flot, dégelé depuis plus d'une semaine, de la rivière des Iroquois, il suivait d'un regard indifférent la horde des Indiens qui, sur la berge, ne guettaient qu'un signal pour attaquer de nouveau. À quoi bon savoir quand et comment ils livreraient l'assaut ? Ils attaqueraient, c'était certain, et Pierre Gagné était résigné : il y laisserait la vie. Alors, il attendait sans attendre, ne vivant plus que pour ne pas trahir son cœur qui lui disait que, mourir pour mourir, le plus tôt serait le mieux. À l'intérieur du fort, piètre enceinte de pieux épointés non écorcés, flanquée de quatre petits bastions reliés par des courtines en bois, et assez mal défendue par une poignée de Français et de Hurons trop peu armés, coulait un ruisseau. Mais il était hors de question de s'y désaltérer : il charriait plus de sang et de boue que d'eau fraîche.

Autour du corps de logis où l'on entreposait la nourriture et les munitions – quand il s'en trouvait ! –, un amas de cadavres dégageait des odeurs devenues de plus en plus pestilentielles au cours de la journée. Un nuage sombre et mouvant de mouches s'y agglutinait. D'autres grappes de mouches s'agitaient du côté de la palissade nord ; là, agonisaient des blessés à qui la vue des morts donnait le dernier des courages, ou des désespoirs, celui de rester en vie à tout prix.

Ankylosé, les traits à la fois tirés et bouffis de lassitude et d'insomnie, Pierre Gagné, empli de rage et de dépit, songea : « Qu'ils reviennent, mon Dieu ! Qu'on en finisse ! » Ramassant de la langue un reste de salive sur son palais parcheminé, il cracha un maigre jet bruni par le tabac fort qu'il chiquait et pensa encore : « Mourons tous en héros, puisque tel est le mot et que nous n'avons plus d'autre choix… si tant est que ce soit de l'héroïsme de donner sa vie pour ceux qui, de toute façon, la perdront tôt ou tard des mains des mêmes ennemis… »

Il se redressa, fit jouer lentement ses muscles. C'était une sorte de géant fort et dur, soucieux d'un corps athlétique sur lequel la graisse n'avait jamais eu de prise. On eût dit que la vie battait en lui à fleur de peau, tant son être respirait la vigueur et l'énergie. Ses mouvements avaient la souplesse d'une force animale peu commune ; mais en même temps, derrière la force, veillait sans cesse une intelligence sortant elle aussi du commun. L'homme se tenait en main. Ses yeux gris le disaient. Un gris ordinairement calme, mais qui pouvait virer au bleu profond lorsqu'une émotion, le plus souvent la colère, arrivait à bousculer une tranquillité d'âme et d'esprit évidemment trempée dans l'expérience de la lutte, du courage, de la ténacité et de la souffrance. Les traits, beaux et réguliers, restaient en général d'une impassibilité qui finissait par imprimer sur tout le visage un mélange de sévérité et de tristesse.

Un instant distraits, les yeux gris reprirent leur faction. Un Iroquois – un parmi les quelque huit cents qu'ils étaient sur la grève – passa dans sa ligne de tir. Il le suivit du regard sans réagir. C'était inutile. Bientôt, là-bas, la rumeur allait s'enfler, devenir une grande clameur, tandis que le piétinement lancinant des danses guerrières, qui n'avait eu de cesse de toute la nuit, se muerait en roulement de tonnerre de pieds nus frappant le sol. Bientôt. Ou un peu plus tard, dans l'après-midi. Ou peut-être seulement le lendemain… Allez savoir ! D'ici là, pour Pierre Gagné, le mieux à faire était d'éviter de trop penser. À son fils vivant, à sa femme morte sous les tortures iroquoises. Plutôt que le chagrin, il préférait entretenir sa haine. C'était d'ailleurs pourquoi il était là. Pour se venger, faisant sienne toute la haine du monde.

L'Iroquois avait disparu. Peu importait. Pierre Gagné revoyait ce dimanche de janvier à Ville-Marie où, après la grand-messe, le major de l'île avait lu, puis affiché l'ordonnance suivante :

Paul de Chomedey, gouverneur de l'île Montréal et des terres qui en dépendent : sur les avis qui nous ont été donnés

47

de divers endroits, que les Iroquois avaient formé le dessein d'enlever de surprise ou de force cette habitation, et le secours que Sa Majesté le Roi nous a promis n'étant pas arrivé encore ; nous, attendu que cette île appartient à la Sainte Vierge, avons cru devoir inviter et exhorter ceux qui sont zélés pour son service de s'unir ensemble par escouades, chacune de sept personnes ; et après avoir élu un caporal à la pluralité des voix, de venir nous trouver pour être enrôlés dans notre garnison, et, en cette qualité, de suivre nos ordres pour la conservation de ce pays. Nous promettons de notre part que, pour les dangers qui pourront se rencontrer aux occasions militaires, les intérêts des particuliers nous seront toujours chers, et que nous serons prêts à ôter du rôle ceux qui se feront inscrire pour les fins susdites toutes les fois qu'ils nous en requerront. Ordonnons au Sieur Dupuy, major, de faire inscrire le présent ordre au greffe de ce lieu et ensemble les noms de ceux qui se feront enrôler, pour leur servir de marque d'honneur comme ayant exposé leur vie pour les intérêts de Notre Dame et le salut public.

Fait à Ville-Marie, le 27 janvier 1663
Paul de Chomedey de Maisonneuve

Le lendemain, Pierre Gagné s'était engagé.

Les premiers temps, on l'avait incorporé dans la dix-huitième escouade, l'une des vingt qui se relayaient pour la protection des habitants. Plus tard, à l'exemple de l'expédition de Dollard Des Ormeaux sur la rivière des Outaouais, qui avait mis fin à l'ambition des Iroquois d'exterminer une fois pour toutes les Montréalistes, on avait eu le dessein d'attendre l'ennemi à l'embouchure de la rivière des Iroquois, une des voies d'accès à son territoire de la Nouvelle-Angleterre.

Sachant que la débâcle viendrait d'un jour à l'autre déchirer la surface du fleuve et que les eaux seraient alors trop tourmentées pour être navigables, un détachement était parti à pied de Ville-Marie pour le fort Richelieu. De nuit. Une nuit noire, complice, permettant de n'être pas vu des Indiens de la prairie de la Magdeleine en face de l'île de Montréal. Guidés par l'instinct infaillible des Hurons, une vingtaine, venus se joindre à eux, les hommes avaient marché sans repos. Parfois ils enfonçaient jusqu'aux genoux dans la neige et leurs pieds se glaçaient en atteignant l'eau vive des ruisseaux enfouis. Heureusement, au matin, le soleil, le soleil de mai qui faisait fumer la terre, les avait soûlés d'une réconfortante tiédeur. Et il en avait été ainsi pendant trois nuits et trois jours. Ils avaient ensuite entrepris la remise en état du fort. Partagés en petites équipes, pour fortifier la palissade ils avaient assujetti avec des entrelacs de branches les pieux d'enceinte chancelants et les avaient étayés, à l'intérieur, de pierres et de terre jusqu'à hauteur d'homme. Dans cette tâche, ils s'étaient rapprochés davantage les uns des autres.

Il y avait parmi eux un certain Charles Simon Badaude, un potier dont les Iroquois avaient incendié la maison après avoir détruit son atelier. Plutôt que de reconstruire, il avait opté pour la vie de soldat jusqu'à ce que la paix lui rende le cœur à son art. Il y avait également François Aubry, un maréchal-ferrant que l'absence de chevaux à Ville-Marie laissait sans travail. Pourtant, on l'avait engagé à La Flèche à cause de son métier justement : avant de frapper l'enclume, ses bras noueux sauraient rompre l'échine de bien des Indiens.

D'autres encore – ils étaient trente-deux Français – se trouvaient là sans trop de raisons, simplement parce qu'ils étaient valides et que, à cette saison, la guerre comblait l'oisiveté forcée de l'hiver. Mais une bonne dizaine, tels Guillaume Pairieu et Thomas Turgot, étaient, comme Pierre Gagné, présents au rendez-vous de la mort pour venger les leurs.

Pour multiplier leurs moyens de défense, les Français avaient découpé de nouvelles meurtrières, dans lesquelles ils avaient logé les canons de plusieurs fusils chargés. Ils avaient aussi bourré de poudre et rangé dans les guérites des mousquets trouvés à l'abandon. Sans doute vestiges d'une ancienne bataille, ils étaient désormais inutilisables, sinon pour être lancés comme des bombes de fortune sur les ennemis qui parviendraient jusqu'au pied de la palissade.

Une fois ces préparatifs effectués dans la fièvre d'être surpris avant d'en avoir terminé, les hommes s'étaient reposés de nouveau. Malgré leur inquiétude sourde, la tension et le perpétuel qui-vive, ils s'étaient laissé pénétrer par la beauté de la nature alentour et par les fortes, neuves et saines odeurs de la terre et de la végétation apaisées après les assauts brutaux de l'hiver. Des bruits secrets éclataient dans le silence et l'éblouissement du soleil ; ils avaient écouté avec une candeur presque enfantine ces remue-ménage mystérieux qui ne faisaient naître en eux nulle appréhension. Ils avaient regardé les vols de bernaches et d'oies qui venaient obscurcir, par nuées successives, les miroitements de la rivière.

Dans sa faction immobile, Pierre Gagné eut un sourire et un hochement de tête : oui, c'était étrange, mais ils avaient connu de beaux moments, détendus, délectables, de vrais moments de paix dans cette guerre. La saveur réconfortante du printemps et ses vertus stimulantes avaient failli lui faire oublier l'hiver de la haine pour l'emplir d'une confiance irraisonnée dans l'avenir et la vie. Et puis, en un instant, tout avait changé. Aux oies qui cacardaient déjà par centaines sur la grève, un vol d'outardes venait de se joindre – nuage noir sur nuage blanc – quand, à peine les oiseaux posés, tout à coup le ciel s'était mis à vrombir. Une myriade d'ailes avaient battu l'air, et les cris affolés des grands oiseaux avaient d'abord couvert ceux de Joseph Bissot, qui faisait le guet :

– Alerte ! Alerte !

Lorsque de nouveau le ciel avait été vide et la rivière nue, trois Iroquois avaient surgi à bord d'un canot.

Cette apparition avait été suivie d'un silence lourd, complice de l'angoisse. Les trois hommes glissant sur l'eau avaient viré vers la plage opposée. Ensuite, s'avançant jusqu'à la taille dans l'eau glacée, ils avaient tiré leur embarcation à contre-courant.

Au fort Richelieu, les yeux s'étaient resserrés, les lèvres, pincées, les poings, crispés sur les armes et, même, quelques jurons rageurs s'étaient échappés des rangs.

Puis, peu après, le canot d'écorce était reparti vers le sud et s'était évanoui. Mais tous savaient que les trois Indiens n'étaient pas venus là par hasard. Il ne s'agissait pas de chasseurs. C'étaient des guerriers, et plus précisément des éclaireurs du grand sachem Ta'akerat.

Plus d'un mois auparavant, à la bourgade d'Asser-nenon, du côté de la Nouvelle-Angleterre, les On-neiouts, l'une des tribus des Cinq-Nations iroquoises, avaient « chanté la guerre ». Le chef Ta'akerat, après avoir jeûné pendant plusieurs jours et s'être noirci le visage de suie pour accueillir les oracles des dieux de la tribu, avait convoqué tous ses guerriers, puis les avait harangués :

– Mes frères, le Grand Esprit autorise mes sentiments et m'a inspiré ce qu'il faut faire. Le sang de nos frères Sagochiendogette et Toenres n'est pas essuyé. Leurs corps sont encore à découvert.

Et il avait mentionné plusieurs autres guerriers : Aganenraiera, captif à Trois-Rivières, le village français à mi-chemin entre Québec et Ville-Marie ; Ekoentoulon, brûlé vif par une bande de Hurons dans les bois de l'île Montmagny – aujourd'hui l'île Jésus ; Garhogonha, torturé à mort par la tribu algonquine des Micmacs de la région de Québec, amie des Français de la capitale.

En conclusion, il avait annoncé :

– Je suis résolu à aller jusqu'au Grand Fleuve pour y lever les chevelures de nos ennemis.

Alors, l'expression enflammée de son visage s'était éteinte et il avait tenu à bout de bras son wampum, collier fait de fragments cylindriques de coquillages qui pouvaient servir de monnaie d'échange, de rançon, et même, selon leur couleur, représenter des titres de propriété, des contrats, des marques de noblesse. Baissant les yeux, il avait marmonné quelque prière, puis s'était animé pour reprendre, selon les paroles consacrées :

– Si je devais périr dans notre glorieuse entreprise ou si l'un de nos valeureux guerriers devait y perdre la vie, ce collier nous recevrait afin que nous ne demeurions pas couchés dans la poussière.

Il avait ensuite, cérémonieusement, déposé le wampum sur le sol. Un jeune guerrier du nom d'Andaono'ti s'était empressé de le ramasser et avait été choisi sur-le-champ comme premier lieutenant du chef.

Le souffle de la guerre était alors passé sur les fronts matachés des guerriers, et avec un respect religieux ils avaient fixé du regard les coquillages rouges, couleur d'hostilité, de mort et de guerre, qui entraient dans la composition du wampum maintenant passé au cou d'Andaono'ti, déjà fier comme un héros.

Pendant que le sachem revêtait ses plus beaux vêtements, dont la principale pièce était une sorte de robe confectionnée de plusieurs peaux cousues et frangées, décorée de piquants de porc-épic, de griffes et de dents d'animaux sauvages, les guerriers avaient invoqué Agreskoué, dieu de la guerre, et entamé la danse de *Cathonront* en scandant par des ho ! ho ! ho ! hé ! hé ! hé ! les paroles du chef qui, en touchant de sa hache son visage et ses épaules, puis en frappant sa cabane, répétait :

— Nous t'invoquons, afin que tu nous sois favorable dans notre entreprise.

Un festin avait suivi l'autorisation de faire la guerre accordée par le conseil, le mets unique étant un gros chien préalablement offert en sacrifice au dieu, et ensuite cuit dans l'eau bouillante. Pendant ce temps, chaque famille avait passé sa commande de prisonniers et de scalps. Les guerriers, un à un, avaient juré de mourir au combat plutôt que de se rendre. Un deuxième festin, où chacun s'était livré à des danses raillant l'ennemi, s'était poursuivi par une fête qui dura toute la nuit. À l'aube, à l'heure où les premières lueurs du jour se confondaient avec celles des derniers feux de joie, l'ardeur allumée par Ta'akerat avait totalement embrasé le cœur des guerriers. Un va-et-vient constant les menait maintenant des cabanes à la rive, où l'on apprêtait de nombreux canots solidement cordés flanc à flanc.

Avaient fait l'objet d'une révision minutieuse, non seulement les armes traditionnelles – tomahawks, arcs et flèches –, mais aussi les nouvelles, ces fusils dont ils avaient appris à se servir avec une étonnante précision, et qui faisaient d'eux les égaux des Agnonha, les « hommes de fer ».

Enfin, prêts à partir, les guerriers avaient tressé leurs cheveux avec des lanières de peau, les avaient ramenés ensuite en chignon sous un tour de tête en bois surmonté d'un arceau planté d'une grande plume d'aigle. Ainsi casqués pour la guerre, ils s'étaient maquillé la figure et le torse d'ocre, de vermillon, de blanc et de noir.

Au moment de s'embarquer à bord des canots, chacun avec sa natte et son sac contenant armes et provisions, les chamans, les sorciers du village, leur avaient remis différentes tisanes, médecines et drogues aptes à guérir plaies, blessures et maladies.

Puis les canots, tout à l'heure cordés côte à côte, s'étaient détachés de la rive, à la queue leu leu, suivant de très près celui du chef qui, debout, avait entonné de nouveau le chant de la guerre, auquel répondaient les triples hé ! des guerriers, donnant ainsi le rythme aux avirons. À l'approche de l'embouchure de la rivière des Iroquois, ils avaient gagné la berge et dressé un campement. De là étaient partis les trois éclaireurs aperçus par les Français et, ainsi prévenus, deux nuits de suite, ceux-ci avaient veillé, de peur d'être surpris par l'ennemi. En vain.

Au second matin seulement, alors que les yeux étaient rougis de fatigue et que tout, hommes et nature, vibrait d'attente, la flottille des canots avait enfin doublé la pointe de l'anse et gagné une sorte de rade naturelle où toute embarcation trouvait un mouillage sûr, face au fort.

D'une voix énergique, mais un peu altérée, Pierre Gagné avait annoncé :

– Les voilà !

Malgré l'angoisse, plusieurs hommes avaient poussé un soupir de soulagement. Le temps était venu de vider les rancœurs, tout en gardant la raison qui protège du délire, c'est-à-dire en gardant juste ce qu'il fallait de passion et de hargne inflexibles et froides pour tuer.

Après avoir échoué leurs bateaux sur la grève, les guerriers onneiouts s'étaient déployés en une muraille vivante, longue à n'en plus finir. Un frémissement avait parcouru les volontaires de la milice Notre-Dame, dont les canons de fusil hérissaient le sommet de la palissade du fort.

Mais, non, l'attaque n'avait pas eu lieu.

Jusqu'à l'exaspération, les Français avaient dû assister aux mouvements des assaillants, peu pressés de livrer bataille et préoccupés de se plier à un cérémonial à la fois sinistre et narquois.

Vers midi, à en juger par la position du soleil, plusieurs Iroquois étaient allés chercher des branchages pour en faire des fagots. Puis ils avaient formé une large allée, droite et nette, partant de la rivière en direction du fort. Ils avaient dressé leurs enseignes, des pièces d'écorce circulaires fixées au bout de perches et sur lesquelles figuraient les marques du clan : animaux, armes, hiéroglyphes divers. Ils les avaient plantées au bout de l'allée. Autour, ils avaient disposé leurs étendards, des piquets surmontés de la tête de Français faits prisonniers auparavant et torturés à mort. Hideux trophées, dont plusieurs offraient encore des traits distincts, que les gens du fort avaient bien reconnus : il s'agissait d'amis ou même de parents, capturés autour de Ville-Marie.

Cette forme de provocation n'était pas nouvelle de la part des Iroquois ; elle avait pour conséquence d'ancrer davantage les Français dans leur résolution de vengeance. Depuis des mois, des années pour certains, ils ne vivaient que pour tuer le plus possible d'Indiens et préserver les générations futures d'une menace qui les empêchait de réaliser eux-mêmes leur rêve en quittant la France : édifier ailleurs un pays nouveau, une vie nouvelle.

Autour de leurs bannières, des Iroquois avaient allumé des feux, puis jeté dans les flammes, en guise d'offrandes à leurs divinités, de la graisse d'ours et d'orignal ainsi que des feuilles de tabac. D'autres avaient offert au dieu de la guerre sa victime préférée : un chien suspendu vivant à la branche d'un arbre par les pattes de derrière, et qui japperait et hurlerait jusqu'à mourir d'épuisement.

Une troisième nuit avait suivi, interminable, illuminée de torches qui emplissaient l'air d'odeurs résineuses. Les Blancs voyaient en esprit défiler les visages de leurs morts et des vivants laissés à Ville-Marie. Les Indiens écoutaient parler leurs ancêtres qui leur donnaient d'ultimes conseils et leur rappelaient leur dignité de guerriers.

Au matin, vrai matin d'apocalypse plein de lambeaux de fumée noire striant le ciel, la foule grouillante des attaquants s'était regroupée.

À leur poste, les Français étaient aux aguets. Ils étaient prêts, trop même. À force d'attendre l'assaut, la peur de la mort était chez eux moins forte que l'impatience.

Cependant, plusieurs Iroquois étaient restés calmement étendus sur le sable, à regarder la marche résolue de leurs frères vers le fort. « Une provocation de plus ? » s'était demandé Pierre Gagné, en lançant un jet de salive brune, puis en assurant son arme dans le créneau.

CHAPITRE IV

À Ville-Marie, ce même 28 mai, le soleil faisait maintenant flamber de lumière la glace encore omniprésente. Mais cette fête de la lumière, ces éclats multipliés du printemps n'allégeaient en rien la lourdeur de l'ambiance qui pesait sur l'attroupement, devant le magasin général de Jacques Le Ber.

Dernier arrivé, le gros aubergiste Subbil Busson se mit sur la pointe des pieds et demanda tout bas :

– Qu'est-ce que c'est ?

Il n'obtint aucune réponse et ne put distinguer, à l'intérieur du magasin, que les flammes vacillantes des bougies dans la pénombre. Il allait ouvrir la bouche pour interroger de nouveau, lorsque Charles Camin, un engagé des dames hospitalières de l'Hôtel-Dieu, à la fois concierge et homme de peine, lui dit sur un ton irrité :

– C'est les Beaupré. Tués par les deux Agniers qui étaient ici hier.

Le gros homme murmura : « Mon Dieu, mon Dieu… ! » puis reprit d'une voix angoissée :

– Et les petites ? Ils les ont… ?

Il ne termina pas sa phrase. Le masque affligé de tous ceux qui étaient là lui fit sentir qu'il était le seul à ne pas avoir déjà compris. Alors il se tut.

Le silence donnait l'impression de la résignation au malheur ; une impression qu'apparente. Les habitants de Montréal souffraient constamment d'une même blessure, toujours rouverte d'une fois à l'autre : la crainte de perdre les siens un à un, de voir la petite colonie peu à peu saignée, mutilée.

Un étranger passa, descendant la rue : c'était un matelot bariolé, une main glissée dans sa ceinture blanche rayée de rose, les jambes gainées dans une rhingrave orange qu'éclaboussait son pas désinvolte dans la boue ; avec un plaisir évident, il fumait sa longue pipe à bouffées appliquées. Il ralentit à peine lorsqu'il fut à la hauteur du magasin Le Ber. Avec une curiosité détachée, sans une ombre de compassion, il observa à la dérobée le rassemblement muet avant de disparaître en direction des quais.

Les yeux en feu, le visage buté, Thérèse se tenait à l'écart de l'attroupement, près de Marguerite Gaudé, une jeune femme habillée strictement de noir et qui paraissait plus accablée que les autres par le nouveau malheur.

On avait couché le couple Beaupré sur des planches. Un linceul blanc le couvrait de la tête aux pieds. Ainsi, on devinait que l'homme et la femme avaient été décapités.

Les deux cadavres semblaient prendre toute la place dans le magasin ; on avait dû ranger en tas les rouables, sortes de râteaux sans dents, et les pelles à boulange, repousser en désordre sur une table les terrines, pots, jarres, cruches de terre et ustensiles d'étain, cacher sous le comptoir les fusils, carabines, mousquets, pistolets d'arçon et de ceinture, mettre en tas les tire-bourre, cornes à poudre, batte-feu, morceaux d'amadou, balances à fléau et plateaux de cuivre. Seuls les crucifix, les médailles, les images et autres objets de piété avaient été disposés autour des défunts. Et les haussières étaient restées enroulées près de la porte, car, avec la débâcle, on allait venir en chercher beaucoup pour retenir les embarcations à quai.

Dans ce capharnaüm, la présence des deux morts avait quelque chose d'insolite et de choquant. Mais on disposait de peu de temps pour les exposer en raison de leur état, et il fallait permettre à tous de leur rendre un dernier hommage. Pas de fleurs, bien sûr, en ce printemps à peine éclos. Ni d'ornements funèbres voyants. Pour annoncer à tous que l'horrible avait désormais pénétré jusqu'au cœur des maisons, les portes avaient été laissées ouvertes. Huit porteurs se tenaient droits et immobiles de chaque côté des corps et frissonnaient dans la demi-obscurité. Les murmures des prières s'élevaient.

Les jésuites Pijart et Lemoyne, tête penchée, mains jointes, marmonnaient en se signant à intervalles réguliers.

Marguerite Gaudé et Thérèse s'étaient adossées à une traîne à ridelles surprise par la fonte des neiges et dont les patins s'enfonçaient dans la boue. Thérèse serrait la main de son amie, sachant trop que l'enlèvement des trois filles Beaupré évoquait pour elle de cruels souvenirs. Si elle se tenait en retrait, c'était qu'elle craignait d'entendre chuchoter des allusions à sa terrible aventure, celle qui avait fait d'elle une héroïne à l'âme broyée.

Cela s'était passé trois ans plus tôt, en juillet 1660, pendant la canicule, lorsque les feuilles des chênes foncent du vert au noir et qu'il faut endurer les moustiques. Au matin, on avait rapporté que la femme de Louis Chartier, le chirurgien, s'était noyée en aval de la rivière Saint-Pierre. Marguerite, son mari Nicolas, leurs deux enfants et quelques autres familles avaient accompagné le pauvre veuf sur la rive, où s'était tenu un court office religieux.

Sous le choc de la nouvelle, le petit groupe avait commis l'impardonnable imprudence de sortir du poste sans se faire accompagner par des militaires. Pis encore, sans même prévenir personne.

Tapis parfois pendant des jours sans manger ni dormir, sans bouger un muscle, confondus avec la végétation, les Iroquois étaient capables d'une patience surhumaine. Ils se transformaient en objets, en statues, ne gardant de la vie qu'une respiration lente et silencieuse comme la brise, et ils attendaient, attendaient…

Ce jour-là, il s'en trouvait cinq cachés dans les hautes herbes, à quelques mètres des familles en prière. Leurs cris soudains avaient glacé d'effroi le groupe pendant quelques secondes, le temps suffisant pour que les assaillants s'emparent des quatre Gaudé.

Portant leurs proies liées à dos d'homme comme du gibier, les Agniers avaient gagné un campement provisoire à l'ouest de Ville-Marie, près de la route de la Chine. Là, ils les avaient d'abord jetées brutalement sur le sol, puis attachées à des pieux. Les pleurs des enfants ne les avaient pas ébranlés. Indifférents, ils s'étaient affairés à préparer les poteaux de torture. Les voyant déterminés à supplicier sa famille, Nicolas Gaudé, après un douloureux débat de conscience, avait décidé de tenter le tout pour le tout.

Ils n'avaient qu'une seule chance raisonnable de s'en sortir en échappant à la mort : on racontait qu'une Blanche qui acceptait de prendre du plaisir avec des Iroquois pouvait obtenir d'eux toute faveur. Il l'avait dit à Marguerite. Elle avait hésité. Une frayeur pire que celle de la mort et de la torture, plus intime et plus humiliante, était descendue en elle. Elle avait ensuite éprouvé le sentiment d'une immense solitude. Le dégoût et le mépris que lui inspirait la proposition de son mari avaient fait le reste. Mais le spectacle de ses enfants terrifiés et en pleurs, et l'idée qu'on ne leur épargnerait pas les supplices, avait été le plus fort.

Malgré le peu de jeu que lui laissaient les liens, elle s'était évertuée à attirer l'attention d'un jeune guerrier occupé à planter les poteaux de feu. Elle l'avait toisé avec effronterie et était parvenue à donner à sa voix un ton calme et une douceur provocante. Elle avait cru sa manœuvre vaine, lorsqu'elle avait vu l'Iroquois lui tourner le dos et disparaître dans le sous-bois. Mais il était revenu avec deux compagnons, et tous trois l'avaient déliée et ensuite entraînée en riant de façon obscène dans un abri de branches et d'écorces de bouleau.

Tendue à se rompre, grinçant des dents et labourant le sol de ses ongles, Marguerite avait subi l'assaut répété des Agniers. Elle s'était cambrée, tordue de douleur, et ils avaient pris ses gémissements pour l'expression de la jouissance. Le dos raboté par la rugosité de la natte, elle avait essayé, alors qu'ils la pénétraient, de se concentrer sur une seule idée : « Ils n'ont que mon corps ! » Mais elle n'avait pu empêcher le remords, ni le terrible sentiment d'une faute, de sourdre en elle. Elle n'acceptait pas ce viol, même pour le salut de ses enfants. C'était trop ; il eût mieux valu mourir debout, pour tous. Quand ils l'avaient enfin lâchée, elle avait grondé entre ses dents serrées et elle avait vomi de répulsion. Pour elle-même. Les Agniers l'avaient observée sans mot dire, pendant qu'elle libérait sa famille. Dans le regard de son mari, elle avait surpris un sombre reflet, celui d'un malaise qui n'allait jamais s'éteindre entre eux. Et quand les enfants s'étaient pendus à sa jupe, elle avait failli les repousser, ne se jugeant plus digne d'être leur mère. Elle avait pleuré tout le temps qu'elle et son mari avaient construit un radeau de fortune pour rentrer au poste.

Ils avaient descendu le cours rapide de la rivière, en craignant à tout instant de heurter les récifs, mais c'était la seule façon d'éviter une autre embuscade.

À Ville-Marie, au cours d'une cérémonie réunissant toute la colonie, l'abbé Lebel s'était empressé de bénir en public la courageuse jeune femme, afin de montrer de façon éclatante que le sacrifice de Marguerite Gaudé méritait l'admiration la plus élevée plutôt que les dédains inspirés par un bigotisme stupide.

Thérèse Cardinal la connaissait depuis qu'elles avaient ensemble traversé l'océan : elles étaient les seules femmes accompagnant leur mari à bord du *Saint-Nicolas*. Depuis la cruelle aventure de Marguerite, elle se sentait encore plus proche d'elle. L'intelligence à la fois tranquille, passionnée et fortement raisonnée de Thérèse, et aussi cette perception particulière qu'elle avait des choses et des êtres faisaient d'elle l'amie absolue. Ses encouragements avaient plus d'une fois apaisé le désespoir de l'infortunée jeune femme.

Derrière Thérèse, une voix rude, qui fit se retourner des têtes dans l'attroupement devant le magasin Le Ber, dit :

— En tout cas, moi, on ne me fera pas accroire !

C'était Chicot, encore lui, et il continuait :

— J'en avais le sentiment. Je n'ai pas dormi de la nuit, sachant ces maudits sauvages dans la place. On ne couche pas gibier et chasseurs dans la même cabane !

Il enrageait. Il faisait non et non de la tête, la bouche tordue par l'indignation et la colère. La violence de ses mouvements de tête secouait la poignée de rubans qui ornait bizarrement son chapeau : chaque ruban correspondait à un Indien tué de ses mains. Mais, à force, ceux qu'il avait abattus ne se comptant plus, il avait interrompu cette collection. Sa haine des Iroquois était un chemin sans fin. En 1651, il avait été pris par un groupe d'Agniers à l'orée des bois. Avant que des miliciens aient pu le secourir et l'arracher aux assaillants, ceux-ci l'avaient scalpé. Couché face contre terre et maintenu dans cette position par une pression des genoux sur les reins, agrippé par la chevelure et la tête tirée en arrière, il avait senti dans le même temps la lame du couteau lui inciser le pourtour du crâne. D'un coup, la peau recouvrant les os avait été arrachée. Et il savait que ce n'était pas la pire façon d'être scalpé : dans le feu des combats, souvent les Indiens se contentaient d'inciser partiellement le cuir chevelu à coups d'ongles ou de dents et tiraient ensuite à deux mains sur les cheveux. Des lambeaux de chair, et parfois même les oreilles, étaient arrachés avec le scalp. La poussière, la saleté se mêlaient au sang, provoquant l'infection et, dans la plupart des cas, la mort.

Grâce aux bons soins des dames hospitalières, et plus particulièrement de Jeanne Mance, Chicot avait survécu. Et ce scalpé vivant était un personnage hautement respecté à Ville-Marie. Pour compenser la perte de sa chevelure, il portait une barbe touffue, noir et blanc, qui lui mangeait les joues jusqu'aux pommettes et se mariait à d'épais sourcils. Son regard aigu empêchait qu'on ne remarquât la puissante laideur de son nez en bec d'aigle. Il poursuivit :

– Quand j'ai vu la porte ouverte chez les Beaupré, j'ai tout deviné. On ne me fera quand même pas croire qu'on ne pouvait prévenir une boucherie pareille. Une de plus !

Autour de lui on approuvait en silence. Thérèse fut la seule à crier : « C'est une honte ! » Puis elle se tut, étouffant de colère comme Chicot. À côté d'elle, Marguerite, les larmes aux yeux, pensait aux trois fillettes. Peut-être une squaw les adopterait-elle ; peut-être, plus tard, pourraient-elles être échangées contre des prisonniers iroquois, cela s'était vu et fait. Mais dans combien d'années ?

Sur la maison des Beaupré, déjà le notaire, M. de Saint-Père, avait apposé les scellés. Dans peu de temps, on les lèverait et la maison serait vendue. Le drame, un de plus, comme disait Chicot, serait oublié, noyé parmi les autres.

Un remous se fit. Les gens agglutinés devant le magasin Le Ber livrèrent passage aux porteurs. On refusait d'utiliser la charrette ou le tombereau ; on avait pour les morts un respect tel qu'on n'eût osé les transporter ainsi qu'une vulgaire charge.

Les galoches chuintaient sur le sol détrempé ; les cris pointus d'un vol triangulaire d'oies blanches trouèrent le ciel. Tous ceux qui étaient venus aux corps formaient derrière les porteurs un convoi de silhouettes lentes, têtes basses et dos courbés. À son passage, des fenêtres s'ouvraient. Les gens se signaient. Devant l'Hôtel-Dieu, des religieuses hospitalières vinrent au-devant du cortège funèbre : conduites par Mlle Jeanne Mance, la fondatrice, à genoux dans la rue, elles se recueillirent quelques instants.

Thérèse et Chicot observèrent la scène. Ils respectaient la peine de leurs compagnons ainsi que leur dévotion, mais n'avaient pas emboîté le pas. Ils demeuraient en arrière, avec Marguerite. Ce comportement protestataire n'était pas nouveau chez Thérèse : elle rejetait toute soumission complaisante envers les autorités, qu'elle tenait ouvertement responsables de telles tragédies. C'était en elle le sang des Le Coq, une superbe qu'elle tenait de son père, avec une force d'âme singulière qu'en général les hommes admiraient et n'osaient provoquer, et qui lui faisait relever la tête dans une société étranglée de toutes parts, que ce fût par la nature, le danger ou les conventions. Son franc-parler contre l'administration religieuse ou laïque, qu'elle fustigeait dès qu'elle y constatait la moindre incurie, lui valait une réputation d'insoumise.

Au lendemain d'un autre massacre, particulièrement épouvantable, pendant que, dans une prière commune, la population de l'île se serrait autour de M. de Queylus, sulpicien, elle avait lancé d'une voix forte ce mot qu'on répétait encore sous le couvert : « C'est bien vrai, la Nouvelle-France est le plus court chemin pour aller au ciel ! » Peu après, dans une lettre à M. de Maisonneuve, elle avait réclamé des actions plus énergiques face à la multiplication croissante des attaques à deux pas de l'enceinte : « À vivre dans l'horreur et la prière, vous voulez nous forcer à la sainteté. Nous préférerions la sécurité », concluait la missive.

Dans une communauté où les analphabètes étaient nombreux, le fait de savoir lire et écrire lui attirait de l'envie. Certaines mauvaises langues colportaient que c'était pour elle, pour la faire museler par un mari, que Maisonneuve avait édicté que tout célibataire qui épouserait une veuve serait généreusement gratifié d'une dot comportant terres et bestiaux. Femme entêtée, mélange de force instinctive et d'orgueil combatif, elle aurait pu être une meneuse d'hommes. Plusieurs de ceux-ci s'étaient dits prêts à la suivre, parfois. Un coureur de bois, en route pour Québec, qui s'était arrêté dans un cabaret de Ville-Marie, l'y avait vue haranguer la clientèle au lendemain du massacre du Long-Sault dans lequel son mari, Urbain Cardinal, avait perdu la vie, près de la rivière des Outaouais. L'aventurier avait dit d'elle, les poings sur les hanches et hochant la tête : « Cette femme-là, moi, je vous l'affirme, c'est un animal de race. » Depuis, les hommes gardaient volontiers d'elle cette image. En un sens, elle la rapprochait d'eux en seyant au désir qu'ils avaient d'elle.

Oubliant déjà le drame dans l'inconscience de l'âge, des enfants traversèrent la place Royale en courant et en criant. Des chiens sautaient autour d'eux. Thérèse les regarda, puis dit d'une voix tendue et sourde, plutôt à elle-même qu'à Marguerite et à Chicot :

— Il faut que je rentre. Les petits m'attendent.

Et, tournant sèchement le dos à ses deux compagnons, elle reprit son seau et marcha en direction de l'Hôtel-Dieu. Elle pénétra dans la cour, puisa son eau, s'en retourna.

Pierrot la guettait dehors. Solidement campé déjà. Digne fils de son père, pensa-t-elle, ne sachant pas très bien auquel des deux allait la chaleur de tendresse qu'elle en ressentait. Lui, au moins, était bien vivant. Mais dans quelle illusion ? À combien d'enfants n'avait-on pas menti depuis le début de la colonie, en racontant comme à Pierrot maintenant que leur père était parti « courer » les bois ? À combien d'autres faudrait-il encore cacher la vérité, quand reviendraient les combattants du fort Richelieu ?

C'était un enfant enjoué, vif et sans cesse curieux de toutes choses. Il posait mille et une questions et revenait souvent sur la même, s'il n'avait pas tout à fait compris la réponse. Il trouvait de lui-même des explications quand celles des adultes ne le satisfaisaient pas : « Moi, je pense que la lune, c'est le soleil qui dort les yeux ouverts après avoir rentré ses rayons », avait-il dit un jour à Thérèse stupéfaite.

Avec ses yeux brun foncé sous une frange blonde, ses lèvres un peu boudeuses comme celles de son père, il avait l'air d'un petit bonhomme qu'on ne pouvait aisément convaincre par des à-peu-près. Jamais il ne pardonnerait le mensonge, et il aurait tôt fait de le percer.

Thérèse se pencha sur lui. Les cheveux de l'enfant sentaient les blés mûrs : elle aspira cette bonne odeur de vie en fermant les yeux.

Contrairement aux Européens, les habitants de la Nouvelle-France portaient un culte particulier à l'enfance, copiant peut-être en cela les indigènes. À moins que ce ne fût tout simplement parce que la présence de ces jeunes êtres les empêchait de ne penser qu'à la mort qui rôdait, menaçait, frappait, le jour, la nuit.

Entrant dans la maison, Thérèse y trouva Marie-Ève, son petit bout de fille pas plus haute que trois pommes, juchée sur un tabouret et fort occupée à griller des tranches de lard sur une plaque de fonte posée en travers d'un carré de briques. Elle étalait le lard, puis retirait vivement le bout des doigts qu'elle portait à ses lèvres comme pour éteindre quelque brûlure imaginaire, mimant ainsi un réflexe qu'elle avait souvent vu chez sa mère.

L'odeur de la grillade emplissait la maison. La table était mise : fourchettes et couteaux d'acier, assiettes d'étain, gobelets de fer-blanc, salière et boîte à poivre en bois, coquemar de cuivre rouge. Au centre, une cruche de grès suintant l'eau fraîche, un plat de tôle contenant le beurre pris dans la tinette où on le conservait, et un beau gros morceau de pain bis à base de son et de seigle.

Pendant le repas, une grande tache de soleil se déplaça du mur à la table : le printemps progressait à vue d'œil. Comme la sève des arbres qui montait sous les écorces moussues, tout n'était que vie nouvelle, reflets perlés de neige et de glace fondue.

Une ombre vint masquer la lumière de la fenêtre. Pierrot demanda :

– Il va pleuvoir ?

C'était la charrette à bœufs de la veuve Closse qui descendait vers le fleuve, chargée de billots. Deux roues à jantes avec rais et moyeu, à quoi étaient attelés au même timon, par paires, quatre bœufs de labour. La charrette de la veuve Closse était bien connue au poste. Son défunt propriétaire, sergent-major de Maisonneuve, premier notaire de la petite colonie et son plus important commerçant de fourrures, de surcroît autodidacte admiré, était mort pour sauver Ville-Marie. C'était en septembre 1661 : un groupe de Montréalistes bûchaient dans la forêt, quand ils avaient été attaqués par des Indiens. Lambert Closse avait entendu claquer les mousquets. Accompagné de ses deux domestiques, un Flamand, et un Français du nom de Pigeon, il était sorti de sa maison, construite à la limite ouest du village et fortifiée comme une redoute, pour se porter au secours de ses compagnons. Face aux Iroquois, le Flamand avait pris panique et s'était enfui. Seul avec le fidèle Pigeon, Closse avait engagé un combat inégal. Bientôt, ses deux pistolets s'étaient enrayés. Il avait alors été assassiné à coups de tomahawk. Mais son courage avait eu pour effet de détourner la trentaine d'Agniers venus pour attaquer Ville-Marie pendant une absence, temporaire, du commandant de Maisonneuve. Il avait eu droit à de grandes funérailles auxquelles tout le monde assista. Mais il avait laissé dans le deuil un jeune enfant et une veuve de dix-neuf ans à peine.

Pierrot alla prendre dans l'armoire une jatte d'huile d'olive. En bois de pin, teint au brou de noix, le meuble était fermé par un seul panneau aux angles tronqués à moulures souples, asymétriques, et à traverses chantournées. Le corps de l'armoire était orné de petites fleurs rondes, comme les beaux meubles de la région de Lorraine. C'était une pièce d'ameublement qui tranchait sur la modestie de l'habitation. Urbain Cardinal, forcé de s'encabaner pendant les longs mois d'hiver, avait accordé beaucoup de temps et d'amour à la fabrication de ses meubles, en alliant l'élégance et la robustesse à la simplicité et au sens pratique.

— Pourquoi la charrette transporte-t-elle tous ces billots, ma tante ? demanda Pierrot en se rasseyant sur sa chaise, au siège fait de lanières d'orme.

— Pour réparer les quais, car bientôt les bateaux vont venir de Québec.

En effet, tout l'hiver, Ville-Marie vivait dans le plus complet isolement ; mais dès que le flot du fleuve s'était débarrassé des glaces, et quand bien même les battures – les bancs de glace faisant corps avec le rivage – n'étaient pas encore toutes parties, des barques montaient de Québec à Montréal, apportant avec elles joie et tristesse : joie des arrivées, tristesse des départs.

Comme la charrette à bœufs dépassait la place, un groupe de colons arriva à grand bruit par le sentier descendant vers le ruisseau Saint-Martin. À sa tête, Jacques de La Porte, dit Saint-Georges, que l'on connaissait pour être une mauvaise tête, aimant à se colletailler. Il était l'un de ceux, assez rares, qui regrettaient d'avoir quitté la France pour s'exiler dans une colonie qui tardait à les enrichir.

Thérèse n'aimait pas Saint-Georges. Elle ne souhaitait pas comme lui rentrer en France. Sa condition de paysanne, elle le savait, ne lui aurait valu là-bas que misère noire, vie sordide sans autre issue qu'une résignation qui lui ressemblait fort peu. Ici, pas de tailles à payer, encore beaucoup de terres sans propriétaires, et de l'avenir, surtout, un avenir qui verrait bien un jour s'éteindre l'hostilité et le harcèlement des Indiens, la seule vraie plaie de cette nouvelle patrie, autrement si généreuse.

Cela dit, en attendant, il n'était pas question pour Thérèse d'accepter les meurtres et les massacres sans fustiger ceux qui ne trouvaient pas les moyens de les enrayer et qui, pis, semblaient s'ingénier à introduire dans la place les assassins. Sa colère se réveilla à la pensée du meurtre des Beaupré.

Elle allait s'attabler avec les enfants, quand la porte s'ouvrit sous une poussée brusque. L'embrasure encadra à contre-jour une silhouette qui ne pouvait être que celle d'un Indien. Marie-Ève jeta un cri d'effroi, sauta de son siège et s'enfuit dans la pièce voisine. Pierrot, les yeux écarquillés, le regard terrifié, les lèvres frémissantes comme s'il allait pleurer, restait médusé. Seule Thérèse partit d'un rire joyeux :

– Mitionemeg ! s'exclama-t-elle. Quand apprendras-tu à ne pas entrer chez les gens sans frapper ?

Déjà Pierrot riait à son tour, ayant reconnu le nouveau venu, tandis que, sur le seuil, le jeune Indien souriait et haussait les épaules d'un geste à la fois gauche et désinvolte. C'était d'évidence un Huron, à en juger par la coiffure, cette sorte de brosse en forme de cimier courant au sommet du crâne. Bien qu'il fût grand, bien découpé, musclé, avec un beau visage de médaille et le menton de la fierté, il ne devait pas avoir plus de quatorze ou quinze ans. C'était vrai qu'il se considérait presque comme chez lui dans la maison Cardinal : son père était mort en héros aux côtés d'Urbain et des compagnons de Dollard Des Ormeaux, au Long-Sault. Depuis lors, les habitants du poste l'avaient adopté un peu comme une mascotte. On aimait sa nature sans souci, ses airs lunaires, son humeur égale. Aux yeux de Ville-Marie, il était le symbole vivant de cette alliance entre

Français et Hurons, qui remontait à l'époque de la fondation de la Nouvelle-France et qui était l'œuvre du père de celle-ci : Samuel de Champlain.

— Je ne t'ai pas interdit d'entrer, dit doucement Thérèse, comme Mitionemeg, malgré tout, paraissait hésiter, piqué sur le seuil. Allons, approche. Et surtout ferme la porte, je n'ai pas allumé ce feu pour la rue.

Le jeune Huron s'avança. Il portait une magnifique veste de peau à franges et des mocassins aux couleurs vives. Quand il souriait, il redevenait un adolescent, et son regard à l'adresse de Thérèse était plein de respect et d'adoration, mais on y voyait aussi une étincelle de gaieté danser, prête à flamber en rire. En fait, on sentait que dans ce cadre ses traits avaient du mal à garder leur sévérité et leur impassibilité indiennes. Pour un peu, il aurait eu l'air masqué et sa hure plantée au milieu de son crâne, soigneusement rasé au silex de chaque côté, avait presque l'air d'un accessoire comique dès qu'il se laissait aller à perdre un instant sa mine de fierté et de sérieux ancestraux.

Rassurée, Marie-Ève le regardait en suçant son doigt, près de la porte de la chambre, se refusant pour l'honneur à revenir tout de suite. Pierrot, lui, debout à côté de Thérèse, n'avait d'yeux que pour la croix de bois qui pendait au cou de Mitionemeg. Il demanda :

— C'est toi qui l'as faite ?

L'Indien maniait admirablement le couteau et souvent il sculptait, à l'intention des enfants, de petits objets de bois dont il leur faisait cadeau. Il se pencha pour permettre aux doigts qui se tendaient de toucher la croix et répondit en pur français où seul l'accent était un peu rauque :

– Non, c'est Mlle Bourgeoys qui me l'a donnée.

Il n'en semblait pas peu fier. Il ajouta :

– J'aide à l'école. J'apprends aussi. J'écoute.

Et c'était vrai que, sur la recommandation de Thérèse, Mlle Bourgeoys avait pris le Huron comme homme de maison pour faire le ménage de l'école, la seule de Ville-Marie, qu'elle avait créée quelque quinze ans plus tôt et qui occupait une ancienne étable à l'est de l'Hôtel-Dieu. Y venaient toute une marmaille – c'était en tout cas un moyen de l'empêcher de galoper dangereusement parmi les chantiers de construction – ainsi que des jeunes filles à qui l'on apprenait à coudre, à filer, à faire le pain, bref, à devenir un jour, souvent très proche, de bonnes épouses de colons. Marguerite Bourgeoys, une Champenoise refusée au carmel à vingt ans, mais qui avait vite préféré l'aventure missionnaire, menait rondement son école. Elle était le digne pendant de M. de Maisonneuve : toujours prête à relever comme lui tous les défis, aucune tâche ne la rebutait. Après avoir fait ânonner les enfants ou montré le point d'Alençon, elle allait se joindre aux maçons pour leur prêter la main et sa bonne humeur dans les travaux d'agrandissement de l'Hôtel-Dieu. Comme le gouverneur aussi, elle voyait loin. Elle pressentait la fondation d'un pays et d'une race. Elle en voyait pour preuve, notamment, la langue neuve qui naissait déjà parmi les Français de Nouvelle-France, inventant des mots pour répondre au climat, aux conditions de vie inusitées, et puisant sa sève à la générosité de cette terre, tout en gardant ses racines dans le sol des provinces natales, maintenant lointaines. Pour toutes ces raisons, l'école constituait à ses yeux un instrument essentiel, où serait pétrie et lèverait la pâte de cette langue nouvelle et où se préserverait aussi la tradition de France.

— Je venais chercher le petit homme pour l'emmener au quai, reprit le jeune Huron en se redressant et en quêtant des yeux l'autorisation de Thérèse.

Celle-ci allait répondre, quand, de la rue, parvint de nouveau le tapage des éclats de voix du groupe qui suivait Saint-Georges.

— Qu'y a-t-il donc ? dit-elle impatiemment sans s'adresser à personne en particulier. Qu'est-ce qu'il veut encore, cet agité ?

« C'est une mauvaise journée », pensa-t-elle. Puis, passant de l'impatience à l'inquiétude avec laquelle elle s'était réveillée, et, désignant Pierrot à Mitionemeg, avec un regard qui demandait à ce dernier la discrétion, elle dit :

— A-t-on des nouvelles de là-bas ?

Là-bas, c'était le fort Richelieu. Le Huron secoua la tête. Au même moment les cris reprirent dans la rue : « Oui ! Oui ! Oui ! »

Thérèse était trop femme pour ne pas être curieuse. Et puis peut-être parce qu'elle sentait là un autre tempérament de meneur – mais de la mauvaise sorte –, ce grand braillard de Saint-Georges l'agaçait trop. Comme toujours, sa résolution fut vite prise :

— Mitionemeg, dit-elle, sois gentil, reste avec les enfants. Le quai attendra un peu. Juste le temps que j'aille voir. Et prends place à table, tire-toi le pain et le lard. Mange et fais-les manger.

Et elle sortit en coup de vent.

Chapitre V

« Les Iroquois viennent en renards, attaquent en lions, fuient en oiseaux », disait un proverbe algonquin. De son créneau, Pierre Gagné, surveillant la rive, hocha la tête. L'adage avait le même goût amer que les souvenirs encore frais qu'il remâchait.

Après leurs deux jours d'attente – des jours qui ne se comptaient peut-être pas en siècles, mais pas en heures non plus, sûrement – passés à espérer voir n'importe quelle cible s'offrir à leur rage rentrée, les Français du fort Richelieu avaient enfin subi l'attaque iroquoise.

Mais le grand choc, l'affrontement définitif, n'avait pas eu lieu au premier assaut. Comme c'était toujours le cas, les Indiens avaient reculé à la première salve. Plusieurs étaient restés allongés sur le sable qui buvait leur sang. Ils avaient ensuite laissé passer plus d'une heure avant de revenir à la charge.

Le visage desséché par le manque d'eau et l'excès de soleil, les yeux brillants de fatigue et de fièvre, Pierre Gagné et ses compagnons avaient donc continué à attendre. Avec une tension telle que plusieurs tremblaient derrière leur mousquet.

Enfin une clameur terrible, aiguë et déchirante, qui avait fait son chemin jusqu'au cœur des plus braves, emplit l'air. Cette fois, les Iroquois avançaient lentement, en rangs serrés. Ceux des premières lignes étaient armés de fusils, de hachettes et de couteaux ; derrière suivaient des archers, pointant des flèches enflammées qui ne tardèrent pas à fuser furieusement. Escortés par cette pluie de feu, d'un seul élan et dans un seul cri, les guerriers onneiouts se ruèrent sur le fort. Sous un ciel serein, à l'orée d'une forêt paisible, sur les bords tranquilles de la rivière des Iroquois et du fleuve Saint-Laurent, un combat sans merci s'était engagé.

Détrempés sous l'écorce par le dégel et les pluies de printemps, les pieux de la palissade n'offraient aucune prise aux flèches enflammées. Mais un Huron du nom de Tsanhohy, qui avait été de tous les combats courageux contre les Iroquois depuis sa conversion au catholicisme à Ville-Marie en 1643, en reçut une en pleine poitrine. Sa veste de peau prit feu avant qu'il ait pu arracher la pointe plantée dans ses poumons. Le visage pétrifié de stupeur en constatant soudain qu'il allait mourir, sans un mot il fixa le vide, puis bascula sur le sol.

Voyant qu'ils ne viendraient pas à bout de la muraille par l'incendie, les attaquants optèrent pour les échelles. À découvert, tombant les uns après les autres sous une pluie de balles, ils réussirent à prendre appui, mais furent repoussés aussitôt. Les Français laissèrent plusieurs des leurs dans la lutte. Et ce fut de nouveau l'accalmie.

Voyant l'ennemi reculer une fois de plus, des Hurons conclurent bruyamment à sa déroute. Ils se trompaient. Les Iroquois entreprirent de creuser des fosses : la nuit à venir, ils la consacreraient aux obsèques de leurs morts. Le lendemain, avait pensé Pierre Gagné, serait le grand jour, celui du combat final qui ne laisserait debout que les vainqueurs.

Au matin de ce jour-là, en guise de déjeuner, les Français et leurs alliés mangèrent ce qui leur restait de nourriture : trois sacs d'une farine épaisse et rugueuse qui leur asséicha la gorge encore davantage. Si bien que, à force de voir miroiter l'obsédante nappe d'eau de l'anse formée par la rivière à une trentaine de mètres seulement d'eux, trois Hurons et un Français décidèrent de sauter par-dessus la palissade, avec l'espoir d'atteindre à la course le pied d'une épinette, où bouillonnait la source du ruisseau souillé qui traversait le fort. Ils furent fauchés par un tir meurtrier. Une heure après, plus astucieusement, trois Hurons réussirent à sortir du côté de la forêt, décidés à venger leurs frères. Inaperçus, ils s'embusquèrent derrière une grosse roche et se saisirent de deux Onneiouts qui passaient, chargés de branches destinées à alimenter les feux. Ils les décapitèrent et empalèrent les têtes sur des pieux. Après quoi, ils dressèrent ces trophées sanglants bien à la vue des assaillants. Désormais rompus à toutes les horreurs, les Français ne sourcillèrent même pas.

Un moment plus tard, une détonation claqua. Non loin de Pierre, il y eut un cri, puis une plainte étouffée. Antoine Brumel, que le meurtre de sa femme, sous ses yeux et ceux de ses enfants, à la Pointe – aujourd'hui Pointe-Saint-Charles –, l'été d'avant, avait entraîné comme Pierre Gagné dans cette aventure vengeresse, gisait au pied du créneau voisin, le front et une joue empourprés de sang. Ses lèvres balbutiaient des mots sans fin ni relief. Ses yeux frissonnaient, à demi fermés. Pierre s'accroupit près de lui. Il voulut essuyer le sang qui coulait sur les paupières du blessé ; mais ses doigts rencontrèrent une plaie béante. Une tristesse infinie courba ses épaules endolories. Il se pencha davantage vers l'agonisant pour saisir ses ultimes paroles :

— Le clocher de l'église Sainte-Catherine, chez moi à Honfleur… c'est le plus beau de la Normandie. Tous ceux qui sont partis de là-bas pour courir les mers y reviennent prier un jour. Moi aussi, j'y reviendrai contempler une dernière fois cette église de bois. Je l'ai construite de mes mains avec mes compagnons du Calvados…

Le mourant leva vers Gagné un regard qui était effrayant d'égarement et de lucidité à la fois. Il reprit dans un souffle, avec un sourire fou :

— Et quand j'y reviendrai, je retrouverai une famille, un coin de terre à soigner, la douceur du pays… Dis-moi que je le reverrai, dis-le-moi, Pierre.

Il toussa, voulut cracher, mais son corps n'en avait même plus la force. Pierre Gagné se pencha, le souleva pour soulager l'étouffement ; en fait, c'était la vie qui s'arrêtait ; Antoine Brumel mourut dans un hoquet.

Toute la nuit, des bruits de terre qu'on remue rappelèrent la présence proche des Indiens qui ensevelissaient leurs morts dans des fosses tapissées d'écorces et de peaux. Ils y déposaient les cadavres dans la position accroupie et les recouvraient de branchages, puis d'un monticule de sable.

Le matin n'avait pas encore chassé toutes les demi-teintes de la nuit, que le chef lançait déjà sur le sol les bûchettes que devaient ramasser les volontaires pour l'assaut final. Des canots se détachèrent de la rive et gagnèrent le milieu du fleuve. Leurs occupants rentraient au village pour annoncer d'avance la victoire et préparer la fête. Les assaillants désignés marchèrent sur le fort en se dispersant sur tous les côtés.

Abrité du haut de la tête jusqu'à mi-cuisses derrière trois bûches liées pour former bouclier, chacun des douze guerriers, courbé en deux, réussit à s'approcher du pied de la palissade et à l'attaquer à coups de hachette. Protégés par un feu nourri de leurs frères, ils eurent beau jeu : faute de flanquement, les Français et les Hurons ne pouvaient les déloger. Les canons des fusils inutilisables qu'ils avaient bourrés de poudre tombaient trop loin pour les menacer vraiment. Et pendant que ces termites rongeaient l'enceinte, un autre groupe, beaucoup plus nombreux sous le feu meurtrier des alliés, empilait au fur et à mesure ses morts en une pyramide qui lui permit finalement d'escalader l'enceinte nord.

Aussi brève qu'extrême dans sa violence, une mêlée atroce opposa les ennemis. Pierre Gagné abandonna son fusil, inutilisable, et saisit les deux hachettes d'un Onneiout mourant qu'il acheva. Il se mit à frapper sans relâche, férocement, bûchant littéralement dans les corps avec fureur, insensible aux blessures qu'il récoltait. Le sentiment qu'il avait de devoir se battre de façon inhumaine comme un animal sauvage se reflétait dans ses yeux presque déments. Il trébucha et tomba à plusieurs reprises, emporté par son élan, ratant une tête, une épaule, une poitrine. Il en vint à ne plus savoir, à ne plus voir : le voile tiède d'un liquide épais coulait devant ses yeux et le long de son corps. Il se tâta, ses mains étaient gluantes. Il allait mourir, il le savait, et il en redoubla d'ardeur.

Avec des sanglots de rage impuissante, comme Antoine Brumel tout à l'heure, il se mit à revoir le passé. Un vertige d'images, tournoyant avec son corps et ses bras…

Sous un ciel semblable, aussi effrontément bleu, aussi vaste, un après-midi d'octobre, avant que l'automne porte les effluves avant-coureurs de l'hiver, il labourait avec Marie, sa jeune femme, et Jean Boudart, un ami. Une dizaine d'Agniers avaient surgi de la forêt. Lâchant la charrue, Pierre Gagné avait entraîné Marie et couru avec elle vers le village, à toutes jambes, sans se retourner. Ils avaient trébuché. Relevé, il s'était défendu comme un diable, jusqu'à ce qu'un coup de tomahawk l'eût laissé pour mort. Ce n'était que le lendemain, à l'Hôtel-Dieu, où il s'était retrouvé sans savoir comment, sauvé et ramené par des amis, qu'il était sorti du coma pour apprendre, de la bouche de Chicot, la fin horrible de sa femme. Scalpée, on l'avait conduite dans une bourgade indienne proche, où on lui avait d'abord amputé le nez, comme on le faisait aux femmes infidèles dans certaines tribus indiennes. Puis on lui avait coupé la pointe des seins, la dernière phalange des doigts, des orteils, pour finalement la brûler vive au poteau, pantelante de souffrance.

Les premiers jours, le désespoir avait dicté à Pierre Gagné mille projets de vengeance, qui fermentaient dans sa tête en furie. Son délire l'avait porté à envisager les manœuvres les plus périlleuses et même, parfois, suicidaires. Il avait pensé à se constituer prisonnier des Agniers, car il se souvenait de l'odyssée de Dubocq, un colon natif de Saint-Maclou.

Un jour, ce Dubocq est enlevé par trois Indiens sur la route de la Chine. Dans leur bourgade, huit guerriers de la tribu et deux femmes festoient, s'enivrent avant de s'amuser à le torturer. Dubocq pourrait fuir. Au lieu de quoi, il décide de rester pour se venger. Il ligote et garrotte les deux Indiennes, s'arme d'un toma-hawk, assomme les guerriers. Alors que les Agniers geignent, à demi inconscients, il se livre à une terrible revanche en souvenir des amis dont les cadavres en-graissent les champs de Ville-Marie. Avec une précision démoniaque, il incise le pourtour des crânes et tire sur les chevelures. Ensuite, s'étant essuyé les mains sur ses vêtements, il plante des perches autour d'un feu, y pique les scalps. Puis, là, les habits en sang et le visage blafard, il fume calmement sa pipe, dans la nuit éclai-rée par les flammes que couche le vent. Au matin, il emmène les deux Indiennes comme prisonnières et em-porte les scalps comme bannières. À Ville-Marie, on le reçut en héros.

Mais Pierre avait bientôt compris qu'il pourrait se venger bien mieux encore en se faisant soldat. Soldat justicier en quête d'assassins, soldat chasseur à l'affût d'un gibier humain…

Aujourd'hui, il mourait. Soit. Mais après avoir tué le plus grand nombre de barbares. De toute manière, de-puis la mort de Marie, il ne voyait plus aucune utilité à sa vie. Il savait son fils en de bonnes mains avec Thérèse.

Pas plus que Brumel, il ne reverrait la France. Autrefois, cocher sur la liaison Paris-Orléans, il avait dû la fuir pour avoir aidé un noble compromis avec les Espagnols pendant la Jeune Fronde, cette guerre civile qui opposait le prince de Condé, allié secrètement à l'Espagne, au maréchal de Turenne et aux troupes roya-les. Il s'était fait passer pour menuisier auprès de Mai-sonneuve et avait signé un contrat d'engagement pour la Nouvelle-France le 23 mai 1653 chez le notaire La-frousse. Il en savait les termes par cœur :

Paul de Chomedey, sieur de Maisonneuve, Gouverneur de l'Île et Fort de Montréal et terre en dépendant ; noble homme Jérôme Le Royer, sieur de La Dauversière, procureur de la Compagnie des Associés pour la conversion des Sauvages en ladite Île, et Pierre Gagné, menuisier, natif de la ville de Paris, paroisse Saint-Paul, ont fait entre eux l'accord qui suit : Ledit Gagné s'est obligé d'aller servir de son art de menuiserie en l'Île de Montréal, sous le commandement du sieur de Maisonneuve pendant cinq années entières et consécutives, à commencer du jour où il entrera dans cette Île : et pour cet effet, il a promis de se rendre dans la ville de Saint-Nazaire ; les sieurs de Maisonneuve et de La Dauversière ont promis, au nom des Associés de Montréal, de le nourrir, loger et coucher ; tant pendant le voyage que pendant les cinq années de son service, comme aussi de lui fournir tous les instruments nécessaires à l'art de menuisier ; en outre de lui payer chaque année la somme de cent cinquante livres de gages, et enfin les cinq années finies de le reconduire en France, à leurs frais et dépens, sans qu'il en coûte rien audit Gagné.

Peu de temps après son arrivée à Montréal, il avait accepté de s'établir à demeure et avait reçu, en guise de gratification, un terrain pour construire sa maison et une somme d'argent pour faciliter son établissement définitif.

Son ami Urbain Cardinal avait fait de même. Lui aussi, à sa manière, il avait en quelque sorte fui la France, mais pour d'autres motifs : un détachement de soldats, révoltés d'être mal payés par l'administration royale, avait incendié sa ferme et pillé ses biens. Comme tant d'autres paysans français en cette période troublée, qui s'ils n'étaient victimes des soldats l'étaient des seigneurs et des tailles, Urbain et son épouse Thérèse en avaient été réduits à vivre dans un cabanon des champs, à manger des grains de blé et d'avoine germés, à aller vêtus de lambeaux comme des gueux. Une nuit, Urbain avait vu l'attelage de Pierre Gagné, qui ne se déplaçait que sous le couvert de l'ombre et par les chemins déserts, avec son noble en fuite et la femme de celui-ci. Ils s'étaient égarés. Urbain et Thérèse les avaient remis sur le bon chemin. Mais l'aube approchant, ils avaient décidé d'attendre. Urbain les avait conduits dans un bois sûr. Ils y avaient campé, dormi, partagé un peu de leurs vivres avec le couple paysan. Pas mal bavardé aussi. C'était le seigneur fugitif qui, soucieux de ce qu'il adviendrait de Pierre, son sauveteur, leur avait révélé une chance qui s'offrait : « Je sais qu'une recrue se prépare, en vue d'un prochain départ pour la Nouvelle-France. Pourquoi ne pas y aller vous faire ou refaire une vie ? Ils ont sûrement besoin d'hommes sur la liste des métiers… et ils ne refusent pas les femmes, surtout si elles sont jolies », avait-il ajouté galamment, tourné vers Thérèse dont la beauté éclatait presque d'autant plus sous les haillons. Et le bon sire, puisqu'il cherchait lui-même à rejoindre La Rochelle, avait proposé au couple Cardinal l'hospitalité du coche de Pierre, si cette idée du Nouveau Monde leur convenait à tous trois.

Les ans s'étaient écoulés. Urbain était mort dans une bataille comme celle-ci, contre les Iroquois. Marie aussi était morte. Et beaucoup d'autres, venus en terre canadienne à bord du *Saint-Nicolas*.

Et maintenant, au fort Richelieu, c'était le carnage de la fin.

Combien d'heures dura-t-il ? Les cris, les hurlements se transformaient peu à peu en plaintes. Dans les combats singuliers, les antagonistes avaient de plus en plus de difficulté à bouger par-dessus les débris et les corps.

Pierre Gagné se vidait de ses forces. Pourtant, il se tenait, seul, encore debout et droit, au milieu d'une cohue de combattants agonisants ou morts, couchés sur le sol dans d'atroces embrassades.

Au-dessus de sa tête, des nuages d'épaisse fumée roulaient. La palissade brûlait. Parfois, perçant les cieux gris, le soleil faisait des taches d'or qui illuminaient la scène d'enfer.

Du charnier ouvert se dégageait une écœurante odeur de sang.

Pierre se retint à un piquet fiché dans le sol. La perche était surmontée d'un des scalps récoltés par les Hurons. Dans l'irréelle accalmie qui régnait pour l'instant, il promena autour de lui ses yeux rougis d'épuisement. Chez les Onneiouts, il vit le chef Ta'akerat planter son casse-tête dans le tronc d'un gros arbre. Ainsi que le voulait la coutume, l'arme allait témoigner de la victoire. Elle portait déjà la marque de la tribu et le « portrait » du chef : un ovale entourant les signes dont il se tatouait. Sur l'écorce de l'arbre, il grava des hiéroglyphes : le bilan de la bataille. Les guerriers effectuaient pendant ce temps leur dernier rassemblement avant d'aller « refaire leur cabane », c'est-à-dire reconstituer leur lot de prisonniers parmi les survivants du fort.

Puisqu'il lui restait encore un peu de temps et de vie, Pierre Gagné utilisa le court répit qui s'offrait à lui. Les circonstances le désignaient pour une mission impérative.

Il regarda ses hachettes, intensément. Le soleil frappait les lames. Il ferma les yeux, ébloui. Sa poitrine se dilata ; il retint son souffle. Puis il tourna le dos à l'ennemi et marcha vers les siens, vers les blessés de son côté du fort, dont les plaintes n'étaient plus qu'une lamentation continuelle.

Alors sans détourner la tête, le cœur gonflé de toute la souffrance d'un homme pour qui, tragiquement, l'humanité devient d'assister la mort elle-même, il entreprit d'achever ses compagnons pour leur éviter de succomber de toute façon, suppliciés à petit feu.

Avec les mêmes gestes, mais plus nets, plus précis, qui avaient été les siens pour tuer les Iroquois, il les exécuta un à un, vit s'éteindre les regards résignés, résolus ou suppliants qui se graveraient à jamais, il le savait, au fond de sa mémoire. Chaque fois il devait lutter contre l'étreinte angoissée de sa raison, qui lui refusait le droit d'être aussi cruel. Mais son instinct ne pouvait se tromper, qui lui dictait d'agir ainsi.

Ensuite il se redressa et il attendit, décidé à vendre chèrement sa peau. Il entendait les Indiens attaquer la palissade à la hachette. Il faillit tomber lorsque, soudain, deux mains l'agrippèrent à une jambe. Il allait frapper, mais, baissant les yeux, il vit que c'était Sagochiendagets, le plus jeune des Hurons alliés aux Français dans cette bataille. Il avait eu un genou broyé par une décharge de mousquet. Son corps n'était plus qu'une plaie vive. Le Huron lui adressa une instante supplique pour lui-même et ses frères. Pierre acquiesça : il maintint tour à tour la tête de chaque Huron qu'il voyait encore en vie au-dessus des flammes qui léchaient les débris de la plate-forme. Ainsi, les Iroquois n'auraient pas l'honneur d'accrocher leur scalp à leur ceinture. C'était tout ce qu'il pouvait faire ; on n'achevait pas un Peau-Rouge : la honte pour lui aurait été de ne pas subir les supplices.

Tandis que cet ultime rite de la défaite prenait fin dans l'odeur écœurante des chevelures brûlées, il se fit un grand fracas, et la palissade, sapée, s'effondra, aussitôt submergée par la marée hurlante des Iroquois.

Il ne restait plus, dans cette partie du fort Richelieu, qu'un homme debout parmi les morts et quelques blessés hurons gisant – un Français né dans un paisible quartier de Paris et qui allait mourir sous les coups des tomahawks indiens en Nouvelle-France.

La pierre pointue d'un casse-tête frappa Pierre Gagné en plein front, au dessus de l'œil gauche qui ne fut pas épargné.

CHAPITRE VI

Thérèse avait quatre ans, en 1641, lorsqu'elle perdit sa mère et ses deux frères, au cours d'une de ces famines qui pouvaient alors dévaster une province de France tandis que ses voisines regorgeaient de récoltes. La famille ne compta plus désormais que son père et deux tantes, l'une veuve, l'autre vieille fille, qui habitaient Angers, à vingt-cinq kilomètres de Chalonnes-sur-Loire, son village natal.

Autrefois modeste fermier, son père, Honoré Le Coq, faisait le batelier sur le fleuve pendant les hautes mers de l'hiver, lorsque la Loire se gonflait des eaux de la Maine. Les crues répétées du fleuve avaient d'ailleurs ruiné naguère plus d'une de ses récoltes. C'était un homme entêté, un homme fort à tous points de vue, physiquement et moralement, une sorte de rebelle solitaire et renfermé que révoltait toute forme d'injustice et même d'autorité. Mais il savait éviter l'esclandre qui eût pu le faire trop remarquer et mettre aux arrêts. Il savait manœuvrer ses colères.

Bref, pour se soustraire à des tailles qui dépassaient, contre toute justice, le produit de ses récoltes, il avait eu l'idée d'installer une barque pour traverser le fleuve. Un bel été, entre les bancs de sable de la Loire en sécheresse, il avait tendu un câble d'une rive à l'autre et construit une traille assez grande pour transporter un lourd carrosse ou une charrette, attelés.

Il se faisait payer cinq sols par passager, quinze par véhicule. Et il était le seul maître à bord. Sa force et son courage devinrent bientôt réputés. Quand, au printemps, les remous limoneux interrompaient le bac de Monheurt, sur la Garonne, Le Coq, lui, continuait d'assurer son service sur la Loire : il avait la confiance d'une clientèle qui colportait dans tout l'Anjou, la Touraine et le Poitou.

À la mort de sa femme, n'ayant pas le choix, il avait confié Thérèse à ses sœurs d'Angers. Pendant dix ans, il n'avait revu sa fille qu'une fois l'an, en juillet, alors qu'il allait en ville refaire ses provisions d'hiver.

Au printemps de 1651, un événement tragique, identique à celui-là même qu'Urbain avait conté à Pierre Gagné, était venu bousculer sa vie. Une bande de soldats déserteurs, mutinés parce qu'ils n'avaient pas touché la solde du roi depuis des mois, avaient littéralement pris Chalonnes d'assaut. Après avoir pillé toutes les maisons pour manger et boire à souhait, ils avaient brisé, incendié, violé, profané sans retenue. Un groupe en maraude avait poursuivi jusqu'à l'extérieur de la muraille du bourg quelques femmes que Le Coq avait embarquées en vitesse sur son bac. Alors qu'il avait atteint le milieu du fleuve, les bandits sur la berge avaient sectionné le câble de la traille. Rien n'avait servi de godiller avec toute l'énergie du désespoir. Le bac avait été pris de travers par le courant et, dans leur affolement, les passagères s'étaient précipitées vers l'arrière et avaient achevé de le déséquilibrer. Agrippées aux rebords, les femmes hurlaient à la mort, lorsque, avec une lenteur terrifiante, la large plate-forme avait basculé dans l'eau froide et boueuse et s'était renversée complètement. Attirés par la clameur, des paysans avaient, de la rive opposée, mis à l'eau quelques barques. En vain : le courant les déportait en aval du naufrage.

Honoré Le Coq en réchappa grâce à sa force peu commune. Le courant l'emporta vers une langue de terre où il s'abandonna et, épuisé, s'endormit.

Il s'éveilla sous un ciel étoilé. Il retrouva aisément le chemin de Chalonnes. Se faufilant dans sa maison en prenant garde de n'être aperçu par aucun des soldats qui traînaient encore dans le village, il prit tout son pécule et partit pour Angers.

Il trouva un travail de palefrenier chez un riche marchand de la ville qui avait souvent emprunté sa barque. Mais ce quadragénaire, qui s'était habitué à vivre dans l'indépendance, sans autre joie ni souci que de vaincre les flots de la Loire, s'ennuya bientôt. Il se mit à fréquenter les tavernes. Il s'y fit des amis. Il rencontra aussi des femmes et prit maîtresse. Elle vint vivre avec lui ; mais cet amour dura peu. Il en changea, pour une plus jeune. Et puis une autre… Avant d'être tout à fait débauché, il se rappela qu'il avait une fille et décida de la visiter plus souvent. Il découvrit une adolescente de quatorze ans aux allures de femme déjà, et à la beauté près d'éclore. Cependant, la personnalité de Thérèse était atrophiée par les principes étroits et les bigoteries inculqués par ses tantes, qui lui ôtaient toute spontanéité et fraîcheur. La voyant si agréable et devinant chez elle le caractère intransigeant des Le Coq, son père décida de la reprendre avec lui.

Il eut droit à mille harcèlements de ses deux sœurs pour conserver cette « enfant innocente ». Mais il tint bon et, bientôt, le père et la fille formèrent une équipe parfaite, unie dans la complicité. Il enseigna à Thérèse le courage, l'exhorta à ne jamais accepter d'être traitée pour moins que ce qu'elle valait, lui donna des raisons d'être fière et, enfin, la forma à ne jamais avoir le dessous face aux hommes, à ne jamais faiblir : « À toi de les mener par leurs faiblesses. Tu es femme, c'est toi qui choisis, qui dis oui, qui dis non. » Il avait fait d'elle la femme qu'elle était devenue. Une femme qui n'écoutait que ses vérités à elle…

Comme tout cela était loin, songeait Thérèse. Loin et pourtant si vivant, toujours, en elle… Un soupir gonfla sa poitrine. Courbant la tête, elle regarda ses seins nus et elle fut fière : ils étaient pleins, fermes, hauts. Beaux, oui ! « des seins de jeune fille », se dit-elle en souriant, avec l'envie de les caresser. Eux aussi, quand on les touchait, ils n'écoutaient que leur vérité.

Couchée sur le dos, elle était encore moite de la joute amoureuse, dans la petite chambre de celui que l'on devait appeler son amant et qui, lui-même, n'avait que trop tendance à se considérer comme tel. Pour l'instant, il somnolait à côté d'elle, un bras possessif jeté en travers de son corps. Elle tourna vers lui un regard amusé. Puis la rêverie voila de nouveau ses yeux. Pourquoi, tout à l'heure, sous le poids de cet homme, s'était-elle mise à désirer que ce ne fût pas lui – ni même Urbain, dont pourtant sa chair avait porté longtemps le regret, comme un tourment, la nuit – mais que ce fût Pierre Gagné, avec sa force dure ? Elle se demanda si sa sévérité et sa tristesse fondaient dans l'amour.

Puis son esprit revint au présent. Qu'est-ce qui lui avait pris de venir ici ce matin ? Non qu'elle s'en repentît ; mais le printemps qui commençait à éclater suffisait-il à expliquer cette foucade ? Ou bien était-ce la réponse de la vie à la mort qui avait frappé encore, qui frappait peut-être de nouveau ailleurs à cet instant même, au fort Richelieu, par exemple ?

En sortant de chez elle, elle n'avait finalement pas suivi sa première idée de s'enquérir du motif des brailleries de Saint-Georges et de sa petite bande. D'ailleurs, elle les connaissait d'avance : ils devaient vitupérer Maisonneuve ; mais ils suffisaient pour discréditer toute critique du gouverneur. Et puis, elle les avait vus pénétrer chez Fiacre Ducharme, l'armurier, autre bavard, et cela avait achevé de lui ôter toute envie de s'associer à leurs placotages. Et c'était alors que l'insouciance l'avait prise, avec cette idée soudaine d'aller retrouver son « amant ». Oui, une foucade. Brusquement, elle avait revu sa silhouette de matelot, dans son costume extravagant, passer avec indifférence dans la rue, devant le magasin Le Ber, à l'heure de l'attroupement devant les corps des Beaupré. Indifférence feinte, elle le savait : c'était pour ne pas marquer devant les autres leur « liaison », même par un clin d'œil. S'il avait su comme elle s'en moquait, des autres ! Elle avait beau le lui répéter, il ne la croyait pas.

Elle s'était dit que, un peu plus longtemps, un peu moins, Marie-Ève et Pierrot étaient en sûreté avec Mitionemeg ; le jeune Huron se serait fait hacher pour elle et pour les enfants. Alors, elle était descendue vers la grève, où il flânait, comme elle s'y attendait. Lorsqu'il l'avait vue dévaler la pente derrière les maisons, il avait presque couru vers elle. Ensuite, les rues désertes avaient été leurs complices. Mais, encore une fois, elle s'en moquait bien.

Maintenant, fermée, muette, elle prolongeait pour elle-même un moment qui lui appartenait. Ses yeux – ses beaux yeux noirs bordés de longs cils doux – grands ouverts sur le vide, elle prononçait dans sa tête les mots de sa résolution : « Ne pas faiblir. » Son cœur reprenait un rythme régulier. Après l'amour, son corps s'apaisait. Des taches lumineuses se projetaient dans la chambre par la fenêtre ouverte et dansaient sur le mur. Un bruissement intense et continu se mêlait au soleil. L'eau battait légèrement les quais tout près : on se serait cru dehors. On entendait même le croisement des conversations en bas, dans la rue.

Elle se souleva doucement sur un coude pour mieux le voir, ce Thomas endormi. D'un air embarrassé, mais malgré tout avec des lueurs joyeuses au fond des yeux, il lui avait annoncé qu'il partait, il y avait déjà de cela une semaine. La nouvelle n'avait pas autrement surpris Thérèse : c'était prévu. Il était venu à Ville-Marie à travers les mers, à l'automne, pour livrer une cargaison de vivres, mais une maladie l'avait contraint à rester. En général, la race de France s'acclimatait bien à la terre d'Amérique : à la différence des autres colonies chaudes, on n'y trouvait pas de maladies inconnues ou incontrôlables. Cependant, il n'en allait pas de même à bord des navires effectuant la traversée. Le vaisseau qui avait amené Thomas avec une cargaison de vivres et de marchandises sèches s'appelait le *Saint-Père*. C'était un ancien navire-hôpital pour contagieux. Il n'avait jamais été adéquatement désinfecté ; la maladie suintait de ses parois, et une épidémie qu'on avait cru être la peste s'était déclarée peu de temps après le départ de La Rochelle. Thomas l'avait évitée en vivant toute la traversée sur le pont ouvert. Arrivé devant Québec, il se félicitait de son initiative, quand la fièvre s'était emparée de lui. Il avait refusé d'y croire ; mais, parvenu à Montréal, il avait dû s'avouer vaincu. La grande barque était retournée à Québec sans lui et, de même, sans lui le *Saint-Père* était reparti pour la France. Quand la saison s'était refroidie, l'hiver, le fameux hiver canadien salutaire et salubre avait chassé de son organisme l'infection qui le minait.

Sans effets personnels, il lui avait bien fallu se mettre en quête de vêtements chauds. Cette circonstance l'avait amené un jour chez Thérèse, qu'il savait veuve. De son coffre de cèdre, elle avait tiré le manteau de drap, doublé de serge grise, de son défunt mari, puis des bas de ratine épaisse et une paire de « souliers sauvages » fourrés, en cuir de « vache », selon la traduction que les interprètes avaient donnée du mot orignal.

Peu à peu, Thomas s'était inscrit dans l'atmosphère et les routines du poste. Il ne dérangeait rien ni personne, n'essayait même pas de se rendre utile. Il attendait sans bruit le retour du printemps.

Thérèse l'avait d'abord maintes fois croisé dans les rues. Puis elle s'était laissé courtiser. Il l'amusait. Avait-on idée de s'appeler Thomas Goujon quand on était matelot de la marine salée ?

Bellâtre, dans la jeune vingtaine, Thomas avait gardé de son adolescence une âme presque poète. De plus, c'était un jeune homme essentiellement tendre et doux, de la douceur des rêveurs, incapable de malice ou d'ambitions dévorantes. Il passerait sans laisser de trace dans l'histoire de Ville-Marie ; on l'oublierait vite. Thérèse avait décidé qu'il passerait de même dans sa vie.

La première fois qu'ils avaient fait l'amour, cela avait été au mariage de Nicolas Dézy et d'Antonine, la fille d'Étienne Filastreau.

Quelle histoire, ce mariage ! Rien que d'y penser, Thérèse se coula de nouveau dans le lit pour en rire silencieusement toute seule. Le couple avait connu toutes sortes d'obstacles à son union : le rituel, le droit canon, le droit civil, tout s'en mêlait. D'abord, parce qu'Antonine Filastreau avait prononcé autrefois un vœu de chasteté et que Nicolas avait déjà eu pour maîtresse la sœur de sa fiancée, Jeanne. Cela frôlait l'inceste et le mariage risquait d'être nul : empêchements dirimants. Ensuite, autre difficulté, empêchement prohibant celui-là, car il rendait le mariage illicite : bien que le nouveau marié fût âgé de plus de vingt-cinq ans, ses parents, comme ils en avaient le privilège, s'étaient opposés à l'union, prétextant une longue mésentente entre les deux familles. Selon les exigences de la loi, Nicolas les avait donc informés à trois reprises, et par écrit, de ses intentions. Ces sommations respectueuses avaient régularisé la situation. À force de temps et de démarches de toutes sortes, un lundi matin – on ne se mariait ni le dimanche ni les jours de fête, parce qu'il était défendu de tenir banquet et réjouissances publiques ces jours-là – Nicolas et Antonine s'étaient enfin avancés en se tenant par la main dans la nef de la chapelle de l'Hôtel-Dieu. L'abbé Souart, en surplis et étole blanche, flanqué d'un servant portant le Rituel et le bénitier, les avait exhortés selon l'usage : « Ne voulez-vous pas avoir Antonine, qui est ici présente, pour femme et légitime épouse ? » Ce à quoi Nicolas Dézy avait répondu, après une hésitation qui soulignait la solennité du moment : « Oui, monsieur ! » La future épouse avait répondu identiquement à la même question. Le prêtre avait béni les deux anneaux nuptiaux, puis, au cours de la messe, le pain en forme de croix, distribué ensuite à tous les assistants.

À l'issue de la cérémonie, il y avait eu fête à l'auberge en présence de Jeanne Mance, de Marguerite Bourgeoys, de tous les notables et particulièrement de M. de Maisonneuve, qui ne manquait jamais d'assister à ce genre d'événement, gage de la croissance du peuple colonisateur.

Le brasseur Louis Prudhomme avait fourni la bière, et la famille du marié, le « bouillon », cette boisson peu banale faite de pâte crue levée, cuite dans l'eau, puis rassise et séchée pour être ensuite plongée, par boulettes de la grosseur d'un œuf, dans une pleine jatte d'eau où on la laissait à fermenter. Quant à l'aubergiste Busson, il avait offert au couple et à ses invités quelques barriques d'un mélange d'alcool, de sucre d'érable, de clou de girofle et de cannelle. Le plat principal était constitué par des cuissots d'orignal.

Quoique les comportements n'eussent rien de franchement déplacé – comment eût-ce été possible devant Mlles Mance et Bourgeoys ? –, certains convives étaient rentrés plutôt ivres. Thérèse elle-même était partie guillerette au bras d'un Thomas Goujon tout aussi ardent qu'elle.

Le matelot logeait chez la veuve Closse, dans une chambre du premier étage avec entrée indépendante et escalier extérieur. Le notaire défunt utilisait la pièce en son temps pour sa bibliothèque de trente-deux livres, la plus importante de Ville-Marie ! À travers les rideaux, les rayons du soleil irradiaient du rouge, du vert et du bleu. Sur un lit de plume étroit à souhait, Thérèse avait oublié des années d'abstinence et senti se réveiller un corps trop longtemps en veilleuse. Avec toute la passion que permet un amour sans lendemain, destiné à prendre du plaisir et à vivre des moments intenses, elle s'était donnée sans arrière-pensée. Lucides et raisonnables, ni elle ni Thomas n'avaient échangé de serments ni de projets.

Vivre. Thérèse voulait vivre malgré l'étranglement des angoisses et les drames qui se succédaient. Elle aspirait à l'épanouissement de la sensualité, même si la volupté et le simple plaisir étaient réprouvés par la morale rigide qui étouffait la petite communauté coloniale. Pour le bonheur futur de Marie-Ève et de Pierrot, elle souhaitait de toutes ses forces la transformation de cette société trop assujettie à une quasi-mystique.

Par un mélange de protection et de pudibonderie hypocrite, qui s'étendait même aux mots, et bien que tout Ville-Marie connût la liaison de Thérèse et de Thomas, elle ne faisait pas scandale. On ignorait, on feignait de ne rien voir. De toute manière, devant les mesquineries, Thérèse aurait affiché la somptueuse indifférence de son invulnérabilité.

Cependant, elle devait bien se l'avouer, elle s'était un peu prise au jeu. Au fil des semaines, elle finissait par accorder à Thomas plus que son corps, et il lui arrivait même de le considérer avec une tendresse proche des sentiments qu'elle éprouvait autrefois pour Urbain. Alors, elle battait en retraite, se durcissait, espaçait les rendez-vous.

Elle se donnait tout ensemble tort et raison lors-qu'elle acceptait de passer une nuit entière avec Thomas et qu'elle s'abandonnait jusqu'à confesser une faiblesse de femme amoureuse. Mais au petit matin, contemplant le corps de son amant, elle se forçait à le quitter en le laissant sur son désir. Elle pensait ainsi se rattraper et réussir à reprendre en main la situation.

Thomas répondait par une égalité d'humeur qui exaspérait souvent Thérèse, parce qu'elle craignait d'y voir une force au moins égale à la sienne. Sous ses airs de poète, il la prenait en homme sûr de lui, fier de plaire et de bien faire l'amour, avec, eût-on dit, une sorte d'égoïsme conciliant et sans méchanceté.

Ce matin-là, réveillé après qu'elle l'eut secoué, il sauta du lit quand elle l'eut repoussé, alla à la fenêtre et dit :

— Tu sais, je crois que je suis heureux de rentrer en France… même si chez nous en Bretagne, la brume est souvent si épaisse que le ciel touche les toits du village et qu'on se courbe malgré soi en marchant dehors.

Il contempla sur le fleuve l'île que Champlain avait baptisée Hélène en l'honneur de sa jeune épouse de douze ans, puis demanda :

— C'est vrai, cette histoire d'Hélène, la femme de Samuel de Champlain ?

— On le dit.

— Quand même ! Une pucelle de douze ans : une épouse enfant qui l'attendit dix ans chez son père, pendant que lui, il vivait ici…

— Il n'aurait jamais osé emmener ici la fille du riche Nicolas Boullé et de dame Marguerite Alix. On n'entraîne pas une jeune bourgeoise bien dotée sur les rives

sauvages d'un fleuve du bout du monde, avec les Indiens comme voisins et la forêt comme seule distraction, sans parler des conditions de vie rudimentaires.
Qu'est-ce qu'elle aurait fait de ses bonnes manières,
cette dulcinée, encabanée dans l'Abitation, le seul bâtiment civilisé de tout ce pays ?

— Tout de même, elle était sa pupille !

— Et alors ? dit Thérèse.

Elle quitta la couche, vint derrière son amant, le
ceintura de ses bras, colla son corps au sien.

— Je t'aime mieux poète que moraliste, ajouta-
t-elle.

Il répondit à sa caresse en la pressant davantage
contre lui. Ils demeurèrent ainsi enlacés un moment.
Puis, fermement, Thérèse se dégagea. Elle se dirigea vers
la commode, saisit une brosse et, avec brusquerie, dé-
mêla sa chevelure noire qui lui tombait jusqu'aux reins.
Elle pensait : « Je ne l'aime pas. Non ! » Comme pour se
défendre de ses sentiments, elle accentuait la violence de
ses gestes.

Ses bras levés, sa tête renversée faisaient jaillir sa
poitrine. Le jeune homme s'approcha et pétrit doucement les seins ainsi offerts. La jeune femme ne résista
pas entièrement à la caresse. Elle laissa les paumes chaudes descendre vers ses cuisses. Mais avant que se précise
l'abandon qui l'emporterait vers le plaisir, elle s'arracha
à l'étreinte. Thomas n'insista pas ; il la connaissait trop.
Il demanda seulement, un brin de reproche dans la
voix :

— Que feras-tu demain ?

Elle ne dit mot, se regarda dans un miroir, se vit
tout en cheveux. Il insista :

– C'est donc la dernière fois ? Notre dernière rencontre ?

Elle lui fit face en lui offrant un visage si beau qu'il en frissonna.

– Et toi, demanda-t-elle, peux-tu me jurer que tu seras encore là, demain ?

Il se rembrunit, revint à la fenêtre. Il se fit un grand vide entre eux. Thérèse déjà se rhabillait.

Un corps. Elle ne se souviendrait que de ce corps : rugueux et doux, faible et fort, soumis et puissant, vainqueur et vaincu. Il fallait qu'elle ne se souvienne que d'un corps…

– Pars avec moi, Thérèse !

Son expression était presque puérile, sous les cheveux blonds qui lui retombaient sur le front et le rose qui lui montait aux joues ; sa nudité, tout à coup, le gênait. Thérèse éclata de rire :

– Mais que ferais-tu de moi ? Et moi, de toi ?

Il rougit plus fort sous son regard. Elle rit de plus belle. Elle savait qu'elle avait triomphé d'elle-même. Alors, elle le prit dans ses bras. Une étreinte les réconcilia, lui nu, elle vêtue.

– Un jour, peut-être, dit-elle sur un ton presque maternel.

Elle le quitta et marcha vers la porte sans se retourner.

La mince couche de gel qui, au matin, recouvrait encore Ville-Marie avait complètement fondu, donnant à toute chose un vernis luisant sous le soleil. La place Royale brillait comme un sou neuf. Plusieurs devantures avaient fenêtres et portes entrouvertes : un peu de printemps pénétrait dans les demeures. Des femmes s'activaient à des nettoyages, cérémonies d'exorcisme de l'hiver.

L'abbé Souart passa les mains sur son visage poupin et fut étonné de les ramener tout humides de sueur. Le soleil dardait donc à ce point ?

Une ribambelle de petits personnages passèrent devant l'abbé sans le saluer, sans même faire mine de le voir, à la suite d'une fillette iroquoise qui frappait dans ses mains en scandant une sorte de comptine. Les enfants, comme tous ceux du monde, avaient visiblement pris plaisir à jouer dans l'eau, sans doute à suivre les glaçons qu'ils guidaient avec des branches dans une rigole descendant vers le fleuve. Leurs culottes étaient trempées jusqu'en haut des genoux. La jeune Indienne, tout sourire entre les deux tresses de sa chevelure, retenues aux extrémités par des lacets de peau, était une pupille de la Congrégation – nom donné par la population à l'école fondée par Marguerite Bourgeoys. Quand elle avait neuf mois, l'abbé Souart l'avait échangée à sa mère, qui la négligeait, contre des colliers de porcelaine. Le sulpicien avait ensuite cédé l'enfant à Maisonneuve, qui était devenu le parrain officiel et l'avait baptisée Marion des Neiges. La veuve de Lambert Closse, née Isabelle Moyen, jadis elle-même prisonnière chez les Iroquois, avait été nommée marraine. Tout Ville-Marie était en amour avec la jeune fille aux yeux d'écureuil, d'autant qu'elle était la première Iroquoise rachetée du péché originel.

Les enfants disparurent entre les maisons de François Pizarre et de Pierre Perthuis. La voix épaisse du marchand Charles Le Moyne vint troubler le prêtre, près de se laisser aller à la rêverie dans l'ambiance quiète de ce milieu d'après-midi.

– Eh bien ! monsieur l'abbé, on regrette l'hiver ?

– Vous voulez rire, mon bon ami !

Ce Charles Le Moyne était un éminent citoyen. Débarqué en Nouvelle-France en 1641, à quinze ans, Normand originaire de Dieppe où ses parents tenaient hôtellerie, il était absolument sans le sou. Pendant quatre ans, il avait suivi les pères jésuites dans leurs missions chez les Indiens, façon efficace d'apprendre à vivre dans ce pays, à subsister en forêt et à parler les dialectes hurons-iroquois. Il était ensuite venu offrir ses services d'interprète à la petite communauté montréaliste, qui en avait grand besoin. L'année d'après, en 1647, il s'illustrait en sauvant Jeanne Mance contre les Iroquois à l'assaut de l'Hôtel-Dieu : il avait mis en fuite quarante guerriers au prix d'une balle dans son bonnet ! L'exploit lui avait valu d'être nommé garde-magasin, fonction qui révéla ses talents de marchand.

Le 25 mai 1654, il épousait Catherine Thierry, âgée de quinze ans, fille adoptive d'Antoine Primot et Martine Messier – la fameuse Parmanda –, et le 23 juillet de la même année, Maisonneuve lui concédait quatre-vingt-dix arpents de terre à la Pointe. De là, s'associant aux plus réputés des coureurs de bois, il était devenu le plus important marchand de fourrures du pays – le trafic des fourrures étant le premier, sinon le seul moyen de faire rapidement fortune. En cette année 1663, Charles Le Moyne avait pignon sur la rue principale, habitait la plus belle des maisons de la colonie. L'administration de Québec elle-même reconnaissait qu'elle devait compter avec lui quand elle désirait trouver des alliés utiles à l'exercice de son autorité.

— Savez-vous, monsieur l'abbé, que ce printemps va raviver bien des amours ?

Le prêtre décela la pointe d'ironie et la provocation. Un sourire en coin, mais le front plissé par la réprobation, il répondit rondement :

— Mon fils, l'amour n'est pas question de saison, c'est une nécessité. Et c'est si vrai que, sans amour, ce pays n'aurait aucune chance de devenir grand.

Comme pour illustrer ces propos profanes, Thérèse Cardinal apparut devant chez elle, appelant Pierrot. Campée très droite, gonflant la poitrine pour crier, elle repoussait d'une main impatiente une mèche rebelle de sa chevelure noire. Elle portait une simarre plus longue que d'habitude, traînante presque, à manches bouffantes et passements de soie au collet et aux poignets, d'un blanc immaculé presque irréel sous le soleil. N'obtenant pas de réponse du gamin, elle prit le parti de s'enquérir auprès des deux hommes :

— Vous n'auriez pas vu Pierrot ?

Des gouttes diaphanes perlaient sur sa lèvre supérieure, et un peu de rose colorait ses joues chaudes.

L'abbé Souart ne pouvait chasser de sa tête l'image qu'il s'était formée une fois pour toutes des femmes qui, comme Thérèse, portaient en puissance dans leurs entrailles la naissance de tout un peuple : des « femelles », voilà ce qu'elles devaient être. L'expression lui donnait du remords, mais elle venait des profondeurs de son sentiment et de sa foi.

« Pourquoi, se dit l'ecclésiastique, pourquoi celle-ci ne se marie-t-elle pas ? » Il lui déplaisait souverainement de voir une femme si désirable et, il le savait, si désirée vivre en célibataire et libre parmi des paroissiens aux sens déjà bien assez aiguisés, sans même l'aiguillon supplémentaire de la constante présence du danger et des rudesses de la nature. La voyant de près, malgré lui il était troublé par la féminité provocante de la jeune femme. Il se hâta de paraître réfléchir, puis dit :

– Pierrot ? Je crois bien qu'il était avec les autres, derrière Marion. Ils sont partis par là-bas.

– Merci !

Elle tourna le dos et s'en fut en courant.

Charles Le Moyne la suivit du regard. L'abbé Souart hocha la tête. Ce qu'il lisait sur le visage du marchand n'était guère catholique : « Décidément, se dit-il, il faut marier cette Thérèse ! »

CHAPITRE VII

C'était la nuit. Il y avait deux jours que le fort Richelieu était tombé. Presque nu, étendu sur le dos à même la terre plate, dans laquelle quatre pieux étaient plantés pour lui immobiliser les membres, Pierre Gagné, jambes et bras écartelés en croix de Saint-André, subissait les morsures des maringouins. Un cinquième pieu servait à lui river la tête au sol par une lanière qui lui étranglait le cou de trois ou quatre tours. Enfin une sorte de sangle le ceinturait : elle était reliée à son gardien, Ionde'cha, un guerrier iroquois. Il ne pouvait tenter de remuer, si peu qu'il le pût, sans risquer de recevoir un coup de tomahawk.

Les moustiques qui lui suçaient le sang par tout le corps n'étaient pas le pire de ses tourments : son œil gauche, crevé à la fin de la bataille du fort par le casse-tête ennemi, laissait maintenant couler sur sa joue du pus à la place du sang. Il lui arrivait de plonger dans de longs moments de délire. Sous l'effet de la fièvre, il avait l'impression tantôt que sa souffrance se dissipait un peu, tantôt qu'elle s'intensifiait par vagues. Parfois il sombrait dans l'inconscience totale. Lorsqu'il reprenait connaissance, c'était pour entendre en quelque sorte son âme et son corps hurler intérieurement d'impuissance. Du plus profond de lui-même, son être n'exprimait qu'un seul souhait : mourir, et au plus tôt.

Un souvenir le hantait. Il revoyait la chute du fort et le destin réservé à ceux qui avaient survécu. Au sommet de l'estrade où ils avaient dressé leurs étendards, les Iroquois avaient d'abord assouvi leur rage sur deux Français, grièvement blessés, mais encore animés d'un souffle de vie. Ils les avaient mis à nu et attachés à des pieux de l'enceinte, puis caressés au plus intime, en tournant en dérision leurs bien involontaires réflexes. Pour apaiser la faim de leurs victimes, ils les avaient contraints à manger du feu, en leur enfonçant dans la bouche des torches enflammées.

Ensuite, après avoir tourmenté les plaies avec des tisons et des alênes de pierre incandescentes, ils avaient couché les corps ensanglantés sur des braises. En même temps que les suppliciés mouraient, on leur arrachait les ongles.

Enfin on avait ouvert la poitrine des vaincus pour en arracher aussi le cœur et le dévorer.

Ce n'était qu'après avoir compté leurs propres blessés et enterré leurs morts que les Iroquois avaient découvert Pierre Gagné. La coutume était de brûler vivants sur place les prisonniers blessés, pour éviter qu'ils ne soient une charge pendant le voyage de retour. Mais le chef Ta'akerat avait décidé de garder ce Français que le sort semblait avoir désigné comme l'unique Blanc survivant de cette bataille, et il avait ordonné qu'on l'emmène, avec les seuls autres prisonniers, treize Hurons, les bras liés par-derrière, à la hauteur du coude, et attachés aux traverses des canots.

Pierre Gagné était dans un état second. La vie palpitait en lui contre sa volonté ; son cœur battait malgré lui. Dans ses moments de lucidité, il appelait la mort.

Cette nuit-là, la deuxième, une nuit de pleine lune, les Indiens dormirent peu. Avant l'aube, il y eut grand branle-bas. Cinq guerriers furent désignés comme messagers et partirent avec mission de confirmer au village la nouvelle de la victoire.

Les envoyés marchèrent durant trois heures et franchirent environ trois lieues dans la forêt sans chemin ni sentier. Parvenus à proximité du village, ils poussèrent autant de cris de mort qu'il y avait eu de victimes dans les rangs des guerriers. Un groupe d'Onneiouts vint alors à leur rencontre, mené par un ancien. Celui-ci s'enquit en détail des résultats du combat et les transmit tout haut à ceux qui l'accompagnaient. Des cris d'allégresse lui répondirent. Les messagers se présentèrent ensuite à la cabane du conseil de la tribu, pour répondre à des questions encore plus précises. Pendant ce temps, à l'extérieur, on pleurait les morts – prélude aux cérémonies dont les prisonniers allaient faire les frais.

Le gros de la troupe des Indiens avait, pendant les deux jours précédents, voyagé dans le secret : son chef ne voulait pas d'autres combats en cours de route. Mais quand se leva le matin du dernier jour du retour, le comportement changea du tout au tout. Sous le ciel encore incertain de l'aube, où les nuages ressemblaient à des traînées de fumée blanche, les guerriers manifestèrent une gaieté, une excitation allant jusqu'à l'hystérie. Les transports de joie, les rires entrecoupés d'éclats de voix tournoyaient au-dessus du campement. Les prisonniers hurons firent l'objet d'attentions toutes particulières.

On leur mit sur la tête des couronnes de trilles – sorte de lis sauvages printaniers –, on leur peignit le visage et les cheveux avec le sang de leurs blessures ; on leur fit tenir à la main un chichicois, hochet constitué d'une petite citrouille séchée, évidée, transpercée d'une corne de chevreuil et contenant des petits cailloux. On les mit en ligne et on les força à avancer en agitant les chichicois et en chantant le chant de la mort :

Je suis brave et intrépide, je ne crains point la mort, ni aucun genre de tortures ; ceux qui les redoutent sont des lâches ; ils sont moins que des femmes ; la vie n'est rien pour quiconque a du courage. Que le désespoir et la rage étouffent tous mes ennemis ! Que ne puis-je les dévorer et boire leur sang jusqu'à la dernière goutte !

Pierre Gagné était incapable de marcher. Son gardien onneiout le chargea sur ses épaules, et l'odeur de musc et de sueur de l'Indien frappa violemment les narines du blessé à travers son délire.

Lorsque les guerriers victorieux arrivèrent au village, les femmes vinrent à leur rencontre. Mais il n'y eut dans les retrouvailles aucune passion ni joie. Seulement de strictes salutations. Pas d'accolade. En revanche, les femmes se portèrent vers les prisonniers, toutes griffes sorties, s'excitant les unes les autres à venger un mari, un fils, un parent morts des mains des Blancs ou des Hurons. Des enfants se joignirent aux mégères pour former avec elles une double haie, entre laquelle les Hurons, malgré leurs liens et leurs blessures, durent défiler en courant, roués de coups de bâton, fouettés de branches d'épines, parfois assommés par des gourdins. Ceux qui tombèrent furent exécutés sur-le-champ. À peine laissa-t-on le temps à quelques vieillards de leur arracher des lambeaux de chair ou de leur dénuder les doigts jusqu'à l'os, tandis qu'un enfant leur transperçait les muscles avec des alênes.

Pierre Gagné, lui, avait été abandonné près d'une cabane.

Un Onneiout cria pour convier ses frères à former un cercle. Les prisonniers furent littéralement lancés à ses pieds. On procéda alors à la distribution des captifs : les femmes ayant perdu un mari ou un fils furent les premières servies. Vint ensuite le tour de celles qui avaient passé commande au départ de la troupe pour le fort Richelieu et qui payèrent avec des wampums. Pendant la répartition, les pauvres Hurons ne pouvaient que spéculer sur leur triste sort : certains seraient suppliciés, d'autres, gardés comme esclaves, d'autres encore, adoptés, ce qui était la destinée la plus enviable dans les circonstances.

De la cabane près de laquelle gisait Pierre Gagné et d'où montait une fumée qui noircissait parfois, sortit une squaw à l'allure de matrone, habillée d'une peau de loup, sans colliers, sans bijoux, le visage huileux, les cheveux graissés, les lèvres plates couleur de tabac. Elle jeta un regard indifférent vers l'attroupement. Soudain elle aperçut l'homme blanc couché près de sa hutte. Un moment elle demeura immobile. Puis une expression calculatrice se fit jour sur son visage. Elle regarda par-dessus son épaule en direction de ceux qui s'agitaient autour des prisonniers. Ses yeux se rétrécirent. Son regard se fit tranchant comme une lame. Décidée, elle alla vers Pierre Gagné, le prit sous les aisselles et le tira dans la cabane.

Un peu plus tard, tout le village s'acharna à torturer les huit Hurons spécialement réservés à cette fin.

Sur la grande place de la bourgade, les condamnés furent amenés, le visage noirci à la suie. On les attacha par les pieds et les mains au poteau de feu, de telle manière qu'on pût les faire tourner autour. Avant le début des supplices, on leur accorda le temps de pousser une fois de plus leur chant de mort et même de vanter leurs mérites et leur courage, en racontant leurs plus remarquables prouesses guerrières.

Sans colère, des Onneiouts entamèrent ensuite le cérémonial. Pour commencer, on arracha les ongles, on broya les doigts, on disloqua les membres après avoir sectionné les muscles et, dans la plupart des cas, tiré les nerfs. Puis on entreprit l'écorchement en soulevant la chair par languettes.

D'un stoïcisme surhumain, les Hurons ne laissaient échapper aucune plainte, aucun gémissement, mâchoires et dents serrées, jusqu'à ce qu'on les leur casse à coups de pierre. L'idée de la mort proche ne troublait en aucune manière les suppliciés. Pour eux comme pour tous leurs frères indiens, mourir n'était qu'un transfert d'identité, le passage d'un monde précaire à un autre, immuable, perpétuel. À cause de cette acceptation de la mort comme un événement banal, les cadavres mêmes n'inspiraient ni répulsion ni dégoût : des mères gardaient le corps de leur enfant mort pendant plusieurs années.

Battant le sol dans une ronde incessante de mocassins, claquant de la paume sur leurs cuisses, les spectateurs exhortaient les bourreaux à raffiner leur œuvre. Ceux-ci prirent des torches, brûlèrent les pieds, les jambes. Ils décorèrent ensuite le buste des suppliciés de colliers de haches rougies à blanc.

Pendant ce temps, autour du village, la nature paisible retrouvait ses forces printanières. Des bourgeons allaient éclater ; des oisillons tendaient la tête au bord des nids ; des pousses nouvelles sortaient, vertes, perçant l'humus encore humide du sol moussu.

Des heures passèrent. Adossé à un tas de branches, chez la vieille squaw, Pierre Gagné retrouvait un peu de sa lucidité. Il avait sommeillé sous un ciel d'écorce, d'où dépassaient des vêtements et des pièces de viande séchée. Sous ce garde-manger, hors de portée des chiens et des enfants, était installée une couche de peau d'orignal râpée. Cette couche était légèrement surélevée entre deux caisses de bois emplies de maïs.

Dans cette alcôve, l'Indienne lui avait prodigué ses soins. D'un air indifférent, accomplissant des gestes qu'on aurait dits machinaux, elle avait d'abord utilisé la salive et une lotion d'euphraise pour nettoyer la plaie et l'ophtalmie qui s'y développait. Elle avait ensuite recouvert l'œil crevé avec le suc de différentes plantes, attendu que cette médecine eût fait son œuvre, puis fait lécher l'orbite par un chien. Elle avait répété plusieurs fois ce traitement. Pour favoriser la cicatrisation, elle avait enduit la blessure de gomme de pin. Elle avait également fait ingurgiter au malade une décoction très froide d'herbes, dans le dessein de faire baisser sa fièvre.

Une clameur tira Pierre Gagné de l'assoupissement où il était retombé. Les Onneiouts décapitaient les Hurons. Ils poussaient des oh ! traînants et bas, qui montaient lorsque la hache se mettait en position au-dessus d'un cou, et qui éclataient en cris rauques lorsque l'arme tranchait la tête.

Quand la plupart des prisonniers torturés furent ainsi exécutés, l'ambiance changea. Les murmures se turent peu à peu autour des poteaux et des corps qui n'étaient plus que des tas d'os et de chairs. La place se vida. Il n'y avait plus, brûlant dans le calme de l'après-midi de mai, que des restes humains qui empestaient l'air.

Pierre Gagné, même s'il commençait à revenir à la vie, n'avait pas encore mesuré sa chance. Toute la concentration dont il était capable se limitait à écouter les battements de son cœur et à s'étonner de les entendre encore. Sa conscience se réduisait à une petite flamme, alimentée irrégulièrement par une mémoire étrangement appauvrie.

Dans les jours qui suivirent, les potions nauséabondes que lui servait l'Indienne en guise de médicaments furent remplacées par des bouillies mélangeant viandes, poissons et haricots, accompagnées de croûtons de carracony, sorte de pâte semblable au pain, mais plus lourde et insipide. L'infection avait disparu de son œil mort. Il reprit des forces. Ses nuits furent emplies de sommeils sereins ; ses journées étaient comblées d'oisiveté reposante.

Un soir, il dut suivre sa protectrice dans la cabane du Grand Conseil où il fut l'objet d'une cérémonie d'adoption. Un groupe de femmes avait en effet présenté une recommandation en ce sens aux agoskatenha, les vénérables anciens composant le conseil. À la tombée de la nuit, elles accueillirent le Français et, en riant comme des enfants, le dénudèrent, le rasèrent entièrement et le lavèrent, particulièrement autour de l'œil aveugle, masquant ensuite la cicatrice d'un bandeau noir en tissu doux.

L'une d'elles entreprit de lui enduire le corps de graisse d'ours, pour lui assouplir les muscles et lui donner l'agilité des Onneiouts. Puis elles le vêtirent d'une tunique de peau de chevreuil, sans poil et très légère, frangée aux manches et à la poitrine. Elles lui firent enfiler un brayet de même fabrication. Des souliers sans talon ni semelle, mocassins décorés de coquillages aux couleurs vives, lui furent mis aux pieds par Annendok, la vieille squaw, son ange gardien. Enfin, après que les femmes eurent tourné autour de lui pour admirer sa métamorphose, la plus jeune — elle était franchement jolie, avait la peau moins foncée que les autres et était plus grande de quelques centimètres — lui releva les cheveux derrière les oreilles et les y retint par un étroit bandeau de cuir.

Alors apparurent plusieurs guerriers contre lesquels il avait lutté avec toute la passion de sa haine. Un ancien lui donna l'accolade. Pierre comprit que le mot « tandihitsi », répété à plusieurs reprises, devenait son nom iroquois. C'était aussi le nom du mari d'Annendok sa protectrice, mort naguère dans quelque bataille, et qu'il devait remplacer.

Un Onneiout, qu'il reconnut pour l'avoir combattu corps à corps au fort Richelieu, lui passa au cou un magnifique wampum.

Pierre se laissait faire, partagé, malgré son état, entre la curiosité et l'amusement, mais ayant parfois l'impression de rêver.

Quand, plus tard, il se coucha contre Annendok qui ne pouvait guère lui inspirer d'amour et ne lui en demanda pas, il eut enfin le loisir d'apprécier les événements auxquels il devait miraculeusement d'avoir la vie sauve. L'étrangère endormie à son côté méritait au moins la considération et la gratitude. Mieux valait être un Onneiout en vie qu'un Blanc réduit en charpie humaine.

Sa mémoire revenue avait la fièvre. Il revoyait Marie débarquant avec la recrue de 1659. Comme elle était gênée de se sentir l'objet du désir et des supputations de tous ces hommes, tandis que les femmes, venues aussi au port, l'examinaient également à leur manière, sans aménité, avec ses cheveux noués en arrière à la mode française et sa robe à taille fine et à large col blanc ! Et cet accent, donc, quand elle avait ouvert la bouche !

Marie Pacreau avait suscité la convoitise de plusieurs célibataires. Mais c'était Pierre qui avait su la gagner. Il avait toujours eu la certitude de la conquérir. Quand ils s'étaient mariés, il lui avait offert une pelisse de loup-cervier. L'hiver venu, elle l'avait portée comme une princesse.

C'était une femme au charme discret, dont le visage révélait la timidité. Mais, dans les bras de Pierre, elle était devenue et une maîtresse et une épouse capable de rendre l'amour qu'il lui prodiguait. Malgré sa constitution délicate, elle s'était pliée aux rudes travaux des colons. Souvent, elle disait : « Quand je serai vieille, et plus fragile encore, je raconterai à mes petits-enfants tout ce que nous aurons fait et ils ne me croiront pas. J'en suis certaine ! »

Le froid de l'hiver, les chaleurs de l'été, l'incertitude constante devant la menace indienne et les tragédies quotidiennes n'altéraient en rien son enthousiasme presque enfantin. Elle était douce et sa douceur apaisait chez Pierre bien des rancœurs qui, sans elle, l'auraient aigri.

À la naissance de Pierrot, une hémorragie avait failli l'emporter. Grâce à son indomptable volonté, elle s'était remise sur pied, plus fragile que jamais, mais toujours aussi radieuse et vivace. Et tout cela pour quoi, finalement ? Pour mourir quelque temps plus tard des mains des Iroquois, dans d'atroces souffrances au poteau de torture.

Dans l'ombre de la cabane, Pierre Gagné serra violemment les poings. À côté de lui, la vieille squaw se retourna en marmonnant dans son sommeil. La nuit était sans lune, mais étoilée. Un instant, il eut la tentation d'une évasion désespérée. Un élancement à son œil non encore parfaitement guéri le rappela au sens des réalités. Il n'aurait pas la force de soutenir l'effort. Et s'il était repris, cette fois ce serait la mort certaine. Non, mieux valait attendre et dissimuler. Il suffirait de guetter l'occasion. Il y mettrait le temps qu'il faudrait. Il avait toujours cru que providence était un grand mot, donné par les faibles à la volonté et à l'intelligence des forts, faute d'en avoir eux-mêmes et d'admettre ce manque. Mais sa condition actuelle tenait tant du miracle qu'il se disait que, s'il était épargné de la sorte contre toute espérance, c'était peut-être que d'autres destins lui étaient promis... surtout s'il y joignait l'intelligence et la volonté, justement. Alors, il vengerait Marie.

CHAPITRE VIII

Thérèse se demandait si Pierre, qu'elle imaginait encore au fort Richelieu, pensait à son fils, qu'elle avait en ce moment sur les genoux. Il venait de tomber en courant autour de la table pour reprendre ses osselets à Marie-Ève, qui les lui avait dérobés. Les petits os à six facettes de différentes couleurs lui avaient été donnés par Mitionemeg. Ils constituaient un jeu semblable aux dés européens. De grosses larmes roulaient sur les joues du garçonnet et il appuyait sa tête contre Thérèse, qui la maintenait contre son cœur d'une main consolatrice.

Il pleuvait à torrents depuis le matin. La pluie s'élançait contre les murs, s'abattait avec fureur sur le toit. Un vent furieux soufflait au point de rompre plusieurs des branches du grand chêne de la place. Par vagues, de grands courants d'air faisaient onduler le feu dans la cheminée. Un frisson parcourait Thérèse par instants, mais ce n'était pas de froid. Aucun coureur n'avait apporté de nouvelles des combattants du fort Richelieu.

Avant de partir, ses doigts forts jouant dans les cheveux de Pierrot, Pierre Gagné lui avait recommandé de prendre grand soin de ce fils qu'il lui confiait.

— Garde-le. Garde-le bien. Il sera ce fils qu'Urbain n'a pas eu le temps de te donner. Plus tard, quand il deviendra un homme, il te gardera à son tour.

C'était la veille de son départ pour la rivière des Iroquois. Il lui avait annoncé sa résolution seulement quelques jours auparavant. Tout à trac, comme une banalité. D'ailleurs, depuis la mort de Marie, elle avait compris que cela finirait ainsi. Il irait se battre contre les Indiens pour mourir, plutôt que de mener plus longtemps des combats qu'il jugeait perdus d'avance. Mourir, oui. Il parlait de se venger, mais c'était bien de mourir qu'il s'agissait pour lui. Il avait perdu la foi en l'avenir. Il avait choisi d'en finir, parce qu'il ne voyait pas d'autre issue à son aventure au Canada. Et sa mort au combat contre les Iroquois témoignerait malgré tout de son héroïsme.

« Raisonnement d'homme, avait pensé Thérèse. Où vont-ils mettre leur orgueil ? » Mais elle en avait trop elle-même pour ne pas se taire.

Pierrot renifla un peu, et ses doigts essuyèrent ses yeux mouillés. Le feu se reflétait sur son visage encore inondé de larmes. Une gerbe d'étincelles lui rappela un événement qui l'avait vivement étonné.

— Tu te souviens, ma tante, demanda-t-il, des mouches lumineuses que tu avais mises dans un cornet de papier ?

— Oui, répondit distraitement Thérèse.

— Et Marie qui pensait que c'étaient des bébites en feu ! Elle avait peur qu'elles s'échappent, qu'elles se posent sur elle, qu'elles la brûlent. Mais ça ne brûle pas, ces mouches-là, dis ?

— Non.

Il sentait qu'elle avait l'esprit ailleurs. Il insista :

— Ça ne brûle pas, n'est-ce pas ?

Thérèse lui caressa les cheveux en souriant. Lentement, elle fit non de la tête et expliqua :

– Non, ça ne brûle pas. Ce sont des lucioles et elles sont inoffensives.

– Pourquoi on n'en a plus, alors ?

– Parce qu'il n'y en a qu'en été, quand il fait chaud, en juillet.

Un coup frappé à la porte fit sursauter l'enfant. Il chercha sur le visage de Thérèse s'il devait s'inquiéter ou aller ouvrir.

Calmement, tournée vers la porte, sans se lever, elle interrogea :

– Qui est-ce ?

– C'est moi, Marguerite.

Le battant s'ouvrit et Marguerite Gaudé entra en s'ébrouant.

– Quel temps ! C'est pas mêlant, Ville-Marie compte maintenant un lac : la place Royale déborde ! Et chaque rue est une rivière.

Thérèse aida son amie à retirer son mantelet de serge grise et le suspendit à une cheville de bois. Marguerite étendit son châle de toile trempé sur le dossier d'une chaise devant le feu pour qu'il sèche.

– Je sors de l'Hôtel-Dieu, et je me suis dit que je ferais aussi bien d'attendre ici, chez toi, que ça ralentisse un peu. Après tout, je ne sais pas nager !

Les deux femmes s'esclaffèrent et les enfants les imitèrent, sans savoir exactement pourquoi. Marie-Ève se leva, tenant dans ses deux petites mains les osselets qui menaçaient de s'échapper entre ses jointures.

– Tu veux jouer avec moi ? demanda-t-elle à Marguerite.

– Mais oui, pourquoi pas ?

Ils s'installèrent tous autour de la table.

Marguerite aussi avait tout de suite vu que l'esprit de Thérèse était ailleurs. Pour ne pas alerter les enfants, elle prit un ton plat et anodin, et lui demanda :

— Pas de nouvelles ?

— Aucune.

Le regard que les deux femmes échangèrent valait toutes les paroles.

— Alors, on joue ? s'impatienta Pierrot.

— Oui, oui, dit Thérèse. Le temps que je réveille le feu.

Elle se levait, quand un formidable craquement domina le tambourinement de la pluie, la clouant sur place. On eût dit la foudre, et pourtant il n'y avait pas de tonnerre. Déjà Marie-Ève s'était réfugiée dans les jupes de sa mère et Pierrot regardait de tous côtés, cherchant à comprendre. Deux ou trois secondes à peine s'étaient écoulées, lorsque suivit un fracas terrifiant, comme si toute une haute construction s'écroulait d'un coup.

Cette fois ils coururent tous, les uns à la fenêtre donnant sur la rue, les autres à la porte. Marie-Ève pleurait, cramponnée à sa mère et gênant ses mouvements. Ce fut Pierrot qui, arrivé le premier et se faufilant par la porte qu'avait ouverte Marguerite, cria :

— Ma tante, c'est le chêne de la place ! Il a cassé !

— Mon Dieu ! fit Marguerite Gaudé. Tu as vu ? ajouta-t-elle en se tournant vers Thérèse.

Mais celle-ci s'était arrêtée à deux pas de la fenêtre. Elle avait pris Marie-Ève dans ses bras ; l'enfant continuait à chigner, mais la peur et les pleurs étaient passés. Thérèse, muette, était très pâle. Tout à coup elle s'était souvenue que, souvent, Pierre Gagné lui avait fait penser à un chêne.

— Allons voir, ma tante !

Pierrot trépignait. Marie-Ève l'inconsciente et l'inconstante tapa des mains et cria : « Oh ! oui, oui ! »

— Non, dit Thérèse, si sèchement que Pierrot en resta interdit et la regarda avec de grands yeux qui cherchaient à comprendre la raison de cette violence. Pas sous cette pluie, reprit-elle doucement comme pour se rassurer. Un arbre n'est qu'un arbre. Tu en as déjà vu tomber sous la hache.

— Oui, mais pas de si grands, dit Pierrot. Si tu voyais… On croirait qu'il couvre toute la place et il arrive presque à la maison des Massier, au coin. Encore un peu, et il la faisait dégringoler !

— Il était bien vieux, dit Marguerite Gaudé. Ce sera toute cette eau qui l'aura déterré avec la tempête. Encore une chance que nous soyons construits sur le coteau, ajouta-t-elle à l'adresse de Thérèse, sinon il y a belle lurette que nous aurions été inondés et emportés. Tu connais l'histoire de l'inondation de Noël 1643 ? dit-elle encore, moins dans le doute que son amie la connût que par l'instinct féminin du besoin de faire, pour les enfants, paravent au mutisme de Thérèse qu'elle croyait comprendre.

— Oui, répondit Thérèse. Chicot m'a raconté.

— Moi, je ne sais pas, protesta Pierrot. C'est quoi, cette histoire ?

— Viens d'abord te rasseoir, dit Marguerite.

Puis elle raconta.

Ville-Marie n'était alors qu'un fortin sur la Pointe. Une enceinte plus ou moins carrée, de trois cents pieds et quelques de côté. À l'intérieur, un logement temporaire abritait le gouverneur ; quatre petites maisons étaient habitées par les colons et un magasin abritait les provisions, les matériaux et les munitions. Une cinquantaine de Français, tranquillement – car les Iroquois ignoraient encore que des Blancs s'étaient installés là –, jetaient les fondations de ce qui allait devenir Montréal.

Vers la fin de décembre, un imprévisible redoux avait ramolli l'hiver. Le froid perdit de son mordant et l'on put croire le printemps venu. La brusquerie du revirement de la température ne laissa pas le temps à la rivière Saint-Pierre d'écouler toute l'eau de cette fonte brutale.

Lorsque dans la nuit de Noël survint la grande débâcle, les eaux inondèrent tous les lieux voisins du fort. Au matin, de grosses vagues, poussées par un vent de tempête lourd d'averses, roulèrent dans les fossés de l'enceinte et bientôt menacèrent le magasin.

Tous les vivres allaient être engloutis. On pensa les transporter ailleurs, en hâte. Les eaux gonflèrent de plus en plus, et ce fut bientôt toute Ville-Marie qui risquait d'être emportée. Le père Vimont, premier ecclésiastique à célébrer une messe sur l'île lors de l'arrivée de Maisonneuve, le 18 mai 1642, convia alors la petite population à la prière, et le gouverneur, à haute voix, fit le vœu de porter lui-même une croix sur la montagne si les eaux se retiraient avant l'irréparable. Et, miracle ! alors qu'elles allaient atteindre le seuil des maisons, les eaux reculèrent.

Il leur fallut cependant plus de dix jours avant de réintégrer tout à fait leur lit. Les abords de Ville-Marie n'étaient que boue. On dut terrasser de nouveaux sentiers vers le fleuve et vers la forêt.

Puis Maisonneuve ordonna qu'on coupe deux arbres pour construire une croix. Le jour des Rois, il se chargea de ce fardeau et franchit la lieue qui séparait le poste de la cime du mont Royal. Assisté du père Vimont, le père Perron célébra une messe et fit entonner le *Veni Creator.*

— Ensuite, M. de Maisonneuve a décidé que, Dieu ne faisant pas tous les jours des miracles, on bâtirait sur le coteau, conclut Marguerite.

Pierrot, qui n'avait pas perdu un mot, allait poser l'une de ses intarissables questions. Il n'en eut pas le temps. Marie-Ève, qui, elle, n'avait pas écouté, se mit à trépigner de joie en criant :

— J'ai gagné, j'ai gagné !

Devant elle, les osselets avaient roulé en laissant quatre facettes de la même couleur tournées vers le haut.

— C'est pas gagné, ça ! protesta Pierrot, les lèvres boudeuses, l'air indigné, dodelinant de la tête et posant les poings sur les hanches avec indignation. Il faut qu'ils soient tous de la même couleur !

Marie-Ève se tourna vers sa mère.

Elle cherchait une alliée, elle la trouva :

— Pierrot, Marie a gagné et on lui dit bravo !

— Ce n'est pas juste, dit Pierrot. J'ai compris !

— Tu as compris quoi ?

— Que tu ne m'aimes plus !

Thérèse rit.

— Mais voyons, elle a forcément gagné puisqu'elle ne jouait contre personne ! dit-elle.

Le visage de Pierrot, qui s'était renfrogné de tristesse, s'éclaira tout aussi vivement. À son tour, il rit.

— Alors je te fais une vraie partie, Marie-Ève !

Persuadée d'être invincible, Marie-Ève ramassa les osselets et les lança de nouveau sur la table.

Voyant les enfants sur la voie de la réconciliation, Marguerite, à voix basse, changea encore de sujet :

— Tu connais la rumeur ?

Thérèse fronça les sourcils ; d'un haussement d'épaules, elle avoua une ignorance méfiante :

— Laquelle ?

— Au sujet de M. de Maisonneuve et de Jeanne Mance ?

— Tu veux dire qu'on raconte encore que ces deux-là… ?

Elle aurait rabroué Marguerite Gaudé avec mépris si elle n'avait su que son amie n'avait rien d'une clabaudeuse. Les commérages entourant le couple Maisonneuve-Jeanne Mance étaient devenus une espèce de tradition orale à Ville-Marie.

Le seul fond de vérité dans ces flambées de ragots était loin d'être de nature à satisfaire des commères. Le confesseur de M. de Maisonneuve, craignant pour lui le démon de midi, lui avait conseillé de se marier ; le gouverneur avait consulté Jeanne Mance à cet effet. Ayant elle-même prononcé un vœu de chasteté, elle lui conseilla d'en faire autant. Peu de temps après, effectivement, le gouverneur avait prononcé ce vœu.

Or, depuis peu, les médisances s'étaient ranimées. M. de Maisonneuve passait des soirées à causer au coin du feu avec la bienfaitrice et, pour comble d'équivoque, il lui jouait du luth…

— Tu sais, moi, pour ce que j'en pense… !

Et Thérèse eut un geste vigoureusement évasif montrant à l'évidence que, justement, elle n'en pensait rien ou se refusait à en penser quoi que ce soit.

Marguerite n'eut pas à chercher un autre sujet de conversation : la pluie et le vent avaient cessé brusquement et Pierrot se chargea de le faire remarquer – d'autant plus qu'il en avait assez de perdre aux osselets.

Il avait fait si sombre pendant l'orage qu'on avait oublié qu'il n'était pas plus de quatre heures de l'après-midi. Déjà Pierrot s'élançait vers la porte, entraînant Marie-Ève. Les deux femmes suivirent. Pour tous c'était un soulagement de sortir. Et ils n'étaient pas les seuls. De toutes les maisons on mettait le nez dehors, las de regarder les flammes des feux ne chauffer vraiment que les pierres de l'âtre. Les têtes se levaient pour observer le ciel ; on s'étonnait de le voir si vite redevenu presque bleu vif. L'air fourmillait de bruits d'eau dégoulinant, courant, s'égouttant, et sa fraîcheur enveloppait les chevilles. Il fallait marcher par sauts, pour éviter les flaques et les ruissellements. On s'interpellait joyeusement.

Mais sur la place, devant le désastre du géant abattu, c'était le silence. La scène avait quelque chose d'irréel. Non seulement la moitié de l'espace était ensevelie sous l'immense cadavre végétal, mais la lumière au-dessus en était changée, toute cassée ou mouchetée de jeux d'ombre insolites. Les gens présents ne pouvaient s'empêcher d'avoir le sentiment d'une perte, d'un deuil – même Thérèse, qui se reprochait maintenant d'avoir dit tout à l'heure par défi : « Un arbre n'est qu'un arbre. » Peut-être ressentait-elle cette mort au combat, car c'en était une, plus que les autres : elle avait toujours apprécié la parenté de nature entre ce chêne et elle.

– Ah ! voilà Gervaise qui arrive, dit Marguerite Gaudé à côté d'elle.

C'était le bûcheron. Il avançait d'un pas lourd d'exécuteur, son biscaïen jeté sur l'épaule. C'était un colosse et on s'écartait devant lui. Thérèse, le regardant passer, avec son étrange façon de marcher, se souvenait de la chronique à laquelle il devait une certaine célébrité, à cause d'une triste histoire de bigamie advenue à son épouse quelque dix années auparavant.

Au nombre des gens recrutés par M. de Maisonneuve en 1653, il s'était faufilé un mari désenchanté par son mariage en France. Plutôt que de vivre en chamaille avec sa femme et de vieillir sur cet échec, il avait choisi de venir en Nouvelle-France et de s'y faire une vie nouvelle qu'il entama dès son arrivée en se remariant aussitôt. Mieux, il fonda une nouvelle famille alors qu'il avait déjà un enfant en France. Son épouse canadienne allait accoucher une deuxième fois, quand Maisonneuve fut informé de la supercherie. À la suite de cette histoire, un mot courut dans la colonie : « Après les filles de joie, les joyeux maris… » Mais M. de Maisonneuve, lui, le prit fort mal. Il annula le mariage et imposa une très forte amende au bigame pour qui la vie devint intenable à Ville-Marie : on le montrait du doigt, on l'abreuvait d'injures, en tout temps et en tout lieu. Bien entendu, il lui fut défendu de dormir sous le même toit que son ex-épouse. Résigné au pire – qui était de rentrer en Bretagne auprès de sa première femme –, le bigame obtint un passage à bord d'un navire marchand qui rentrait au pays. Tous ses biens vendus, le produit de la vente ainsi que l'amende furent reversés à celle qui restait, devenue mère célibataire de deux enfants. Et puis était venu Jean Gervaise. Il était aussi bon et fort… que la malheureuse était jolie. Il l'épousa…

Déjà le bûcheron estimait l'arbre, cherchant la faiblesse sous l'écorce, par où il attaquerait. Puis il cracha dans ses paumes, les frotta lentement l'une contre l'autre et saisit sa hache. Mais avant de la brandir, il hocha la tête et, se retournant comme pour répondre au silence derrière lui, il dit à la fois à lui-même et à tout le monde :

– Je n'ai pas l'habitude de bûcher les arbres que je n'ai pas abattus, surtout un comme celui-ci. Dieu me pardonne, mais j'ai l'impression de commettre une lâcheté… Heureusement je vois qu'il ne manquera pas de bourreaux, ajouta-t-il.

C'était vrai que d'autres arrivaient à l'aide, avec leurs outils : cognées, haches à équarrir à large tranchant en forme de lame de hallebarde, planes à écorcer, à deux poignées, et tilles, sortes d'instruments hybrides tenant de la hache et du marteau. Tous étaient des amis de Gervaise. Il y avait Léonard Bardeau, le bien nommé, disait-on, et Simon Le Roy qu'on appelait le Roi des équarrisseurs. Ils étaient sept ou huit. Bientôt ils s'y mirent et commença le rituel des bras levés retombant et des coups, scandés par les han ! brefs, au rythme de Gervaise. Impitoyablement les branches étaient amputées, le tronc déshabillé de son écorce. Claude Moreau le « marchand de fer » apporta de son magasin un godendart pour débiter l'arbre en bûches de chauffage, puisque la foudre l'avait trop abîmé pour qu'on pût en tirer des madriers ou des planches.

Jacques Le Ber, le propriétaire du magasin général où, quelques jours auparavant, on avait exposé les corps du couple Beaupré, arriva à son tour. Profitant de la présence de tant de clients, il leur fit face et, de ses deux mains ouvertes, paumes tournées vers la foule, fit comprendre qu'il désirait parler.

C'était un homme jeune. Beau-frère du riche pelletier Charles Le Moyne, dont il avait épousé la jeune sœur, Jeanne, il se révélait lui aussi homme d'affaires remarquable. Personnage de gros bon sens, rude et fort, visage sérieux qu'un sourire transformait d'un coup quand il était en veine d'amabilité, il parlait peu, ménageait ses effets mais savait rudement bien vendre ses idées. Originaire de Pitres, dans le diocèse de Rouen, il était venu au Canada sous l'influence d'amis déjà installés sur place. Il s'était allié par fiançailles à la famille Le Moyne en promettant solennellement et expressément d'épouser la jeune Jeanne. Le notaire et tabellion Bénigne Basset avait rédigé le contrat qui était alors coutume :

Les promis promettent, pour la bonne amitié qu'ils ont dit avoir entre eux, de se lier l'un à l'autre par foi et loyauté de mariage, et de s'épouser en face de notre Mère la Sainte Église, le plus tôt que faire se pourra, suivant les cérémonies accoutumées.

Lambert Closse et sa femme avaient paraphé le document en qualité de témoins.

À ses débuts dans la colonie, M. de Maisonneuve avait maintes fois confié au jeune commerçant des missions de confiance pour Trois-Rivières et Québec. Il se rendait à l'un ou l'autre endroit en canot d'écorce algonquin, qu'il maniait avec une rare dextérité. L'hiver, il troquait son embarcation contre des raquettes et partait, seul, à l'assaut du vent et du froid, sur des lieues, sans perdre sa route, et en se guidant à la manière indienne, la nuit sur les étoiles, le jour sur la ligne du fleuve qu'il suivait de près. On le respectait pour ses prouesses et son indéfectible détermination.

Aussi prêta-t-on l'oreille lorsqu'il prit la parole de sa voix forte :

— Mes amis, une bonne nouvelle ! Mon bac reprendra ses voyages vers Québec dès la semaine prochaine !

Il avait réussi. On en oublia l'arbre pour manifester la satisfaction qu'apportait la nouvelle et crier des bravos.

Car même pour ceux qui ne l'emprunteraient jamais, ce moyen de transport régulier entre Montréal et Québec était le symbole du lien avec le reste du monde. Il donnait à tous le sentiment d'une délivrance de l'impitoyable éloignement qui les confinait sur l'île pendant l'hiver autant que si elle avait été perdue au milieu d'un océan.

Le bac de Jacques Le Ber était une barque à deux mâts, menée par un équipage de trois bons avironneurs, prêts à prendre les rames dès que le vent tombait. Faute de passagers, elle était destinée presque exclusivement au transport des marchandises et servait donc naturellement surtout aux intérêts de Le Ber et de Le Moyne, en leur permettant d'alimenter leurs magasins des produits que les navires de haute mer ne débarquaient pas plus haut que Québec.

Soudain, un grand cri fit se retourner toute la foule et oublier Le Ber. Quelque chose comme une détonation l'avait précédé et, étrangement, tant était constante l'obsession de l'attaque iroquoise, tous les regards cherchèrent d'abord d'où avait pu partir le coup, avant de se porter vers l'arbre, car c'était de là qu'était venu le cri.

Puis on vit que Bardeau se tordait de douleur, tandis que les autres, ayant abandonné leur outil et couru, se penchaient sur lui. Et on comprit que la cognée du bûcheur avait dérapé sur un nœud du chêne et dévié sur sa jambe droite. Sur le coup, parvenait-il à expliquer tant bien que mal au milieu de ses plaintes, il n'avait ressenti qu'un choc bénin, comme une légère secousse, comme si une branche de l'arbre lui était tombée sur la jambe. Puis soudain, la souffrance, incisive, cuisante, terrifiante. Et la fureur de voir gicler le sang. Il criait :

— Aidez-moi, faites quelque chose ! Je vais perdre tout mon sang !

Mais tous ces hommes rudes et pourtant habitués aux blessures et à la mort restaient comme pétrifiés ou affolés par les appels de la victime d'un simple accident. À la fin, cependant, il y eut un remous dans la foule et une voix cria : « Place ! Place ! »

C'était le chirurgien Pierre Piron, accouru aux cris. Déjà il était à genoux près de Bardeau ; avec une vivacité de prestidigitateur, il déchirait une manche de son justaucorps et la tordait pour en confectionner un garrot.

— Quelqu'un ! demanda-t-il brièvement sans se retourner.

Spontanément, Thérèse fendit les premiers rangs qui se resserraient pour regarder inutilement. L'instant d'après, agenouillée à son tour dans l'eau et la boue, elle tenait la jambe de Bardeau et lui parlait doucement pour le calmer pendant que Piron nouait le garrot.

Elle estimait le chirurgien ; c'était un homme de décision et de bonté. Dévoué. Brave aussi. Même les Iroquois l'admiraient. Une fois, ils l'avaient enlevé alors qu'il tendait des pièges dans la forêt. M. de Maisonneuve avait en vain alerté les miliciens de Trois-Rivières et de Québec. Il désespérait quand les Iroquois onontagués étaient venus à Ville-Marie négocier une trêve. Ils ignoraient que Piron fût prisonnier, M. de Maisonneuve, la voix pleine de colère, le leur avait appris. L'un d'eux s'était alors offert à rester en otage pendant que les autres iraient négocier la libération du chirurgien. Et celui-ci était revenu indemne : les Indiens ne l'avaient pas touché.

L'exemple de Thérèse avait galvanisé les autres. Tout le monde maintenant voulait aider. Tout le monde parlait en même temps ; tout le monde avait des idées ; partout des bras se tendaient. Pour un peu, et sans leur vouloir du mal, on allait piétiner Piron, Thérèse et le malheureux Bardeau qui, les lèvres bleues, le teint de cendre, haletant, geignant, semblait presque à l'article de la mort. Mais une fois de plus la foule se fendit devant une femme, alors qu'une voix autoritaire disait :

— Écartez-vous, écartez-vous ! C'est d'air qu'il a besoin avant tout.

Il y avait quelque chose de si impérieux dans le ton que l'attroupement s'ouvrit, d'autant plus qu'on avait reconnu aussitôt la personne qui, avec le gouverneur et peut-être même plus que lui, était la plus respectée de la colonie : Mlle Jeanne Mance, la fondatrice de l'Hôtel-Dieu.

Après s'être courbée sur le blessé et lui avoir dit : « Courage, mon fils, nous vous tirerons de là », elle se tourna vers le cercle refermé et ordonna patiemment :

— Et vous autres, rendez-vous utiles. Faites-moi un brancard de ces branches et portez M. Bardeau à l'Hôtel-Dieu. Je vais au devant pour qu'on l'accueille... Et vous, reprit-elle à l'adresse de Thérèse en revenant au blessé, vous l'accompagnerez.

Les regards des deux femmes se croisèrent.

— Vous êtes Thérèse Cardinal, veuve Cardinal, n'est-ce pas ? ajouta Mlle Mance. N'étions-nous pas de la recrue de 1653 ? On me dit que vous ne manquez pas de caractère. Sachez bien l'exercer, ma fille. Ce pays nouveau a grand besoin de cela.

Et elle s'en fut. Pendant que les hommes préparaient le brancard, Thérèse la suivit des yeux. À cinquante-sept ans, elle se dépensait comme si elle en avait eu vingt-cinq. Elle était admirable, songeait la jeune femme, qui se souvenait.

Depuis la fondation de Ville-Marie, en neuf ans le harcèlement iroquois avait coûté la vie à tant de colons que M. de Maisonneuve voyait sa volonté et son œuvre vouées à l'échec comme l'avait prédit Québec. Égale à la sienne, la ténacité de Jeanne Mance l'avait sauvé. Cousine d'un très influent chanoine de Notre-Dame de Paris et reçue par la reine Anne d'Autriche, femme de Louis XIII, elle était partie pour la Nouvelle-France, nantie d'une fort belle somme d'argent, cadeau de la veuve d'un surintendant général des finances royales et destinée à la construction d'un hôpital que les circonstances avaient retardée. « Prenez cet argent, avait-elle dit à M. de Maisonneuve, et allez nous chercher une recrue de renfort. Vous me le rendrez plus tard. » Et, vainquant ses scrupules, M. de Maisonneuve avait accepté. Il était revenu à bord du *Saint-Nicolas*.

— Allons, venez, dit la voix de Piron derrière elle. Mlle Mance a raison, votre présence auprès de ce malheureux sera utile si je dois l'amputer. Le réconfort d'une jolie femme vaut bien celui des religieuses.

CHAPITRE IX

Sortant de l'Hôtel-Dieu, Thérèse se hâtait. De grosses nuées menaçaient de nouveau et le soir tombait encore vite. Elle se faisait reproche d'avoir dû confier une fois de plus les enfants à Marguerite. Mais pouvait-elle refuser à Mlle Mance ? Et d'ailleurs c'était vrai que sa présence avait calmé Bardeau. Peut-être à cause de cela Pierre Piron avait-il pu mieux opérer. Il avait fait du bon travail : la jambe du blessé avait une chance de ne pas être amputée.

– Thérèse !

Dans la rue, non loin de sa maison, elle s'arrêta, se retourna. Un homme courait pour la rattraper. Elle reconnut Saint-Georges et fut sur le point de reprendre sa marche – le personnage avait décidément le don de la mettre de méchante humeur. Mais elle se domina, l'attendit.

– Que veux-tu ? Je n'ai pas soupé et je dois aller quérir les enfants chez Marguerite Gaudé, dit-elle impatiemment quand il l'eut rejointe, essoufflé.

Saint-Georges se pencha, la mine grave et, à voix presque basse, comme s'il confiait un secret, il demanda :

– Tu ne connais pas la nouvelle ?

– Laquelle encore ? dit Thérèse sèchement, sous le coup de son agacement.

Puis, portant soudain la main à son cœur et se raidissant, elle reprit, inquiète :

— Non… Laquelle ?

— Le fort Richelieu a été pris, incendié et rasé par les Iroquois.

Sans un mot, elle recula d'un demi-pas pour mieux le voir en face. Il ajouta :

— On le tient d'un coureur de bois qui vient de rentrer. Ça fumait encore. Il a vu les cadavres. Il est sûr qu'il n'y a pas de survivants.

Il avait l'air d'attendre ; il l'examinait sans bouger, retenant son souffle. Elle ne disait toujours rien. Oh ! elle avait vingt fois, cent fois imaginé la mort de Pierre Gagné. Mais jamais elle n'aurait cru, non, jamais… Mon Dieu ! La mort d'Urbain, cela avait été comme si on lui avait arraché le ventre. Et maintenant Pierre… C'était le cœur. Pour ne plus le sentir battre elle s'écrasait presque le sein.

Saint-Georges continuait à parler. Elle essaya de l'écouter. Il disait :

— Il me semble qu'on n'est pas venus ici pour servir de gibier…

Elle ne voulait pas l'entendre. Elle savait où il voulait en venir. Il la connaissait. Il se doutait bien que la veuve Cardinal sortirait bientôt les griffes au lieu de rester à geindre. Et il ne se trompait pas. Elle aussi se connaissait. Elle ne supportait pas le sort ; quand il frappait, elle regimbait, elle ruait, mordait. Tout plutôt que de s'incliner. Enfant, elle observait les gens de son village et décidait qui méritait le respect, qui le mépris, mais elle était capable de se rebeller même contre son respect, si celui-ci devenait une oppression. Elle avait supporté docilement ses tantes d'Angers et leur corselet de principes, mais uniquement parce qu'elle les méprisait : elles ne valaient pas la révolte. Elle s'était donc forgé une carapace contre les bigotes.

– Je vais à l'auberge, dit-elle brusquement.

En d'autres circonstances, son entrée aurait fait sensation de façon différente. Il y aurait eu beaucoup de regards sur sa personne, des sourires essayant d'attirer son attention, et deux ou trois hommes avinés auraient eu quelques rires et mots gras ou salaces, vite ravalés. Ce soir, les regards s'étaient bien tournés vers elle, mais pas pour s'arrêter sur sa beauté. Comme Saint-Georges, ces gens la connaissaient. Leurs yeux l'interrogeaient. Ils attendaient d'elle quelque chose – une forme de courage qu'ils n'avaient pas : celui de dire. Le courage du défi.

Mais elle avait commandé du vin et s'était assise, seule dans un coin. Un froncement des sourcils, une certaine dilatation des narines avaient suffi pour décourager Saint-Georges de vouloir lui tenir compagnie. Le menton dans une main, un coude sur la table, elle paraissait comme arrêtée, statufiée dans l'image d'un sentiment indicible – elle-même n'aurait pu le définir. Une sorte de douleur morne, de courbature de l'être entier.

Comme elle ne disait rien, on était déçu. Peu à peu on avait repris comme si elle n'avait pas été là. Elle écoutait vaguement ; les mots étaient enveloppés dans de la laine.

C'étaient des hommes et ils épiloguaient, naturellement. Ils ramenaient sur le tapis le meurtre des Beaupré, et d'autres, tous les événements petits ou grands qui avaient coûté la vie à des Montréalistes et qui ressortaient des mémoires, tout vernissés du sang frais du carnage du fort Richelieu. Faute d'avoir vaincu les Iroquois, on s'en prenait une fois de plus aux membres de l'administration : des lâches, des incapables…

« Et eux ? » se disait Thérèse. Tout ce qu'ils racontaient et qui remontait parfois au début de la colonie, elle le connaissait par Chicot.

Le scalpé vivant lui avait raconté que, vingt ans plus tôt, un an à peine après la fondation de Ville-Marie, il y avait eu une crise de confiance grave entre la population et son gouverneur. On incriminait déjà M. de Maisonneuve d'aimer mieux s'illustrer à l'abri de son fort qu'en s'exposant aux côtés des colons. Pour imposer silence à ceux qui mettaient ainsi en cause et son courage et son habileté guerrière, M. de Maisonneuve avait conduit une sortie contre les Iroquois. Chaussés de raquettes, une trentaine d'hommes l'avaient accompagné et donné sus à environ deux cents Indiens cachés dans les bois. En un clin d'œil ils s'étaient retrouvés encerclés. Le chef de la bande iroquoise s'était réservé le plaisir de s'emparer lui-même du commandant, abandonné de tous. Comme il s'élançait à cette fin, M. de Maisonneuve avait tiré au pistolet, mais raté sa cible. L'iroquois allait le saisir, lorsque l'officier avait pris un autre pistolet à sa ceinture et tiré une deuxième fois : le sachem était tombé raide mort. Profitant de la surprise et du désarroi des Indiens, M. de Maisonneuve avait réussi à regagner le poste à la course. Subjugués, les habitants avaient manifesté leur remords en le priant unanimement de ne plus s'exposer ainsi.

Mais Thérèse était de l'avis de Chicot, là n'était pas le problème. Il résidait dans la conception même que le gouverneur se faisait de sa mission. Son ambition était purement généreuse : il ne voulait pas disputer le territoire aux Indiens ; son ardeur était d'évangéliser, d'éduquer, de conduire des âmes au Christ.

Au cours de son premier été sur l'île, il s'était vite fait des amis des Algonquins qui avaient découvert la présence des colons. Certains avaient même campé près du poste. Et il avait invité ces « bons sauvages » à devenir ses messagers auprès des tribus en les incitant aussi à l'amitié. Un jour, étant en visite, l'une d'elles se trouva à assister à la célébration de l'Assomption au cours de laquelle Ville-Marie devait être consacrée à la Vierge. Impressionné par les chants religieux et les gestes rituels du prêtre, le sachem fit baptiser son fils de quatre ans.

Et puis un jour, des Iroquois lancés à la poursuite d'une troupe d'Algonquins aboutirent au poste, maintenant ceint de six ou sept cents pieds de forte palissade, derrière laquelle leurs ennemis s'étaient réfugiés. Furieux, les Iroquois répandirent la nouvelle et, quelques mois plus tard, six bûcherons à l'ouvrage dans la forêt furent attaqués – trois tués, trois disparus. La guerre iroquoise commençait.

En réalité, songeait Thérèse, le vrai problème était que M. de Maisonneuve ne se faisait pas à l'idée de cette guerre où elle avait laissé un mari et, maintenant, le seul homme qu'elle avait profondément estimé, admiré depuis Urbain, au point de le considérer comme un égal, ce qui pour elle était tout dire, peut-être même digne de… Mais non, elle ne voulait plus de maître, et d'ailleurs le sort, pour ce qui était de Pierre Gagné, venait de régler la question. À cette pensée, ce n'était pas des larmes de deuil qui montaient aux yeux de Thérèse : c'était de la rage d'impuissance.

En même temps, elle mesurait mieux tout ce qui l'attachait désormais à cette terre de Nouvelle-France. Les deux hommes qu'elle aimait le plus avaient donné leur vie pour elle et pour ce qu'elle représentait pour eux : l'espoir d'une vie de liberté et de réalisation. Mais ils avaient aussi donné vie. Sa vengeance à elle serait que Marie-Ève et Pierrot – que son père lui avait en quelque sorte légué en partant – grandissent sur ce sol payé au prix du sang, qu'il leur appartienne un peu, et que, en retour, eux aussi lui appartiennent et y fassent racines et souche.

Seulement, il ne fallait pas que M. de Maisonneuve ne rêve qu'aux anges et ne songe qu'à peupler le ciel d'Iroquois et qu'il sacrifie à ce rêve et à son noble désir de paix ceux qui, pleins d'espoir, l'avaient suivi en cette terre nouvelle – même si cet espoir était celui d'un pauvre bonheur et d'un peu de dignité ici-bas en attendant le royaume des cieux qu'après tout ils auraient bien mérité.

Elle avait tenu le regard baissé, tout ce temps, fixant le plancher où des éclaboussures de vin formaient d'étranges dessins de sang rouge-brun.

Puis elle eut conscience d'une présence debout près de sa table et d'une voix qui devait lui parler. Avant de lever les yeux, elle sut qui c'était, à l'ombre du grand chapeau projetée par terre : Chicot et son tapabord. Elle vit aussi que, insensiblement, depuis son arrivée, la foule avait augmenté dans la salle, le brouhaha aussi. Et elle entendit que Chicot disait :

— Thérèse, écoute-moi. Viens-t'en te joindre à ma table, là ; ce ne sont que de bons gars. Je n'aime pas te voir rester à te morfondre toute seule ainsi.

Elle regarda son visage dont les traits ravinés et brûlés semblaient exhaler une fumée de bonté. Elle demanda :

— Le fort Richelieu, c'est vrai ?

— Oui. J'ai aussi parlé à des Algonquins qui sont passés par là. Il n'y a plus de fort ; la grève et les ruines de l'enceinte sont jonchées de corps…

Chicot ne mentait jamais, pas plus qu'il ne supportait le mensonge chez les autres — le regard qu'il vous plantait dans les yeux comme un couteau en disant : « Attention, frère, pas mentir » était célèbre dans toute la Nouvelle-France.

— Bien, dit-elle en saisissant son gobelet. Je viens.

Elle traversa la salle sans qu'on la remarquât. Au milieu des tables, Saint-Georges, toujours lui ! venait de se lever et pérorait. Il n'y en avait que pour lui. Au passage Thérèse attrapa une phrase, celle-là même qu'il lui avait sortie déjà dans la rue et dont il se gargarisait évidemment :

— Nous ne sommes pas venus ici pour servir de gibier… !

La jeune femme se retourna violemment, repoussant sans le vouloir la chaise que lui tendait déjà Chicot. Son sang ne fit qu'un tour ; ses yeux noirs en feu, la main sur le cœur dans un geste instinctif, elle s'écria d'une voix haletante où éclatait soudain toute la force de son chagrin :

— C'est vrai ! Nous sommes là à servir de hors-d'œuvre aux Iroquois. Du gibier, oui, c'est ce que nous sommes, pour une fois je suis d'accord avec Saint-Georges. Une proie d'autant plus facile à chasser qu'elle est servie à demeure, dans ce grand piège que constitue aujourd'hui ce poste !

Des voix qui approuvaient s'exclamèrent. Saint-Georges voulut reprendre la parole. Personne ne l'écouta : c'était Thérèse qu'on demandait maintenant, avec toute la passion sincère qui passait dans sa voix. Elle poursuivit, sans même prêter attention aux encouragements et aux bravos, sourde et aveugle à tout ce qui n'était pas sa peine :

— Quand l'ennemi ne réussit pas à tuer ou à capturer hors d'ici, notre gouverneur lui ouvre toutes grandes les portes de cette enceinte ! Quand l'Iroquois ne prend que dix des nôtres aux portes du poste, notre cher commandant, pour un peu, lui en offrirait cent en échange d'une petite parlementation... et livrés à domicile ! « Faites des enfants », nous dit-il à nous, femmes, pour compenser les hommes que nous tuent ou nous enlèvent les Indiens. Faites des orphelins, oui, voilà ce qu'il devrait dire !

Elle allait continuer, mais s'interrompit net. Un brusque silence était tombé sur la salle. Ses yeux suivirent les regards jusqu'à la porte d'entrée. Adossé au chambranle, un homme l'observait. À l'uniforme autant qu'au visage chafouin inoubliable, elle le reconnut aussitôt : il s'appelait de Sainctes et c'était l'un des miliciens envoyés de Québec tout exprès pour « servir » M. de Maisonneuve, mais, à peu près certainement, au moins autant pour le surveiller et l'espionner au bénéfice de la haute administration royale. Manifestement, il avait dû entrer l'instant auparavant, et son apparition avait créé un certain flottement dans l'assistance, parmi les « prudents », constata Thérèse avec mépris.

Il n'en fallait pas plus pour réveiller en elle le défi. Elle reprit, cherchant les yeux du chafouin :

— Regardons les choses en face… Ne croirait-on pas que nous servons d'appât pour les bonnes œuvres de la Société de Notre-Dame ? Pour mieux convertir des barbares, on nous sacrifie en offrande aux dieux iroquois. Et quand nous protestons, on nous invite à prier plutôt que de nous défendre…

Derrière elle, elle entendit la voix basse de Chicot, en même temps qu'il la tirait par sa jupe :

— Arrête-toi, tu vas trop loin.

De nouveau, elle eut conscience du silence, à part quelques approbations aussitôt avortées. Les visages étaient gênés et se détournaient d'elle ; des pieds raclaient gauchement le plancher sous les tables et les sièges ; des yeux épiaient à la dérobée le milicien toujours adossé au chambranle et dont le visage ne laissait rien voir.

Thérèse se sentit lasse tout à coup. Elle contempla la salle quelques secondes, puis elle dit d'une voix sourde :

— Il ne me reste que les enfants, et ils m'attendent…

Elle marcha vers la porte entre les tables, dans le silence. Sans avoir besoin de se retourner, elle savait, aux pas derrière elle, que Chicot la suivait. Devant elle, le milicien la regardait venir, un sourire gluant aux lèvres, et ses yeux l'examinaient de haut en bas. Il barrait maintenant à demi le passage, et elle aurait dû le frôler pour sortir si Chicot n'avait fait soudain deux grands pas pour se planter devant lui. Il s'écarta. En passant, elle lui dit :

– J'ai un corps, oui, comme vous ; mais le vôtre, il est laid.

Dehors, Chicot demanda :

– Veux-tu que je chemine un bout avec toi ?

Elle fit signe que non et il se contenta de la suivre des yeux un moment dans la demi-clarté du soir en hochant la tête. En rentrant dans l'auberge, il se heurta au milicien qui allait sortir. L'homme en uniforme recula. Chicot referma la porte, s'adossa au battant et croisa les bras. Son visage était terrible. L'autre détourna le sien, hésita, puis, trouvant une chaise libre sous sa main, s'assit et commanda à boire. Chicot attendit qu'il fût servi ; alors seulement il rejoignit la table de ses amis.

Dans la rue, Thérèse avait pris la direction de la place Royale. Elle marchait à pas rapides comme si elle avait voulu laisser derrière elle sa colère. Mais déjà il ne lui restait plus que le chagrin. Des larmes lui brûlaient les yeux sans vouloir couler. Après la mort d'Urbain, elle s'était juré de ne plus vivre que pour Marie-Ève, de ne plus penser qu'à Marie-Ève, en s'interdisant presque le souvenir de Juste, son premier mort en Nouvelle-France.

Ils l'avaient baptisé Juste Cardinal, en souvenir de son grand-père mort à la peine, oublié de toute sa famille. Elle avait accouché de ce fils quasiment seule, avec Urbain pour l'encourager et lui tendre la lanière de cuir dans laquelle elle mordait pendant les douleurs. C'était lui qui avait tiré l'enfant du ventre en tremblant. Il avait ensuite éclaté d'un fou rire si nerveux et si irrépressible qu'elle avait cru un instant qu'il avait perdu la tête.

C'était tôt le matin. Il faisait gris. Dans la pénombre, elle avait deviné les formes du bébé. Ses chairs, ses reins, son dos lui faisaient mal ; elle essayait de concentrer toute son attention sur ce fils que lavait Urbain. Le pauvre ! Il voulait tellement bien faire qu'il avait renversé le plat d'eau ; presque un drame ; c'était elle qui avait suggéré :

— Pose le petit sur mon ventre, pendant que tu fais chauffer une autre bassine.

Quelques semaines plus tard, ils avaient découvert l'éclat d'un regard dans les yeux bleus du bébé et Thérèse, ou peut-être Urbain, avait dit :

— Un bébé, c'est déjà un personnage.

Juste promettait d'en être un. Une vie puissante bouillonnait en lui. Il apprenait vite, il apprenait tout ; son corps bien équilibré le servait à merveille. À treize mois, il savait marcher. Thérèse s'amusait à le vêtir, Urbain, à lui fabriquer des jouets. Les Indiens avaient beau semer la terreur, chaque matin pouvait bien amener un autre drame et mettre le courage à l'épreuve, il y avait un fils chez les Cardinal, et tous les espoirs demeuraient permis. Le caractère de Thérèse changeait. Elle prenait goût à la tendresse. L'enfant trottait derrière elle toute la journée. Il était son ombre.

Quand il eut appris à parler, il babilla sans cesse. La maison Cardinal résonnait de la petite voix pointue et enjouée ; elle tissait un bonheur à trois, un bonheur palpable et durable. Un matin qu'Urbain partait aux champs, il fit observer, en embrassant Juste :

— C'est drôle de penser que toi, tu es de Nouvelle-France.

L'enfant était devenu pour eux la preuve tangible qu'ils travaillaient à construire un pays.

Rien n'avait laissé présager le malheur qui allait s'abattre.

Ce jour-là, des vols d'oies blanches passaient dans le ciel. L'air était pâle d'une brume hésitante. Bien qu'on ne fût qu'en mai, il allait faire très chaud. Juste se tenait derrière sa mère, suivait avec elle un sillon qu'Urbain taillait dans la terre fumante en pesant de toutes ses forces sur la charrue tirée par deux bœufs lourdauds.

Des cris éclatèrent. Les Iroquois jaillirent de nulle part et de partout à la fois. Urbain se libéra des cordeaux et se précipita vers sa femme et son fils. Il les prit par la main et les tira littéralement jusqu'à la porte de l'enceinte qui se referma derrière eux, indemnes tous, croyait-il.

À un moment, Urbain avait bien eu conscience que Juste trébuchait. Il n'avait pas ralenti sa course pour autant, il l'avait traîné à terre sur le dos ; plus tard, il le consolerait et se ferait pardonner cette rudesse nécessaire. Au reste, l'enfant n'avait émis aucune plainte.

Une fois à l'intérieur de l'enceinte, ils découvrirent la blessure, avec la tache rouge au-dessus d'une oreille. Juste achevait de mourir. Un Indien l'avait frappé de son gourdin. Dans la fuite, ni Thérèse ni Urbain ne s'en étaient aperçus.

Thérèse eut le temps de voir, dans les yeux bleus, palpiter la dernière lueur de vie. Puis, plus rien que la pupille durcie par la mort. Elle eut l'impression que son cœur éclatait, que plus jamais elle ne serait capable de souffrir autant. Et c'était vrai : même la disparition d'Urbain avait été ressentie par elle avec plus de stoïcisme, sans une larme, comme celle de Pierre Gagné ce soir. Elle eût jugé indigne d'eux de les pleurer. Et il lui était resté, il lui restait, Marie-Ève.

En vue de la maison de Marguerite Gaudé, elle s'arrêta pour finir de se reprendre en main. Adossée à un mur, elle secoua la tête. « Mon Dieu, quelle confusion que la vie ! » se dit-elle. Pas plus tard que le matin même, elle faisait l'amour avec ce Goujon, toute au plaisir de son corps. Et voilà que maintenant la mort… À la même heure, Pierre n'était déjà plus qu'un cadavre, sans doute méconnaissable après les tortures, s'il n'avait pas déjà, elle en venait à l'espérer ! succombé dans la bataille. Elle revit le beau visage grave et dur de Pierre et son grand corps, grave et dur aussi, et elle eut une nausée en pensant à ses ébats avec le blondinet des mers. Qu'il parte, elle ne le reverrait pas.

Elle s'arracha au mur pour reprendre sa marche. L'image du chafouin passa devant ses yeux intérieurs. Elle ne put s'empêcher de sourire amèrement. Il ne la manquerait pas : elle serait sûrement dénoncée pour ses propos séditieux. Bah ! qu'ils y viennent…

CHAPITRE X

Il ne l'aimait pas. Pourtant, il n'avait aucun remords. Au début, et jusqu'à ce qu'il eût compris qu'elle en profitait autant que lui, il se méprisait et s'en voulait à l'idée qu'elle se donnait et qu'il en profitait. Cela n'avait rien d'une passion vulgaire, mais le désir seul les rapprochait, les réunissait, les confondait.

Il la vit prête à crier. Mais elle se retint encore, prolongea son plaisir en ménageant ses mouvements. Pierre savait que le masque douloureux qui tirait les traits de la jeune Indienne exprimait que l'amour physique la possédait.

Seule une mince cloison d'écorce les isolait des autres. Ils étaient dans la cabane, une de ces longues maisons iroquoises divisées en deux rangées de compartiments familiaux, et traversées par une allée centrale permettant de continuels va-et-vient. Construit pour durer cent ans, car les Iroquois étaient un peuple urbain, ce genre d'habitation résistait à tous les climats, grâce à la souplesse des babiches qui reliaient la structure de poteaux aux écorces d'orme et d'érable. Certaines cabanes logeaient jusqu'à soixante familles.

Qu'on pût les surprendre ne les inquiétait nullement : on les savait occupés à faire l'amour et cela n'intéressait personne.

Pierre regardait les dents blanches de Gediak, des dents puissantes qui dans un instant allaient le mordre à l'épaule.

Il l'avait rencontrée pour la première fois lors de son adoption, quand les femmes de la tribu l'avaient lavé, graissé, puis habillé pour la cérémonie. Il avait surpris dans le regard de cette femme une effronterie aguichante et l'avait trouvée beaucoup plus jolie que les autres.

En fait, Gediak n'était pas iroquoise. C'était une Algonquine de la tribu des Micmacs, ou Souriquois, originaire d'Eskegawaage, village indien de la péninsule de Gaspé.

Les Micmacs avaient une réputation de guerriers cruels et invincibles, qui leur suffisait pour demeurer les maîtres incontestés de l'extrémité est de la Nouvelle-France. Aucune tribu n'osait les défier, ni leur disputer ne fût-ce qu'une parcelle de territoire. Au demeurant, malgré leur grande force et leur indomptable courage, ils ne quittaient pas leurs terres pour aller conquérir celles de leurs voisins. Pêcheurs et cueilleurs de coquillages, ils entretenaient des parcs de palourdes. Ils naviguaient dans des canots aux extrémités exagérément relevées, pour affronter les hautes vagues du golfe du Saint-Laurent. Étrangement, ils s'habillaient presque à l'européenne. Les femmes surtout, avec leurs chemisettes et leurs jupes tombant jusqu'aux chevilles. Avant la venue des premiers missionnaires blancs, les Micmacs vivaient presque nus. Les religieux, bien intentionnés, leur avaient révélé à la fois la pudeur et la mode française…

Pierre cria. La première fois qu'ils avaient fait l'amour elle lui avait demandé, avec une telle déception que sa voix en était voilée :

— Pourquoi ne cries-tu pas, quand c'est fini ?

Il cria donc et lui rendit la morsure de son baiser en appuyant ses lèvres sur la nuque chaude, là où la peau de la jeune fille était d'un grain plus clair, à cause de la chevelure qui la protégeait constamment contre le soleil. Puis il roula à côté d'elle.

Il avait beaucoup changé. Son œil ne le faisait presque plus souffrir et tout son corps avait retrouvé son énergie vitale. Surtout, son esprit s'était transformé, et se transformait davantage tous les jours.

Depuis qu'il s'était résigné à prendre son temps, au lieu de saisir témérairement la première occasion de s'enfuir, il s'était mis à étudier les Indiens avec lesquels il était contraint de vivre. Il s'était forcé à ne plus les regarder comme des êtres responsables du fardeau de haine qui courbait ses épaules.

La première des choses qu'il avait apprises au sujet des mœurs de cette tribu était que l'infidélité ne dérangeait guère. Il se souciait peu de son épouse officielle, la vieille Annendok, et cette dernière ne semblait aucunement se formaliser de son indifférence. Pierre n'était pas un de ces esclaves comme il s'en trouvait parfois dans les villages indiens pour « servir » les femmes délaissées par leur mari : en tant qu'époux il était, paradoxalement, un homme libre. Aussi pouvait-il flâner dans la bourgade, décider de son emploi du temps et observer, fureter tout à son aise. Il avait ainsi coulé des heures à ne rien faire, pas même à réfléchir.

Telle une enfant après le jeu, Gediak soupira de regret : le moment d'émoi était fini.

Elle avait un corps délié, de petits seins ; on aurait dit des seins d'enfant, justement. Vers le nid, s'étendait un fin réseau de veinules que Pierre aimait à suivre une à une sur le ventre doux, du bout de ses doigts hésitants. Elle riait avec des gémissements de plaisir. Elle prenait ces gestes tendres pour quelque rituel, peut-être propre à l'exorciser d'un mal mystérieux.

Gediak se leva, enfila les vêtements qu'elle avait déposés en tas sur la natte, et sortit en saluant Pierre d'un de ses rires fragiles et suraigus.

Resté seul, Pierre se laissa aller à des rêveries confuses qui, parfois, lui embrouillaient le cœur. Ce qui était nouveau en lui, c'était l'acceptation de cette morale si différente : sans heurts ni obstacles. Avant Gediak, l'acte sexuel s'enveloppait de civilités, de préambules quasi obligatoires ; maintenant, il faisait l'amour à la manière des enfants iroquois. Car ici, dès l'âge nubile, les enfants étaient laissés à eux-mêmes et suivaient l'exemple des adultes pour satisfaire leurs appétits. Si les jeunes filles de l'âge de Gediak, c'est-à-dire environ seize ans, n'avaient pas de prétendant, elles allaient, la nuit, offrir leurs charmes d'une cabane à l'autre. Pierre avait d'abord refusé sa couche à la jeune Indienne pendant plusieurs nuits, avant d'en faire sa maîtresse.

Le jour se levait. Traversés par la lumière montante du soleil, les murs d'écorce prenaient une teinte rosée.

Pierre devait quitter la cabane. Les hommes avaient obligation de partir dès l'aube à la chasse, à la pêche ou à la guerre. C'était la règle, et les femmes veillaient sévèrement à son application. Mieux encore, elles établissaient le calendrier des ravitaillements.

Mais outre que, encore convalescent, il jouissait d'un privilège de paresse, il était trop tard : les hommes étaient déjà loin et les femmes, pour la plupart, s'apprêtaient à partir pour les champs. L'agriculture était leur domaine réservé. Sitôt après la fonte des neiges, elles avaient nettoyé la terre, ramassé des brassées de chaume de maïs pour en faire des tas et les brûler ; elles se préparaient maintenant à l'ensemencement. Pas de labourage ; seulement des mottes de terre bien alignées, dans lesquelles elles enfonçaient les graines noyées au préalable dans des marmites d'eau pendant quelques jours.

Une odeur de putrescence saisit Pierre aux narines. Une vieille Indienne pétrissait un magma de feuilles pourries qui se décomposaient dans une caisse en épinette, et, à poignées, le transvidait dans des sacs de peau que d'autres squaws venaient enlever. Il s'agissait d'engrais pour fertiliser la terre retournée.

Quelques feux, qu'on avait allumés en frottant l'un contre l'autre deux morceaux de cèdre bien sec, l'un épointé et l'autre plat, flambaient mollement près de la grève. Au bord de la rivière, des canots amarrés à des racines d'orme se serraient les uns contre les autres sous la lente poussée du courant. Des pierres rougissaient sur les feux. Des femmes les retiraient à l'aide de louches en bois mouillées, pour les jeter ensuite dans des vaisseaux de terre cuite et ainsi réchauffer les bouillons. Elles agissaient avec des gestes distraits, nullement pressées par un horaire quelconque ; la notion d'heures de repas n'existait pas pour elles puisqu'on mangeait quand on avait faim.

Elles étaient assises à même le sol, les jambes croisées, vêtues de leur pagne joliment décoré de dessins étincelants et frangé de poils de porc-épic teints en cramoisi. Certaines portaient tunique. D'autres, les plus jeunes, avaient la poitrine nue, les pieds enveloppés dans de longues mitasses, des guêtres en peau attachées aux genoux par des jarretières à motifs délicats. Quelques-unes s'affairaient, de leurs mains agiles, vives comme l'oiseau en vol, à confectionner des ustensiles en bois, des paniers en écorce, des cuviers et des tasses, ou à coudre des peaux pour en faire des vêtements. De vraies pies : elles jacassaient sans souffler et pouffaient à s'étouffer, souvent pour des riens. Se servant de leurs ongles, elles découpaient en très minces lanières la partie tendre d'écorces de tilleul et les faisaient réduire dans l'eau, pour obtenir du fil à coudre. Ou bien elles allaient fouiller le sol au pied des épinettes pour extraire les radicelles qu'elles utiliseraient comme watap, c'est-à-dire comme gros fil pour apiécer l'écorce à l'armature des canots. Presque toutes mâchaient de la gomme d'épinette.

En majorité bien faites, le corps élancé, athlétique, les muscles peut-être un peu trop saillants, souvent tatouées au visage et sur tout le haut du corps, les jeunes Iroquoises étaient jolies. Vers la trentaine elles s'empâtaient, après avoir trop trimé aux travaux quotidiens. Elles oubliaient alors toute envie de plaire et perdaient même le goût d'entretenir leur chevelure, dont jusqu'alors elles faisaient grand cas en la passant souvent à la graisse d'ours, la partageant de chaque côté de la tête et la pliant en tresses qu'elles glissaient dans des peaux d'anguilles.

En arrivant au bord de l'eau où il avait croisé son visage bandé de noir, ce qui l'avait fait grimacer de dépit, Pierre vit trois d'entre elles en train de tendre des peaux sur des cerceaux d'osier. Il s'offrit à les aider. Mal lui en prit, elles se moquèrent de lui : un homme ne devait jamais se livrer à un travail de femme.

En somme, en restant au village ce jour-là, il n'aurait strictement rien à faire. La veille, il avait accompagné un groupe de jeunes hommes à la pêche. En cette période de frai, il suffisait d'utiliser des branches pour attraper les poissons. Une fois assommées sur les pierres, les prises étaient enfermées dans des sacs de peau. On verserait ensuite les poissons pêle-mêle dans une marmite, sans même les éviscérer.

La présence de Pierre n'embarrassait pas les Indiens. Grâce à leur sens inné de l'hospitalité, ils le considéraient comme un invité. Chez eux, tous les hommes étaient égaux, y compris le chef, qui était un animateur plutôt qu'une autorité. Ils partageaient avec Pierre tout ce qu'ils possédaient. Toujours de bonne humeur, ils se montraient satisfaits de leur sort, ne souhaitant en aucune façon acquérir plus qu'ils ne possédaient. Il arrivait à Pierre de les trouver plus intelligents qu'une bonne part de la société européenne, que la misère avait atrophiée à tout point de vue. Pas de riches, pas de pauvres, presque pas de tien ou de mien. Ces Indiens vivaient dans une étonnante harmonie, s'entraidant et se supportant sans besoin de quémander, sans envie de voler.

Ils montraient une tendance à la raillerie, une façon de mentir pour rire ensuite de la tromperie. Pierre trouvait étrange leur détermination à ne pas se mettre en colère et à préserver leur joie de vivre. D'ailleurs, il le découvrit, c'étaient les Indiens qui trouvaient les Blancs bien bizarres de rivaliser entre eux et de sembler toujours ployer sous le poids des soucis ! Chez eux, pas de lamentations, pas d'expressions sombres, lourdes. Et aucune rivalité inutile.

Peu à peu, il en avait conscience, il se convertissait à cette philosophie optimiste et sereine. Certes, dans le tréfonds de son être, il ne pouvait abolir plus de trente ans d'une vie ancrée là par sa dureté même et par ses luttes ; il demeurait un Blanc, un Français au milieu d'un peuple étranger à sa culture et à son éducation. Mais la nature l'incitait à se laisser vivre.

Il jouissait de solitudes bienheureuses, étendu près de la rivière, appuyé sur un coude, à regarder passer les outardes, les canards et les étourneaux. Il avait découvert que ne penser à rien était aussi une manière d'agir. Il restait parfois des heures à écouter la nature, à respirer le moindre pli de la brise, à contempler le spectacle chantant des couleurs du printemps. Il cultivait ces états de grâce en fermant sa mémoire aux vieux souvenirs qui venaient le hanter.

Des enfants arrivèrent. Âgés de huit à dix ans, avec des arcs et des flèches à leur taille, ils s'amusaient au grand jeu de la chasse à l'orignal. L'un d'entre eux guidait les autres et ils se déplaçaient en formation triangulaire, à la manière de leurs aînés poursuivant l'animal. Plusieurs s'étaient noirci le visage et peint le corps de diverses couleurs, sans aucune recherche esthétique, bien sûr. Ils poussaient de grands cris qui résonnaient comme ceux d'oiseaux nocturnes.

Au pays indien, l'enfant était roi. De la naissance à l'adolescence, il suivait ses instincts et agissait selon ses impulsions. La mère intervenait pour favoriser cette liberté. Elle provoquait sa progéniture, au besoin, pour qu'elle aille plus loin dans ses désirs. Si, dans un moment de colère, l'enfant s'emportait, la mère ne sermonnait ni ne disputait. Tout au plus lançait-elle de l'eau au visage : l'équivalent de la gifle chez les Français.

Pierre aperçut aussi une fillette et un jeune garçon qui s'étaient attachés l'un à l'autre par une lanière fixée au coude gauche. De la main droite, le garçon avait coincé entre leurs deux bras un tison ardent. Ce serait, Pierre le savait, à qui des deux supporterait le plus longtemps la brûlure. Car les enfants apprenaient la douleur, comme ils apprenaient la guerre, l'amour, les mœurs animales et les saisons.

Les pavés de Paris n'avaient jamais offert à Pierre autant d'enseignements ; au contraire, les quartiers pauvres de la capitale française ne lui avaient donné qu'une seule leçon : la misère. Une misère sans lumière, sans répit, sans fin. Celle des gueux. Son père, lorsqu'il n'était pas dans les prisons du roi pour quelque misérable larcin, vivotait de quêtes et de vols. Habillés de loques, les misérables silhouettes falotes au visage malade attendaient dans l'encoignure des porches sombres le passage d'un carrosse d'où on leur jetterait quelques sous…

Tout à leur jeu, les jeunes Indiens se rabattirent d'un coup sur Pierre. Ils passèrent à côté de lui en courant et disparurent dans les bois. À cet âge, leur liberté était telle qu'ils ne portaient même pas de nom. Ils formaient presque une caste à part et n'appartenaient vraiment à personne. Ils étaient les enfants de la tribu.

Le retour de la belle saison allait avec les impositions de noms. Pierre avait assisté à cette cérémonie, empreinte d'un grand sérieux et qui n'avait rien à envier au baptême des catholiques, la seule différence réelle étant qu'il y manquait le mysticisme de la cérémonie blanche ; car les Iroquois – comme la plupart des peuplades indiennes de la Nouvelle-France – ne connaissaient aucune religion traditionnelle ; ils croyaient à l'immortalité de l'esprit et de l'âme et, pour le reste, considéraient tous les phénomènes qui leur paraissaient inintelligibles comme les manifestations de divinités multiples, bons ou mauvais génies. Chacun avait son bon génie, que les Algonquins nommaient manitou, et les Iroquois, okki.

Annendok était mère d'un garçon de treize ans, sur lequel Pierre n'aurait jamais autorité puisque les familles iroquoises étaient « maternelles », leur société étant basée sur le matriarcat et ne reconnaissant que la descendance matrilinéaire. Elle avait choisi pour ce fils le nom de Aenhia, qui était celui d'un ancien agoiander, assistant du grand sachem, mort prisonnier chez les Hurons. Pendant son enfance, le garçon s'était fait raconter plus d'une fois le courage et les exploits de ce guerrier dont il avait reçu le nom, pour l'imiter et le venger.

Au lendemain de la cérémonie, Aenhia s'était retiré dans les bois, accompagné d'un ancien. Là, il avait jeûné pendant huit jours. Le jeûne avait pour objet de favoriser les songes : l'estomac plein empêche de bien dormir. Chaque matin, le fils d'Annendok racontait ses rêves à l'ancien, pour être éclairé sur leur signification et découvrir son génie tutélaire – l'animal, la plante, l'arme ou simplement l'objet qui serait revenu le plus souvent dans son sommeil. Lorsqu'il était rentré au village, sa poitrine arborait une tête de loup, son okki. Et ce retour marquait, pour toute la tribu, la fin de son enfance.

Pierre, lui, ne se souvenait pas d'avoir eu une enfance. Il y avait tout simplement eu des années où il était trop petit pour tout : trop petit pour être fort, trop petit pour courir vite, trop petit pour ruser et dérober sa pitance. Son décor ? Une rue, ou plutôt une ruelle, si étroite que le soleil n'y plongeait jamais. Un ruisseau nauséabond qui charriait les immondices du quartier juché sur les buttes de Chaumont. Un morceau de ciel gris, qu'on ne regardait jamais, le sachant inaccessible. De constantes rumeurs, des voix équivoques traversées d'éclats de colère. Des enfants silencieux, toujours effrayés, serrés les uns contre les autres aux portes de loges sordides. Dans une sente boueuse, une buvette aux murs suintant de saleté.

Et quelle mère avait-il eue ? Une femme plus tellement jeune, parfois absente pendant des semaines de la pièce, unique, où habitait la famille, rue Poupée. Et qui était partie un jour pour de bon. Sans prévenir.

Las d'arpenter les rues borgnes peuplées d'ombres, Pierre avait, un jour, poussé ses pas jusqu'à la rue des Métiers-Neufs, en franchissant la Seine par le pont Notre-Dame. Il avait été émerveillé par le monde des artisans et des commerçants. Entre deux boutiques, il avait repéré un espace libre sur le parapet du pont et il avait pris l'habitude de venir s'y accoter pour contempler le spectacle sans cesse renouvelé de la Seine traversant nonchalamment Paris.

À force de le voir traîner dans les parages, un boucher du nom de Ramier Gomel le remarqua et le prit à son emploi, comme aide. L'homme était sans enfant. L'enthousiasme que mit Pierre dans son travail, la reconnaissance qu'il manifestait envers le boucher donnèrent à croire à celui-ci qu'il pouvait le considérer comme un fils.

Pierre vécut ainsi plusieurs années : la meilleure part que le destin lui avait jusque-là réservée. Le boucher Gomel eut des ambitions pour lui. Après de longues démarches, il obtint pour son protégé un travail de cocher sur la nouvelle liaison par route entre Paris et Orléans.

Pierre emménagea donc rue des Petits-Champs, dans un quartier modeste, mais salubre. Sa vie changea. Il était au contact du monde des voyageurs bourgeois ou nobles qui empruntaient son coche. Il lui arrivait de converser avec ces gens et il découvrit un nouveau langage, de nouvelles manières.

Au hasard des rues, il croisa et revit quelquefois son père. L'homme lui était un peu moins étranger que d'autres, mais il ne le connaissait guère, n'avait guère envie de le connaître mieux.

Il vécut seul. Il mit du temps avant de céder à des amitiés. Elles lui donnèrent l'occasion de se comparer. Il découvrit que les autres vivaient au sein d'un organisme essentiellement composé d'êtres apparentés et que chacun d'eux pouvait y trouver un ultime refuge et, in extremis, des alliés. Cet organisme, c'était la famille. Et il comprit qu'il n'en avait jamais eu.

Il devint habile manieur de guides et maître des chevaux les plus rétifs. On dit bientôt que le cocher Pierre Gagné était un homme de cœur, ardent, déterminé, responsable. Voyager avec lui était une assurance contre les risques de la route. On colporta son nom de Paris à Orléans, et on raconta même que beaucoup de voyageuses se pâmaient devant le jeune homme à l'allure intrépide et qui alliait si bien courtoisie et virilité. Lui, il restait réservé, peu communicatif ; on le croyait sage. On se le répéta et il aurait pu devenir majordome de grande maison s'il avait accepté les propositions d'un certain voyageur aisé, destinées à provoquer un tout autre changement dans sa vie.

Cessant de songer à un passé qui ne lui ressemblait plus, Pierre s'éloigna de la grève. Ses pas surprirent deux canards sauvages qui s'envolèrent en criant. Il regretta d'avoir marché aussi brusquement et d'avoir effarouché les deux oiseaux. C'était là le seul genre de remords qu'il avait depuis bien des jours.

Il suivit le bord de la rivière pendant quelques minutes, alluma une pipe, longue comme un calumet, et se retrouva un peu à l'écart du village. Là se dressait une cabane plus petite que les autres, construite, aurait-on dit, d'écorces plus belles, plus douces. Contrairement à ceux de toutes les autres cabanes de la bourgade, ses abords étaient propres, bien entretenus.

À l'intérieur vivaient, sans jamais en sortir, cinq ieouinnon, jeunes vestales de la tribu, sur laquelle, par l'exemple de leur chasteté, elles attiraient la bonté des dieux, et pour laquelle leur sacrifice était source d'exemple aussi, même vis-à-vis des guerriers les plus rudes. Elles ne mangeaient jamais de viande, un enfant venait tous les jours leur apporter des rations de bouillie de maïs et de légumes. Étranges vierges cloîtrées au milieu d'un peuple libre et libertin ! Colombes parmi des aigles. Modèles de chasteté au milieu de la moins chaste des nations. Le contraste apportait un certain équilibre moral et une nouvelle dimension humaine au cœur même d'une forêt et au bord d'une eau laissées intactes aussi par la « civilisation ».

Auprès de ces êtres farouches, Pierre découvrait finalement la vraie nature des hommes. Quelque chose d'extraordinaire, un sentiment plus qu'une sensation, l'avait d'ailleurs ébranlé pour la première fois au cours de ses ébats avec Gediak : le doute, l'angoisse muette qu'il avait de faire l'amour à une enfant, et pour le plaisir seulement ! s'effaçait pour laisser aux gestes une signification purificatrice, rédemptrice même. Il avait cru à une euphorie passagère due au réveil trop brutal de ses sens longtemps endormis ; mais dans les bras de la jeune fille, c'étaient bien la beauté sauvage et la vraie nudité du plaisir qui lui avaient été révélées.

Tout cela n'empêchait pas l'odeur de la graisse d'ours dont se couvraient les Iroquois de devenir de plus en plus insupportable à Pierre. Chaque matin, il se lavait des Indiens, à l'indienne : dans un réduit bas et rond. C'était une sorte de four aux parois de peau étanches, à l'intérieur duquel de gros cailloux chauffés à blanc irradiaient leur chaleur. Il se mettait nu, entrait et suait. Telle était toute l'hygiène des Indiens adultes : une bonne suée pour se débarrasser des microbes, des maladies, des piqûres d'insectes, et de la fièvre comme de la crasse. Au sortir de l'étuve, le corps luisant et frileux, ils couraient se jeter à la rivière puis se frictionnaient de la tête aux pieds avec du crin d'animal.

Pierre aimait cette opération qui le renouvelait et le laissait à la fois revigoré et détendu. Il lui semblait que chacun de ses muscles en tirait profit, que tous ses nerfs s'apaisaient. Au début, il avait pensé étouffer en respirant la chaleur opaque, épaisse de la cabane. Il s'était senti ramollir jusqu'à la faiblesse. Il avait eu ensuite grand-peine à courir jusqu'à la rivière, comme dans un rêve où la volonté ordonne aux jambes de bouger alors qu'elles s'obstinent à demeurer cotonneuses.

L'eau du fleuve Hudson était glacée ce matin-là. Pierre s'y jeta d'un coup et en ressortit aussi vite. Il frissonna, courut sur place pour se réchauffer et fut envahi par la délicieuse sensation de sa propre chaleur inondant de nouveau ses membres.

Il fut touché par la déchirante beauté des saules et des ormes penchés, au vert d'une douceur incomparable, qui musaient avec le cours d'eau. Jamais il ne s'était autant senti lui-même que depuis le début de cette vie en pleine nature. L'oreille aux aguets, il s'exerçait à distinguer chaque bruissement et de son unique œil tentait de goûter toutes les images de la forêt, d'en savourer toutes les nuances.

À Ville-Marie, il avait déjà réalisé le rêve de devenir un autre en épousant Marie. Il avait alors connu une transformation totale : un nouveau pays sans rien de commun avec celui de sa naissance, et une famille à lui, le solitaire sans attaches depuis toujours. Cette existence lui avait paru le résultat d'un déferlement de prodiges. De la rue Poupée ou de celle des Métiers-Neufs à Paris, aucune logique apparente ne le destinait à devenir un propriétaire terrien et un père de famille dont la vaillance suffirait à nourrir les siens, dans une société d'égaux de bonne foi, n'ayant que du cœur au ventre et des espoirs démesurés. Et puis la belle légende avait viré à la réalité atroce. Comment croire à demain, quand le présent se fait complice de la mort ? La guerre iroquoise avait jeté sur Ville-Marie son sinistre manteau de deuil, plus lourd chaque jour.

À la mort de Marie, s'était rompue la dernière illusion. Plus de femme, plus de famille ; plus de famille, plus d'ambition. Les premiers temps, il cherchait une consolation, un prétexte pour oublier et croire de nouveau à des jours meilleurs. Il n'y a pas de remède à la mort de ceux qu'on aime. Alors, il avait basculé dans la haine, dernier retranchement de sa volonté.

Et voilà qu'aujourd'hui, revêtu de ce costume de peau, si souple aux articulations et à la ceinture, si doux aux aisselles, et dont les Indiennes lui avaient fait don lors de son adoption, il s'avouait avoir renoncé presque entièrement à ses désespoirs. Une vérité le reconstituait : il commençait à croire qu'on peut vivre plus d'une fois ; il se découvrait le pouvoir sacré de renaître, pour peu qu'il le voulût. Et il le voulait.

Rentrer à Ville-Marie, certes, il en rêvait. Mais ce ne serait pas seulement rentrer chez les Blancs, les Français. Non, ce ne serait plus jamais cela vraiment ; ce serait bien davantage le vœu de rester dans ce pays. Pour de bon. Pour le meilleur et pour le pire...

Les enfants revenaient, traquant leur orignal imaginaire. Soudain il songea à Pierrot. Il avait un fils, lui, Pierre Gagné. Comment avait-il pu vouloir l'oublier ? C'était comme si, sondant sa mémoire et son cœur, il avait tout à coup recréé le petit bout d'homme abandonné à Thérèse avant de partir en désirant la mort. Un fils... il avait un fils, avec des besoins, des limites, mais aussi sans doute des possibilités infinies – aide en devenir, compagnon pour défricher, semer, récolter les moissons d'années meilleures. Il avait un fils et il s'apercevait qu'il ne le connaissait pas !

Des cris et des rires d'enfants, plus jeunes ceux-ci, parvenaient du sous-bois. Il regarda dans cette direction.

Tous à chevelure noire, des lanières de peau faisant bandeau sur le front et des wampums aux couleurs voyantes autour du cou, le corps et le visage heureux, une cohue de petits d'hommes – le plus vieux pouvait avoir quatre ans, l'âge de Pierrot – déboucha d'un sentier conduisant au village. Ils piaillaient, jetaient des regards effrontés et interrogateurs, remuaient la tête avec de petits mouvements brusques d'animal ou d'oiseau. L'un d'eux vint se planter devant Pierre. Il fit une moue du bout des lèvres puis, de manière imprévue, décida tout bonnement d'offrir son sourire le plus engageant. Il récolta une caresse sur sa tête huileuse et s'échappa comme un papillon. Il virevolta joyeusement au-dessus des cailloux de la plage et se posa enfin, accroupi sur les talons, au milieu des autres, mimant la grenouille. Et tous sautèrent ainsi par bonds comiques, riant eux-mêmes des grimaces qui accompagnaient leur jeu.

De nouveau, il eut devant les yeux l'image de Pierrot. Peau blanche, peau rouge, mais tous des petits d'hommes, oui. Et plus encore, sur une même terre, en un même pays...

Dans un grand branle-bas, un matin, les guerriers partirent pour la vraie chasse à l'orignal, ce gros gibier qu'il était de bon augure de voir en songe : qui en rêvait vivrait longtemps !

Pierre comprit que, cette fois, il devait les accompagner. Ils montèrent en canot et Pierre souqua à l'aviron. Ceux qui avaient vu en songe des troupeaux d'orignaux avaient révélé au chef dans quelle contrée ils viendraient brouter ; les chasseurs se dirigeaient donc vers un lieu précis. Le voyage prendrait en tout cas plus d'une journée.

Cinq heures après le départ, Pierre avironnait toujours. Ses gestes avaient perdu toute énergie ; il parvenait à peine à fléchir le corps et les bras sans basculer au fond du canot. La sueur lui piquait l'œil, ravivait la sensibilité de sa cicatrice ; une crampe le traversait d'une douleur cinglante entre les omoplates. À ce rythme, il ne tarderait pas à s'évanouir. Heureusement, bientôt les Iroquois relevèrent les avirons ; la rivière s'élargissait et un courant favorable les entraînait doucement. Seuls les rameurs de tête et de queue continuèrent de godiller pour diriger les embarcations.

Pierre se laissa bercer par la monotonie du léger tangage. Il parvint presque à étendre son corps, le dos appuyé à un ballot contenant des armes ; il s'endormit peu de temps après.

Quand il se réveilla, le ciel avait pâli. Le soleil n'était plus aussi haut : il allait sombrer dans la rivière pour s'éteindre, il était rouge feu.

Les Iroquois accostèrent dans un repli de la rive. Ils firent du feu, établirent un camp. Quand la nuit descendit, ils multiplièrent les foyers et, frappant du plat de la main des peaux tendues sur des cerceaux d'osier, ils improvisèrent une musique saccadée, rudimentaire, sans harmonie, pour accompagner des danseurs mimant le chasseur à l'affût.

Le regard de Pierre était absorbé par des visions intérieures. Tout son être tendait vers un recommencement. Il ne cherchait plus, il avait trouvé mille motifs de renouer avec les siens. Tous ensemble, ils avaient un pays à mettre au monde.

La rivière murmurait contre les coques. Comme les danses prenaient fin, les cris d'un huard vinrent s'accorder à la faible rumeur de l'eau. Le ciel était sans étoiles ; quand les Indiens s'endormirent, à peine la lueur mourante d'un feu tachait-elle les ténèbres.

Les heures s'écoulèrent sans une ride sur la face du temps. La fièvre de la fatigue suffisait à réchauffer Pierre, couché sans couverture, à même la rugosité du sol.

Puis, dans cette nuit parfaite, le vent s'éleva. Un souffle d'abord, une brise ensuite, et enfin la bourrasque. Les eaux subitement enragées jetaient les canots amarrés les uns contre les autres. Et, soudain, une formidable huée fit exploser l'air. Réveillé en sursaut, Pierre se dressa sur son séant. Il lui sembla distinguer des ombres dans le noir. Il crut rêver. Il allait s'étendre de nouveau quand, d'un coup, la nuit entière s'illumina. Elle éclata de toutes parts. Il ne pouvait plus douter : une meute se jetait sur les Iroquois. Puis, il reconnut des Algonquins. Brandissant une torche d'une main, le tomahawk de l'autre, ils assaillaient, frappaient tout ce qui relevait la tête. Dans ce vertige de lumières mouvantes, des silhouettes bondissaient parmi les hurlements de douleur et couraient, folles, en tous sens, mains au visage, le front, le crâne ouverts. Des cris de bêtes qu'on égorge, les bruits répugnants de membres qu'on disloque noyaient la rumeur du vent au-dessus de cet enfer de morts et de mourants.

Pas un Iroquois n'avait une chance de s'échapper. L'attaque était si brutale que Pierre vit dans la lumière prodigieuse des torches deux Algonquins se blesser entre eux dans l'aveuglement de la fureur de mort et la hâte de frapper.

À quatre pattes, il parvint à détaler et à fuir la lumière des torches pour se glisser dans les buissons.

Fermant son œil unique, de peur qu'on ne le vît briller, il s'immobilisa, retenant sa respiration ; il eût arrêté même les battements de son cœur s'il l'avait pu.

Dans la fausse nuit, il vit une ombre, celle d'un Iroquois qui, réussissant à s'échapper, courait dans la direction de sa cachette. Mais cette ombre fut immédiatement suivie de celle d'un Algonquin, l'arme haute. Un corps trébucha sur Pierre. Il sentit dans son dos le choc du coup de tomahawk qui assommait l'Iroquois, et il se retourna, faisant chavirer le corps humide et chaud de sang.

Lorsque l'Algonquin leva le bras, jambes ployées, pour l'assommer à son tour, Pierre cria, probablement sans même en avoir conscience :

– Je suis un Français !

CHAPITRE XI

De Sainctes, le milicien, s'était-il posté à cet endroit dix, vingt fois, davantage même ? De le voir planté là sans y prêter autrement attention, on aurait pu conclure que, ce vendredi 8 juin 1663, il observait avec intérêt le travail de Laurent Tessier et de Toussaint Beaudry qui fabriquaient des bardeaux.

D'abord, les deux bardeleurs avaient fendu une bille de cèdre, à l'aide de coutres de charrue bien affûtés qu'ils avaient enfoncés dans le bois en les frappant avec des maillets. Ahanant et cognant à tour de rôle, ils avaient ainsi découpé plusieurs planches raboteuses et les avaient sciées en petits morceaux. Tenant d'une main experte ces pièces de bois debout contre le tranchant de leur hache, manœuvrée avec une dextérité prodigieuse, ils les écorchaient, puis les fendaient d'un coup brusque. Chaque fois que les haches heurtaient le bois, des éclisses se détachaient et chatoyaient au soleil avant de tomber sur le sol pour s'y accumuler en un tapis odorant. Des enfants se tenaient tout près, surveillant attentivement le travail des deux artisans. Des remarques et des questions fusaient de leur groupe joyeux. Il arrivait que l'un d'eux s'approche de trop près et soit repoussé d'un : « En arrière, en arrière… », que répétait machinalement l'un ou l'autre des deux hommes ; à vrai dire, ils n'étaient nullement embarrassés par ce public naïf ; au contraire, beaucoup de leur bonne humeur tenait à cette distraction.

Depuis deux semaines, soit depuis la sortie virulente de Thérèse à *La Chaumière*, de Sainctes revenait régulièrement place Royale. Pour qui connaissait le moindrement ce milicien taciturne, il devenait évident que, s'il se tenait là ce matin encore, ce n'était pas pour rien ; c'était même sûrement dans l'attente d'une occasion propice à la réalisation d'un de ces plans inavouables dont il avait le secret. C'était un sournois, un comploteur. En réalité, parfaitement indifférent aux bardeleurs, il montrait son aigre humeur coutumière. La face sombre et la lippe méchante, le teint bistre et le regard fuyant couvant quelque intrigue ténébreuse, il avait une tête de méchant ou de traître presque trop parfaite pour être vraie.

Sa présence insistante paraissait d'autant plus insolite que, à première vue, rien ne la justifiait. La place Royale n'était plus la même. La chute du grand chêne l'avait rendue plus vaste, plus claire, mais aussi moins vivante et, eût-on dit, sans âme. Elle n'avait plus ces délicieux recoins ombragés qui lui conféraient une sorte d'intimité propice aux confidences et aux commérages.

En fait, de Sainctes surveillait la maison Cardinal. Sans en avoir l'air, croyait-il, il se déplaçait hypocritement, les mains dans le dos, ce qui accentuait la maigreur de sa longue silhouette. Le projet qu'il ruminait avait de bonnes chances de se concrétiser ce jour-là, car, à part Tessier et Beaudry, le groupe d'enfants curieux et, certainement, quelques femmes employées à des travaux domestiques, Ville-Marie était pratiquement déserte.

En effet, sur une suggestion de Chicot, M. de Maisonneuve avait ordonné qu'on éclaircisse l'épaisse futaie cernant le poste, qui n'avait jusqu'à maintenant que trop servi les desseins iroquois pour faire maintes victimes chez les Français. L'entreprise, commencée à la barre du jour, retenait presque tous les colons aux portes de l'enceinte. Plusieurs femmes avaient accompagné leur époux et bavardaient tout en donnant un coup de main au ramassage des branches coupées. C'était à la fois un spectacle et l'assurance d'un peu de sécurité, qui les ravissaient tous.

Avant que les bûcherons se mettent à l'abattage, Zacharie Dupuy, commandant de la garnison depuis 1658, militaire strict et malgré tout imaginatif, capable de la souplesse paternelle nécessaire pour se faire obéir d'une milice composée en majorité de volontaires civils, avait envoyé des éclaireurs sous le couvert d'un bataillon aligné au pied de la muraille. Leur approche avait levé quelques Indiens à la manière de perdrix : ils s'étaient dressés d'un bond et s'étaient enfuis sans demander leur reste, levant les jambes exagérément haut en franchissant les buissons, afin de ne pas y laisser la peau de leurs mollets. On les avait laissés fuir et plusieurs Montréalistes s'étaient esclaffés en applaudissant cette envolée couarde.

Il faisait une chaleur orageuse, moite. Des pans d'humidité brouillaient le ciel d'un voile laiteux. Les moustiques assaillaient les défricheurs avec férocité. Ceux-ci gesticulaient continuellement pour les chasser et essuyer la sueur qui leur piquait les yeux.

Célibataire, de Sainctes habitait une maison donnant à l'extérieur du poste. Ces demeures constituaient de véritables redoutes. Toute esthétique y était sacrifiée à la fortification. On en comptait une dizaine à l'est du village. Elles dépendaient, pour la plupart, de fiefs adjacents accordés au propriétaire en récompense de son dévouement. De Sainctes, lui, détenait la sienne pour l'avoir achetée à la veuve Closse après la mort de son mari. Soldat de métier, il ne trouvait pas sa place dans cette population qu'il jugeait folle de vouloir à tout prix dompter un territoire de sauvages, lequel, selon lui, ne ressemblait à rien. On lui avait toujours appris qu'une bataille se livrait en terrain découvert, dans les principes admis par les deux camps belligérants, et non en pleine forêt ou sur quelque grève étroite, dépourvue d'espace de manœuvre, et, par-dessus le marché, au corps à corps ! Il détestait ce pays, où les barbares fondaient sur vous en criant comme des démons, et vous laissaient en pièces avant même de vous avoir déclaré la guerre.

On n'aimait guère le milicien et il le rendait bien. D'ailleurs, il devait le fait d'être encore en Nouvelle-France à une fierté de soldat qui confinait à la bêtise. Il était prêt à toute mission, pour peu qu'il y fût unique. Aussi, même s'il le regardait de biais et détestait son allure chafouine, M. de Maisonneuve, sans illusion sur sa duplicité, avait fait de lui son délateur officiel, fonction que personne d'autre n'eût accepté de remplir.

La révolte publique de Thérèse avait inspiré à de Sainctes un projet diabolique : celui de monnayer son silence contre les faveurs de la désirable veuve. À plusieurs reprises déjà, depuis l'événement de l'auberge, il s'était mis sur son chemin et lui avait manifesté ses intentions par des expressions que la jeune femme avait prises pour de simples hommages, des marques d'appréciation masculines et cavalières auxquelles elle était devenue indifférente.

Pour de Sainctes, et il s'en frottait les mains, c'était clair : Thérèse était une séditieuse, donc une criminelle, qui ne méritait pas qu'on la traitât autrement.

Lorsque l'écho sec des haches bûchant dans le sousbois parvint jusqu'à la place Royale et que le faîte des arbres s'agita comme sous un grand vent, Tessier et son compagnon décidèrent d'aller se joindre aux hommes qui nettoyaient les abords de la forêt. Les enfants étaient déjà partis en direction des portes de Ville-Marie. La place Royale se trouva tout à fait vide.

De Sainctes la traversa sans perdre un instant, sans même se soucier d'un détour hypocrite conforme à sa nature. Intérieurement, il jubilait, ce qui allumait un peu plus son visage d'alcoolique au gros nez en forme de tubercule.

Thérèse dormait. Elle subissait maintenant le contrecoup du choc qu'avait été l'annonce de la mort de Pierre Gagné. Des Abénaquis voyageant depuis Bécancour, en face de Trois-Rivières, avaient affirmé à leur tour qu'ils s'étaient arrêtés au fort Richelieu et en avaient constaté la ruine. Ils avaient décrit l'amas de cadavres, méconnaissables dans leur pourriture, et les restes calcinés d'une estrade qu'ils avaient reconnue pour être la plate-forme sur laquelle on torturait à mort les prisonniers après la victoire. Les confirmations successives de l'événement l'avaient finalement assommée, la plongeant dans une stupeur d'où émergeait une seule idée : elle n'abandonnerait pas le pays, mais désormais elle ne voyait plus de sens à son aventure montréalaise. Elle songeait confusément à faire retraite vers Québec où, à

169

ce que l'on rapportait, la vie était plus sereine et la menace iroquoise inexistante. Du moins Marie-Ève et celui qu'elle considérait maintenant comme son fils, Pierrot, y seraient-ils en sûreté.

La veille, très tard dans la nuit, Thérèse avait aidé les hospitalières à emménager dans la nouvelle aile de l'Hôtel-Dieu. Aussi dormait-elle encore. Marie-Ève et Pierrot étaient restés chez Marguerite Gaudé où ils partageaient les jeux de ses deux enfants, Nicolas, quatre ans, et Anne-Marguerite, deux ans.

Quand de Sainctes frappa une première fois à sa porte, Thérèse réagit à peine. Vaguement troublée dans son sommeil, elle soupira, sans plus. La deuxième fois, elle ouvrit faiblement les yeux, constata qu'il faisait grand jour et que son corps, comme ses cheveux collés à son front, à ses tempes, était trempé de sueur. Elle rejeta la couverture de toile de chanvre qui avait remplacé les fourrures d'hiver, mais n'en demeura pas moins couchée dans un demi-sommeil.

De Sainctes n'allait pas attendre qu'on l'aperçût devant la porte. Il ne prit même pas le temps de s'impatienter. Un coup d'œil à droite, un coup d'œil à gauche, et, puisqu'on n'avait pas mis la barre, il ouvrit le battant d'un coup d'épaule qui rompit le loquet. Cette fois, au bruit, Thérèse projeta les jambes hors du lit et eut conscience d'être debout avant même d'être tout à fait réveillée. Elle chancela un peu, dut faire un effort de concentration pour ressaisir rapidement tous ses sens.

Ses pas la conduisirent dans l'autre pièce, et elle vit Étienne de Sainctes. Dans son état de confusion, elle ne se rendit pas tout de suite compte qu'elle avait oublié de passer un peignoir sur sa chemise de nuit. L'autre se tenait là, souriant bêtement, dévoilant une dentition jaune et inégale. Puis elle comprit qu'elle se tenait devant la fenêtre, offrant ainsi à l'œil de l'intrus le contour de ses formes nues sous le tissu traversé de lumière, et que le regard de l'homme semblait s'en régaler.

Plutôt que de se réfugier dans sa chambre ou de se hâter de jeter sur elle un vêtement, par nature elle choisit le défi. Elle gonfla délibérément la poitrine, étreignit sa taille de ses deux mains et, en relevant insolemment le menton, darda sur le chafouin un regard de glace. Ses cheveux ourlaient d'un flou harmonieux le contour de son visage ; son teint encore perlé par la rosée chaude du sommeil était lumineux et la peau blanche de son cou et de ses épaules aurait tenté un saint. De Sainctes n'en était pas un et, lorsque Thérèse commença à respirer plus fort, à serrer les dents, et que les ailes de son nez retroussé frémirent de colère, il se dit que jamais il ne l'avait vue si belle, si irrésistiblement désirable. Et il la désira avec fureur. Il en oubliait sa propre laideur, tout son passé d'homme rejeté par les femmes, hormis quelques ambitieuses de bas étage prêtes à payer de leurs faveurs un avantage pour leur mari. Et, comme la connaissance des belles âmes n'était pas son fort, il se jeta sur la proie qu'il croyait offerte.

Thérèse l'accueillit avec un violent coup de genou au bas-ventre. Elle-même n'avait pas prévu qu'elle réagirait avec tant de force, ni qu'elle frapperait avec tant de justesse. Elle en perdit l'équilibre. Elle bascula, et de Sainctes par-dessus elle.

Dégoûtée, tremblante de répulsion au contact du soldat qui la clouait au sol par son poids, elle se débattit follement. L'odeur de l'homme, forte et répugnante, sentant l'alcool et la crasse, lui soulevait le cœur. La peur de vomir dans cette position la fit redoubler d'ardeur. À la fin, elle s'extirpa de la masse hurlante qui l'accablait et roua de Sainctes de coups de pied, usant des talons pour taper plus durement. En nage, la peau irritée, palpitant d'indignation de la tête aux pieds, subjuguée par l'émotion, elle courut enfin vomir dans un baquet. Elle se calma, se retourna. La porte était ouverte. Elle la repoussa.

Pendant ce temps, dehors, les gens de Ville-Marie voyaient mourir la forêt. Les défricheurs, fiers d'eux-mêmes, disparaissaient derrière des amas de branchages pour réapparaître plus loin, en équilibre sur un tronc couché ; les coups de hache crépitaient ; des branches se rompaient avec des jaillissements de feuilles folles. Debout sur une souche, le commandant Dupuy surveillait, pour parer à toute attaque iroquoise. La futaie reculait. Ne se balançaient plus sous le vent que des herbes innocentes, trop basses pour cacher un ennemi.

Thérèse, de son côté, avait bien besogné elle aussi. Elle contemplait maintenant de Sainctes inerte et geignant à ses pieds. Elle voulut le tirer dehors. Peine perdue ! Il pesait si lourd qu'il aurait fallu y atteler un bœuf. Prenant soin de bien viser la tête, elle vida sur le misérable le contenu de deux baquets d'eaux usées.

Comme un chien qu'on arrose, il s'ébroua en hoquetant. Elle crut l'entendre japper quand il se mit à gémir plus fort. Avec toute l'eau qui lui coulait dans le nez, les oreilles, la bouche et même les yeux, il se voyait déjà noyé, englouti dans les flots vaseux du Saint-Laurent. La douleur plus que la douche le ramena à la réalité. Il porta les mains entre ses cuisses. Humilié, la rage au ventre et l'esprit en feu, il vit les pieds de Thérèse. Il l'aurait volontiers agrippée aux chevilles, fait tomber, martelée des poings à la figure, à la poitrine, sur tout le corps, mais il avait trop mal.

Thérèse attendait. La situation lui paraissait plutôt risible. Que le soldat fît mine de revenir à la charge, et elle allait le frapper à grands coups de balai, le balayer jusque dans la rue.

Ils n'avaient échangé aucune parole.

Pour sortir d'une position avilissante, l'homme prostré, levant un bras afin de se protéger des coups éventuels de la jeune femme, se releva péniblement. Le corps plié, la démarche claudicante, il se dirigea vers la porte en grimaçant.

En ouvrant l'huis, il fit pénétrer dans la maison la rumeur joyeuse des gens qui commençaient à revenir vers la place. Il chercha à contenir sa douleur, à feindre une mine normale pour qu'on ne le remarquât pas. Son attitude était si contrainte que les nerfs de Thérèse se détendirent et que, pour elle, le drame trouva sa conclusion dans les larmes d'un fou rire irrépressible.

CHAPITRE XII

Imprévisible et presque irréel, un mur de pierre et de maçonnerie fermait le sentier. La petite troupe d'Algonquins – ils étaient de la tribu des Montagnais – manifestèrent leur joie : ce mur signifiait qu'ils arrivaient à Sillery.

Sur leurs épaules, ils portaient leurs fameux canots, les plus légers, les plus résistants et les plus étanches de toutes les embarcations d'écorce fabriquées par des indigènes d'Amérique. Ils les construisaient au printemps. Mais c'était en hiver qu'ils détachaient l'écorce blanche des bouleaux. Afin d'éviter qu'elle ne se fendille, ils l'aspergeaient d'eau chaude et la décollaient avec grande précaution, la déroulant autour du tronc et la remisant ensuite jusqu'au mois de mai. Des éclisses de cèdre, amincies et assouplies, reliées à des pièces de bouleau incurvées par des ligatures de peaux d'anguilles, constituaient la charpente sur laquelle ils tendaient ces sortes de toiles de bois. Pour assurer l'étanchéité, ils colmataient tout joint ou tout interstice avec de la résine d'épinette ou de pin mélangée à de la graisse animale. Pesant environ soixante livres et mesurant jusqu'à soixante pieds, ces canots pouvaient porter des charges de cinq à six cents livres.

Voyageant depuis trois jours, les Algonquins en étaient à leur deuxième long portage. Leurs épaules s'en ressentaient, leur dos aussi, à force d'être courbé. Ils avançaient vers le sol, le cou cassé, les muscles des bras lourds comme le plomb, à retenir ainsi leur fardeau.

Le crâne presque nu, avec de pesantes boucles d'oreilles tombant en anneaux successifs, et l'ovale du visage souligné d'un trait rouge – teinte obtenue en broyant des racines de sang-dragon –, ces Algonquins « supérieurs », ainsi que les qualifiaient les premiers missionnaires jésuites, étaient de fameux voyageurs. Nomades, ils se déplaçaient au fil des saisons et des chasses. Au retour de ces expéditions, ils aimaient à effectuer quelques détours pour attaquer un gibier plus consistant, plus dangereux : l'Iroquois. Ils le pourchassaient en silence, sous le couvert des broussailles de la forêt, cachés dans les zones d'ombre, se déplaçant sans un froissement, êtres invisibles, immatériels, confondus avec la vie animale et végétale. Puis, par une nuit sans lune, ils surgissaient, spectres de mort, fauves sanguinaires, jaillissant dans un flot de torches embrasées, criant pour étourdir, semant une terreur indescriptible, à rendre fous ou lâches les plus braves. Et tuant, abattant plutôt, tout ce qui bougeait, dans le délire et la fureur.

Lorsque Pierre Gagné avait crié : « Je suis un Français ! » le Montagnais qui allait le frapper avait retenu son geste. Une seconde à peine, assez pour que Pierre se jette de côté et évite le coup. Il avait répété :

– Je ne suis pas Iroquois ! Français ! Je suis Français !

Les yeux de l'Indien étaient rouges à la lueur des torches d'écorce, l'écorce des canots iroquois détruits avant l'attaque. Emporté par l'excitation du combat, trépignant d'impatience, il avait mis du temps à comprendre.

Il avait scruté Pierre, lui soufflant au visage une haleine chaude, empuantie d'odeurs sauvages, la respiration sifflante. Moment crucial laissant Pierre Gagné en balance entre la mort et la vie. Puis l'Indien avait tendu la main, effleuré le bandeau camouflant l'œil gauche du Français qui essayait de lui sourire. Il avait touché sa peau blanche. Son regard était redevenu aigu et sans transition, tout à coup, il était passé de la violence contenue à l'hilarité tonitruante. Son rire prit de telles proportions que la nuit en était secouée alentour et que des hiboux et des chats-huants, déjà affolés sur leur branche, s'envolèrent d'une aile indignée et apeurée, négligeant les souris des bois qui galopaient en chicotant vers leur trou. Pour un peu, Pierre aussi aurait pris ses jambes à son cou, s'il l'avait pu. Mais il avait assez vécu chez les Iroquois pour se dominer et trouver le comportement approprié à la situation. Il rejeta la tête en arrière et y alla chercher un rire aussi énorme que celui du Montagnais. Plus tard, revivant la scène, il avait eu loisir de se rappeler que c'était le meilleur écho à faire aux réactions souvent déroutantes des Indiens. On racontait que lorsque, le 24 mai 1633, Champlain avait rencontré à Québec des Algonquins venus de Trois-Rivières, il leur avait annoncé, en substance, comme preuve de grande amitié : « Nos garçons se marieront avec vos filles et nous ne ferons plus qu'un peuple ! » Ce à quoi les Algonquins, entre des rires et autres piaillements joyeux, lui avaient rétorqué à peu près : « Diable de Samuel ! Toujours une bonne grosse gaillardise pour faire rire ! » Champlain en avait été tout dérouté.

Pendant que Pierre et le Montagnais se faisaient face, se relançant l'un à l'autre leurs éclats de rire par-dessus le chaos du massacre, le sagamo, chef de l'expédition, s'approcha. Il constata immédiatement que Pierre était français et, avec moins d'éclat cependant que son subordonné, se réjouit de cette découverte : un Blanc serait le messager glorieux qui apprendrait à ses frères la victoire sans faille de leurs alliés algonquins sur les maudits Iroquois.

Avant de quitter les lieux, en laissant leurs ennemis à l'agonie, les Montagnais en épargnèrent deux, pour qu'ils rentrent chez eux rapporter la calamité qui avait frappé leurs compagnons.

Les vainqueurs empruntèrent un long détour – leur route n'étant jamais la plus courte, parce qu'ils devaient à la fois se dissimuler et éviter les sentiers battus afin d'attraper du gibier. Le voyage dura trois jours, occasion pour Pierre de découvrir davantage ce pays de Nouvelle-France, grandeur et espace à perte de vue. Sa curiosité ne se lassait pas de ces interminables forêts, ni des rivières, des chaînes de montagnes bleues, douces, au sommet arrondi comme le dos des castors. Couché au fond du canot, il observait les vols de canards, de sarcelles, d'oies et de petites bernaches connues sous le nom d'outardes, qui passaient en criaillant. Pour se nourrir, ses libérateurs pêchaient, à l'hameçon d'os, des truites et des barbotes dans les rivières, et des gros maskinongés ainsi que des harengs dans les lacs.

Une explosion d'enthousiasme salua l'arrivée de la troupe devant la courtine de la bourgade de Sillery.

C'était le matin, juste après l'aube, et la rosée fumait sur les fougères, le cerfeuil sauvage, un ail doux, que les Indiens appelaient shikok, les martagons aux

177

pétales fragiles, roses et ciselés comme des ourlets de dentelle, les roses sauvages, les lis rouge-orangé et les violettes de toutes couleurs, mais inodores. Des jets de soleil perçaient entre les branches. D'ailleurs, pendant ces trois derniers jours, le soleil n'avait pas tiédi une seule heure. Le printemps avait accouché de l'été, un été exaltant de fécondité et de force, qui avait pénétré Pierre par tous les pores, achevant de le mener de la convalescence à la guérison.

Le lourd panneau de bois qui fermait l'enceinte bascula et, le foulant aux pieds, les Montagnais pénétrèrent dans le village. Dès que se fut dissipée la poussière, toute l'attention se porta sur Pierre. Les femmes lui donnèrent des marques de grande considération, allant même jusqu'à le toucher avec la délicatesse réservée habituellement aux divinités. Elles lui baragouinèrent des politesses en un français mal tricoté qu'il avait du mal à démêler. Il était non seulement un ami blanc, mais un Blanc ayant survécu aux Iroquois et, de surcroît, un trophée de guerre arraché à l'ennemi. Des enfants lui furent présentés, qu'il prit dans ses bras, des chiens vinrent le renifler, qu'il flatta du bout des doigts derrière les oreilles.

Un vieillard cérémonieux lui tendit sa blague à tabac et Pierre grimaça à peine au goût particulièrement fort de ce rude pétun. Encouragé par sa réaction, l'Indien lui offrit à boire. Il accepta, empoigna la gourde de peau et fit gicler dans sa bouche un liquide translucide. Avec une virulence stupéfiante, ce liquide porta au paroxysme le feu déjà allumé dans son gosier par la chique de tabac. Il eut l'impression que la boisson brûlante et volcanique lui montait jusque dans les yeux, qu'elle pénétrait toutes les fibres de son visage, crispées à se rompre, tandis que son corps, inexplicablement, devenait flasque, prêt à se diluer dans des vapeurs. Il perdait tout contact avec le concret, se détachait de la réalité. Il nageait dans un océan de bleu, à l'exclusion de toute autre couleur. Il entendait des soupirs, de petits gémissements. Il baignait dans une chaleur à périr et des odeurs fades. Puis le ciel, le bleu du ciel, et des chuchotements, non pas des plaintes ; le soleil insistant. L'odeur de la peau blanche, tranchant sur celle des Indiens avec lesquels il vivait depuis plus d'un mois. Mais le temps n'existait plus...

D'abord, il crut avoir tout juste échappé à une mort longuement désirée, et une poussée de souvenirs cruels fut près de l'assaillir. Il n'eut plus qu'une envie : rester là, une fois pour toutes, étendu, immobile, à ne plus jamais rien faire que de regarder le ciel bleu. Mais non. Son retour à la vie s'était déjà miraculeusement accompli. Son esprit connut encore quelques trébuchements, puis les vides se rétrécirent, se comblèrent. Il ouvrit son œil valide. Son œil crevé – ah oui ! son œil, il avait oublié – lui fit mal. Il y porta une main incertaine, qui chercha, qui trouva : son bandeau s'était déplacé, le soleil dardait sur sa cicatrice. Soleil. Jour. Odeurs. Couleurs. Formes...

Une tête apparut. Une voix dit :

– Eh bien ! il revient de loin !

En effet, il revenait totalement à lui. Il se dressa sur les coudes. Son front se plissa et sa blessure se réveilla dans un éclair douloureux. Une main fit de l'ombre sur son visage ; la même voix rude dit encore :

– Il faudra soigner cela.

Des bras le soulevèrent et il se retrouva assis. Il vit le village, les guerriers à la mine réjouie et les Montagnaises joyeuses. Il se souvint d'être à Sillery. Il vit aussi la soutane de l'homme qui venait de lui parler, un jésuite. Il demanda une explication :

– Qu'est-ce que c'était ? Qu'est-ce que j'ai bu ?

Il imaginait quelque élixir maléfique. Quand le missionnaire lui révéla qu'il s'agissait tout bonnement d'alcool, il eut un sentiment de ridicule.

– De l'alcool, oui, mais pur. Vous voyant si mal en point, visiblement épuisé jusqu'à la dernière limite, et avec cet œil, le sorcier a cru bon de vous administrer un remontant.

Puis, pensant que Pierre « en perdait des bouts », il crut nécessaire de préciser :

– Je suis le père Lalemant. Vous êtes à la réduction de Sillery.

Le petit village de Sillery, ceint d'un mur de pierres des champs qu'on trouvait en abondance dans la région, était l'œuvre d'un autre jésuite, le père Le Jeune. Pierre en connaissait l'histoire, et elle était exemplaire. C'était en 1634 : au retour d'une vaine et pénible tentative d'évangélisation chez les Montagnais de la région du lac Saint-Jean, le père Le Jeune, ne voulant pas rester sur un échec, avait conçu le projet d'attirer les Indiens nomades dans des villages construits expressément pour eux, dans l'idée de les familiariser avec les mœurs sédentaires, de les franciser et, bien sûr, de les convertir au catholicisme. Un noble, Noël Brulart de Sillery, chevalier de Malte et ex-ambassadeur à Rome, puis à Madrid, du temps de Marie de Médicis, qui avait renoncé à la diplomatie pour entrer dans les ordres, envoya de

France des ouvriers et des fonds pour bâtir le premier de ces villages, qui prit son nom. La construction du petit bourg, comprenant de solides maisons, un hôpital, une école, un presbytère et une chapelle, piqua la curiosité de Montagnais en visite à Québec et qui connaissaient bien le père Le Jeune. Ils vinrent à lui s'enquérir du motif de semblables préparatifs. D'un air détaché, le jésuite répondit qu'il s'agissait d'un village destiné aux Indiens désireux de s'y établir à demeure. Peu de jours plus tard, d'autres Montagnais, accompagnés de femmes et d'enfants, se présentèrent. « Soit, leur dit le père. Vous trouverez ici l'assurance d'une protection contre vos ennemis et une terre aux moissons généreuses. Mais je ne peux vous autoriser à y vivre. Je n'en suis pas le maître d'habitation et ne puis donc rien décider. » Le père savait que les Algonquins, de vrais enfants en un sens, ne profitaient ni ne se réjouissaient de ce qui leur était donné trop aisément. Aussi les fit-il patienter quelques semaines avant de leur ouvrir les portes de Sillery. Mais en quelques années la population, de douze familles au départ, grossit et devint toute une peuplade indigène de chrétiens et de défricheurs. Pourtant cela ne devait pas durer : les Indiens avaient la bougeotte dans le sang ; ils s'ennuyèrent bientôt à mourir entre les murs de pierre, et ils désertèrent. Quelques familles seulement étaient restées ; d'autres revenaient résider par périodes. On ne garde pas en cage les oiseaux migrateurs…

Pierre suivit le père Lalemant au presbytère. Le religieux examina la plaie de l'œil et conclut qu'elle était en bonne voie de guérison, mais suggéra de profiter de la proximité de l'Hôtel-Dieu de Québec, le mieux pourvu des hôpitaux de la colonie. Avant, Pierre pourrait se reposer tout son soûl et réhabituer son estomac aux mets européens.

Il eut bientôt hâte de se rendre à Québec, de replonger au sein des gens de sa race. Il revenait de loin, oui, et il voulait constater jusqu'à quel point.

Pierre et le père Lalemant se mirent donc en route un beau matin. Ils marchèrent pendant quelques heures sur un chemin qui épousait l'arête du Cap-aux-Diamants. Bonne route facile, car maintes fois piétinée par les bœufs attelés aux charrettes, par les vaches et les ânes. Pas les chevaux, cependant : jusque-là le seul cheval venu de France à Québec avait été celui du gouverneur Montmagny, en 1647. C'était un cadeau des jésuites. Chevalier de Malte, Montmagny était autorisé à pénétrer dans une église en selle sur sa monture. Mais l'animal avait péri, faute de fourrage pour le nourrir. Et depuis, les frais élevés de transport à bord des vaisseaux du roi, la présence des Iroquois « en ravaude » dont les flèches, puis les balles de mousquet pouvaient abattre les équidés, dissuadèrent de renouveler l'expérience.

Ils aperçurent enfin le toit mansardé du château Saint-Louis, l'imposant édifice de pierre construit selon les directives de M. de Montmagny, justement, après la mort de Champlain en 1635. Sa silhouette dominait le fleuve depuis le faîte de la falaise, et le toit comptait bien vingt lucarnes. Mais les deux voyageurs bifurquèrent en direction de la rivière Saint-Charles.

Au flanc d'un promontoire, face au modeste cours d'eau et à l'extrémité d'une terre de près de douze arpents que la duchesse d'Aiguillon, grande dame de la cour de France, avait obtenue pour les hospitalières de Dieppe, se dressait l'hôpital : deux ailes en équerre, dont l'une pointait vers le ciel un clocher d'une hauteur impressionnante.

Les Québécois, alors au nombre de mille neuf cent soixante-seize en comptant les habitants des régions immédiatement voisines, peu peuplées, venaient d'élire leur premier maire, Jean-Baptiste Legardeur, ainsi que deux échevins, le marchand Claude Charron, dit Labarre, et le chirurgien Jean Madry. Ce dernier s'était fait une réputation de haute compétence et était lieutenant et commis du premier barbier et chirurgien du roi, les barbiers étant alors aussi chirurgiens. En examinant les blessures de Pierre au front et à l'œil, il eut l'honnêteté de reconnaître les vertus de la médecine indienne :

— Ce ne sont plus des blessures, mais des cicatrices, s'exclama-t-il. En chassant l'infection, ils ont chassé la mort.

Pierre tressaillit au rappel du fait qu'il avait la vie sauve grâce à l'intervention d'une Iroquoise.

CHAPITRE XIII

Assis sur l'établi du sabotier Gueretin, les jambes repliées, les coudes sur les genoux, le visage boudeur appuyé sur ses poings fermés, Pierrot maugréait. Sa tante l'avait sévèrement réprimandé pour avoir chapardé le cordonnet du corsage de sa plus belle robe : il voulait en faire un collet à lièvre.

– C'est pas moi, s'était-il défendu. C'est Mitionemeg qui m'a dit…

Mais Thérèse n'était pas dupe :

– Va réfléchir, tu viendras t'excuser après.

Il avait couru se réfugier dans la boutique de ce Louis Gueretin que tout le monde, à cause de son métier, appelait Lesabotier. Indulgent, d'une douceur quasi maternelle, c'était un homme sans complication : il vivait au jour le jour et selon l'humeur du temps. Il se trouvait toujours quelqu'un pour venir piquer une jasette avec lui, et ces visites impromptues à l'atelier le distrayaient.

De toutes grandeurs, de toutes grosseurs, en bois d'orme, de merisier ou de platane, quatre-vingt-dix paires de sabots – Gueretin venait d'en faire l'inventaire le matin même – s'alignaient, bien rangées, bien cordées, sur des tablettes superposées. Le sabot étant la seule chaussure imperméable, on lui en commandait beaucoup au printemps, et on en chaussait les enfants tant que duraient les saisons où ils pouvaient jouer dehors.

Une pièce de bois solidement coincée dans l'étau, il creusait, avec un outil à bords tranchants, semblable à une cuillère. Devant lui, à portée de main parmi les éclats et la poussière de bois, des ciseaux, limes, couteaux, varlopes, feuillerets et bouvets. À intervalles réguliers, il soufflait pour dégager les pépites et le bran de scie accumulés sur le bois dont il vérifiait ensuite le poli, de la paume de la main. Pierrot observait les lamelles de bois qui se détachaient en frisant. Il goûtait d'être là en compagnie du tendre vieux monsieur à qui il confia :

— Moi, je ne peux jamais aller à la chasse.

Gueretin sourit.

— C'est vrai ! Jamais. Ma tante Thérèse ne veut pas, reprit l'enfant.

Le sabotier hocha doucement la tête et posa son sabot. D'un doigt, il releva le menton du petit garçon. Il vit des points d'or scintiller dans l'iris brun des yeux indignés. Il prit une expression de compassion et soupira :

— Pauvre Pierrot !

L'enfant approuva en hochant la tête et en haussant les sourcils. Une idée vint soudain éclairer son visage :

— Pourquoi tu m'emmènerais pas à la chasse, toi ? Ma tante pourrait pas dire non. Pas à toi.

Sitôt exprimée, la possibilité lui parut l'évidence même. Il sauta sur le plancher.

— C'est une bonne idée ça ! Tu ne trouves pas ?

— Mais oui, mais oui. Bien sûr. C'est une excellente idée.

— Quand, alors ?

— Bientôt, un matin. J'irai prévenir ta tante la veille.

— Oh ! oui, oui ! Je vais aller à la chasse ! Je vais aller à la chasse !

Pierrot dansait en tournoyant sur place. Tout à coup il s'arrêta net.

— Est-ce que je peux lui en parler, à ma tante ?

— Oui, pourquoi pas ?

Sans saluer, bousculant même un peu Gueretin, heureusement habitué à ses emportements soudains et à ses exubérances, Pierrot sortit. Il traversa la rue en courant, tête baissée, se voyant déjà au pied d'un sapin, à tendre un collet, et il entra en collision avec le milicien Étienne de Sainctes. Celui-ci ne dit mot et regarda à peine le garçonnet, vêtu d'un brandebourg rouge en serge de Poitou, sorte de casaque lui allant jusqu'à mi-cuisses, et d'un brayet de toile blanche, et coiffé, comme pour souligner la blondeur de ses cheveux en frange, d'un bonnet, rouge également, cousu par Thérèse, aussi coquette pour ses enfants que pour elle-même. Le milicien se borna à reculer d'un pas avant de reprendre la direction de la place Royale.

Chaque fois que de Sainctes descendait la rue principale, on chuchotait sur le seuil des maisons : on savait que, ayant été le témoin officiel des propos séditieux de Thérèse, il ne pouvait que la dénoncer à l'administration. On s'étonnait même que ce ne fût fait. La plupart des gens de Ville-Marie estimaient la veuve Cardinal ; très peu lui souhaitaient du mal. On lui reconnaissait le courage de ses opinions et on trouvait nécessaire et commode qu'il y eût des têtes comme elle pour censurer ouvertement ce que, soi-même, on n'osait pas blâmer tout haut.

Cependant, une ordonnance, publiée quelques jours auparavant par le commandant Dupuy, sommait les miliciens d'ouvrir l'oreille et de rapporter toute « parole infamante », tout écart séditieux – ordonnance rejoignant les édits royaux que les Français de la Nouvelle-France connaissaient pour en avoir souvent été victimes dans la mère patrie. Ce règlement strict confinait encore plus la majorité des colons dans une attitude craintive. On se souvenait de l'exemple de Pierre Dupuis, dit Lamontagne, qui, à Québec, avait été détenu, chargé de fers et marqué au visage d'une brûlure en forme de fleur de lys pour avoir approuvé la révolution anglaise et l'exécution du roi Charles Ier, et, en plus, avoir dit qu'il n'y avait pas de Dieu.

En fait, même l'approuvant, personne n'aurait risqué sa liberté pour sauver Thérèse Cardinal. Tout au plus les habitants auraient-ils feint de n'avoir jamais entendu les propos révoltés qu'elle aurait pu prononcer en public.

D'ailleurs, si de Sainctes exerçait les prérogatives de sa fonction de délateur officiel, il était presque certain que l'administration ne recourrait même pas à d'autres témoignages pour formuler une accusation et instruire un procès.

Toutefois, le milicien continuait de s'empêtrer dans ses contradictions. Soldat de carrière, il savait bien servir, cela ne faisait aucun doute ; mais, coureur de jupons rabroué plus souvent qu'à son tour, il se réservait toutes les chances possibles pour parvenir à ses fins en ce domaine. Aussi était-il enclin à sévir contre les femmes qu'il désirait, et l'affront que lui avait infligé Thérèse n'avait fait qu'aiguiser son appétit d'elle : il voulait à tout prix la posséder et lui imposer sa virilité brutale, la soumettre absolument, la rabaisser, l'avilir même. Cela dit, en se commettant avec des femmes mariées, il avait déjà tout un passé susceptible de le faire casser de son grade et bannir ; car s'il dénonçait Thérèse et que l'une de ces femmes vînt à sortir de son silence, par représailles contre sa canaillerie, il serait fini.

Depuis plus de quinze jours qu'il se débattait dans son dilemme, il lui arrivait de se dire qu'il n'aurait jamais dû se rendre à l'auberge, l'après-midi où Thérèse avait laissé exploser sa colère. Mais à qui aurait-il pu confier son tourment, lui si renfrogné et si détesté ? Il avait essayé d'abord d'afficher une sérénité froide et militaire. Ensuite il avait succombé à une irrésistible envie de soûlerie. Ivre, il s'était abandonné dans les bras de deux *Ickou ne kouffa*, de jeunes Indiennes, dites « femmes de chasse », qui se vendaient aux hommes. Il avait assouvi sur elles tous les fantasmes que son désir de Thérèse avait semés dans son imagination enflammée. Son ivresse et les excès de sa concupiscence l'avaient finalement laissé endormi dans un fossé, tiraillé jusque dans son lourd sommeil d'ivrogne par la décision qu'il ne pourrait plus différer longtemps.

Il avait plu sur lui toute la nuit. Quand il se réveilla, il était trempé jusqu'aux os. Il avait éprouvé un surcroît de rancune à l'endroit de Thérèse en se découvrant ainsi, encore une fois à demi noyé à cause d'elle.

En se jetant dans ses jambes, Pierrot mit le comble à sa hargne : il décida d'en finir. Il alla aussitôt porter sa déposition signée chez le greffier, le tabellion Bénigne

Basset. Elle suffirait à faire mettre Thérèse sous arrêts et à la faire transférer à la prison de Québec, où elle serait jugée devant le Conseil souverain que le roi venait de constituer pour rendre justice en cette colonie. Avantageuse solution, le procès se déroulerait loin des amis de l'inculpée, comme Chicot et sa bande, qui, autrement, ne manqueraient pas de clouer de Sainctes au pilori et de chercher à le faire condamner à son tour. « Heureusement, se disait-il, ceux-là avaient déjà, à plusieurs reprises, plus ou moins commis eux-mêmes le crime de sédition ! » Et tous ceux qui – grâce à la chance et surtout à un indomptable courage – avaient survécu aux affrontements avec les Iroquois, forts de leur prestige et de leur renommée, n'avaient pas manqué, c'était vrai, de critiquer l'autorité pour une raison ou pour une autre. Lorsque le rustre, le visage fripé et l'haleine fétide, alla frapper chez le greffier Basset, il tablait là-dessus pour estimer qu'il n'existait dans tout Ville-Marie aucune voix qui pourrait s'élever pour la défense de Thérèse sans être aisément réduite au silence.

CHAPITRE XIV

En sortant de l'Hôtel-Dieu de Québec, Pierre Gagné longea la terre de Guillaume Couillard, gendre de Louis Hébert, et premier colon de toute la Nouvelle-France à avoir fait des labours à la charrue, le 27 avril 1628 très exactement. Il poussa jusqu'à la grande place où aboutissaient les rues Sainte-Anne et Saint-Jean, les deux seules autres voies de la haute ville étant la rue Saint-Louis et la côte de la Montagne.

Une grande activité régnait devant l'église Notre-Dame-de-la-Paix, austère dans sa simplicité. L'édifice, construit en forme de croix latine, et deux fois plus long que large, était fermé à l'arrière par une abside semi-circulaire et coiffé d'une toiture en bois au plein centre de laquelle était planté le clocher.

Il faisait un temps splendide. Les gens de Québec, comme Pierre, profitaient de cette matinée ensoleillée pour envahir la place du Marché-Notre-Dame. C'était un mélange de marins et de marchands, de nobles aussi. Ceux-ci, vêtus de velours et de satin, portant perruque bouclée, marchaient devant des domestiques en costume paysan. Ici et là, des religieux saluaient des bourgeois d'un signe de tête intéressé. Les conversations alertes, si particulières aux Français, s'accompagnaient de grands gestes théâtraux.

Mais ces gens, Pierre en était soudain frappé, n'étaient tout de même plus vraiment des Français. À preuve, il se trouvait quelques-uns de ceux-ci, débarqués d'un navire accosté la veille, et ils tranchaient sur le reste de la population. Non, ceux que voyait Pierre, c'étaient plutôt des hommes et des femmes d'une race nouvelle au langage différent, au physique plus rude et vigoureux, et au caractère plus rétif que les Européens. Le climat avait buriné leur visage, en ôtant toute afféterie. La contraction répétée des muscles autour des yeux pour les protéger contre le froid vif ou le soleil ardent leur avait dessiné de nouveaux traits. C'étaient des gens d'une nation nouvelle.

Au-dessus du grouillement humain, Pierre entendait retentir les cognements des marteaux des charpentiers. Ils érigeaient la structure des colombages de la maison que faisait construire Henri de Bernières, premier curé de Québec. Mgr de Laval, en voyage en France depuis le 12 août de l'année précédente, apprécierait certainement ce « séminaire », à son retour en septembre. En effet, depuis son arrivée à Québec au mois de juin 1659, le prélat avait dû quêter un hébergement dans tout ce que la ville comptait alors d'institutions religieuses ou peu s'en fallait : chez les pères jésuites d'abord, puis chez les hospitalières de l'Hôtel-Dieu et, enfin, après un nouveau séjour chez les jésuites, chez les ursulines !

La nomination et l'arrivée du premier évêque de la Nouvelle-France avaient du reste fait l'objet d'intrigues et de manigances déplorables entre la Société de Notre-Dame de Montréal et la Compagnie de Jésus. Les annales de cette querelle étaient légendaires dans la colonie, et Pierre sourit en y pensant.

En 1645, déjà, la Société avait pris l'initiative de solliciter l'érection d'un évêché au Canada, dans l'intention avouée de permettre au clergé de Ville-Marie d'étendre son zèle missionnaire au reste du territoire monopolisé par les jésuites, à partir de Montréal. Pour supporter l'établissement épiscopal, les sociétaires avaient offert de concéder au futur évêque la moitié de tous leurs droits sur l'île. Enfin, ils avaient recommandé que l'abbé Gabriel de Queylus, un sulpicien, soit nommé à cette haute fonction.

Le projet avait souri au cardinal Mazarin. Mais les jésuites avaient eu vent de l'affaire. Craignant de perdre le monopole des missions dans lesquelles ils avaient investi de fortes sommes, constituées par les dons et les aumônes recueillis à travers tout le royaume, ils avaient usé de tous les moyens d'opposition. Le plus efficace fut l'intervention du père Paulin, confesseur du roi, auprès de la reine, Anne d'Autriche.

À la place de l'abbé de Queylus, les jésuites mirent en avant l'abbé François de Montmorency-Laval. Louis XIV, selon l'usage, nomma leur candidat évêque de Québec et demanda au pape Alexandre VII de créer un évêché en Nouvelle-France. Le 3 juin 1658, Mgr de Laval devenait évêque de Pétrée en Arabie avec vicariat apostolique en Nouvelle-France. Cette bulle papale provoqua bien des remous. Sous prétexte que la grande majorité des colons du Nouveau Monde était partie de Dieppe, l'archevêque de Rouen prétendit que le Canada relevait de son diocèse. Il le fit si fort et si haut que, par crainte de l'affronter trop ouvertement et d'alimenter une zizanie fâcheuse au sein de l'Église, le nonce du pape procéda secrètement au sacre de Mgr de Laval dans l'église de l'abbaye de Saint-Germain-des-Prés, le 8 décembre 1658. Un peu plus tard, en mars de l'année 1659, Louis XIV officialisa les fonctions épiscopales du prélat, en précisant toutefois qu'elles ne devaient en rien porter préjudice aux droits de l'archevêque de Rouen, droits que de son côté Rome refusait de reconnaître.

Voyant la tournure des événements, la Société de Notre-Dame de Montréal nomma quand même l'abbé de Queylus supérieur du clergé de Montréal, avec pour principale responsabilité le soin de développer de nouvelles missions. Le sulpicien alla demander les autorisations nécessaires à l'archevêque de Rouen, qui les lui remit avec un titre de grand vicaire, lui donnant autorité sur tous les religieux de la Nouvelle-France.

Le conflit se prolongea ensuite sur les rives du Saint-Laurent à Québec. Le 7 octobre 1659, deux mois à peine après l'arrivée en terre canadienne de Mgr de Laval, le gouverneur d'Argenson convoqua M. de Queylus au château Saint-Louis, pour lui communiquer la teneur d'une lettre de cachet d'Anne d'Autriche, ordonnant le retour en France de tous ceux qui refuseraient l'autorité de Mgr de Laval. Conciliant, le sulpicien présenta ses hommages à l'évêque de Québec. Un mois plus tard, l'archevêque de Rouen confirmait de nouveau le vicaire apostolique dans ses fonctions, et une lettre du roi lui-même lui enjoignait d'officier à ce titre, sous réserve cependant de se placer sous la juridiction de l'évêque. Considérant que ces deux dernières missives s'accordaient au moins sur un point primordial, la reconnaissance d'une antériorité dans l'exercice de ses fonctions, le favori de la Société de Notre-Dame de Montréal décida d'imposer son rang.

Toute la colonie surveillait avec passion les soubresauts et les revirements de cet affrontement.

Deux lettres de la reine vinrent précipiter le dénouement de l'histoire en se référant, pour trancher de la suprématie entre les deux religieux, à l'autorité même du pape :

Quelque lettre que j'aie accordée à l'archevêque de Rouen, mon intention n'est pas que ni lui ni ses grands vicaires s'en prévalent, jusqu'à ce que, par l'autorité de l'Église, il ait été déclaré si cet archevêque est en droit de prétendre que la Nouvelle-France soit de son diocèse.

M. de Queylus entendit ce sérieux avertissement et, renonçant à ses prétentions, se reconnut aux ordres de Mgr de Laval. Il rentra à Montréal pour y apprendre que l'archevêque l'avait destitué de toute autorité sur le clergé de Ville-Marie ! Il voulut se rebiffer, mais fort des lettres de la reine, le gouverneur lui fit signifier son renvoi en France par une escouade de soldats.

Outre qu'il fit scandale, le procédé aviva encore les antagonismes que d'autres mesquineries avaient suscités entre les gens de Montréal et ceux de Québec.

« Que l'Europe et la cour de Paris ne laissent-elles les colons se démêler d'eux-mêmes ! songea Pierre. Que de risibles vanités ! »

Après avoir traversé la place du Marché-Notre-Dame, il prit la rue Sainte-Anne en direction du château Saint-Louis. Il regardait, écoutait ; il s'étonnait, s'émerveillait. Plus il allait dans ces rues, plus, bizarrement, il se découvrait d'une race différente. Petit à petit, il se faisait à l'idée qu'il n'était plus un Européen, mais un Blanc de Nouvelle-France, une sorte de Peau-Rouge à part, ni Indien ni Français, un homme nouveau, un homme du Canada. « Un Canadien », pensa-t-il, et l'idée fit naître un sourire sur son visage.

Après avoir dépassé la chapelle des jésuites, qui tournait le dos à l'église Notre-Dame-de-la-Paix, mais la jouxtait presque, il contempla avec joie les couleurs pastel du jardin du monastère des ursulines, ceint d'une mince haie d'arbustes. Il admira le style élégant de quelques maisons de pierre, cossues, dont certaines avaient jusqu'à trois étages, qui bordaient la rue Sainte-Anne. Il rêva un peu, se dit que, un jour, il posséderait une semblable demeure, et constata que pour nourrir un tel projet, il devait déjà avoir confiance dans le pays.

Alors qu'il allait aboutir au sévère mur de clôture du château Saint-Louis, recouvert de pierres à chaux et à sable, il entendit le heurt répété de bottes militaires sur le sol et des ordres lancés d'une voix stricte. Il marcha jusqu'à la barrière où se tenaient déjà des curieux. Il se haussa sur la pointe des pieds et, par-dessus les épaules, il reconnut l'uniforme des Compagnies franches de la Marine. Les soldats effectuaient la spectaculaire manœuvre du changement de la garde. Le gouverneur était le représentant du roi, le plus haut dignitaire de la colonie. Chef du pays et lieutenant général, il recevait, à ces titres, les honneurs réservés aux maréchaux de France. Sa grande fonction était de représenter la personne du roi, de conserver le nouveau pays sous sa domination. Il avait pleine autorité sur tout le territoire et ses habitants, détenait une juridiction exclusive et souveraine en matière militaire. Enfin, il avait préséance sur l'évêque même et, par là, contrôlait autant les religieux de tout ordre que les laïcs de tout rang.

En cet été de 1663, le baron Pierre Dubois d'Avaugour occupait cette haute charge. C'était un militaire de carrière ; Louis XIV l'avait désigné à ce poste en remplacement de Pierre de Voyer d'Argenson, jugé trop mou devant la menace iroquoise qui risquait d'anéantir tous les efforts de colonisation. Mission impossible : le gouverneur découvrit qu'il avait pour toute armée quelques compagnies d'apparat ! Il avait aussitôt exigé des renforts, faute de quoi il rentrerait au pays sans même attendre son rappel. Cette attitude ferme avait tonifié les colons. Hélas ! une autre question, qui se révéla plus épineuse celle-là, devait lui faire perdre son auréole auprès de la population : le troc de boissons alcooliques contre des pelleteries, avec les Hurons et les Algonquins.

Ce commerce remontait à la « recrue » de 1653 qui avait débarqué certains aventuriers sur le sol de la Nouvelle-France. La tentation était forte : il suffisait d'offrir aux Indiens un peu d'« eau-de-feu » et de boire avec eux pour bien les enivrer afin d'obtenir d'eux des montagnes de peaux, pour presque rien. Mais l'alcool avait sur les Peaux-Rouges des conséquences désastreuses : ils ne buvaient que pour s'enivrer, jusqu'à la folie. On rapportait qu'ils en venaient à tuer leurs femmes, et ces dernières à jeter leurs enfants dans les flammes.

Aussi, dès 1657, lors d'un séjour à Paris, M. de Maisonneuve avait-il pris l'initiative d'obtenir du roi un édit interdisant le trafic de l'alcool, sous peine de punition corporelle. Malgré cet arrêt royal, le commerce s'était poursuivi, l'appât du gain étant plus fort que la crainte du châtiment. Les trafiquants savaient ruser. Et puis le pays était si grand ! Comment exercer une surveillance efficace ? En outre, beaucoup bénéficiaient de la protection tacite de l'administration contre une ristourne discrète.

Les jésuites étaient les premiers à pâtir de la situation : l'évangélisation des Indiens s'en trouvait cent fois plus ardue. De plus, ils étaient les victimes toutes désignées des beuveries qui appelaient le sang. Ils obtinrent donc de Mgr de Laval qu'il prononçât l'excommunication de quiconque vendrait de l'eau-de-vie aux indigènes. La mesure fut appuyée et même dépassée par le gouverneur d'Avaugour qui établit la peine de mort pour les fautifs.

Mais, après la condamnation d'une femme de Québec pour ce délit, les jésuites se mêlèrent d'intervenir auprès du gouverneur pour qu'il la graciât ! D'Avaugour s'offusqua de cette ingérence dans les affaires de l'administration et décréta que, puisqu'il en était ainsi, la vente d'alcool ne serait plus un délit pour personne, et le trafic de l'alcool reprit de plus belle.

Pour y parer, M. de Maisonneuve, à Ville-Marie, ordonna pour sa part l'interdiction de la vente des boissons enivrantes en invoquant « les dangers d'un massacre général des habitants par les Sauvages, en conséquence de la vente de ces sortes de boissons ». Cependant, on eut à déplorer bientôt la mort de Jacques Louvar, dit Desjardins, tué par des Indiens ivres. Mgr de Laval, qui, manifestement, se souhaitait en Nouvelle-France la carrière des Richelieu et Mazarin en France, somma alors le gouverneur d'agir. Devant un refus plein d'indifférence, il décida d'aller porter sa plainte au roi lui-même. Voilà pourquoi il était absent cet été-là. Voilà pourquoi aussi on disait les jours de d'Avaugour comptés, ce qui sapait son autorité et le confinait, disait-on, dans une espèce de carême sur le Cap-aux-Diamants.

Tout cela, Pierre l'avait appris, pour la majeure partie, en bavardant avec le père Lalemant pendant leur marche et, pour le reste, pendant son bref séjour à l'Hôtel-Dieu. Lui-même, il s'intéressait peu à ces questions. Son tempérament l'avait toujours écarté des débats d'opinion. Il ne s'était jamais mêlé aux conversations quand on étalait les failles des chefs sur la place publique. Sur ce point, il n'avait pas la fougue de Thérèse.

Il avançait vers la plate-forme de terre, établie en prévision des fortifications qui devaient couronner le Cap-aux-Diamants, ainsi nommé, se rappelait-il, amusé, parce que les religieuses y avaient trouvé et pris pour des diamants des morceaux de quartz brillants. La plate-forme donnait sur le vide. Il dut retenir son souffle à la vue de l'immensité soudaine qui s'ouvrait devant lui. L'abîme dépassait en profondeur tout ce qu'il avait pu imaginer. La falaise de Lévy, avec sa luxuriante tapisserie de verdure, se dressait au-dessus du Saint-Laurent. Elle invitait le regard à se diriger vers l'île d'Orléans, pointe bleue ancrée au milieu du fleuve.

Jamais Pierre n'avait été si près du ciel. Jamais il n'avait eu ainsi à ses pieds tout un monde à regarder.

Une forêt de mâts tanguaient légèrement dans le port ; les voiles, carguées contre les vergues, formaient des moutons blancs : des moutons de mer dans le ciel. La coque des navires était d'or au soleil, et cet or se dissolvait dans l'eau en lamelles chatoyantes de reflets lumineux.

Pierre aspirait l'air à pleins poumons, frissonnait de bien-être, tandis que le panorama balayait pour toujours les souvenirs des ruelles et des arrière-cours qu'il gardait encore, au fond de sa mémoire, du Paris de son enfance. Une sorte de satisfaction proche de la fierté le transportait. Juché ainsi sur les hauteurs de Québec, il lui semblait tout dominer, y compris sa propre personne. Plus de tiraillements, d'interrogations, de remises en question, de sourdes inquiétudes face à l'avenir. Au contraire, une allégresse de rêveur qui se jure d'être fidèle jusqu'au bout à sa nouvelle vie et à son nouveau pays. L'horreur et la mort étaient d'hier. À la place, s'imposait le souvenir du visage de son fils, et l'image de Pierrot lui rappela ce qu'avait dit un jour Marie : « Malgré les Iroquois, nous trouverons bien le moyen d'aimer ce pays. Le moyen de faire de notre fils un Canadien. » Et il sourit encore : Marie savait déjà que, par-delà la guerre, il y aurait fatalement la paix et le temps d'aimer la Nouvelle-France. Il décida d'y croire. De toutes ses forces.

Il s'appuya avec précaution à un parapet branlant. Il regarda la mosaïque colorée de la basse ville qui, le long des rues des Roches et Notre-Dame, s'était développée à la manière d'une vigne vierge impétueusement vivace. Sur le cap, il n'y avait guère que des édifices publics, des institutions religieuses et de rares demeures, celles de particuliers fortunés. Au pied, c'était le peuple, le « vrai monde », le Québec vivant, à portée des arrivages, de l'eau potable, des voies navigables.

Non, Québec n'était plus un roc désolé à la merci des « sauvages ». Une ville avait pris forme et continuait de se développer, quotidiennement, en suivant le tracé des rues conçu par Jean de Bourdon et le gouverneur de Montmagny vers 1635.

Au moment où Pierre quittait le promontoire, le ciel s'emplit des vibrations soudaines des cloches sonnant midi. Une symphonie d'airain jaillit des quatre coins de la ville, de la haute tour de l'église Notre-Dame-de-la-Paix au beffroi des récollets, sur les rives de la rivière Saint-Charles, et aux clochers de la chapelle des jésuites, du monastère des ursulines, de l'Hôtel-Dieu. Les sonneries libéraient tout un peuple de domestiques, de travailleurs, de religieux, de miliciens, qui abandonnaient leurs activités pour prendre l'air. Des enfants apparurent aussi de tous côtés, se chamaillant en se poursuivant dans des jeux connus d'eux seuls. Ils criaient, riaient, se cachaient derrière les silhouettes d'adultes qui les priaient instamment d'aller s'ébattre ailleurs.

Entraîné par le mouvement, Pierre descendit la côte de la Montagne, la rue qui reliait la haute ville à la basse ville. Il marchait gauchement, près de glisser à chaque pas, retenant son envie de dévaler à la course la pente beaucoup trop prononcée. Après un moment il s'arrêta, curieux de voir les autres engagés comme lui dans cette drôle de rue. C'est alors qu'il lui sembla reconnaître quelqu'un, un homme petit et rond qui descendait à grandes enjambées, comme s'il avait fait cela toute sa vie.

– Hé ! Bouchard ?

L'homme se retourna, surpris, mais aimable. Il souriait et semblait hésiter à revenir sur ses pas. Comme il demeurait immobile, les gens devaient dévier leur course pour l'éviter ; certains bougonnaient.

– Mais oui ! s'exclama Pierre, désormais sûr de lui. C'est Bouchard ! Claude Bouchard, de Chartres !

Plus rougeaud que rouquin, celui que Pierre avait interpellé sous ce nom offrait un visage d'enfant malcommode, espiègle, aux yeux vifs et piquants sous des sourcils embroussaillés, au nez et aux joues pleines de taches de rousseur et aux lèvres de la couleur de ses cheveux. Il continuait de regarder Pierre en fronçant les sourcils et le front. De toute évidence, la physionomie lui semblait familière ; il ne lui manquait que le nom, qui jaillit d'un coup :

— Pierre Gagné ! Oui ! Oui, c'est ça ! C'est Gagné, le cocher de Paris-Orléans.

Bouchard s'élança alors vers Pierre, lui prit la main et la serra énergiquement, le secouant de la tête aux pieds avec une vigueur inattendue, en répétant, comme pour lui-même :

— Pierre Gagné… Pierre Gagné…

Il finit par lui sauter au cou. Puis tous deux se regardèrent, muets d'émotion.

Bouchard rompit le premier le silence.

— Avec ce bandeau… Je me disais que… Mais cela ne te change pas tellement après tout. Quand même !… Tu es là depuis longtemps ?

— Voilà dix ans que je suis là.

Les yeux de Bouchard s'écarquillèrent : il se frappa le front du plat de la main.

— Dix ans ! À Québec ?

— À Ville-Marie.

— Ah bon !…

— Et toi ?

— Oh ! moi, je suis là depuis 58 seulement.

Ils s'étaient remis à marcher sans même s'en rendre compte.

— Bon, bon. Mais, alors, qu'est-ce que tu fais ici ?
Tu as déserté ?

Car c'était connu, des Montréalistes fuyaient, à Trois-
Rivières et à Québec, la précarité de la condition montréalaise.

— Même pas !

— Même pas ?

Et Pierre eut le goût de jouer les héros :

— La bataille du fort Richelieu, cela ne te dit rien ?
Nous étions une poignée contre une armée. Nous avons
tenu pendant des jours.

S'il désirait impressionner, c'était réussi. Bouchard
s'était arrêté net.

Il se planta devant Pierre, mains sur les hanches,
absolument abasourdi.

— Tu y étais ?

— Comme tu me vois ! Et j'en suis revenu presque
entier…

L'autre pointa la langue sur sa lèvre supérieure. Il
soupçonnait vaguement une plaisanterie mais n'osa insister, évitant de poser le regard sur le bandeau qui cei-
gnait le visage de son ami. Il avança avec méfiance :

— Mais on n'a parlé d'aucun survivant.

— C'est vrai. Je suis le seul.

La question claqua comme un coup de mousquet.

— Comment ? Ça, par exemple !

Mais, se rendant compte qu'ils se tenaient en
pleine rue, et les muscles des mollets commençant à lui
faire mal à force de lutter contre la pente, Pierre proposa :

— Ne pourrait-on pas parler de cela ailleurs ?

— Bien oui ! Je suis tout bête. Chez moi. Viens !

Un gamin leur fila entre les jambes et faillit renverser Bouchard. Le petit homme rond gronda sans conviction :

– Garnement !

Pierre était heureux d'avoir enfin retrouvé un visage connu. Ce Claude Bouchard était maintes fois monté dans son coche pour aller vendre ses tissus aux bourgeois d'Orléans. C'était un tisserand de première classe, un artiste, qui chérissait les tissus comme d'autres les femmes.

Ils atteignirent enfin le terrain plat à l'entrée de la rue Notre-Dame qui les conduisit à une place inconnue de Pierre : la place du Marché-Notre-Dame. Une série de boutiques, d'échoppes, d'ateliers, et même un vaste entrepôt affichant : *Guillaume Audouart Saint-Germain – Magasin général,* donnaient sur les trottoirs de bois. Au centre se dressaient des étalages de produits nouveaux, fraîchement débarqués, des îlots de marchandises attrayantes qui déclenchaient, chez les Québécois agglutinés autour, des cris de ravissement, des clameurs enthousiastes. Des remarques fusaient, ironiques ou furieuses, de la part de ceux qui désiraient à tout prix marchander.

Le Montréaliste était surpris : la place lui rappelait Paris, la rue des Métiers-Neufs et ses marchands, mais à des milliers de lieues et à une quinzaine d'années de la misère de son enfance. Ici, c'était plus dégagé, plus grand, plus propre. Rien de l'entassement de bicoques lézardées dans une ruelle sillonnée de ruisseaux nauséabonds. Clients et marchands débattaient d'égal à égal, avec emphase et parfois mordant, mais sans hargne. On jouait plutôt à marchander.

Pierre observait, notait les plus menus détails. Il n'en revenait pas de tout ce bourdonnement de grande ville au pied du roc de Québec. Ici, une marchande vantait son poisson sur un ton de psalmodie si vertigineux qu'on ne l'entendait plus, comme s'il se vissait dans la rumeur générale. Là, deux hommes hilares se tapaient dans le dos devant un comptoir de légumes. Il entendit un accent méridional et aperçut un homme riche : rhingrave rouge écarlate, perruque, catogan et bourse à cheveux, dodu et roulant les cuisses l'une contre l'autre pour avancer. Flanqué d'une cour de domestiques et de flatteurs, il désignait des produits qu'on s'empressait d'aller lui quérir, tandis qu'il faisait sauter sa bourse dans ses mains. Bouchard renseigna Pierre :

– C'est le bourgeois Pierre Niel. Il vient de Provence ; il est seulement de passage. Il vient voir s'il pourrait investir, s'enrichir davantage ici.

Pierre voulut inventorier un à un les différents métiers regroupés autour de la place et dans la rue Notre-Dame. Bouchard s'improvisa son guide :

– Ici, l'échoppe de notre cordonnier, Charles Achapt, dont la femme, Jeanne Bohême, me salue du seuil de sa porte. À côté, c'est Denis Guion, dit Laviolette, armurier de son état…

Les deux commerces se partageaient le rez-de-chaussée d'une maison de bois, au toit à deux eaux à trois lucarnes sur le devant pour éclairer les combles. Un gros homme chauve, mais portant une barbe de patriarche qui lui tombait jusqu'à la ceinture, sortit, s'approcha et lança à Bouchard :

– Hep ! Petitclaude ! Mon habit, ça vient ? C'est dans deux semaines que je marie ma Catherine.

— Mais oui, mais oui. J'ai reçu ce matin la toile d'Allemagne pour la doublure. Le temps que je la déballe...

Tout tissu était importé. Du drap d'Espagne à celui de Londres, en passant par la batiste et le camelot hollandais ou encore les toiles allemandes et irlandaises. Seule un peu de toile de chanvre était produite localement, en petite quantité, car on cultivait peu de plantes textiles.

— Écoute, ajouta Bouchard à l'intention de l'armurier Laviolette, disons que tu viens chez moi après-demain. Ça te va ?

— Ça peut aller. Dans l'après-midi, alors, car en matinée j'ai le lieutenant Desrosiers qui vient prendre livraison d'une arme.

— C'est ça. Dans l'après-midi.

L'armurier rentra chez lui. Pierre s'étonna auprès de son compagnon :

— Petitclaude ? Comment cela ?

— C'est devenu mon nom. Pour de vrai. Je signe ainsi. Même le notaire Demesnu, quand j'ai fait construire par Étienne Dumets, m'a inscrit de la sorte sur le contrat.

— Et tu tailles des habits ?

Main ouverte sur le cœur, Bouchard fit la révérence, portant jusqu'à terre un chapeau imaginaire en pliant le genou et tendant l'autre jambe en arrière :

— Maître tailleur d'habits, pour te servir !

— Fini le métier de tisserand, alors ?

— Oui. Il faut ce qu'il faut : ici on ne fait pas de tissu.

Pierre remarqua aussi que bien des hommes étaient accompagnés de très jeunes femmes dont certaines ne devaient guère avoir plus de douze ans : c'est que les « épousées », venues expressément pour fonder des familles, avaient souvent tout juste l'âge de la puberté. Dans une population dont la moyenne d'âge était de vingt ans, cela s'acceptait sans qu'on y trouve à redire. À preuve, expliqua Petitclaude-Bouchard, cette Marie Pontonier, de Ville-Marie, qui à dix-huit ans en était à son troisième mariage. Enfin, la colonie n'avait que faire des célibataires : il y avait trois fois plus d'hommes que de femmes et toute fille nubile devenait candidate au mariage.

— On continue ?

Bouchard attendait Pierre qui s'était immobilisé en observant un peu les Indiens, Hurons et Algonquins, qui circulaient, nombreux, parmi les Français.

Ils passèrent devant chez Barthélemy Gaudin, le tonnelier, François Chaussée, le chaudronnier, Jacques Johan, dit Laviolette comme l'armurier, le tanneur, et s'arrêtèrent sous l'enseigne du chapelier… Petitclaude.

— Hé oui ! Comme je te disais, il faut ce qu'il faut : je suis aussi chapelier.

Ils pénétrèrent dans l'ombre fraîche de la boutique. Des têtes de bois aux regards sans yeux étaient rangées sur les étagères, coiffées d'une calotte, d'un tapabord, d'un béguin ou même de ce chapeau de laine normand nommé caudebec.

— Assieds-toi, dit Bouchard, assieds-toi. Je vais chercher une bouteille et je reviens.

Encore étourdi par l'animation des rues et l'éclat du soleil, Pierre mit quelque temps à distinguer le décor et les meubles, à peine visibles dans la pénombre. La pièce était minuscule. Elle contenait une table de bois dont le plateau de planches chevillées à l'intérieur d'un encadrement était plus l'œuvre d'un artisan amateur que d'un vrai menuisier ; un coffre en pin blanc assemblé à queue d'aronde ; trois chaises en merisier au siège en écorce d'orme tressée ; un vaisselier ouvert à trois étagères, chargé de plats, d'assiettes, de tasses et de gobelets d'étain ou d'argile vernissée.

Pierre baignait avec bien-être dans le silence de cette atmosphère douillette.

— Voilà ! Voilà !

C'était Bouchard qui revenait et posait deux gobelets sur la table. Il renifla la cruche de vin clairet de France tiré à la futaille et en versa deux bonnes rasades. Ils choquèrent leurs verres et burent une gorgée. Après s'être essuyé les lèvres du revers de la main, Bouchard continua d'interroger Pierre :

— Et si tu me racontais comment tu es devenu pirate ?

La plaisanterie faisait allusion à l'œil bandé de Pierre, qui tout à l'heure l'avait empêché de reconnaître tout de suite l'ancien cocher dans la côte de la Montagne.

— Eh bien, comme je disais… commença Pierre.

Et il raconta tout, se vida la mémoire et aussi le cœur. Il y eut un moment où il parut sombrer dans la tristesse, un autre où il se crispa de remords. Mais au fur et à mesure qu'avançait son récit, il émergeait, relevait même la tête, avait des gestes et une voix plus fermes. Il buvait machinalement, et il était juste assez ivre pour flotter au-dessus de ses souvenirs les plus cruels. Quand il se tut, il eut un grand soupir d'homme enfin débarrassé d'un lourd fardeau. Il lui semblait renaître. Certain, cependant, de ne pas être compris, il conclut :

— C'est tout ; j'ai fait mon ménage.

Bouchard garda le silence pendant de longues secondes. La silhouette d'une femme dont l'ombre se détachait sur fond de soleil pénétra dans la boutique et le tira de son mutisme. C'était une cliente qui venait prendre livraison d'un tapabord.

Pierre entendait à peine les bruits de la rue. Même la voix de Bouchard lui parvenait assourdie :

— Ce sera trois livres et onze sols. Et dites bien à M. Pichon qu'il portera le plus beau tapabord de ce côté-ci de l'Atlantique !

Pierre avait fait trop honneur au clairet. À une légère euphorie succédait maintenant une lourdeur qui lui pesait sur la nuque. Il avait peur d'être malade et se souvint de sa mésaventure chez les Montagnais de Sillery. Mais il devait être poli, rester encore pour entendre à son tour l'histoire de son ami. Il se leva afin de permettre au vin de descendre de la tête à l'estomac. Bouchard proposa d'aller remplir la cruche.

— Merci, non, non, dit précipitamment Pierre. J'ai perdu l'habitude, je crois… Je me sens tout chaviré, comme si j'étais en mer.

— De la bière, alors ?

Les pères récollets avaient développé l'industrie de la bière. Depuis 1620, ils la brassaient avec l'orge et certains autres grains servant aussi à la fabrication du pain.

— Non plus. Vraiment.

— Tu ne peux quand même pas refuser une petite bière d'épinette ?

La bière d'épinette était tirée des rameaux des épinettes noires et avait plutôt l'aspect d'une liqueur que d'une bière.

— Pas une once de liquide, merci, s'obstina Pierre.

Il fit un effort de concentration :

— Et toi, Petitclaude… c'est bien ça, Petitclaude ?… pourquoi es-tu là ?

— Oh ! moi, c'est simple et pas du tout héroïque. Tu te souviens du marchand Lafaye ? Jean Lafaye, de Chartres lui aussi – ici on l'appelle Chasteauneuf – qui allait vendre ses draps jusqu'en Île-de-France ? Et puis non, je ne crois pas que tu l'aies connu… De toute façon, en 58, il a vendu tout ce qu'il possédait là-bas, avant que les tailles le lui aient mangé, pour traverser ici et y ouvrir commerce. Comme ma situation n'était pas plus brillante que la sienne, il m'avait proposé de m'embarquer avec lui pour être son commis aux marchandises. Il payait mon passage ; j'ai accepté. Il a ouvert rue Saint-Pierre, à côté, et j'ai travaillé pour lui au début. Ensuite, à la mort de Pascal Lemaistre, j'ai acheté ce fonds de commerce à sa veuve. Je me suis fait une bonne clientèle. Surtout dans la haute ville, chez les bourgeois. Quand tu m'as vu dans la côte, je revenais d'un essayage chez Mme Chauvigny de la Peltrie, veuve du chevalier décédé l'an dernier. Et la famille Chartier de Lotbinière – de M. Louis-Théandre à sa femme, une Damours des Chaufours, et à leurs enfants, René-Louis et Marie-Françoise – n'a recours qu'à moi pour l'entretien et la confection de sa garde-robe. Ce sont gens de souche noble depuis plus d'un siècle, tu sais.

Petitclaude n'avait peut-être pas le passé d'un héros, mais en ce moment il en affichait toute la fierté. Sentencieusement, il fit remarquer :

— Ce n'est pas en France que j'aurais pu approcher cette clientèle-là !

Une question chatouillait la langue de Pierre. Il la posa :

— Tu n'es toujours pas marié ?

— Toujours pas.

Il n'en avait visiblement aucun regret.

Pierre s'étira, se massa la nuque, tourna la tête à gauche, puis à droite, se leva de nouveau, pour sortir, cette fois.

— Je vais aller voir sur les quais si la barque de Jacques Le Ber n'est pas venue de Ville-Marie. Je compte la prendre pour rentrer.

Pierre n'osait pas inviter son ami dans son île, à cause des Iroquois ; mais il lui expliqua que cette situation n'allait pas durer toujours et que ce n'était que partie remise. Bouchard commenta :

— Tu as raison. Nous sommes ici pour y rester. Cette guerre indienne, on en viendra bien à bout un jour. Sais-tu que le gouverneur a réclamé une armée que probablement Mgr de Laval ramènera avec lui. Que veux-tu, il faut ce qu'il faut !

— Comme tu dis… Petitclaude.

Ils se serrèrent la main, puis ils se séparèrent après s'être dandinés quelques secondes.

Dehors, c'était l'heure apaisante où la chaleur du soleil se dilue avant la tombée du jour. La rue, les maisons, les gens s'estompaient un peu dans une vapeur teintée de rose, de jaune. Plus rien n'était pareil : la place vide, la rue silencieuse, les maisons fermées.

Pierre marcha en direction des quais. Toute l'activité de l'après-midi s'était déplacée là. Devant lui, il apercevait un cortège d'hommes qui couraient presque. Il continua d'avancer lentement : il savourait cette délicieuse impression de flâner sans but. Quand il parvint sur les quais, tous les autres se dirigeaient déjà vers l'*Heureuse Marie*, une frégate de cent pieds, à trois mâts, appartenant au marchand Niel et dont on allait vider la cale. Assis nonchalamment sur une bitte d'amarrage, Pierre regarda le va-et-vient des matelots dans le petit port. L'un courait, une amarre sur ses épaules rondes ; un autre lovait des filins ; d'autres encore étaient à remettre de l'ordre sur le pont d'un navire de ligne, de deux cents pieds celui-là, et en refermaient les écoutilles et les panneaux pour la nuit.

La vapeur rose sur le fleuve se transformait en buée rouge. Sur le pont de l'*Heureuse Marie*, un marin criait des ordres à des hommes invisibles. Des maisons du quai, on n'apercevait plus que les fleurs accrochées aux fenêtres. On aurait dit que toute chose était en place dans l'attente d'un événement.

Pierre tapota la coque mouvante de l'*Éléphant*, un ancien navire de guerre à cinq mâts qui tirait sur ses amarres, et il se tourna vers le Cap-aux-Diamants. Il touchait donc la France en posant une main sur cette coque, et, en même temps, il admirait Québec d'un regard quasi incrédule.

Au bout d'une jetée, des barques rentraient. Les pêcheurs abaissaient les filets tendus à des perches. Des poissons brillants frétillaient au fond des embarcations. Deux hommes, un grand et un petit maigroux, installaient une passerelle entre deux bouts de quai, car une barque venait accoster, menée bon train par le mouvement d'ensemble des rames qui, de loin, donnaient l'impression de deux ailes frappant l'eau. Pierre distingua un matelot aux cheveux blonds debout à l'avant, pipe au bec et coloré comme une bannière de la Marine royale française. Il reconnut Thomas Goujon, au moment même où l'un des deux ouvriers, qui s'était approché de lui pour mieux voir, disait :

– Ça, c'est la barque à Le Ber, qui arrive de Montréal.

L'émotion de Pierre Gagné se transforma en allégresse.

Chapitre XV

Il y avait dans l'air quelque chose que Thérèse n'aimait pas. Une sorte de stagnation bizarre et un silence gris comme la brume légère qui planait sur tout. Et les bêtes semblaient inquiètes. Les chiens couraient ici et là avec de petits gémissements. Des volées d'oiseaux tournoyaient sans pouvoir se résoudre à se poser, eût-on dit. Thérèse cherchait en vain ce que cela lui rappelait. Et, soudain, elle se souvint. L'événement était encore suffisamment frais.

À l'automne de 1662, de prodigieux phénomènes naturels s'étendant, on le sut ensuite, à tout le Canada avaient fort ému ses habitants. De fabuleuses apparitions déchirèrent alors le ciel de la Nouvelle-France, jetant la population, déjà imbue d'un profond mysticisme, dans l'admiration et l'épouvante. Une nuit sans lune, des serpents embrasés avaient sillonné le ciel au-dessus de Québec, s'enlaçant les uns et les autres, crachant le feu et volant très haut en agitant des ailes de flammes. Tous les gens, réveillés par les cris de quelques-uns d'entre eux, les avaient bel et bien vus. Les nobles et les religieux aussi, qui avaient expédié un rapport très sérieux en France. Peu après, les Montréalistes virent jaillir de la lune, au milieu de coups de tonnerre, un globe enflammé qui troua les ténèbres de mille étincelles éclatantes et installa le jour à minuit, avant de plonger derrière le mont Royal et de s'éteindre dans un halo de vapeurs incandescentes. Marguerite Bourgeoys elle-même avait raconté l'événement à la prieure du couvent de La Flèche, et M. de Maisonneuve avait instamment exhorté ses gens à la prière.

Au début de l'an 1663, soit le 7 janvier, il s'était produit un prodige plus extraordinaire encore. À huit heures du matin, alors que la journée s'annonçait des plus radieuses, une vapeur presque imperceptible s'éleva au-dessus du fleuve en face de Québec, là où la glace ne prenait jamais. Derrière perça le soleil ; mais les rayons qui frappaient la glace n'avaient pas cet astre pour unique source : deux autres soleils brillaient à côté du premier ! En ligne droite, très rapprochés, tous trois s'auréolaient d'un arc-en-ciel aux couleurs bizarrement confondues et changeantes. Ce spectacle dura plus de deux heures, les deux soleils miraculeux s'estompant ensuite dans les teintes orangées. Et cette vision, inconcevable pour des gens le moindrement raisonnables, se répéta, car les trois soleils revinrent narguer les Québécois une semaine plus tard. Les jésuites le rapportèrent dans leurs *Relations* ; le gouverneur l'écrivit au roi.

Mais les colons et les Indiens allaient bientôt connaître une manifestation beaucoup plus terrifiante. Et qui, celle-là, viendrait de la terre, non du ciel.

Quatre incidents prémonitoires et bien distincts auraient dû pourtant les alerter. Mais ils n'en eurent vent qu'après coup, par la rumeur et les lettres des témoins à des parents ou à des amis en Nouvelle-France et outre-mer. Ainsi, le 3 février, une Montagnaise de Sillery fut réveillée au milieu de la nuit par une voix humaine, claire et ferme, qui prédisait : « Dans deux jours, il doit arriver des choses étonnantes et merveilleuses… » Catholique, de fort bonne réputation et d'intelligence reconnue, la jeune Indienne jugea d'abord préférable de ne pas divulguer cette révélation. Mais, dans l'aube qui suivit, alors qu'elle allait faire provision de bois pour la journée comme à l'accoutumée, elle entendit, plus nette, plus proche d'elle, la même voix : « Ce sera demain, entre cinq heures et six heures du soir, que la terre sera agitée et qu'elle tremblera d'une manière qui étonnera tout le monde… » Affolée, l'Indienne lâcha sa brassée et, cette fois, courut à sa cabane clamer la nouvelle. On ne la crut pas.

Une autre jeune Indienne, âgée de seize ans seulement, du nom de Catherine et qu'on disait miraculée – une mystérieuse maladie avait failli l'emporter au cours de l'hiver et elle en avait été guérie par la seule application d'un crucifix sur sa poitrine – se vit en rêve, accompagnée de deux jeunes filles du même âge et de la même tribu, en haut d'un grand et bel escalier, devant une église où lui apparurent la Sainte Vierge et son Fils pour lui annoncer que « la terre tremblera bientôt, les arbres s'entrechoqueront, les roches se briseront ». La pauvre avait cru à ce qui ne pouvait qu'être une machination du diable et s'empressa d'aller s'en confesser le lendemain.

De son côté, une religieuse hospitalière, la sœur Saint-Augustin, eut, elle, la vision de quatre démons enragés qui secouaient la Nouvelle-France aux quatre coins, dans le but, affirma-t-elle, de punir sévèrement les pécheurs de ce pays. Enfin, dans la nuit du 4 février, une autre Algonquine de la région de Québec, âgée de vingt-six ans et adaptée à la société blanche depuis sa tendre enfance, se dressa sur sa couche à l'appel d'une voix très articulée : « Il doit arriver aujourd'hui des choses étranges, la terre doit trembler... » Prise d'une grande frayeur, elle réveilla son mari, lui répéta la prophétie. Il la rebuta, la taxa de délire, la traita de menteuse. Elle aussi, s'en allant au matin quérir sa provision quotidienne de bois, entendit répéter le même message alarmant. La trouvant paralysée de peur, sa sœur dut la soutenir pour la ramener. Elle répéta la chose à son vieux père, à sa mère. Bien qu'elle y mît beaucoup de conviction, en essayant de demeurer calme, on l'écouta sans prêter la moindre foi à ses dires.

La journée s'écoula sans histoire. Le temps était d'un calme idéal.

Et vers cinq heures de l'après-midi, la terre s'était soulevée littéralement.

D'abord, il souffla un grand vent. Un vent d'orage chargé d'une forte odeur de pluie, dans un ciel pourtant sans nuages. Puis un grondement sourd sous le sol gonfla, tonna, claqua et toutes les cloches se mirent à sonner ensemble. La terre ondula, bondit. Et cela, dans toute la Nouvelle-France, tous ses villages et ses bourgades, ses maisons et ses cabanes, ses forêts et ses prairies, ses montagnes et ses plaines. Sur deux cents lieues de distance, sur vingt mille lieues carrées de superficie !

Les habitants du pays n'avaient jamais rien vu ni entendu de semblable. Ils se précipitèrent dehors, croyant qu'un incendie dévorait la forêt, et levèrent la tête vers le faîte des arbres, persuadés d'apercevoir bientôt partout des flammes en ravage. L'espèce de ronflement continu qu'ils attribuaient au feu les effrayait jusqu'à la moelle. Mais quand ils comprirent que nulle main ne tirait les cordes des cloches et qu'ils sentirent le sol venant à la rencontre de leurs pas, ils crurent que la fin du monde était arrivée et qu'ils allaient tous périr. Tout s'agitait autour d'eux. Les portes et les fenêtres des maisons battaient, s'ouvraient, se refermaient toutes seules ; les meubles se déménageaient, se renversaient ; les pierres des cheminées se détachaient ; les planches des cloisons se disloquaient. Des enfants pleuraient, figés de terreur au milieu des débris qui pleuvaient. Certains colons, qui croyaient encore à l'incendie, couraient de tous côtés, tantôt cherchant l'eau, tantôt cherchant le feu et, quand ils s'arrêtaient enfin, épuisés, ils regardaient étonnés ceux qui, à genoux dans la neige, criaient miséricorde, les bras en croix, renversés souvent par la course folle de quelque animal en fuite. Il y avait aussi ceux qui se croyaient déjà morts et qui, à demi inconscients, gisaient parmi les ruines. D'autres avaient saisi leurs armes et attendaient l'ennemi ; ils surveillaient la forêt dont les arbres s'entrechoquaient, et se demandaient s'ils devaient tirer sur chaque ombre qui passait. L'intelligence était mise en déroute par un tel spectacle. Des roches jaillissaient à cinquante pieds du sol ; des souches étaient retournées, racines en l'air, des arbres étaient fendus dans leur longueur.

La première secousse dura une demi-heure. On ne déplora aucun mort, aucun blessé sérieux. Seulement la destruction d'habitations en pierre, la chute de clochers, de palissades de pieux. On rendait déjà grâce, heureux de s'en tirer à si bon compte, quand, à huit heures du soir, une autre secousse, plus forte, ébranla de nouveau la colonie. Tout au cours de la nuit, il y en eut ainsi pas moins de trente-deux – dont la pire, à trois heures du matin – avec des grêles de pierres, des tourbillons de poussière épaisse, sous un ciel peuplé de spectres portant flambeaux et se frayant un chemin incertain dans une pluie de météorites ; la valse de la terre, par longues vagues qu'on voyait gonfler avant d'éclater en crevasses et en abîmes ; les glaces du fleuve follement renversées, brisées, coulées ; l'eau libérée fumante de froid et se transformant peu à peu en liquide blanchâtre laissant des traînées livides sur toutes les grèves.

Dans leurs villages, persuadés qu'il s'agissait d'un retour des ancêtres sur la terre, les Indiens tirèrent du mousquet toute la nuit pour les repousser : s'il fallait que tous les morts reviennent, les vivres manqueraient, les rivières s'assécheraient de poisson, les forêts, de gibier.

Des crevasses, jaillirent de nouvelles rivières : sur l'île de Montréal seule, il s'en créa deux, mais de source diabolique, l'une d'eau rouge, l'autre d'eau jaune, imbuvables. Sur la côte de Beaupré, le lit d'une antique rivière fut brisé par la rupture d'une montagne en deux. Il en restait des chutes d'une grande beauté. Plus loin, devant la baie de Saint-Paul, deux caps, qui jusqu'alors étaient le cauchemar des marins, basculèrent dans le fleuve. À la place, à un quart de lieue du rivage, émergea un îlet qui demeura et devint l'île aux Coudres. Plusieurs rivières changèrent aussi de cours ; d'autres disparurent. Des forêts firent place à des champs qu'on aurait dits fraîchement labourés. Les horaires des marées du Saint-Laurent, s'étalant d'ordinaire sur des périodes de douze heures, furent bouleversés, et les flots, comme rappelés au large, revinrent à la vitesse d'un cheval au galop. Les matelots se crurent sur une mer en furie ; les soldats, attaqués par un ennemi aux armes inconnues ; les religieux, en face du Jugement dernier.

Tous virent un univers en folie.

Sur l'île de Montréal, la terre trembla autant qu'ailleurs. La majorité des cheminées et des autres constructions de pierre s'écroulèrent, plusieurs toitures se décollèrent et les rues, déjà couvertes de neige, s'en trouvèrent encombrées.

L'abbé Souart s'était empressé d'attribuer l'absence de victimes à un miracle et celui-ci à la ferveur des Montréalistes et, davantage encore, à la sainteté de leur mère spirituelle, la Société de Notre-Dame de Montréal.

Toutes choses que Thérèse, fidèle à sa nature, avait mises en doute publiquement, en maintes occasions et de manière ostensible. Elle avait souligné avec insistance une vérité : si personne n'avait été blessé, c'était grâce aux Chicot, Le Moyne, Le Ber, Gagné et autres authentiques piliers de Ville-Marie, qui avaient rejeté toute panique et toutes attitudes aussi pieuses que passives pour veiller le sol comme on veille un malade agité, prévenir la population de ses moindres pulsations, hoquets, soubresauts et la diriger loin du danger.

Sans le crier sur les toits, plusieurs habitants de Ville-Marie avaient jugé Thérèse impie et païenne, d'attribuer aux hommes ce qui revenait à l'intervention divine. Mais l'histoire du village se chargeait tous les jours de tant d'événements nouveaux, et en général Thérèse jouissait malgré tout d'une telle faveur, que ces pissevinaigre et ces bigots avaient rentré leurs ragots – non sans que le milicien de Sainctes en eût pris note dans sa tête.

Pendant que Thérèse oubliait ses souvenirs du tremblement de terre et le sentiment de malaise étrange que lui laissait ce matin de juin, pour vaquer promptement aux soins de la maison et surveiller du coin de l'œil l'aide que prétendaient lui apporter Marie-Ève et Pierrot, tout en songeant qu'elle avait promis de passer chez Marguerite Gaudé pour l'aider dans un tissage, de Sainctes, justement, s'apprêtait à entrer à *La Chaumière*. Il pensait à sa déposition signée chez le tabellion Bénigne Basset. Il se gargarisait de cette action. N'ayant pu posséder Thérèse physiquement, il la briserait socialement. Il ne regrettait rien. Au contraire, pour un peu il aurait prononcé à haute voix les félicitations qu'il se marmonnait en marchant. Il était bien trop obtus pour sentir dans l'atmosphère ce qu'y percevait Thérèse. Il constatait seulement que sa satisfaction le soulageait presque du mal de tête qui lui serrait les tempes depuis quelques jours.

Une aigreur lui remonta dans la bouche et il fit halte pour la laisser passer. Elle en réveilla une autre, dans son esprit cette fois. Bénigne Basset, quand il avait vu que la déposition et son accusation concernaient Thérèse Cardinal, avait non seulement manqué d'enthousiasme en rédigeant l'acte, mais, en lui tendant la plume d'oie pour signer, il ne lui avait pas caché sa réprobation ni son mépris. Et son regard était resté sur l'estomac de De Sainctes.

Ayant roté et ravalé l'aigreur, il entra à l'auberge et commanda du vin, pour se rincer la bouche. Mais la boisson le fit grimacer. Il était le seul client et il en venait à se demander si le tenancier n'avait pas ouvert uniquement pour lui. Ne trouvant rien à penser et jugeant insupportable ce tête-à-tête avec lui-même, il retourna dans la rue. Pour assister, en Judas, aux effets de sa déclaration, il s'assit sur l'un des barils rassemblés pêle-mêle devant l'établissement du tonnelier Pierre Perrat.

Là, il attendit qu'une escouade de la milice passe en direction de la place Royale et de la maison de Thérèse.

À la même heure, le commandant Dupuy était à pied d'œuvre hors des murs : après avoir rasé la futaie longeant la palissade, ce matin on abattait les derniers gros chênes susceptibles de permettre aux Iroquois de grimper dans les branches pour tirer à l'intérieur du poste. Il surveillait le travail des bûcherons.

Le tronc de l'arbre le plus proche de lui tremblait sous le choc des haches, ce qui fit que le vieux militaire ne comprit pas tout de suite que la terre aussi vibrait. Ce ne fut que lorsque le tremblement s'enfla en un grondement infernal qu'il fronça les sourcils.

Il faillit s'énerver à force de chercher d'où venait l'ennemi. Adossé à l'enceinte, il sentait les pieux lui sautiller contre l'échine. Il vit tout à coup basculer une guérite, qui éclata en touchant le sol. Puis ce fut la croix de bois dressée au bout de l'île qui chavira dans un craquement sec.

Alors, Zacharie Dupuy se souvint et comprit.

Dans Ville-Marie, des femmes sortaient déjà en s'interpellant et en s'essuyant les mains à leur tablier ou à leurs jupes auxquels s'agrippaient des enfants. D'autres se précipitaient, vêtues seulement d'un jupon. Les hommes abandonnaient leurs tâches pour les rejoindre. L'excitation était près de tourner à la panique. Cependant, personne ne criait encore : on levait la tête, on scrutait à gauche, à droite, on tournait en rond, on ne savait pas, on n'osait croire ; tout n'était qu'hésitation et flottement.

Place Royale, devant la maison des Cardinal, une volée de poules et de plumes s'échappa d'une cage juchée sur la charrette de Simon Le Roy et quelqu'un lança :

– C'est le terre-tremble, encore !

Deux chiens renversèrent une cuve d'eau devant chez Jean Cellier. Celui-ci, un boulanger originaire d'Auvergne, sortit. Les deux bêtes trempées et affolées vinrent buter dans ses jambes. Le gros homme s'étala de tout son long en jurant. Heureusement pour lui, seule Thérèse, maintenant dehors à quelques pieds de là, avec Pierrot et Marie-Ève blottis contre elle, l'entendit sacrer : celui qui jurait risquait d'avoir la lèvre supérieure tranchée. Au lieu de se formaliser, et malgré la situation, elle partit à rire. Elle ne ressentait aucun affolement. L'important était de garder ses distances par rapport aux constructions.

Hors de l'enceinte, Zacharie Dupuy réagit enfin. Jusque-là, il était demeuré cloué par l'étonnement, face à un événement gros comme la guerre. Subitement, il vociféra tout en se mettant à courir :

– Éloignez-vous des murs !

Puis il entreprit de bousculer ceux qui restaient paralysés et bouche bée. Il écarta des imprudents, loin des pieux qui tanguaient, et hurla de nouveau :

– Que tous sortent des maisons !

Mais soudain – et ce fut si instantané que personne ne le perçut sur le moment –, la terre s'apaisa. Il ne resta plus que le tintement d'une cloche, dans un énorme silence insolite où personnages et décor demeuraient comme en suspens.

Le commandant se gourma. Il conclut, sur un ton sans appel :

— Allons, c'est fini ! Et pour de bon cette fois, j'espère.

Les bûcherons retournèrent à leurs haches ; les gens de la place Royale aidèrent Simon Le Roy à rattraper ses poules ; Jean Cellier se releva en maugréant. Plus tard seulement on commenterait l'événement.

Thérèse rentra chez elle. Elle trouva les vantaux de l'armoire ouverts et toute sa vaisselle répandue sur le plancher. Mais cette découverte n'entrava pas sa bonne humeur, pas plus que la vue du vrai et fragile miroir acquis récemment et maintenant en mille morceaux dans la cuvette ; au contraire, elle trouvait comique une situation qui avait causé tant de tintamarre sans plus de mal.

Marie-Ève roulait ses poings fermés sur ses yeux pour y essuyer les larmes de la frayeur, Pierrot, manifestement, brassait toutes sortes de questions dans sa tête, et Thérèse soupira à la pensée de tous les pourquoi qui n'allaient pas tarder à fuser des lèvres enfantines.

On entendait rire dehors. Les deux chiens qui avaient fait trébucher Cellier bondissaient à travers la fenêtre ouverte de la boulangerie.

— C'était un petit terre-tremble, dit Thérèse aux deux enfants. Vous savez, comme en février dernier. Mais pas grave cette fois-ci : à peine quelques minutes.

— Ça va recommencer ? demanda Marie-Ève d'une toute petite voix.

– Non, je ne crois pas.

Revenir vers ces deux enfants, les écouter pour s'efforcer de bien leur répondre et, surtout, se mettre au niveau de leur candeur, de leur douceur de vivre, comme si la seule logique était de vivre à leur rythme, aidait Thérèse à rester en contact avec la saine réalité. Rétive comme une cavale devant la mort, à la fois capable d'amour purement charnel, de tendresse profonde, mais aussi de dureté, elle veillait en tout cas à se préserver de l'aigreur. Mais d'abord, elle voulait demeurer ouverte à la vérité des enfants, à leur beauté aussi. Elle puisait en eux son respect pour les belles choses de l'existence que, même à Ville-Marie, sa perspicacité savait découvrir. La Nouvelle-France avait développé son goût de la nature et son sens de l'appartenance. Elle avait cette intelligence prompte à s'adapter et cette faculté de survie qui est le propre des femmes.

Pendant que Thérèse transformait en jeu la remise en ordre de la maison, les domestiques Mathurin Moytier et Charles Camin, engagés des dames hospitalières, redressaient les tables et replaçaient les dais dans la salle des alités de l'Hôtel-Dieu. Car, là plus qu'ailleurs, on avait frôlé la panique. Par une coïncidence où les deux hommes voulaient voir un signe démoniaque, juste au moment où les religieuses perdaient le contrôle des malades et de la situation, un rire aigu, pénétrant par les fenêtres ouvertes, avait paru tourner en dérision leurs efforts, bien qu'il parvînt de quelque distance. Quand, encore en proie à des gestes d'affolement, elles avaient constaté le retour soudain du calme qui venait donner raison à ce rire de femme, c'était de lui plus que des conséquences du tremblement de terre qu'elles s'étaient préoccupées. Elles n'avaient pas eu à questionner beaucoup.

— Je l'ai vue ! C'était la veuve Cardinal, affirma Charles Camin. Oui, c'était elle, cette païenne qui en février déjà... On l'avait presque oubliée, celle-là !

Et Mathurin Moytier de renchérir :

— Elle se tordait de rire, oui. Se tordait comme un démon. Elle ne se possédait plus.

Une jeune religieuse se signa d'un air effrayé. D'autres, moins jeunes, hochaient la tête. Mlle Mance, qui arrivait mais avait tout entendu, tapa dans ses mains et dit :

— Allons, allons, mes filles, au travail ! Je connais assez la veuve Cardinal pour savoir à quoi m'en tenir sur elle. Cette femme a du sang et une nature. C'est une vivante, Dieu la bénisse. Il y a moins de vice en elle qu'en bien des dévotes que je connais.

Chapitre XVI

Depuis son départ de Québec, Pierre Gagné ne se tenait plus d'impatience. Maintes fois il s'était rendu à l'avant de la barque, comme s'il avait voulu prendre de l'avance sur ses compagnons de voyage. Il lui semblait revenir après une très longue absence ; il avait oublié combien il était désespéré lors de son départ. Des bouffées de tendresse l'assaillaient à l'idée de son fils qu'il imaginait sur le quai, agitant la main : c'était la première fois qu'il rentrait auprès de quelqu'un qui, peut-être, l'attendait. Il cédait sans honte à ses sentiments, tout au plaisir de revoir Ville-Marie, avec laquelle il se sentait tout à fait réconcilié. Une vitalité sourde bouillonnait dans son corps et son cœur faisait des bonds de joie dans sa poitrine.

Il allait pourtant être cruellement déçu, en ce matin du 12 juin, alors qu'il arrivait enfin devant l'île de Montréal, car un brouillard épais, comme en réservent parfois les matins humides d'été après une nuit pluvieuse, enveloppait le poste. Ni vague ni brise. Pas le moindre signe de vie dans ce coton vaporeux.

Pierre s'efforça de réprimer un doute horrible. Ils étaient devant Ville-Marie – de cela ils étaient tous certains : derrière eux se profilaient les contours sombres de l'îlot Normandin. Mais ce silence…

C'était le capitaine Terré qui gouvernait ; Jacques Bériau, l'engagé de Le Ber, avait dû abandonner la barre à Québec à cause d'une crise de fièvre. Québécois, ce Terré avait toujours été convaincu, comme la majorité de ses concitoyens, de la précarité de l'entreprise montréalaise. Avant de s'approcher davantage, il tenait à s'assurer que Ville-Marie était encore aux mains des Français. Qui sait ? Le silence voilé de brume recelait peut-être une embuscade : et si l'ennemi iroquois attendait qu'on accoste pour se saisir des arrivants ?

Cette incertitude dura longtemps. Tout était gris, il n'y avait plus d'eau, plus de ciel, et on ne savait pas s'il était tôt ou tard, puisqu'il n'y avait pas de soleil non plus.

Tous les traits du visage tendus, Pierre Gagné cherchait de son œil valide des points de repère. Rien. Il croyait par instants deviner quelques masses bleues ayant la forme de la terre ou des maisons, mais elles se diluaient presque aussitôt. « Ce n'est quand même pas possible ! » pensa-t-il. Puis, il se surprit à marmonner tout haut :

– Mon Dieu ! Faites quelque chose…

Il pensait aux habitants de Ville-Marie, là, derrière le rideau de vapeur, et se disait qu'ils auraient dû deviner la présence de la barque, qu'ils auraient dû se manifester d'une manière ou d'une autre. Il était si aisé pour eux d'agiter une torche ou d'utiliser un porte-voix. De l'embarcation on ne pouvait se le permettre, de peur d'alerter les Iroquois.

À l'autre extrémité de la barque, Blaise Terré se promit tout bas : « Encore une heure. Après, si rien ne change, retour à Trois-Rivières. »

Et une heure passa. Ou à peu près. Noyés dans la fumée, ils étaient au milieu de nulle part.

– Doucement ! dit Terré d'une voix contenue.

Doucement, en effet, quelques avirons se mouillèrent et le bateau glissa plus au large. Ensuite, se croyant assez loin pour être en sécurité, le capitaine ordonna de sa voix de commandement habituelle :

– Tous à vos postes ! On retourne à Trois-Rivières.

CHAPITRE XVII

Indifférente aux regards, l'escouade de cinq miliciens ayant à sa tête Charles-Joseph d'Ailleboust Des Muceaux — fils de Louis d'Ailleboust de Coulonge, noble français dont l'épouse, Marie-Barbe de Boullongne, résidait en permanence à l'Hôtel-Dieu de Québec depuis la mort de son mari — avait repris, vers la maison Cardinal, sa marche, interrompue quelques instants par le terre-tremble.

Il n'était pas coutume de voir les rues arpentées ainsi par des uniformes militaires. Chaque fois cela soulevait un mélange de curiosité et de méfiance : on n'arrivait pas à oublier les arrestations impromptues qui, en France, avaient souvent décimé des familles au cours de périodes de troubles.

— Vous croyez qu'ils vont arrêter quelqu'un ?

L'abbé Galinier, vicaire de l'abbé Souart, curé de Ville-Marie, le dos courbé sous le poids d'un sac de toile contenant avoine ou farine, posa son seau d'eau à terre. Il avait le visage trempé de sueur, dont une goutte perlait au bout de son nez ; du revers de la manche il l'essuya en reniflant. Ensuite, il cambra les reins et demanda de nouveau :

— De qui s'agit-il, croyez-vous ?

Le boulanger Cellier à qui il s'adressait n'en savait rien. Il haussa les épaules et se tourna vers un milicien qui, justement, se tenait devant le magasin Le Moyne, tout près. Il lui posa à son tour la question :

— Vous devez savoir, vous qui êtes de la milice.

Le front plissé, de Sainctes, car c'était lui, ouvrit la bouche pour dire une phrase qu'il ne prononça pas. Il maugréa seulement :

— Non. Non, je ne sais pas.

Une lueur de méfiance, puis d'agressivité passa dans ses yeux.

— Pourquoi le saurais-je ? reprit-il. Je ne suis qu'un simple soldat, moi ; je ne suis pas le gouverneur.

Sur ce, il s'en fut la tête dans les épaules, en expédiant d'un coup de pied un caillou qui alla frapper la banquette de l'autre côté de la rue.

— Ah, mais ! dit-il stupidement pour lui-même.

Et, s'enferrant davantage :

— Imbécile ! ajouta-t-il, s'adressant encore à lui-même.

Le prêtre et Cellier, quant à eux, se regardèrent, interloqués devant ce comportement bizarre. L'abbé Galinier allait reprendre son seau pour poursuivre son chemin, lorsque Charles Le Moyne sortit sur le pas de sa porte.

— Bonjour, monsieur Le Moyne, dirent l'abbé et Cellier d'une même voix.

Le Moyne salua l'abbé, de son air avenant de commerçant, avant de reprendre la question à son compte :

— Où vont ces miliciens, mon père ? En avez-vous idée ?

— Permettez, j'allais vous le demander.

Le marchand se frotta le menton :

— Et si par hasard c'était… ?

Il s'interrompit, l'attention apparemment captée par autre chose :

— Et là-bas ? Qu'est-ce donc qui se passe ?

De son bras tendu, il indiquait l'extrémité de la rue ouverte sur les quais, vers lesquels se dirigeait un groupe agité et joyeux de colons. On aurait dit que tout Ville-Marie se déversait sur la pente sud du coteau Saint-Louis.

— Oh ! oh ! Si vous m'en croyez, cela ressemble à un comité d'accueil qui descend aux quais… La barque de Le Ber, sans doute, qui rentre de Québec…

En effet, la grande barque de Le Ber accostait enfin, toutes rames dressées. À bord, le capitaine Terré, dont c'était le premier voyage, s'étonnait autant de la petitesse du poste que du vent de folie qui agitait sa population. Alors qu'il remontait comme il en avait décidé vers Trois-Rivières, une brise s'était brusquement levée et avait dissipé le brouillard, le repoussant vers la rive sud. Ville-Marie s'était soudain révélée, baignée de soleil. Un village, avait pensé Terré, par comparaison avec sa fière ville de Québec.

Pierre Gagné, le premier, sauta sur le débarcadère. De son œil, il prit le temps de redécouvrir Ville-Marie. La montagne d'abord, douce et belle, luxuriante de vert avec des taches jaunes ici, rouges là, masse rassurante du sommet de laquelle, il le savait, on pouvait embrasser l'horizon jusqu'à vingt lieues à la ronde d'un seul regard. Puis le poste lui-même, qui s'offrait clair et net dans la chaleur de midi. Il remarqua qu'on avait dégagé l'enceinte de la futaie et que cela donnait vraiment l'impression d'une maîtrise accrue sur la forêt, propre à bien souligner la présence résolue des Français.

Les autres passagers débarquaient autour de lui, le dissimulant aux regards. Ainsi, on ne le reconnut pas d'abord, ce qui lui permit de s'imprégner doucement de l'idée de ce retour enfin réalisé. Il allait retrouver son fils, et Thérèse, et Marie-Ève, et les amis, qui le tenaient pour mort. Ah ! on s'en souviendrait à Ville-Marie d'un retour comme le sien, car c'était le premier de ce genre. Le voir reparaître vivant allait donner aux Montréalistes un bon coup de joie, pour faire changement. Une heureuse nouvelle, enfin ! Des visages rieurs grouillaient devant lui. Des regards l'effleuraient ; certains s'attardaient un instant, mais personne ne le reconnaissait. Il resta de marbre, s'amusant de la mystification.

Puis, une voix familière entre mille, celle de Chicot, l'ami des pires et des meilleurs moments, lança :

– Maudit, mais c'est Pierre !

Alors presque aussitôt, d'un seul mouvement, tous se ruèrent sur l'homme au bandeau, sur l'incroyable revenant, et tout le quai ne fut plus qu'exclamations de joie et de surprise, bousculades, embrassades, bourrades…

Pierre chancelait, davantage sous l'émotion que sous l'assaut. Les exclamations redoublèrent, lorsque deux gaillards le hissèrent triomphalement sur leurs épaules. On abandonna les autres passagers de la barque, qui durent décharger eux-mêmes bagages et ballots, et ne s'en montrèrent aucunement offensés, tant l'ambiance était à l'allégresse.

Cependant, place Royale, les miliciens se présentaient chez Thérèse et la sommaient de les suivre.

– Vous suivre ?

— Oui, chez le gouverneur, dit Des Muceaux. Nous avons une plainte déposée par le rapporteur officiel, et le greffier Basset nous a enjoint de vous mettre sous arrêts, à la disposition de M. de Maisonneuve.

À peine si elle haussa les épaules. Les miliciens lui semblaient peu convaincus de leur mission. Leur attitude paraissait signifier : « Hé ! que voulez-vous, ce sont les ordres. » Elle dit seulement, en montrant de la main la chambre du fond où Marie-Ève et Pierrot devaient dormir encore, et se forçant à ne pas élever la voix à cause d'eux :

— Qui prendra soin des deux enfants ?

Plus tard, une fois cette question résolue, elle accuserait peut-être le coup et se révolterait. Elle répéta :

— Les enfants ? Qui va les garder ?

Le milicien Des Muceaux, qui commandait, vit une étincelle dans les yeux de Thérèse et, connaissant le caractère fougueux de la veuve Cardinal, prit peur.

— Ces enfants sont aimés de tous, dit-il gauchement. Il ne manquera pas de bonnes âmes…

Il toussota au lieu d'achever. Il aurait voulu être n'importe où sauf ici. Il devait se décider, ordonner qu'on saisisse cette femme. Il ne le pouvait pas. Sur ce, il y eut une galopade de pieds nus, et Pierrot et Marie-Ève déboulèrent dans les jupes de Thérèse. Il ne manquait plus que cela ! Le garçonnet demanda de sa voix claire :

— Qu'est-ce qu'il y a, ma tante ?

— Rien, répondit Thérèse avec douceur, serrant contre elle les deux têtes enfantines. Une petite visite de ces gentils messieurs.

À cet instant, une rumeur parvint de la place Royale, faite de cris qui semblaient joyeux et débouchant manifestement d'une rue montante du port. Cela mit le comble au trouble et à l'embarras des miliciens, sans compter leur curiosité piquée. Il s'ensuivit un silence gêné, tout le monde écoutant. Comme la rumeur éclatait en clameur sur la place, Thérèse s'élança vers la fenêtre, écartant sans ménagements les miliciens, et l'ouvrit. Ce qu'elle vit lui arracha une exclamation, tandis que son visage s'éclairait. Bousculant de nouveau les hommes en uniforme, y compris Des Muceaux cette fois, elle courut à la porte restée ouverte derrière eux.

C'en était trop : Des Muceaux se raidit. Il allait lancer l'ordre de s'emparer d'elle. Mais déjà elle était dans la rue, courant de plus belle. Des Muceaux suivit précipitamment, ses hommes sur les talons, et criant à qui mieux mieux : « Holà ! Holà ! Halte !…»

Mais rien ne pouvait arrêter Thérèse et, outre son agilité naturelle, elle n'était pas, comme eux, embarrassée d'un mousquet ni de buffleterie. Elle courait en criant :

– Pierre ! Pierre !…

Elle l'avait reconnu immédiatement. Comme si elle s'était attendue à le voir. Comme si son intelligence, autant que son cœur, avait toujours refusé l'idée qu'il pût être mort. Elle s'élança vers la foule joyeuse qui le portait en triomphe.

– Pierre !…

À sa suite, après avoir filé entre les jambes des soldats d'abord médusés, les deux enfants, pieds nus et en chemise, et ne sachant s'ils devaient pleurer ou rire, couraient aussi. Ils n'avaient pas distingué Pierre Gagné, mais la foule qui envahissait de plus en plus la place Royale aiguisait leur excitation.

Pendant ce temps, Étienne de Sainctes observait, installé dans un recoin de la maison des minimes, les fesses appuyées à un rebord de fenêtre. Il se gonflait de colère au fur et à mesure que Thérèse gagnait du terrain sur les miliciens, lesquels, il le voyait bien, ne se pressaient guère de la poursuivre. L'arrivée de ce borgne était la dernière des malchances : la veille, les secousses du sol avaient à point nommé réveillé dans certaines mémoires les propos tenus par Thérèse en février, et par Camin, il avait eu vent de l'incident du rire, mais voilà que le vent tournait ce matin, et une intuition de défaite lui soufflait que son geste de délation pourrait bien se retourner contre lui.

Si, par-dessus le marché, il avait pu au même instant surprendre l'expression franchement moqueuse du greffier Basset, assis à fumer sa pipe sur l'un des bancs de cèdre à pieds de lyre que Maisonneuve avait fait installer sur la place après la chute du grand chêne, il se serait étouffé de rage.

On avait reposé Pierre à terre lorsque Thérèse avait rejoint le groupe. Les voix avaient baissé d'un ton. Certains chuchotaient, sourire au coin des lèvres, éclair amusé et complice dans les yeux. On attendait une réaction de Pierre ou de Thérèse ; on guettait chez eux l'effet de ces retrouvailles inespérées.

Thérèse, avec une réserve qu'on ne lui connaissait pourtant guère, n'osait se jeter dans les bras du héros du jour. D'ailleurs, elle n'aurait pas pu : tout à sa joie, Pierre avait saisi les deux enfants et les pressait de toutes ses forces sur sa poitrine. À leur rire et à leur exubérance il mêlait la sienne, accordant à l'un et à l'autre de brefs baisers qui les chatouillaient et relançaient leur gaieté.

Dans la foule quelqu'un tenait un bouquet, tout petit, de fleurs sauvages – une jeune fille, jolie comme un cœur, qui travaillait à l'hôpital en qualité de novice. Elle avait l'air de guetter son tour, sagement.

Pierre éprouvait aussi un grand embarras à revoir Thérèse. Elle était, par la force des choses, la seule femme à l'attendre, la seule qui restât d'un passé dont il ne voulait plus aujourd'hui retenir que les aspects positifs. Thérèse était le témoin de sa renaissance, aussi proche qu'une parente, qu'un ami essentiel. Il avait envie de la prendre dans ses bras et de lui baiser tendrement le front ; mais la pudeur le retenait de se livrer en public, et ce, à cause même de la profondeur de son sentiment.

Il se tourna vers Chicot, debout juste derrière lui. Il chercha un signe d'encouragement chez son ami. Mais l'autre, tout au bonheur de le revoir, ne percevait aucunement les émotions qui tiraillaient Pierre. Il souriait béatement en lui tapotant l'épaule. Tout de même, à la fin, il vit clair et dit :

– Elle t'attend… Elle t'a attendu… Allez !

Pierre osa alors s'approcher de Thérèse.

Elle était belle. Plus qu'il ne l'avait jamais remarqué. Elle avait le visage de ces femmes qu'on désire au premier regard sans les connaître, parce qu'elles exercent malgré elles un attrait impérieux, charme fascinant autant que mystérieux. Il la voyait pour la première fois, lui semblait-il : avant, elle était la femme d'Urbain, son ami, puis la veuve qui témoignait de la mort d'un être cher. Au milieu de tous ses amis enivrés du contentement de le revoir vivant, elle se détachait, silencieuse, réservée et, ô combien ! attentive. Mais il ne parvenait pas à se libérer de son embarrassante pudeur et se contentait de la regarder, tout près qu'ils étaient l'un de l'autre, avec une sorte de grand désir tranquille comme un bonheur.

Le curieux était que cette pudeur finissait par gagner les autres. Si bien que tout le monde fut presque soulagé quand la jeune fille au bouquet fit diversion en s'avançant tout à coup pour offrir ses fleurs. Pierre les prit avec un sérieux recueilli. Un instant, il y eut un silence ému sur la place : le geste si simple de la jeune novice remuait les cœurs et les mémoires. Tous pensèrent aux absents, à ceux qui ne reviendraient jamais. Pour briser l'émotion, heureusement quelqu'un dit :

— Tiens, regardez celui-là !

Et le fait est que tous, sans égard pour le plus élémentaire savoir-vivre, pouffèrent, après s'être retournés, en voyant s'avancer le sieur Des Monts, envoyé spécial de Louis XIV qui, lui aussi, avait débarqué de Québec.

C'était son accoutrement qui soulevait l'hilarité. Avec son chapeau mou suédois sur sa perruque à queue, sa large cravate de toile blanche étalée jusque sur les épaules, ses bottes évasées sur un haut-de-chausses rose bouffant, pour tous ces gens vêtus en fonction des besoins des tâches et du climat plutôt que selon les caprices de l'apparence, le sieur Des Monts avait l'air d'une catin ! Avant que le dignitaire se soit étranglé, rouge d'indignation, Pierre jugea préférable d'intervenir, en raison de ce qu'il avait appris à Québec et sur la barque de Le Ber.

— Monsieur est l'envoyé du roi, dit-il à haute voix. Sa mission mérite qu'on l'accueille autrement : il vient enquêter sur la situation de la colonie devant les agressions iroquoises. Oui, le roi désire la pacification de la Nouvelle-France et s'apprêterait à détacher un de ses régiments pour venir mater nos ennemis.

Il fut interrompu par une manifestation spontanée de hourras et de bravos qui rassura, puis flatta Des Monts, jusqu'à ce qu'on fît mine de vouloir le porter en triomphe à son tour. Tant de frénésie fit reculer d'effroi le gentilhomme. Par chance, avant qu'il ait trouvé la contenance et les mots qu'il fallait pour se soustraire à la familiarité de cette foule indisciplinée, une troupe, Zacharie Dupuy en tête, arriva pour lui rendre enfin l'hommage dû à son rang et le prier chez le gouverneur, qui l'attendait.

Ainsi escorté, le délégué royal reprit ses airs mondains avec la prétention futile de son rang et abandonna sans regret apparent ces Montréalistes, inoffensifs certes, mais ayant par trop le goût des démonstrations tapageuses, dommageables à la tenue d'un gentilhomme.

Cette diversion avait égayé de nouveau les esprits. Dans le brouhaha qui suivit, Thérèse dit soudain à Pierre, d'une voix calme :

– Viens. Viens-t'en à la maison.

Elle tendait la main.

– Viens, répéta-t-elle doucement.

Il prit la main de la jeune femme. Suivis de Pierrot et de Marie-Ève, tous deux prirent la direction de la maison Cardinal, comme une famille rentrant chez elle.

Ils franchirent la porte de la demeure. À ce spectacle, les poings serrés, de Sainctes jura tout bas comme un criminel, et le tabellion Basset qui l'observait, ne se retenant plus, éclata de rire.

238

Quant au lieutenant Des Muceaux, libéré de tout remords, il se félicitait de ne pas avoir exécuté les ordres. Demain, s'il le fallait, il serait encore temps.

CHAPITRE XVIII

Paul de Chomedey, Gouverneur de l'île de Montréal en la Nouvelle-France et terres qui en dépendent, suivant les Pouvoirs et Commissions qui nous ont été donnés par Messieurs les Associés pour la Conversion des Sauvages de la Nouvelle-France en ladite île du Seigneur, nous avons donné et concédé, donnons et concédons à Pierre Gagné dix-huit arpents en valeur de terre de la Prairie Saint-Pierre et l'avons gratifié et le gratifions d'une somme de cinq cents livres ainsi que de trois bestiaux.

Par-devant le notaire-greffier-tabellion Bénigne Basset, le même qui avait recueilli la plainte d'Étienne de Sainctes, M. de Maisonneuve signa, de sa plume d'oie légère comme un souffle, l'acte de donation qui faisait de Pierre un habitant à demeure plus qu'un colon.

Ils étaient à l'intérieur du cabinet de travail du gouverneur, dans la résidence dont les murs de plus de trois pieds d'épaisseur étaient recouverts, à l'extérieur, de « pierres de grèves », dites aussi « des champs », liées par mortier et enduites de crépi.

La pièce était vaste. Quatre fenêtres sans rideaux, percées dans les moellons cordés entre les colombages de pin blond, donnaient sur le fleuve et la lumière dansait au plafond soutenu par des poutres de chêne équarries. Près d'un petit escalier étroit et sans rampe, conduisant au grenier fermé d'une trappe, l'âtre béant d'une cheminée s'ouvrant sur des traînées de suie, noires au-dessus des cendres grises et sèches, témoignait des grands froids de l'hiver. Une porte à panneaux bâillait sur une pièce plus sombre : la chambre de Maisonneuve. On y distinguait le pied d'un lit à colonnes torses, et le plancher, assemblement de larges planches d'épinette, disparaissait sous une catalogne aux teintes à dominante rouille.

Un lampion était allumé devant une statue de la Vierge posée sur un buffet deux-corps aux vantaux à reliefs en losanges. Une table de merisier à doubles torsades, avec flambeaux ornant la traverse qui reliait ses pattes tournées, croulait presque sous des livres et divers documents. Pierre remarqua enfin, accroché au mur, le luth qui faisait encore jaser tout Ville-Marie.

Le gouverneur, appuyé contre le haut dossier de son fauteuil à crémaillère rembourré et tapissé de broderie, montrait une grande satisfaction. D'ordinaire si froid, il arborait une expression réjouie. Assis devant lui sur ses superbes chaises Louis XIII à piètement en fuseaux, don de la veuve d'Ailleboust, femme d'un ancien gouverneur de la Nouvelle-France, se trouvaient Pierre Gagné, Chicot, l'abbé Souart et le sieur Basset sur qui il jetait un regard indéfinissable, recelant à la fois admiration et reconnaissance.

Sans doute ce masque détendu cachait-il des réflexions plus sombres. L'acte qu'il accomplissait en cédant cette terre à Pierre Gagné, qu'il jugeait comme l'un des plus méritants habitants de Ville-Marie et, par son exemple, comme un stimulant des courages, était justement l'une des prérogatives qu'on lui contestait à Québec. On en voulait à son autonomie. Pourtant, s'il défendait ses coudées franches contre le représentant du roi, c'était qu'il croyait fermement que le poste ne pouvait connaître d'épanouissement qu'à ce prix.

Il avait peu le loisir de goûter les beautés du pays, il n'en voyait presque exclusivement que la lutte des hommes pour survivre. Mais il avait foi en eux et en sa mission. Il s'entêtait à penser qu'il n'était pas en Nouvelle-France pour tenter une aventure, mais pour réussir une entreprise. Il était l'homme d'un seul destin, et ce destin était Montréal, ainsi qu'on commençait timidement à appeler ce village blanc sur l'île du même nom.

En devenant propriétaire terrien, Pierre Gagné rejoignait un peu le statut de Charles Le Moyne. Car le riche marchand avait débuté en bénéficiant de largesses semblables de la part de l'administration de Ville-Marie. Mais, à la différence de son ami, Pierre ne souhaitait que défricher la terre et n'avait qu'une ambition : s'établir.

Quand Maisonneuve lui tendit la plume, il s'approcha du bureau Mazarin en tirant sur les basques de son justaucorps et posa sur le coin du meuble sa calotte qu'il avait jusqu'alors tenue dans ses mains. De l'index il repéra sur le parchemin l'endroit où il devait signer, puis, laborieusement, à cause de cet œil unique qui faussait sa vision, il y apposa son nom. Il possédait maintenant une parcelle de la Nouvelle-France. Il en soupira d'aise.

Avant de recevoir dans son cabinet Pierre, le notaire et ses témoins, le gouverneur s'était entretenu avec Thérèse. En homme du monde, il l'avait d'abord complimentée :

– On m'a dit beaucoup de choses vous concernant ; je m'aperçois qu'on ne m'avait pas assez vanté votre beauté.

Et c'était peu dire : le visage de Thérèse, son teint pâle, les perles noires de ses pupilles et ses traits parfaitement dessinés, même quand une expression de fermeté les durcissait, avait brusquement et avec une acuité douloureuse réveillé dans la mémoire du gouverneur l'image d'une jeune fille de Vanne. Cette demoiselle, dont la famille était liée à la sienne par une amitié de plusieurs générations, avait été pour lui la camarade d'enfance dont on devient d'abord vaguement, ensuite nettement amoureux lors des premiers émois du cœur. Les circonstances, la guerre de Hollande surtout, où il s'était engagé, avaient brisé le lien avant qu'il se nouât, mettant fin à cet amour dont le temps n'avait laissé subsister qu'une diffuse sensation d'écorchement.

Le regard du gouverneur s'attarda sur les cheveux noirs de Thérèse. Il observa un silence qui parut interminable à la jeune femme. Il lui avait offert de s'asseoir, s'était assis après elle, sans la quitter des yeux. Il s'était alors rappelé combien son confesseur lui conseillait constamment de se marier et il s'était pris à imaginer le genre de couple que lui-même et la veuve Cardinal auraient fait. L'idée était saugrenue, voire absurde ; elle l'avait quand même ému. Il lui avait semblé qu'une douce chaleur l'envahissait, tandis qu'il dépliait la dénonciation de De Sainctes en se renfrognant. D'une voix neutre, il en avait donné lecture à Thérèse. Puis il avait attendu un peu, la fixant dans l'attente de quelque réflexe de défense. Enfin, après avoir jeté un regard à travers la fenêtre et feint de s'intéresser au rassemblement qui prenait forme devant chez lui, sur la place, en prévision de la Fête-Dieu, il s'était tourné vers elle :

— Vous avez, me dit-on, madame, le caractère fougueux et vous laissez la bride sur le cou à vos colères. On me rapporte vos diatribes, vos critiques virulentes à mon endroit.

Thérèse avait protesté :

— Mais… je ne m'en prendrais pas à vous personnellement, monseigneur, jamais…

— Chaque fois que vous dénoncez l'administration, c'est moi que vous attaquez, vous le savez.

Il l'avait toisée. Féroce : c'était le mot, se souvint le gouverneur, qu'avait un jour employé Bénigne Basset en parlant d'elle. Féroce et passionnée. Ne pouvant taire le fond de sa pensée, le tabellion avait ajouté : « De la trempe des indomptables. De ceux avec lesquels on peut refaire un monde. Ou construire un nouveau pays, fonder une nation. »

Soudain, mettant sous le nez de Thérèse la dénonciation de De Sainctes, M. de Maisonneuve poursuivit :

— Ceci pourrait vous conduire à la prison de Québec et vous faire traduire devant le Conseil souverain, où toute votre belle virulence ne servirait à rien. À rien du tout. Je sais, moi aussi, la dureté d'une situation qui semble n'apporter que malheur et souffrance. Montréal n'est pas… pas encore la terre promise, soit ! Mais qu'aviez-vous de mieux en France ? Un jour, la lutte quotidienne contre l'Iroquois cessera. Quand nous aurons remporté la victoire définitive. D'ici là…

Il s'était levé, avait croisé les mains derrière le dos et s'était mis à arpenter la pièce.

— L'intérêt que, enfin, nous porte la Cour nous permet d'espérer. De toute manière, certes, nous n'aurions jamais renoncé. Bientôt, cette contrée sera pacifiée. Et vous, madame, vous ainsi que tous les vôtres, vous bénéficierez des richesses d'un pays neuf, sans subir la contrainte de tailles trop lourdes et sans que la servilité vous soit imposée par des gens enrichis par vos labeurs et à vos dépens.

On eût dit qu'il avait prononcé ces dernières paroles pour se convaincre lui-même. C'était une sorte de réflexion à haute voix. Il remarqua l'expression étonnée de Thérèse et attendit qu'elle parle.

— Je comprends ces choses, monseigneur, et je sais qu'un pays vaut bien toutes nos peines, dit-elle enfin. Cependant, je ne peux continuer de dormir quand on tue mon enfant, mon mari, ceux que j'aime. Certains ont le sacrifice plus facile que moi, et la langue dans leur poche. Moi, j'ai trop de vie et je l'aime trop pour sacrifier les miens sans souhaiter qu'on leur réserve un sort meilleur.

Trop de vie… Maisonneuve la regarda : fougueuse, la poitrine palpitante, le souffle vivant. Il ne sut que répliquer et Thérèse put poursuivre à sa guise, avec un calme déroutant qui lui donnait une voix bien enveloppée :

— Pour faire face, il faut l'unanimité. Or, il y a ici des gens qui sont contre nous. Je parle de ceux qui sèment la discorde dans un peuple qui existe à peine. Bref, je crois, monseigneur, que si votre intention n'a jamais été de nous dresser les uns contre les autres, certains de vos miliciens ne l'ont pas compris… Il y a dans Ville-Marie deux sortes d'ennemis : ceux qui viennent de la forêt et les autres, qui sont venus de France habillés en soldat. Ils sont grotesques, et…

Elle avait lancé très vite ces derniers mots, malgré elle presque ; elle porta la main devant sa bouche, comme pour essayer de les rattraper. M. de Maisonneuve posa sur elle un regard attentif et interrogateur. Il sentait entre eux deux une sorte de communication de pensée, de compréhension tacite, mais obscure. Il passa un doigt replié sous son nez, montra qu'il attendait la suite. Comme elle se taisait, ce fut lui qui reprit, sur un ton qu'il voulait bourru et autoritaire :

— On me rapporte aussi… on me rapporte que les malheurs les plus grands n'ont pas eu raison de votre ténacité et que, en toute occasion, vous faites contre mauvaise fortune bon cœur. Cela s'appelle courage, madame, et cette colonie en a grand besoin. Prenez garde cependant que vos emportements ne détruisent tous les effets de cette grande vertu. Il me deviendrait très difficile d'être à la fois du côté de ceux qui bâtissent et de ceux qui détruisent.

Cet aveu plut à Thérèse. Elle en déduisait que le gouverneur voulait avant tout, autant qu'elle, le bien-être des Montréalistes.

— Vous savez comme moi, madame, que trop de sacrifices ont marqué la naissance de ce poste pour que j'accepte de ne pas condamner sévèrement les fauteurs de désordre qui pourraient ruiner l'entreprise.

Il conclut par un acte : il déchira ostensiblement la dénonciation qu'il tenait. Et, après avoir ainsi montré qu'il faisait grâce à Thérèse, il dit seulement :

— Venez.

Il était alors sorti avec elle sur le perron de sa demeure, où Pierre Gagné attendait.

À Ville-Marie, cette scène et son éclat public eurent pour effet de réconcilier chacun avec Thérèse.

Ensuite, Maisonneuve prit son rang dans la procession traditionnelle de la Fête-Dieu qui s'étirait derrière l'abbé Souart. Recueillie, la longue file serpenta jusqu'aux portes de Ville-Marie, puis atteignit le chemin des Sauvages qui, à travers la forêt, conduisait jusqu'au sommet de la montagne. Des volontaires restaient derrière pour garder le poste. L'air bourdonnait d'insectes. À certains endroits, la pente se faisait si abrupte que les fidèles devaient s'agripper les uns aux autres, ou aux broussailles. On progressait à pas de tortue. Parfois c'était la procession de l'exploit plus que de la dévotion. Tous besognaient dans un silence têtu pour vaincre la fatigue des muscles.

Après une heure et demie d'effort, ils arrivèrent sur la cime du mont Royal. Il y avait déjà vingt ans que Maisonneuve y avait mis les pieds pour la première fois, avec à peine une douzaine d'hommes encore portés par des illusions folles. En ce jour de la Fête-Dieu 1663, ils étaient plus de cent à fouler le sommet chauve et à entonner le *Veni Creator*, avec la même ferveur et la même volonté, malgré toutes les traverses rencontrées en vingt ans.

La vue portait à trente lieues à la ronde. Le vert uniforme ne le cédait qu'à l'argent des rivières et du fleuve. Seules les masses rondes de trois montagnes venaient soulever l'horizon. Dans ce décor sans heurt, Ville-Marie formait une espèce de trouée insolite.

Pierre Gagné s'accroupit et prit un brin d'herbe qu'il porta à sa bouche. Du regard il chercha la jonction de la rivière Saint-Pierre et du fleuve Saint-Laurent. Thérèse devina ses pensées : dès le lendemain, il allait se mettre en frais de construire une nouvelle maison à cet endroit. Chez lui, sur *sa* terre.

Ils redescendirent à l'heure où le soleil frappait fort. La chaleur fit fondre les attitudes pieuses. Une nonchalance harassée les remplaça. Juste avant d'atteindre le bas de la montagne et le terrain plat, les pèlerins débouchèrent sur une surprenante clairière entourée de conifères : le lopin de Léger Haguenier et de son voisin, Simon Desprez. Ces deux-là partageaient un projet original : faire pousser des melons sur l'île. Déjà leur terre avait été retournée et ensemencée. La procession prit garde de piétiner ce début de culture et contourna le champ avec précaution.

Thérèse se sentait légère. Elle flottait, ne semblait aucunement souffrir de la chaleur et, avec Pierre, elle marchait loin devant les autres. Elle parlait de banalités. D'avenir, de bonheur. Le retour de Pierre et cette sortie hors des murs de Ville-Marie la grisaient. Elle en oubliait certaines réalités implacables. Au fond, elle savait ; mais elle se permettait d'ignorer, comme on choisit délibérément d'être heureux.

Pierre l'observait, l'écoutait et s'abandonnait à la douceur stimulante de cette compagnie féminine. Thérèse faillit tomber en sautant par-dessus une souche. Il lui prit la main pour la rattraper et l'aider à franchir l'obstacle, et la garda ensuite dans la sienne. Cela devint un jeu : ils marchèrent en amoureux.

Ce fut ainsi qu'ils passèrent parmi les fougères sans remarquer particulièrement le vrombissement d'un essaim de mouches dont les ailes faisaient éclater une myriade d'étincelles dans la lumière.

Pour guider la démarche incertaine de la jeune femme entre les branches coupées, les troncs couchés et les ornières de toutes sortes, Pierre entoura du bras la taille de Thérèse, dont la hanche épousa la sienne. Il se rappela Gediak et les désirs de la chair. Et soudain il s'arrêta pour embrasser sa compagne. Elle se laissa faire. Thérèse sentit le désir, par vagues successives, s'allumer en elle – un désir d'amour tendre, de caresses affectueuses, d'une passion à la fois impétueuse et tranquille, sûre. Elle ferma les yeux, cessant d'être le centre douloureux du monde, s'oubliant elle-même, comme autrefois avec Urbain. Quelque chose arrivait. Devait arriver. Et c'était une impression étrange : celle d'une sorte de fatalité dont on pouvait tout au plus retarder l'accomplissement. L'étreignant, Pierre demanda :

– Tu es bien ?

Et il l'embrassa de nouveau. Elle goûta la sueur salée qui perlait sur ce visage d'homme. Ses lèvres, chaudes, tremblaient d'émotion. Pierre sentit les cuisses de Thérèse contre les siennes ; il l'attira plus fort contre lui et vibra au contact de la poitrine provocante. Après toutes ses batailles, il redécouvrait la paisible conquête d'un corps de femme. Avec Gediak, la chair seule parlait ; il voulait dire à Thérèse : « C'est fini, fini de vivre dans la rage, de colère en abattement, de ressentiment en révolte. N'existons plus que l'un pour l'autre et pour notre avenir... »

Il allait lui prendre de nouveau les lèvres, mais elle le repoussa violemment, tandis que, les yeux dilatés par une horreur soudaine, elle se mordait la main pour ne pas crier, les doigts arqués par la frayeur. Elle demeura ainsi, livide, pétrifiée, muette pendant quelques secondes avant d'éclater en sanglots.

Pierre, stupéfait, ne savait que dire. Puis il eut un haut-le-corps : il venait d'apercevoir, à quelques pas, Haguenier – ou plutôt sa tête grimaçante, presque séparée du corps. Il s'avança en écartant les jeunes aulnes : une blessure déchirait le cadavre, de la nuque aux reins. La bouche semblait mordre la terre. Les yeux fixaient stupidement une pierre brisée. Nu, le mort avait quelque chose d'animal.

Maintenant, d'horribles miasmes assaillaient leurs narines : odeurs de chairs ouvertes, de bête éventrée.

Un silence glacé paralysa Pierre à son tour. Il lui revint en mémoire des scènes de la bataille du fort Richelieu. Il s'agenouilla, posa une main sur l'épaule de Haguenier, une main comme pour le réconforter.

Les autres les avaient rejoints maintenant et les entouraient sans oser trop s'approcher. Thérèse restait derrière Pierre, incapable de penser, de reprendre le cours de ses idées. Un réflexe stupide lui faisait dire non, non, non de la tête, et des larmes lui coulaient sur les joues, qu'elle rattrapait machinalement de la pointe de la langue, au coin des lèvres. Ce n'était pas cette mort qu'elle refusait par ses signes de dénégation, mais le pays tout entier. Pierre fut ému : c'était la première fois qu'il la voyait pleurer.

L'abbé Souart se pencha au-dessus du cadavre, se signa et donna l'extrême-onction. La ferveur pieuse de la foule fit écho au sacrement. Pierre se releva. Il ne trouvait pas les mots qu'il fallait et marcha vers Thérèse, les bras écartés en signe d'impuissance. Ils se remirent à marcher, en silence, à présent incapables de rapprocher leurs corps l'un de l'autre. Une fenêtre s'était ouverte, puis refermée. Une lutte intérieure secouait Thérèse, déchirée entre ses rêves de bonheur et la répulsion que lui inspirait la violence baignant leur quotidien.

En rentrant à Ville-Marie, ils apprirent le sort de Simon Desprez qui, de son côté, avait été enlevé par des Agniers, les mêmes qui avaient assassiné Haguenier.

Ils pénétrèrent dans la maison vide de Thérèse Cardinal – les enfants étaient chez Marguerite Gaudé. Ils ne parvenaient pas à rompre le silence. Lorsque celui-ci devint intenable, Thérèse, la tête basse comme une fautive, le rompit pour annoncer :

– Je vais partir pour Québec.

Elle jouait avec ses doigts, reniflait comme si elle allait pleurer.

– Oui. Je pars. Ici… non, ce n'est plus possible.

Il sentit alors que, étrangement, le cadavre de Haguenier leur interdisait de jamais former un couple. Leur existence à chacun portait trop de souvenirs cruellement impérissables. S'unir ne ferait que les cumuler. Il dit dans un souffle :

– Je comprends.

Et elle vit dans son regard qu'il était sincère.

Il alla dormir à l'auberge de Subbil Busson, comme chaque nuit depuis son retour.

Le lendemain, il revint chez Thérèse. Il prit son déjeuner avec elle et les enfants. L'ambiance était redevenue celle des jours ordinaires.

Pierre observait les mimiques de Pierrot qui mordait dans sa tranche de pain bis. Il dit doucement :

– Pierrot, ce matin, nous allons sur *notre* terre.

Marie-Ève leva ses grands yeux :

– Moi aussi ?

– Toi aussi, si tu veux.

Mais cela ne suffisait pas à la fillette. Elle demanda :

– Et maman ?

Thérèse regarda Pierre et acquiesça :

– Maman aussi, ma belle.

Au moment de sortir, Pierre prit la tête de Thérèse entre ses mains et, fraternellement, lui baisa le front. Avant qu'elle ait eu le temps d'esquisser un sourire, Marie-Ève les bouscula impatiemment :

– Alors, alors ?

Pierre la souleva du sol pour déposer sur ses joues deux baisers retentissants.

Les enfants allèrent devant en balançant les bras. Marie-Ève s'amusait à sauter sur une seule jambe ; quand elle perdait l'équilibre, elle se rattrapait en agrippant Pierrot, qui se dégageait en lançant : « Voyons ! » sur un ton qui contenait toute l'indignation du monde.

Le soleil blondissait les rues de Ville-Marie de ses rayons de juin, riches et pénétrants. Des hommes maçonnaient les interstices d'un mur de pierre, et des femmes rieuses ramassaient les cailloux laissés par ces bâtisseurs et les empilaient « pour faire plus propre ».

Dans l'air éblouissant, au milieu des odeurs chaudes et des bruissements des feuillages neufs, Pierre allongeait le pas en savourant le sentiment de liberté absolue qui le portait. Thérèse, même si elle ne partageait pas cette sorte de félicité, se gardait de la rabattre. Parfois elle souriait et cela faisait des éclairs de bonheur sur son visage.

Ils arrivèrent à l'orée d'un champ qui, parsemé de bosquets et touffu de buissons, descendait jusqu'au fleuve, entre la dernière maison du poste et la redoute au pied du coteau Saint-Louis.

L'herbe se redressait, libérée du poids de la rosée évaporée. Des chants stridents d'insectes sourdaient des brindilles serrées. Pierre se pencha pour cueillir une fleur. Il l'approcha de son nez, la huma, immobile et songeur. Puis il se dirigea vers l'eau qui clapotait.

En France, il n'aurait jamais pu devenir propriétaire d'une telle terre, et l'idée d'avoir eu la chance de le devenir ici l'éblouissait.

Le jusant du fleuve laissait toute une lisière de glaise entre les rives et le niveau des hautes eaux. Des rochers encore mouillés tachaient de gris le bleu luisant, rappelant la Normandie après la pluie.

Pierre dit :

— Demain, dès demain, j'irai voir Chaperon et Livernois pour leur donner à construire ma nouvelle maison. Elle se dressera là…

Il indiquait le haut du champ, à l'abri de la redoute, à l'ombre du coteau Saint-Louis.

— Elle sera en pierre, plus grande que toutes celles de Ville-Marie. Et beaucoup plus belle aussi. Avec deux cheminées et un pignon de planches…

Il poursuivait le vol de sa pensée avec des gestes qui captivaient Pierrot.

— Derrière, avec le temps, pour les moissons, je bâtirai une ferme…

Thérèse l'aimait bien : il avait les yeux brillants, il était heureux, il y croyait. Le pays le pénétrait jusqu'au cœur.

— J'aurai un troupeau de vaches. Le premier...

Il frappa du pied le sol.

— C'est de la bonne terre pour y prendre racine.

Il s'accroupit et arracha un brin d'herbe qu'il porta à sa bouche et mâcha comme pour le goûter. Derrière lui, il eut conscience d'un mouvement. Sur son épaule une main chaude se posa. Il la couvrit de sa propre main dans un geste plein de reconnaissance. Il sentait que, quoi qu'il advînt, tous deux scellaient ainsi plus qu'une complicité : la douce alliance de leurs différences.

Il se releva, se tourna vers elle. Il parut hésiter, puis il dit, d'une voix qu'il aurait voulue neutre, mais qui le trahissait et dans laquelle il y avait une interrogation d'espoir, presque une prière :

— Si tu revenais, nous pourrions peut-être devenir des habitants ?

Elle lui sourit, mais ne répondit pas.

1677
Marie-Ève

CHAPITRE XIX

Malgré le froid à pierre fendre, ce fut à mains nues qu'il dégagea l'animal pris au collet. Puis il souffla sur ses jointures, qui commençaient déjà à bleuir, et se pressa d'enfiler ses mitaines. Attrapant le lièvre par les pattes arrière, il l'éleva à la hauteur de son visage. Il parvint à sourire entre les poils givrés de sa barbe de trois jours : c'était un sourire satisfait, presque cruel, celui du chasseur comblé. Le vent souleva un nuage de neige. L'animal alla rejoindre d'autres prises dans la gibecière.

Plié contre la poudrerie, avançant à grandes enjambées sur ses raquettes, Pierre Gagné fils (Pierrot), dit Vadeboncœur, sentit un instant contre sa cuisse le poids douillet de l'animal encore chaud ; quelques pas plus loin, ce n'était déjà plus qu'une masse rigide et glacée. La rafale s'intensifia. La neige vola davantage, devint aveuglante. Même s'il n'y voyait plus qu'à peine, l'homme ne ralentit aucunement son allure, ne sembla pas s'inquiéter de cet excès d'hiver. Il marcha, muscles bandés, pendant près d'une demi-heure. Il allait, luttant contre le vent, respirant par le nez pour ne pas suffoquer, spectre gris dans le blanc en rage.

Il arriva près d'une rivière, qui formait maintenant une bande de terrain sans arbres, une espèce de chemin tortueux à la surface lisse. Il leva la tête, se redressa, fit craquer les os de ses épaules. Il se déchargea de tout ce qui le sanglait : armes – fusil, pistolet d'arçon, hache – et sac de peau contenant gibiers et accessoires, tire-bourre, corne à poudre et plombs.

Tout près, il repéra la face dégagée d'un rocher. Il déposa son chargement au pied de ce mur naturel, retira ses pattes d'ours et, saisissant une courte hachette accrochée à sa ceinture, coupa des branches de sapin pour se faire un abri temporaire. Après quoi, roulé dans une couverture en peau de chevreuil, il s'endormit.

Sous la tempête, un grand silence soyeux enveloppait la forêt sans limite. Pas une seule faille dans la masse blanche qui reliait le ciel à la terre. Le seul mouvement perceptible était celui de la neige froide, souffle léger qui s'amoncelait sur le sol en bancs de plus de douze pieds de haut. Le relief se modifiait sans cesse, la poudrerie déformant ces bancs de neige, là déplaçant leur houle, ou les rasant ici pour en créer de nouveaux plus loin.

Enfin, avec le soir, le vent tomba. Dans l'air, des étincelles blanches paraissaient hésiter avant de se poser. Puis la lune, répandant sa clarté sur la neige, éclaira la nuit. Et, vers le ciel illuminé au nord par les irisations mouvantes et changeantes des aurores boréales, et par-dessus l'irréel et insistant murmure dont elles faisaient frémir l'air, s'élevèrent les hurlements d'une meute de loups.

Le coureur de bois s'éveilla. Il dut s'y reprendre à plusieurs fois pour décoller ses paupières scellées par le givre accroché à ses cils. Il sortit de son abri de branches de sapin et ramena sur ses épaules sa chaude couverture. Le temps d'effectuer quelques flexions des jambes et de battre des bras, et le sang reprit sa course dans les membres. Il eut de nouveau conscience de son corps, soupira d'aise. Il secoua énergiquement la neige accumulée dans les plis de sa veste de peau, rajusta ses guêtres à son brayet, resserra les lanières de ses mocassins.

Plissant les yeux, il distingua quelques chétives silhouettes de loups, au-delà des grandes ombres des sapins.

Il savait, pour le tenir de son ami et presque frère aîné l'Indien Mitionemeg, qu'il n'avait qu'à allumer un feu pour tenir les bêtes à distance. La flamme vive, lui avait enseigné le Huron, demeurait la parade à tous les dangers de la nuit, sauf aux attaques indiennes puisqu'elle révélait une présence à des lieues à la ronde. Mais le fils de Pierre Gagné n'avait rien à craindre des Indiens habitant l'île Jésus et les autres environs de Montréal ; ils le connaissaient : il était leur ami.

À dix-sept ans, c'était déjà un homme. Grand, fort, supérieur.

Élevé exclusivement par son père, éduqué et instruit par les dames hospitalières, ayant vécu presque autant dans le sillage des Indiens que des Blancs, il avait grandi en cumulant les cultures française et amérindienne avec le goût de l'indépendance et la fierté que lui avait inculqués celle qu'il appelait tante Thérèse. Son amour, sa passion pour la liberté et sa précoce intrépidité avaient pointé dès sa douzième année. S'il admirait manifestement son père et fréquentait les gens du poste, il n'en recherchait pas moins la compagnie des hommes des bois, des Indiens et de tous les aventuriers : il voulait prouver sa valeur et apprendre, vite, les rudiments de la vie autonome en forêt.

Enfant, on le voyait suivre, à la chasse ou à la pêche, des Algonquins et des Hurons. Il savait faire équipe avec eux ; ils oubliaient sa peau blanche. Dans un canot d'écorce, il maniait l'aviron avec la même dextérité et la même ténacité qu'eux ; à l'approche du gibier, il pouvait se tapir au fond de l'embarcation et ne pas bouger pendant des heures s'il le fallait, pour surprendre au moment choisi les oies venues picorer les racines de jonc sur la batture.

C'était Charles Le Moyne qui, l'ayant découvert un matin au fond d'un canot algonquin en partance pour une expédition, l'avait surnommé Vadeboncœur. Le sobriquet lui était resté.

Sa réputation d'enfant sans cesse en compagnie des Indiens avait fait le tour de la colonie. On en parlait dans tous les foyers, on racontait ce qui était déjà presque une légende. Et quand Pierre Gagné, devenu sieur du Bout-de-l'Isle, en 1672, était venu recevoir son parchemin des mains du gouverneur, on avait interdit à son fils l'entrée du château Saint-Louis, à Québec, le sergent des Compagnies franches de la Marine, aide de camp du gouverneur Frontenac, l'ayant pris, selon sa propre expression, pour un « sauvageon ».

Plus tard, il s'était trouvé des commerçants pour lui enseigner l'art du troc. Il leur indiquait en retour comment approcher les Indiens et leur proposer des marchandises alléchantes contre des peaux – beaucoup de peaux de castors. Vadeboncœur avait, le premier, découvert à quel point les Indiens aimaient l'« écarlatine », cette couverture de drap aux couleurs vives, rouge ou bleu, bordée de plusieurs lignes noires. Au début, la monnaie d'échange était presque exclusivement la hache de métal, qui venait remplacer le tomahawk de pierre. S'étaient ensuite ajoutées les lames d'épée et de sabre, puis les armes à feu. Et l'habileté des Indiens à marchander avait fait augmenter les valeurs d'échange, en même temps que se multipliaient les objets de troc.

Si, en cette nuit du jour de l'An 1677, Vadeboncœur se trouvait dans les bois d'une île voisine de celle de Montréal, c'était justement pour rester fidèle à sa réputation de sauvageon et fuir les vaines mondanités qui auraient cours au manoir seigneurial. Et puis, n'avait-il pas ses collets à lever ?

Avant de rendre l'âme, en 1665, Chicot lui avait redit sur son lit de mort la sentence qu'il avait ressassée toute sa vie : « Pour bien vivre en ce pays, il faudra aussi l'apprendre par les Indiens. »

Vadeboncœur savait pleinement vivre la Nouvelle-France qui l'avait vu naître. Il était de ce pays, un Blanc, oui, mais de la Nouvelle-France. À la fois aventureux et fataliste, il était capable de la plus grande adaptation, dès qu'elle lui paraissait justifiée et de nature à combler ses envies.

Debout dans la nuit blanche, il écouta. Il devinait le moindre des bruits, des frémissements, des souffles d'une forêt dont il connaissait toutes les plantes et toutes les essences ; il savait prévoir le temps et s'orienter en suivant les étoiles. Il lui était souvent arrivé de dormir dans les bourgades se trouvant sur son parcours de trappes et de partager sa couche avec une jeune squaw. Et c'était pur acte de chair : un épiderme qui glissait sur un autre pour découvrir des mollets et des cuisses au duvet dru. Un acte simple ; le souffle sifflant de la passion animale et l'accouplement inévitable. Des yeux qui s'allumaient soudain, et la peau plus humide, plus douce et plus vivante. Prendre et se faire labourer le dos. Se retirer, au milieu des gémissements d'animal blessé qui s'accroche des griffes.

Pour ce très jeune homme, « courer » les bois était un jeu. Terrible, parfois. Un risque, mais une grande aventure.

Cependant, il n'était pas un vrai coureur de bois, un de ces personnages de type nouveau qui allaient à la rencontre des Indiens pour pratiquer la traite des fourrures.

La première richesse de la Nouvelle-France avait été les morues des hauts-fonds, ou bancs, de Terre-Neuve. La France y avait envoyé plus de deux cent cinquante navires de pêche pour ramener un million de prises chaque année, entre 1660 et 1670. Et elle n'était pas seule à puiser dans ces eaux généreuses : les Anglais, les Portugais et les Espagnols en faisaient tout autant. Heureusement, le poisson se reproduisait de manière phénoménale, une femelle pouvant pondre de huit à neuf millions d'œufs par saison !

Puis, une fois établis sur la terre ferme, les Français s'étaient tournés vers la fourrure dont on faisait chapeaux, manchons, manteaux et mantes dans la métropole française. L'engouement pour les produits de la colonie était favorisé par la politique économique de Colbert, qui désirait éliminer le plus possible les importations en provenance de pays étrangers.

Pendant que Hollandais et Anglais établissaient des comptoirs pour y recevoir les chasseurs indiens, les Français, eux, décidaient d'aller au-devant de leurs fournisseurs de peaux. Ainsi un nouveau métier était-il né, qui n'existerait nulle part ailleurs qu'en Nouvelle-France : celui de coureur de bois.

Le plus illustre allait être Pierre-Esprit Radisson, fils de Pierre Radisson et de la veuve Madeleine Hénault, de Saint-Malo, un couple qui, après avoir vécu à Paris, avait émigré en Nouvelle-France en 1651 pour s'installer à Trois-Rivières. Dès l'âge de seize ans, le jeune Radisson était parti en forêt pour défier les Iroquois, qu'il devinait cachés dans l'attente de quelque victime française. Effectivement il fut bientôt enlevé par une bande d'Agniers.

Pendant la longue marche jusqu'au village iroquois en Nouvelle-Angleterre, il avait appris en vivant avec ses ravisseurs les méthodes indiennes pour survivre en forêt en dépit de tout, avec les seuls moyens du bord, si l'on pouvait dire. Il avait aussi plié ses muscles à supporter des heures et des heures de déplacements à pied, chargé de bagages, et avait observé le moindre geste des chasseurs pour s'approcher du gibier, le trapper ou l'abattre, l'apprêter sommairement au feu afin qu'il se conserve pendant le reste du voyage.

Malgré sa jeunesse, il avait franchi l'horrible épreuve de la torture jusqu'à ce qu'une squaw le réclame au chef pour faire de lui son compagnon. Baptisé Orimha, il avait alors eu amplement l'occasion de parfaire sa connaissance des mœurs indiennes et de la vie en forêt.

Il avait réussi à fuir au cours d'une expédition de chasse. Mais il avait été repris par les Agniers juste comme il arrivait devant Trois-Rivières. Même voyage, même torture, même adoption par sa protectrice… Jusqu'à ce qu'il s'évade une fois de plus et pour de bon.

À partir de là, il était devenu le héros de toute une jeunesse fascinée par l'idée d'aller librement par les bois, sans ordre ni obligation, pour revenir chargé de fourrures qu'on paierait grassement, comme à ce Radisson que commanditaient les commerçants les plus prospères.

Vadeboncœur lui-même n'avait eu de cesse qu'il n'eût rencontré Pierre-Esprit Radisson. Il l'avait vu un jour, lors de la foire annuelle qui se tenait en été à Ville-Marie, et en avait gardé un souvenir saisissant. Celui d'un homme de fer, au visage ayant connu tous les climats et aux yeux vifs comme le mercure, qui ne marchait pas comme les autres et se déplaçait tel une sorte de félin, tout muscle et souplesse. Il l'avait regardé, écouté, sans oser lui parler, avec le sentiment qu'il ne trouverait jamais les mots pour s'adresser à ce demi-dieu vivant parmi les hommes, comme Hercule ou les grands héros de la mythologie.

Pourtant, à cause de l'irresponsabilité d'un bon nombre d'entre eux, la réputation des coureurs de bois était bientôt devenue celle de débauchés et d'ivrognes, de déserteurs et de lâches ayant fui les devoirs de leur premier état de colon. On ne leur pardonnait pas d'avoir troqué la charrue, la hache et le marteau, outils du développement de la colonie, contre le fusil et la folle indépendance des bois.

Vadeboncœur, lui, ne courait les bois que pour prendre plus étroitement contact avec le pays. Il n'ambitionnait en aucune manière d'additionner des lieues et des lieues, de vivre pendant des mois sans feu ni foi, en solitaire, avec l'alcool comme premier compagnon. Il rentrait régulièrement, tout au plus au bout de trois jours.

Il regarda le ciel. Les bâtonnets des dernières aurores boréales s'éteignaient un à un. Ses yeux sondèrent la forêt. Les loups avaient disparu. Partout le silence. Comme il avait bien trappé et bien dormi, il décida que, en se mettant tout de suite en route, il arriverait au manoir du Bout-de-l'Isle avec l'aube. Pour calmer sa faim, il mastiqua de la tripe-de-roche, une plante comestible qu'appréciaient les chasseurs et les trappeurs. Puis il s'avança sur la rivière glacée.

C'est alors que, contre toute attente, les loups, bave à la gueule et yeux flamboyants, jaillirent du sous-bois et se jetèrent sur lui. Le premier l'atteignit aux reins, les griffes lacérant jusqu'à la peau, avant qu'il ait eu le temps de dégager de sa ceinture sa hache ou son pistolet.

Chapitre XX

Agenouillée sur la paille fraîche qui lui évitait le dur et froid contact des pierres du dallage, Élisabeth Gagné, née Benoist, priait du bout des lèvres. Trop fatiguée pour être pieuse, elle assistait à l'office en rêvassant, et réprimait mal une crampe d'estomac : elle se répétait qu'elle aurait dû manger quelque chose avant de quitter le manoir.

Autour d'elle, elle entendait le froissement des chaudes étoffes d'hiver dans l'odeur des vêtements mouillés. La petite église de l'Hôtel-Dieu était pleine à craquer. Mais, après les innombrables messes de cette période des fêtes, plus personne n'avait le cœur à prier. On avait allumé tout ce qui se trouvait de lampes, de torches, et cela donnait un air de gaieté à l'église pourtant austère.

Devant les yeux des enfants, dansaient en imagination les friandises et les précieux fruits qu'on leur donnerait en rentrant, et les parents s'abandonnaient à des idées de douceur d'être, d'affection et de joie.

Dehors, il faisait encore nuit. Le froid, eût-on dit, rendait les étoiles plus pétillantes et la neige plus blanche sous la lune. Des chevaux — les « orignaux de France », disaient les Indiens étonnés de voir ces animaux débarquer, le 16 juillet 1665, de la cale d'un navire venu du Havre —, le dos à l'abri sous une couverture de laine, attendaient, bien alignés dans la cour de l'hôpital. Leur haleine fumeuse montait, droite, dans l'air figé, et il arrivait que l'un d'eux hennît en encensant de la tête, comme pour se secouer d'une torpeur née de l'emprise du froid.

Dans tout Montréal il n'y avait que maisons vides, qu'on raviverait d'un bon feu dans la cheminée après l'office.

L'oraison terminée, les fidèles se relevèrent. L'officiant, le sulpicien Dollier de Casson, fit une lente génuflexion devant l'autel et monta en chaire. Ceux qui avaient apporté leur banc s'assirent ; les autres restèrent debout.

Aux premiers rangs prenaient place les propriétaires des fiefs érigés par le seigneur de Montréal, le sulpicien Dollier de Casson, précisément. Semblables à de petites seigneuries à l'intérieur d'une grande, leurs cessionnaires avaient comme principale obligation, en retour de leur titre, de fortifier les points stratégiques de l'île où ils vivaient et d'y attirer des colons, afin d'occuper réellement leur domaine. Il y avait donc là les militaires Carion du Fresnoy et Paul de Morel, propriétaires de deux cents arpents de terre, situés sur la pointe de l'île, près de la rivière des Prairies ; Zacharie Dupuy, maintenant major de l'île, propriétaire d'un fief de trois cent cinquante arpents face au sault Saint-Louis, et qu'on nommait Verdun ; Charles-Joseph d'Ailleboust Des Museaux, voisin de Pierre Gagné, et enfin les deux frères Bertet, propriétaires du fief qu'ils avaient baptisé Belle-Vue.

Un instant, avec une sévérité proche de la condescendance, l'imposant sulpicien embrassa du regard ses paroissiens. Sa haute stature reflétait la force et l'énergie d'un homme exceptionnel, cumulant les talents d'administrateur, d'artiste, de chef, de diplomate et même de guerrier. Né en 1636 au château de Casson, sur la rivière Erdre en basse Bretagne, il avait reçu une éducation noble. Capitaine de cavalerie sous le maréchal de Turenne, il avait voyagé dans tous les pays d'Europe avant de s'embarquer pour la Nouvelle-France en tant que missionnaire. En 1669, le sieur Rémy de Courcelle, alors gouverneur de la colonie, l'avait chargé d'une expédition officielle dans la région du lac Supérieur, expédition ayant pour but l'expansion territoriale de la colonie. En 1671, il avait été nommé supérieur du séminaire de Montréal. Et, puisque les sulpiciens étaient les cessionnaires de l'île depuis octobre 1663, de par la décision de la Société de Notre-Dame de Montréal, et possédaient tous les droits et privilèges se rattachant à cette propriété, Dollier de Casson était devenu seigneur de Montréal.

On le disait d'une force herculéenne, d'un grand savoir et d'une ambition sans bornes pour l'établissement montréalais.

Visiblement satisfait du silence qui régnait dans l'attente de sa prédication, il ouvrit les bras à la manière du Jésus logé dans une niche en contrebas de la chaire, et entama son sermon.

Excellent prédicateur en règle générale, il attaquait en se prenant pour Dieu le Père. Avec une virulence passionnée, il accusait ses ouailles d'impénitence et les menaçait du châtiment éternel. Il redescendait ensuite sur terre pour prendre un ton docte, en même temps calme et positif. La méthode secouait les esprits et forçait l'attention des âmes les plus fermées. D'ailleurs, un prédécesseur au nom illustre l'avait déjà mis à l'épreuve : l'abbé de Fénelon, frère du fameux prélat qui devait être le précepteur du Dauphin et l'auteur des *Aventures de Télémaque,* avait prêché à Ville-Marie en différentes occasions et développé chez les fidèles le goût des sermons animés, agressifs même. Nourrissant son éloquence des injustices auxquelles donnent souvent lieu les relations entre sujets et gouvernants, cet ecclésiastique avait fustigé les autorités laïques avec la même vindicte que pour condamner les grands pécheurs. Si bien que, en 1674, il avait été cité devant le Conseil souverain de Québec. Là, il avait catégoriquement refusé de reconnaître le moindre droit de juridiction à un organisme regroupant le gouverneur, l'évêque et sept conseillers, un procureur du roi et un greffier. En conséquence, ses juges avaient été contraints de déférer le cas directement à l'autorité royale. Louis XIV avait tranché en interdisant à l'abbé de Fénelon de rentrer en Nouvelle-France et en blâmant sévèrement la conduite du gouverneur Frontenac, successeur de Rémy de Courcelle, dans l'affaire.

L'abbé Dollier de Casson, lui, ne menait pas la même bataille. Il citait ici et là des passages des Évangiles, afin d'amoindrir et de justifier certaines accusations autrement trop directes, et se contentait d'être le guide spirituel dont la population de l'île avait besoin. Cependant, emporté par sa verve, il lui arrivait de parler trop et de lasser ceux-là mêmes qui au début écoutaient le plus attentivement son discours.

C'est exactement ce qu'il fit ce matin-là. La femme de Pierre Gagné, aux prises avec la faim et la fatigue, crut succomber. Levée depuis quatre heures du matin, elle avait parcouru plus de six lieues, depuis le manoir du Bout-de-l'Isle, et n'aspirait plus qu'à refaire ses forces pour affronter l'épuisante journée qui l'attendait. Déjà, sitôt cet office terminé, son mari allait être assailli par des vavasseurs pressés de lui offrir leurs vœux. Et, elle le savait, elle ne pourrait se mettre à table avant que la matinée soit bien avancée.

Femme un peu boulotte, le visage rougeaud, certains disaient d'elle qu'elle cadrait mal dans un tel domaine. Elle était fille de menuisier, éduquée par les dames de la Congrégation et, quoique plus jeune que son mari d'une quinzaine d'années, elle paraissait parfois avoir l'âge de ce dernier, surtout lorsque la fatigue accentuait ses traits. Mais, quand elle souriait, on devinait dans l'ingénuité de sa physionomie la fillette qu'elle avait été : c'était charmant.

— En ce premier jour de l'An, disait l'abbé de Casson, de sa tribune à dais, il convient de se rappeler que les réjouissances ne justifient pas les excès…

« En effet, pensa Élisabeth Gagné en soupirant. S'il pouvait en finir… ! »

Elle estima que, au moment de la communion, il faudrait une bonne demi-heure avant que s'achève le défilé devant la balustrade. On entendait des toussotements d'impatience. Ceux qui étaient restés debout trouvaient la position de plus en plus intenable. Plusieurs avaient chaud et songeaient que leur dos se glacerait dès la sortie de l'église ; ils en avaient assez d'être ramollis par la chaleur, de se sentir les jambes flageolantes et tout le corps trop lourd. En même temps ils éprouvaient des remords d'être si loin de toute piété.

Élisabeth se tourna vers son mari pour lui signifier son ennui, mais elle ne rencontra que le visage impassible de Pierre Gagné. Elle n'aurait pu dire s'il écoutait ou non : son visage était capable de conserver une immobilité parfaite tout en arborant une expression de sympathie qui lui donnait l'air attentif.

Cette attitude était venue de l'habitude qu'il avait d'être le centre d'intérêt dès qu'il se montrait. Il était le héros, le personnage légendaire : le premier Blanc, avant Pierre-Esprit Radisson, à s'être échappé vivant du pays iroquois. Et s'il avait été fait prisonnier, ce n'avait pas été dans quelque tentative de commerce lucratif avec les Peaux-Rouges, à la manière d'un coureur de bois, mais en risquant sa vie pour sauver la colonie. L'exemple de son courage avait, disait-on, fait craindre aux Indiens qu'il ne se trouvât parmi les Français beaucoup d'autres adversaires de cette trempe.

On affirmait même que cela avait ralenti leur ardeur et réduit le nombre des attaques contre Ville-Marie.

Il y avait maintenant de cela plus d'une douzaine d'années, un jour de juillet, il s'était présenté chez le menuisier Paul Benoist, dit Livernois. Il resplendissait de satisfaction et avait pris un air solennel pour demander qu'on lui construise une maison. Celui qui deviendrait son beau-père le connaissait, bien sûr, quoiqu'il ne lui eût jamais sérieusement adressé la parole. Il avait été flatté que Pierre Gagné pense à lui et il avait dit à sa fille Élisabeth :

— Cet homme-là est un grand bonhomme.

Tous les midis, la jeune fille avait porté la soupe au chantier, traversant, légère, le champ d'herbes folles qui lui chatouillaient les mollets. Elle n'avait que quinze ans, mais c'était déjà une femme à la poitrine avantageuse et aux hanches bien rondes. Des garçons du poste lui lançaient des œillades ; certains, plus hasardeux, lui proposaient des marches dans le bois, et elle avait dû gifler le plus vieux des fils du marchand Le Moyne, Pierre, dit d'Iberville, qui s'était permis de l'embrasser presque devant la maison de son père, un soir qu'elle rentrait de ses dévotions à la chapelle Notre-Dame-de-Bon-Secours.

Au début, Pierre lui avait manifesté une attention plus polie qu'intéressée. Il conservait le souvenir de Thérèse. Puis, à force de la voir venir chaque jour, silhouette ondulant dans le flou des vapeurs de l'été, il avait senti qu'il pourrait la désirer : près de lui, elle devenait femme. L'odeur de sa chair était échauffée par l'effort, la sueur donnait vie à sa peau par endroits rose et à d'autres blanche, et il était tenté de la toucher, de la caresser.

À l'occasion, il lui glissa quelques compliments. Sans insister, l'air de rien. Puis, peu à peu, il sembla à Élisabeth qu'il attendait l'heure du déjeuner. Il cessait de travailler dès qu'elle apparaissait et ne la quittait pas des yeux, de tout le temps qu'elle traversait le champ pour arriver jusqu'à lui.

Elle ne s'étonna qu'à demi la première fois qu'il vint à sa rencontre.

Pourtant, une fois la maison construite, plus rien. Elle ne devait pas le revoir de plusieurs mois. Pour elle, il demeurait un ami de son père qui lui avait presque fait la cour.

Grande fut donc sa surprise, lorsque le célèbre veuf se présenta un soir pour demander sa main. Ce ne fut pas vraiment un mariage d'amour, plutôt un mariage de raison ; un colon ne pouvait vivre seul : la tâche dépassait les ressources d'un célibataire et le pays avait grand besoin de petits Canadiens.

Avant qu'elle aille rejoindre son mari, le soir de ses noces, sa mère avait prévenu Élisabeth de ses devoirs, mais avec tant de sombre gravité et de soupirs que, dans le lit de son époux, la jeune fille avait offert son corps à la manière d'une victime consentante au sacrifice. Au matin, cependant, elle n'avait pas rougi en pensant au plaisir qu'elle avait pris. Et Pierre s'était levé satisfait et flatté d'avoir une femme aussi amoureuse.

En quelques mois, il était devenu amoureux à son tour. D'un amour reconnaissant d'homme sachant ne pouvoir aller dans la vie sans compagne. Elle découvrit la douce nécessité qu'éprouvait son corps d'être comblé lorsqu'elle tremblait de tendresse, lorsqu'elle avait froid de fatigue, lorsque le courage allait la trahir. Pierre était sa force ; elle était sa douceur. Ils étaient de parfaits complices et des amants exactement accordés.

De telles réflexions dans ce lieu saint la firent rougir. Par un réflexe pudique, elle se signa et baissa les yeux, aussi honteuse que si elle avait pensé tout haut. Dans sa distraction, elle ne s'était pas aperçue que le prêtre était descendu de sa chaire, que la prédication était terminée et que tous les assistants se faisaient un peu plus bruyants, se retenant moins de détendre leurs membres en bougeant discrètement et, eût-on dit, en respirant plus librement.

L'abbé Dollier de Casson allait reprendre, enfin, son office, lorsqu'un soudain courant d'air glacé assaillit ses épaules. Fronçant les sourcils, il tourna la tête vers le fond de l'église.

Le battant de la porte était entrouvert. Quand il s'ouvrit davantage, on vit qu'il était poussé par un être poilu des pieds à la tête. Cela aurait pu être un ours : il ne manquait qu'un museau au visage.

Un violent coup de vent fit danser les lampes, souffla plusieurs flammes. L'arrière de l'église se trouva plongé dans la pénombre : la porte ouverte découpa un pan de ciel clair encore brodé d'étoiles. La lune projeta dans l'allée centrale une ombre gigantesque, celle de l'extraordinaire intrus.

Cette vision sur un fond d'infini composait une image surnaturelle : est-ce ainsi que naissent les légendes ? La piété fit place à la peur.

Un cri. Un enfant affolé se précipita dans les bras de sa mère. Les respirations étaient retenues, et il s'établit un silence lourd et chargé de tension. Un banc bascula, et le bruit, pourtant banal, porta au paroxysme la frayeur de quelques assistants, qui reculèrent à tâtons vers l'autel.

Au centre de l'église se détacha un officier de régiment. Résolument, il marcha vers l'apparition ; son ombre, pointue à cause du mousquet qu'il portait en bandoulière, se confondit avec celle de la bête. Dans l'immobilité silencieuse, sa voix claqua :

– Qui va là ?

Pas de réponse. Rien qu'une main qui se tendit et s'agita pour faire un signe et deux Indiennes apparurent à leur tour, emmitouflées dans des peaux d'orignal.

Elles s'avancèrent avec lenteur, dépassèrent le soldat qui s'effaça. Entre deux rangées de paroissiens médusés, elles remontèrent la nef. À leur suite vint le mystérieux personnage qui les avait introduites.

Silence. Et soudain, quelqu'un, sans doute un enfant, demanda :

    – C'est quoi, la bête ?

Chapitre XXI

Ils devaient être au moins une dizaine. Ils tournaient autour de Vadeboncœur en bondissant, leurs dents comme autant d'éclairs entre leurs babines baveuses. Il n'y avait plus d'hiver, plus de froid, plus de nuit : seulement un homme engagé dans une danse effrénée au milieu d'une harde féroce.

Au cours de toutes ses excursions solitaires en forêt, jamais le fils de Pierre Gagné n'avait connu pareille situation. Il était très rare que les loups attaquent un trappeur. Si seulement il avait pu enflammer l'une des branches qui jonchaient le sol et en faire une torche, il les aurait mis en déroute en moins de deux !

Avec l'odeur âcre des haleines bestiales, une peur nauséabonde, molle, traîtresse s'insinuait dans le cœur pourtant solidement trempé de Vadeboncœur et ébréchait son courage. Dans chaque main, une arme : dans la droite, la hache, dans la gauche, son coutelas. Sans méthode, se fiant aux réflexes, il fendait l'air en vain, s'épuisant sans réussir à toucher une seule de ces gorges déployées, une seule de ces forces animales dont il allait être la proie vive d'un instant à l'autre. Il ne pensait pas. Il se défendait avec la même ardeur féroce et désespérée que les bêtes mettaient à l'assaillir, avec le même instinct, la même rage. Il retroussait la lèvre supérieure à la manière de ses attaquants. C'était leur sauvagerie qui allumait aussi ses prunelles. Il soufflait si fort qu'il en bavait comme eux. Au-dessus de la mêlée, l'aube disputait les ténèbres à la nuit et le ciel effaçait les dernières étoiles sous une couche de bleu mélangé de gris. La neige tombée de la nuit luisait d'une blancheur toute neuve ; les arbres ressemblaient à des spectres noirs aux bras innombrables.

Une idée surgit dans l'esprit en feu de Vadeboncœur. Comment n'y avait-il pas pensé plus tôt ? Il plongea la pointe de son coutelas dans sa besace, piqua un lièvre et le jeta en pâture aux loups.

Le premier coup de croc fit gicler le sang ; Vadeboncœur se félicita de sa chance : il leur avait lancé sa dernière prise, la seule au sang encore tiède sous le gel de la peau.

Le répit fut, hélas ! de courte durée. Après s'être disputé le lièvre pendant quelques secondes, les bêtes le déchiquetèrent en un clin d'œil, puis, la gueule rouge de sang, les yeux plus fous que jamais revinrent à Vadeboncœur. Fini ! Il n'avait plus aucune chance. Il continua de battre l'air avec ses armes inutiles, s'épuisant et prenant panique. S'il tombait, il n'aurait plus aucune chance de jamais se relever, de jamais déplier ses genoux humides dans la neige froide, pour se redresser comme un homme et partir à travers la forêt en laissant derrière ses pas une piste dont l'odeur seule tiendrait les animaux éloignés. Il allait mourir. Là, stupidement. Souffrirait-il ?

Tout son esprit aliéné par cette interrogation folle, il ne songeait même pas à prier.

Une douleur cinglante lui déchira un mollet. Il tomba, le visage tout près du râle des gueules ouvertes.

CHAPITRE XXII

En ce petit matin du Premier de l'an, à Québec, le château Saint-Louis vibrait encore de restes de fête. Par toutes ses ouvertures dansaient les lumières des torches, devant lesquelles s'interposaient parfois des silhouettes mouvantes. À l'extérieur, blafards, les murs givrés par les rafales faisaient contraste avec cette chaleur et cette vie, tandis que les cheminées déversaient des volutes de fumée grasse, qui devenaient presque noires avant de s'étioler et de disparaître dans le ciel encore incertain.

Le froid mordait l'air et craquelait les murs des habitations fermées, endormies, à demi perdues sous la neige. Toutes les flèches des clochers de Québec étaient moutonnées de blanc, jusqu'à la croix aux bras d'une blancheur légère, vaporeuse et scintillante.

Juste au milieu du fleuve, entre les deux falaises domptées par l'hiver, une buée montait de l'eau. Cette vapeur abondante naissait de bouillons gros comme des moellons, eux-mêmes provoqués par la différence entre la température de l'eau et celle de l'air.

Dans le château, le gouverneur, le comte Louis de Buade de Frontenac et de Palluau, avait convié tout ce qui se trouvait de noblesse dans la ville à venir saluer l'année nouvelle dans la grande salle de sa résidence. Né le 22 mai 1622, à Saint-Germain, fils unique de Henri de Buade, comte de Frontenac, et baron puis comte de Palluau, filleul de Louis XIII, nommé gouverneur de la Nouvelle-France en 1672, grand mondain et grand prodigue, ce petit homme irascible et froid, au visage émacié et à l'aspect antipathique, avait réputation d'être bon guerrier et fameux administrateur. Cependant, lui et sa femme, Anne de La Grange – fille du richissime maître des requêtes et seigneur de Trianon et de Neufville, qui l'avait déshéritée à cause de son mariage –, préféraient avant toute chose l'éclat et l'embarras des soirées fastueuses ; il en avait été de même avant leur venue à Québec, et l'on racontait que la nomination du comte au poste de premier représentant du roi dans la colonie l'avait libéré de la griffe de ses nombreux créanciers parisiens.

D'ordinaire, une cour particulière l'entourait, une cour avide de privilèges et souvent plus flatteuse qu'efficace, tandis qu'une autre cour lui tournait le dos, refusant de s'asseoir à la même table qu'un gentilhomme ruiné et sauvé des affres de la banqueroute par sa nomination à la fonction de gouverneur loin de la capitale. Mais, en cette nuit du Premier de l'an, les deux cours dansaient sur le même plancher.

On avait trouvé quelques musiciens, des violonistes, des flûtistes et des chanteurs, et les pères jésuites avaient bien voulu prêter leur orgue, le seul de toute la colonie. S'admirant d'un miroir à l'autre avec une coquetterie satisfaite, les belles dames avaient rivalisé de charme au grand plaisir des gentilshommes qui, la larme à l'œil, avaient eu une pensée nostalgique pour les salons de Paris, dans un autre monde appelé la France et où, en cette nuit, le climat était sûrement moins extrême.

– Un froid de loup, il fait un froid de loup… !

C'était Charles-Aubert de La Chesnaye, le riche marchand de la basse ville, qui l'avait affirmé sur un ton entendu. Et on l'avait répété, certains plus que d'autres pour justifier leur besoin de vin et de liqueur dont ils abusaient nettement.

Une grande table débordait de victuailles et de liqueurs, et les invités s'étaient gavés toute la nuit. Les danses avaient atténué l'effet des boissons alcoolisées. Les conversations avaient porté beaucoup plus sur la capitale, comme si l'on y avait été, que sur les problèmes de la colonie. On avait courtisé aussi. Mais avec une liberté bien restreinte ; toutes les femmes étant mariées ou sur le point de l'être, le badinage était peu prisé, d'abord à cause de l'impossibilité d'agir avec discrétion. Les hommes ne pouvaient pas non plus tenter de rencontrer dans les corridors quelque soubrette, la présence des autorités religieuses jetant un froid – des plus seyants à cette nuit ! Et d'ailleurs tout ce petit monde se connaissait bien trop : l'absence d'un seul invité, même momentanée, risquait d'être remarquée.

C'est pourquoi il avait été si difficile à Jacques Duchesneau de quitter les lieux sans alerter personne. Il avait dû, pour ce faire, s'efforcer de passer inaperçu toute la soirée, parlant peu, n'invitant aucune dame à danser, se tenant en retrait au bout de la salle, du côté opposé aux musiciens, et s'occupant vaguement d'une vieille dame, la veuve du sieur Giffard de Moncel, à demi sourde et qui n'y voyait guère.

Blondin, son cheval – animal exceptionnel qu'il tenait de Simon Denys de La Trinité, l'ingénieur à qui son père, l'intendant, l'avait racheté –, était resté attaché par ses soins au coin de la rue Sainte-Anne et de la place du Marché-Notre-Dame.

Le jeune homme avait roulé deux fourrures d'ours sous le siège de sa carriole ; il avait même prévu d'apporter une lampe « bec de corbeau ». Mais il n'avait pas prévu qu'il neigerait. Surtout pas autant. En se faufilant par l'une des portes de la terrasse du château pour sortir, il avait buté dans un banc de neige qui lui montait jusqu'à la taille. Il avait dû serrer le bâtiment au plus près en le longeant, les mains tâtonnant sur la rugosité des murs, pour regagner la rue Sainte-Anne ; s'il s'était aventuré sur la terrasse, il aurait pu perdre pied dans le vide, glisser sous la neige. Il serait mort gelé, on ne l'aurait retrouvé qu'au printemps.

Le froid l'avait forcé à se couvrir entièrement le visage de son cache-nez, et pourtant le gel lui faisait l'effet d'une lame aiguë pénétrant juste au-dessus des yeux.

Quand il avait rencontré des gens qui se rendaient à l'église, il avait baissé la tête, ramené ses belles mitaines de loup-cervier sous ses bras, de crainte que leur richesse n'attire l'attention et ne risque de dévoiler son identité. Plus loin, un inconnu l'avait abordé en lui adressant la parole ; il avait marmonné une vague réponse en espérant que la personne n'insisterait pas davantage. Si on le reconnaissait, tout était perdu.

Le fidèle Blondin l'attendait, parfaitement immobile. Jacques Duchesneau eut peur qu'il ne fût mort gelé. « Si les chevaux dorment debout, s'était-il dit,

peut-être restent-ils aussi debout quand ils meurent. »
Les naseaux frémissant à son approche le rassurèrent.

La carriole était alourdie de neige qu'il lui fallut
balayer des avant-bras pour accéder au siège. Il secoua
les peaux qu'il tira de sous le banc. Il attendit qu'un
groupe de passants se fût engouffré dans l'église avant
de claquer de la langue tout en tirant sur les cordeaux
pour donner à Blondin le signal du départ.

Jacques Duchesneau était un jeune homme gâté. Il
n'avait guère plus de dix-huit ans. Il était né à Tours, et
la Nouvelle-France était pour lui une colonie de passage, quelque chose comme une aventure sans lendemain, mais qui le passionnait. De toute manière, ce
qu'il en connaissait s'arrêtait au confort d'une luxueuse
résidence sur les berges de la rivière Saint-Charles, en-
tretenue par une armée de domestiques. Le reste – les
Indiens, les colons, les terres à défricher et le pays à
organiser – le laissait indifférent. Le Canada était pour
lui un grand jeu dont il était un spectateur et non un
pion.

– Allez, Blondin !

Il remontait la rue Sainte-Anne, tout à fait vide à
cette heure puisqu'il ne s'y trouvait que des bâtiments
de l'administration. Il avait l'impression que le froid le
pénétrait jusqu'au cerveau, que ses idées gelaient comme
ses doigts, qu'il allait se casser en mille morceaux si la
carriole heurtait un obstacle et qu'il tombât. Il ne voyait
qu'une moitié de cheval fendant une épaisse poussière
blanche, avec l'éclair des fers quand l'animal parvenait
à libérer ses pattes de derrière.

Quand il arriva en haut de la côte de la Montagne, une coulée blanche s'étendait devant lui, bordée

par le mur des maisons ou, plus exactement, par la pente des toitures qu'il devinait sous les amas de neige. Il frissonna. D'une voix plus lente, encourageante, il répéta :

– Allez, allez, mon brave Blondin…

La bête se cambra et Jacques crut qu'elle refusait d'avancer. Non : au lieu de tirer la carriole, elle devait maintenant la freiner. Au cours de la descente, le jeune homme travailla autant que son cheval et, place du Marché, il fut pris d'une crampe dans une jambe. Il la frictionna pour rétablir la circulation du sang, descendit de la carriole, marcha un peu. Ce fut alors qu'il constata qu'un filet de sueur coulait sur la croupe de Blondin. La bête avait eu chaud, elle était en nage. Dans quelques secondes, elle allait être gelée ; la peau se raidirait, les poumons racleraient la poitrine d'une douleur intenable. Jacques venait de tuer, sans aucun doute possible, son vieil ami. Et tout cela, se dit-il, le cœur gros comme le Cap-aux-Diamants, pour les yeux d'une petite paysanne, qui n'en valait sûrement pas la peine, comme lui aurait dit son père.

Cependant, pas une seconde l'idée ne lui vint de tourner le dos à la rue des Roches et à la maison où reposait le corps de femme qui lui avait fait commettre cette folie.

Marie-Ève dormait. Quelques heures auparavant, seule dans la pièce située au-dessus de la boulangerie de sa mère, elle était restée à sa fenêtre, à regarder les lueurs dansantes qui s'échappaient par les fenêtres du château Saint-Louis, dont elle discernait dans la nuit le profil ingrat et mafflu.

Elle avait rêvé. Adolescente, sur la petite scène du couvent des ursulines, elle avait joué les comtesses, habillée de vêtements extravagants. On avait regardé, admiré ses yeux, noirs comme la plume des corneilles. Elle avait surpris, dans le regard des rares hommes invités avec le gouverneur à la représentation, un fond de désir retenu. Elle avait vibré de tout son être, se répétant : « Voilà pour quoi je suis née… pour le grand monde ! »

À dix-sept ans maintenant, elle laissait pressentir toutes les virtuosités fougueuses d'une nature de feu et les dons de séduction de la coquette. Outre ses yeux de jais, elle tenait de Thérèse, sa mère, un teint de lait. De son père lui venait le front haut et étroit, avec deux fines rides égales et une expression un peu mystique et pleine d'innocence.

Ce soir-là, à sa fenêtre, elle s'était imaginée dans un grand bal, sous l'éclat des lustres de cristal et l'ardeur des admirations masculines, donnant le bras à un jeune chevalier et comblée des attentions du jeune noble tout alangui d'amour. Elle s'en était voulu de n'être que la fille de la boulangère, mais s'était vite dit que cela ne durerait qu'un temps. L'éducation qu'elle recevait chez les ursulines lui permettrait d'accéder à la haute société ; elle pourrait aisément tenir sa place dans n'importe quel salon. Elle apprenait la philosophie, le latin, la grammaire et même les mathématiques. Elle connaissait Racine, Corneille, La Fontaine et autres auteurs importants, et pouvait citer Ésope dans le texte. Enfin, elle apprenait les bonnes manières en écoutant sa mère qui, peu après son arrivée à Québec, avait tenu la maison de l'intendant d'alors, Jean Talon, et à laquelle le gouverneur lui-même ne manquait jamais de confier la direction des opérations domestiques chaque fois que, comme ce soir-là, il y avait fête ou réception au château. Ce qui permettait à Thérèse d'en savoir long sur les usages et coutumes des maisons de grande tenue.

Elle s'était quand même couchée assez tôt, car elle devrait se lever avec l'aurore pour amorcer le four en vue de la cuisson du pain.

Elle dormait à poings fermés, lorsqu'un bruit insolite perça son sommeil. Elle ouvrit les yeux ; ses prunelles fouillèrent les quatre coins de la pièce, s'arrêtèrent au rectangle à demi clair de la fenêtre. Le vent avait repris un peu : elle ne distingua que la poudre blanche de la bourrasque charriant la neige. Elle referma les paupières.

Mais le bruit frappa de nouveau ses oreilles et elle fut tout éveillée cette fois. Son regard retourna aux carreaux : même clarté floue et même souffle du vent.

Traînant ses couvertures, elle sortit du lit et vint appuyer le nez contre la vitre froide. Elle crut distinguer d'abord un bonhomme de neige bizarrement debout devant la fenêtre de la chambre, à neuf ou dix pieds du sol. Puis l'apparition avança un bras, et un poing heurta la vitre. Elle sursauta :

— Qui est-ce ?

— C'est moi !

Le cœur de Marie-Ève fit un bond. Elle ne rêvait plus. Elle saisit vivement le loquet de la fenêtre et ouvrit les deux battants. Elle reçut en plein visage une volée cinglante de flocons glacés. Le vent la fit reculer si brutalement qu'elle tomba à la renverse sur le lit. Quand elle se redressa, la fenêtre était refermée, mais le froid était entré avec le personnage qui, la neige fondant sur son capot, perdait de son aspect fantastique pour prendre dimension plus humaine. Elle aurait voulu se jeter dans les bras du visiteur, mais la vue des vêtements trempés qui dégoulinaient sur le plancher la faisait presque claquer des dents. Elle dit :

— Si je m'attendais… !

Un reste de sommeil donnait une sonorité légèrement grave, rauque et sensuelle à sa voix.

— Comment as-tu fait ? poursuivit-elle.

Elle montrait la fenêtre en souriant encore d'étonnement, et son sourire se changea en une mimique pleine de drôlerie et d'ingénuité quand elle vit que Jacques Duchesneau, car c'était lui, entreprenait de se déshabiller.

— C'est ta façon de me dire bonjour ?

Une main sur la bouche, elle pouffa comme une enfant.

— Je ne peux quand même pas me glisser dans tes draps avec ces habits mouillés ! Que dirait ta mère ?

Sa mère qui, au château, croyait Marie-Ève à l'abri dans ses rêves innocents…

Quand il fut nu, il expliqua :

— La neige et le froid m'ont porté au pied de ton lit.

Il montrait la rue ensevelie sous le blanc, et où une piste courait de la place du Marché à la chambre de Marie-Ève.

— Ne t'inquiète pas, le vent aura tôt fait de couvrir mes pas.

Contre son dos, Marie-Ève sentit le corps humide du jeune homme.

— Le jour est proche, ne perdons pas de temps…

La première fois que, seule dans la boulangerie, elle avait vu entrer ce bel adolescent, il lui avait demandé : « Est-ce vrai que vous êtes la plus jolie élève du couvent des ursulines ? » Il lui avait semblé singulier, fantasque même. Un peu trop. Dans la touffeur de la pièce, ses cheveux bouclaient et il passait sans cesse une main sur son front pour chasser la sueur qui risquait de lui piquer les yeux : « Tout Québec le dit. Vous le saviez ? » Avant qu'elle eût répondu, il avait ajouté : « Moi, je l'ignorais… jusqu'à maintenant. »

Mais il avait tellement chaud ! Elle ne disait rien, le regardant fondre. Il portait un pourpoint bleu ciel découpé de blanc, comme les nobles qu'elle avait aperçus sur la terrasse du château : il ressemblait à l'image qu'elle s'était faite de Rodrigue, le héros de Corneille. Elle refusait de se l'avouer, mais son cœur battait fort, très fort.

Plutôt que de rester là, insignifiante, à ne rien dire et ne rien faire, elle se donna un air soudain préoccupé et se tourna vers le four à pain. Elle prit une bûche contre la cheminée et se pencha pour la mettre dans le feu. Pour faire durer la diversion, elle demeura un moment accroupie devant les flammes et les agaça, à la manière d'un dompteur provoquant une bête féroce, du bout d'un bâton. Elle cherchait une contenance plus qu'autre chose.

Avec une merveilleuse impertinence, elle dit finalement :

— Vous n'êtes pas très original de répéter ce qu'on dit déjà beaucoup.

Ses yeux faisaient deux taches crues dans son visage et son expression distante contenait trop de défi pour être sans arrière-pensée.

– Attention ! cria-t-il tout à coup.

– Comment ?

Avec une déférence railleuse, elle le dévisageait pour le forcer à sortir de sa courtoisie trop exacte. Elle fut surprise de voir jusqu'à quel point elle avait visé juste ; il pâlit, ses prunelles s'agrandirent, il ravala sa salive et cria :

– Mais attention, vous dis-je !

Elle vit encore dans ses yeux une soudaine panique, puis il se jeta sur elle en répétant d'une voix blanche :

– Attention ! Vite, relevez-vous !

Un fou ! Elle se releva, mais ce fut pour reculer, apeurée. « Un fou, continuait-elle à penser, j'ai affaire à un fou ! » Puis une odeur de tissu qui brûle lui pinça les narines, une fumée blanchâtre passa devant ses yeux, un crépitement vif atteignit ses oreilles… Elle flambait ! L'un des tisons s'était rebiffé contre ses coups de bâton, avait atterri sur le bas de sa robe, y avait mis le feu, et elle flambait : une torche. Des pieds jusqu'à la taille.

Crier ! Elle cria. Mais cela ne fit aucunement reculer les flammes.

Une brusque secousse aux épaules, un grand coup de froid sur tout le corps, et l'impression déroutante d'être soudain complètement nue. Et elle l'était : Jacques avait agrippé la robe et tiré de toutes ses forces. Le vêtement avait cédé ; il avait tiré davantage, fait trébucher Marie-Ève et rejeté les flammes dans le feu.

Tous deux avaient mis un bon moment avant de se rendre compte de la situation : elle, nue sur le sol, et au-dessus d'elle, un inconnu qui venait à la fois de lui sauver la vie et de la dévêtir avant même de s'être présenté.

Il n'eut pas le réflexe de baisser les yeux ; elle n'eut pas celui de camoufler sa nudité de ses mains.

Enfin, il retrouva ses esprits et retira son pourpoint pour l'en couvrir. Il le fit avec délicatesse et considération. Marie-Ève se releva. L'événement la laissait encore pantelante et elle parut à Jacques fragile comme une feuille au vent. Il s'autorisa à la soutenir et, quoiqu'elle se fût alors un peu raidie, il la maintint ainsi jusqu'à l'escalier menant à l'étage.

— Attendez-moi, je redescends.

Mais elle l'avait bien jugé au premier contact : il était frondeur et sans-gêne. Il monta derrière elle. Elle essaya en vain de trouver les mots pour le repousser. Elle se dit que son instinct, plus tard, lui dicterait bien la conduite et les gestes qu'il faudrait pour se défendre.

Dans sa chambre, elle ne trouva guère d'arguments. Combien de fois avait-elle imaginé tourner la tête d'un beau jeune noble, être séduite par un gentilhomme, aimée par le fils d'un représentant de la cour de France ? Rien de moins. Les rêves d'hier affaiblissaient ses intentions de résistance ; la voix de la raison luttait en elle avec les accents du consentement.

Seule à seul, ils s'évaluèrent. Leur silence les accorda, les rapprocha. Il la prit dans ses bras, l'embrassa sur une joue. Quand il posa ses lèvres sur les siennes, il la trouva malhabile, mais avide. Lui qui avait cru devoir lutter contre la timidité de la jeune fille se trouva fort déconcerté. Le gentil abandon de Marie-Ève lui fit perdre ses allures de conquérant et user d'une tendresse qu'il n'avait jamais encore éprouvée avec ses maîtresses. Quand il lui enleva le pourpoint et la caressa, ce fut d'une main novice, hésitante. Il ferma les yeux pour mieux goûter l'instant parfait du désir. Il frotta doucement ses lèvres fermées au creux d'une épaule. Et, comme il les approchait d'une oreille pour murmurer des mots apaisants, Marie-Ève se tendit vers lui, plaqua sa bouche sur la sienne. Il la sentit vibrer des pieds à la tête.

Avec la même application que s'il avait été en train de lui sauver la vie une deuxième fois, il lui avait fait l'amour.

Depuis, il était revenu à des moments impromptus, lorsque son père le croyait ailleurs, et que Thérèse servait chez le gouverneur.

Marie-Ève vivait cette aventure avec tout le romanesque de son imagination débordante. Ne jamais savoir quand il se présenterait chez elle l'excitait davantage que s'ils avaient connu un amour bien en ordre.

— Tu es certain qu'on ne t'a pas vu quitter le château ?

— Certain.

D'un doigt, elle dessinait le contour de son visage. Il reposait sur le dos, contemplant les solives rudimentaires. Le vent prenait encore de la vigueur et sifflait par des fissures dans le toit.

Après l'amour, il retrouva la hantise d'avoir tué son Blondin. Il l'avait laissé chez Vautier, le premier domestique de son père, pour qu'on ne sût pas qu'il venait chez Marie-Ève. Il se disait que, à cette heure, le cheval devait montrer des signes de maladie. Et lui-même, n'était-il pas dans une situation impossible ? Il dit :

— Comment vais-je sortir d'ici ?

Insouciante, lovée contre la poitrine de son amant, Marie-Ève répliqua, moqueuse :

– Tel quel !

Il le prit mal. Il s'assit en la repoussant d'un geste brusque. Elle remonta la couverture sous son menton et prit une mine boudeuse. Il raisonna tout haut, sur un ton de reproche :

– Je ne peux tout de même pas partir dans ces vêtements trempés. Le temps que je sorte dans le vent et je serai changé en bloc de glace !

Marie-Ève ne put s'empêcher de rire. Alors, il se fâcha carrément et la secoua par les épaules. Elle continua de rire.

– Tu pourrais toujours mettre des vêtements de ma mère. Chose certaine, ce serait un déguisement assuré.

Il se concentra. L'idée, après tout, lui parut bonne.

– Mais oui ! Pourquoi pas ?

Il continua de la secouer, mais cette fois gaiement.

– Je pourrais même mettre un de ses bonnets et me cacher complètement le visage dans sa crémone !

Après quoi, rassuré sur son avenir immédiat, il considéra qu'il n'y avait plus de presse à partir. Il se colla contre la jeune fille, en quête de volupté. Chatte, elle l'accueillit comme un enfant, en le gourmandant doucement :

– Tête de bois, va !

CHAPITRE XXIII

Vadeboncœur promenait des regards anxieux sur les loups qui le cernaient de toutes parts, le forçant à se maintenir accroupi dans la neige sans oser se relever. Il se refusait pourtant à la panique comme à la mort. Tous ses muscles le faisaient souffrir. Mais cette douleur entière du corps lui évitait de perdre connaissance, même s'il ne savait plus du tout où il puisait encore l'énergie de parer aux attaques des bêtes dont l'haleine l'atteignait en plein visage. À peine s'il avait réussi à blesser superficiellement l'une d'elles, et son coup avait décuplé l'ardeur de celle-ci.

D'un instant à l'autre, le fils de Pierre Gagné allait succomber. Il ne lui resterait plus qu'à se protéger la gorge au moment où il serait la proie des crocs.

Le matin était maintenant gris-bleu ; la neige aussi ; le ciel, sans nuages, mais encore indéfini, laissait présager des soubresauts de la tempête. Il n'y avait plus d'autres bruits que ceux, feutrés, des amas de neige chutant des arbres sur le sol.

Vadeboncœur avait oublié le froid : il était en sueur.

En reculant, un loup le rasa. Son museau fouilla la neige. Puis il bondit. Vadeboncœur vit la forme rousse de l'animal prête à s'abattre sur lui en même temps qu'il entendit un léger sifflement, puis d'autres, suivis de gémissements brefs. Une pluie de flèches criblaient les loups.

Le corps de son assaillant lui retomba sur les épaules, inerte. Et d'autres loups, presque sans bruit, s'affaissaient aussi sur la neige poudreuse. Une odeur chaude se répandit dans l'air froid : celle des épais bouillons de sang s'échappant des animaux secoués d'ultimes spasmes.

Hébété au milieu du charnier fumant, Vadeboncœur se traîna comme un blessé. Pourtant, il n'avait presque rien. Il lui fallut de longues secondes pour prendre conscience d'une libération si soudaine, si miraculeuse qu'elle l'empêchait de retrouver ses moyens. La joie d'être délivré de la certitude de mourir finit par le ramener tout à fait à la réalité.

Au même instant, le soleil apparut, glorifié par le scintillement de la neige, complice de la vie qui renouait avec Vadeboncœur. L'épuisement se traduisit en lui par une sorte de détente brutale et de relâchement : à la seule idée d'être sauf, il se retrouva au bord des larmes. Il reprit peu à peu son souffle. Dans son corps courbaturé, rompu, aussi amolli que s'il était sorti d'un bain trop chaud, il savoura alors toutes les étapes d'une résurrection.

Il grimaça un peu, car sa blessure au mollet le tiraillait. Enfin, il se décida à regarder autour de lui, au-delà du cercle des bêtes piquées de flèches et, à sa stupéfaction, il vit venir à lui un groupe de jeunes Hurons, âgés de douze ans tout au plus, qui entreprirent méthodiquement de retirer les flèches des bêtes mortes, sans même lever les yeux sur Vadeboncœur, sans lui porter la moindre attention.

Depuis plusieurs années déjà, les Indiens n'utilisaient plus d'arcs, excepté pour la chasse à l'ours. Un coup de mousquet alertait l'animal sans toujours le blesser à mort ; l'arc, plus silencieux, permettait de continuer à rester caché même après qu'une première flèche eut atteint son but. Autrement, l'arc ne servait plus qu'aux enfants. Pour jouer.

Dans un silence imposant, ceux-ci contemplaient leur tableau de chasse, les armes à la main, ces armes de leurs ancêtres dont, ils venaient de le prouver, ils savaient encore prodigieusement faire usage.

Parmi eux se trouvait une fillette, une seule. Elle ricana lorsque Vadeboncœur lui caressa la joue, puis détourna la tête et se pressa contre les autres. Elle portait un magnifique costume de peau, orné d'épines de porc-épic rouges et jaunes, à capuchon bordé de fourrure blanche, et ressemblait à une petite fée au milieu de ses compagnons. Ceux-ci ne parlaient guère, besognant ferme à retirer leurs flèches. Vadeboncœur voulut absolument leur exprimer sa gratitude. Il s'avança et s'accroupit pour se placer à la hauteur du visage de celui qui semblait mener les autres.

– Qui êtes-vous ?

Les yeux de l'enfant l'évitèrent. Le visage prit une expression farouche. Sur le front, Vadeboncœur vit passer une ombre. Ces enfants le craignaient : c'était pourquoi ils lui opposaient tous cette indifférence mortifiante.

Le temps de récupérer toutes leurs flèches et, impassibles, toujours silencieux, ils reculèrent d'abord, puis partirent en courant pour aller poursuivre ailleurs leur jeu.

Le fils de Pierre Gagné les regarda disparaître en soupirant. Il les salua d'un geste lent qu'ils ne virent pas. Un sentiment d'impuissance l'assaillit. Comme si tout ce qu'il venait de vivre, dans ses causes et son dénouement, n'avait tenu qu'aux règles immuables et informulées de la nature.

Immobile, tout son corps fut soudain parcouru d'un frisson aigu. Il allait geler. Il lui fallait s'agiter.

Son mollet saignait abondamment. Il déchira la doublure de sa veste et à l'aide d'un bout de bois se confectionna un garrot. Ensuite, en boitant, après un dernier coup d'œil aux loups zébrés de sang, il se mit en marche vers le manoir du Bout-de-l'Isle.

CHAPITRE XXIV

Maîtrisant enfin son émotion, et se rappelant du même coup qu'il était dans *son* église, que c'était *son* office, que c'était *lui* l'officiant, l'abbé de Casson s'approcha du « mardi gras » en train de retirer sa cagoule de fourrure et le somma d'expliquer son intrusion théâtrale.

Dans l'assistance, plus personne ne pensait à prier. La curiosité pure chez les uns, la méfiance ou l'indignation contenue chez les autres avaient éclipsé la dévotion. Le silence était tendu, à peine troublé par de menus bruits : un chuchotement, un craquement de chaise, le chut d'une mère rappelant un enfant à l'ordre. Tous scrutaient la mine de l'ecclésiastique qui, penché, écoutait les explications du personnage dont l'entrée spectaculaire avait semé tant d'émoi. Peu à peu, l'expression courroucée du prêtre se détendait ; il ouvrait de grands yeux en hochant la tête. On devinait que l'interrogatoire tournait à l'entretien, puis au conciliabule.

Tout à coup éclata un sanglot de femme et une voix s'écria :

– Juste ciel, mon mari !

C'était Annette Portelet qui venait de reconnaître Jean-Baptiste, son époux, parti « courer » les bois depuis octobre. Son exclamation d'une irrésistible niaiserie fit fuser des rires. Cela convenait parfaitement à Dollier de Casson qui enchaîna :

– Oui ! Oui, mes frères, mes sœurs, réjouissons-nous du retour au bercail de Jean-Baptiste, cette brebis à jamais perdue, croyait-on, et du présent que nous fait Jean-Baptiste pour laver sa désertion de nos souvenirs !

Comblé d'aise à l'idée d'avoir ramené sur lui toute l'attention de ses paroissiens, le sulpicien cérémonieux savourait le regain d'intense curiosité que suscitaient ses dernières paroles qui désignaient en même temps que sa main les deux jeunes Indiennes dont le visage, dans le halo de lumière dansante des cierges, semblait étrangement de moins en moins iroquois : leur teint était manifestement blanc, tout au plus couperosé, mais nullement rouge.

– Ces enfants sont les filles du couple Beaupré ! acheva le sulpicien sur un ton grandiose.

Ils ne comprirent pas tous. Ceux qui n'étaient pas à Ville-Marie au moment de l'assassinat des Beaupré en mai 1663 et n'en avaient que vaguement entendu parler se regardèrent, en quête d'éclaircissements. Les autres, ceux qui se souvenaient du drame, restèrent d'abord interdits. Puis, à leur tour, ils se regardèrent, ne sachant s'ils devaient se réjouir ou s'attendrir. Plusieurs avaient les larmes aux yeux et tremblaient d'émotion.

Une femme s'avança dans la nef, presque comme une hallucinée, marchant comme si elle allait tomber et n'ayant d'yeux que pour les deux jeunes filles qui se tenaient aux côtés de Jean-Baptiste Portelet. Elle s'approcha jusqu'à les toucher ; mais les sœurs Beaupré reculèrent. Tout dans leur attitude dénotait une crainte sauvage : on les aurait dites prêtes à déguerpir au premier geste brusque.

Pour les rassurer, Marguerite Gaudé, car c'était elle, embrassa doucement la plus jeune sur la joue.

Entre-temps, le bedeau, le vieux Robert Numan, avait rallumé les lampes et, bien inspiré, le chœur des dames hospitalières, accompagné du luth de Mathurin Moytier, entama en langue indienne les premières strophes du *Te Deum*.

Au premier rang, on fit de la place aux deux jeunes filles et, contrairement à ses habitudes, le sulpicien expédia la messe. Juste avant le *Ite, missa est*, tourné vers les fidèles, il entonna le cantique *Chantons Noé* :

Chantons tous à la naissance
Du Rédempteur incarné
Noé, Noé, Noé, Noé
Puisque c'est notre croyance
Entonnons-lui : Kyrie.

Les voix enthousiastes portèrent le chant jusqu'à l'extérieur où il se perdit dans l'air vibrant du premier matin de l'année.

– *Ite, missa est...*

Son rôle d'officiant terminé, François Dollier de Casson entra dans celui du seigneur de Montréal pour convier dans la grande cuisine de l'Hôtel-Dieu tous ceux qui voulaient voir de près les deux arrivantes, leur parler, s'enquérir de leur vie chez les Indiens.

En sortant dans le froid vif, Élisabeth Gagné retrouva sa vigueur. Les derniers événements avaient chassé sa faim. Elle était curieuse de connaître l'histoire des deux filles et, surtout, les circonstances qui les rendaient à Ville-Marie après tant d'années.

Plusieurs hommes se dirigèrent immédiatement vers les chevaux attelés aux traîneaux. Ils étaient forcés de renoncer à l'invitation de l'abbé, car ils devaient se hâter de dégourdir les bêtes en les faisant courir au petit trot dans la rue Notre-Dame, de la place de l'Église, où s'élevaient les premiers éléments de ce qui serait l'église du même nom, à la place du Marché. Resterait aux épouses à veiller à faire chauffer à blanc, chez quelques amis des rues environnantes, des pierres sur lesquelles les pieds des voyageurs seraient au chaud jusqu'à Pointe-aux-Trembles ou Lachine, les deux seules autres paroisses existant sur l'île en dehors de Montréal même.

Dans ses vues d'administrateur, Dollier de Casson avait prévu qu'une vraie ville s'édifierait sur l'emplacement de Ville-Marie. Mieux, il considérait que cette ville existait déjà et, à son avis, il fallait l'organiser au mieux dans l'intérêt de son avenir. La première disposition qu'il avait prise avait été de procéder méthodiquement au tracé définitif des rues. Sur l'arête du coteau Saint-Louis, il avait déterminé l'alignement de la première, qu'il avait baptisée rue Notre-Dame, en plantant huit bornes aux estampilles du séminaire des sulpiciens. Ensuite, il conçut la rue Saint-Paul, jusqu'alors simple sentier menant de la chapelle Notre-Dame-de-Bon-Secours, œuvre de Marguerite Bourgeoys, construite de ses deniers et sous sa direction, à l'ancien fort sur la pointe à Callière. Puis il projeta de transformer, au nord, en une artère de vingt pieds de largeur un autre sentier parallèle à la rue Notre-Dame et qui suivait presque le ruisseau Saint-Martin. Ayant jeté le plan de ces trois voies principales, il les fit ensuite croiser par sept rues, déjà tracées par l'habitude à l'alignement approximatif des demeures. D'ouest en est, il les nomma : rue Saint-Pierre, du Calvaire, Saint-François, Saint-Lambert – aujourd'hui Saint-Laurent, Saint-Gabriel et Saint-Charles.

Bénigne Basset, devenu arpenteur en sus de son emploi de greffier, avait officialisé le plan orthogonal qui deviendrait le noyau de la ville.

Habitant face à l'Hôtel-Dieu, il sortait justement de chez lui comme arrivaient à la porte du réfectoire de l'hôpital ceux des fidèles qui, à la sortie de l'église, avaient le loisir de s'y présenter.

Charles Camin leur ouvrit. Bientôt, autour de deux grandes tables, il y eut dans la vaste salle une assemblée comprenant en majorité des colons, ceux-là mêmes qui étaient présents, quatorze ans auparavant, au banquet donné par M. de Maisonneuve en l'honneur des deux Agniers qui, venus en « mission de paix », avaient massacré les parents des deux jeunes filles aujourd'hui retrouvées.

En majorité seulement, songeaient certains de ces gens en promenant leur regard autour d'eux. Car nombreux étaient les disparus. Ainsi, Jeanne Mance, la fondatrice de l'Hôtel-Dieu qui était décédée le 18 juin 1673, peu de temps après avoir posé la première pierre de l'église Notre-Dame. L'alliée fidèle de M. de Maisonneuve et de Marguerite Bourgeoys dans l'entreprise montréalaise, cette femme si frêle, valétudinaire même, avait pendant trente ans connu quotidiennement épreuves, angoisses et risques terrifiants sans jamais relâcher ses efforts. Même aux moments les plus critiques, elle avait tenu bon. Une première fois, grâce à des capitaux pourtant réservés à la fondation de *son* hôpital, elle avait sauvé la colonie avec la levée de la « recrue » de 1653, nul ne l'oubliait ; la deuxième fois, on s'en souvenait aussi, elle était retournée en France malgré les conditions toujours effroyables de la traversée, pour obtenir le transfert de l'œuvre de la Société de Notre-Dame de Montréal aux messieurs de Saint-Sulpice, ce qui avait permis d'éviter la débâcle financière définitive.

Oui, que de disparus en si peu d'années !

Par un incroyable croisement des destins, les deux exploits de Mlle Mance avaient été les causes principales du départ de M. de Maisonneuve, à l'automne de 1665. Dans les dernières années de sa vie, Jeanne Mance était apparue à tous comme une sainte femme au charisme étonnant. Souvent on subtilisait des lambeaux de ses vêtements pour les découper en menus morceaux conservés en reliques, ce qui l'exaspérait au plus haut point. À sa mort, Dollier de Casson avait condensé son hommage à la grande dame en une simple mais édifiante formule : « C'était une personne toute de grâces. »

Certes, manquait aussi à cette réunion impromptue Chicot, ce véritable héros, le scalpé vivant qui n'avait jamais renoncé. Chicot, à la fois le contestataire d'une autorité qu'il jugeait parfois trop irréaliste et l'homme le plus convaincu qu'un grand avenir attendait la Nouvelle-France, et Montréal tout particulièrement... Mais bien d'autres encore, héros plus humbles, avaient payé de leur vie, obscurément, leur ténacité.

On avait prié Jean-Baptiste Portelet de s'asseoir entre le seigneur sulpicien et Pierre Gagné. Devant eux prirent place les deux jeunes filles, encore tout effarouchées, les yeux mobiles comme ceux d'un lièvre pris au piège. Elles s'assirent entre Élisabeth Gagné et Marguerite Gaudé qui avaient suivi le mouvement des fidèles. L'une des deux sœurs ne cessait de fixer Pierre Gagné et, peu à peu, son regard perdit son expression apeurée pour se piquer de curiosité.

Avant qu'on fût parvenu à faire taire tout le monde pour écouter comment et pourquoi le coureur de bois avait retrouvé les deux disparues, la porte s'ouvrit et Charles Le Moyne parut, tenant quatre bouteilles d'un vin marron qu'il distribua à la ronde :

– Buvez-en tous, ceci est mon vin !

L'abbé de Casson sanctionna la plaisanterie douteuse d'un sévère froncement des sourcils.

Assise de biais, la femme de Portelet restait bouche bée d'admiration devant son déserteur de mari. La veille encore, elle le maudissait d'être parti en la laissant seule avec quatre jeunes enfants à élever et à nourrir, et ce petit matin de la nouvelle année lui ramenait presque un héros. Pour s'apprêter à l'entendre, on faisait cercle, debout et penché au-dessus de la table. On était déjà tout ouïe avant même que Jean-Baptiste eût commencé à parler. Portelet s'en trémoussait d'aise.

Il expliqua en guise d'exorde que, dès son départ en octobre, il avait sa « petite idée derrière la tête ».

– Quand Jacques Larguillier était revenu du pays iroquois, il m'avait raconté qu'il avait vu deux jeunes Blanches vivant dans un village fortifié, près du lac Champlain. D'abord, il avait cru que c'étaient des métisses venues de Kaskaskia. Kaskaskia, vous savez, c'est ce village du pays des Illinois où Michel Accault – vous vous souvenez, il est parti d'ici en 69 – avait épousé la fille du chef Rouensa dont il avait pris la place après sa mort. Depuis, le village est peuplé de Français et d'Illinois mélangés.

Mais, poursuivit Portelet, Larguillier avait pu approcher l'une d'elles et lui parler. La conversation ne lui avait pas appris grand-chose. Cependant, elle lui avait fourni l'occasion d'étudier à loisir la physionomie de la fille : c'était une Blanche, à coup sûr. Des événements inopinés et la nécessité de ramener à Québec une cargaison ne lui avaient pas permis de s'occuper autrement des deux filles.

Jean-Baptiste s'emportait, se laissait aller à des digressions et se découvrait des talents de conteur. Il brodait autour de la vérité pour complaire à son auditoire et se donner le beau rôle.

— Alors ça fait comme ça que je me suis dit : « Bon, Jean-Baptiste, faut que t'ailles y voir... »

Il s'arrêta, passa une main velue dans sa chevelure aplatie par la sueur et, content de son effet, reprit en appuyant un peu plus sur les mots :

— Ma décision prise, j'ai convaincu René Adhémer et Simon Goulet de partir avec moi. Nous avons acheté un canot chez Messier, de l'autre bord, dans la plaine de la Magdeleine, et des vivres pour quatre mois chez Bricau à Lachine. Nous ne voulions pas ébruiter notre projet...

Il n'en restait pas moins qu'il avait abandonné sa famille, et il devenait évident que, ce matin, il tenait plus à démontrer son innocence qu'à rapporter la stricte vérité ou les motifs exacts de son aventure.

— Nous avons avironné pendant des jours, effectué de nombreux portages en terrains escarpés, perdu la piste dans des vallées profondes où jamais ne perce le soleil, pour la retrouver au plus creux de la forêt, descendu le cours torrentueux de rivières vierges…

Il parlait, il parlait, tournait autour du pot avant d'en venir à l'essentiel, donnait force détails sur ses prouesses. Il lui arrivait d'en mettre trop et d'entremêler des éléments disparates, de perdre le fil. Pour s'en sortir, il lançait, l'air détaché :

— Je m'explique mal, mais je m'entends bien !

Il s'écoutait surtout. Son caractère révélait une prodigieuse fureur de vivre freinée par la timidité des petites gens : ainsi mirait-il son verre vide en fermant l'œil, mais jamais il n'aurait osé en redemander.

— Une nuit, nous avons entendu les tambours mohawks. Guidés par ce bruit providentiel, nous sommes arrivés au premier village en peu de temps. Nous y fûmes bien accueillis : depuis la campagne du marquis de Tracy en 1665, vous savez comme moi combien le climat a changé parmi les Cinq-Nations…

Pendant qu'il se perdait dans les filandres de ses explications et de ses vantardises, nombreux étaient ceux, dont la mémoire était réveillée par ces mots, qui revivaient des souvenirs vieux de douze ans déjà.

Le 30 juin 1665, à la suite des instantes représentations du fameux sieur de Monts à Louis XIV sur la situation de la colonie face au problème indien, on avait vu débarquer du *Vieux Simon* sur le quai de Québec un certain marquis Alexandre de Prouville de Tracy, avec titre de « lieutenant général dans toute l'étendue des terres situées en Amérique méridionale et septentrionale », et mission « d'exterminer les Iroquois ». Il disposait, pour ce faire, de mille deux cents soldats répartis en dix-huit compagnies et d'un armement des plus modernes, dont les fusils à platine.

Mises au courant de cette arrivée en masse de soldats français, quatre nations iroquoises, représentées par le chef onontagué Garakontié, avaient fait des propositions de paix et signé un traité en décembre. Mais la plus puissante des Cinq-Nations, celle des Agniers, était demeurée inflexible et fermée à toute discussion avec ces Blancs venus appuyer l'usurpation des territoires de leurs frères.

Ignorant les traîtrises d'un hiver non apprivoisé, le nouveau gouverneur, M. de Courcelle, avait décidé une expédition pour les écraser, et avait quitté Québec le 9 janvier 1666, par un froid polaire, à la tête d'une troupe de cinq cents hommes – trois cents soldats et deux cents volontaires.

Les guides algonquins qui devaient les conduire aux villages agniers ne se présentèrent pas et la petite armée s'égara. La plupart chaussaient les raquettes pour la première fois, et tous, gouverneur et officiers compris, transportaient sur leur dos jusqu'à trente livres de bagages.

Les volontaires montréalistes – vêtus d'une longue tunique bleue et d'une tuque de même couleur, d'une culotte et de mocassins en peau de « vache » (en réalité du cuir d'orignal), bottes et mitaines enveloppées de nippes – étaient commandés par Charles Le Moyne. Dès le départ, ils avaient maugréé contre l'idée saugrenue de faire campagne dans les gros froids de l'hiver. Les événements devaient leur donner rapidement raison. Bientôt les soldats de métier, exténués, n'offrirent plus aucune résistance et, ainsi que devait l'écrire l'un d'eux dans une lettre, se rappelait Pierre Gagné qui en avait eu connaissance, plusieurs eurent « les genoux et les pieds ou d'autres parties entièrement gelés et le reste du corps couvert de cicatrices ; et quelques autres eurent été entrepris et engourdis par le froid, si l'on ne les avait portés avec beaucoup de peine jusqu'au lieu où ils devaient passer la nuit ».

L'expédition fut un échec complet. Plus d'une soixantaine d'hommes y moururent de froid et de faim. Ils n'avaient affronté que deux Agniers et une vieille femme, fuyant une cabane qu'ils avaient incendiée beaucoup plus par dépit que par nécessité !

Cette humiliante catastrophe fut suivie d'un harcèlement des Agniers triomphants. Pour y parer, Tracy structura méthodiquement la défense de la Nouvelle-France contre ces irréductibles. Il fit construire le fort Saint-Jean sur la rivière Richelieu, autrefois rivière des Iroquois, et le fort Sainte-Anne sur les bords du lac Champlain. Pendant la construction de ce fort, M. de Chacy, neveu du vice-roi, fut tué par les Agniers, ainsi que quatre de ses compagnons. En septembre 1666, Tracy décida de conduire lui-même une armée au pays iroquois. Elle comptait six cents soldats, triés sur le volet parmi les compagnies distribuées dans les différents villages de la colonie. S'y ajoutaient six cents volontaires civils, et cent Hurons et Algonquins.

Au moment du départ, le lieutenant général avait extrait de sa geôle l'un des grands chefs agniers qu'il gardait prisonnier depuis juillet, Bâtard Flamand, et fait défiler devant lui « la plus grande armée jamais mise sur pied en Nouvelle-France ».

— Voilà que nous allons dans ton pays, lui avait-il dit.

Et le grand sachem, les larmes aux yeux, avait répondu :

— Je vois bien que nous sommes perdus, mais notre perte coûtera cher. Je t'avertis que notre jeunesse se défendra jusqu'à l'extrémité et qu'une bonne partie de la tienne demeurera sur la place ; seulement, je te prie de sauver ma femme et mes enfants.

Les Iroquois, très au fait des déplacements de cette armée, avaient abandonné leurs villages avant d'y être attaqués. Partout le régiment de Carignan ne rencontrait que des lieux désertés. La nouvelle expédition s'était révélée un demi-échec. Mais de voir que les Français pouvaient porter l'épée et la torche dans leur pays en avait beaucoup imposé aux Indiens. Et, environ un an plus tard, les Agniers acceptaient les conditions d'un pacte de paix qu'ils vinrent signer à Québec. Le marquis de Tracy avait rempli sa mission. À la fin du mois d'août 1667 il rentrait en France à bord du *Saint-Sébastien*.

Cependant, intarissable, Jean-Baptiste Portelet, les yeux de plus en plus lourds de vin, poursuivait son récit :

— Faut dire que ce n'est pas de gaieté de cœur que les Agniers fraternisent avec nous. Il nous a fallu gagner leur confiance et plus, nous en faire des amis. Et ça prend du temps, car ils sont d'une méfiance instinctive. La solution, il n'y en avait qu'une : hiverner chez eux. Ces Indiens-là, ils n'ont en fait qu'un culte véritable : la force. Et qu'une idée : manger. Mais leurs chaudières ne regorgent pas de viande tous les jours. Que non ! Ils se gavent un jour sur trois et ils n'auraient pas l'imagination d'économiser…

Il surprit quelques bâillements et des expressions ennuyées. Décidément, chaque fois qu'il croyait avoir quelque chose d'intéressant à dire qui ne se rapportait pas aux deux filles Beaupré, il n'intéressait personne. Puisqu'on ne voulait pas le laisser raconter à sa guise, au moins qu'on le désaltérât – et cette fois il souleva ostensiblement son gobelet. On le lui remplit. Et puis le regard ému de sa femme lui souriait. Il se sentit encouragé et reprit :

– Un mois après notre arrivée, j'ai fini par découvrir les filles dans un village voisin. Elles suivaient un groupe de femmes à l'intérieur d'une de ces cabanes où, l'hiver, les Indiens tannent les peaux d'orignal.

Ce que Jean-Baptiste appelait cabanes était en fait des trous creusés dans la neige. Les murs en étaient tapissés de branches. D'autres branches formaient un toit lambrissé d'écorce de bouleau. Des rameaux de sapin sec composaient le plancher autour de l'espace nu réservé au feu qu'on n'éteignait jamais.

– L'air, commenta le coureur de bois, y est extrêmement malsain : on y gèle par-derrière, on y cuit par-devant ; de plus, la fumée s'échappe mal par l'ouverture pratiquée dans le toit et on y étouffe. Enfin, c'est là que j'ai approché la première fois l'aînée des deux.

Il désigna du menton celle qui ne quittait pas Pierre Gagné des yeux.

– Bien sûr, elle ne parlait pas un seul mot de français et elle ne s'intéressa pas plus à moi qu'aux branches de sapin recouvrant le sol. J'avais beau essayer de lui parler doucement, d'une voix presque chantante.

Il y eut des rires étouffés dans l'assistance.

– Enfin quoi, reprit-il, courroucé, lui faire franchement la cour !… En vérité, elle me parut ne pas priser tellement les Français ; mais faut la comprendre, elle a grandi chez les Iroquois. Alors, forcément…

On comprenait. On voulait la suite.

— Bon…

Le regard du narrateur chercha quelque effet. Le vin transformait sa mimique, usait sa voix. Il perdait de sa vivacité. Il haussa les sourcils, soupira, donna l'impression qu'il priait qu'on l'excusât, sans qu'on sût trop pourquoi, et continua sur un ton plus modeste :

— Même s'il y a des dames, faut que je vous dise… Il a bien fallu trouver un moyen ; c'est Simon qui l'a proposé…

Une sorte de pudeur le faisait buter, hésiter.

— Voyez-vous, avant d'être mariées, les jeunes iroquoises ont toutes les libertés. Et elles en usent. Pas le jour ; le jour, elles sont indifférentes à tous les compliments et ne se laissent même pas approcher. Mais la nuit ! Au moins une fois par semaine, elles courent l'allumette…

Cette fois il sentit qu'il tenait son auditoire et il se lança.

— Voici comment ça se passe. Des Indiennes allument un feu dans leur tee-pee. Des jeunes guerriers se faufilent dans la nuit, faisant mine de se camoufler – comme si c'était nécessaire ! – et se succèdent à leur chevet. Ils leur présentent un roseau séché qu'ils ont pris soin d'allumer en entrant. Les belles choisissent alors leur partenaire pour une joute amoureuse, en soufflant l'allumette de celui qu'elles préfèrent ; aux autres, elles opposent l'indifférence en s'enfonçant sous leur couverture, et ceux-là en sont quittes pour présenter leur flamme ailleurs. Anne, l'aînée des deux que les Iroquois appelaient Kayaa, était en âge de courir l'allumette et, même chez les Indiens de ce pays, la rumeur voulait que nous, Français, soyons d'habiles amoureux. Aussi Simon parvint-il assez facilement à la séduire. Plusieurs nuits, donc, celle-ci, dit-il en montrant Anne d'un coup de menton, lui a soufflé son allumette. Puis, un beau matin, elle a repoussé les avances d'un jeune Indien que jusqu'alors on lui donnait pour fiancé. Elle lui a dit : « Le nouvel ami qui est devant mes yeux m'empêche désormais de te voir. » Elle était bel et bien amoureuse. Ensuite, en peu de temps, Simon l'a convaincue d'abandonner la tribu avec sa sœur, qui déjà rêvait de voir l'onontio, comme les Iroquois appellent le chef des Blancs dont ils ont fait un personnage de légende assez extraordinaire…

Désormais, on l'écoutait religieusement. Il continua :

– Le voyage a bien commencé. Ce fut sans histoire pendant une quinzaine. Hélas ! en traversant les montagnes Blanches, nous avons tué et mangé un ours dont le foie était malade. Ce sont surtout mes compagnons qui ont mangé l'organe empoisonné, sans savoir. Remarquez que je les avais mis en garde : tous les Indiens vous diront qu'il est risqué de manger le foie de l'ours ; une fois sur deux on s'empoisonne. Toujours est-il que, moi, je n'en ai pas mangé, pas plus que les filles. Et, même là, nous avons eu des coliques et de la fièvre. On s'en est tiré à cause d'une suée que j'ai préparée en construisant un four de branches d'épinette. Mais René et Simon, eux, ils en sont morts.

Sur ces mots, Jean-Baptiste parut tout à coup complètement vidé d'esprit et soûl d'amertume comme de vin, bref, si las que sa femme se leva pour venir le réconforter en lui posant les mains sur les épaules.

Il se passa quelques moments avant que l'on comprenne qu'il ne dirait plus rien.

Il faisait maintenant une chaleur absolument étouffante, à cause des lourds capots qu'on n'avait pu retirer, faute de vestiaire ou même de simples crochets où les pendre ; à cause aussi du manque d'air, le froid interdisant d'ouvrir les fenêtres. Des flammes crépitaient dans l'âtre et léchaient une énorme marmite de soupe aux légumes : navets, rabioles, betteraves, panais.

Anne-Kayaa, de moins en moins apeurée, continuait de dévisager Pierre Gagné. Elle regardait surtout son bandeau. Soudain, à la surprise de tous, elle s'écria, d'une voix si flûtée et si haute que, un peu plus, elle se serait cassée :

— *Na ogate… Na ogate, na ogate*[1] *!*

Charles Le Moyne, qui connaissait bien la langue des Iroquois pour avoir vécu en captivité parmi eux pendant plusieurs mois en 1665, l'encouragea :

— *Gato, gato*[2]…

— *Na ogate… Na ogate ota, ostenia ieeyan*[3].

— *Wagate*[4].

Et le marchand fit le tour de la table pour aller recueillir les propos de la jeune fille.

Il se pencha. Ils parlèrent tout bas, comme si quelqu'un d'autre dans cette assemblée avait risqué de les comprendre. Le visage de Le Moyne s'assombrissait au fur et à mesure. Se relevant pour gagner sa

---

1. « L'œil… L'œil, l'œil ! »
2. « Parle, parle… »
3. « L'œil… L'œil est le père ; la pierre est le fils. »
4. « Raconte… »

place, il fit face à une marée de regards interrogateurs.

– C'est… Non, je ne peux vous révéler ce qu'elle
m'a confié. Pas maintenant. Plus tard, peut-être. De
toute manière, c'est sans importance. Faites-moi confiance.

Il se rassit à côté de Pierre Gagné, pendant que plusieurs quittaient les lieux, à la fois satisfaits et déçus.
Charles Le Moyne, dans le brouhaha des chaises qu'on
déplaçait, pianotait sur le bois de la table, en jetant des
coups d'œil de droite et de gauche. Puis il se décida. Les
mains en cornet, il se pencha vers l'oreille de Pierre. Élisabeth vit passer un nuage sur le visage de son mari. Elle
l'entendit murmurer :

– Ah bon !…

Connaissant le mutisme de son homme, elle se dit
qu'il venait certainement d'apprendre quelque chose de
grave.

CHAPITRE XXV

Dans le matin de ce jour de l'An, obstrué par la poudrerie, les résidants de la rue des Roches, dans la basse ville de Québec, distinguèrent une silhouette bien étrange : c'était celle d'une femme, aux dires de la plupart, car ils n'allaient pas être tous d'accord là-dessus, certains prétendant qu'il s'agissait d'un personnage tout à fait mystérieux, ni femme ni homme.

Cette personne marchait droit devant elle, la tête enveloppée dans une crémone, fagotée de vêtements trop courts aux poignets et aux chevilles, les mains dans de riches mitaines d'homme et les pieds fourrés dans des bottes hautes, souples, comme celles des nobles de la haute ville.

L'aubergiste Jacques Boisdon, qui, le dos courbé sous le poids d'un tonneau de vin l'avait frôlée, rapporta que si cette personne avait été de Québec, il l'aurait reconnue tout de suite : il tenait l'auberge depuis 1648 et connaissait tous les habitants de la ville.

Et le mystère resta entier.

CHAPITRE XXVI

Fébrile, Vadeboncœur gardait en lui l'inquiétude sourde d'être attaqué de nouveau par des loups. Il savait que le sang chaud qui coulait le long de sa jambe malgré le garrot constituait un appât par excellence.

Il avançait péniblement. À plusieurs endroits, la poudrerie avait accumulé la neige en bancs de plus de dix pieds. C'était une neige folle, dans laquelle s'enfonçaient les raquettes. Il devait lever haut les jambes et, par mille détours, éviter de passer sous les conifères, de peur de recevoir sur les épaules la charge qui les faisait ployer. Il rencontrait des escarpements si abrupts et des enchevêtrements de branches si serrés qu'il lui fallait continuellement rebrousser chemin pour chercher passage ailleurs. Il s'épuisait, vidant sa réserve de courage comme de forces.

Lorsque, après deux heures de marche exténuante, il arriva à l'endroit que les Hurons appelaient la Pointe Claire, il décida qu'il pouvait s'arrêter. Il ne lui restait rien à manger ; il fit tout de même un feu, s'assit tout près, sur un coussin de sapins.

En contrebas, il contempla le fleuve que le grand vent des tempêtes avait balayé, poli, comme c'était souvent le cas. Tout le long de la rive nord, le soleil maintenant haut faisait miroiter une glace uniforme. Il allait être si aisé d'y glisser, après avoir marché contre la neige épaisse !

Aussi loin que sa vue pouvait porter, il ne distinguait que des arbres et du blanc. On aurait pu croire que l'hiver était l'unique saison de ce pays, et le pays lui-même, rien d'autre qu'une forêt, et que la neige y était éternelle comme au sommet des plus hautes montagnes. Pays de géants qui semblait écraser la minuscule silhouette solitaire accroupie près de son feu, dont les flammes trouaient faiblement le froid. Pourtant, l'immensité de l'espace au milieu duquel le fils de Pierre Gagné se trouvait, loin de l'accabler, le comblait d'orgueil et d'amour pour sa terre natale.

Il ferma les yeux. Il huma lentement l'air intensément pur, et il se dit que rien ne valait un tel moment en tête-à-tête, seul à seul, avec son pays.

Un pays qui n'avait pas été celui de son père, encore tout neuf et qu'il avait d'abord connu à Ville-Marie, grouillante et agitée, avant de découvrir la sérénité du fief du Bout-de-l'Isle.

Il y avait eu aussi l'enfance magnifique, le début de l'adolescence joyeuse, à deux pas du poste, sur la première terre de son père, au bord de la rivière Saint-Pierre.

Personne n'aurait pu alors lui ravir le plaisir d'aller se perdre dans la foule de Ville-Marie. Pourtant, les rues n'étaient que des couloirs insalubres encombrés de passants et d'animaux domestiques qui se frayaient énergiquement un chemin entre les étals de toutes sortes et pataugeaient dans une boue visqueuse, jamais asséchée. Les cochons, stupides, couraient partout, grognant d'effroi ; les bœufs, les ânes avançaient, têtus, sans égard pour qui ou quoi que ce soit. Dans cette promiscuité étouffante de chaleur animale, circulaient, rue Saint-Paul surtout, des religieuses pareilles à des oiseaux aux ailes repliées, leur corps rigide se heurtant aux bonds des enfants, eux-mêmes perdus parmi les pattes des animaux, et qui surgissaient telles des grenouilles dans un marais. À travers un battant ouvert, les fenêtres livraient au regard des intérieurs modestes, mais combien plus tranquilles.

Tout ce grouillement baignait dans une rumeur soutenue de protestations, d'encouragements et aussi, heureusement, de rires. Des groupes se formaient là où un espace permettait de se tenir immobile. On commentait les sujets de l'heure : les Iroquois, le commerce des fourrures, les nouvelles des vieux pays, les divergences entre Mgr de Laval et les autorités laïques et, plus particulièrement, les épidémies, cette hantise que les premiers venus avaient ramenée de France où tel ou tel fléau ravissait périodiquement tant de vies humaines.

Enfant, il aimait à remonter la rue des commerçants, la rue Notre-Dame, en s'arrêtant sur le seuil de chaque boutique. Il les connaissait tous : le serrurier Louis Loysel, le cloutier Antoine d'Espinette, le tanneur Laurent Bory, le tailleur Pierre Larochelle, et bien d'autres encore qu'il prenait le temps de regarder travailler, sentant intuitivement l'apport de chacun à cette société en vase clos, comprenant qu'ils composaient un échantillonnage des métiers nécessaires.

Chez les marchands Le Moyne, Le Ber, de Sailly, Descolombiers et Moreau, il écoutait les reparties alertes, espiègles, assistait aux grandes disputes stupides, guettait les expressions aiguës, propres à convaincre, les gestes toujours sur le point de mimer l'argument qui ferait vendre.

Il lui arrivait de s'asseoir sur le sol, le dos contre le mur, les avant-bras sur les genoux pour mieux capter les cérémonies du commerce. De sa position privilégiée, il percevait davantage les glissements d'humeur, quand les mentons se tendaient jusqu'à tirer la peau du cou et que dans la lumière brouillée par la poussière du plancher il voyait apparaître les pièces d'argent entre les doigts rétifs du client. Le marchand manquait rarement la victoire et, dans la tête de Vadeboncœur, c'était ce talent qu'on lui payait, beaucoup plus que la marchandise vendue. C'est ainsi qu'il développait un sens pratique du commerce, une sorte d'instinct des affaires.

D'autres fois, il préférait l'isolement et un enseignement plus théorique. Il choisissait le calme de la maison des dames hospitalières.

Après la mort de sa mère, mais encore plus depuis le départ de Thérèse Cardinal pour Québec, les sœurs de l'Hôtel-Dieu de Jeanne Mance lui avaient offert un accueil et prodigué une affection sans réserve. Non pas qu'elles fussent bien nanties et qu'elles eussent beaucoup à partager – pendant les huit premières années, elles n'avaient reçu aucune rente en compensation de leur dévouement –, mais parce qu'elles aimaient la vivacité du petit bonhomme qui faisait jaillir une étincelle de gaieté dans une ambiance un peu trop sainte pour ne pas manquer d'amusement. Il était devenu une distraction, admise même par l'austère mère supérieure, Catherine Macé, chez qui le jeune garçon entrait souvent sans crier gare : tout au plus lui faisait-elle les gros yeux en le renvoyant au chevet de la sœur Thérèse Millot.

317

Entrée très jeune chez les hospitalières, cette dernière – la fille de Jean Millot, un des premiers taillandiers et le premier cabaretier de Montréal – gardait le lit à longueur d'année, clouée par une maladie chronique et inconnue. Elle était aigrie par la souffrance, mais les visites de Vadeboncœur avaient sur elle un effet adoucissant : elle adoptait pour lui un ton si paisible qu'on aurait dit que, par sa seule présence, il guérissait ses maux. Elle lui enseignait la lecture, l'écriture, les prières, surtout ! et savait l'intéresser en lui contant l'histoire de France.

Elle lui parlait des châteaux et de la cour royale, de Paris et de ses jardins. Elle l'entraînait dans le rêve, l'emportait dans l'aventure, l'émerveillait jusqu'à l'illusion parfaite. Mais comme elle n'avait jamais connu la France, étant née à Ville-Marie, c'était plutôt la vieille sœur Judith Moreau de Brésoles, débarquée en Amérique en septembre 1659 en même temps que ses consœurs Catherine Macé et Marie Maillet – les Indiens du poste croyaient que celle-ci était la mère de la plus jeune des novices, Marie Morin –, qui fignolait pour lui le tableau des villes françaises. Ainsi se traçaient dans l'esprit et l'imagination de Vadeboncœur les contours du pays d'origine de son père. L'enfant répétait ces histoires prodigieuses à son ami, le Huron Mitionemeg qui les buvait, en extase.

Ces leçons terminées, il allait jouer dans le parc de l'hôpital, magnifique jardin français entouré d'une solide enceinte qui en faisait une enclave de verdure et de paix au milieu de l'agitation. Il s'y trouvait des cultures maraîchères ainsi que des arbres fruitiers, sur lesquels la sœur Catherine Archambeault, à la recherche de fruits nouveaux, effectuait des expériences de greffes.

Vadeboncœur, à cette époque légère de son enfance, ne quittait jamais la pieuse maison sans jouer quelques bons tours à la sœur converse Geneviève Renaud, dont il obtenait un pardon facile en lui prêtant son aide, de la cuisine au puits et du four aux lessives. Cette religieuse était d'ailleurs d'un optimisme large et d'une gaieté rude, qu'elle s'imposait pour pallier l'extrême pauvreté de la communauté – une pauvreté qui s'étalait tous les jours sur la maigre table de la maison. Pas de viande, à l'exception d'un peu de lard : l'été, des herbes et quelques légumes du jardin avec du lait d'ânesse caillé, fort écrémé ; l'hiver, du lard, de la citrouille en plusieurs sauces, des haricots et de minces parts de poisson salé.

Ainsi le fils de Pierre Gagné avait-il vécu et s'était-il instruit jusqu'à l'âge de huit ans. Ensuite, il fréquenta l'école des garçons de l'abbé Gabriel Souart qui, logé chez Marguerite Bourgeoys, continuait d'enseigner aux filles. Mais, pendant ses loisirs, l'enfant ne perdait pas une occasion de s'immerger dans la vie quotidienne et besogneuse de Ville-Marie.

Un jour, une grande révolution intervint dans ces habitudes. Son père avait dû se rendre à l'évidence : les bords de la rivière Saint-Pierre étaient trop exposés aux crues saisonnières, sa terre était trop basse, trop humide. Il fallait abandonner l'idée d'y pratiquer la culture. Pierre Gagné avait donc échangé son lopin contre un logis rue Saint-François.

Dès lors, ce fut l'occasion pour Vadeboncœur d'aller à une nouvelle école : celle des grandes foires estivales. Une fois l'an, Montréal – comme Trois-Rivières et Québec – devenait un poste de traite. Au début de la colonie, par flottilles de canots, les Indiens « venaient aux bateaux » à Québec pour offrir leurs pelleteries. Plus tard, la guerre avec l'Iroquois avait rendu trop risquées les expéditions de ce genre ; et c'était ainsi que des aventuriers, les fameux coureurs de bois, étaient allés relancer Hurons et Algonquins jusque chez eux. Mais les méthodes commerciales des Français n'étaient pas toujours très orthodoxes ; souvent ils laissaient des réputations de brigands. Afin d'éviter que le mécontentement ne détourne les Indiens vers les seuls marchands de la Nouvelle-Angleterre, M. de Tracy avait proclamé que chaque année, à la fin du printemps, dans les trois postes importants de la Nouvelle-France, se tiendrait la foire des fourrures. Par ordonnance, il fixa les prix afin que les Indiens trouvent vraiment leur profit et ne soient plus victimes de marchandages injustes. Par exemple, six peaux de castor pouvaient payer une couverture blanche de Normandie, ou un fusil, ou une barrique de blé d'Inde ; quatre peaux, une couverture de ratine ; trois peaux, un grand capot.

À Ville-Marie, dans le quadrilatère formé par la rue Saint-Paul, le fleuve, la rue Saint-Pierre et le mur de la chapelle Notre-Dame-de-Bon-Secours, se dressaient des boutiques volantes, sortes de kiosques temporaires édifiés sur un espace réservé à ceux qui désiraient commercer avec les Indiens. Le négoce devait s'accomplir selon les strictes prescriptions adoptées lors d'une assemblée des habitants de Montréal : il était « défendu de traiter, pendant ladite foire, hors les lieux de la Commune qui sont désignés à cet effet et qu'il soit mise une taxe sur les marchandises qui seront traitées, à peine de confiscation et d'amende, comme aussi qu'il soit défendu de parler la traite en langue sauvage ni de les tirer à part [les Indiens] pour les traiter où il leur plaise, à peine d'amende ».

L'ouverture de la foire donnait lieu à un cérémonial grandiose, auquel assistait, fascinée, toute la population.

D'abord, on déroulait de grandes toiles qu'on tendait, retenues par des perches de dix pieds, de la rive du fleuve jusqu'à la place de la Commune. Ciel blanc sous ciel bleu, ces voiles impressionnantes étaient destinées à arrêter les ardeurs du soleil. On y dressait une tribune autour de laquelle on étalait un tapis d'écorce et de copeaux. Sur l'estrade, un fauteuil représentait le trône où le gouverneur recevait les hommages. À demi nus, libéralement tatoués, la tête coiffée d'une peau de rongeur dont les pattes retombaient sur les oreilles et la nuque, les Iroquois arrivaient parmi les premiers et venaient s'asseoir aux pieds du chef des Français, en guise de marque de respect pour l'hôte. Les Algonquins, les Hurons débarquaient ensuite et se rangeaient face à face, en ménageant un espace pour ceux des leurs qui allaient prononcer les discours.

Hauts en couleur, ces discours étaient dits, joués à la façon de comédies, par les différents chefs de tribus. Ceux-ci commençaient par remettre au gouverneur des wampums et justifiaient ensuite leurs dons par des propos pacifiques, tels ceux du chef Tokhiahenchiaron : « Onontio, prête l'oreille à mes paroles. Je suis la bouche de tout mon pays. Tu entends tous les Iroquois, quand tu m'entends parler. Mon cœur n'a rien de mauvais, je n'ai que de bonnes intentions. Nous avons en notre pays des chants de guerre en grand nombre, mais nous les avons tous jetés à terre et nous n'avons plus aujourd'hui que des chants de réjouissance ! »

Là-dessus, il se mettait à chanter, aussitôt suivi de ses frères. En même temps, il se promenait, faisant des gestes théâtraux, regardait le ciel, se frottait les bras « pour en faire sortir la vigueur qui les animait dans les combats contre les Français ».

D'autres Indiens manifestaient un grand humour. À l'interprète qui venait de lui souhaiter la bienvenue, le chef Kiotsaton répondit, en haussant le ton pour bien se faire entendre : « Que ce Blanc est un grand menteur ! » Et, après une longue pause : « Il dit que je suis ici comme dans ma maison et comme dans mon pays ; c'est une menterie, car je suis mal traité en ma maison, mais je ferai ici grande chère ; je meurs de faim dans mon pays, mais je ferai ici tous les jours festin ! »

Quelquefois, le discours était exprimé par gestes. Un chef de tribu mimait le long et difficile voyage qui l'avait mené jusqu'à Ville-Marie. Il mettait un bâton sur sa tête pour montrer comment il avait porté son ballot de fourrures. Il arpentait la place de bout en bout, pliait l'échine, s'affligeait sur son sort avec une expression d'animal battu, sautait d'une pierre à l'autre pour traverser un courant imaginaire, laissait échapper son fardeau et le récupérait péniblement. Puis, on aurait dit qu'il heurtait de plein fouet un arbre ; il tombait rudement sur le dos, se couvrait le visage de ses mains et se relevait avec courage. Il feignait ensuite de marcher dans un sentier glissant et maintenait difficilement son équilibre en écartant les bras. Pour terminer, il ramait comme s'il avait été seul dans un canot, perdait le contrôle dans les rapides et parvenait à redresser son embarcation juste avant la catastrophe. Un grand sourire satisfait indiquait la fin de son périple.

Vadeboncœur assistait à ces extraordinaires manifestations en vibrant d'admiration. Il regardait ces êtres venus des bois, descendus des rivières, comme les personnages d'une vaste légende qui dépassait toutes celles qu'on lui avait contées.

Pendant toute la foire, il collait aux goussets de son père qui servait d'agent de liaison entre les Indiens et les tanneurs européens venus acheter des peaux pour les traiter et les revendre aux bourreliers et aux fabricants de coffres. En observant la pratique du commerce avec les Peaux-Rouges, il comprenait pourquoi les Charles Le Moyne et Jacques Le Ber étaient devenus les premiers marchands de la colonie : l'un et l'autre les avaient fréquentés dans leurs bourgades et en avaient ramené des méthodes de troc apparemment naïves, mais qui se révélaient toujours à l'avantage du vendeur.

Au cours des années, Vadeboncœur avait trouvé plusieurs moyens de s'approcher des Indiens et de les suivre chez eux. Il s'était fait parmi eux des « grands frères », dont il avait partagé plus que l'amitié : une affection sincère venue du cœur, sans motif intéressé et d'une parfaite liberté.

Peu à peu, il avait changé, en était venu à exécrer Ville-Marie, étouffante et tragique. Quand son père avait entrepris d'établir le fief du Bout-de-l'Isle, au milieu de rien, de la forêt, de la nature sauvage et peu conciliante, il avait été heureux.

Depuis, quatre ans avaient passé, pendant lesquels s'était renforcé le goût particulier qu'il éprouvait pour son pays « à l'état brut », comme il disait lui-même.

Il devait maintenant être près de dix heures du matin. Vadeboncœur sortit de sa rêverie. Il s'étira. Ses yeux rencontrèrent l'éclat de la neige. Il s'emplit d'une autre bouffée d'hiver. Maintenant que la neige était tombée, il faisait moins froid. Quand il se leva, sa jambe lui fit mal et il grimaça, mais il se força à ne pas boiter.

Les raquettes au dos désormais, il emprunta l'avenue tracée sur le fleuve par le vent. Il glissait sur la surface gelée en allongeant le pas, sans heurter le moindre obstacle : « Pays sans limites », pensa-t-il encore.

Il ne croisait rien d'autre que les multitudes de traînées d'or projetées sur la neige par le soleil. Pendant plus d'une heure, il avança, avec le sentiment qu'il irait ainsi jusqu'à l'infini s'il le voulait.

Pour jongler un peu avec son esprit, il chercha pourquoi les loups l'avaient attaqué. Il trouva. Il aurait dû y penser avant de « prendre le bois » tout seul : le grand froid des quinze derniers jours, un froid omniprésent et invariable, avait « saisi » le vent et éteint toutes les odeurs. Du même coup, il avait privé les bêtes de leurs facultés de chasser et les avait condamnées à un jeûne prolongé. Dès qu'elles avaient aperçu Vadeboncœur, elles avaient attaqué pour survivre. La nature… Le jeune homme se reprocha son insouciance : on ne part pas en expédition de chasse sans se prémunir contre de semblables risques. Un bon coureur de bois, ou mieux, un Indien, se serait muni d'une torche résineuse à flamme haute, pour éloigner les bêtes affamées.

Enfin, Vadeboncœur distingua, dans la lumière de rêve, irréelle, d'une blancheur irritante pour la rétine, la forme oblongue du manoir du Bout-de-l'Isle.

D'abord, il la devina plus qu'autre chose, pareille à une butte de neige brisant la régularité plate de la berge au cœur d'une clairière, elle-même entourée par l'omniprésente forêt. Trois échappées de fumées, taches grises plantées dans l'immaculé. Des reflets de feu allumés par le soleil des carreaux.

Il continua de marcher. S'approcha. Solidement ancré au sommet d'une colline surplombant le lac, le bâtiment lui apparut, dépouillé, sans prétention, mais harmonieux, humain aussi, maintenant qu'il n'était plus nimbé de la réflexion aveuglante du soleil sur la neige. Il offrait un aspect trapu, robuste, auquel contribuaient les courts larmiers du toit à deux eaux, percé de quatre lucarnes, flanqué de trois cheminées. La ligne de faîte se brisait à une extrémité sur un appentis servant de boulangerie. La seule coquetterie était un fronton triangulaire, qui lui donnait une allure palladienne, avec trois hautes fenêtres disposées en triptyque. Les autres ouvertures étaient dispersées irrégulièrement dans les murs de bois, juste au-dessus des fondations de pierres recouvertes. Enfin, derrière, ponctuée de quatre tours, s'étirait une muraille. Elle était destinée à interdire l'approche aux animaux domestiques et à repousser, le cas échéant, les attaques indiennes.

Devant une terrasse qui longeait le fleuve attendaient des chevaux attelés à des traînes à banc et quelques carrioles.

Pour gravir la pente douce du plateau et atteindre la résidence de son père, Vadeboncœur remit ses raquettes. Avec un subit regain de forces, il entreprit de livrer sa dernière bataille contre la neige poudreuse.

CHAPITRE XXVII

Si Marie-Ève repoussait si vigoureusement les avances de Mathurin Regnault, fils de Joseph, chaque fois que, seul avec elle dans la boulangerie, il essayait de lui caresser la poitrine ou de lui pétrir les fesses, ce n'était pas, comme il le croyait, parce que les ursulines lui avaient enseigné que les gestes de l'amour étaient choses sales, mais parce que le gros garçon lui déplaisait souverainement.

Il avait toujours l'air égaré. Lorsqu'il s'approchait d'elle, on aurait dit qu'il prenait un coup de sang : une veine lui gonflait la tempe gauche, son teint virait au cramoisi, les boutons de son visage luisant pointaient. Pathétique, il avançait ses mains adipeuses aux doigts boudinés, pour prodiguer à la fille de Thérèse Cardinal ce qu'il pensait être des caresses et qui n'étaient que des attouchements désagréables d'adolescent malhabile.

Repoussé par des « Mais cesse donc, vicieux ! » il maugréait contre cette fille maniérée qui se prenait pour quelqu'un d'autre : « C'est à croire que ce n'est pas la fille de sa mère, tiens ! » Là encore, il se trompait. Marie-Ève était bien la fille de Thérèse et ne plissait pas le nez sur l'amour.

Sa mère n'avait pas pris de détour ; elle lui avait dit franchement : « Aimer, vois-tu, ma fille, c'est un festin.

Seulement, on ne festoie pas avec n'importe qui. » Et, comme toutes les demoiselles instruites au couvent de la rue du Parloir, dans la haute ville de Québec, Marie-Ève aspirait à un autre parti que ce Mathurin Regnault, dont le père était domestique à l'intendance et qui, sans même le savoir, était plutôt à l'image de certains personnages grotesques de Rabelais que de ceux de Mme de La Fayette. On le savait, le héros de Marie-Ève Cardinal était Rodrigue, l'amant sans peur et sans reproche de Chimène, dont elle rêvait depuis la représentation du *Cid* au Collège des jésuites. C'est dire si le garçon replet qui lui adressait des avances dans la boulangerie avait des chances de la séduire !

Elle espérait, elle voulait tellement mieux ! Par exemple, l'un de ces nobles comme il en gravitait autour du gouverneur et de son ami, le fameux explorateur Robert Cavelier de La Salle, qu'on disait aussi raffiné que courageux, aussi riche que cultivé. Il y avait aussi l'entourage de l'intendant, qui formait une autre cour, logé royalement dans une aile transformée de l'ancienne brasserie construite à l'époque de l'intendance du grand Jean Talon. Ces deux sociétés ne se fréquentaient guère, sauf en de rares et inévitables occasions comme celles des fêtes et des cérémonies protocolaires. Elles s'opposaient même plutôt. À l'origine de la formation des deux clans, il y avait eu l'intransigeance de Louis de Buade, comte de Frontenac, attaché à des fastes voyants, face à l'austérité opiniâtre et provocante de l'intendant Duchesneau. Il s'y était ajouté toute une kyrielle de différends, et même d'affrontements. La situation avait d'ailleurs fait dire à Mgr de Laval s'adressant au roi : « L'un de ces deux hommes est de trop à Québec ! »

À dire vrai, toutes ces intrigues intéressaient fort peu la belle Marie-Ève. Le fils de l'intendant l'intéressait davantage ; c'était le doux secret qu'elle portait comme un trésor caché dans son cœur. Encore que parfois, ayant sacrifié aux ardeurs de la chair, et l'esprit alors refroidi et lucide, il lui arrivât de se dire qu'elle pouvait, pourquoi pas ? aspirer à plus haut encore.

On la disait plus belle même que sa mère qui, malgré son âge, passait encore pour une reine. C'était une beauté tout en nuances, d'une insaisissable douceur, que ses jeunes années avaient dessinée à petits coups : la bouche, d'une délicatesse toute proche de la fragilité, et les yeux, d'une forme et d'une lumière touchant la perfection. Quand elle souriait, ses lèvres composaient une moue fascinante, à la fois ironique et hautaine. Son expression habituelle était celle d'une rêveuse, mais le visage restait merveilleusement animé par les vagues ondulées des longs cheveux noirs. Des épaules délicates ajoutaient à une féminité qu'on devinait savoureuse. Quand elle désirait particulièrement aguicher, elle n'avait qu'à marcher d'une manière qui mettait ses hanches en valeur, et plus un homme ne regardait ailleurs.

Son caractère se rapprochait de celui de Thérèse. Elle était bien têtue et bien orgueilleuse, rebelle et volontaire. Provoquée, elle s'emportait facilement ; choyée, elle montrait de la méfiance. Mais au fond elle était tendre, prête à céder.

Avant de rabrouer le fils Regnault, elle se donnait parfois le temps d'imaginer que la main indiscrète était celle de son beau Jacques, portant le costume de capitaine du régiment de Carignan-Salières, charge que lui avait achetée son père. Un trouble vague, début d'ivresse charnelle, accélérait alors le rythme de sa respiration. Après avoir rejeté la tentation et retrouvé le calme en contenant sa sensualité, elle se demandait si le désir pourrait porter son corps jusqu'à l'excitation, à l'égarement, à l'éclatement, sans qu'elle aimât.

L'amour et le péché n'avaient jamais cheminé côte à côte dans son esprit. Elle n'approuvait pas que ses sentiments résistent à son corps. Elle voulait surtout ne jamais être victime des hommes, d'*un* homme.

Pourtant, et sa mère le lui répétait, à dix-sept ans elle demeurait une petite fille. Elle avait une façon tout à fait innocente d'écarquiller les yeux, et il lui arrivait, en enfant gâtée, de refuser de se lever sous prétexte qu'il faisait si bon, trop bon, dans la chaleur du lit.

En ce matin du Premier de l'an, elle était toute aux heures brûlantes passées dans les bras de Jacques Duchesneau, et dut faire effort sur elle-même pour revenir au souci de regarnir la boulangerie.

En effet, les fêtes avaient complètement vidé les étagères, et un règlement sévère, adopté l'année d'avant par le Conseil souverain, prescrivait que « tous les boulangers établis dans [cette] ville [devaient] en tout temps tenir leur boutique garnie de pain bis et blanc pour vendre au public ». Car le pain demeurait, en Nouvelle-France comme en Europe, la base de l'alimentation. Il ne devait jamais manquer. Aussi fallait-il, pour tenir boulangerie, être expressément accrédité par les autorités et respecter scrupuleusement les règles de poids et de prix, soit onze onces le pain blanc à vingt deniers et une livre le pain bis de deux sols. Les acheteurs avaient le droit de vérifier l'un et l'autre. À cette fin, chaque établissement devait mettre une balance précise au service de la clientèle.

Rue des Roches, la boulangerie de Thérèse Cardinal était l'une des onze que comptait Québec en ce début de 1677. Cinq ans plus tôt, au moment du départ de l'intendant Jean Talon, pour qui elle avait tenu maison pendant près de six ans, elle avait obtenu ce privilège, en compensation de ce que ses services ne seraient plus requis par l'intendance, car il était question de supprimer celle-ci et que les deux fonctions soient cumulées par le gouverneur.

Alimenté de bûches d'érable, le four à pain, en pierres crépies au mortier, dégageait depuis l'aube une chaleur accablante. Après avoir surveillé la première fournée, Marie-Ève alla tirer du caveau à nourriture, creusé dans le roc tout contre le solage de la maison, le chapon acheté par sa mère au début de l'hiver chez Daniel Perron, le marchand d'alimentation. Le gel permettait une conservation économique des aliments ; on mettait ainsi en réserve des mets de choix, comme cette volaille, pour les placer sur la table des fêtes entre deux bouteilles de vin clairet. Justement, la futaille était vide, et la jeune fille décida d'aller chercher du vin chez Simon Mars, qui tenait boutique au coin de la rue Notre-Dame.

Elle décrocha la balance et suspendit à la place le chapon, pour qu'il dégèle et s'égoutte. Puis elle dit à Mathurin :

— Je sors.

— Pour longtemps ?

— Le temps d'oublier tes mains d'énergumène !

Et laissant là le gros garçon pantois, elle sortit sans se retourner.

La rue des Roches était aussi méconnaissable que l'avait vue Jacques dans la nuit. Elle était complètement envahie par la neige, amassée presque jusqu'à l'étage des habitations. Au centre, des pas avaient tracé un sentier qui disparaissait au sommet d'une butte pour réapparaître plus loin, au sommet d'une autre. Les encoignures de pierres noires qui faisaient saillie sur les murs avaient retenu des fuseaux de neige qui redessinaient toutes les façades.

Sous le soleil, jamais Québec n'avait paru si propre, n'avait senti si bon. Les habitants en éprouvaient une intense bonne humeur, et les enfants dévalaient allègrement les bancs de neige au pied desquels ils s'enfouissaient complètement dans le blanc.

— Marie !

Dégageant avec ses mains la neige qui obstruait l'entrée jusqu'à hauteur d'homme, Jeannette Vacher cherchait à sortir de chez elle.

— Attends-moi !

À la voir, on aurait cru qu'elle ramait. Enfin elle émergea, dans un éclat de rire. Des yeux particulièrement pétillants allumaient tout son visage, au demeurant fort joli. Elle faillit buter contre trois hommes éméchés qui sortaient de l'auberge Boisdon.

À son tour, Marie-Ève dut subir les hommages égrillards des trois buveurs. Pour toute réplique, elle arbora ses grands airs de parfaite indifférence qui, elle le savait, n'étaient pas sans ajouter à son charme.

— Tu connais la nouvelle, Marie ?

Elles arrivaient rue Saint-Pierre. Les maisons, plus grosses et plus nombreuses qu'ailleurs, semblaient s'étirer au soleil.

— Marie, tu m'écoutes ?

— Oui. Non. Qu'est-ce que tu disais ?

Sur les battures, qu'on apercevait entre les maisons, il y avait quelques tentes indiennes devant lesquelles les feux exhalaient une bonne odeur d'écorce de pin.

– Tu ne connais pas la nouvelle ? Ou plutôt les nouvelles ! La première est une histoire assez drôle…

– Dis-moi d'abord celle-là, Jeannette.

– Tu connais Jacques Duchesneau, le fils de l'intendant ?

– Oui.

Marie-Ève avait répondu trop vite. Elle rougit, se mordit les lèvres et essaya de tempérer son acquiescement :

– Oui, oui… enfin, je crois avoir entendu parler de lui.

Jeannette, béatement distraite, s'était arrêtée pour observer trois mésanges qui voltigeaient au-dessus des miettes de pain que leur lançait la femme du charpentier Brisval. Elles s'approchaient, s'éloignaient, revenaient en battant des ailes et en pointant le bec vers la nourriture, sans jamais se poser.

– Jeannette ?

– Oui ?

– Qu'allais-tu dire au sujet de… de ce fils Duchesneau ?

– Ah ! ça ! Eh bien, imagine-toi donc qu'on l'a mis aux arrêts cet avant-midi.

Marie-Ève tressaillit. Soudain elle eut l'air à bout de souffle. Se ressaisissant, elle demanda d'une voix qu'elle voulait sans émotion :

– Pourquoi ? Comment est-ce arrivé ?

– Oh ! rien de tragique ; une farce, je t'assure. Je ne peux t'en donner les raisons, on ne me les a pas dites ;

on l'a bel et bien mis aux arrêts… mais dans la maison de son père. Le gouverneur n'a pu obtenir que l'intendant livre son fils ; alors il a envoyé des miliciens garder à vue toutes les issues de la résidence, avec ordre d'intercepter Jacques s'il veut sortir. Voilà !

Marie-Ève, dont le visage à la peau exceptionnellement sensible était écarlate, demanda encore :

— Mais, pourquoi ?

— Je ne sais pas, je te dis. Tu n'ignores pas plus que moi que le gouverneur et l'intendant sont à couteaux tirés. Alors…

Il devenait difficile de parler dans le froid : les lèvres se figeaient ; une bise glacée soufflait du fleuve et il fallait se courber pour avancer, afin d'éviter que le vent ne frappe la figure de plein fouet. Mais Jeannette n'avait pas terminé :

— Ce n'est pas ça, ma nouvelle importante, tu sais…

Marie-Ève n'était pas certaine que cette seconde nouvelle l'intéressât. Elle pensait à Jacques et se demandait si…

Sa compagne lui passa la main sous le bras, ralentit l'allure et rapprocha son visage du sien, fière d'être la première à lui annoncer ce qui allait fort probablement changer sa vie et celle de sa mère.

Chapitre XXVIII

Au manoir du Bout-de-l'Isle, venus d'aussi loin que Lachine et même Ville-Marie, bien emmitouflés dans des tuniques du pays étranglées à la taille par des ceintures aux couleurs vives, la tête recouverte d'un capuchon cernant de près l'ovale de leur visage rosi par le froid, des amis ou des admirateurs – Pierre Gagné demeurait une figure très populaire – arrivaient avec leurs vœux de bonheur et de longue vie.

Il accepta de bonne grâce que sa résidence soit envahie en ce matin du jour de l'An. Mais ceux qui le connaissaient bien décelaient une pointe d'agacement dans son expression imperturbablement amène. Quelques-uns s'en étaient même ouverts à Élisabeth, qui n'avait pu prétexter comme excuse que la grande fatigue de son mari. Elle n'aurait d'ailleurs pu dire autre chose : Pierre ne lui avait rien confié de son souci.

Il recevait dans la salle commune, bien éclairée par six fenêtres donnant sur l'élargissement du fleuve. Le plancher de bois couvert de catalognes à stries multico-lores craquait sous le poids des visiteurs. Les vantaux du buffet deux-corps contenant vaisselle et aliments restaient ouverts pour faciliter le travail à Jeffine et Agnès, les deux domestiques qui servaient le vin, les gâteaux glacés au sucre et les beignets. Les uns avaient pris place à la grande table et discutaient entre eux ; d'autres, debout par groupes de deux ou trois, n'avaient même pas retiré leur habit d'hiver et prenaient juste le temps de serrer la main du sieur, de lui demander sa bénédiction, de boire un verre, et repartaient avant d'avoir trop chaud.

Des enfants regardaient, émerveillés, les tableaux suspendus aux murs : scènes de chasse, paysages, sujets religieux. Rien de vraiment original, mais des œuvres agréables à regarder, aux couleurs faciles et attrayantes. En fait, la pièce ne contenait qu'une véritable œuvre d'art : le cabinet d'ébène, à deux guichets et tiroir, que Jeanne Mance avait donné à Pierre Gagné lors de son mariage avec Élisabeth. Les autres meubles étaient un coffre orné de panneaux à plis de serviette, une armoire à deux portes avec des fiches queue-de-rat, un banc à seaux, une huche pour le pain de farine, de blé et de seigle, qu'on fabriquait au manoir, un garde-manger à deux portes ajourées de treillis dans leur partie supérieure, des chaises « à la capucine » à fond de jonc tressé, et d'autres à bras, trois seulement, garnies de drap et de franges, et enfin, une lourde table ovale en pin à panneaux pliants.

Pierre Gagné donnait machinalement sa bénédiction à ceux qui mettaient genou à terre pour la lui demander. Puis il bavardait avec eux et s'informait de leur bien-être, de leur santé. Bien que son esprit fût ailleurs, il trouvait les mots pour encourager, féliciter, et donnait l'impression de prêter à tous la même oreille paternelle.

Depuis que Charles Le Moyne lui avait traduit confidentiellement les propos d'Anne-Kayaa, Pierre réfléchissait. Le Moyne avait dit : « Selon la jeune Anne, on raconte chez les Iroquois que le fils d'un Français borgne a engrossé la fille du chef Héauatah, dont il avait fait une de ses asquas, sorte de concubine attitrée qui se réserve à un coureur de bois, et que ce Blanc, qu'on appelle Osténia, sera forcé par le Grand Conseil à l'épouser. On raconte qu'une telle alliance entre un Français et une Iroquoise garantira l'avenir, puisque Ogate – l'œil, nom qu'on te donne – est un onontio. »

Il était déjà arrivé à Pierre Gagné de redouter une situation de ce genre mais, par une espèce de scrupule à entraver la liberté de Vadeboncœur, il avait laissé faire, lui pourtant si prompt à prévenir les dangers.

À Ville-Marie, à l'Hôtel-Dieu, il avait tenu le coup et essayé de garder un visage de marbre. Mais Élisabeth avait perçu son trouble. Lorsqu'elle saurait la chose, elle serait la première à lui déclarer : « Je te l'avais bien dit… » Et elle aurait tout à fait raison. Il avait toujours refusé de brider les envies de ce fils né de son premier mariage. Les deux fils qu'Élisabeth lui avait donnés, Louis et Claude maintenant âgés de sept et cinq ans, recevaient, eux, une éducation sévère, bourgeoise, plutôt rigoureuse.

Souvent il avait expliqué que « Pierre II » Gagné, dit Vadeboncœur, était l'enfant de l'époque héroïque : par-dessus tout, c'était le fils de Marie Pacreau, sa première femme, morte des mains des Indiens. Et il croyait garder intact le souvenir de la mère en laissant le fils grandir à sa guise.

Mais, cette fois-ci… Jamais encore le garçon n'avait causé de problème majeur. Les gens de Ville-Marie l'avaient toujours considéré comme l'enfant du poste, que tous aimaient et conseillaient. Ils voyaient en lui, comme en son père, un être un peu hors de l'ordinaire, ce qui lui permettait de vivre dans un univers où il avait partout ses entrées, et presque tous les droits. Et l'une des fiertés de Pierre Gagné avait toujours été que son fils n'en avait pas abusé.

Mais voilà qu'il avait outrepassé les limites, en venait-il à penser. Jamais il ne permettrait que son fils épouse une Iroquoise et ouvre la voie à un métissage qui risquait d'éteindre dans l'œuf un peuple nouveau, en train de naître. Il n'allait pas accepter que la première génération de Canadiens se teinte de rouge. En même temps, sachant que le mariage iroquois n'avait rien de rigoureusement formel ni religieux, il voyait combien faibles étaient ses arguments. Pour être franc, le vrai motif de son refus venait de la vision qu'il avait de ce pays.

Cependant, comment le sieur du Bout-de-l'Isle allait-il s'y prendre pour rejeter la demande du chef Héauatah sans insulter le sachem, sans donner aux Iroquois une raison de douter des intentions cordiales des Français ?

Pierre Gagné allait-il être la source de la prochaine discorde entre les Iroquois et les Français de la colonie ?

Pendant qu'il continuait de serrer des mains, de distribuer des bénédictions, Élisabeth se perdait en conjectures sur l'attitude de son mari. Tôt ou tard, comme d'habitude, il lui ferait part de ce qui le tracassait ; mais, pour l'instant, elle s'inquiétait. À tel point que, c'était un comble ! elle en oubliait de manger.

À l'écart du brouhaha de la réception, à l'autre bout du manoir, Vadeboncœur reprenait son souffle.

Il avait franchi à la course les derniers pieds qui le séparaient de la chaleur du foyer. Dans sa chambre, la douleur de sa blessure au mollet s'était ranimée et, sans même ôter ses vêtements, il s'était jeté sur son lit, épuisé.

Cette pièce, munie d'une porte donnant directement sur l'extérieur, était un peu pour lui la tanière où s'empilaient les mille et un objets rapportés de ses expéditions. Il y vivait à son rythme, qui n'était pas celui du reste de la maison. Il sortait sans prévenir et rentrait selon ses désirs.

Là, un soir d'été, alors que toute sa famille et tout le voisinage participaient à la corvée pour élever la grange du colon Josserand Hardy, il avait fait l'amour pour la première fois avec la plus jeune des six filles Hardy.

La curiosité et une certaine effronterie avaient guidé ses gestes. Au moment de la prendre, il avait soudain hésité. Il avait contemplé ce corps de jeune fille, et il l'avait trouvé si blanc et si délicat qu'il avait cru un moment s'être trompé : sa virilité était trop agressive pour tant de douceur. Mais, sans qu'il ait su comment, plus il s'attardait à caresser la peau soyeuse, plus son désir lui faisait mal et lui commandait de pénétrer la chair offerte. Puis il y avait eu les soupirs, cette expression indéfinissable sur le visage de la jeune fille et une sorte d'acharnement des deux corps, comme s'ils avaient été en course vers quelque but que tous deux ignoraient.

Après, Vadeboncœur n'avait rien trouvé de mieux à dire que : « Est-ce que ça fait encore mal ? »

Un rire à perdre haleine avait secoué la jeune fille et elle avait roulé sur lui. Toujours sans trop comprendre, il l'avait désirée de nouveau. Et ils s'étaient encore mieux accordés que la première fois.

Mais c'était aussi dans cette chambre que Vadeboncœur avait appris à vivre seul avec lui-même, à s'écouter dans son propre silence, pendant que son père et les autres faisaient face aux événements quotidiens et subissaient les obligations administratives.

Vadeboncœur s'était tenu en retrait de ces obligations, ne s'y intéressant qu'en curieux. Son père ne s'était jamais inquiété de cette indifférence : il jugeait qu'un homme devait d'abord se former à la vie, avant de servir.

Sur une table donnée par la famille de la sœur Millot, après la mort de cette dernière, Vadeboncœur avait cordé plusieurs volumes. Dans un tiroir, il conservait toutes les lettres de Marie-Ève. Elle était pour lui plus qu'une amie d'enfance, plus qu'une demi-sœur : une vraie sœur.

Quand elle était partie pour Québec avec sa mère, il avait ressenti un vide, une absence, une petite mort et un grand chagrin. Il avait gardé l'image mélancolique d'une Marie-Ève mystérieuse, dont le temps, en effaçant presque ses traits, ne lui laissait plus qu'un souvenir abstrait. Il avait fini par cultiver une tendresse à fleur de peau pour une fillette qui n'existait plus.

Et puis, un jour, une première lettre était arrivée. D'une écriture juvénile, Marie-Ève entamait une correspondance qui allait devenir une longue habitude, une interminable confidence. Régulièrement, pour autant que le permettaient les communications fluviales ou terrestres entre Québec et Montréal, il avait reçu ces missives agréables. Parallèlement à sa propre vie, il vivait celle que Marie-Ève lui contait.

Peu à peu, elle avait joint à ses envois épistolaires des livres, romans ou ouvrages didactiques. De même qu'il avait cru les lettres de Marie-Ève précieuses pour son cœur, il avait jugé indispensable au progrès de son esprit de lire ces livres. De la sorte, il avait développé en lui un goût particulier pour les choses de l'esprit.

Sa douleur s'étendit, irradia dans toute la jambe, et brusquement, il se sentit seul. Souvent, devant l'association de son père et de celle qu'il ne pouvait se résoudre à appeler « mère », quelle que fût sa gentillesse pour lui, il ne pouvait s'empêcher de substituer à la présence d'Élisabeth l'image d'une autre présence, celle de Thérèse, la femme qu'il appelait autrefois sa tante, et il en venait à se demander pourquoi ce n'était pas elle que son père avait épousée – peut-être en eût-il perdu un peu de cette sévérité triste dont il ne se départait jamais, et qui faisait douter qu'il fût heureux, et peut-être tout eût-il été plus simple ; oui, il n'y avait pas d'autre mot. Et Marie-Ève aurait été là…

N'y pouvant plus tenir, péniblement il se releva et gagna l'autre porte de la chambre, qui donnait sur l'intérieur de la maison. Barbe longue de quatre jours, vêtements déchirés, il s'avança en boitillant dans le couloir vers les voix qui animaient l'autre bout de la maison.

CHAPITRE XXIX

Jusqu'à son départ en 1672, l'intendant Jean Talon, bien qu'il fût lui-même un célibataire invétéré, n'avait cessé de répéter : « Il faut vous remarier, Thérèse, il le faut. » Et il ne s'agissait pas d'une simple boutade. Il détenait du roi le pouvoir de la forcer à prendre époux, et n'était pas homme à renoncer : d'origine irlandaise, il était têtu comme une pierre et était, à la manière de M. de Maisonneuve, un être foncièrement convaincu de l'utilité de sa mission.

Champenois originaire de Châlons-sur-Marne, éduqué chez les jésuites au collège de Clermont à Paris, il avait été commissaire des guerres en Flandre et intendant de l'armée de Turenne. Plus tard, intendant du Hainaut, il avait mérité les éloges emphatiques de Mazarin pour la qualité de son administration. En 1665, le roi Louis XIV et son contrôleur général Colbert avaient décidé qu'une intendance serait tout à l'avantage des colonies et nommé un certain Louis Robert de Fortel pour occuper cette fonction en Nouvelle-France. Pour quelque motif inconnu, ce dernier ne traversa jamais l'océan, et ce fut Jean Talon Du Quesnoy qui, le 12 septembre 1665, en compagnie d'un nouveau gouverneur, le sieur Daniel de Rémy de Courcelle, nommé en remplacement d'Augustin de Saffray de Mézy, décédé le 6 mai de la même année, entra dans la rade de Québec à bord du *Saint-Sébastien*.

La fonction d'intendant créée par le cardinal de Richelieu avait essentiellement pour objet de rendre plus présent le pouvoir royal dans les provinces françaises. Ainsi, l'intendant devait-il « connaître de toutes contraventions aux ordonnances et des oppressions que les sujets du Roi pourraient souffrir des gens de justice par corruption, négligence, ou autrement ».

Puisque jusqu'alors le gouverneur était en Nouvelle-France le seul maître après Dieu, la création de ce nouveau poste au sommet de la hiérarchie administrative n'était pas allée sans engendrer des tiraillements. La perte de diverses prérogatives auparavant attachées aux gouverneurs fit naître d'interminables querelles entre ceux-ci et les intendants. Le rôle des seconds relevait de l'administration civile : les premiers gardaient toute autorité sur les affaires militaires et continuaient d'exercer une surveillance sur le clergé, les communautés religieuses et l'éducation.

Le premier souci de Jean Talon avait été de procurer aux troupes du lieutenant général Prouville de Tracy, débarqué à Québec quelques mois avant lui, tout le matériel nécessaire à la guerre, des vivres jusqu'aux vêtements, des outils aux armes. En même temps, il avait étudié de près l'administration de la justice, l'avait jugée primitive, tout à fait inadaptée aux circonstances et en contradiction avec la ferme volonté de Colbert de voir les colonies respecter les besoins de leurs justiciables. Aussi avait-il d'abord pris sur lui de régler différentes affaires pressantes, puis de restructurer le Conseil souverain pour en faire une vraie cour. Il se réserva une première appréciation des causes à juger afin d'arbitrer lui-même les moins importantes et de donner ainsi au Conseil toute la noblesse souhaitable à son œuvre d'équité.

Ensuite, il s'attacha à remédier à l'éparpillement de la population. Ne voyant aucun avenir dans un pays troué de grands espaces inhabités, sans liens efficaces et constants entre les habitants, il adopta un plan tout à fait nouveau de délimitation des terres : triangulaire, avec les habitations et les fermes construites au sommet du triangle, de sorte qu'elles se trouvaient toutes regroupées autour d'un trait-carré. Des villages se développaient ainsi, réunissant colons, curés, représentants de différents métiers et marchands, « proche à proche », pour s'entraider. Pour combler les vides sur les rives du Saint-Laurent entre Québec et Montréal, il distribua plus de soixante fiefs – avec obligation de les exploiter et d'y tenir « feu et lieu » – et chargea deux arpenteurs, Marin Boucher, dit Boisbuisson, et Jean Lerouge, de dresser un inventaire complet de toutes les terres concédées depuis le début de l'établissement des Français sur le territoire.

En plus du blé, des pois et des fèves, qui constituaient la nourriture de base, il fit semer du lin et du houblon. Celui-ci, dès la première année, ne fournit pas moins de quatre mille barriques de bière dont la moitié fut exportée vers d'autres colonies. De même, pour accroître la culture du chanvre et assurer le développement de manufactures de textiles, il réquisitionna tout le fil des magasins et fit savoir qu'il n'en serait plus vendu tant qu'on ne le produirait pas sur place. Il introduisit de nouvelles méthodes d'élevage des bovins, dont le nombre passa en trois ans à plus de trois mille, et importa des chevaux qui, en se reproduisant, répondaient aux besoins des exploitations agricoles.

Il tenta ensuite de combler les lacunes dans la panoplie des métiers. Il consulta une liste des soldats du régiment de Carignan-Salières pour connaître leurs antécédents et en trouva plusieurs qui acceptèrent d'ouvrir boutique. Enfin, il fit venir de France des maîtres pour former sur place des apprentis. En novembre 1671, il informait Colbert que l'on confectionnait dans la colonie de la laine, du droguet, du bouracan, de l'étamine, de la serge et du drap, qu'on y « travaillait des cuirs du pays, près du tiers de la chaussure », et il disait fièrement : « Présentement j'ai en production au Canada de quoi me vêtir des pieds à la tête. » Québec avait sa manufacture de chapeaux, et la pointe de Lévy, sa tannerie, produisant jusqu'à huit mille paires de souliers par année. Il favorisa les pêcheries, ouvrit des chantiers navals, exploita la forêt, fournit des fonds aux explorateurs qui découvrirent des mines de cuivre au lac Supérieur, de charbon au cap Breton, de fer à Trois-Rivières.

Mais le plus urgent était d'accroître la population. Il s'y employa.

Des douze cents soldats venus repousser les Iroquois sous les ordres de Tracy, il parvint à en convaincre huit cents de rester, de fonder un foyer, et il engagea tous les célibataires à se marier. Pour permettre ces épousailles, il fit venir de France mille « filles du roi », qui trouvèrent mari au lendemain de leur descente du bateau. Il publia un arrêt conférant aux pères de dix enfants, « nés en légitime mariage, non-prêtres, ni religieux ni religieuses », une gratification de trois cents livres, et une de quatre cents livres aux pères de douze enfants. Aux garçons qui se marièrent à vingt ans ou moins, il accorda vingt livres.

Cette volonté de favoriser absolument la multiplication des naissances tournait à l'obsession : il décréta que les jeunes filles, aussitôt nubiles, devaient se marier, que les parents de jeunes gens et de jeunes filles célibataires devraient se présenter au greffe pour expliquer cet état, et que les célibataires étaient forcés d'épouser les filles arrivées de France, sous peine d'être privés des privilèges de la pêche, de la chasse et de la traite des fourrures, c'est-à-dire condamnés à mourir de faim.

Lui-même aurait pris épouse, si seulement la femme de son cœur avait répondu à son désir. Mais, hélas ! Marie-Barbe de Boullongne, veuve de Louis d'Ailleboust de Coulonge et d'Argentenay, deuxième gouverneur de la Nouvelle-France, après Huault de Montmagny, s'était fermée à toute civilité masculine. Non seulement l'intendant dut souffrir qu'elle lui préférât les malades de l'Hôtel-Dieu de Québec, auquel elle avait fait don de tous ses biens, mais encore il dut endurer de voir la dame courtisée par le gouverneur Rémy de Courcelle. C'était une personne timide, chétive, d'une dévotion outrée et qui se prémunissait contre les approches galantes en retenant près d'elle une vieille servante si acariâtre que les enfants de la haute ville la croyaient sorcière.

Thérèse était entrée au service de l'intendant dès le début de l'administration de ce dernier, alors qu'il logeait à l'étage de la sénéchaussée abritant la cour et la prison. Elle l'avait suivi dans la petite maison qu'il avait par la suite achetée aux récollets, rue Saint-Louis. Elle avait appris à deviner ses réactions rien qu'à l'aspect de son profil aigu, lorsqu'il se tenait debout à la fenêtre, une main dans le dos, l'autre retenant d'un doigt le rideau en batiste.

Il l'avait menacée de représailles si elle ne prenait pas mari : « Je me verrai forcé d'agir envers vous comme je dus le faire avec ce François Lenoir de Lachine. » Il avait donné trois semaines à ce récalcitrant au mariage pour trouver épouse. Passé ce délai, il le condamnerait à payer une forte amende.

Chaque fois qu'il ramenait ce sujet dans la conversation, Thérèse esquivait, opposait une passivité que l'intendant savait pertinemment feinte. Le personnage de cette veuve fougueuse le fascinait. Il y trouvait un mélange de noblesse et de force tranquille, une révolte contenue, domptée, et tout le charme du monde dans un visage à la beauté presque sauvage. Tant de contrastes et de féminité le faisaient chaque fois renoncer à son acharnement à marier lorsqu'il s'agissait d'elle. Comme d'autres, comme M. de Maisonneuve, l'idée l'avait effleuré, le temps obscur d'un désir, de séduire Thérèse. Mais il pressentait qu'on ne pouvait aimer à demi une telle femme, ni même s'en approcher, sans conséquences. S'il avait mordu au fruit défendu, lui déjà si exposé à toutes les critiques, et qui vivait si près du couvent des ursulines et fréquentait quotidiennement la gent ecclésiastique, il en aurait perdu sa réputation, sinon son âme.

Jusqu'à son départ définitif en 1672 (après un faux départ en 1668), il avait choisi de dorloter un amour sans risque pour Marie-Barbe de Boullongne, cette femme si pieuse qu'elle avait fait vœu de continence le jour même de son mariage avec d'Ailleboust, et dont l'état de viduité servait désormais à merveille l'idéal de chasteté. Grâce à elle, il était clair que l'intendant comme le gouverneur mourraient célibataires. Et dire qu'il se trouvait des gens pour prétendre que *La Princesse de Clèves* n'était que le fruit de l'imagination précieuse de Mme de La Fayette !

Au château Saint-Louis, appuyée au cadre d'une fenêtre donnant sur la nuit, Thérèse pensait à la dernière proposition de Charles-Amador Martin, le fils du pilote et cultivateur Abraham Martin, qui venait de vendre aux ursulines une belle terre défrichée, sur les hauteurs ouest du Cap-aux-Diamants : « Épousez-moi, Thérèse. N'attendez plus. À quoi bon ? »

Attendre quoi ? Qu'avaient-ils, tous, à croire qu'elle attendait quelque chose ou quelqu'un ?

Pierre Gagné était revenu de la mort et elle l'avait quitté pour s'en aller vivre à Québec. Parfois, elle regrettait ce départ. Il lui arrivait même souvent de découvrir au fond d'elle-même une solitude vaste comme ce Nouveau Monde où elle se cherchait. Québec, certes, lui avait apporté la paix, mais la paix ne lui avait pas fourni le bonheur.

La quarantaine n'entamait pas sa beauté. C'était son avantage sur les autres femmes, fatiguées par les tâches de mère et d'épouse parce qu'elles les enduraient mal dans leur cœur et dans leur âme. Toujours indépendante, elle ne s'accordait jamais tout à fait aux vues qu'avait ou que pourrait avoir un homme. Elle ne voulait ni s'embarrasser d'intrigues ni adapter sa vie à celle de quelqu'un d'autre en dehors de sa fille – encore poussait-elle celle-ci à la même indépendance. Elle restait enfoncée en elle-même, comme si elle avait gardé une rancune mal définie des événements tragiques de son passé, rancune silencieuse et qui ne s'en serait d'ailleurs prise qu'à elle.

En ce moment, après une autre journée harassante, elle regardait les dernières lueurs crépusculaires, qui bientôt laisseraient place à une clarté neigeuse diffuse entre les formes noires et imprécises de la basse ville. Du château Saint-Louis, son regard se porta sur la lointaine et maléfique île d'Orléans, dont on disait que tous les habitants étaient un peu diaboliques.

Le dernier service du jour de l'An à la table du gouverneur venait de se terminer. Thérèse, comme la veille, après avoir à peine dormi sur place dans un fauteuil, avait dirigé la domesticité depuis le matin et surveillé elle-même la préparation de tous les mets, et la disposition des tables et des chaises dans la grande salle nettoyée des traces de la fête de la nuit précédente.

Pour l'instant, elle attendait le retour de Benoît Bizaillon, un vieil ami, descendu aux caves du château pour y quérir la barrique de vin que le comte de Frontenac lui avait offerte. Elle rentrerait donc chez elle avec, en plus de ses gages, ce présent appréciable qu'elle irait échanger chez Pascal Taché contre un joli manteau de velours vert à fleurs d'argent pour Marie-Ève.

Ses yeux fatigués crurent apercevoir un halo de lumière plus crue que les points intermittents qui tremblotaient épars dans les rues. Elle se pencha. Pour mieux voir, elle souffla la chandelle qui se reflétait dans la vitre. Elle distingua la façade du Collège des jésuites et un attroupement à l'entrée.

– Voilà !

La voix, derrière elle, était celle de Benoît Bizaillon. Essoufflé, le nez rouge et rond comme une bille, les cheveux et les sourcils en bataille, la peau du visage rugueuse comme l'écorce d'un frêne, il posa son fardeau sur le plancher.

— Ouf !

Puis, se redressant, les mains sur les reins, il dit :

— Vous venez ? J'ai attelé.

Il avait toujours vouvoyé Thérèse, comme beaucoup de gens, à cause du rôle qu'elle avait joué auprès du grand intendant et des fonctions qu'elle occupait encore à la résidence du gouverneur.

— Serrez bien votre crémone, le froid gèle jusqu'aux poumons.

— J'en ai vu d'autres.

Elle mit sa cape de laine, attacha les pointes de sa crémone sous son menton et enfouit ses mains dans un manchon de fourrure. Le froid la revivifia, réveilla tout son corps. Sa curiosité était excitée, et elle demanda à Bizaillon :

— Peux-tu faire un crochet par la place du Marché ? Il se passe quelque chose chez les jésuites.

Il acquiesça et à son tour demanda :

— On vous a raconté ce qui est arrivé au fils de l'intendant Duchesneau ?

Leur haleine fumait et déposait d'infimes cristaux sur leur visage. Bizaillon avait jeté une couverture sur le dos de la jument. Le gel en saupoudrait les couleurs d'un blanc vaporeux comme un duvet d'oie.

— Ce matin, le bourgeois Josias Boisseau, vous savez, le grand ami du gouverneur, a croisé le fils Duchesneau assis sur le mur de pierre qui borde la côte de la Montagne du côté de la falaise. Semble-t-il que le fils de l'intendant sifflotait un air sur lequel des moqueurs ont déjà écrit des couplets ridiculisant le comte de Frontenac. Boisseau l'a sommé de se taire, mais le Jacques a continué de plus belle après lui avoir dit de se mêler de ses affaires. Il paraît qu'ils se sont si bien attrapés qu'ils en sont venus aux coups. Quand le gouverneur a appris l'incident, il a ordonné l'arrestation du jeune Duchesneau ; mais l'intendant avait prévu la réaction : il a barricadé sa maison et l'a mise en état de défense ! Et on dit que, depuis, Mgr de Laval essaie de réconcilier le gouverneur et l'intendant. Il fait la navette entre l'un et l'autre pour tâcher de négocier un arrangement.

Pour Thérèse, cette situation n'avait rien d'extraordinaire : elle connaissait trop bien l'interminable conflit qui opposait les deux hommes. La querelle s'alimentait tous les jours de nouveaux sujets. Au départ de Jean Talon, Frontenac avait rempli seul la double fonction de gouverneur et d'administrateur. Le blâme récolté à la suite de son emportement déraisonnable envers le sulpicien de La Mothe Fénelon avait décidé le roi à nommer de nouveau un intendant. L'arrivée à Québec de Jacques Duchesneau de La Doussinière et d'Ambault, chevalier et conseiller de Louis XIV, avait nettement réduit ses pouvoirs. La personnalité du nouvel intendant, doué d'une rare énergie, mais tracassier et opiniâtre, imbu de son prestige et d'une ténacité provocante, n'avait pas contribué à adoucir la blessure faite à l'amour-propre du gouverneur, ni préparé entre eux des relations harmonieuses.

En silence – Thérèse gardait pour elle ses réflexions –, ils traversèrent la rue Sainte-Anne. Les épines glaciales de la bise faisaient baisser la tête à la jument qui avançait parfois en piaffant, lorsqu'un amoncellement de neige freinait les patins de la traîne à banc.

Subitement, un homme passa devant la bête. Il tenait avec précaution deux lampes « bec-de-corbeau » aux flammes timides, qu'il ne quittait pas des yeux.

– Attention !

Benoît Bizaillon tira brusquement sur les cordeaux. Trop tard ! L'animal se cabra ; ses pattes de devant labourèrent l'air glacial. L'homme tomba à la renverse, l'huile des lampes coula sur sa poitrine et le feu courut sur sa pelisse. Sans hésiter, Thérèse sauta sur la neige luisante durcie par le passage répété des patins des berlots, des carrioles et des traînes, et jeta sa cape sur l'homme pour étouffer les flammes.

Heureusement indemne, mais tremblant, les traits contractés, l'inconnu se releva :

– Merci, madame.

Il portait une barbe touffue, mais bien peignée. Son teint rose bonbon ainsi que ses tout petits yeux contrastaient drôlement avec son énorme carrure. Quand il se releva, Thérèse le reconnut aussitôt. C'était Paulet Buot, qui était coutelier et avait la réputation d'une nature sur laquelle le feu exerçait une fascination quasi maladive. Il bredouilla sur un ton enfantin :

– Vous ne direz rien, n'est-ce pas ?

– Non. Mais à l'avenir, vous devriez sérieusement prendre garde. Sinon pour vous, du moins pour les autres, dit Thérèse.

L'air était imprégné de l'odeur de roussi que dégageait le vêtement de l'imprudent. Revenue aux côtés de son compagnon, elle fit remarquer :

– Il y en a qui n'apprendront jamais !

Le feu était une menace constante et les autorités civiles avaient multiplié les ordonnances contre ce fléau. Comme on n'avait pas encore trouvé le moyen de construire des maisons véritablement chaudes, pour éviter que de jeunes enfants ne meurent de froid pendant les nuits d'hiver, on chauffait beaucoup, on chauffait trop. Des feux trop gros, trop bien nourris, rageaient dans les âtres. Ils provoquaient souvent des incendies majeurs. Entre autres arrêtés publiés par les autorités en vue d'éviter des tragédies, il y avait celui du 7 juillet 1670 :

Très expresses inhibition et défense sont faites à toutes personnes, de quelque condition qu'elles soient, de porter ou de faire porter la nuit, dans quelque prétexte que ce soit, aucun tison allumé ou charbon s'ils ne sont enfermés dans quelque vaisseau qui puisse empêcher que le vent ne porte les étincelles dans les lieux dangereux ou faciles à concevoir le feu, sous peine de dix livres d'amende ou de punition corporelle si le cas y échet.

C'était à cet édit que Paulet Buot avait contrevenu – ce qui l'avait conduit à implorer le silence de celle qui lui avait sauvé la vie.

En arrivant place du Marché-Notre-Dame, Thérèse et Benoît Bizaillon se trouvèrent pris dans les remous d'un rassemblement qui s'étirait jusqu'à la rue de la Fabrique, rassemblement qui avait attiré l'attention de Thérèse à la fenêtre du château, un peu plus tôt.

– Qu'est-ce qui se passe encore ? demanda Bizaillon à François Bissot, qu'il connaissait bien pour avoir déjà travaillé à sa tannerie de la pointe de Lévy, sur la rive sud du fleuve.

– Une histoire absolument incroyable, répondit l'homme dont les traits durs lui avaient valu de devenir contremaître, car on le craignait, rien qu'à le regarder. Une histoire absurde, ridicule, si elle n'était si dramatique.

Il grimpa pour s'installer sur le banc entre Thérèse et Benoît, tira sur lui la peau d'ours qui leur protégeait les jambes, puis raconta.

Il s'agissait de deux jeunes Indiens d'une tribu huronne de l'île d'Orléans, à qui les jésuites s'étaient mis en tête d'enseigner les « humanités », comme on disait. En peu de temps, ils avaient donné l'impression d'être assouplis et pliés aux habitudes des Blancs, et d'avoir adopté la routine ronronnante de la maison d'enseignement. Tout portait à croire que les prêtres allaient en faire les premiers Hurons à parler le latin.

Hélas ! pendant que tous les pères assistaient à la messe dans la chapelle, laissés seuls au collège, ils avaient défoncé le garde-manger et s'étaient empiffrés à mort, littéralement.

Le chef de leur tribu, Atetkouanon, accompagné de toute une délégation de ses frères, était venu réclamer les corps. Son arrivée avait provoqué un grand émoi dans la population qui se souvenait des escarmouches cruelles d'avant M. de Tracy. On craignait des représailles, ce qui expliquait toute cette agitation à l'orée de la nuit.

Bissot se tut, essoufflé. Thérèse ne dit mot pendant quelques instants. Si l'incident la troublait, elle n'en laissa rien voir. Après quelques instants de silence, elle dit enfin :

– Rentrons. Nous n'avons rien à faire ici, et on ne sait jamais…

Cela réveillait en elle trop d'images ensevelies.

Pour ouvrir un chemin à la jument dans la foule, tout en empêchant que la bête ne bouscule quelqu'un, elle descendit et, à pied, la conduisit par la bride jusqu'à la côte de la Montagne.

En marchant, la demande en mariage de Charles-Amador lui revint à l'esprit. Elle le revoyait, fluet et gauche, courtois, mais sans assurance, et sans passé courageux. Elle le comparait à Urbain, son défunt mari, et à Pierre Gagné : « Les temps changent, se dit-elle. Les hommes aussi… » Naguère, ceux qu'elle avait connus étaient beaucoup plus intrépides. Aujourd'hui, ils se contentaient de roucouler et d'être beaux garçons. Quand ils faisaient l'amour, ils étaient tout embarrassés de l'émotion et n'osaient accepter le plaisir pour lui-même. Ils croyaient essentiel d'y mêler un cœur soupirant, quémandeur et hypocrite. Il lui était arrivé d'en frissonner de dégoût.

Peut-être tout cela était-il dû au fait que la vie à Québec était plus facile qu'à Ville-Marie. Tout y était moins tragique, mais aussi moins vrai.

Lorsque M. de Maisonneuve l'avait recommandée auprès de l'administration, pour lui procurer une place de maison, Thérèse avait été trop heureuse de quitter l'île de Montréal et de dire adieu à un passé épais, tragique. Elle souhaitait élever sa fille ailleurs que sur cette île encore rouge du sang des siens. Auprès de l'intendant, elle avait trouvé aussi d'autres avantages : la fréquentation de gens policés, raffinés, et l'occasion de donner à sa fille une éducation au-dessus de son rang.

Ils arrivaient dans la basse ville. Ils prirent la rue des Roches et Thérèse distingua la lumière à la fenêtre de la chambre de Marie-Ève. Elle remercia Bizaillon qui chargeait la barrique de vin sur son épaule et disait :

— Vous alliez l'oublier !

Au même moment, Marie-Ève apparut dans l'encadrement de la porte.

— Alors, maman ?

Toute son attitude témoignait qu'elle attendait quelque extraordinaire nouvelle. Sa mère lui retourna sa question :

— Alors, quoi ?

— Tu arrives bien de chez le gouverneur ?

— Oui, j'arrive du château. Et après ?

L'attente de Marie-Ève était déçue. Manifestement, sa mère n'était au courant de rien. Et si Jeannette Vacher avait colporté une rumeur sans fondement ?

— Allons, ma fille ! dis-moi ce qui te chicote.

— Ce n'est peut-être qu'une rumeur, mais on dit que le gouverneur va bientôt publier une nouvelle ordonnance concernant les boulangeries, et qu'elle limitera leur nombre à trois, dans la ville de Québec.

— À trois seulement ?

Thérèse Cardinal renoua dans l'instant avec l'angoisse qui naguère l'avait aiguillonnée à quitter Ville-Marie : la sourde inquiétude du lendemain. Elle murmura comme pour elle-même, en se laissant choir sur un tabouret :

— Voilà bien autre chose, maintenant ? Quand aurai-je la paix ?

Et Marie-Ève n'osa lui demander si elle savait, au sujet de Jacques Duchesneau.

CHAPITRE XXX

Il regardait son père et se taisait.

D'abord il avait ri. D'incrédulité, nullement d'irrespect. Après un instant de réflexion, il avait demandé :

– Vous ne plaisantez pas, père ?

Car, sans préparation, l'idée continuait à le prendre de court. Quitter la Nouvelle-France pour aller étudier à Paris ? Comme le fils du procureur général, le jeune François-Madeleine-Fortuné Ruette d'Auteuil ?

Le père de ce dernier avait voulu faire de ce fils son successeur, comptant d'autant plus sur lui qu'il avait dû l'élever seul, sa femme, la belle et fière Claire-Françoise Clément Du Vuault, fille du sieur de Monceaux, de Paris, l'ayant abandonné pour suivre l'un de ses amants, Charles Cadieu. M. d'Auteuil avait riposté en faisant emprisonner le manant, car c'en était un. Sa femme, en retour, avait obtenu la séparation et était rentrée en France. Malgré une forte opposition de la part du gouverneur de Frontenac, Ruette d'Auteuil avait réussi à faire nommer son fils procureur, avec le soutien de Louis XIV qui s'était dit satisfait de la formation juridique et parisienne du jeune homme.

Mais, pensait Vadeboncœur, ce Ruette d'Auteuil était riche, très riche, alors que le sieur du Bout-de-l'Isle...

Certes, il admettait qu'après ce que son père lui avait dit de sa conduite, il méritait quelque chose comme une punition. Pourtant, il ne s'était jamais senti coupable de quoi que ce soit. Son expérience du bonheur lui enlevait toute faculté de remords et d'apitoiement.

L'idée de quitter son pays, qu'il avait vue d'abord comme cette juste punition, ne devait-il pas, après tout, l'accepter comme une nouvelle aventure ? De toute manière, la Nouvelle-France était trop jeune et trop neuve pour changer vraiment pendant les quelques années où il serait de l'autre côté des « grandes eaux ».

Quand même, Vadeboncœur devait faire effort pour mieux comprendre, et pour admettre.

Depuis le début de l'après-midi, la voix ronde de Pierre Gagné débitait confidences et révélations, souvenirs et regrets. Sans amertume. Mais à une fin évidente : convertir son fils à l'idée de préserver une race pure, de favoriser l'éclosion d'un peuple fort, le sien.

Avant d'en arriver là, il y avait eu des phrases pleines d'insinuations, d'allusions indirectes :

— Tu as beaucoup fréquenté les tribus indiennes, à ce que je crois…

Ou encore :

— Tu connais bien, ce me semble, la bourgade dont Mlle Bourgeoys avait fait sa mission, au pied du versant nord du mont Royal ? Et cette autre, aussi, me dit-on, sur le chemin de Lachine ?…

Enfin :

— Et le village de Kontrandeen ?… Son chef est bien Héauatah, que je sache ?

Ces deux noms avaient provoqué un léger frémissement sur les joues du jeune homme.

— Il a une fille, n'est-il pas vrai ? On la dit même jolie, et grosse…

Jolie, oui. Le mot la faisait surgir devant les yeux du jeune homme, avec ses pommettes plus plates que celles des filles de sa race, ses yeux en amande, ses cheveux d'un noir de jais. Elle avait les lèvres étrangement froides et humides, et tout son corps était un peu rugueux, avec des secrets chauds, d'une douceur surprenante, infinie. Elle savait aimer pendant des heures sans se donner tout à fait : elle caressait, elle embrassait, elle murmurait des mots lentement dans sa langue. Puis, tout à coup, elle jetait le nom de son amant, d'une petite voix enrouée de passion, comme pour lui signaler qu'il pouvait la prendre définitivement. Et alors, quelle chevauchée !

Pierre Gagné observait son fils qui se taisait. Un bruit sec brisa brusquement le silence : quelque part, le froid venait de rompre un clou dans un mur du manoir. Il semblait au père que, sauf un léger sourcillement dû à ce bruit soudain, le jeune homme restait indifférent à l'accusation à peine voilée qu'il venait de lui adresser. Mais en fait, dans son esprit, il s'agissait moins d'une accusation véritable que d'une sorte d'introduction à la mise au point qu'il entendait faire avec ce fils à la fois taciturne et passionné comme lui.

Ils étaient dans la plus belle pièce du manoir, qui donnait sur la terrasse. L'idée d'y percer les murs de huit longues fenêtres allant rejoindre le plancher avait fait de ce cabinet de travail la pièce la plus lumineuse, mais aussi la plus froide. Peu importait à Pierre Gagné : de là, il avait vue libre sur le grand théâtre de la nature et des saisons.

Peu de meubles ornaient ce bureau : une table en merisier et des chaises de la même essence, au siège en lanières d'orme ; un coffre-bahut recouvert de cuir noir ; deux bergères garnies de drap à franges. Sur les murs au bois nu odorant, une carte rudimentaire des terres du Bout-de-l'Isle. De chaque côté d'un crucifix derrière lequel était disposé en diagonale un rameau de buis, deux tableaux : l'un représentant la Vierge, l'autre saint Joseph.

Appuyé à la cheminée, un fusil. Et, au-dessus de l'âtre, directement sur la pierre, un blason en bois sculpté aux armes de Pierre Gagné : une gerbe de blé croisée d'une faucille à dents.

— Tu me crois l'ennemi des Indiens ?

L'affirmation sommaire surprit cette fois Vadeboncœur. Il dévisagea son père. Ce dernier ressentit le besoin de s'expliquer :

— Je les ai combattus, j'ai été leur prisonnier.

Un peu amer, il porta les doigts à son bandeau :

— Ils m'ont même pris un œil…

Un instant son visage se contracta. Vadeboncœur crut y voir en effet le signe d'un ressentiment, d'une rancune silencieuse. Déjà son père reprenait :

— Mais, à vivre parmi eux alors qu'ils étaient encore en guerre contre nous, j'ai pu mesurer la faiblesse de leurs tribus ainsi que leur manque d'organisation guerrière. Leur courage aussi. Ils allaient sans cesse à l'attaque, y laissaient des centaines des leurs et attaquaient de nouveau. Tu le sais, pour les mater, il a fallu six mille hommes, soldats et volontaires, bien entraînés, bien stylés, bien armés, sous les ordres d'un général expérimenté qui avait connu les plus importants champs de bataille européens…

Il marqua un temps, puis dit, sourdement :

– Je demeure persuadé que, un jour prochain, ils reviendront à la charge. Ils aiment trop leur pays pour l'abandonner aux étrangers que nous sommes… Ou plutôt que nous étions. Mais peu importe pour le moment.

Reprenant sa démonstration, il poursuivit :

– Pour pallier leur faiblesse en nombre et en stratèges, ils ont accepté une alliance avec l'Anglais et ont renforcé leur cruauté, croyant ainsi, non sans raison, semer la panique là où ils ne pouvaient semer la mort. C'est ainsi qu'ils ont remporté des victoires inexplicables autrement. J'ai vu maints Blancs pétrifiés d'effroi aux seuls cris de leurs guerriers bondissant hors des bois…

Les bruits de la vaisselle qu'on rangeait, des meubles qu'on remettait en place, du va-et-vient dans toute la maison, des portes qu'on ouvrait et refermait parvenaient à travers la cloison.

– Tu devines où je veux en venir ? Ces gens luttent avant tout parce qu'ils aiment leur pays, ce pays. Pas pour de l'or, des titres, de grands honneurs face aux autres nations. Non, mais pour cette nature, cette terre, cette forêt, ce fleuve…

Et avant que son fils ait réagi, il avait continué, songeur :

– Comment expliquer cela ? Les Indiens m'ont permis de comprendre que l'essence de tout être était son appartenance à sa terre, à son peuple.

Après une seconde de silence et un profond soupir, il ajouta :

– S'ils ne vivent pas autrement, s'ils n'ont pas de maisons comme les nôtres, ni de meubles ni d'habits divers, et que sais-je encore ? ce n'est pas parce qu'ils sont des Sauvages. C'est plutôt parce qu'ils vivent exactement selon le pays, ne cherchant en rien à le transformer, à l'adapter, à le dénaturer...

Manifestement déçu de lui-même, il dit encore :

— Je n'ai pas, c'est évident, les mots qu'il faudrait...

Silence. Tous les visiteurs du Premier de l'an étaient maintenant partis. Les berlots s'en étaient retournés, les grelots de Noël accrochés aux cordeaux. Seuls étaient restés quelques enfants qui glissaient sur le glacis devant la terrasse, avec Claude et Louis. Derrière les rideaux de serge de Caen jaune, qui coloraient les pâles rayons du soleil, on devinait les silhouettes agiles secouées de rires en cascade.

Pierre Gagné dit doucement, mais sur un ton pénétré :

— Je crois que j'ai, malgré moi, développé au fond de moi-même un sentiment trop fort pour des explications habituelles.

Au-dessus de la ligne bleutée des montagnes de la rive sud, le soleil avait cessé d'être éblouissant pour n'être plus qu'un innocent fruit rouge. Il ferait beau le lendemain. Le sieur du Bout-de-l'Isle murmura :

— Lui, il aurait eu les mots... Je parle de M. de Maisonneuve, précisa-t-il en levant les yeux sur son fils. Sais-tu que c'est lui qui m'engagea en France pour venir ici ? Moi et beaucoup d'autres. La « recrue » de 1653... C'est d'ailleurs à cause de nous qu'il a été destitué de son poste de gouverneur de Montréal. Après vingt-trois ans de loyaux services. Lui, c'était un homme.

Le père et le fils étaient plongés dans la pénombre.

D'instinct, Vadeboncœur savait qu'il devait se taire et écouter. Mais il y prenait plaisir : tout ce qui touchait à l'histoire de cette terre lui était cher. Il écoutait aussi bien pendant des heures un sachem ou un vieux sage de tribu. À ces moments-là, une grande admiration, le plus vrai de tous les respects, lui venait pour son père.

Et, au fur et à mesure que celui-ci parlait, il lui semblait voir surgir les ombres presque mythiques de ceux qui avaient été les héros d'une grande aventure. Il avait presque l'impression de revivre lui-même cette année 1653 où Ville-Marie paraissait vouée à la disparition, et où Mlle Mance, au bout de trois mois de prières, avait forcé M. de Maisonneuve à accepter l'argent qu'elle avait reçu pour bâtir l'Hôtel-Dieu, afin qu'il aille engager de nouveaux colons à Paris...

— Mais tu connais l'histoire...

— Oui, père, mais jamais assez. Contez, je vous prie, dit Vadeboncœur.

— Eh bien, quand M. de Maisonneuve se décida enfin, il s'en justifia, m'a dit plus tard Chicot, en ces termes : « Je tâcherai d'amener de France deux cents hommes pour défendre Ville-Marie ; si je n'en ai au moins cent, je ne reviendrai point et il faudra tout abandonner car la place ne sera pas soutenable. » Il en ramena exactement cent cinquante-quatre... Mais, douze années plus tard, Mgr de Laval, jaloux de son autorité, réclama les vingt-deux mille livres prêtées par Mlle Mance à notre gouverneur. Il refusa de les rendre sur le moment. Le gouverneur de Mézy s'acharna lui aussi contre M. de Maisonneuve en soutenant Mgr de Laval. Et quand enfin M. de Tracy, à son tour, menaça M. de Maisonneuve d'emprisonnement s'il ne rendait pas les fameuses vingt-deux mille livres, celui-ci choisit de rentrer en France pour plaider sa cause. Les conseillers du roi lui donnèrent raison. Mais, comme la Nouvelle-France est en vérité entièrement sous l'autorité de Mgr de Laval et qu'il est fort puissant partout, on finit par s'entendre pour contraindre M. de Maisonneuve à une retraite.

Après un bref silence, Pierre Gagné reprit, courbant la tête :

— Il ne revint ici que pour une période très courte. Abandonnant ses droits de gouverneur, l'homme qui a fondé Ville-Marie reçut en échange une modeste pension et rentra pour de bon en France. Il y a vécu jusqu'à soixante-quatre ans, dans l'entresol d'une maison de trois étages entre les fossés Saint-Victor et Saint-Michel — ces noms te diront bientôt quelque chose —, en compagnie de son domestique, Louis Fin. Il y est mort le 9 septembre 1676. La nouvelle de son décès a mis plus de trois mois avant de nous parvenir…

Pierre Gagné, visiblement ému, resta un long moment pensif. Puis il se leva. Dans le tiroir de sa table, il prit une manoque de tabac. Le tabac ! songea-t-il. C'étaient les indigènes qui leur avaient enseigné ce plaisir des moments de repos. Le sieur du Bout-de-l'Isle bourra le fourneau de sa pipe. Son fils l'imita. Comme tous les adolescents de la colonie, il avait commencé à « boire le tabac » dès l'âge de douze ans. Les deux hommes fumèrent en silence. Vadeboncœur souffrait de sa jambe, mais il ne l'eût avoué pour rien au monde. Pierre Gagné, l'observant à la dérobée, se disait combien ce fils lui ressemblait. Était-ce bon ? Même nez un peu écrasé, même front dégagé et traversé d'une ride soucieuse juste au-dessus de l'arcade sourcilière. Même nature indépendante surtout. Même gravité devant la vie.

— J'ai donc pensé qu'il serait bon pour toi de quitter le pays quelque temps. D'aller compléter ton instruction en France…

« Ainsi c'est sérieux », se dit Vadeboncœur. La voix ferme de son père ne laissait subsister aucun doute.

— En France, vois-tu, moi-même je n'étais rien parce que je n'étais personne… et je n'étais personne parce que, ni moi ni mes ancêtres, nous n'avions jamais eu de fortune, de rang, de droits. Aucun parent titré, aucun quartier de noblesse, honnêtement acquis ou non. Ici, il m'a suffi d'être honnête, justement, et de mettre mon cœur à la tâche. Le tout est de vouloir, de vouloir par-dessus et contre tout : vouloir ne pas démissionner devant la rigueur du pays et la détermination de ses habitants, les Indiens. Dans ce pays, personne ne naît prince ; mais tous peuvent le devenir. Les seules traditions seront celles du peuple, non celles de familles ou d'individus privilégiés. Nos affrontements avec les Iroquois nous auront enseigné la vraie mesure des hommes : celle du courage. Et ce sont les Canadiens courageux qui seront les premiers et les plus respectés. Ce sont ceux-là qui formeront l'élite et ils n'accepteront dans leurs rangs que leurs semblables, rejetant tous ceux qui n'auront pour se faire valoir que quelque particule, titre ou rang mondain. Mon fils, tu récolteras tes mérites, non les miens. Tes enfants en feront nécessairement autant, et ce sera tant mieux… et bien.

Il conclut, l'œil fixant Vadeboncœur :

— Et nous n'aurons pas honte, nous Français, d'être venus en ce pays. Jamais.

Il devait être cinq heures du soir. On ne voyait plus très bien ni au-dehors ni au-dedans. Mais les lampes n'avaient pas encore été allumées : dans ce mélange de faux jour et de fausse nuit, elles auraient mal éclairé.

Quitter le pays ! Pour Vadeboncœur, né en Nouvelle-France, « ailleurs » était une impossible utopie, un lieu imaginaire quasi inconcevable. S'éloigner des rives du Grand Fleuve pour traverser l'océan, plusieurs mois en bateau, c'était accepter de changer d'univers…

– Écoute…

Le père ne voulait pas imposer son projet. Il souhaitait surtout obtenir un consentement presque complice de ce fils, à lui si pareil.

– Tu sais que le roi a interdit la pratique du droit en ce pays. Je ne suis pas le seul à croire que cette mesure a été inspirée par le respect de cette noble profession : jusqu'à l'interdiction, n'importe qui s'improvisait avocat, notaire. Je suis persuadé que tout cela va changer le jour où nous aurons des hommes compétents.

Vadeboncœur venait d'apercevoir des éclaboussures de lumière sur la rive sud : sans doute des feux devant des tentes indiennes. À quoi ressemblait le pays de France ? Et Paris ? Était-ce un village à perte de vue où les habitants, trop nombreux, ne se connaissaient pas ?

– Comprends-tu ?

Il comprenait. Il essayait déjà de se représenter son arrivée là-bas, dans quelque grand port peuplé d'une forêt de mâts, avec l'agitation de la foule entre les ballots de marchandises empilés sur les quais.

Mais il revint au moment présent : il était avec son père, dans sa maison du Bout-de-l'Isle, et les navires de haute mer n'accosteraient pas à Québec avant le printemps, soit dans cinq mois !

Un léger grincement de porte annonça l'entrée d'Élisabeth. Elle tenait une lampe et, d'une main recourbée, elle protégeait la flamme chancelante. Elle la posa sur la table et se retira sans un mot, presque sans un regard pour les deux hommes.

Lorsqu'elle eut refermé la porte derrière elle, Pierre Gagné quitta de nouveau son siège. Il alla droit au coffre, qu'il ouvrit. Il en tira un coffret d'ébène, et fit un signe à Vadeboncœur qui s'approcha.

Une petite clef dorée pendait au bout d'un cordon de soie rouge sur la veste de son père qui l'introduisit dans la serrure délicate. Il observait son fils d'un œil légèrement ironique. On aurait dit qu'il faisait exprès d'être cérémonieux et lent, qu'il calculait l'hésitation de ses gestes, pour leur donner une sorte de dimension solennelle. Vadeboncœur s'attendait à voir surgir quelques louis d'or, un bibelot précieux, des bijoux… Mais non : de ses doigts rugueux, peu habitués à des tâches aussi délicates, Pierre Gagné déplia un papier jauni qui craqua comme une feuille d'érable séchée.

Le silence s'épaissit. Le père et le fils, baignant dans un nuage de fumée qui les faisait toussoter, se penchèrent sur le document à l'écriture haute. Vadeboncœur lut :

Le détenteur de ce billet a droit aux égards de tous ceux de notre famille. Il m'a sauvé la vie. J'en prends pour témoin ma femme présentement en couches au fond de ce coche dans le bois d'Orléans.

C'était daté du 28 avril 1653 et signé Geffroy-Hébert de Magny.

— Muni de ceci, tu te présenteras chez le chevalier de Magny, rue de Grenelle, à Paris. Assieds-toi encore un instant.

Réprimant une crispation de douleur, le jeune homme obéit.

— J'habitais alors rue des Petits-Champs, à Paris, commença son père. Seul. Comme tu le sais déjà, j'étais cocher sur le trajet de Paris à Orléans. Comme tu le sais aussi, la France était un peu sens dessus dessous, à cause de la guerre civile menée contre le roi par le prince de Condé. Les antagonistes s'affrontèrent lors d'une bataille célèbre à l'une des portes de Paris, la porte Saint-Antoine. Les frondeurs, comme on les appelait, entrèrent d'abord dans la capitale mais en furent tôt chassés. Et c'est alors qu'il me fut donné de sauver le chevalier de Magny, grand ami du prince de Condé, et pris au piège. Des gens de sa maison avaient voyagé à plusieurs reprises dans mon coche et lui avaient suggéré mon nom : il vint secrètement chez moi. En voyant ce noble dans mon quartier populeux et en ébullition, en compagnie de sa jeune femme enceinte — elle me regardait par-dessus l'épaule de son mari avec des yeux implorants —, aucune hésitation n'était possible. J'ai détaché les banquettes de mon coche et improvisé deux couchettes. Avec la complicité d'un ami et de sa femme, qui ont pris place comme des voyageurs, j'ai quitté Paris selon mon horaire habituel en direction d'Orléans. En route, Mme de Magny tomba finalement dans les douleurs et je dus m'arrêter à l'entrée du bois d'Orléans pour lui permettre d'accoucher en paix. Elle mit au monde une fille. Après, nous avons rejoint La Rochelle, où ils réussirent à s'embarquer pour l'Espagne, qui soutenait les frondeurs. Le jour où, à mon retour de chez les Iroquois, je débarquais à Ville-Marie, j'eus l'occasion de m'entretenir sur la barque de Le Ber avec le sieur Des Monts. Il m'affirma que le prince de Condé était, depuis les événements de la Jeune Fronde, comme on dit, revenu dans les faveurs du roi, qu'il avait repris son commandement et s'était même illustré à la défense des intérêts français durant les guerres de Dévolution et de Hollande. De la même manière, il m'a appris que le chevalier de Magny avait regagné son hôtel particulier à Paris.

Vadeboncœur préférait de beaucoup les perspectives qu'il entrevoyait maintenant à l'inquiétant prélude du début des propos de son père. Il se prit à rêver de vrais châteaux, de Paris. Soudain il s'enthousiasmait.

– Tu partiras cette semaine.

Cette semaine ! Comme le jeune homme ouvrait la bouche, Pierre Gagné éleva la main :

– Pour Québec, je veux dire. Tu y attendras le printemps chez ta tante Thérèse.

Il ajouta, gentiment sarcastique :

– Elle a sûrement besoin d'un aide à la boulangerie !

Mais Vadeboncœur n'entendit pas. Son esprit s'était remis à faire des bonds. Il se demandait à quoi pouvait ressembler à présent cette Marie-Ève qu'il n'avait pas revue depuis leur enfance commune. L'idée de leurs retrouvailles lui faisait oublier la présence de son père. Un violent élancement à sa jambe blessée le rappela en quelque sorte à l'ordre. Il serra les dents en plissant les yeux et, malgré lui, porta la main à son mollet.

Son père, surpris et inquiet, s'enquit :

— Tu es blessé ?

Vadeboncœur se mit debout, comme si de se dégourdir allait le soulager. Il voulut marcher, avança avec peine en boitant. Ils avaient oublié le feu, il était bas. Le jeune homme eut froid ; il frissonna de la tête aux pieds et dut se rasseoir pour répondre :

— Oh ! ce n'est rien. Une morsure…

— De quoi ?

— De loup. Mais peu profonde. J'ai beaucoup marché depuis.

— Montre cela.

La jambe allongée sur une chaise, Vadeboncœur ne put retenir un cri lorsque son père palpa la blessure. Il fronça les sourcils en le voyant prendre un coutelas dans un tiroir, couper les mitasses pour mettre la jambe à nu et constater :

— Vilain, plus que tu ne le crois… Il faut soigner cela. Au plus tôt.

Bien sûr, expliqua le père, on pouvait assainir à l'alcool, mettre un onguent et attendre le lendemain. De toute façon, il faudrait sûrement…

— Maintenant, père, l'interrompit Vadeboncœur.

Toute la maison dormait. Ils étaient probablement les seuls êtres, à des lieues et des lieues à la ronde, éveillés dans la nuit, à la lueur oscillante de la lampe posée sur la table par Élisabeth.

Les dernières flammes de l'âtre suffirent à porter au rouge la lame effilée. Avant que le père fît cruellement souffrir le fils, avant que la douleur déchirât Vadeboncœur, il se fit entre les deux hommes un extraordinaire rapprochement de l'âme et du regard. En même temps, cela tenait de l'affrontement entre deux forces : le fils se préparant à subir sans fléchir, le père, à opérer sans faiblir. La même volonté de fer les animait ; le même courage les soutint.

Quand le fer rougi pénétra dans sa chair, Vadeboncœur s'efforça de penser à la trépidance de la vie qui l'attendait, à ses retrouvailles avec Marie-Ève…

Lorsque cessa l'effroyable brûlure, il constata, mais alors seulement, qu'il avait réussi à se concentrer jusqu'à faire taire toutes les sensations de son corps. Il était baigné de sueur et une immense tension nouait chacun de ses muscles.

— Stoïque comme l'Iroquois, constata laconiquement son père. Tout devrait bien aller maintenant, ajouta-t-il.

Il posa la main sur l'épaule de son fils, la serra dans un geste d'encouragement ; puis, après avoir ranimé le feu, il sortit sur la pointe des pieds. Vadeboncœur s'était déjà assoupi sur son siège.

Il dormit ainsi plusieurs heures, le visage et le corps apaisés, emportant dans son sommeil l'image du visage de son père, comme il l'emporterait dans sa mémoire jusqu'à l'autre bout du monde : un visage confiant, radieux d'estime et de complicité. Car ils étaient liés par un lien irréductible que rien ni personne ne pourrait jamais rompre, celui que les Indiens appelaient le lien du sang, en ignorant que les Blancs lui donnaient le même nom.

Chapitre XXXI

Les premières journées, ils marchèrent de l'aube à la tombée de la nuit. La distance entre Montréal et Trois-Rivières avait semblé courte à Vadeboncœur, qui n'effectuait là que les premières lieues du long voyage devant le mener au pays de son père. Il avait choisi pour compagnon jusqu'à Québec l'aîné des enfants de Marguerite Gaudé, Nicolas, dont la réputation de voyageur n'était plus à faire et qui, de plus, aurait donné sa vie pour sauver celle du fils de Pierre Gagné : il lui devait la sienne.

En effet, à la fin d'avril 1674, Nicolas s'était aventuré sur les battures prêtes à se détacher de la rive pour prendre le courant. Son intention était d'approcher quelques bernaches venues tirer la tête des tiges de joncs qui pointaient hors de la vase. S'étant avancé sur les bords d'un bloc de glace en fragile équilibre, il constata que son appui dérivait sur le fleuve : il se trouvait désormais sur un radeau de glace pris dans le fil du courant rapide. Sa première crainte avait été de se fracasser sur l'îlot Normandin, grosse roche fendant les eaux bouillonnantes et dont il avait vu monter vers lui, puis s'esquiver au tout dernier instant, l'énorme et implacable dos. La surface nue des eaux vibrantes lui promettait que son bateau de glace glisserait jusqu'à ce qu'il fonde sous la chaleur du soleil. Hélas ! la température de l'eau paralyserait ses membres et l'empêcherait de nager jusqu'à la grève.

Tout s'était déroulé si rapidement qu'il n'avait pas songé à appeler au secours. Il mit de longs moments avant de se découvrir en danger de mort, de crier, de gesticuler dans l'espoir d'être remarqué.

Avec des compagnons, Vadeboncœur travaillait à crépir le mur sud de la chapelle Notre-Dame-de-Bon-Secours, qui barrait la route aux vents et aux tempêtes venus du fleuve, et à l'humidité pénétrante que sans cela ils auraient portée jusque dans la nef du petit édifice. Le soleil tapait sur les pierres lisses et il s'en dégageait une chaleur qui montait aux joues des ouvriers. Leurs chants joyeux animaient toute la place du Marché. Ils étaient une bonne dizaine à la tâche, jeunes pour la plupart, les fils des Le Ber, Le Moyne, Aubuchon, Gervaise, et des amis hurons tel Mitionemeg. Quand il s'agissait de rendre service à Mlle Bourgeoys, il se trouvait toujours plus de monde que nécessaire.

Par bonheur pour Nicolas Gaudé, en cette période de l'année où l'eau ruisselait à peu près partout, l'écho portait le moindre son à des lieues de distance. Ses cris alertèrent Vadeboncœur et ses compagnons. Ils posèrent leurs outils et coururent vers les berges du fleuve.

Que faire ? Le naufragé s'éloignait à vue d'œil et il ne se trouvait aucun pont du haut duquel on aurait pu lui tendre une perche. Vadeboncœur trépignait d'impuissance. En regardant autour de lui, il aperçut le canot d'écorce de Mitionemeg et invita à embarquer avec lui ceux qu'il jugeait les plus habiles rameurs. Au passage, il ramassa le câble servant à hisser les seaux de mortier à l'échafaud, et cria à Mitionemeg d'aller prendre de la corde chez le marchand Descolombiers, juste à côté. L'Indien, qui courait comme l'éclair, revint aussitôt prendre place à l'arrière du canot, et saisit un court aviron en guise de gouvernail.

Il était cependant évident que le canot ne rattraperait jamais le bloc de glace porté par le courant. Vadeboncœur ne se démonta pas pour autant. Il avait son plan, mais refusait de perdre du temps à l'expliquer. Il demanda à Mitionemeg le rouleau de corde, prit au fond du canot un arc, que le Huron y laissait toujours, et une flèche. Il attacha l'une des extrémités de son filin au câble et l'autre, à la flèche ; ensuite, au risque de compromettre l'équilibre précaire du léger canot, il visa et tira au loin en direction de Nicolas Gaudé, qui se désespérait sur son îlot flottant et fondant. La flèche décrivit un long demi-cercle et tomba à l'eau près de Nicolas sur qui chuta, légère, la corde. Et le jeune Gaudé agit comme il le devait : il tira le câble à lui, s'arc-bouta solidement et attendit.

Ainsi reliés à Nicolas, les avironneurs, en coordonnant leurs mouvements sous les « han » bien rythmés de Mitionemeg, remontèrent jusqu'au gros glaçon. Mais quand le fils de Marguerite s'avança pour poser le pied sur la première traverse du canot, il glissa, lâcha le bout du câble et disparut dans une vague. Vadeboncœur eut l'impression que son cœur se décrochait de sa poitrine.

Sur les quais de Ville-Marie, cent personnes suivaient maintenant le sauvetage avec anxiété et des exclamations d'encouragement et d'admiration.

Soudain, entre les blocs blancs massés autour du canot, Vadeboncœur vit jaillir une tête bouche ouverte, mais d'où ne sortait aucun son. Il relança le câble. Les mains bleuies de froid, affolées, claquèrent d'abord dans le vide comme des pinces, puis agrippèrent enfin le câble. Les compagnons halèrent, attrapèrent Nicolas, le hissèrent à bord et souquèrent vigoureusement.

De retour à terre, Mitionemeg chargea sur ses épaules le garçon transi. Au lieu de se diriger vers l'Hôtel-Dieu, il courut vers des tentes huronnes dressées au bas de la rue Saint-François. Personne ne fit mine de s'opposer à ce comportement apparemment bizarre. Même pas Marguerite Gaudé qui suivit l'Indien sans un mot. Le Huron pénétra dans la plus grande des tentes qui, à son sommet pointu, laissait échapper une fumée grasse. Et là, avec des gestes pressés et précis, il déshabilla Nicolas.

Le corps violacé offrait toute la rigidité de la mort. Mitionemeg se saisit d'une broutille souple et en fouetta Nicolas à petits coups sur tout le corps : l'effet combiné des morsures du fouet et de la chaleur du feu qui crépitait au centre du tee-pee remit en mouvement le sang du garçon et la vie revint dans les membres, recolora la peau. Peu de temps après, il se leva pour remettre lui-même ses vêtements. Quand il réapparut aux yeux de tous ceux qui attendaient anxieusement des nouvelles, hourras et bravos résonnèrent jusqu'au pied du mont Royal.

Cela dit, l'aventure, la pleine forêt, l'hiver, la fatigue et la faim constituaient l'ordinaire de la vie d'un voyageur comme Nicolas Gaudé. Maintes fois il avait franchi à pied la distance de Montréal à Québec, en dépit des pires intempéries, réduit à subsister de boutons de roses sauvages, de sève et de racines bouillies.

Étonnamment adapté au rythme de la nature, il savait accueillir tous les imprévus avec une égale facilité. De plus, il avait l'optimisme particulier des gens qui croient le réel farci de mystérieux, et chez qui le courage est une seconde nature. Enfin, il tenait de sa mère un fort sentiment d'humanité qui mariait en lui le respect des autres et sa propre dignité.

Lorsque Vadeboncœur lui avait demandé sa compagnie pour se rendre à Québec au plus froid de l'hiver, il avait accepté, trop heureux d'ajouter cette nouvelle expédition à ses exploits de grand voyageur.

Tous deux avaient quitté Ville-Marie avant de savoir quelle serait la couleur du jour. À Trois-Rivières, Nicolas avait proposé d'aller dormir chez François Hertel, personnage fameux de cette patrie des coureurs de bois.

Et le fait était que l'histoire de ce Trifluvien était peu banale. Dès l'âge de douze ans, avec son père, il partait en campagne contre les Iroquois. Pendant deux ans, il participa à des attaques répétées contre les groupes d'Agniers qui s'approchaient trop du petit village construit sur des bancs de sable. Puis un jour, il tomba dans une embuscade et fut fait prisonnier.

Il eut droit aux supplices les plus cruels. L'adolescent qu'il était croyait son heure venue, lorsque la hargne de ses ravisseurs se changea imprévisiblement en mansuétude. Son courage avait impressionné les plus barbares des Sauvages. Ils l'adoptèrent et lui vouèrent même une sorte de vénération mystique. À tel point que le jeune François refusa de profiter de plusieurs occasions de s'enfuir. Il trouvait injustifié de fausser compagnie à des êtres qui avaient besoin de l'image surnaturelle qu'ils s'étaient faite de lui. Il écrivit aux siens des lettres où il admettait être indigne d'une telle considération, et où il accusait son impiété d'avoir entraîné sa détention en pays iroquois :

Ma très chère et très honorée mère, je sais que la prise qui a été faite de ma personne vous a bien affligée. Je vous demande pardon de vous avoir désolée. Ce sont mes péchés qui m'ont mis dans l'état où je suis. Vos prières, ainsi que celles de Mme de Saint-Quentin et de mes sœurs, m'ont redonné la vie.

C'est votre pauvre Fanchon

Lorsque le délai moral qu'il s'était cru tenu de respecter fut écoulé, et qu'il pensa honnêtement pouvoir rentrer chez lui sans agir en ingrat, il prit son envol lors d'une expédition de chasse. Il reparut à Trois-Rivières dans la joie générale, et plus d'une fête fut organisée en son honneur.

C'est dans sa modeste maison sise à l'angle des rues Notre-Dame et du Château qu'il accueillit Vadeboncœur et Nicolas. Hélas ! il dut leur annoncer que sa jeune épouse, Marguerite de Thauvenet, se trouvait au plus mal, après avoir presque perdu la raison sous l'effet d'une forte fièvre qui la terrassait depuis plusieurs jours. On venait de lui faire une saignée et il la veillait, ne la quittant pas d'un souffle.

Les deux visiteurs se rendirent donc pour dormir chez le charpentier Étienne Gélineau qui, c'était connu, accueillait souvent des voyageurs pour quelques sols la nuit.

Un peu plus tard, les deux amis étaient installés rue Saint-Claude, dans une grande maison de pierre qui, bâtie sur la colline Platon, faisait presque face à la résidence du gouverneur de Trois-Rivières. Assis à table, après s'être bien restaurés, ils écoutaient distraitement leur hôte vilipender l'ancien seigneur et gouverneur de l'endroit, le sieur Pierre Boucher.

— D'accord, il a presque fait Trois-Rivières à lui tout seul. D'accord, il l'a sauvée contre trois cent cinquante Agniers qui voulaient l'anéantir et il a, par cette même occasion, sauvé la colonie elle-même. D'accord, il a développé ici le commerce des fourrures plus que n'importe où en Nouvelle-France. Et je suis prêt, moi aussi, à reconnaître que, sans son intervention auprès de notre roi et la publication à Paris de son *Histoire véritable et naturelle des mœurs et productions du pays de la Nouvelle-France,* le régiment de Carignan-Salières n'aurait peut-être jamais mis les pieds dans ce pays. Peut-être… Mais il n'a pas agi sans intérêt : d'abord, il a ramené de France des titres de noblesse ; ensuite, il a réussi à faire nommer son fils, Lambert Boucher de Grandpré, qu'ils l'appellent, celui-là, parfaitement, de Grandpré, on ne rit pas ! officier du roi. Ensuite, quand il a constaté que tout allait bien avec les Iroquois, que ces derniers se promenaient dans Trois-Rivières comme chez eux, qu'on s'asseyait avec eux aux mêmes tables et qu'on parlait quasiment la même langue, que s'est-il produit ? Vous vous en souvenez, vous autres ?

Vadeboncœur se laissait engourdir mollement par la chaleur en observant les gestes gracieux de la fille de Gélineau, qui se brossait les cheveux en souriant du bout des lèvres.

Le mépris de son père pour le gouverneur augmentait en même temps que son envie de boire.

— Catherine ! Verse-m'en un autre !

Le ton autoritaire fit sursauter Nicolas Gaudé qui s'était assoupi, la tête entre ses bras posés sur la table. Étienne Gélineau, trop heureux d'avoir un public, buvait son vin sans s'apercevoir qu'il était le seul à s'écouter.

— Non, je vous le demande, vous savez, vous, comment ils réagissent, les Sauvages, quand ils boivent de l'eau-de-vie ? C'est de la folie furieuse ! Des animaux, des vraies bêtes enragées ! Eh ben ! écoutez bien ça. La belle-mère de môssieur Pierre Boucher, la mère de sa première femme, l'Indienne Marie-Madeleine Chrétienne, leur en a donné, en veux-tu, en v'là ! en échange de fourrures, de mocassins, de raquettes, n'importe quoi qu'elle pouvait revendre ! Sa propre belle-mère… Alors qu'est-ce qu'il a fait, notre cher gouverneur ?

Il lampa goulûment une autre rasade, s'essuya la bouche du revers de la main. Ses yeux brillaient autant que ses lèvres.

— Ce qu'il a fait, le sieur Boucher ? J'vas vous le dire, moi. Il a décidé d'aller respirer ailleurs. Tout simplement ! Et il avait beau : l'intendant Talon lui avait déjà donné un fief de quatorze arpents en face de Montréal !

Lorsque Catherine levait les bras pour lisser ses cheveux, le mouvement faisait s'élancer la pointe de ses seins contre sa chemise. Vadeboncœur se retenait à ce spectacle pour ne pas fermer les yeux à son tour, alors que Nicolas, lui, ronflait bruyamment.

Il s'établit peu à peu une conversation muette entre Vadeboncœur et l'adolescente. Il la désira ; elle se laissa désirer. Elle devait avoir tout au plus quinze ans et, si elle rougissait un peu, cela tenait à la perspective de ce qui pourrait se passer entre eux beaucoup plus qu'à quelque pudeur de jouvencelle.

D'ailleurs elle était d'une beauté trop provocante pour s'offusquer de l'attention que les hommes, tous les hommes, devaient lui porter. Elle avait des yeux immenses, aux prunelles polies comme celles d'un chat, et un teint qu'on aurait dit de porcelaine, à la fois délicat et coloré. Quand elle jetait sur Vadeboncœur son regard en biais, elle y mettait une goutte d'un philtre délectable qui parlait plus que ne l'auraient fait toutes les paroles du monde.

Le jeune homme ne sut à quel moment exactement Étienne Gélineau décrocha de son discours et roula sur le plancher, plein comme un tonneau ; mais il en profita pour prendre Catherine dans ses bras et l'emporter dans la pièce voisine.

Elle ne dit rien, se contenta de sourire.

Il trouva drôle le lit à quenouilles, au ciel de drap bleu ouvré, et plus encore l'attitude de sa partenaire qui fit l'amour sans trouble, avec plaisir, comme si ce n'avait été qu'un jeu. Et elle joua si bien et si tard dans la nuit que Vadeboncœur dut la prier de le laisser dormir un peu.

Quand il s'éveilla au matin, le lit était vide. À son appel, Gélineau répondit :

— Elle va revenir pour le déjeuner ; le matin, elle aide à la ferme, chez François Breton.

Gélineau devinait-il ce qui s'était passé entre sa fille et Vadeboncœur ? En tout cas, il avait fini de cuver son vin et parlait de façon posée. On pouvait même croire qu'il regrettait son ivresse de la veille lorsqu'il demanda, presque humblement :

– Vous allez rester encore ce soir ? J'ai de l'orignal.

Mais Vadeboncœur l'interrompit pour demander :

– Quel temps fait-il ?

– Oh ! splendide ! On dirait qu'il va fondre…

– Alors, nous partirons maintenant. Qui sait si demain… ?

Car il en était toujours ainsi en hiver : les beaux jours étaient des jours de grâce dont il fallait profiter sans attendre. Ne jamais remettre à demain un voyage lorsque le temps se faisait complice.

Vadeboncœur sortit du lit. Il marcha vers la commode pour verser l'eau de la cruche dans le bassin et s'en asperger le visage à deux mains. L'observant, Étienne Gélineau fut étonné d'être en présence d'une telle pièce d'homme. La veille, la brume de l'ivresse lui avait embrouillé l'esprit et, ce matin, il retrouvait difficilement ses idées.

– Vous pourriez bien attendre le retour de Catherine, au moins.

Il devait être très tôt, car la lumière était blafarde et le froid, encore compact comme un froid de nuit, coupait telle une eau vive.

Levé avant l'aube, Nicolas était parti chez un vieil ami, Médard Chouart Des Groseilliers, l'un des rares coureurs de bois à la réputation avantageuse, à la fois héros et explorateur. En compagnie de son beau-frère, nul autre que le non moins célèbre Pierre-Esprit Radisson, il s'était rendu jusqu'à la baie d'Hudson aux confins nord de la Nouvelle-France. Nicolas espérait trouver chez lui de nouvelles raquettes, car les siennes, comme celles de Vadeboncœur, étaient déjà inutilisables après les vingt-quatre lieues qu'ils avaient parcourues depuis Ville-Marie. Peu de Blancs savaient les confectionner comme il fallait : de forme elliptique, plus arrondies à l'avant qu'à l'arrière où elles devaient se terminer en pointe. Mais Des Groseilliers avait appris des Cris, les Indiens de la baie d'Hudson, comment en fabriquer d'excellentes. Nicolas, pas peu fier, revint donc avec deux paires de raquettes d'une souplesse et d'une légèreté incomparables.

— Avec ça, on pourrait marcher jusqu'au Grand Nord !

— Essayons d'être rendus à Québec avant la prochaine tempête, répliqua Vadeboncœur. Ce sera déjà ça ! En partant maintenant, on devrait être à la rivière Sainte-Anne au milieu du jour.

Catherine ne réapparut pas avant le départ. Vadeboncœur préféra cela : que lui aurait-il dit ? La revoir sans avoir pour elle une amabilité, un geste, un mot, aurait été inconcevable. Et il n'était pas certain qu'il aurait trouvé les mots ou le geste justes.

Pour rejoindre la piste menant à Québec, ils durent traverser tout le bourg de Trois-Rivières. Il avait été fondé avant Ville-Marie, en 1634, par le sieur commandant Laviolette, sous les ordres de Samuel de Champlain, à l'embouchure de la rivière Saint-Maurice qui, à cet endroit, se partageait en trois bras d'eau, d'où le nom du lieu. Ce n'était encore qu'une toute petite cité, ne comptant que cinq cents habitants, et où il se trouvait plus d'endroits pour boire que d'habitations. En fait, à cause de la pauvreté du sol, de l'impossibilité d'y pratiquer une culture rentable ni même seulement une culture de subsistance, ce n'était qu'un point de traite, un comptoir animé uniquement à la belle saison. Que

Trois-Rivières fût bâtie sur un coteau de sable continuait de freiner les colons. Ils désiraient s'établir sur une terre moins avare.

Dans le silence divin de la forêt, pour oublier le rude effort de la marche avec des raquettes, Vadeboncœur revivait l'intermède émouvant qu'il avait connu dans le prétentieux lit à baldaquin de la fille de Gélineau. Il se demanda si vraiment les filles peuvent se contenter du plaisir. Il n'avait jamais aimé, jamais mis son cœur dans la partie. Cependant, il sourdait en lui des élans d'une tendresse qu'il aurait voulu répandre sur le cœur d'une femme qui lui appartiendrait à lui seul. Avec les Indiennes, l'amour avait toujours ressemblé à une joute : il avait bien lutté, sans assouvir la moindre affection. Mais de chacune de ses rares aventures avec une Blanche lui était resté un fond de déception. L'idée lui vint que Catherine avait fui à l'aube de peur d'afficher une déception plus grande que la sienne.

Nicolas marchait devant. Il ouvrait la voie. C'était chacun leur tour. Tout à l'heure, Vadeboncœur prendrait sa place et labourerait la neige de ses longues jambes endurcies. Il pensa un instant à la cicatrice de son mollet gauche : elle témoignerait à jamais de la complicité immuable qui existait entre son père et lui.

Quatre jours plus tard, Vadeboncœur et son compagnon arrivaient en vue du cap Rouge. Ils s'y arrêtèrent à la tombée de la nuit, pour leur dernier bivouac.

Le lendemain, levés à la barre du jour, ils entraient à Québec.

CHAPITRE XXXII

« Qu'il est beau, le neveu de ma mère », se disait Marie-Ève en regardant Vadeboncœur.

Oui, il avait quelque chose du *Cid*, tel qu'elle se l'imaginait. Le port de tête, ou le regard, un regard vif d'animal fauve, ou peut-être cette façon qu'il avait de maîtriser chaque trait de son visage et de conserver une expression volontaire, résolue. Et au milieu de tant de fermeté, des yeux bruns pleins de douceur. « Qu'il est beau, oui. » Et il n'était même pas son cousin ! En effet, Thérèse n'avait pour l'appeler son « neveu » aucun autre motif que l'affection qu'elle lui portait.

— Et après, père a fait construire le manoir, et…

Mais elle ne l'écoutait pas. Elle le regardait remuer les lèvres et se demandait si sa voix n'avait pas un ton particulier, à la fois plus doux et plus sûr que celui de tous les hommes qu'elle connaissait.

Quelque part dans la boutique, le gros Mathurin Regnault, le visage blanc de farine tel un pierrot inexpressif, pétrissait la pâte.

— … j'aimais tellement mieux vivre au Bout-de-l'Isle que…

L'un à côté de l'autre, ils rangeaient les pains sur les étagères à claire-voie. Tout à l'heure, Vadeboncœur avait dû monter sur un tabouret pour atteindre les rayons du haut et il avait haussé la voix. Une voix qui vibrait dans le cœur de la jeune fille, devenu fragile depuis l'arrivée de ce grand garçon. Leurs gestes n'avaient aucune importance, mais ils étaient si réguliers, si bien accordés, qu'on aurait dit un couple : le boulanger et la boulangère.

Dehors, la neige fondait. Une nappe humide, légère comme une gaze, en montait à la rencontre de la nuit tombante.

C'était devenu un rituel : en fin d'après-midi, Vadeboncœur rentrait de sa livraison aux cuisines du château Saint-Louis – car Thérèse avait eu l'idée de livrer à domicile lorsque le gouverneur avait émis, le 14 janvier 1677, une ordonnance qui réduisait à trois le nombre des boulangers à Québec, et elle en était. Dès son retour, il aidait à ranger les pains chauds. Il lui arrivait d'en déchirer un à belles dents :

– Ça me bouche un trou !

Trois mois qu'il était là et trois mois que Marie-Ève attendait. Son soupirant de la « haute », ce Jacques Duchesneau fils, avait dû en fin de compte expier en prison, pendant un mois, sa faute de lèse-majesté envers la personne du gouverneur de Frontenac. Elle le voyait autrement depuis sa condamnation. L'image de son amour s'était souillée aux murs suintants de crasse d'une cellule. Il ne lui restait plus que le souvenir d'une grande affection. Dans ses prunelles sombres passait tout au plus quelquefois un regret. Mais elle ne trouvait rien de regrettable dans une aventure qui, somme toute, l'avait faite femme.

Vadeboncœur allait bientôt s'embarquer pour la France. Il en parlait. Il en rêvait. Au fur et à mesure que se rapprochait la possibilité de voir accoster un navire à la pointe du Sault-au-Matelot, Marie-Ève devenait plus impatiente, moins réservée.

Lui, il se voyait déjà en haute mer. Il rêvait de vérifier, disait-il, les savants principes d'hydrologie et de cartographie enseignés par le seigneur et capitaine de navire Jean-François Bourdon de Dombourg, à l'École royale de mathématiques du Collège des jésuites de Québec.

Il faisait preuve de tant d'enthousiasme qu'un esprit avisé y aurait aisément décelé quelque sentiment dissimulé. Car Vadeboncœur ne pouvait ignorer les multiples dangers de la traversée de l'Atlantique. Les journées de mer déchaînée valaient les calmes plats sans vent, quand les voiles dormaient et que le bateau risquait de dériver dans les courants invincibles. Ne rapportait-on pas aussi que la maladie et la mort ravissaient chaque fois maints voyageurs ?

À son arrivée, il s'était d'abord laissé porter par sa découverte quotidienne de Québec. La disposition particulière de la capitale entre la haute ville et la basse ville l'impressionnait par la variété des perspectives et des paysages qui en résultait. C'était une ville. D'ici, Montréal lui apparaissait comme l'île abandonnée aux confins de la Nouvelle-France.

Au bout de quelques semaines, il commençait à s'habituer à la cité et à ses habitants. Et, inversement, sa silhouette soulevait de moins en moins la curiosité dans les rues, et on l'appelait souvent par son nom.

Mais le grand changement était surtout qu'une attirance s'était vite insinuée dans son être tout entier. Il ne trouvait dans son cœur aucune résistance à un appel sans équivoque : il aimait Marie-Ève.

Il l'aimait d'un amour déroutant, qui le rendait heureux, malheureux, indécis. Jamais il n'avait connu une telle émotion, et encore moins cette sorte de gêne, d'inconfort de l'âme.

Les moments vrais de sa vie étaient ceux qu'il passait en compagnie de la jeune fille. Il appréciait particulièrement les soirées ardentes où tous deux se joignaient à des amis, autour de l'âtre, pour chanter des chansons telles que *C'est dans Paris y a t'une brune*, ou bien *Entre Paris et Saint-Denis, Isabeau s'y promène*, *Mon père a fait construire maison* et, surtout, *Dans ma main droite, je tiens rosier* :

Dans ma main droite, je tiens rosier (bis)
Qui fleurira Manon lon là
Qui fleurira au mois de mai
Entrez en danse au joli rosier
Et embrassez Manon lon là
Et embrassez qui vous plaira…

On chantait cette dernière chanson en se tenant tous par la main et en tournant en rond.

Ensuite, il se trouvait souvent un conteur pour narrer une légende pleine de sorciers, de loups-garous, de feux follets et de démons. De cette mythologie, le héros était toujours Ti-Jean qui, tard dans la nuit, dans le silence attentif de l'auditoire, venait à la rescousse des victimes et des affligés. D'autres prenaient plaisir à raconter quelque histoire ayant pour sujet le Gougou, ce monstre hideux, horrible, difforme qui, selon le journal de bord de Samuel de Champlain, vivait sur une île dans la baie des Chaleurs et semait la terreur chez les

Indiens. Le fondateur de Québec en avait parlé en ces termes : « Il avait la forme d'une femme, mais effroyable, et d'une telle grandeur que les Indiens me disaient que le bout des mâts de notre vaisseau ne lui fût pas venu jusqu'à la ceinture. Il a dévoré beaucoup de Sauvages, lesquels il met dedans une grande poche, quand il peut les attraper, et puis les mange ; et, disaient ceux qui avaient évité le péril de cette bête, la poche était si grande, qu'il y eût pu mettre notre vaisseau. Ce monstre fait des bruits horribles. »

Un soir, de sa voix bien enveloppée, Marie-Ève raconta l'aventure peu banale de Marguerite de La Ro que, parente de Jean-François de La Rocque de Roberval. Elle la connaissait pour l'avoir lue et relue dans un livre prêté par sa compagne de classe, Catherine de Tilly, la fille aînée du bourgeois Charles Legardeur de Tilly. Cette dernière se flattait de posséder le premier livre publié en France qui contînt des récits ayant pour cadre la colonie canadienne. Maintes fois, l'*Heptaméron*, écrit par la sœur de François 1er, Marguerite de Navarre, avait fait le sujet de conversations secrètes qui alimentaient le goût des deux demoiselles pour le romanesque. Marie-Ève s'attarda sur l'un des contes de ce recueil, le soixante-septième : « Extrême amour et austérité de femme en terre étrangère. » Il débutait par cette phrase : « Ce n'est chose si nouvelle, mesdames, d'ouïr de vous quelque acte vertueux, c'est l'occasion qui me fera raconter ce que j'ai ouï-dire au capitaine Roberval et à plusieurs de sa compagnie. »

Jean-François de La Rocque de Roberval aurait dû, selon la volonté même du roi François 1er, être le découvreur du Canada : en 1540, le monarque l'avait nommé

« lieutenant-général au pays de Canada », avec mission d'y répandre la foi catholique, d'y fonder une colonie et d'y construire des villes fortifiées. Il avait reçu un fort subside et frété trois navires pour la traversée : la *Valentine*, l'*Anne* et le *Lèchefraye*. Pour équipage et comme futurs colons, il embarquait des repris de justice libérés à cette fin. Le 16 avril 1542, la petite flottille quittait La Rochelle. Jacques Cartier, que le roi avait désigné comme guide de cette expédition, était parti de son propre chef une année auparavant.

Roberval avait déjà couru les mers en tant que pirate, pillant les navires anglais, et il en avait gardé une manière bien à lui de commander, privant les défaillants de boire et de manger, jetant les fautifs aux fers, les livrant au fouet ou à la corde.

Devant l'île de Terre-Neuve, il croisa Jacques Cartier qui rentrait en France. Il lui ordonna de rester pour l'aider à s'établir, mais le Malouin refusa. Le capitaine poursuivit donc sa route jusqu'à l'embouchure de la rivière Sinagua, aujourd'hui rivière Saguenay, où il fit construire un fort et une imposante habitation. Il décida de baptiser cette colonie du nom de France-Roy et donna au fleuve Saint-Laurent le nom de France-Prime.

Après quelques mois de froid, de famine et de maladie il renonça, mais fit retour en pensant rapporter un chargement précieux d'or, qui se révéla être de la vulgaire pyrite de fer et de diamant : du mica ! Ne survécut de son expédition qu'une expression proverbiale : « Faux comme les diamants du Canada ! » À cause de lui, pendant cinquante ans, jusqu'à Champlain, plus personne en France ne s'intéressa à l'Amérique.

Mais ce qui émouvait surtout les jeunes gens, c'était la pitoyable histoire d'amour liée à sa cruauté, et dont Vadeboncœur entendit pour la première fois le récit de la bouche de Marie-Ève.

— Roberval, raconta-t-elle un soir au petit cercle, amenait avec lui en Canada sa cousine Marguerite. Durant toute la traversée, il la traita avec respect bien que certains aient dit que l'intérêt qu'il lui manifestait dépassait les relations de bon cousinage. Or, voilà qu'il découvrit que la demoiselle avait un amant, qu'une ancienne maquerelle de Normandie, nommée Damienne, lui avait naguère présenté. Devenue servante de Marguerite, Damienne faisait sentinelle à la porte de sa patronne quand se rencontraient les amoureux. Le capitaine essaya de raisonner sa cousine, de lui représenter le scandale, de la détourner de cet amour condamnable. Rien n'y fit. Un matin, bravant la réputation de malédiction qui entourait l'endroit, il fit jeter l'ancre devant l'île des Démons, dans le golfe du Saint-Laurent, et déclara qu'il avait choisi ce lieu pour la pénitence du forfait de sa cousine et du scandale qu'elle lui avait fait. Il fit descendre sur l'île Marguerite et Damienne. Pour leur permettre de retarder d'un peu la mort certaine qui les y attendait, il leur fit remettre quatre arquebuses et des munitions. Devant tant de cruauté, l'amant de Marguerite exigea de partager son exil. Il prit son arquebuse, un fusil, des provisions de biscuits, du cidre, toutes ses affaires, les jeta dans un canot et rama jusqu'à la grève où se désespérait déjà sa maîtresse. Marguerite révéla bientôt à son amant qu'elle était enceinte. Cette nouvelle provoqua un profond désarroi chez le jeune homme déjà à la limite du découragement, et il mourut avant l'accouchement.

Pendant des mois et des mois, Marguerite entretint son bébé et sa servante, grâce aux produits de sa chasse et de sa pêche. Pour puiser les ressources morales quotidiennes nécessaires, elle recourait à la lecture du Nouveau Testament. Puis son fils mourut, et aussi Damienne. Deux années et cinq mois plus tard, ayant survécu à force d'ingéniosité et grâce à un courage peu commun, elle réussit à signaler sa présence à des marins bretons qui croisaient au large. Ils osèrent s'approcher des rives escarpées de cette île néfaste et, avec eux, elle rentra en France où elle vécut encore plusieurs années. La preuve que cette histoire est vraie, conclut Marie-Ève, c'est que l'île des Démons s'appelle maintenant l'île de la Demoiselle et que le sieur de Roberval a perdu tous ses amis et ses appuis à la cour dès que l'événement y a été connu.

Marie-Ève racontait bien, avec une intonation imprégnée de tristesse qui, trouva Vadeboncœur, la rendait encore plus désirable ce soir-là. Il l'avait écoutée sans la quitter des yeux. Il se sentait un peu perdu : aimer et désirer s'accordaient mal dans son esprit. Et puis, quelle approche était la bonne ? Dans la moiteur de la boulangerie, combien de fois n'avait-il pas senti Marie-Ève vulnérable lorsque, le visage perlé de sueur, ses mouvements devenaient plus lents, plus langoureux et même lascifs ? La moue indulgente de la jeune fille avait l'air de dire : « Gros bêta ! va… »

C'était la fin de mars. Deux jours auparavant, le grand fracas de la débâcle avait réveillé la population en pleine nuit. Les chiens s'étaient mis à aboyer, les tout jeunes enfants, à pleurer et, même s'ils en avaient l'habitude, beaucoup d'hommes et de femmes s'étaient précipités hors des maisons. Au matin, deux nappes de glace crevassées laissaient passage à une rivière au milieu du fleuve. Encore quelques semaines et l'eau aurait entraîné le reste des glaces. La ville, majestueuse, debout, digne, baignée d'un calme grandiose, reprenait les couleurs de la santé.

L'avènement de la saison nouvelle avait décidé Thérèse : il était temps de préparer le voyage de son neveu spirituel. Elle avait donc fait construire, par le maître menuisier Jacques Raté, un solide coffre de bois renforcé de pièces de métal, et elle avait dressé un inventaire des vêtements que Vadeboncœur emporterait.

Souvent, elle le mettait en garde : elle le voulait digne de Pierre Gagné et d'elle-même, comme s'il avait été *leur* fils.

— Tu prendras un peu de rhum, cela t'évitera bien des maladies, le scorbut, entre autres. Mais évite de t'enivrer comme un vulgaire matelot, car tu pourrais être condamné aux fers et mis à fond de cale.

Elle voulait qu'il sache bien ce qui l'attendait, pour que, avant de s'embarquer, il n'aille pas se faire d'illusions.

— À bord, la première nuit, tu devras t'habituer à la « sainte-barbe ».

Habituellement réservée pour mettre à l'abri les poudres et les munitions dans ces anciens galions de guerre, la « sainte-barbe » était l'endroit du navire où dormaient les passagers, un grand espace où étaient installés, sur deux rangées, des cadres pour mettre les paillasses. C'était un lieu obscur et infect.

— Il arrive même, à cause du roulis, que les lits se déboîtent. Les voyageurs se retrouvent alors pêle-mêle.

Le mieux serait que tu prennes avec toi une *branle*, un de ces hamacs en toile forte, qu'on t'autorisera à suspendre dans l'entrepont. Tu t'éviteras ainsi bien des misères, ne serait-ce que d'être victime de l'eau qui pénètre par les fentes de la coque et détrempe les lits. Au bout de quelques jours, il s'ensuit une insupportable odeur de moisi, mêlée à celle déjà fétide des animaux enfermés depuis des semaines dans la cale sans air.

Elle se garda de lui parler de certaines mœurs des matelots dont celle du badinage avec les jeunes hommes. Pour cela, elle faisait confiance aux moyens de dissuasion que le caractère bouillant de son « neveu » lui inspirerait.

Il n'y eut pas que Thérèse pour lui parler des conditions dans lesquelles s'effectuaient les voyages. Lors de la présentation d'une pièce de théâtre écrite et montée par Marie-Ève et quelques-unes de ses compagnes, et jouée devant le gouverneur et sa cour au château Saint-Louis, il rencontra la mère Cécile-de-Sainte-Croix. Entre les répliques des comédiennes, la religieuse lui confia combien elle avait souffert au cours de la traversée de l'Atlantique :

– Oubliez les récits les plus atroces qu'on vous a déjà faits des tempêtes en mer. La réalité, je vous le dis, est pire encore ! Savez-vous, par exemple, qu'elles durent parfois plus d'une quinzaine ? Quinze jours à s'attacher là où on peut, pour ne pas être arraché du pont par la première lame. Et quand on mange, c'est assis par terre, une main pour retenir sa gamelle et l'autre pour essayer de porter à sa bouche des mets qu'on aura tôt fait de rendre. On vit sous l'eau, à vrai dire, car des vagues éclatent sans cesse, et vous noient presque avant de s'écouler par les écoutilles. Il vient un moment où, Dieu nous pardonne ! on voudrait mourir. Quand, enfin, cesse la tourmente, si elle n'est pas remplacée par la brume, on peut voir toutes les saletés qui souillent le pont, et le seul moyen d'obtenir un bon nettoyage est de libérer quelques porcs affamés.

Marie-Ève, pendant ce temps, jouait les châtelaines amoureuses. Vadeboncœur avait acquis la certitude que les tirades les plus convaincantes de la jeune fille s'adressaient à lui... Dans son cœur il avait répondu, et ses réponses avaient meublé les silences imposés par le rôle.

Marie-Ève était emplie de grâce et montrait une beauté triomphante, dans les coulées de lumière projetées par des miroirs. Lorsque les paupières de la jeune fille se fermaient pour exprimer une feinte douleur, il souhaitait ardemment y poser ses lèvres pour lui exprimer sa tendresse.

L'éducation reçue chez les ursulines ajoutait au charme de Marie-Ève. Elle avait des manières et de la perspicacité, une culture justement dosée, et elle représentait la parfaite élève de ce couvent fondé par l'ursuline Marie (Guyart) de l'Incarnation et où l'on dispensait un enseignement aussi riche que celui que les jésuites donnaient aux garçons. Les pensionnaires de l'institution valaient à celle-ci une réputation si avantageuse qu'elle traversait l'océan. L'argent étant rare, la pension se payait en marchandises : cordes de bois de chauffage, pots de beurre, cochons gras, barils de pois, tonnelets d'anguilles salées. Pour Marie-Ève, Thérèse se saignait aux quatre veines en fournissant une partie du pain.

Plus les jours qui passaient rapprochaient Vadebon-cœur de son départ, plus son amour devenait une hantise douloureuse.

Un matin, il n'y eut plus de gelée. Le soleil salua les premiers bourgeons d'une chaleur précoce. Mais l'indice le plus sûr du retour définitif du printemps fut l'arrivée des Indiens revenus de leur territoire de chasse : ils dressèrent des tentes en caravanes près de la grève et, accroupis entre les ballots de fourrures, se changèrent en statues dans l'attente du premier navire de France.

Vadeboncœur reconnut parmi eux un vieux Huron de Lachine ; il alla le voir, accompagné de Marie-Ève.

Devant un tee-pee on apprêtait une marmite de sagamité. Avec un contentement visible, Vadeboncœur sut expliquer à Marie-Ève les différentes étapes de sa préparation. Il sembla à la jeune fille qu'ainsi existait entre eux une complicité encore plus grande.

L'Indien avait d'abord fait torréfier dans les cendres une bouillie de maïs. Il l'avait ensuite broyée au pilon, pour la tamiser enfin dans un sas fait de minuscules branches liées ensemble. Le mets était d'un goût étrange, nouveau, que Marie-Ève apprécia. Ensuite ils prirent quelques morceaux de viande, ni salée ni épicée, les Indiens n'aimant pas les condiments, qu'ils puisèrent à l'écuelle dans une autre marmite.

Vadeboncœur accepta de fumer un calumet pendant que le vieux Ondatonatendi racontait comment, au cours de l'hiver, sa tribu s'était emparée de l'Iroquois Ononkouis, chef de la tribu des Oneidas. Le récit des tortures infligées à l'indigène bouleversa la tendre Marie-Ève.

On avait d'abord lié les membres d'Ononkouis et placé ce dernier, entièrement nu, au centre d'une petite enceinte de pieux. Juchés sur une estrade, des Hurons l'avaient ensuite lapidé de pierres chauffées à blanc et de branches enflammées. Mais, doté d'un courage phénoménal et d'une force prodigieuse, l'Iroquois avait réussi à briser ses liens, à franchir l'enceinte et à entraîner des Hurons dans les flammes pour les y maintenir jusqu'à ce qu'ils périssent. En l'attaquant par-derrière, on parvint à l'assommer et à le jeter dans le brasier d'où il s'était sauvé de nouveau. On lui coupa les mains et les pieds. Il réussit quand même à s'échapper sept fois encore, toisant ses ennemis d'un air de défi en rampant sur ses moignons ! Pour en finir, il avait fallu lui trancher la tête.

Vadeboncœur prit soin de préciser à Marie-Ève, qui le regardait avec des yeux horrifiés, que l'attitude impassible qu'il avait gardée tenait à sa connaissance des mœurs indiennes et non à ce que son âme fût dure de quelque manière.

— Ces gens ne sont pas comme nous, mais ils ont aussi de grandes vertus.

Curieuse, la jeune fille lui demanda de l'éclairer sur les mœurs indigènes, sur les coutumes amoureuses surtout, insista-t-elle, l'air fripon. Elle s'étonna lorsqu'il lui dit :

— Il n'est pas rare que les filles ne soient plus vierges dès l'âge de sept ans.

Et il se sentit obligé d'ajouter, rapidement :

— Chez eux, la chair doit être satisfaite, comme la faim et la soif… C'est une question de… de santé. D'hygiène.

Elle avait changé de sujet de conversation. Ils étaient rentrés à la boulangerie pour la fournée de trois heures, en parlant des jours de Ville-Marie, ceux de leur tendre enfance dont ils se souvenaient encore.

Un soir qu'ils se promenaient dans la basse ville, passant alternativement de l'ombre aux rectangles éclairés par les fenêtres, elle lui confia :

– Je… je penserai à toi quand tu seras là-bas.

Il lui prit la main. Ils marchèrent en silence.

– Moi aussi.

Dans la maison vide, Thérèse étant au château, ils firent du feu et se retirèrent chacun de son côté pour dormir.

Vadeboncœur entendit les cris printaniers d'un vol d'oies sauvages revenues du Sud. Sa passion pour la chasse se ranima et le fit soupirer. Il se sentit soudain désemparé sans Marie-Ève et quitta la mansarde où il couchait pour descendre vers elle.

Il la trouva debout près de son lit, à retirer ses vêtements. Elle se courbait pour faire passer sa simarre au-dessus de sa tête et il vit ses cuisses blanches avant que retombe le jupon.

Quand elle l'aperçut, un réflexe la précipita vers les couvertures pour s'y cacher. Mais elle tarda quelques précieuses secondes.

Ensuite il fut trop tard.

CHAPITRE XXXIII

Ce soir-là, Pierre Gagné s'étonnait d'être envahi d'une profonde mélancolie.

Les teintes orangées du couchant et le calme parfait de l'air chargé d'odeurs de printemps étaient propices à la réflexion. Depuis quelque temps, on aurait dit qu'il mesurait la signification du départ de Vadeboncœur. Ses deux autres fils, Louis et Claude, lui donnaient à leur manière bien des satisfactions, mais il s'était investi dans Vadeboncœur et il savait que son héritage spirituel passerait par son aîné. Il lui arrivait de se dire, en souriant, qu'il était le patriarche et que Vadeboncœur serait l'ancêtre. Une idée l'obsédait, l'attristait : c'était d'avoir laissé Thérèse partir pour Québec. Il était persuadé qu'il aurait pu, et aurait dû, la retenir.

Élisabeth ne méritait aucun reproche. Elle était l'épouse parfaite, la mère juste, la compagne idéale. Seulement, elle ne faisait pas partie de ce passé dont Pierre ne pouvait se détacher, un passé trop dense pour qu'on s'en libère, qu'on l'arrache sans qu'il en résulte une sorte d'infirmité. Les stigmates d'un tel passé modifient à jamais tout l'être.

Il aurait voulu savoir ce qu'il serait advenu d'eux si elle était devenue sa femme et avait partagé son fief, qu'il trouvait de plus en plus créé pour les autres. Il demeurait une espèce de solitaire ; seule la force d'une Thérèse ou celle, si pure, de Marie, sa première épouse, aurait pu l'ébranler, réveiller en lui l'ambition.

Au début, après l'attribution du fief, il avait vécu sous un abri temporaire d'écorce, le temps qu'on construise quelques habitations presque aussi rudimentaires. Il fallait faire vite, bûcher, essoucher, labourer, semer avant l'hiver puis, dans le battement de quelques jours précédant la première chute de neige, répartir les lots. Il n'avait pas vu le temps passer. Ensuite, les premières années, il y avait eu les récriminations des colons, la construction du manoir, la naissance de Louis, de Claude…

Tout compte fait, ce n'était peut-être que l'ennui qui gagnait Pierre. Cette année, pour la première fois, il ne s'était même pas dérangé pour aller voir les sursauts de la débâcle.

Sur une langue de terre s'avançant dans le fleuve, on avait fait construire un fort : il restait persuadé que, comme il l'avait dit à Vadeboncœur, la paix avec les Iroquois ne durerait qu'un temps et que, un jour, ils arriveraient à l'improviste par les rivières des Outaouais pour s'élancer directement sur la pointe de ses terres.

Si Thérèse était restée, s'il l'avait épousée, il aurait entrepris de plus grandes choses, il en était certain. Il ne savait quoi au juste, mais il aurait trouvé. Ce n'était qu'après le départ définitif de la veuve de son ami Urbain qu'il avait découvert à quel point cette femme n'avait rien d'ordinaire. Son sentiment pour elle ressemblait à une passion têtue qu'il n'avait laissée ni s'épanouir ni s'éteindre, mais qui couvait en lui, sournoise, comme l'étincelle sous la cendre tiède. Démesurées jusqu'à l'irréparable, sa retenue, sa fierté, ses hésitations avaient peut-être écarté la possibilité d'un grand amour, comme il n'en avait jamais connu, n'en connaîtrait jamais plus et dont rien ne pourrait l'exorciser.

La veille, il s'était rendu à Ville-Marie chez son ami Charles Le Moyne, pour le mariage d'Anne-Kayaa Beaupré avec le fils d'Étienne Lert, Michel, un coureur de bois assagi par son amour pour cette jeune Indienne de race blanche. À cette occasion, il avait bu. Comme il ne supportait pas l'alcool, il avait été malade une partie de la nuit. Malgré tout, il s'était mis debout à l'aube pour diriger ses hommes, et éprouvait maintenant une grande fatigue.

Le mariage chez Le Moyne avait réuni une grande partie de la population de l'île. Le riche marchand possédait la plus vaste maison de la ville, rue Saint-Paul. Le corps principal était pourvu de deux ailes secondaires servant aux cuisines et au logement des domestiques. Une longue galerie de bois suivait le mur nord ; c'était une galerie couverte d'un toit légèrement en pente et au plafond habillé de madriers placés tous les deux mètres. Plusieurs semaines auparavant, des invitations avaient été envoyées à tous et chacun ; le seigneur de Montréal lui-même, l'abbé Dollier de Casson, avait honoré de sa présence la fête débordante de gaieté, de vin et de victuailles.

Les habitants avaient tenu à marquer le souvenir du couple Beaupré en rendant un hommage grandiose à leur fille lors de son mariage. De son côté, l'administration avait accordé aux jeunes époux une terre de quatre-vingts arpents : c'était la concession la plus considérable à ce jour, avec droit de chasse et de pêche. Charles Le Moyne avait donné un lit avec literie complète ; les dames de la Congrégation – qui avaient un peu provoqué les noces en annonçant à la ronde que, ces deux-là, il fallait les marier vite ! – avaient offert six plats et six assiettes ; Pierre Gagné, un pot d'étain ; le marchand Jacques Le Ber, cinquante aunes de toile ; les autres invités s'étaient cotisés pour un don de cinq cents livres en argent.

Le plus drôle était de voir la jeune épouse non seulement intimidée, mais intriguée par tout le cérémonial. Elle comprenait à peine quelques mots de français et les mœurs des Blancs lui restaient inconnues. Certains s'étaient même demandé si elle savait vraiment qu'on était en train de la marier ! D'autres avaient fait observer que, de toute manière, elle avait « pris de l'avance ».

On remarquait l'absence de sa sœur. Après quelques mois à la maison des dames de la Congrégation, elle s'était enfuie. Un soir d'orage l'avait ramenée ; mais, bientôt, elle avait récidivé et rejoint une bourgade indienne du côté de l'île Jésus. On s'était alors rendu à l'évidence : jamais on ne ferait d'elle la Blanche qu'elle n'était plus, et toute nouvelle tentative pour la retrouver avait été abandonnée.

Au demeurant, la jeune fille s'était comportée comme la majorité des Indiennes qu'on avait voulu franciser. Marie de l'Incarnation l'avait constaté dans une lettre :

Depuis tant d'années que nous sommes établies en ce pays, nous n'en avons pu civiliser que sept ou huit, qui aient été francisées ; les autres, qui sont en grand nombre, sont toutes retournées chez leurs parents, quoique très bonnes chrétiennes. La vie sauvage est si charmante à ces

gens à cause de sa liberté, que c'est un miracle de les pou-
voir captiver aux façons d'agir des Français qu'ils estiment
indignes d'eux, qui font gloire de ne point travailler qu'à la
chasse ou à la navigation, ou à la guerre. Ils mènent leurs
femmes et leurs enfants à leurs chasses et ce sont elles qui
écorchent les bêtes, qui passent les peaux, qui boucanent les
chairs et le poisson, qui coupent tout le bois, et enfin qui
ont le soin de tout le ménage, tandis que les hommes les
regardent en pétunant...

Et tout le monde connaissait l'histoire des filles Marie et Madeleine Baillargeon, enlevées par des Iroquois en maraude alors qu'elles étaient âgées de neuf et huit ans respectivement. Pendant six ans, elles avaient vécu selon la culture et les mœurs iroquoises et, quand le marquis de Tracy avait obtenu leur libération, leur assimilation était quasi parfaite. Marie avait considéré son retour chez les Français comme un deuxième enlèvement et s'était enfuie dans les bois... Elle s'y était cachée, se nourrissant aisément à la manière indienne, capable de survivre ainsi pendant des semaines sans en souffrir. À l'aube d'un matin brumeux, sur le sentier de ses collets, elle avait rencontré une dame étrange portant des voiles et parlant français. D'une voix douce mais convaincante, la religieuse lui avait expliqué que, à défaut de rentrer à Québec, elle risquait un sévère châtiment. Apeurée, l'adolescente s'était présentée au couvent des ursulines, rue du Parloir.

Sa sœur avait bientôt épousé Jean Beaune. Elle avait assisté à ce mariage, l'air rétive et nullement convaincue qu'elle déciderait un jour d'en faire autant. Elle s'était pliée à la vie française avec une envie de plus en plus forte de prendre le bois de nouveau. Mais une nuit d'orage, réveillée par un roulement de tonnerre, elle s'était levée et avait couru se réfugier à la chapelle. Dans un éclair, elle avait aperçu le portrait d'une religieuse décédée, la sœur Saint-Joseph. Ahurie, elle avait reconnu en elle la femme de son apparition, celle qui lui avait ordonné de revenir chez ceux de sa race ! Le prodige l'avait convertie à la vie religieuse. Cependant, son destin était ailleurs. Il ne se trouvait pas entre les murs d'un couvent, mais bel et bien dans les bois. Elle était finalement repartie. Et on l'avait laissée à sa liberté.

Avant elle, une Iroquoise du nom de Kateri Tekakouitha avait vécu toute sa vie chez les religieuses, sans toutefois porter le voile. Une Huronne, Agnès Skanudharoua, recueillie par les sœurs hospitalières de l'Hôtel-Dieu de Québec, avait demandé, en 1657, d'être admise au noviciat. Mais la vie en vase clos ne convenait ni à son tempérament ni à sa santé. Dévote, elle n'en avait pas moins continué de se plier à tous les exercices spirituels de l'ordre : quelques mois plus tard, la maladie l'emportait.

Anne-Kayaa portait une robe d'une blancheur de neige. L'habitude indienne de se frotter la peau à la graisse d'ours lui avait donné un teint basané. Sa chevelure, partagée en deux et formant de belles tresses retenues par des lacets de cuir, lui gardait une allure d'Indienne qui rebutait certains, car, comment l'oublier ? les Beaupré, ses parents, avaient été assassinés par des Iroquois. Elle était belle cependant, et son visage un peu méfiant et timide possédait un charme provocant qui allumait la lubricité des hommes. Si la rumeur, alimentée par les saintes dames de la Congrégation elles-mêmes, avait

proclamé l'urgence de ce mariage, une telle précipitation, pensaient les hommes aux sens excités par le vin,
devait traduire l'existence d'un tempérament de feu.

La nouvelle du départ de Vadeboncœur pour Paris
avait fait son chemin. Après avoir alimenté les conversations normalement, elle avait soulevé des questions.
C'était un départ qui, disait-on, ressemblait à une
fuite ; mais qu'était-ce donc que Vadeboncœur fuyait,
au juste ? Charles Le Moyne, qui savait la vérité, n'avait
rien révélé. Pierre Gagné, au cours de la réception, avait
désamorcé toutes les curiosités en affirmant une fois
pour toutes que son fils aîné allait en France pour s'instruire, pour devenir avocat, parce que le pays aurait
sûrement grand besoin de gens de cette profession
comme toute société bien organisée.

Le sieur du Bout-de-l'Isle continua de vérifier l'avan-
cement des travaux du moulin. Du pied, il retourna une
pierre plate fraîchement taillée par la masse du maçon
Bourget. Il se pencha, la prit à deux mains. Il respira
fortement et la joie éclaira ses prunelles : il avait quand
même dompté un peu ce pays, après tout ! Il marcha
vers le manoir. Il entendit le cri d'une chouette et s'arrêta pour regarder au bout du champ. Les labours d'automne avaient éventré la terre qui fumait dans l'attente
des semences.

Si Thérèse revenait, il serait fier de lui faire visiter
son domaine. Il l'imaginait vivant avec eux au manoir
et ne s'embarrassait pas de l'idée qu'il aurait alors deux
femmes sous son toit. À ses yeux, Thérèse était un personnage au-dessus des conventions sociales et religieuses.
Il en était si convaincu qu'il ne doutait pas un instant

que tout le monde accepterait la situation sans les montrer du doigt.

Le soleil était maintenant couché, le ciel virait au bleu de nuit ; déjà quelques étoiles semaient leur délicate gaieté. Pierre Gagné releva le manche d'une pelle couchée dans l'herbe, l'appuya contre le muret qui entourait sa résidence et entra dans son cabinet de travail par la porte indépendante qu'il y avait fait percer peu de temps avant.

Il alla à son coffre-bahut et en tira une boîte en fer-blanc. Il y prit une chandelle de suif, fabriquée au manoir dans un moule tubulaire, lui aussi en fer-blanc, et la planta dans un grand chandelier de cuivre, don du chirurgien Louis Chartier. Il préférait ce genre d'éclairage aux lampes de fer qui brûlaient de la graisse animale en répandant une odeur forte, pour ne pas dire puante. Sur un plateau de métal, il saisit une mouchette pour couper l'extrémité un peu grasse de la mèche qu'il enflamma selon sa méthode habituelle, avec son batte-feu, une pierre et un morceau d'amadou. Il s'assit ensuite à sa table de travail et ouvrit le grand livre dans lequel il tenait ses comptes.

Afin de faciliter la vie et permettre un accès plus aisé à Ville-Marie, il s'était entendu avec les colons établis entre le Bout-de-l'Isle et Lachine pour que soit tracé un chemin de trente pieds de large avec fossés, clôture et pont où ce serait nécessaire.

Pour mener à bien cette réalisation souhaitée par tous, ne fût-ce que pour assurer une retraite facile en cas d'attaque, Pierre Gagné avait la charge de grand voyer : il devait convaincre les colons riverains d'entretenir cette route, là où elle traversait leurs terres. Ils devaient aussi recreuser les fossés à la mi-juin de chaque année. Ils seraient également redevables de jours de corvée pour les réparations entraînées par les orages, les éboulis, le gel.

L'hiver, on baliserait un autre tracé, sur la glace du fleuve, celui-là. L'entretien, entre les tempêtes de neige, en serait obtenu en faisant passer et repasser les bestiaux.

Mais il n'allait pas être facile d'imposer tant d'obligations nouvelles aux colons. Pierre attendait six d'entre eux pour la matinée du lendemain. Il les avait choisis parce qu'il croyait en eux, les savait capables de l'appuyer et de soutenir ses projets.

Quand il eut fini de tout mettre au point, il s'octroya une pipe dans une de ses bergères. Une branche du grand chêne dressé presque contre le manoir martelait la toiture. Le bruit sec et agaçant lui rappela qu'il devait écrire au charpentier du roi, à Québec, pour obtenir l'autorisation de couper l'arbre, ce qu'il ne pouvait faire sans permission expresse, depuis que l'intendant Talon avait décrété que cette essence était trop précieuse pour être gaspillée. En appuyant sa tête au dossier coussiné, il retrouva un moment de douceur.

Fermant son œil valide, il revint à Thérèse, à Vadeboncœur, deux êtres si éloignés et si proches. Et Marie-Ève ? Il sourit.

Le vent se leva. Il provoqua un ronflement sifflant dans la cheminée, qui tira davantage.

Il aurait donné gros pour parler ouvertement à Thérèse. Il l'imaginait en train de répondre, un peu émue, dans cette atmosphère quiète ; elle parlait d'une voix ferme mais douce, avec au bout des phrases des intonations qui ressemblaient à autant d'aveux.

À sa manière effacée, comme si elle craignait toujours de troubler l'immobilité du silence, Élisabeth poussa la porte et jeta sur son mari un regard qui demandait : « Viendras-tu me retrouver bientôt ? » Elle n'avait pas prononcé un mot. Mais il lui répondit, sur un ton plus paternel que conjugal :

— J'arrive.

Sans bruit, elle glissa dans le corridor jusqu'à l'escalier menant au premier étage.

Quand il la rejoignit, elle dormait déjà.

CHAPITRE XXXIV

– Je vais te montrer le maître, le vrai, le seul, de la Nouvelle-France, dit Petitclaude.

Quand Vadeboncœur était entré dans la boutique du chapelier, il avait été accueilli par trois bambins en pantalon et aux cheveux ébouriffés, vifs comme des moustiques les jours de grande chaleur. Il avait trouvé l'ami de son père occupé à former un tapabord. Sa bonhomie habituelle l'animait. Le voyant ainsi affairé, il lui avait demandé tout de go :

– Mon père vous avait parlé de Chicot ?

– Votre scalpé vivant ? Enfin, je veux dire, qui était vivant, car depuis j'ai su qu'il est mort. Oui, il m'avait longuement parlé de lui. C'était son ami, non ?

– Oui, et un personnage important à Ville-Marie. On l'admirait, l'écoutait.

– Moi qui croyais que les loups ne se respectaient pas entre eux !

Vadeboncœur avait capté un éclair malicieux dans le regard de Petitclaude.

C'est que les Montréalistes et les Québécois continuaient à se mépriser, à s'envier, à se détester presque. Ils en étaient venus à s'attribuer réciproquement des épithètes pour le moins désobligeantes. C'était ainsi que les gens de Montréal traitaient de « moutons » ceux de Québec, en les taxant de mollesse et de soumission facile aux autorités, et que, en retour, les Québécois les qualifiaient de « loups », parce qu'ils fréquentaient quotidiennement les « sauvages » et vivaient quasiment en plein dans la forêt.

Vadeboncœur avait répliqué par un sourire. L'autre avait ri.

— N'importe, tu es toujours le bienvenu dans ma bergerie !

Et d'ajouter :

— Dans la vie, il faut aussi savoir rire. Comme je dis toujours : il faut ce qu'il faut !

Il passa devant son comptoir et posa une main amicale sur l'épaule du jeune homme. Il sourit, d'un sourire qui lui mangeait les joues jusqu'aux oreilles et lui rapetissait les yeux, au point qu'on se demandait s'il y voyait encore entre ses paupières.

— Viens, je t'emmène.

— Mais où cela ?

— Je te l'ai dit, voir le maître de la Nouvelle-France.

Quand ils sortirent dans le soleil, la place Royale bourdonnait de vie. De fierté, Petitclaude bombait le torse en circulant entre les échoppes. Vadeboncœur cherchait les mots que l'étiquette recommandait de prononcer en présence du gouverneur.

Ils gravirent la côte de la Montagne sans même prendre le temps de souffler. Arrivés rue Buade, ainsi nommée en l'honneur du gouverneur, précisément, au lieu de se diriger sur la gauche vers le château Saint-Louis, Petitclaude entraîna le jeune homme à droite, dans un étroit sentier qui longeait le mur clôturant la cour du séminaire. Vadeboncœur ne comprenait pas. Il suivait le bonhomme par curiosité.

— C'est là !

Petitclaude indiquait un banc de bois au pied du mur de pierre auquel s'accrochait une bien pauvre vigne.

— Là, quoi ?

— Monte… Le banc. Monte sur le banc. Regarde par-dessus le mur. Tu vas voir…

Vadeboncœur s'approcha du banc, dubitatif. Avant d'y poser le pied, il se retourna, hésitant. Petitclaude le rabroua :

— Allez, allez, aurais-tu peur ?

— De quoi ?

— Allez, je te dis.

Vadeboncœur monta sur le banc. Après avoir failli tomber à la renverse et s'être rattrapé de justesse à une branche, il plongea son regard dans le jardin.

Une quiétude parfaite, à retenir son souffle, baignait le parc silencieux. Large chacune d'environ quatorze pieds, deux allées se croisaient, partageant en quatre plates-bandes le gazon épais, bordées de fleurs simples, mais aux couleurs variées. Des arbres encore jeunes tendaient leurs bras pétillants de feuilles d'un vert luisant devant la façade en équerre de l'institution.

— Je ne vois rien.

— Regarde encore. Regarde mieux.

Vadeboncœur reprit son observation. Tout au plus parvenait-il à apercevoir un vieux prêtre qui se promenait, le dos courbé, la tête baissée sur son bréviaire.

— Il n'y a personne.

Petitclaude fronça les sourcils et demanda :

— Tu es certain ? Pourtant, il est tout juste passé midi ; j'ai entendu l'angélus sonner à la cathédrale, et d'habitude…

– Rien… Excepté un vieux curé qui se promène en lisant ses prières.

– Ah ! mais c'est lui.

– Lui qui ?

– Descends, que je jette un coup d'œil.

Vadeboncœur dut soutenir le chapelier contre le mur ; le banc craqua dangereusement.

– C'est bien lui, conclut Petitclaude en descendant.

Des pas retentirent. Deux séminaristes passèrent, ne leur accordant qu'une attention hautaine.

– Je vais t'expliquer puisque, décidément, tu ne comprends rien.

– J'écoute.

– Cet homme… ce prêtre, c'est Mgr de Laval. Tu ne vas pas me dire que tu ne le connais pas… de réputation, au moins ? Les gens de Montréal ont toutes les raisons de savoir qui il est.

– Mon père m'a parlé de lui, oui.

– Là ! Tu vois bien.

– Mais il était question tout à l'heure de voir le maître de la Nouvelle-France, que je sache.

– Absolument. Depuis qu'il est là, c'est lui qui mène tout, je te dis.

Ils étaient revenus rue Buade. La déception se lisait sur le visage de Vadeboncœur, dont l'esprit était encore fixé sur le château Saint-Louis.

– Même M. de Frontenac, le gouverneur, a essayé de s'opposer à l'autorité de Mgr de Laval ; il n'a pas réussi. Il paraît que le roi lui-même l'a mis en garde contre ce genre de tentative. Et son pouvoir ne paraît pas ; notre évêque vit dans la pauvreté ; il donne au fur et à

410

mesure tout ce qu'il possède. C'est pourquoi tu l'as vu seul, comme un abbé retraité, la soutane luisante d'usure. Mais cela n'ôte rien à sa puissance, sur laquelle deux gouverneurs se sont déjà cassé les dents. Ton père te l'aura sûrement raconté. Pour le dernier ce fut tragique. Il était pourtant venu comme l'ami, presque la créature de Mgr de Laval. C'était M. de Mézy, dont le nom doit t'être familier. Quand il se rendit compte que l'évêque entendait le régenter par-dessus l'autorité du roi qu'il représentait, il voulut se rebiffer. Il eut d'abord le peuple avec lui – d'autant plus que le bruit courait, entre autres, que Mgr de Laval épie la colonie par l'intermédiaire des jésuites, qu'il relève du secret de la confession pour qu'ils lui fassent rapport sur les gens. Eh bien, sais-tu ce qui arriva ? demanda Petitclaude, baissant la voix et ne pouvant s'empêcher de regarder le mur, comme s'il avait eu des oreilles. Le clergé refusa l'absolution à M. de Mézy.

Il baissa encore plus la voix :

– Au bout de quelques mois, abandonné de tous, plus personne n'osant lui obéir, le gouverneur tomba malade. Transporté à l'Hôtel-Dieu, il y fut bientôt à toute extrémité. Il fit demander à l'évêque les derniers sacrements. Mgr de Laval les lui accorda à condition qu'il se repente et se rétracte.

Le petit homme rond hocha la tête. Il avait perdu toute sa gaieté.

– Depuis, reprit-il, plus personne ne s'est risqué à contester Mgr de Laval. Il règne. Mais, ajouta-t-il gravement, c'est un saint, et son courage inspire à tous le respect, la crainte faisant le reste, glissa-t-il, retrouvant sa pointe de malice. S'il châtie durement, on le voit aussi sans cesse voler au secours de miséreux, quitte à parcourir des distances immenses, et par tous les temps… Bon, mais parlons plutôt de ton départ. Fais-moi penser à te donner des adresses. Je connais à Paris de bons faiseurs qui n'auront peut-être pas oublié ma réputation, qui était celle de mes tissus. Ils te feront des prix. Et sache que, hormis les barbiers, il n'est point de meilleure introduction auprès des grands que ceux qui les habillent. Le temps des essayages est propice aux questions autant qu'aux confidences…

Ils marchèrent, devisant légèrement de la sorte.

Quelque temps plus tard, dans le silence de l'église Notre-Dame-de-la-Paix, Vadeboncœur assista à une messe célébrée par le terrible évêque. À côté du jeune homme, les sourcils froncés comme si elle était inquiète ou soucieuse, Marie-Ève se soulevait un peu sur la pointe des pieds : c'était sa façon de marquer son ennui pendant un office qui, à son goût, durait et perdurait. Elle promenait les yeux sur le décor austère : plancher de bois, murs crépis et blanchis à la chaux, plafond bas et plat. Elle s'impatientait d'autant plus qu'on devinait, dehors, sur la place, l'agitation grandissante d'un matin de marché.

Au-dessus de l'autel, était accrochée une peinture d'une surprenante beauté, de Claude François, dit frère Luc, récollet qui avait étudié son art chez les grands maîtres européens. De chaque côté de l'abside, deux chapelles sans icônes rappelaient que l'église de Notre-Dame-de-la-Paix n'était pas encore terminée. Des artisans achevaient de sculpter chez eux des statues pieuses dans des morceaux de tilleul qui avaient séché tout l'hiver.

Mgr de Laval éleva l'eucharistie. Les cilices qu'il portait à même la peau, autour de la taille et de la poitrine, le faisaient terriblement souffrir. Les fidèles, ignorant ce martyre volontaire, attribuaient à une humeur taciturne son teint cireux, la lourdeur de ses yeux globuleux qui, sous la saillie des arcades sourcilières, accentuaient la maigreur ascétique.

Au premier rang, les deux jeunes gens baissèrent la tête, murmurèrent la même prière pendant que leurs doigts se joignaient.

Pas de chant, pas de musique. Mais une allégresse intérieure qui éclairait tous les visages et que les bruits de l'extérieur – chevaux qui piaffaient, frettes des tombereaux qui crissaient sur les galets, voix criardes des marchands qui s'interpellaient – ne parvenaient pas à troubler.

On était en mai. Il faisait un temps divin.

À l'aube, on avait vu les voiles d'un navire monter à l'horizon, en même temps que le soleil. Le premier de la saison, de l'année !

C'était le fils d'Antoine Hardy – ses parents habitaient sur la pointe non loin de Près-de-Ville, face au Cap-aux-Diamants, dans la basse ville – qui, le premier, l'avait vu. Dans sa hâte d'annoncer la nouvelle à tous, l'enfant avait abandonné les seaux d'eaux usées qu'il portait et avait couru par les rues sans prévenir ses parents ; aussi ces derniers avaient-ils été les derniers à apprendre l'événement.

– Je t'aime, murmura Vadeboncœur.

Marie-Ève ne battit pas un cil. Elle continua de prier. Il répéta, avec un air d'imperturbable piété, entre deux litanies, sans varier le ton :

– Je t'aime.

– Ce n'est pas l'endroit, dit cette fois Marie-Ève, rougissante et coulant un regard autour d'elle sous ses paupières baissées.

Mais elle semblait plus ravie qu'offensée.

Vadeboncœur sourit : c'était vrai, et ce n'était pas non plus le lieu, pour sa chair, de se souvenir de choses où la piété avait peu à voir bien que, songea-t-il, l'amour fût, après tout, une sorte de piété de deux corps l'un pour l'autre, et de deux cœurs ou, mieux encore, de deux âmes.

En tout cas, se disait-il aussi, quatre mois de souvenirs de cet ordre ne pouvaient s'oublier facilement. Ils faisaient partie de son allégresse à lui, et peut-être était-ce sa meilleure façon de rendre grâce à Dieu de lui avoir donné la vie.

Au bout du premier mois, ils avaient voulu se marier. Thérèse s'y était opposée.

– Quand Vadeboncœur reviendra. Car, sait-on jamais…

Savait-on jamais, en effet, s'il allait revenir et savait-on jamais s'il aimerait toujours Marie-Ève ? Avec sa franchise brutale qu'on prenait si aisément pour de la dureté alors qu'elle procédait en elle de la lucidité, elle avait poursuivi :

– Marie-Ève n'étant pas fille du roi, elle n'a pas de dot. Elle n'est donc pas un bon parti. Par contre, si, toi, tu devais ne pas revenir ou revenir avec une autre…

– Maman !

– … qui sait ce que Marie aurait vraiment sacrifié ? Non, chaque chose en son temps, avait-elle conclu. Et toi, ne t'avise pas de pleurer ; tu vas gâter ton minois pour ton amoureux.

Quand le navire avait jeté l'ancre en face de la ville – Vadeboncœur, le nez dans son missel et feignant de prier, le voyait encore glisser en majesté –, au lieu des acclamations habituelles en pareilles circonstances, il s'était fait un grand silence chez les Québécois regroupés sur le débarcadère : jamais ils n'avaient vu devant Québec un bateau si gros, si beau ! Si impressionnant que d'aucuns avaient d'abord cru que c'était un bâtiment anglais arborant les couleurs de la France. Habituellement, la Marine royale ne leur faisait pas tant d'honneurs.

Pourtant, il s'agissait bel et bien d'un navire de guerre français. Quand le commandant de l'*Aigle d'or* était descendu, sa tenue – veste bleue galonnée d'or, chapeau noir et culotte rouge à boutons dorés sur bas blancs – avait balayé tous les doutes : on avait reconnu avec soulagement un amiral de la Marine royale.

Le canon qui tonna sema cependant l'émoi. Un proche du gouverneur, descendu de la haute ville, avait rassuré tout le monde.

– Ne vous inquiétez pas. C'est en signe de bienvenue que les artilleurs sont à leur pièce, ce matin.

Après leur discussion avec Thérèse, Vadeboncœur avait songé à renoncer à son départ. C'était au début d'avril. L'occasion s'était présentée pour lui d'entrer en tant que commis chez le riche marchand et financier Charles-Aubert de La Chesnaye. Il lui avait semblé inutile d'aller à Paris alors que, ici même, il trouvait l'amour et la possibilité d'un gagne-pain honorable. Mais Marie-Ève l'avait détourné d'un tel projet :

– Viendrait un jour où tu me reprocherais de ne pas t'avoir laissé partir.

Et il savait que sa « tante » lui aurait interdit de trahir la volonté de son père et aurait refusé de s'associer à une telle trahison en lui accordant Marie-Ève contre le gré de Pierre Gagné.

Les passagers, qu'il avait vus débarquer et qui, presque tous, venaient au Canada pour la première fois, étaient à la fois curieux et inquiets de ce qui les attendait dans ce Nouveau Monde. Dès qu'ils eurent mis pied à terre, on avait entrepris de vider la cale. Un enthousiasme bruyant avait entouré le labeur des débardeurs et, lorsqu'on avait annoncé le ballot de courrier, la rumeur s'était faite encore plus tumultueuse. Une bousculade avait engendré un début de désordre, et des soldats avaient dû intervenir pour le contenir.

La messe à laquelle assistaient Vadeboncœur et Marie-Ève, et qui tirait maintenant à sa fin, était dite à l'intention de ceux qui arrivaient et de ceux qui partiraient dans quelques jours. Pendant ce temps, on lestait de roches le navire pour la traversée du retour : des pierres du Cap-aux-Diamants iraient ainsi s'insérer dans le paysage citadin de La Rochelle.

Toute la ville était un peu sens dessus dessous, dans un mélange de joie et de tristesse. Les uns se réjouissaient d'une arrivée, les autres étaient chagrinés par un départ.

Un jour, pour rire, Vadeboncœur avait demandé à Thérèse :

— Et vous, ma tante, serez-vous enfin remariée quand je reviendrai ?

C'était la fin d'une journée épuisante et ils venaient d'étancher leur soif de quelques verres de rossesel.

— Jamais. Jamais je ne me remarierai… Pas avec les freluquets d'aujourd'hui !

Marie-Ève, peut-être stimulée par le vin, n'avait pu s'empêcher de persifler :

— À moins que ne revienne l'intendant Talon…

Thérèse avait dévisagé la moqueuse :

— Oh ! mais tu n'y es pas, ma fille, non, là tu n'y es pas du tout ! Que crois-tu ? Avant sa venue, les femmes d'ici avaient d'autres missions que de faire des enfants et de garder la maison. Elles avaient le temps de réfléchir, même tout haut ! et celui de participer à l'organisation de notre société. Maintenant, celles qui n'ont pas encore d'enfant sont montrées du doigt et passent leurs journées à lessiver le linge des autres ou à besogner dans la fabrication de tissus et de vêtements.

Pour appuyer ses dires, elle avait ajouté :

— Prends mon exemple à moi ; sans cette boulangerie, j'en serais probablement réduite à épouser le premier venu, pour ne pas mourir de faim…

En réalité, Vadeboncœur avait, sous sa naïveté encore grande, assez de perspicacité déjà pour voir que Thérèse ne cessait pas de se débattre avec elle-même, en quête d'une issue équilibrée et sereine, d'une sorte de retraite tranquille et méritée après tant d'années de conflits et de meurtrissures. Au fond, elle avait la nostalgie de son innocence : elle aurait souhaité découvrir en elle-même une nouvelle virginité d'âme qui lui aurait permis, peut-être, de se refaire une vie. Mais, malgré toutes les ressources d'une énergie peu commune, elle ne parvenait pas à se libérer des liens qui la maintenaient enchaînée au passé.

Dans les bras de Charles-Amador, il lui arrivait d'accepter soudain de se dépouiller d'une partie de ses fardeaux et d'en éprouver une intime volupté. Dans les yeux de son amant, elle se voyait presque en train de renaître. Puis ne restait plus que le regret de s'être laissée dériver, comme une jouvencelle.

Elle conservait de Ville-Marie une image fluctuante, parfois heureuse, souvent tragique. Elle regardait Pierre Gagné de loin, à la lueur du souvenir de ce qui aurait pu devenir leur vie à chacun. Elle se reprochait cependant de penser à lui autrement qu'aux autres hommes. Elle trouvait même chez lui de ces attitudes tranchées et de ces comportements d'autorité mâle qui l'offusquaient, car elle y voyait un manque d'intelligence de la part des hommes en général.

Il arrivait aussi à Thérèse de se dire que son père avait dû déformer sa perception des êtres, des hommes surtout, en lui inculquant un sentiment de trop grande indépendance et un orgueil mal placé.

La messe était terminée. Vadeboncœur ne se gêna plus : il saisit ouvertement la main de Marie-Ève.

Juste derrière lui, impeccable dans son habit de capitaine de la marine et des gardes du château Saint-Louis, justaucorps bleu à manchettes rouges et boutons d'argent, orné d'un rabat de soie blanche sur lequel pendait un hausse-col de cuivre, Alexandre-Joseph de Lestingan, sieur de Saint-Martin, observa le couple d'amants avec une expression amusée. C'était un homme bon. Il ne savait pourquoi il pressentait entre eux un amour contrarié, et il pensait au stratagème qu'il avait lui-même utilisé pour parvenir à marier sa fille, Marie-Anne-Josette, avec l'officier français Louis de Montéléon, fils du bouteiller du roi, sans avoir obtenu l'autorisation ecclésiastique exigée dans les circonstances.

Lorsque sa fille lui avait confié son projet d'épouser Montéléon, Lestingan était allé, en compagnie de sa femme et du jeune homme, demander un permis de mariage à l'archevêché. Le syndic du chapitre de Québec, Charles de Glandelet, le leur avait refusé sous prétexte que « les personnes arrivantes de France en ce pays devaient fournir des certificats authentiques comme quoi elles n'étaient pas mariées auparavant ». Blessé dans son honneur, outré que l'on doute de son honnêteté et qu'on lui prête une vocation de polygame, le fiancé s'était emporté. Il avait injurié de belle manière de Glandelet. Un mot poussant l'autre, il avait perdu la tête et s'était jeté sur lui poings levés. La femme de Lestingan avait dû s'interposer en le prenant à bras-le-corps.

Encouragé par ses beaux-parents, Montéléon avait décidé que ce refus n'allait pas l'empêcher de convoler en justes noces, publiquement et avec la bénédiction de l'Église. Tous moyens considérés, il retint celui du mariage dit « à la gaumine ».

En conséquence, quand, à Beauport, près de Québec, Thomas Touchet, simple colon, épousa en février de la même année sa fiancée Geneviève Gagnier, la famille Lestingan et l'officier Montéléon assistèrent à l'humble cérémonie. Ils s'étaient fait accompagner de deux témoins connus pour être gens insensibles au qu'en-dira-t-on.

Au moment de la consécration, quand tous les fidèles baissaient religieusement la tête dans le plus parfait des silences, Montéléon interpella le curé. Sans s'embarrasser une seconde de la stupéfaction de l'assistance et des visages tournés vers lui, il déclara à voix haute qu'il prenait pour femme la demoiselle Saint-Martin, fille d'Alexandre-Joseph de Lestingan. Cette dernière, d'une voix timide, mais assez ferme, affirma le prendre, lui, pour époux. Sur quoi Montéléon conclut que leur union venait d'être scellée en présence de tous ceux assemblés là.

L'événement fit parler jusqu'à Ville-Marie, et même à Tadoussac ! Le curé avait établi pour l'évêque un rapport détaillé sur ce mariage peu orthodoxe et en avait fait parvenir copie à l'intendant. Les autorités religieuses et civiles, de concert, décrétèrent que le mariage était valide, mais condamnèrent le couple à verser la somme de vingt livres aux pauvres de la paroisse de Beauport, en guise d'amende, et ce, afin d'éviter « l'effet d'entraînement de leur mauvais exemple ».

En prenant dans la sienne la main chaude de Marie-Ève, sous le regard attendri de Lestingan qui retourna bientôt à ses prières, Vadeboncœur s'imaginait aisément au pied de l'autel. Il dirait oui, il embrasserait sa femme sur la joue, puis ils sortiraient au milieu des hourras et des bravos. Ils fendraient tous deux l'assistance joyeuse pour gagner l'endroit où ils s'aimeraient avec, pour la première fois, le droit et la certitude de vivre l'un avec l'autre, l'un par l'autre, et de vieillir ensemble.

Cependant, à force de se persuader qu'il devait aller en France, que quelque chose comme un devoir l'y forçait, Vadeboncœur était devenu incapable d'envisager l'avenir autrement qu'après le grand dépaysement du voyage.

Tout Québec connaissait l'histoire des deux jeunes gens et la considérait avec indulgence – à tel point que personne ne s'était ouvertement offensé, ce matin-là, de les voir occuper distraitement à l'église les places habituellement réservées au gouverneur et à sa femme.

L'église se vidait.

Marie-Ève serra soudain contre elle le bras de Vadeboncœur. Thérèse se tenait près d'eux. Elle trouvait insupportable l'attente du départ. Elle observait sa fille, très silencieuse ces derniers jours, depuis l'arrivée de l'*Aigle d'or* qui emporterait Vadeboncœur. Ils semblaient maintenant ne rien trouver de mieux à faire, tous deux, que d'échanger des soupirs et des sourires désolés. Ils auraient dû, se disait Thérèse, laisser tomber toute retenue et profiter passionnément de leurs derniers jours ensemble. Au lieu de quoi, on aurait dit qu'ils se complaisaient dans l'image d'une situation sans issue, pris l'un et l'autre d'une réserve et d'une pudeur pour le moins désarmantes.

Ils descendirent vers la basse ville. Une procession dévalait la côte de la Montagne. Dans Québec régnait une euphorie qui ressemblait à un défoulement général. Marie-Ève soupira et regarda Vadeboncœur qui allait maintenant, l'humeur changée, le front buté. Elle fut envahie d'une grande tristesse. En cet instant, elle aurait voulu pouvoir le détester, et elle ne le pouvait pas.

Chapitre XXXV

Le vent se leva vers cinq heures.

Une forte brise venue de l'ouest fit grincer la mâture de l'*Aigle d'or*, bien que toutes les voiles eussent été amenées. Le maître d'équipage, le vieux loup de mer Henri Bégard, dit Lafleur, qui dormait à bord avec une dizaine de matelots, fut réveillé par le mouvement du navire retenu à l'ancre par une chaîne tendue à se rompre. La veille, on avait laissé le bâtiment dériver un peu vers le large. Les principales marchandises étaient à bord et, si le vent se levait, on ne voulait pas risquer d'être retenu à cause d'une marée basse.

Le temps d'enfiler son justaucorps de laine du pays, et Bégard sortit sur le pont. Il siffla le rassemblement autour du cabestan. Branle-bas. Pas de course. Déferlement des matelots vers l'avant. Bientôt, les premiers ordres d'appareillage fusèrent.

La ville dormait encore. Les gardes en faction au château Saint-Louis étaient les seuls à comprendre que ce matin-là serait celui du grand départ.

Devant l'auberge de Jacques Boisdon, deux carrosses à grosses roues de bois occupaient une partie de la place. Ils étaient là depuis deux jours, venus de la côte de Beaupré, d'où ils avaient ramené la fille du bourgeois Zacharie Cloutier, sa mère, ses deux frères et une profusion de bagages. La jeune fille allait effectuer la traversée pour rejoindre en France son fiancé, le lieutenant Pascal Lemousnier. En attendant, elle logeait à l'auberge, comme bien d'autres venus de Cap-Rouge, de Sillery ou de Beauport pour le même départ.

Tout près, chez M. de La Chesnaye, dormait le capitaine d'Infreville. Intendant de la Marine à Toulon, il commandait exceptionnellement l'*Aigle d'or*. Il était habitué à des charges bien plus glorieuses que de se rendre compte de l'état de la colonie et d'en faire rapport au roi. Le faste de la cour de Versailles commençait à lui manquer et son humeur s'en ressentait.

Rue des Roches, Thérèse ranimait les cendres du four à pain. Constatant l'aisance avec laquelle elle obtenait de longues flammes, elle devina que c'était le vent qui faisait tirer la cheminée si bien. Pour vérifier, elle ouvrit la porte : de la poussière de farine voltigea et saupoudra la boutique. Thérèse hocha la tête : l'*Aigle d'or* devait rêver de s'envoler.

Des ballots, des filets, une toile toute neuve, un amas de filins et des barils embarrassaient le quai. Un tronc d'arbre dénudé, encore odorant, était couché en travers du môle, à l'extrémité de la pointe de Près-de-Ville. Le coup de sifflet d'Henri Bégard avait fait dresser les oreilles d'une meute de chiens qui, en agitant la queue, humaient de leur truffe humide des caisses de bois contenant de la viande salée, et projetaient de leur accorder une bénédiction de leur façon.

De la rue Notre-Dame débouchèrent sur la place du Marché deux hommes chargés de fagots. Ils marchaient sans se presser et conversaient, courbés sous le poids de leur faix. Ils empruntèrent la rue des Roches et la remontèrent jusqu'à la boulangerie Cardinal. Sans frapper – ils savaient que Thérèse les attendait – ils entrèrent. L'un des deux lança, joyeux, comme si c'était la plus heureuse des nouvelles :

– Il vente !

– Je sais.

Il y avait un peu de sécheresse dans la voix de Thérèse. Il sembla à Charles Noland et à son fils, Antoine, qu'elle couvait une tristesse.

Une curiosité déplacée faillit pousser Charles Noland à demander à la veuve si Vadeboncœur et Marie-Ève avaient dormi ensemble pendant ce qui allait se révéler ce matin – à cause de la brise venue des Grands Lacs – leur dernière nuit. Au lieu de quoi, il se mordit les lèvres. Car la jeune fille, les cheveux magnifiquement décoiffés, le corps mouvant dans sa chemise de toile blanche, descendait de l'étage, le regard interrogateur.

– C'est la bourrasque ?

– Oui, ma belle, c'est le suroît ! Et l'*Aigle d'or* tire sur ses amarres à l'appel du large !

– Alors, ce sera pour aujourd'hui, constata gravement Marie-Ève, en serrant sous son menton, par pudeur, le col échancré de son vêtement de nuit.

Elle alla se planter devant la fenêtre qui donnait sur le fleuve. La silhouette du navire lui fit monter les larmes aux yeux. Sa mère, feignant de ne s'apercevoir de rien, s'approcha :

– Tu déjeunes avec nous ?

– Non. Après.

Et, tournant brusquement les talons, Marie-Ève, pour cacher sa peine, remonta au premier étage. Les deux hommes, gênés, restèrent un moment silencieux. Ils cherchaient des mots, ne savaient s'ils devaient rester ou partir. Il fallut que Thérèse pousse devant eux des bols fumants pour qu'ils comprennent que leur présence ne pesait pas trop. Pour dire quelque chose, le fils fit remarquer :

— Ça va bouger, aujourd'hui !

Au-dessus de leurs têtes, au premier étage, Marie-Ève regardait maintenant dormir Vadeboncœur. Elle retenait son souffle pour se rassasier de l'image de son amant. Elle entendait le vent souffler comme pour chasser son bonheur plus loin d'elle à chaque minute qui passait, et se mit à regretter d'avoir dormi après l'amour, sur le matin.

Il allait partir, la tête vibrante d'excitation à l'idée de voir bientôt Paris, et elle se disait qu'il aurait à peine le temps de s'occuper d'elle avant de s'embarquer, quel que fût son regret.

Une larme roula sur sa joue. Elle renifla légèrement.

Vadeboncœur ouvrit les yeux. Dans la pénombre, il vit l'ovale du visage et le filet humide sur la joue.

La toiture vibrait et il devina. Déjà, il lui sembla entendre aussi le roulement des vagues, leur éclatement contre le quai, le froissement des feuilles d'arbres, des branches de buissons, tout près. Il se réveilla tout à fait. Sous sa chevelure lourde, Marie-Ève le fixait. Ses longs cils tremblaient légèrement.

Il voulut dérider ce masque de mélancolie. Il se disait qu'il était encore temps, que la vie serait belle, que ce serait le bonheur parfait s'il décidait de ne pas partir, de se laisser posséder par le sentiment qui l'attachait si puissamment à la jeune fille, de consentir à être vaincu, emporté par l'amour comme l'*Aigle d'or* le serait ce matin par le vent.

Mais il devait obéir à son père : on ne bâtit pas sa vie sur le désir d'être heureux. Il partirait donc jusqu'à l'autre bout du monde ; il traverserait une partie de la terre et des mers, parce qu'il le fallait, irrémédiablement. Cependant, il serait là-bas sous le même ciel, regarderait dans la même nuit la même lune, et son cœur battrait au même rythme que celui de Marie-Ève.

Il se leva. Le plancher était froid. Des éclats de jour perçaient le rideau. Il désirait qu'il y eût maintenant entre eux un beau moment de tranquillité et une dernière étreinte toute de douceur.

Elle gémit quand il la prit dans ses bras. Dans le mou du lit, elle s'allongea, soyeuse comme une caresse. Un sanglot gonflait sa gorge. Il lui dit :

– Je t'aime…

Il avait une voix avec laquelle il n'aurait pu dire autre chose. Elle s'apaisa. Une main lissait la peau de son ventre et Marie-Ève n'existait que pour cette caresse. Pour lui. S'il avait commandé, elle aurait obéi. Un instant, il se détacha d'elle pour aller ouvrir le rideau. Puis il revint contre son corps doré par le soleil qui inondait à présent la pièce. Il la regarda posément, épris et reconnaissant, puis déposa dans le cou offert sur l'oreiller un tiède et long baiser. Elle se pressa contre lui. Ses cuisses étreignirent une jambe forte et musclée. Elle respira l'odeur de ses cheveux et s'efforça de la garder en mémoire. Elle frôla du doigt les lèvres souriantes et y posa de multiples petits baisers. Son enfantillage rappela à Vadeboncœur les années tendres de Ville-Marie.

— Tu te souviens, quand nous jouions aux osselets ?

— Oui… Et tu trichais !

— À peine…

Ils savouraient leur désir en en retardant l'assouvissement. La tension de cette attente faisait battre leurs tempes. Un souvenir traversa soudain l'esprit de Marie-Ève :

— Et Mitionemeg ? Qu'est-il advenu de Mitionemeg ?

— Il est toujours là. Père l'a pris avec lui quand nous avons construit le manoir et depuis il est resté avec nous. Pendant mon séjour en France, c'est un peu lui qui me remplacera.

— Mais tes frères ?

— Ce n'est pas la même chose. C'est drôle, mais Mitionemeg ressemble à père plus que Louis et Claude. Oh ! Il les aime bien davantage, mais…

Elle le fit taire d'un autre baiser. Plus long et plus insidieux, plus voluptueux aussi. Un murmure, plus que des mots, accompagnait comme une autre fièvre leurs gestes brûlants. Une puissance sauvage voulait forcer leurs corps à s'épouser, mais ils s'obstinaient à résister encore et encore pour que dure la délicieuse folie qui les transportait.

— Comment pourrais-je t'oublier ?

Il avait appuyé sa tête dans le creux douillet de l'épaule de Marie-Ève. Elle écoutait son cœur qui battait contre le sien. Ils baignaient dans une exquise moiteur, mais ils frissonnaient dès qu'ils cessaient de bouger.

Ce fut elle qui, à la fin, n'eut plus la patience de se contenir. Elle roula sur lui, et il la prit en roulant sur elle à son tour. Ils gardèrent les yeux ouverts jusqu'à l'épanouissement total du plaisir. Alors, ils fermèrent les yeux en s'étreignant encore dans la satisfaction du désir assouvi.

Une éternité plus tard, Marie-Ève demanda :

– Tu m'écriras ?

Il pensa : « Tous les jours… » Mais il attendit d'avoir attiré la tête de la jeune fille sur sa poitrine, de manière qu'elle ne puisse le voir. Il dit :

– Oui… Oui, je t'écrirai…

CHAPITRE XXXVI

Ils étaient quelques centaines sur le quai. On aurait cru que tout Québec était là. Il y avait ceux qui partaient et ceux qui étaient venus assister à leur départ. Les seconds n'enviaient pas les premiers. Ils gardaient de la France le souvenir des tailles trop lourdes et du travail trop dur, d'une vie de misère, sans horizon. Leur nouvel orgueil ne leur aurait plus permis de supporter l'humiliation.

Les animaux destinés à servir de provisions de bouche pendant le voyage s'agitaient ; les porcs grognaient ; deux vaches mugissaient stupidement en pointant les cornes contre tout ce qui bougeait ; des poules semaient leurs plumes. Et Nicolas Bouchard, qui était venu de Sillery pour livrer des canards, ne se consolait pas qu'on lui en eût piétiné deux.

Deux hommes richement vêtus entretenaient la demoiselle Cloutier debout au milieu de ses bagages, prête à descendre dans la chaloupe qui l'amènerait jusqu'au bateau. Sa famille, venue l'embrasser avant son départ, se tenait un peu en retrait et la laissait écouter les conseils que les deux gentilshommes s'évertuaient à qui mieux mieux à lui donner. Il y était question du mal de mer et des méthodes les plus efficaces de le combattre. Le notaire Peuvret Demesnu recommandait les remèdes qu'un vieux jésuite qui avait effectué plusieurs traversées, le père Georges Fournier, lui avait enseignés :

— D'abord, il faut vous fortifier l'extérieur de l'estomac avec des emplâtres, préférablement au safran. Puis, lorsque vous commencez à vomir, boire du liquide, bouillon ou eau tiède, afin de provoquer davantage le rejet et de vous débarrasser ainsi plus vite des mauvaises humeurs de ce mal. Et si vous désirez tout tenter pour éviter même les vomissements, gardez du sel dans les mains, sur la tête dans un sachet, et dans la bouche sous la langue.

Louis Pinard, lui, racontait comment l'avait traité le chirurgien lors de sa seule traversée, celle qui l'avait amené de La Rochelle, dix ans auparavant :

— Me voyant malade, cet homme me mit dans un réduit ressemblant en tout point à un coffre, dans lequel j'eus grand-peine à m'étendre. Sur ma tête, il mit mon bonnet de nuit et il me força dans la bouche la moitié d'une noix de muscade. Me croirez-vous ? Je me suis endormi en très peu de temps et en suis sorti guéri pour le reste du voyage !

La jeune fille gloussa, tenaillée par l'inquiétude. Elle appela sa mère. Quand les bras de celle-ci se refermèrent sur elle, elle éclata en sanglots. Ses deux interlocuteurs se regardèrent, penauds, se croyant responsables de cet accès de détresse.

Sur une table de bois posée en mauvais équilibre sur les galets, un marin à galons tapait du plat de la main en réclamant le prix du voyage : soixante-quinze livres. Encore heureux pour les passagers que l'*Aigle d'or* fût un navire du roi. Lorsqu'il s'agissait d'un bâtiment appartenant à quelque armateur, on triplait souvent le coût du passage au moment d'embarquer, et il ne servait alors à rien de s'indigner, de tempêter ; il fallait payer ou renoncer.

C'était bizarre : pendant que les uns se tenaient dans un recueillement sans faille, d'autres se débridaient complètement, criaient, riaient trop fort, chantaient d'une voix éraillée des litanies d'ivrognes. Les premiers sortaient de l'église où ils s'étaient mis en règle avec Dieu, et les seconds, de l'auberge où ils avaient sacrifié au culte de la dive bouteille.

Une salve de canons tirée par la batterie du château tonna pour annoncer officiellement le départ du bateau. Il se fit un grand silence, pendant que toutes les têtes se tournaient vers Henri Bégard, venu à terre pour faire l'appel du reste de l'équipage.

Il cognait sur la rampe de la tribune où il était juché, comme un crieur public. Tout à coup, il fit signe à une grande barque manœuvrée par six matelots en habit réglementaire. Celle-ci se rangea au pied d'un large escalier de pierre menant au niveau de l'eau. Les personnages les plus importants, après le capitaine, montèrent à bord. C'était au premier chef le jésuite Florent Bonnemere, aumônier. Venait ensuite le chirurgien Charles Ignace ; il était muni d'un coffre contenant des ferrements (scies, crochets, tire-fonds, tire-balles, becs-de-cane), des poudres astringentes telles que poil de lièvre pilé et cendre de crâne humain, des onguents, des huiles, de la rhubarbe, des prunes, du raisin, et toute une droguerie. Puis l'écrivain Normand Michel, dont la tâche était de tenir l'inventaire de toutes les marchandises et de surveiller la distribution des victuailles, compte tenu des réserves et du temps prévisible de la traversée. Enfin, le maître valet Guillaume Pépin, chargé de la conservation des vivres.

Le maître d'équipage procéda à la répartition des matelots par paires, l'un devant toujours être de service quand l'autre se reposerait dans sa couchette, mais les deux utilisant les mêmes ustensiles, la même gamelle, les mêmes vêtements, comme s'ils formaient une entité indissoluble.

Quand il eut terminé, le maître d'équipage referma le grand livre dans lequel il avait coché le nom de ses hommes. Il tapa des mains à la manière d'un maître d'école donnant le signal de la fin de la récréation. Et, lorsque tous se turent, la voix de l'aide de camp du capitaine d'Infreville, qui avait remplacé Bégard sur son perchoir, appela :

– Monsieur Pierre Gagné !

Vadeboncœur, qu'on invitait du geste à s'engager sur une passerelle posée sur le bord élevé d'une pinasse, oublia, sur le coup, qu'il s'agissait de lui. Il ne tenait qu'un seul objet à la main, un long étui contenant une lunette de Galilée, don du capitaine Bourdon, son ancien maître. Mathurin Regnault s'étant occupé de ses bagages, le coffre avec tous ses effets était déjà à bord.

– Monsieur Pierre Gagné ?

Il ne pouvait quand même pas s'agir de son père…

– Oui. Ici !

Il aurait voulu, à ce moment précis, agir avec grandeur, combler l'attente de Marie-Ève, ne pas partir, surprendre, étonner. Il se raidit, comme si l'appel de son nom avait été un rappel de son devoir. Il se tourna, guindé, pour embrasser Marie-Ève. Elle s'accrocha aveuglément à lui. Au lieu d'ouvrir les lèvres sous les baisers, elle les serrait afin de ne pas pleurer. Dans un pauvre sourire, elle trouva la force de lui dire :

— Reviens…

— Je reviendrai.

« Dans une éternité », pensa-t-elle. Et s'arrachant cette fois à lui, elle se réfugia dans les bras de sa mère. Thérèse l'accueillit sans quitter Vadeboncœur des yeux. D'un geste, elle encouragea le jeune homme à partir. Sa voix s'étrangla. Elle dit :

— Tu verras, tu verras…

Mais elle ne savait plus ce qu'il allait voir. Elle balbutiait sans trouver mieux que de répéter :

— … tu verras.

Il tourna le dos subitement, comme si la seule façon de partir était de rompre. Il descendit dans la barque où l'on n'attendait plus que lui.

Le vent sentait le large. Le soleil avait chassé les nuages d'orage.

L'*Aigle d'or* leva l'ancre.

À bord, Vadeboncœur apprit de la bouche du sieur d'Infreville qu'on l'utiliserait comme officier de remplacement à la cartographie. Il passerait donc le voyage dans les meilleures conditions.

Un peu plus tard, après s'être installé à l'arrière sous la dunette, dans une cabine assez confortable, il vint s'appuyer au bastingage. Il avait l'estomac noué à l'idée de quitter son pays pour celui où était né son père.

La dernière vision qu'il eut de Québec, lorsque l'*Aigle d'or* doubla l'extrémité est de l'île d'Orléans, fut celle qu'évoquaient les chroniqueurs français dans les journaux de la capitale : un roc solitaire, au milieu d'une nature superbe autant que sauvage.

1695

Le Bout-de-l'Isle

CHAPITRE XXXVII

Tiré de sa somnolence par un malaise étrange – un signal à peine perceptible, une intuition fugitive –, le vieux Morin Heurtebise ouvrit les yeux.

C'était un très vieil homme ; il allait mourir bien tôt et il le savait. Il ne lui restait même plus le souvenir de sa jeunesse pour lui dicter le refus de sa grande vieillesse. Venu en Amérique avec M. de Maisonneuve dès 1642, il avait dû peiner toute sa vie pour mettre en valeur son lopin de terre situé sur la Pointe. Quand il avait senti que ses forces déclinaient, il l'avait donné, par acte devant notaire, à son fils aîné, Simon. Du défricheur et du laboureur réputé dans la colonie ne subsistait plus qu'un homme usé. L'âge lui avait ravi jusqu'aux images lointaines de son Maine natal. Jamais plus il n'arrivait réellement à dormir. Aussi s'allongeait-il peu souvent : il restait assis, la tête courbée en avant avec résignation. Il continuait de vivre, et c'était bien la tragédie : être un esprit affublé d'un corps trop vieux. On disait de lui qu'il attendait la mort en lui tendant la tête comme au bourreau.

Depuis quelques heures, inerte sur son lit de l'Hôtel-Dieu, il s'était laissé dériver dans un semi-coma. Il en fut tiré par une sensation de froid. Ou plutôt la sensation qu'il ne baignait plus dans la fièvre qui lui collait à la peau depuis quelques jours, tel un tiède et doux vêtement humide.

Un pâle rayon de lune éclairait la nuit et jetait sur le plancher et les murs des ombres gigantesques, affolantes. On ne percevait que les respirations lentes, parfois sifflantes, des malades endormis et, au-dehors, le silence entier de l'hiver.

Comme Heurtebise frissonnait des pieds à la tête, il conclut que son heure était venue. Qu'il allait mourir dans l'instant.

Il ne trouva pas la force d'appeler. Juste celle de tourner la tête.

Dans cette salle, comme dans celle des femmes, de l'autre côté du corridor menant à l'escalier du rez-de-chaussée, les malades occupaient les lits à deux, même parfois à trois. Aussi Morin Heurtebise partageait-il le sien avec Antoine Lespine, un charron dont l'abus d'alcool avait finalement brûlé les organes. On lui administrait des doses quotidiennes de baguenaudier, une drogue purgative extraite de différentes plantes. On le saignait régulièrement, la saignée étant la panacée : toute personne affectée aux soins des malades devait savoir manier la lancette, invention du célèbre médecin français Guy Patin. Cette médecine blanche se répandait même chez les Indiens : un coureur de bois du nom de Simon Baron racontait avoir pratiqué sur eux jusqu'à cinquante saignées par jour, lors de son séjour au Cibou. On avait même vu des soigneurs saigneurs, eux-mêmes tombés malades d'épuisement, se saigner à leur tour à la tempe.

Soudain, regardant le visage d'Antoine Lespine, Morin Heurtebise vit une bouche grande ouverte et des yeux révulsés. Il comprit que l'alcoolique, son compagnon de lit, avait rendu l'âme.

Le vieil homme s'était fait à l'idée de mourir d'un instant à l'autre ; mais d'être couché avec un cadavre suscita en lui un regain d'énergie.

Cette fois, il voulut crier, mais ne put trouver de voix. Alors il grogna, à la manière d'une bête traquée. Il réussit à s'extraire du lit de la mort. Il s'agrippa aux autres couches pour fuir la salle ou trouver quelqu'un.

Arrivé dans le corridor, l'épuisement l'emporta sur les nerfs. Il faillit perdre connaissance. Surmontant sa défaillance, il s'obstina à vouloir aller plus loin. Il s'avança vers la première marche de l'escalier. Son cœur battait à tout rompre. Un bruit insolite le fit hésiter, un bruit fort mais confus : une sorte de respiration puissante qui n'avait rien de commun avec celle des malades de tout à l'heure, mélange de ronflement et de râle. Il l'attribua à une hallucination qu'il mit sur le compte de sa sénilité.

Car il se savait sénile, comme d'autres se savent fous. Il aurait pu dire le moment précis où il s'était senti trop vieux. C'était peu après son soixante-dix-septième anniversaire. Un matin, il avait annoncé à son fils et à sa fille, Étiennette (elle portait le nom de son épouse décédée), qu'il ne mangerait plus, ne se lèverait plus, ne parlerait plus. Rien...

C'était en août, en pleine fenaison. Après le souper, il avait terminé sa dernière journée aux champs. Puis il s'était couché. Le lendemain, il ne s'était pas levé. En novembre, il continuait de refuser toute nourriture. On dut lui ouvrir la bouche et la maintenir ainsi pour le forcer à s'alimenter. De plus, il ne disait rien, n'émettait même pas une plainte. Son fils avait décidé de le conduire au nouvel Hôpital général des frères Charon.

Cette institution – murs de pierre, trois étages et toiture d'ardoise à mansardes –, qui s'élevait hors de l'enceinte de la ville, était l'œuvre de François Charon de La Barre et de quelques Montréalais, sortes de frères de la charité qu'on appelait communément les frères Charon. Leur vocation première était d'héberger et de s'occuper des « pauvres enfants, orphelins, estropiés, vieillards, infirmes et autres nécessiteux de leur sexe ».

Cependant, les autorités de l'Hôpital général avaient expliqué à Simon Heurtebise que, à cause de son état de santé, la place de son père était plutôt à l'Hôtel-Dieu.

Le fils ne put s'y résoudre avant janvier. Un matin, il avait bien emmitouflé le vieux dans des couvertures de laine, et l'avait installé dans la traîne pour l'amener chez les hospitalières.

Le vieillard se rappelait ce dernier voyage et son étonnement en franchissant les nouvelles fortifications de la ville. Une muraille de quatorze pieds de haut et trois pieds d'épaisseur, avec bastions, avait été exécutée par l'architecte béarnais Gédéon de Catalogne, à la demande du nouveau gouverneur de Montréal, Louis-Hector de Callière.

Pour l'heure, s'engageant dans l'escalier pour fuir la mort de son voisin de lit, Morin Heurtebise eut tout à coup les narines et la gorge pleines d'une odeur âcre de bois brûlé, en même temps que l'air entier semblait lui ronfler aux oreilles. Puis il vit surgir un tourbillon de fumée noire. Dans l'épouvante, ses dents s'entrechoquèrent et il ferma les yeux.

Lorsqu'il les rouvrit, un mur de feu se dressait devant lui. Il comprit que c'était vraiment la fin.

Quand les premières flammes lui mordirent les chevilles et les mollets, il essaya de reculer et perdit l'équilibre. Il bascula en avant. Il cria. Son cœur s'arrêta au moment où sa chemise de nuit prenait feu.

Il devait être environ minuit, en ce 24 février 1695.

Chez les dames de la Congrégation, rue Notre-Dame, la supérieure de l'Hôtel-Dieu, la sœur Marie Morin, s'entretenait avec sa grande amie, Marguerite Bourgeoys, qu'elle appelait la sœur Saint Sacrement.

Québécoise de naissance et venue se joindre aux hospitalières de Saint-Joseph à Montréal, dès l'âge de douze ans, la fille de Noël Morin, lui-même originaire de Saint-Germain-de-Loisé, en Perche, maître charron, puis l'un des pionniers de Montmagny en Nouvelle-France, avait été la première Canadienne à prendre le voile. Comme l'un de ses frères, Germain, avait été le premier prêtre canadien consacré par Mgr de Laval en septembre 1665.

Le visage rond aux lèvres généreuses et les yeux adoucis par de longues paupières, elle possédait cette irréductible volonté qui, jusqu'à la fin, avait animé Jeanne Mance, la fondatrice de l'hôpital.

Trois mois auparavant, elle avait inauguré le nouvel édifice de l'Hôtel-Dieu, construit selon les plans dressés par l'ancien chapelain de la congrégation Notre-Dame, le sulpicien Guillaume Bailly. C'était le troisième bâtiment à abriter l'œuvre des hospitalières. Le premier, ouvert en octobre 1645, n'avait été qu'une modeste maison de bois, mesurant soixante-cinq pieds de long sur huit de large et comprenant cinq pièces, soit une cuisine, une chambre pour Jeanne Mance, une autre pour les aides et deux pour les malades. La maison était située à la rencontre de plusieurs chemins étroits et primitifs, sillonnant Ville-Marie de sud en ouest. En 1654, on l'avait agrandie d'un corps de logis d'environ vingt-cinq pieds de long sur trente-trois de large, en colombage et mortier. À l'une des extrémités se trouvait la chapelle qui avait longtemps été l'église paroissiale de Ville-Marie. La salle des hommes était séparée de celle des femmes par une immense cheminée occupant toute la largeur de l'hôpital. Au premier étage se trouvaient un petit dortoir et des cellules pour les religieuses. Toute la ville se développait finalement autour de cette institution.

Cependant, la pauvreté des hospitalières était telle que, trente ans plus tard, l'Hôtel-Dieu n'était plus qu'une bâtisse tout à fait délabrée, aux murs ajourés et disjoints. Elle n'était imperméable ni aux pluies de l'automne ni aux neiges de l'hiver. Il avait donc fallu en construire une troisième. Celle-là avait deux cents pieds de long sur quarante de large et pouvait loger au moins trente servantes au troisième étage.

Souvent, les dames de la Congrégation aidaient les hospitalières. Souvent aussi, la sœur Morin venait chercher les bons conseils de Marguerite Bourgeoys.

C'était le cas ce soir-là, lorsque, épouvanté au point d'oublier la plus élémentaire bienséance, l'infirmier Lafrance déboucha dans la pièce où se tenaient les deux religieuses, sans prévenir ni frapper.

– Ma mère ! Venez ! Venez vite !

Le malheureux était si essoufflé et affolé qu'il ne pouvait articuler rien d'autre, et la Supérieure crut qu'il s'agissait d'une nouvelle manifestation du démon qui courait la nuit dans les corridors de l'Hôtel-Dieu. Elle-même avait plus d'une fois raconté qu'elle l'avait entendu monter et descendre le grand escalier dans un bruit de barrique qu'on roule. Des Montréalistes affirmaient en outre l'avoir aperçu de l'extérieur, marchant au dernier étage et passant d'une fenêtre à l'autre en tenant à la main une grosse chandelle. Pour la sœur Morin il s'agissait, à n'en pas douter, de nul autre que Satan. Mais elle ne s'en alarmait pas outre mesure : « Cela fait partie du vécu, du quotidien », disait-elle pour tranquilliser ses sœurs et les malades.

En bas, frappant d'un pas militaire le sol gercé par le gel, la seule personne présente dans la rue, à cette heure, était la sentinelle en faction devant la maison du gouverneur de Callière. Le froid répercutait le bruit de ses bottes entre les maisons.

Marguerite Bourgeoys éteignit la bougie posée devant sa fenêtre et jeta un coup d'œil au clocher de la chapelle de l'hôpital. Elle aperçut alors un halo rouge qui dansait dans la niche des cloches. Elle réfléchit une seconde, puis l'effroi s'empara d'elle. Elle courut vers l'armoire où la sœur Morin enfilait déjà sa pelisse de laine.

Lorsqu'elles parvinrent dans la rue, il y faisait clair comme en plein jour. L'incendie éclatait dans toute sa force et, à cet instant, un cri d'alerte retentit :

— Au feu !

C'était la sentinelle qui frappait à la porte du gouverneur en s'époumonant :

— Au feu ! Au feu !...

Au séminaire de Saint-Sulpice, situé de biais par rapport à l'Hôtel-Dieu, rue Notre-Dame, l'abbé Dollier de Casson venait d'apercevoir de sa fenêtre une sil-houette se découpant au haut de l'escalier en flammes à l'intérieur de l'hôpital. Un spectre… Il ne put discer-ner s'il s'agissait d'un homme ou d'un vêtement sus-pendu à quelque crochet ; mais il vit la forme s'agiter, puis s'affaler. Le gros sulpicien eut un haut-le-cœur. Il ravala sa salive et, sans même passer un manteau, se rua dehors.

Toute la toiture flambait. On pouvait craindre qu'il ne fût trop tard, que ni malade, ni religieuse, ni infir-mier, personne ! ne pût sortir vivant du brasier.

À l'arrière de l'édifice, les hospitalières, nombre d'entre elles en coiffe de nuit, presque toutes pieds nus dans des savates, les mains et les bras enveloppés de bandelettes de coton trempées dans l'eau pour éviter de se brûler, allaient et venaient, chargées des objets qui constituaient leur maigre avoir. Avec les infirmiers, elles sortaient les lits pour tenter de les mettre à l'abri dans la neige. Les malheureuses femmes s'empêtraient dans leurs robes et s'affolaient. L'une d'elles, la sœur Mamous-seau, en parcourant le corridor menant aux cellules et en criant : « Nous brûlons, mes sœurs, nous brûlons ! » avait averti du danger et permis à chacune de sauver sa vie. Elle s'était ensuite précipitée pour soutenir une jeune malade blessée aux jambes. Tout à coup, elle aper-çut au premier étage un homme qui, manifestement, allait se jeter dans le vide.

– Ne faites pas cela malheureux, arrêtez !

En vain. Le vent, qui soufflait du nord, s'engouffra par la fenêtre ouverte et fit redoubler l'incendie. En une seconde, les flammes dévorèrent l'infortuné, qui vint s'écraser aux pieds de la religieuse.

Les cris du soldat Morache avaient réveillé les maisons voisines. Des gens habillés à la hâte débouchaient par groupes, ne sachant quoi faire. Une jeune sœur courut à la chapelle pour sonner le tocsin : elle trouva la corde brûlée. Bientôt, elle fut cernée par une nuée opaque qui l'engloutit.

Quand la sœur Morin arriva sur les lieux, elle ne laissa paraître aucun effroi, aucune fébrilité. Elle repéra deux ou trois charpentiers parmi les voisins accourus et leur enjoignit de détruire une partie de la structure du toit, pour arrêter la course du feu. Tous refusèrent. Ils voulaient s'occuper d'abord de la sécurité de leurs propres maisons, toutes proches.

Dans le jardin, sans s'occuper de la panique qui régnait, la sœur Catherine Denis, la dépositaire des biens de la communauté, enfouissait dans la neige la batterie de cuisine et les pots d'étain du réfectoire. Auparavant, elle avait réussi à sauver les archives et les avait confiées à une dame de la Congrégation. Mais elle n'avait pu mettre la main sur la correspondance de Jeanne Mance avec M. de La Dauversière, qu'on avait jusqu'à ce jour conservée avec la vénération réservée à de saintes reliques.

Tout à coup, on entendit des hennissements. Des traînes à chevaux arrivaient par les rues Saint-Vincent et Saint-Gabriel. Elles étaient chargées de barriques. Des hommes armés de pics avaient pratiqué un grand trou dans la surface de la rivière Saint-Pierre pour y quérir de l'eau.

Un peu en retrait, sur la place d'Armes, face à la nouvelle église Notre-Dame, dessinée par l'abbé de Casson et élevée par le maître maçon François Bailly en plein centre de la rue Notre-Dame, se tenaient quelques Hurons, drapés dans des « pelues » de castor, de renard, de martre ou de chat sauvage. Ils pétunaient paisiblement, en admirant ces Français « qui savaient si bien dresser leurs orignaux (chevaux) ».

On força les portes de l'apothicairerie, pour en sortir tous les pots et flacons, et les déposer, en vrac, dans la cour.

Certains sauveteurs crurent qu'il s'agissait de vins et d'alcools et, pour lutter contre le froid qui les tenaillait jusqu'aux os, se jetèrent sur l'aubaine et prirent de bonnes rasades de sirops, de drogues et de vomitifs. D'autres mangeaient des électuaires, les prenant pour des confitures.

Un peu plus tard, lorsque le gouverneur, M. de Callière, arriva sur les lieux, une partie du bâtiment s'effondra dans un fracas qui affola les chevaux et fit perdre leur flegme aux Indiens, qui s'enfuirent. Le gouverneur, fataliste, constata :

– Toute la ville va y passer…

Sa remarque fut rapidement répétée. On se rappelait l'incendie qui avait détruit presque de fond en comble la basse ville de Québec, dans la soirée du 4 août 1682. Alors, le feu avait pris chez Étienne Blanchon pour se communiquer ensuite à la maison de Philippe Neveu, son premier voisin, et en un rien de temps, le vent avait transporté l'incendie au magasin des pères jésuites. Sous les ordres du gouverneur Joseph-Antoine de La Barre, des charpentiers avaient abattu des maisons entières pour arrêter le sinistre. Inutilement, d'ailleurs : au matin, cinquante-trois habitations avaient brûlé !

À la suite de ce drame, le 5 décembre 1691, le Conseil souverain avait autorisé qu'on fasse venir de France une « pompe façon hollandaise pour jeter de l'eau sur les maisons en cas d'incendie ». Mais, quatre ans plus tard, aucune pompe n'avait encore traversé l'océan et, dans la nuit rouge, les Montréalistes se demandaient si, le lendemain, ils auraient encore le courage de reconstruire leur ville. Car pas un seul ne doutait que la destruction totale d'un siècle de travail ne pourrait être évitée. Tout reprendre ? Recommencer l'entreprise ? Revivre comme au début ? À cette seule idée, ils se sentaient sans force.

En trois heures, l'Hôtel-Dieu ne fut plus qu'un amas de cendres. Agenouillées dans la neige, les hospitalières, entourant leur supérieure, mêlaient pleurs et prières.

Simon Heurtebise, accouru comme tant d'autres, errait parmi les décombres, s'acharnant à vouloir retrouver le cadavre de son père sous les débris calcinés. Cramponnés à lui, ses jeunes enfants demandaient en pleurant, sans rien comprendre à cette nuit de folie :

— C'est quand est-ce qu'on rentre à la maison ?

CHAPITRE XXXVIII

Comme tous ses habitants reposaient dans le sommeil à cette heure, nul rougeoiement d'incendie n'éclairait, cette même nuit, les ténèbres où reposait la bourgade de Trois-Rivières. Tous les habitants, à l'exception de deux qui semblaient se livrer à un étrange dialogue dans l'ombre – dialogue à voix basse, comme si ces hommes s'étaient préparés à quelque action coupable. Leur costume, autant qu'on pouvait le distinguer, indiquait qu'il s'agissait de soldats. Celui dont l'allure était sans conteste plus élégante paraissait être un officier.

Quant à l'autre, n'importe quel Trifluvien passant par là aurait reconnu en lui l'un des hommes de la garnison, portant le nom remarquable d'Aegidius Lestang. Sa silhouette, d'ailleurs, n'était pas moins remarquable. Sur ses épaules, flottait une cape comme on n'en portait plus depuis l'époque révolue des mousquetaires du cardinal de Richelieu. La lourde rapière, qui tombait de sa hanche le long de sa cuisse, remontait au moins à la minorité de Louis XIV.

Les bras du moulin Platon projetaient deux grandes ombres de chaque côté des deux hommes qui pataugeaient gauchement dans la neige neuve. La raison de leur dialogue était que l'interlocuteur d'Aegidius Lestang, qui n'était autre que de Salvaye, un officier supérieur de la garnison de Québec, s'était mis en tête de vouloir faire entendre, plutôt que de rendre, raison à son adversaire, pour le différend qui les opposait et qui, à son avis, était ridicule. Mais le subalterne, bien décidé à ne pas comprendre, persistait dans son entêtement.

Avec un geste qu'il aurait voulu large, mais qui se révéla gauche et embarrassé parce qu'il avait oublié, dans sa précipitation, de dégrafer sa cape démodée, Aegidius coupait maintenant court à tout raisonnement en lançant sèchement :

– En garde, monsieur ! Ou bien auriez-vous peur ?

Le major jugeait la situation parfaitement insensée. Ce cocu de Lestang, qui l'avait provoqué, allait se faire embrocher pour une créature à la frivolité réputée dans toute la Nouvelle-France, et dont il avait eu la lubie et l'étourderie de faire sa femme. Et l'on clamait que le ridicule ne tue pas.

De l'endroit où M. de Salvaye se tenait en attendant le premier assaut – car, jusqu'au bout, il éviterait d'engager ce combat inégal –, il pouvait voir la masse sombre de l'enceinte qui, faite de pieux quasiment pourris, murait Trois-Rivières. « Une bicoque », avait dit le baron de La Hontan en parlant du village trifluvien dans ses écrits sur la colonie. « Une bicoque et un lieu de perdition… » Sur ce point, il n'était pas loin de la vérité : tous les voyageurs savaient y trouver à satiété de l'alcool et des femmes.

Cet état de choses était favorisé par la situation géographique de Trois-Rivières, à mi-chemin entre Montréal et Québec. Il était entretenu par l'obligation, imposée aux civils par l'administration, d'accueillir et de loger convenablement les militaires de passage vers les grands centres ; l'habitant qui aurait refusé d'héberger un soldat aurait été immédiatement conduit à la première prison, pieds et poings liés.

Alors que leur village était déjà celui de la colonie à fournir le plus de soldats, et des meilleurs, les gens de Trois-Rivières vivaient constamment encombrés de visiteurs qui imposaient leur présence sans ménagement dans leur maison et, souvent, perturbaient l'harmonie familiale…

Les deux adversaires se voyaient à peine. L'expérience du major lui faisait deviner les mouvements du soldat, mais la neige, en feutrant tout bruit, faussait l'estimation des distances. Comme Lestang n'avait pas, lui, tout un passé de combats singuliers, M. de Salvaye espérait que le temps ainsi perdu à se repérer dans l'ombre laisserait à son adversaire le loisir de retrouver un peu de sens.

La sémillante épouse de Lestang, Aimée-Bergère, vouait à « la chose » la plupart de ses nuits, et ses talents faisaient l'objet de plus d'une histoire que les hommes colportaient en parlant des « filles ».

Elle avait toujours été une personne au caractère, et au sang, chaud. Ses cheveux en cascade, si lourds sur ses épaules, étaient trop riches pour être domptés à coups de brosse ou de peigne. Adolescente, déjà, elle ne pouvait paraître nulle part sans tourner la tête aux hommes. On disait qu'elle aurait pu en conquérir plus que Trois-Rivières, Montréal et Québec réunis n'en comptaient. Pourquoi s'était-elle mariée ? Surtout à cet homme terne et bourru, naïf et trop ordonné ? Avait-elle eu un instant la velléité de s'assagir au contact d'un époux rangé ? Ou, comme d'autres le racontaient, avait-elle épousé à la hâte le soldat à seule fin de faire enrager celui qui était alors son amant, mais ne pouvait faire d'elle sa femme légitime, étant déjà marié et père d'une petite famille ?

À peine unie au soldat, elle n'avait pu rester insensible aux hommages : elle les accueillait avec un air provocant qui jetait de l'huile sur le feu. Elle ne se commettait pas, du moins au début. Mais, à force d'être flattée de tous côtés, elle eut vite envie de galanteries beaucoup plus concrètes. On l'avait toujours trouvée délicieuse à regarder, on la trouva encore plus délicieuse à caresser.

On colportait un peu partout qu'elle faisait l'amour tant qu'elle le pouvait avec les voyageurs et le moins possible avec son infortuné mari, lequel sembla longtemps s'en soucier d'ailleurs fort peu.

Plusieurs femmes de Trois-Rivières, des curieuses, racontaient avoir assisté aux ébats de la belle Aimée-Bergère dans l'herbe haute du bord de grève, les soirs humides de la bonne saison. Mais le témoignage le plus accablant était celui d'une jeune fille de dix-sept ans, qui avait rapporté, par-devant greffier et dans l'intention de dénoncer le scandale, avoir « aperçu la femme du nommé Lestang couchée dans le fossé de ville avec un homme sur elle, dans la position ordinaire du coït, la femme ayant ses jupes relevées, et qu'après l'homme s'était relevé et un autre était venu se mettre dans la même position pendant que le premier restait à l'écart. Et qu'ils firent de même pendant une heure ».

Toujours était-il qu'Aimée-Bergère était entrée dans les habitudes de bon nombre d'hommes, dont le beau major de Salvaye, et que, deux jours plus tôt, faisant route de Québec vers Montréal, celui-ci avait décidé de s'accorder un bref intermède, sachant trouver comme à l'ordinaire chez Lestang un repas plantureux arrosé d'un vin corsé, à l'effet retardé par un bain chaud, suivi de l'habituelle complaisance d'Aimée-Bergère qui connaissait ses hommes : « Tu fais l'amour comme un major », lui avait-elle susurré une nuit à l'oreille, dosant son extase avec science, et lui en donnant pour son rang. Comme bien des fois auparavant, le soldat était entré sur ces entrefaites et avait trouvé le couple endormi dans le lit conjugal. Quelle mouche avait piqué le bougre ce jour-là ? Lestang venait-il de se faire houspiller par un sergent et, de ce fait, voulait-il se venger sur le premier officier venu ? Ou encore, avait-il lui-même essuyé le re-fus humiliant d'une autre friponne ?

Mais de là à vouloir un duel !

Il ne devait pourtant pas ignorer les sanctions sévè-res infligées à ceux qui se battaient en duel. Elles allaient de la confiscation des biens jusqu'à la décapitation, avec perte de toute charge et tous titres pour la famille. Il ne pouvait être sans savoir non plus que la justice se mon-trait aussi indulgente envers les officiers qu'intransi-geante avec les sans-grade. Ainsi, lorsque le deuxième gouverneur de Montréal, François-Marie Perrot, un neveu de l'intendant Jean Talon, avait défié et affronté le plus jeune des fils Le Moyne, Jacques, le Conseil sou-verain, saisi de l'affaire, s'était déclaré incompétent pour émettre quelque condamnation « puisque le Conseil est allié ou proche parent de tous les gentilshommes du pays ». Dans une autre affaire du genre, Henri Bégard, dit Lafleur, avait, lui, eu droit à un procès… sur son ca-davre. On l'avait reconnu coupable ; on avait confisqué ses biens, puis conduit jusqu'au dépotoir son corps couché au fond d'un tombereau, la tête dans le vide. Enfin, les duellistes morts en combattant n'avaient pas droit à des funérailles chrétiennes.

Les duels étaient pourtant monnaie courante parmi les militaires nés en France. Ils avaient le verbe haut et le tempérament beaucoup plus expansif que les Canadiens. Sous le moindre prétexte, pour le plus mince des différends, ils recouraient à ce moyen européen de flatter un amour-propre bien fragile et de sauver, sur un ton fat, ce qu'ils appelaient l'honneur. Les soldats canadiens, eux, ne s'embarrassaient pas d'autant de manières et ne perdaient pas en salive ce qu'ils pouvaient gagner sur-le-champ avec les poings. L'insulte se changeait en duel de mots qui dressait debout les deux parties et, le temps qu'on renverse les chaises pour se précipiter l'un sur l'autre, tout était dit, en quelques coups : « Un poing, c'est tout. »

Lestang, à vrai dire, n'avait pas été tellement offusqué de trouver sa femme encore chaude de ses ébats avec un autre homme ; il s'était surtout emporté aux propos du major, un peu plus tard :

— Mon bon Lestang, vous savez comme moi que votre femme est une traînée !

M. de Salvaye, à ce moment-là, était à table. Il se tenait droit et cela ajoutait à son arrogance. À petites bouchées précises, militaires en quelque sorte, il se restaurait du léger repas préparé par la belle. Lestang, en l'entendant, avait remué les bûches qu'il plaçait dans l'âtre, sans ouvrir la bouche, mais en offrant un visage buté.

Sur quoi le major avait ajouté gaiement :

— N'est-il pas vrai, charmante Bergère ? avait-il dit, s'adressant directement à la jeune femme, qui avait ri complaisamment.

Là, le sang de Lestang avait bouilli. Il avait lâché une brassée de bois sur le plancher, juré et proféré des obscénités, toujours courbé devant l'âtre et la tête baissée. Il avait d'abord parlé tout seul et pour l'univers entier, contre lui-même et contre tous les hommes de la terre. Puis il avait brusquement changé de public et de ton, et avait crié impérieusement à de Salvaye :

– Nous réglerons ça entre soldats.

Il s'était étonné aussitôt lui-même de son audace. Mais c'était lancé et il avait tenu bon. Avec un calme méritoire, compte tenu des circonstances, il avait précisé :

– Nous croiserons le fer cette nuit, oui, cette nuit même ! Hors les murs de la ville.

Toute la journée, le major avait vaqué à ses occupations, inventorié l'arsenal et passé la troupe en revue, comme si de rien n'était : pas un instant le souvenir de la provocation puérile de Lestang n'avait effleuré son esprit. Il avait tout au plus songé à quelques reprises au corps d'Aimée-Bergère en se promettant que, la prochaine nuit, il perdrait peu de temps à dormir.

Mais le même soir, la nuit tombée, une nuit opaque comme de l'encre, l'autre l'avait attendu à sa porte, puis entraîné jusqu'à cet endroit où ils ne se voyaient plus.

Même alors qu'il attendait l'allant du soldat, le major doutait encore du sérieux du défi lancé.

Un chien jappa dans le noir et une voix d'homme lui cria de se taire. Décidant enfin de ne pas différer plus longtemps, de Salvaye dit, en soupirant d'impatience contenue :

– Eh bien ?

Brusquement, pour toute réponse, Lestang se rua avec la témérité de qui n'a rien à perdre. Le major, d'une superbe parade, détourna de justesse la pointe de l'épée dirigée vers sa poitrine. Les lames d'acier s'entrechoquèrent sans le moindre éclair, tant l'obscurité noyait la scène.

Le major décida de donner une leçon d'escrime à cet amateur qui se montrait trop pressé d'en finir. « C'est un suicide, pensa-t-il. Il se sert de moi pour se suicider. » Cette histoire ne l'amusait pas. Lui aussi, il choisit d'en finir au plus vite, en infligeant à ce rustre une blessure plus spectaculaire que dangereuse ; la solution satisferait parfaitement les exigences de l'honneur.

Vif comme l'éclair, il se détendit pour piquer Lestang à la cuisse ; mais il s'était fendu au jugé ; il ne rencontra rien et fut entraîné par son élan.

Un pincement au-dessus du coude le fit grimacer au moins autant de surprise que de douleur. Immédiatement, par réflexe, il enroula son manteau autour de son bras pour s'en faire un bouclier, puis, de la lame, chercha de nouveau l'adversaire. En vain.

Au bout de quelques secondes de cette tentative aveugle, il voulut assurer son aplomb et s'adossa au moulin. Sa main tâtonna, rencontra le vide. Il eut froid dans le dos. Il reprit le tâtonnement. Rien.

Un doute atroce l'envahit, puis l'oppressa. Il essaya de lutter contre la certitude qui se formait en lui. Enfin, il dut s'avouer : « Non, ce n'est pas un suicide ; c'est un assassinat. »

Il fouetta l'air glacial d'un coup désespéré, sans rencontrer aucune résistance. Il ne connaissait pas les lieux, ne pouvait pas deviner du pied ce que signifiaient telle bosse, tel creux par rapport au moulin. Lestang, lui, pendant le jour, il y montait la garde. Des heures et des heures, il avait arpenté l'endroit.

« Mais pourquoi ? Pourquoi m'avoir choisi, moi, de Salvaye et pas les autres ? Tous les autres ? » De Salvaye réfléchissait, et c'était bien cela le plus difficile : penser de façon cohérente malgré le noir hostile, penser pour comprendre pourquoi il allait mourir. À cause d'une femme ? Même pas : à cause du réveil inexpliqué de la fierté d'un homme de rien, sans doute avide soudain d'un coup d'éclat qui laverait la médiocrité de sa vie.

Le major Grégoire de Salvaye, descendant d'une des meilleures familles d'Orléans, soldat sans peur et sans reproche, mari léger, certes, mais homme de qualité, ne put retenir un petit rire ironique. Un Lestang se servait de sa renommée et de ses galons pour venger ses déboires conjugaux. Qui sait si Aimée-Bergère elle-même n'en serait pas subjuguée et ne ferait pas de son rustaud d'époux, enfin, son ultime conquérant ?

Il frissonna. Étrange sensation que de se sentir seul face à une mort invisible. Face à sa mort, car c'était une certitude. Pourtant, en mille autres occasions, il avait trouvé le moyen de s'en tirer. Mais là, son instinct l'abandonnait et ni le courage ni l'intelligence n'y faisaient rien. Il était dans le vide et craignait de s'avancer ou de reculer dans un vide plus grand encore. Il rassembla tout son sang-froid pour ne pas protester contre cette injustice.

Il pensa à Marie-Ève, sa femme, qui devait être près d'accoucher, à Québec. Ce serait une fille, cette fois, il en était sûr. On lui enseignerait les grandes manières, on ferait d'elle une dame, elle serait sûrement au moins jolie.

Sa main gauche cherchait toujours le mur du moulin tandis que, pas à pas, il reculait. Marie-Ève pourrait l'aimer encore, se dit-il. Il décida que, rentré à Québec – il trouverait mère et enfant au centre du grand lit de chêne –, il lui avouerait ses infidélités, qu'elle avait depuis longtemps devinées. Cette confession serait la base d'un renouveau entre eux. Il déploierait toutes les ressources de son charme pour la ramener dans ses bras. Il lui expliquerait ce qui, au fond, était la vérité : qu'il n'avait jamais aimé qu'elle, et que les autres n'avaient servi qu'à le confirmer dans ce sentiment.

Soudain, il glissa. Par malheur, les gestes décordonnés qu'il multiplia pour garder l'équilibre lui firent abandonner ses positions de défense. Aussitôt, la lame de Lestang lui fouilla le ventre, puis se retira.

Au début, ce fut une sensation de déchirement bénin. Puis la morsure dans la chair devint de plus en plus douloureuse. Le major crut successivement que ce n'était rien, une simple coupure ; ensuite, que la blessure était sérieuse, mais qu'il s'en remettrait. Dès le lendemain, il rebrousserait chemin : il n'irait pas à Montréal. Il se présenterait à sa maison de la place Royale ; il serait d'une humeur toute neuve et presserait sa femme et son fils Olivier contre lui en leur annonçant que, désormais, il demeurerait cantonné dans la ville. Près d'eux, toujours...

Non !... Il sentait ses genoux, ses jambes, tout son corps céder.

Au même moment, la lune perça et éclaira le visage de Lestang empanaché de son haleine. Les bras croisés avec arrogance, il attendait l'inévitable naufrage de l'adversaire.

La pensée du major de Salvaye s'obscurcit. Il eut l'impression de tâtonner encore, debout. En réalité, tombé de tout son long dans la neige, il continuait de s'enfoncer dans l'insondable silence de ténèbres plus noires que la nuit.

CHAPITRE XXXIX

Au milieu de la ville et de l'hiver, les cendres chaudes de l'Hôtel-Dieu fumaient encore. Les Montréalistes s'en approchaient nombreux, en observant un silence imprégné de tristesse. Ils oubliaient de se féliciter que le sinistre n'ait pas pris les proportions redoutées par le gouverneur de Callière.

Alors que tous croyaient que le feu courrait d'une maison à l'autre jusqu'à la ruine totale, le vent avait inexplicablement viré et rabattu les flammes sur le cœur du foyer. Voyant cela, la sœur Morin, fataliste et résignée, avait confié à M. de Casson : « C'est nous seules que Dieu veut affliger en cette occasion. »

Les yeux lourds de larmes gelées, les hospitalières fouillaient la neige pour en ramener les pauvres trésors enfouis pendant le cauchemar. Des gardes de la garnison montréalaise, dont la caserne se trouvait juste à côté, piétinaient les débris et nettoyaient la place.

Il y eut des moments d'émotion intense lorsqu'on retira des décombres les cadavres de Morin Heurtebise et d'une jeune novice surprise par les flammes dans la chapelle. Simon Heurtebise avait manifesté une froide fureur en voyant le corps calciné de son père, comme s'il avait eu besoin de faire violence à sa peine, de se défendre de pleurer. Et il était parti en affirmant qu'il trouverait l'origine de ce malheur et que, si c'était le fait d'un incendiaire, comme certains le soupçonnaient, celui-ci n'avait qu'à bien se tenir. D'un pas délibéré, le visage respirant les intentions de vengeance, il s'était dirigé vers la demeure du bailli. Quelqu'un avait dit dans son dos :

– Regardez-le… il sait déjà qui c'est !

Les malades furent installés au séminaire. Les hospitalières trouvèrent refuge chez les dames de la Congrégation.

Le marchand Le Ber, le premier, avait offert son aide pour la reconstruction de l'hôpital. Plusieurs généreux donateurs l'imitèrent et, en deux jours, on recueillit la somme de cinq mille cinq cent dix livres. L'architecte Gédéon de Catalogne travaillait déjà aux plans du nouvel édifice et le marchand Claude Pothier, de Lachine, fournissait des matériaux. Tous les hommes disponibles bûchaient et équarrissaient le bois pour la reconstruction. Les Indiens de la mission de la Montagne, dont la majeure partie avait aussi brûlé l'année d'avant, venaient offrir aux ursulines les produits de leur trappe. Tous les habitants de Montréal mettaient à l'œuvre, une fois de plus, leur intarissable courage pour vaincre l'épreuve.

Pendant ce temps, maudissant l'humidité de la prison qui réveillait ses rhumatismes, le greffier Bénigne Basset, rétabli dans ses fonctions depuis peu, après avoir été interdit d'exercice pendant quelques années par un juge intransigeant pour quelque obscure négligence, recueillait la confession du chaufournier Barbe Buot.

Car Simon Heurtebise, devançant le prévôt Louis Gabory, chargé de l'enquête par le bailli Vadeboncœur Gagné, n'avait pas mis longtemps avant de trouver le responsable de la tragédie. Entraînant la sentinelle Morache à la nouvelle taverne sise au coin des rues Saint-Pierre et Notre-Dame, il lui avait fait raconter dans le menu détail sa veille du 24.

Au premier récit que le soldat en avait fait, il n'y avait eu aucun indice. Ni au deuxième. Heurtebise avait dû insister, interroger jusqu'à l'exaspération, pour que lui soit révélé ce qu'il voulait entendre :

— Est-ce que je t'ai dit que j'ai vu sortir le chaufournier Buot de la chapelle, un peu avant que ça brûle ? Je te dis ça pour tout dire… Ce n'est pas dans les coutumes de Buot de faire ses dévotions sur semaine !

Barbe Buot ! Quelques années auparavant, les gens de Québec l'avaient déjà soupçonné d'incendie criminel. Faute de preuve absolue, les autorités l'avaient laissé courir. Mais la rumeur avait accablé le chaufournier au point qu'il avait choisi de s'exiler à Montréal pour se faire oublier.

Le fils de Morin Heurtebise avait travaillé à Québec, à l'époque, chez le maître menuisier Raymond Paget. Il se souvenait de la réputation d'incendiaire du chaufournier. Chaque fois que par la suite, à Montréal, il avait croisé cet homme à l'air morne, mais aux yeux traversés parfois d'un éclair malicieux, il avait frémi à l'idée que peut-être, un jour…

Et ce jour fatidique avait été le 24 février.

Alors, il s'était muni de son fusil, comme pour le gros gibier. Le cœur et la tête en feu, il se répétait :

— Je le savais ! Je le savais !…

Il avait pénétré chez Barbe Buot en forçant la porte d'un coup d'épaule. Le poing sur la hanche, il avait crié :

– Barbe !

La poussière de chaux qui flottait dans l'air l'avait fait tousser. Il s'était avancé vers le fond de la pièce ; des pas laissaient sur le plancher des traces aussi nettes que si l'on avait marché dans de la farine.

– Barbe ! T'as beau te cacher, je vais t'amener par la peau du cou !

Une forme humaine, désarticulée et molle, avait soudain déboulé dans l'escalier étroit auquel il manquait quelques marches, pour venir s'étaler aux pieds de Simon.

Une insoutenable odeur d'alcool et de vomissure avait pris Heurtebise aux narines, ce qui avait encore avivé sa colère. Dégoûté, il avait craché sur l'ivrogne inerte :

– Espèce de déchet !

Puis il l'avait jeté sur ses épaules et s'était rendu à la sénéchaussée, un peu en retrait à l'angle nord-ouest des rues Saint-Lambert et Notre-Dame. En chemin, il n'accorda aucune attention à ceux qui le harcelaient de questions :

– Qui est-ce ?

– Il est mort ?

– Mais où vas-tu ?

Des femmes éloignaient leurs enfants pour leur éviter ce spectacle insolite, à la fois étrange et répugnant. Arrivé à la prison, sa voix ne trahissant aucune fatigue, Simon avait déclaré au prévôt :

– Voilà votre incendiaire et l'assassin de mon père !

Qui aurait osé le contrarier ?

Louis Gabory, le prévôt, avait sur-le-champ envoyé quérir le greffier pour qu'il prenne la déposition du témoin.

Comme en France, l'ordonnance criminelle du 26 août 1670, mise en vigueur pour assurer le « repos du public » et contenir « par la crainte des châtiments ceux qui ne sont pas contenus par la considération de leurs devoirs », régissait les procédures judiciaires en matière criminelle dans la colonie. Elle prévoyait la déposition secrète des témoins, puis sa remise, signée autant que possible, à l'autorité compétente.

Le témoignage de Simon Heurtebise avait été délivré au bailli Vadeboncœur Gagné qui, satisfait de sa teneur, avait décrété l'emprisonnement de Buot et son interrogatoire.

Sur la sellette, le chaufournier avait tout nié ; on avait entendu de nouveau Simon Heurtebise et, cette fois, la sentinelle Morache. On avait confronté les deux accusateurs avec l'accusé, en lui demandant de formuler ses « reproches » envers eux. Il n'avait rien trouvé à redire.

Constatant cette procédure complémentaire, le bailli avait décidé de faire appliquer la question. Sur l'Évangile, on avait fait prêter serment à Buot ; puis le sieur Antoine Briault, chirurgien du roi, homme réservé et renfermé, l'avait sommairement examiné et déclaré apte à subir le supplice.

On l'avait déshabillé, on lui avait lié les bras dans le dos et on l'avait assis sur le siège de la question. Puis on lui avait appliqué les brodequins, quatre planches de bois étreignant les jambes, des pieds jusqu'à mi-cuisses, et serrées étroitement au niveau des chevilles et des genoux.

Ensuite, à l'aide d'un maillet, on avait enfoncé, un à un, des coins de bois entre les planches et la peau. Le greffier Basset avait dressé le procès-verbal de l'interrogatoire :

Au premier coin, ledit Buot a dit : « Seigneur mon Dieu ! Hélas... »

Au deuxième coin, il a dit : « Ha ! Mon Dieu, mon Dieu ! Faites-moi mourir, messieurs ! »

Au troisième coin, il a crié : « Ha ! Ha ! Ha ! Mon Dieu ! Mon Dieu ! Je vous demande pardon ! »

Au quatrième, il a dit : « Ha ! Mon Dieu ! Sainte Vierge, mère de mon Dieu, priez pour moi, Sainte Vierge Marie ! »

Au cinquième, il a dit : « Sainte Vierge, vous savez mon innocence, vengeance contre ces gens ! »

Au sixième, il a dit. « Ha ! Ha ! Ha ! Mon Dieu, Seigneur ! Mon Dieu, Sainte Vierge, mère de mon Dieu, vous savez mon innocence ! Faites-moi mourir, mon Dieu ! »

Au septième coin, il a dit : « Ha ! Ha ! Ha ! Ha ! Mon Dieu ! Ha ! Ha ! Ha ! Messieurs, ne me faites pas mourir comme cela ! Vous voulez que je me damne ! Vous me faites mourir ! Je me damne ! Je suis coupable ! »

Ensuite l'accusé a été détaché et mis hors de gêne, et mis sur son matelas.

L'avons interrogé, le nommé Buot, ce vingt-septième jour de février seize cent quatre-vingt-quinze.

Bénigne Basset, notaire et greffier.

Muni de ce document qui emporterait la condamnation à mort du criminel incendiaire, le notaire et greffier quitta sans regret le local aux murs de pierre si froids qu'un léger frimas les couvrait à l'intérieur.

En vieillissant, il avait développé une certaine indifférence à la souffrance, physique autant que morale, des autres. Il l'attribuait à sa longue habitude de toutes les misères que, de son exceptionnelle calligraphie, il consignait, sans emphase, avec une grande économie de mots et une stricte rigueur, dans des actes officiels parfaitement rédigés à l'encre violette.

Un attroupement l'attendait aux portes de la sénéchaussée. Quand il apparut, on s'écarta pour le laisser passer. Les mêmes personnes qui avaient assailli de questions Simon Heurtebise le regardèrent en silence, avec le respect entendu qu'elles vouaient aux personnages officiels.

Tout en marchant la tête haute, conscient de son importance, le greffier ne perdait rien de ce qui se passait alentour. De nombreuses silhouettes erraient encore parmi les cendres de l'Hôtel-Dieu, dont des religieuses qui, avec leurs ailes noires, se dit le tabellion, avaient l'air de grands oiseaux en train de picorer. Pardessus tout, le soleil qui frappait les façades était si clair, si gai que, pensa-t-il aussi, malgré les ruines fumantes, malgré le lamentable individu qu'on venait de torturer, il était impossible que la journée ne soit pas belle, en définitive.

C'est dans cet esprit qu'il arriva devant la porte de la maison du bailli.

Vadeboncœur Gagné, peu de temps après son retour d'Europe, quatre ans auparavant, avait été nommé bailli de Montréal en remplacement de Jean-Baptiste Migeon de Branssat nommé au poste de juge. Il avait acheté la maison cossue de Charles Le Moyne. Ce dernier, anobli par le roi avec titre de sieur de Longueuil, avait en effet décidé de s'installer sur le nouveau domaine dont il portait le nom.

Sur le seuil de la maison de Vadeboncœur, Basset tira sur une chaîne de cuivre et perçut le son d'une clochette à l'intérieur. Le temps pour lui de se composer une expression de circonstance, politesse et sérieux confondus, la lourde porte tourna sur ses gonds. Une domestique qu'il avait plusieurs fois entrevue dans la riche demeure le fit entrer. C'était une personne sans âge, au visage maussade, antipathique, qu'on imaginait traînant les pieds à longueur de journée. « Une tête de sorcière », pensa le greffier.

— Je voudrais voir monsieur le bailli. C'est important.

La femme le regarda sans sourciller, sans réagir, sans parler. À peine frissonna-t-elle au courant d'air glacé qui avait pénétré dans la maison en même temps que le visiteur. Elle le fit passer dans une petite pièce, sorte de boudoir donnant sur le vestibule. Elle le laissa en compagnie d'un gros chat gris qui ronronnait sur l'un des fauteuils recouverts de drap rouge.

— Dans un instant.

Et elle disparut dans la pénombre du corridor baigné de l'odeur d'un parfum de lavande qu'on n'aurait pu trouver en Nouvelle-France.

Sur une table ronde à piètement tourné, dont l'un des abattants avait été rabattu, Basset cueillit un livre au titre bavard : *Journal en abrégé des Voyages de Monsieur Asseline de Ronval tant par Terre que par Mer, avec plusieurs Remarques, Circonstances et Aventures très curieuses.* Il l'ouvrit et lut : « Publié à Paris, 1694. » Le greffier se cala dans l'un des fauteuils. Dès la première page, une mise en garde : « Si vous aimez la délicatesse de la langue française, ne vous donnez point la peine de lire ce *Journal*, car l'auteur s'est plutôt appliqué à voyager que de bien apprendre à coucher par écrit, croyant qu'il est bien plus nécessaire de rapporter des vérités que des paroles choisies. »

Il vit beaucoup de sagesse dans cette remarque et poursuivit, glanant quelques passages au hasard des pages : « C'est assurément le pays [la Nouvelle-France] le plus beau et le meilleur que l'on puisse souhaiter. Il semble que la nature ait pris plaisir à le faire. S'il était bien cultivé et habité, on en ferait un vrai paradis terrestre. » Et plus loin : « La vie en ce pays-là est plus en danger que celle de l'oiseau sur la branche ! »

— Je vois que vous avez trouvé une bonne lecture.

Il reconnut la voix de Vadeboncœur.

Celui-ci atteignait la trentaine. Une moustache fine rehaussait l'aristocratie de ses traits réguliers. Il se tenait très droit.

— Savez-vous que ce Ronval a dormi ici en 1662 ? Dans cette maison même ? Un neveu du sieur Le Moyne, un certain Joseph Duchesne, l'accompagnait depuis Paris.

Vadeboncœur s'exprimait avec un accent, l'accent des Parisiens peut-être, et cela donnait à ceux qui l'avaient connu auparavant l'impression désagréable qu'il s'écoutait parler.

— Hélas ! Deux jours avant qu'ils s'embarquent à bord du *Saint-Pierre* pour rentrer, Joseph Duchesne a été capturé, puis massacré par les Iroquois.

Son visage ne montrait aucune émotion réelle. Il tenait de son père ce pouvoir de rester impassible, tout en dégageant une chaleur humaine qui mettait les gens à l'aise.

– Venez.

Ils traversèrent presque entièrement la maison pour se rendre dans le bureau du bailli, dont l'ameublement était un mélange de meubles canadiens, normands et bretons. Il s'y trouvait même, dans un coin, devant un buffet surmonté d'une encoignure vitrée, un globe terrestre sur pieds galbés, de fabrication anglaise.

– Alors ?

Vadeboncœur avait pris place derrière sa table de travail. Il venait d'adopter un sérieux conforme à sa fonction et il avait mis de l'autorité dans sa voix.

En tendant un rouleau de parchemin retenu par un ruban rouge, le greffier lui annonça :

– Il a avoué.

Vadeboncœur hocha la tête en se mordillant l'intérieur d'une joue. Sa conduite était inscrite dans les règles établies par le Conseil souverain : il devait signer une lettre ordonnant le transfert de Buot à la prison de Québec, pour y attendre le prononcé de sa sentence par l'un des juges dudit Conseil. Et cette sentence, nécessairement de mort, s'exécuterait par pendaison ou par le supplice de la roue.

Au bas de la feuille, Vadeboncœur fit fondre un peu de cire à la flamme d'une bougie qu'il venait d'allumer. Puis, fermant le poing, il imprima le sceau de sa bague près de sa signature.

– Il n'est pas question de descendre à Québec cet hiver ; nous attendrons le printemps. À la fin de mars en tout cas. Entretemps, il faudra trouver un autre endroit que la prison pour garder Buot, car, autrement, vous le savez aussi bien que moi, il périra de froid dans sa cellule.

— Nous pourrions le confier aux miliciens du gouverneur ou à ceux de la garnison. Ils disposent de cellules pour d'éventuels prisonniers de guerre et même pour certains soldats mis aux arrêts.

— Excellente idée. Je vais vous donner une missive que vous remettrez de ma part au major Dupuy.

Et il écrivit de nouveau.

Ensuite, visiblement soulagé que ces procédures soient terminées, il demanda :

— Et comment nos gens se remettent-ils du feu de l'hôpital ?

— Oh ! vous et moi, nous savons bien que les Montréalistes s'en remettront toujours.

Ils le savaient, oui. Le regard qu'ils échangèrent le dit. Cependant, une ombre passa sur le visage de Vadeboncœur. Il parut près de poser une question au greffier. Et c'était vrai : il aurait voulu lui demander si on parlait de lui et si les gens de Montréal le considéraient encore comme l'un des leurs, mais il se mordit de nouveau la chair intérieure d'une joue et se borna à une banale formule de politesse :

— J'ai toujours beaucoup de plaisir à vous voir…

Un peu de tristesse voilait sa voix et il dut se racler la gorge avant d'ajouter, plus souriant :

— … quelle qu'en soit l'occasion.

Bénigne Basset s'inclina. La raison de cette voix triste, il la connaissait. Il l'avait devinée depuis longtemps : Vadeboncœur ne s'accommodait pas de sa vie de dignitaire et de son mariage avec une « étrangère ».

Tout Montréal était au courant, aussi bien que le père du jeune bailli, qu'on disait malade et qui ne quittait plus son manoir du Bout-de-l'Isle.

— Il faut que j'aille chez moi ; on m'attend pour un contrat.

— Mais oui, mais oui, bien sûr. Je vous reconduis...

Dans l'entrée, au-dessus d'un grand coffre, il y avait au mur un portrait de femme en robe d'apparat de France. Bénigne s'arrêta pour l'admirer.

— On ne saurait qui, de l'artiste ou du modèle, complimenter le plus.

— Oui, dit Vadeboncœur, M. Le Brun avait beaucoup de talent et le roi l'aimait fort.

Le greffier parti, il revint lentement, fit halte un instant devant le tableau, puis passa.

Pourtant, elle avait été jeune et jolie. Rue de Grenelle à Paris, Vadeboncœur se souvenait même de l'avoir vue briller plus que toutes les autres aux soirées que donnait son père, le chevalier de Magny. Mais, depuis son arrivée au Canada, sa personnalité s'était flétrie et une lassitude qui n'en finissait pas minait son corps qui avait maigri et comme allongé. Son air pincé, ses moues tombantes aux commissures des lèvres, ses mines qu'on aurait dites méprisantes, ce qui était très près de la vérité, envers tous les natifs de ce pays avaient fait que, à Montréal, on s'était convaincu qu'elle n'aimait pas les Canadiens... même pas Vadeboncœur, son mari.

À Paris, tout avait été si différent ! La fille de son hôte, Jeanne, lui avait semblé un bon choix, le meilleur. Tant qu'ils avaient vécu en France, leur vie avait coulé sans heurt. Vadeboncœur s'était imaginé heureux. Et elle, elle manifestait un entrain qui ressemblait tout à fait au bonheur.

Mais il avait suffi à Vadeboncœur de poser le pied sur sa terre natale pour que son être profond se réveille et souhaite une complète régénération, un retour à ses sources, à sa vraie manière de sentir, et qu'il s'avoue avoir épousé une « étrangère ».

C'était elle ou c'était lui. Le couple s'était rapidement distendu.

Ce matin-là, une fois de plus, il s'était glissé hors de leur lit en feignant de la croire endormie, quand il savait très bien qu'elle l'observait entre ses paupières à demi fermées. Quelque chose en elle l'intimidait, sans doute sa ressemblance avec son père, le chevalier de vieille noblesse.

De surcroît, il s'était levé courbaturé : il avait mal dormi et une douleur qu'il ressentait au dos lui donnait l'impression, déjà ! de vieillir.

Ursule, la domestique, passa la tête dans l'encadrement de la porte pour lui demander s'il désirait sa tisane tout de suite. Il refusa sèchement. Cela ne le soulagea pas pour autant de sa morosité et de sa rancœur. Au fond, c'était simple : il ne se faisait pas à l'idée d'être un homme marié, respectable, rangé, d'avoir une femme parfaitement éduquée, deux enfants en santé – bien qu'il trouvât son garçon délicat comme une fille –, et d'occuper une charge aussi digne.

Et cette maison ! Les jours de grand soleil ne faisaient qu'y multiplier les coins d'ombre. Les meubles qu'ils avaient apportés de Paris se mariaient mal avec l'ameublement canadien. Et quant à la domestique – sa domestique à elle –, il la détestait et la soupçonnait d'être méchante. Combien de fois n'avait-elle pas espionné avec avidité les invités de Vadeboncœur pour, ensuite, en analyser auprès de sa maîtresse le moindre comportement, qu'elle tournait en bizarrerie et en ridicule ?

Parfois, en soupirant, il se disait que ses propres conflits intérieurs n'étaient peut-être que sentimentalité. Alors, pour se prouver que ses états d'âme reposaient sur une réalité, il se rappelait Marie-Ève.

D'avoir connu cette grande passion l'aidait à se réconcilier avec lui-même ; mais, l'instant d'après, il se reprochait d'en être là : lui, un homme jeune encore, dans la fleur de l'âge, comme on disait, vivre sur son passé !

La fonction de bailli ne lui convenait pas davantage. Encore heureux qu'il n'ait pas eu à se prononcer sur la conduite d'amis, de proches, comme tel avait été le cas pour son prédécesseur. Mal en avait pris à l'infortuné : il s'était vu attrapé au piège.

En 1685, les Picoté de Belestre, famille des mieux vues de Montréal, avaient accusé le fils aîné du sieur de Longueuil, Pierre Le Moyne d'Iberville, ami d'enfance du bailli, de rapt, de séduction et de viol sur la personne d'une de leurs filles, âgée de dix-neuf ans, Jeanne-Geneviève. Le crime était censé avoir eu lieu en octobre. La victime, qui s'était réfugiée chez un nommé Pierre Devanchy, avait dénoncé le jeune Le Moyne et affirmé « qu'elle n'aurait aucun soin du fruit qu'elle aurait et qu'elle mourrait plutôt que de l'allaiter ». L'accusé étant par chance hors de Montréal, le bailli put facilement esquiver le dilemme, à savoir qu'il devait prêter foi aux dires de la jeune fille et se mettre à dos la puissante famille Le Moyne, ou tout ignorer en négligeant son devoir et en ulcérant les Picoté de Belestre.

Mais à la fin de l'été suivant, la question resurgit quand on vit revenir Pierre Le Moyne. Les Belestre exigèrent qu'il épouse leur fille ou qu'il réponde de ses actes. Le bailli dut choisir, et il se rangea dans le camp des Le Moyne. Le Conseil souverain, saisi de l'affaire par les représentations de Jacques de Malleray, l'un des beaux-frères de Jeanne-Geneviève, interdit à d'Iberville de quitter le territoire avant d'avoir été entendu. Mais le gouverneur, le marquis de Denonville, lui donna soudain consigne de passer en France pour rendre compte au roi de l'expédition dans le Nord dont il rentrait. Quand il revint en Nouvelle-France, six mois plus tard, le Conseil souverain ordonna, cette fois, son arrestation, rien de moins. Sur quoi, le gouverneur lui assigna la mission d'aller explorer la baie d'Hudson ! Cependant, ces atermoiements se révélèrent inutiles. Le 22 octobre de la même année, il était finalement reconnu coupable et condamné à « prendre l'enfant duquel ladite Jeanne-Geneviève était accouchée, à le faire nourrir, entretenir et élever en la crainte de Dieu jusqu'à l'âge de quinze ans, ou soit autrement pourvu, laissant à la mère la liberté de voir son enfant lorsqu'elle le désirera ».

Toute l'histoire eut bientôt son épilogue, et fort banal : Pierre Le Moyne d'Iberville épousa Marie-Thérèse Pollet de La Combe-Pocatière, fille du seigneur de La Pocatière. Et Jeanne-Geneviève fut conduite, par ses frères, au couvent des hospitalières…

Depuis qu'il exerçait sa charge, Vadeboncœur avait eu à statuer surtout sur des crimes mineurs.

Quand même, il avait condamné au fouet et à la flétrissure un matelot coupable d'avoir fait la traite de l'eau-de-vie avec les Iroquois. Pour assumer sa responsabilité jusqu'au bout, il avait assisté à l'application de la sentence.

Une charrette était allée quérir le prisonnier à la geôle et l'avait conduit au carrefour des rues Notre-Dame et des Augustines, endroit de la ville très achalandé. Rendu là, on l'avait déshabillé jusqu'à la ceinture, puis attaché à une roue de la voiture, les bras en croix. Et le fouet avait claqué : douze fois. Ensuite, le bourreau avait pris l'homme sous les aisselles pour le jeter sur le plancher rugueux de la charrette. Au croisement des rues Notre-Dame et Saint-Paul, on avait répété le supplice. Place Royale, sur la tribune du crieur public, le bourreau avait marqué au fer rouge la poitrine du matelot d'une fleur de lys.

L'horreur, le dégoût et un certain remords, qu'il savait pourtant injustifié, assaillaient Vadeboncœur au souvenir de ce spectacle morbide qui lui en rappelait atrocement un autre, semblable, vu à Paris place de Grève, lieu des exécutions capitales. Il en gardait une angoisse tenace qui dérangeait son approche du droit ; il voyait entre la théorie, d'une logique irréfutable, et la pratique une distorsion affreuse : de la raison, on passait à la barbarie.

Il ne l'avait pas confié à Bénigne Basset, mais il envisageait de se rendre lui-même à Québec pour livrer Buot au Conseil souverain. Et il avait l'intention d'user de son influence pour qu'on applique au chaufournier la méthode la plus douce, c'est-à-dire la pendaison ; car, à son avis, le supplice de la roue dégradait l'administration de la justice. Il avait beau se répéter mille fois que l'exemplarité des peines était nécessaire pour désamorcer toute intention criminelle dans la population, l'argument lui semblait d'une complaisance rebutante.

Il entendait Jeanne aller et venir dans une autre pièce et se demanda combien de temps encore il pourrait supporter cette paix entre eux et leurs conversations qui n'aboutissaient jamais à rien. Toujours elle se défendait de la manière la plus irritante qui soit : elle pleurait.

Il regarda par la fenêtre et vit une femme qui marchait vers la chapelle Notre-Dame-de-Bon-Secours, située derrière sa demeure. Dans la luminosité qui venait de la neige, la silhouette offrait la légèreté d'un souvenir. Il s'efforça de deviner le visage rougi par le froid, les yeux plissés face à la bise glacée. Marie-Ève avait aussi cette habitude de vouloir percer du regard la froidure du vent.

Il pensa avec une soudaine excitation que, au printemps, il irait à Québec pour l'affaire Buot.

À Québec, au printemps !

Et s'il se donnait l'occasion d'y revoir Marie-Ève ?

CHAPITRE XL

À Québec, ce même après-midi, Pierre Maisonnat arpentait la terrasse du château Saint-Louis en se félicitant d'avoir délaissé le défrichement de sa terre pour la vie aventureuse de corsaire. Dans le port, protégé de l'étranglement des glaces par un solide rempart de poutres, sa corvette, *Pentogouët*, offrait ses flancs glorieux à l'admiration des Québécois, qui lui devaient une bonne réserve de sucre pour la saison hivernale.

Bien qu'il n'eût que trente ans à peine, la réputation de Maisonnat rejoignait déjà celle, enviée, des Mattieu, Léger de La Grande, Chauvin et autres fameux flibustiers de la Nouvelle-France. Mais son dernier exploit dépassait ceux de tous les autres : en une seule journée, au large des côtes de l'Acadie, il avait dépouillé trois navires anglais. C'était ainsi que ses compatriotes bénéficiaient de sucre, de mélasse, de sel et d'autres condiments dont il avait délesté les vaincus.

Depuis le début de la guerre opposant la France à l'Angleterre, la seule possibilité pour la colonie de se procurer certaines denrées essentielles était en effet de piller les navires en provenance ou à destination de Boston, cet important port de la Nouvelle-Angleterre. Par le même moyen, on s'emparait des bateaux qui venaient grossir la flotte et on constituait des lots de prisonniers

476

qu'ensuite on échangeait contre des Canadiens captifs chez les Bostonnais.

Pour tous ces motifs, les autorités, gouverneur en tête, encourageaient la piraterie et favorisaient le recrutement d'écumeurs de mer capables de combattre, de couler, d'enlever tout ce qui frayait au large des côtes canadiennes et acadiennes sans battre pavillon français. Elles leur fournissaient souvent bâtiment et équipage, et récompensaient publiquement leurs exploits.

Maisonnat avait également ramené de ses meilleures prises quelques nègres, esclaves domestiques d'officiers anglais. Originaires des îles de la Guinée, ils avaient été achetés par de hauts fonctionnaires, des bourgeois et des membres du clergé, pour des sommes tournant autour de neuf cents livres. En 1668, déjà, constatant la rareté des domestiques et les gages élevés qu'il fallait débourser pour en obtenir, le procureur général du Conseil souverain avait proposé au marquis de Seignelay, responsable du développement économique des colonies, d'importer des esclaves de couleur pour pallier cette pénurie. Le ministre avait répondu que le roi « trouvait bon que les habitants du Canada y fassent venir des nègres pour faire leur culture ». Ne serait-ce qu'à cause des rigueurs de l'hiver, insupportables aux Noirs à la peau ensoleillée, aucune mesure concrète n'avait donné suite à cette autorisation. La mentalité même des Canadiens, en outre, n'était pas portée à l'autorité absolue, et les quelques esclaves ramenés par les Maisonnat et autres avaient eu tout de suite le droit de porter le nom de leur propriétaire et celui de choisir leur prénom, que plusieurs avaient préféré pompeux : César, Jupiter, Louis XIV… De plus, en cas de délit, ils étaient jugés selon la coutume de Paris, ainsi que tous les autres citoyens. Enfin, ils étaient soignés à l'hôpital, sans discrimination. En somme, ils étaient considérés et traités presque comme des domestiques, le salaire en moins.

Sur la nouvelle terrasse, tellement plus vaste que l'ancienne – elle allait de la pointe est du Cap-aux-Diamants jusqu'à l'éminence qui menait à l'ancien domaine d'Abraham Martin, et dominait à la fois le fleuve et l'embouchure de la rivière Saint-Charles –, Maisonnat battait la semelle sur la neige durcie.

Parfois il s'arrêtait et, avec un port de conquérant, tendait les bras devant lui, fermait solidement ses mitaines sur la dernière entretoise de la clôture et admirait le panorama étendu à ses pieds, à la manière d'un capitaine dressé derrière le parapet du quartier-maître. Avant que le froid lui ait gelé le visage par plaques blanches, il reprenait sa marche, tête baissée, son front volontaire fendant l'air glacé.

Il attendait un signe de la sentinelle postée devant l'ancienne résidence du marquis de Tracy. C'était là qu'habitait le gouverneur de Frontenac, pendant qu'on rénovait le château. Commencés deux années auparavant, les travaux allaient durer vingt ans ; le projet de l'architecte François de La Joue, qui dirigeait lui-même l'exécution de ses devis, était de donner à la demeure des allures classiques, à l'image de la grandeur de Louis XIV, et d'en faire en même temps le centre stratégique d'une place forte.

Dès son retour à Québec – qu'il avait quitté en 1686 après un premier mandat de gouverneur –, Louis de Buade de Frontenac et de Palluau avait fait construire une nouvelle poudrière et commandé à Robert de

Villeneuve les plans d'une enceinte de palis, plantés sur un remblai de terre couronnant la haute ville. Il avait aussi fait bâtir une redoute sur le cap, trois bastions à la basse ville pour l'installation de batteries de canons, dont la Batterie royale, et un autre mur d'enceinte près de la rivière Saint-Charles, sorte d'avant-poste fortifié pour la défense du palais de l'intendance – une ancienne brasserie du temps de Jean Talon ainsi transformée par l'intendant Jacques de Meulles.

Tous ces projets étaient devenus prioritaires depuis l'attaque de Québec par l'Anglais William Phips, en 1690, lors de laquelle le major Prévost avait dû improviser une palissade autour de la ville pour la sauver in extremis.

Quand Maisonnat venait s'appuyer à la clôture fermant la terrasse du côté du fleuve, il ne pouvait qu'admirer le quartier qu'il surplombait.

En effet, à cause de l'incendie de 1682 qui avait presque tout détruit, il avait fallu reconstruire la basse ville, et les autorités en avaient profité pour la faire digne d'une capitale. Au centre, quatre ans après le début des travaux, l'intendant Jean Bochart de Champigny avait dévoilé un buste de Louis XIV surmontant un socle de pierre. De ce jour, la place du Marché avait été rebaptisée place Royale.

Cette année-là encore, on avait affirmé et répété que la haute ville, elle, était « une montagne qui ne s'habiterait jamais ». Pourtant, en cet après-midi de 1695, le corsaire Maisonnat pouvait constater qu'elle se gorgeait d'habitations imposantes, d'une grande qualité architecturale ; outre l'agrandissement et l'embellissement du trop sévère château Saint-Louis, de La Joue préparait

479

la maquette de l'Hôtel-Dieu de Québec ; Claude Baillif, autre éminent architecte, surveillait les travaux de construction du palais épiscopal commandé par le nouvel archevêque, Mgr de Saint-Vallier, successeur de Mgr de Laval, qui ne voulait plus de l'ancien. Enfin, Baillif élaborait un plan ambitieux pour doter les ursulines d'un ensemble d'immeubles destinés à la communauté et à ses élèves. De fait, Québec n'était qu'un vaste chantier de construction.

C'était le comte de Frontenac lui-même qui avait mandé Pierre Maisonnat, pour lui remettre une bourse bien garnie, en récompense des services rendus à la colonie. Bien sûr, l'aventurier aurait préféré être décoré de la croix de Saint-Louis, cet ordre créé par le roi en 1693, et placé par lui sous la protection de Louis IX afin d'honorer la valeur de certains officiers méritants. Mais voilà, pour cela, il aurait fallu être d'abord officier et, ensuite, catholique pratiquant. Maisonnat n'était ni l'un ni l'autre.

Alors que, pour la vingtième fois, il arpentait la limite est de la terrasse, là où aboutissait l'escalier de la rue Sous-le-Fort, il vit une femme à gros ventre qui posait le pied sur la dernière marche. Essoufflée, elle se redressait péniblement, les mains sur les reins. Près d'elle, attentif à la fatigue qui la défigurait, un jeune garçon de huit ou neuf ans attendait qu'elle le rassure en lui disant peut-être : « Cela va. Cela va mieux. Continuons. » Mais aucune parole ne franchissait les lèvres tremblantes de la femme. Elle tanguait comme une goélette qui va sombrer. Maisonnat jugea qu'il devait intervenir. Il s'approcha vivement.

– Madame, dit-il.

Il avait prononcé le mot doucement.

— Madame, permettez…

Elle le regardait sans le voir. Ses yeux, sous les paupières, allaient à la dérive.

— Puis-je vous aider ?

Marie-Ève de Salvaye se mordit la lèvre inférieure, puis réussit à prononcer :

— Je n'aurais pas dû…

Et elle s'abandonna, s'appuya sur l'épaule de cet inconnu, qui ne savait plus trop comment la soutenir, ni où poser les mains.

— Je n'aurais jamais dû prendre cet escalier.

Elle allait s'affaler dans la neige. Maisonnat leva la tête, regarda autour de lui. Il n'osait toujours pas la prendre dans ses bras, plus impressionné par ce ventre de femme enceinte qu'il ne l'était par l'attaque d'un bateau ennemi.

Du côté de la rue Sainte-Anne, un coup de fouet et des cris claquèrent. Une carriole ouverte apparut, tirée par un magnifique cheval blanc. Sur le siège avant, un jeune homme, vêtu avec recherche, un casque de poil sur la tête, et autour du cou un long foulard de laine rouge qui flottait comme un pavillon dans le vent, s'agitait autant que s'il avait participé à une course. Le soleil faisait briller les montants de son extraordinaire traîneau lancé à grande allure. Ce fol équipage allait disparaître, lorsque Maisonnat, saisissant vivement l'arme à sa ceinture, tira un coup de pistolet en l'air :

— Eh ! Vous, là-bas… arrêtez !

Comme mû par un ressort, le conducteur se dressa au-dessus des menoires. De tout son poids il bascula en arrière en se retenant par les guides : le cheval hennit de douleur tant le mors lui sciait les mâchoires ; ses pattes de devant battirent l'air furieusement et, enfin, il s'immobilisa. Le jeune homme, par brèves tractions des poignets sur les rênes, entreprit de lui faire faire demi-tour. Puis il se rassit et amena l'animal trottinant tranquillement vers l'imbécile qui effrayait ainsi les honnêtes gens en promenade.

Comme il s'approchait, Marie-Ève reconnut Manuel, le fils du riche commerçant de La Chesnaye. Son père finançait, disait-on, l'administration même de la colonie. Et c'était vrai.

Écartant d'un geste plein d'esbroufe la peau d'ours qui le protégeait, il sauta délibérément presque sur les pieds bottés de Maisonnat et planta son regard dans les yeux du corsaire.

Mais aussitôt le jeune homme eut un mouvement de recul et laissa tomber son arrogance :

— Monsieur Maisonnat ! Excusez-moi, j'avais cru…

— Vous aviez cru quoi ?

La voix avait claqué comme le coup de pistolet tout à l'heure. Maisonnat fit un pas, et Manuel de La Chesnaye et lui se trouvèrent quasiment nez à nez. Le jeune homme cherchait une réponse qui ne venait pas ; il balbutia, redevenu un adolescent peu sûr de lui :

— Que c'était… n'importe qui.

Les deux hommes étaient face à face, si bien qu'Olivier, le fils de Marie-Ève, fut le seul à la voir vaciller et fléchir. Il s'écria :

— Maman !

À la même seconde, la sentinelle du château appela :

— Monsieur Maisonnat ! M. le gouverneur vous attend !

Les deux exclamations se croisèrent. Le regard de Maisonnat ne fit qu'un saut, de la sentinelle à Marie-Ève maintenant étendue sur la neige. Tournant le dos au château, il se pencha vivement sur la jeune femme, la saisit sous les aisselles et, relevant la tête, ordonna à Manuel d'une voix de commandement :

– Prenez-la par les pieds. Là… Doucement. Et maintenant, dans votre carriole. Et tâchez de retenir ce cheval, palsambleu ! Là… Nous allons chez mon beau-frère, M. Soupiran, le chirurgien.

Ils l'allongèrent sur la peau d'ours. Sous le banc, Olivier dénicha une deuxième fourrure pour la couvrir.

Le jeune garçon, dont le fin visage était enserré jusque sous le menton par un bonnet à oreilles, se blottit contre le corsaire, l'adoptant pour protecteur. Sa mère gardait les yeux ouverts sur le ciel d'un bleu nacré de blanc et parlait toute seule, prononçant des paroles sans suite, d'une voix blanche, à peine distincte.

Bien qu'habitué aux situations les plus délicates, Maisonnat ne s'en trouvait pas moins ridicule à bord de cette carriole, et au chevet de cette femme qui semblait délirer. Un instant, l'appel de la sentinelle lui revint à la mémoire. Mais il se dit : « Au diable le gouverneur ! »

CHAPITRE XLI

Le plus difficile, pour le notaire trifluvien Séverin Ameau, fut de mesurer exactement le temps écoulé entre le décès du major de Salvaye et la découverte du corps sous la neige. Déjà, il était inespéré que l'hiver n'eût pas gardé le cadavre jusqu'au printemps.

Le notaire Ameau était un petit homme bourré de manies, mais extrêmement efficace et à la réputation de droiture inattaquable. Son visage était pointu, son air perpétuellement songeur et un peu déroutant quand il se faisait soucieux. Lorsqu'il relevait les commissures des lèvres jusqu'au milieu des joues, mais sans sourire, sa mine illustrait la gravité qu'appelait la haute moralité de sa profession. On racontait que Trois-Rivières, sans lui, aurait peut-être été un lieu de perdition : lui-même, il en était en tout cas convaincu.

Jamais on ne lui avait parlé du major de Salvaye avant l'aube – jaune comme un coucher de soleil d'août – de ce mercredi de février. Maintenant, l'officier avait place dans son esprit entre deux jeunes gens qui allaient « contracter » le lendemain, et la charmante Élise Lamarché, qui désirait faire son testament avant de partir pour Québec, sur ses raquettes, avec Claude Jutras, le neveu du coureur de bois Pierre-Esprit Radisson – lequel neveu le notaire trouvait fort mal assorti à la jeune fille, encore adolescente.

Dans le petit matin, Trois-Rivières était morne et froid. En faisant route vers Cap-de-la-Madeleine, où se trouvait l'hôpital de la Piété, maître Ameau essayait de presser l'allure traînante de Piton, son vieux cheval, et pestait contre la haute palissade malpropre qui asphyxiait les habitants du bourg, à la façon de l'enceinte qui, disait-on, murait Paris et faisait des Parisiens des gens maussades et irascibles.

Il se préparait déjà à conclure que la mort de Salvaye remontait à douze heures, tout au plus. En effet, la veille, il avait neigé jusqu'à huit heures du soir environ ; une neige épaisse, tombant à gros flocons lourds. Or, la fille d'Étienne Lafont – celui-ci demeurait juste derrière le moulin Platon – affirmait qu'une très mince couche de neige seulement recouvrait le mort, lorsqu'elle avait trébuché sur lui en se rendant à la boulangerie de Jean Dodier.

Rendu au bout de la rue Saint-Martin, le notaire tira sur les cordeaux pour que son cheval prenne, à droite, le chemin du Cap. D'ailleurs, avec Piton, il se devait d'être d'une vigilance de tous les instants. La moindre courbe du chemin devait être signifiée à la vieille bête, d'un bon coup de poignet, sinon elle s'en allait droit devant, verser dans le fossé ou grimper sur le banc de neige, selon la saison. Cela s'était produit plus d'une fois, faisant bien rire les gens de Trois-Rivières pour qui Piton était devenu l'animal le plus réjouissant de la colonie. Pourtant, il avait sur le front une tache blanche en pointe et des palefreniers avaient jadis conclu que c'était un signe d'intelligence. Ils s'étaient mordu la langue, le jour où l'animal avait traversé la place du Marché en renversant les étals des marchands et terminé sa course embourbé dans la glaise de la grève. Le notaire avait justifié cette folle galopade par le fait que des enfants avaient irrité le cheval en lui retirant le seau d'eau dans lequel il avait enfoui presque toute la tête : « On avait peur qu'il ne se noie », avaient offert pour excuse les coupables.

Au moment de franchir les portes de l'enceinte de Trois-Rivières, Séverin Ameau vit venir vers lui Claude Houssart, bedeau à ses heures et domestique de maison chez le gouverneur de la ville, chez qui il venait d'allumer les feux. Houssart l'interpella :

— Où allez-vous comme ça, de si bon matin, maître Ameau ?

Profondément absorbé par l'épineux problème du passage de Piton et de la carriole entre les deux poteaux, pourtant très écartés, qui retenaient les deux grands battants ouverts sur la campagne, le notaire ne répondit pas. L'autre insista :

— C'est le cadavre du moulin qui vous tire du lit si tôt ?

Mais, comble d'embarras, un baril en plein milieu de la chaussée compliquait la manœuvre du notaire, qui demeura muet. Houssart libéra la voie et demanda :

— Puis-je venir avec vous ?

En même temps, il attrapait le cheval par le montant, tout près du mors, et le tirait hors les murs.

— Oui, oui, grimpez.

— Merci. À cette heure, ma journée est déjà faite !

Houssart rit, d'un rire sonore. Le notaire redouta un instant que Piton ne s'emballe à ce bruit insolite. Rassuré, il s'enquit :

— Et qu'est-ce qu'on en dit, de cette histoire, au village ?

— Celle du major de Salvaye ?... On dit que c'est un assassinat.

— Tout de même... ! Qui le dit ?

— Tout le monde ! Hier, j'étais au cabaret, chez Jacques Leneuf, et il n'était question que de cela. Personne ne parle de duel. Seulement de crime.

— Ils parlent trop, oui. Des « jaseux », voilà ce qu'ils sont.

Le notaire imaginait facilement l'ambiance relâchée du cabaret, les joyeux buveurs à chaque table répétant rumeurs et commérages, les amplifiant, les gonflant, avec la complicité, les clins d'œil et les hochements de tête entendus des ivrognes.

Piton trottait, heureux maintenant entre les champs tout blancs. Il faisait si beau que le notaire pensa à Noël et regretta de ne pas avoir gardé plus longtemps les grelots de cuivre aux menoires. Des maisons isolées distrayaient les bords monotones du chemin. Près de l'une d'elles, trois enfants tout habillés de laine, le visage caché dans des crémones, regardèrent passer l'attelage et interrompirent leur glissade sur un glacis, sans doute arrosé exprès par le père pour leur permettre ce jeu. Plus loin, un habitant se rendant à Trois-Rivières, des fagots entassés sur sa traîne, les croisa et les salua d'une main, la bouche vissée sur une pipe de plâtre fumante.

Au bout d'une dizaine de minutes au cours desquelles Houssart, se croyant au nombre des « jaseux » qu'avait fustigés le notaire, ne dit mot, ils arrivèrent à Cap-de-la-Madeleine, devant le petit hôpital. Le fondateur et responsable de l'établissement, Félix Thunaye, sieur Du Fresne, vint en personne les accueillir. Avant de le suivre, le notaire retint Houssart :

— Vous attendrez ici. Il faut quelqu'un pour garder Piton ; seul, il s'ennuie et m'en veut ensuite, au point de refuser d'obéir. C'est une bête délicate.

— Ne vous inquiétez pas, je reste, dit Houssart.

Il savait que, rentrant avec le notaire, il apprendrait bien des choses, et bien avant les autres. Sa curiosité l'emportait sur le besoin de sommeil, après une nuit passée à jouer aux cartes.

— Allez, faites-moi confiance, renchérit-il, tapotant Piton.

Séverin Ameau, prenant alors sa mine officielle, suivit le sieur Du Fresne.

Une salle commune de six lits constituait tout l'établissement. Des aides, peu nombreux, allaient et venaient parmi les rais et les flaques de soleil. Nulle odeur de maladie, de draps fatigués, d'aucune médecine : rien que propreté et blancheur, car, à l'intérieur, les murs étaient crépis à la chaux. Entre les lits à tête en fronton, des armoirettes en pin à moulures.

Par contrat intervenu le 12 décembre 1665 entre le maître chirurgien Félix Thunaye, sieur Du Fresne, et le bienfaiteur de l'hôpital, Michel Pelletier de La Prade, le premier s'était engagé, à peu de frais, en somme, en échange d'un coffret rempli d'onguents et de médicaments, à « traiter tous les pauvres soldats qui entreront dans l'hôpital de cedit lieu du Cap » et aussi « les habitants tant du Cap que de Trois-Rivières et ailleurs ».

Ce matin-là, tous les lits étaient occupés ; mais, à voir l'intérêt manifeste des patients pour les deux hommes, il sembla au notaire qu'il n'y avait parmi eux aucun cas grave. Il entendit même un rire étouffé et se retourna pour apercevoir un des malades portant à la bouche une main ouverte. Puis il pénétra dans une chambre où la lumière était tamisée par un épais rideau de damas. Un seul meuble s'y trouvait : une longue table recouverte d'un drap. Séverin Ameau frémit. Le sieur Du Fresne lui demanda :

– Vous avez froid ?

En fait, le notaire venait de discerner les formes voilées du cadavre couché sur la table. Le chirurgien ôta le drap et maître Ameau faillit reculer. Nue, la peau se violaçait. Une blessure, nette, longue de cinq centimètres à peu près, bâillait au bas-ventre.

– Il est mort de froid avant d'avoir perdu tout son sang, dit Du Fresne.

Mais il regretta aussitôt d'avoir été si catégorique.

– Ou alors il a perdu trop de sang, et trop rapidement, pour résister au froid… Cela revient au même, n'est-ce pas ?

– On a prévenu la famille ?

– La milice y veille : un soldat est déjà parti pour Québec.

Les deux hommes parlaient à voix basse, par respect pour le mort. Les mains derrière le dos, le notaire se déplaçait lentement autour du corps rigide. Il savait sa visite nécessaire, mais éprouvait une sérieuse difficulté à savoir que faire exactement. Son esprit vagabondait, plutôt que de s'occuper du présent.

Plus tard dans la matinée, l'église de la Conception, à Trois-Rivières, serait envahie par des fidèles venus de partout pour assister aux funérailles. Car il n'était pas établi de façon certaine que le major fût mort en duel. Dans le doute, le curé Simon avait décidé que de Salvaye avait droit à l'office catholique. Les gens viendraient donc nombreux, d'aussi loin que Champlain et Batiscan, sur la rive nord, et Bécancour et Gentilly, sur la rive sud. Ceux-là traverseraient le fleuve sur les ponts de glace balisés de sapins ou d'épinettes.

— Dites-moi, monsieur Du Fresne, dit le notaire, vous vous y connaissez en duel… en maniement de l'épée, veux-je dire ? C'est que moi, voyez-vous, pour tout dire, je n'y connais goutte, à part quelques règles trop élémentaires pour être… disons, suffisantes et sérieuses. Aussi…

Un geste poli l'interrompit :

— Je comprends. D'ailleurs, on m'a dit, n'est-ce pas, que vous vous occupiez de cette affaire parce que le lieutenant général était ami de l'un des duellistes ?

— S'il y a eu effectivement duel.

— En effet.

— M. Leneuf *était*, si je puis dire, parent avec le major de Salvaye.

— Je vois. Écoutez…

Discrètement, Du Fresne entraîna le notaire hors de cette chambre, où la présence du mort devenait manifestement incommodante pour l'homme de loi, et ils marchèrent dans un corridor longeant la salle commune.

— Écoutez, reprit-il, je vous laisse juge de la situation. Mais puisque vous me le demandez, permettez-moi une remarque : un gentilhomme ne convoquerait pas un adversaire en duel au beau milieu de la nuit, s'il avait l'intention de se battre honorablement. Ces choses-là se font à l'aube. Cela dit, n'est-ce pas, sans aucune intention d'influencer le moins du monde votre jugement…

— Donc, comme les autres, vous croyez que… ?

Du Fresne protesta :

— Non, non, j'ignore tout de ce que les autres, comme vous dites, croient : je suis ici, et ils sont là-bas, à Trois-Rivières…

— Excusez-moi… Et la blessure ?

— La blessure ?

— Oui. Est-il normal que, dans ce genre de combat, on récolte un coup comme celui-ci ?

Du Fresne sourit d'un air entendu et apprécia de la tête.

— Je vois. Là, vous touchez un point… La blessure, et ceci je vous l'affirme, fort de toute mon expérience de chirurgien, la plaie est le résultat d'un coup d'épée porté alors que l'adversaire n'est absolument pas en garde. C'est une certitude. Voyez-vous, on croirait que le major s'est de lui-même empalé sur la pointe, ou qu'on l'a transpercé alors qu'il croyait, je ne sais pas, moi… le combat terminé… ou pas encore commencé.

— Je vois.

— N'est-ce pas ?

Le corridor débouchait sur un balcon. Le froid les saisit un instant.

— Et il y a autre chose, ajouta Du Fresne. La lame… Nos épées sont plus minces. Il s'agit d'une arme ancienne. C'est pourquoi la blessure est si basse et si longue.

— Je vous remercie. Tout cela me sera très utile, dit le notaire.

Il s'en retourna à son traîneau, s'assit près de Houssart, auquel il laissa les rênes, et décida de se rendre chez Lestang.

— Allons ! Nous rentrons à Trois-Rivières.

Malgré la gravité des propos que lui avait tenus le directeur du petit hôpital, il ne pouvait s'empêcher de sourire intérieurement du drôle d'accent qu'avaient ces Français fraîchement débarqués.

Piton allait d'un bon pas, tirant un peu du col sur les cordeaux à chaque mouvement. Ses oreilles pointues s'agitaient autant qu'en été pour chasser les mouches. Attendri, le notaire confia à son cocher bénévole :

— C'est tout de même une excellente bête…

Environ vingt minutes plus tard, ils franchissaient de nouveau les portes de Trois-Rivières mais cette fois sans aucune difficulté, grâce à la main de Houssart.

— Tu vas au coin des rues Saint-Louis et Notre-Dame, ordonna Séverin Ameau que certains, dans le village, surnommaient Saint-Séverin.

La maison de Lestang était silencieuse. Ils se regardèrent avec le même soupçon. Avant même qu'il ait eu à descendre de carriole, un voisin sortit à la rencontre du notaire :

— Il n'y a personne… J'ai vu Lestang partir ce matin pour la trappe. C'est ce que j'ai pensé, en tout cas, parce qu'il portait besace et raquettes au dos.

— Et sa femme ?

— La Bergère ?… Comme d'habitude, vous la trouverez certainement au cabaret en train de… se consoler du départ de son mari. Et si vous voulez mon avis, sauf votre respect, ce n'est pas elle qui rentrera bredouille.

Et il partit d'un rire gras qui fit tressauter sa proéminente bedaine.

Le notaire eut un air bizarre qui dérouta le volubile personnage et coupa net son rire. C'est que le tabellion constatait avec satisfaction que, pour sa première enquête, celle-ci était une réussite. En moins de trois heures, il avait découvert qu'il y avait eu crime et pouvait même déduire qui en était l'auteur. D'une part, d'après ce qu'il savait – car l'équipement et l'armement pour le moins originaux du soldat Aegidius avaient leur renommée –, Lestang était le seul à posséder une rapière à lame assez large pour ouvrir la plaie qu'il avait vue. Enfin, ce midi, il était évidemment en fuite. Le notaire se jugeait donc prêt à présenter son rapport au lieutenant général.

Il aurait quand même souhaité ajouter encore à son tableau. Dans leur genre, ses actes notariés avaient la réputation d'être parfaits.

Il en venait à se demander s'il pouvait honnêtement déposer des conclusions sur l'affaire sans connaître la femme du mort. Puis il rejeta l'obstruction.

CHAPITRE XLII

Le chirurgien Simon Soupiran était un bonhomme nerveux. Quand il vit la femme enceinte que son beau-frère venait d'introduire dans le vestibule de sa maison, il protesta :

— Mais… mais que se passe-t-il donc, qu'on entre ainsi chez moi sans prévenir, sans frapper, sans… ?

Il avait les yeux rapprochés et donnait l'impression de loucher constamment. Son nez arqué et démesurément gros jurait au milieu de sa figure, qui était petite. Il avait essayé de corriger cette apparence en se laissant pousser une épaisse moustache à la gauloise, mais en avait seulement aggravé les disproportions. Il se frottait sans arrêt les doigts les uns contre les autres, comme s'ils avaient été gelés. D'un ton geignard, il demanda encore à son beau-frère :

— Pourquoi cette intrusion chez moi ?

— Cette dame va accoucher.

— Eh bien ! Raison de plus, que diantre ! Je ne suis pas sage-femme !

— Penses-tu que nous avions le temps de descendre jusque chez Mazoué ? Je suis venu ici parce que tu es le seul médecin de la haute ville que je connaisse. Allons, aide-nous un peu.

Le chirurgien, en bougonnant, se résolut à les conduire dans sa chambre :

– Déposez-la ici, concéda-t-il en montrant le lit.

Piquée de curiosité, sa femme Ginette, la sœur de Maisonnat, apparut dans l'encadrement de la porte.

– Ma mie, attelle, lui dit le chirurgien, et va chercher Marthe Mazoué. Cela presse, à ce que je vois... Non, d'abord, couche cette dame.

Quand Marie-Ève fut couchée et qu'il la vit sans le châle qui lui recouvrait auparavant une partie du visage, le chirurgien s'exclama :

– Hé ! Mais c'est Mme de Salvaye, la femme du major !

– Tu la connais donc ? dit Maisonnat.

– Certes, oui.

Puis, et sur un ton plus froid :

– Oui, certes.

Il se souvenait d'un enfant mort-né et du major lui adressant de sévères reproches. Il se fit quand même plus chaleureux lorsqu'il s'adressa à la malade :

– Vous souffrez ?

Il n'obtint aucune réponse. Ses mains palpèrent méthodiquement le ventre rond. Un cornet à l'oreille, il écouta les battements de cœur du fœtus. De la main, sans les regarder, il chassa Maisonnat, qui s'empressa de dire qu'il devait s'en aller de toute façon, et le jeune garçon qui avait suivi et qui écarquillait les yeux. Mais, dans la campagne que battait son esprit, Marie-Ève n'avait pas conscience de ces présences à son chevet. Elle était en proie au délire d'un cauchemar très précis, où elle voyait les Anglais entrer dans Québec, et elle était terrorisée, car on les disait aussi barbares que les Iroquois, leurs alliés depuis le début de la colonie.

Les images au milieu desquelles elle se débattait étaient d'une cruelle exactitude. Elle se revoyait seule avec sa terreur et dans les affres d'un enfantement, comme aujourd'hui. Le canon tonnait, et elle avait beau appeler : « Grégoire ! » elle savait bien que son mari, « le beau major » comme elles le nommaient toutes, ne pouvait lui répondre. Qui sait s'il n'était pas mort à cette heure, tué par un boulet anglais ?

Elle se rappelait l'année. Comment l'aurait-elle oubliée après tant de cruauté ?

C'était en 1690. Depuis cinq ans, la guerre iroquoise avait repris – pour les mêmes motifs que vingt ans plus tôt : les Iroquois voulaient venger leurs guerriers tués par les tribus traditionnellement amies des Blancs de la Nouvelle-France, celles des Hurons et des Algonquins. Les Anglais de la Nouvelle-Angleterre les appuyaient et leur fournissaient les armes les plus modernes en échange de fourrures. Mais bientôt, il sembla aux Anglais, avides de s'enrichir grâce aux pelleteries, que l'occasion était mal exploitée. Et ils étaient alors, en Amérique, cent soixante mille, contre dix mille sept cent vingt-cinq Canadiens seulement ! Leur objectif devint de s'annexer toute la partie nord de la Nouvelle-France, autour de la baie d'Hudson où l'on trouvait les plus belles et les meilleures fourrures. Des matelots français évadés de Boston, après avoir été capturés dans le golfe du Saint-Laurent, près de Gaspé, rapportèrent ainsi bientôt que, là-bas, une flotte puissante s'armait pour la conquête.

Peu après, une trentaine de navires ayant à leur bord trois mille soldats et mille cinq cents Indiens quittaient les rives bostoniennes. Aussitôt qu'il fut informé par un messager que les envahisseurs n'étaient plus qu'à quelques jours de sa ville, le gouverneur de Québec, M. de Frontenac, mobilisa toute la population pour fortifier la capitale. Des tranchées furent creusées et des batteries, placées aux points stratégiques. Toutes les maisons de la basse ville furent abandonnées, leurs habitants se réfugiant auprès des différentes communautés religieuses de la haute ville ou chez les particuliers qui offraient de les accueillir.

Le mardi 16 octobre, à l'aube, les navires anglais doublaient la pointe est de l'île d'Orléans. En tête, quatre gros vaisseaux, suivis de quatre autres un peu moindres et, enfin, des barques, brigantins, flibots, brûlots : en tout, trente-quatre bateaux. Au milieu de la matinée, une chaloupe se détacha du navire amiral, battant pavillon blanc. Les Québécois envoyèrent aussi quatre chaloupes pour aller à sa rencontre et l'accompagnèrent au rivage.

Lorsque le porte-parole de l'amiral Phips, le major Thomas Savage, mit pied à terre, on lui banda les yeux afin qu'il ne puisse constater la faiblesse des retranchements. Pour le duper davantage, des hommes et des femmes l'entourèrent avec mille cris : il s'agissait de lui donner l'illusion que la ville était très fortement peuplée. Pour l'impressionner davantage encore, Frontenac avait réuni dans son bureau tous ses aides de camp, en les priant de porter tout ce qu'ils pourraient trouver de galons d'or et d'argent, de rubans et de plumets.

Le messager lui remit une lettre réclamant la reddition dans l'heure. Puis il posa sa montre, ouverte, sur une table.

— Je ne vous ferai pas tant attendre, répondit le comte de Frontenac. Non, je n'ai point de réponse à faire à votre général que par la bouche de mes canons et à coups de fusil ; qu'il apprenne que ce n'est pas de la sorte qu'on envoie sommer un homme comme moi ; qu'il fasse du mieux qu'il pourra de son côté, comme je ferai du mien.

Après cette riposte, Phips déploya mille quatre cents hommes qui débarqueraient pour attaquer par voie de terre et prendre la ville à revers, alors que lui-même commanderait la canonnade du port et de la basse ville.

Ainsi, pendant que Marie-Ève criait dans les douleurs pour accoucher de son second enfant, les Anglais prenaient pied à Beauport. Une troupe de trois cents Canadiens seulement, composée de miliciens et de coureurs de bois venus de Montréal et de Trois-Rivières, se porta contre eux et les assaillit à la manière indienne, sans ordre et en hurlant à tue-tête. Le bataillon serré et discipliné des Anglais se trouva désemparé devant ces diables français qui voltigeaient, passaient à la course, s'abritaient derrière les arbres, éparpillés dans une danse de mort incessante. Il recula. Bientôt, on le vit sur la grève courir à ses embarcations.

En assistant, joyeux, à cette déroute comme plus tôt au combat, Grégoire de Salvaye ne pensait plus à sa femme en couches. Bientôt, une nouvelle lui parvint : Le Moyne de Sainte-Hélène, fils de Charles Le Moyne, sieur de Longueuil, qui commandait les batteries de Québec sur la croupe du cap, avait fait taire les bateaux de l'amiral anglais qui refluaient vers le large de peur d'être coulés. Le même jour, un échange de prisonniers fut négocié. Les Anglais voulaient reprendre au plus tôt la route de Boston, de peur d'être pris par les glaces du fleuve.

La victoire était totale.

Mais que ce fût en raison du bruit des canons, de l'inquiétude angoissée de Marie-Ève pour son époux ou d'une cause naturelle, malgré les efforts de Jeanne, la sage-femme, son enfant était mort-né.

Le lendemain, une foule en délire déferlait sur la place Royale en chantant :

C'est le général de Flipe
S'est rentourné dans Boston
Va-t-en dire au roi Guillaume
Que Québec a lui faux bond
Car lui a de la bonne poudre
Aussi bien de beaux boulets
Des canons en abondance
Au service des Français.

Des hommes, des femmes, dans des rires et des exclamations joyeuses, se donnaient d'interminables accolades. On buvait du vin pétillant qu'on distribuait à grandes rasades sur la place. Et les enfants, libérés de la sensation étouffante de la peur, oubliaient toutes les bonnes manières pour se vautrer dans les amas de paille destinée au nettoyage des rues.

Longtemps, le délire des chants et des danses, dans le rouge et l'or de la lumière des torches, tint Marie-Ève éveillée.

Elle savait Grégoire en vie, elle était heureuse que la guerre eût été gagnée, mais aucune de ses joies ne la consolait d'avoir perdu son enfant, et personne ne se souciait d'atténuer d'une parole de réconfort son amertume devant ce deuil.

À l'aube pluvieuse et fade du matin suivant, elle entendit monter jusqu'à l'étage, où elle somnolait, la voix cassante de son mari reprochant au chirurgien :

— C'était l'enfant, oui, l'enfant, mordieu, qu'il fallait sauver, monsieur l'imbécile !

Elle l'entendait marcher. Il allait et venait, buté, furieux. Il ne l'avait pas encore approchée depuis son retour. Il cherchait à épancher d'abord sa colère, peut-être pour pouvoir feindre devant elle la sérénité, la douceur, la tendresse même ; mais elle n'osait pas l'espérer. Car il tournait en rond, il trépignait, il menaçait de broyer la carcasse chétive de Simon Soupiran, cet ancien barbier qui avait choisi de laisser vivre une femme plutôt qu'un fils ! Il abattit son poing sur la table, et dit stupidement, tant il se contenait peu :

— La prochaine fois, vous m'entendez, la prochaine fois, je veux l'enfant ! Il faut toujours choisir la vie de l'enfant.

Une vague de chagrin aveugle puis de détresse souleva Marie-Ève. Mais quand la vague eut passé, la laissant seule sur la grève déserte du désespoir, lentement elle sentit naître en elle la révolte.

Elle avait déjà pressenti chez Grégoire, tout orgueil et raideur, une dominante d'égoïsme latent. Pourtant, elle n'avait jamais pu croire qu'il y eût aussi en lui de la cruauté et une si parfaite indifférence pour lui faire préférer à sa femme la descendance et son nom. Elle en venait à envier le veuvage et l'indépendance de Thérèse, sa mère…

Une douleur atroce, comme si une flèche lui avait traversé les reins, fit revenir Marie-Ève à la conscience. Elle ouvrit des yeux effrayés.

Au-dessus d'elle, Soupiran penchait un visage paternel :

— Mieux vaut vous prévenir que cela se présente assez mal. On n'escalade pas l'escalier du cap lorsqu'on est enceinte de plus de huit mois. Pure folie ! D'autant que...

Il ne poursuivit pas. La jeune dame, il le savait, ne manquait certes ni de courage ni de volonté – c'était bien pourquoi il avait parlé sans hésiter. Mais à quoi bon ajouter qu'elle avait les muscles du bassin noués et que cela empêchait le travail de se faire normalement.

— Mais après tout, reprit il, continuant tout haut malgré lui sa pensée, si l'enfant qui vous accompagnait est le vôtre, la preuve est faite que vous pouvez donner le jour.

Mais Marie-Ève était repartie dans son délire. Elle entendait la voix tranchante : « C'est l'enfant qu'il faut sauver !...»

Au même moment, Ginette Soupiran, dans une maison de la basse ville, priait Marthe Mazoué de la suivre.

— Où cela ?

— Chez moi. Une femme est là, qui accouche difficilement. Mon mari craint pour sa vie.

Élue sage-femme depuis le début de l'année seulement, Marthe Mazoué était flattée qu'on eût recours à ses services. Elle enfila son manteau d'hiver, sa bougrine, et vint rejoindre Ginette sur le siège du berlot.

C'était une grosse femme rougeaude à la voix tonitruante. Elle avait des gestes si brusques qu'on se demandait comment elle arrivait à saisir les nouveau-nés sans leur broyer les os. Elle habitait le Cul-de-Sac, la partie de la basse ville la moins éloignée de la pointe de Lévy, où aboutissait la tête du pont de glace reliant les deux rives en hiver. Son mari, homme à tout faire chez l'aubergiste Simon Despages, jouissait d'une réputation d'infaillible honnêteté. La confiance qu'il inspirait s'était reportée sur sa femme. Aussi, peu de temps avant son élection – car on élisait la sage-femme annuellement, en janvier –, y avait-il eu campagne pour vanter son bon sens et son jugement, bien faits, disait-on, pour mettre en confiance les femmes en couches. Sa voix rauque et basse en imposait aussi, ce qui n'était pas plus mal, aux maris qui arpentaient nerveusement les cuisines en attendant la délivrance de leur femme.

Le berlot attaquait la côte de la Montagne.

– Qui est-ce ?

– La femme du major de Salvaye.

Marthe Mazoué rougit de contentement et d'amour-propre flatté. Elle demanda :

– C'est si difficile ?

– Vous demanderez cela à mon mari.

Le cheval s'accrochait aux flancs de la côte et la sage-femme devait utiliser toute la force de ses dix doigts pour se retenir au siège et ne pas basculer. Des enfants les dépassaient en tirant des traînes sauvages, dites aussi tabaganes. Mme Soupiran fit remarquer en bougonnant :

– Un jour, il y en aura un qui glissera sous les sabots d'un cheval.

Pendant ce temps, torturée par la douleur, Marie-Ève balbutiait des mots incompréhensibles. Son fils Olivier, revenu subrepticement dans la chambre et que le chirurgien n'avait pas eu le cœur de chasser – d'ailleurs il était trop angoissé lui-même, trop frappé d'un sentiment d'impuissance pour être mécontent d'une compagnie, fût-ce celle d'un enfant –, assistait la jeune femme dans cette lutte contre un mal obscur, dans lequel il pressentait un mystère auquel il n'aurait pas dû être admis à son âge. Il lui tenait les mains, murmurant d'une voix effrayée :

– Maman, c'est moi, Olivier…

Parfois, il tournait vers le chirurgien un regard noyé. Dans la pénombre de la chambre, il ne voyait de Soupiran que la silhouette immobile. L'homme cherchait à le rassurer.

– Ça va aller, petit, ça va aller…

L'oreiller était trempé de sueur et le centre du lit, encore plus mouillé, pour une raison qui échappait à Olivier. À travers le rideau épais, on entendait confusément les bruits de la rue. Plus près, dans la pièce voisine, une domestique lavait le plancher et l'odeur aigre du savon de lard emplissait la maison.

Marie-Ève continuait d'émettre des sons inarticulés. L'expression tourmentée de son visage mouillé faisait peur à son fils. Mais il tenait à rester là.

La jeune femme, dans sa divagation, se revoyait environnée de la chaleur épaisse de la boulangerie de la rue des Roches. Sa mère lui annonçait :

– Le Conseil souverain vient d'établir la liberté du commerce du pain. Dans quelques jours, les boulangeries vont fleurir comme pissenlits au printemps. Je me serai pourtant bien battue contre cette mesure ! Mais maintenant il ne nous reste qu'à fermer boutique. La clientèle ne venait que parce que nous étions les seuls de la basse ville…

Et non sans amertume Thérèse ajoutait :

– Les femmes mariées n'aiment pas les veuves trop longtemps célibataires. Ni les hommes, les femmes en commerce.

Ce qu'elle voulait dire, c'est qu'elles se retrouveraient bientôt toutes deux à la rue. Seul un mariage pouvait les sortir de la misère avant qu'elles s'y enlisent : le mariage de Marie-Ève.

Celle-ci pouvait-elle d'ailleurs espérer autre chose ?

Vadeboncœur était devenu avec les années – huit ans qu'il était parti pour Paris ! – un personnage entièrement sorti de leur présent autant que d'un avenir immédiat des plus noirs. Marie-Ève lui avait écrit plusieurs fois, et plusieurs lettres en même temps, comme il était coutume pour s'assurer qu'une missive au moins parviendrait à destination. Elle était restée sans réponse ni nouvelles. Pourtant elle demeurait prête à lui trouver toutes les excuses, et même à lui pardonner si un jour il revenait.

Elle revivait sans cesse leur passion, leur plaisir – à tel point qu'elle hésitait à aimer ou plutôt à faire l'amour avec d'autres. À vingt-cinq ans, elle trouvait vain d'être jolie, et cruel d'être désirable. Cependant, elle ne parvenait pas à durcir son cœur. Sa beauté n'en devenait que plus aiguë et plus remarquée. Elle attendait…

Le jour où, dans un roulement de tambour, le crieur public annonça la venue prochaine d'un nouveau gouverneur en remplacement de M. de Frontenac, le marquis Jacques-René de Brisay de Denonville, Marie-Ève se persuada que Vadeboncœur profiterait de la traversée de ce noble seigneur et de sa suite pour rentrer au pays.

Cependant, les propos de sa mère sur la précarité de leur avenir faisaient en elle leur chemin. Elle en vint à se dire qu'il se trouverait bien au moins à bord du navire quelques importants personnages et parmi eux, sûrement, un parti pour elle, un parti qu'elle méritait et qui les sauverait, si Vadeboncœur... Mais elle voulait encore espérer.

Le 1ᵉʳ août, elle assista à l'arrivée à Québec du marquis de Denonville, accompagné de sa femme enceinte et de ses deux filles. La famille devait être de santé exceptionnellement robuste car, au cours de la traversée, le navire avait semé dans son sillage un chapelet de cent cinquante morts ! Et, lors du débarquement, il fallut conduire à l'Hôtel-Dieu sans désemparer trois cents soldats, terrassés par les fièvres et le scorbut ; vingt moururent le jour même ; les autres transmirent leur mal aux hospitalières puis à toute la communauté québécoise. Au total, ce fut une épidémie emportant deux cent cinquante victimes qui inaugura de la plus noire façon l'entrée en fonction du nouveau gouverneur.

Mais, parmi les cinq cents soldats que le marquis avait amenés avec lui pour renforcer la milice canadienne, se trouvait Raymond Grégoire de Salvaye, lieutenant de la Marine royale, originaire d'Orléans.

Le peuplement demeurait un problème majeur dans la colonie. Le mariage des hommes du régiment de Carignan-Salières, favorisé en 1670 par l'intendant Jean Talon, avait permis de doubler la population en moins de six ans. On décida donc de renouveler l'expérience avec les soldats et officiers du marquis de Denonville, dont la plupart étaient célibataires. Ils avaient entre dix-huit et trente ans et, dès leur arrivée, les autorités prescrivirent un règlement strict leur interdisant de s'éloigner en forêt ; on craignait qu'ils n'y rencontrent de jeunes Indiennes, prêtes à leur accorder les friandes caresses normalement réservées à des époux.

En 1670, à l'époque du régiment de Carignan-Salières, les filles à marier étaient en grand nombre. Parmi elles figuraient d'anciennes pensionnaires de la Salpêtrière ; cette institution, sorte de succursale de l'Hôtel-Dieu de Paris, hébergeait des femmes et des filles indigentes et leur donnait un solide enseignement ménager et religieux. Mais, depuis 1672, la France n'envoyait plus de ces contingents. Colbert, puis son fils Seignelay, les trouvaient trop coûteux pour le Trésor. Aussi les filles à marier étaient-elles exclusivement celles qui étaient nées sur place.

L'officier Grégoire de Salvaye était venu en Nouvelle-France exprès pour fonder une famille. Il assortissait ce projet de hautes prétentions : ainsi parlait-il non pas de descendance mais de « dynastie », non pas de s'établir, mais de « donner son nom à des terres nouvelles ».

Un bal, offert par l'intendant de Meulles pour favoriser la rencontre d'officiers avec les jeunes filles instruites et bien considérées de la société québécoise, mit en présence de Salvaye et la fille de Thérèse Cardinal.

Avant de s'avancer vers elle pour lui faire la cour, le nouvel immigré avait détaillé une à une les huit jolies personnes invitées au bal et apprécié leur forte constitution, leur poitrine apparemment bien faite, mais plutôt menue, et leurs jambes bien galbées. La grâce de leur port lui faisait penser aux Parisiennes.

Il ôta son chapeau, mais constata que la coutume, pour saluer, était de le soulever seulement. Il dut se mordre les lèvres pour ne pas rire lorsqu'une des jeunes personnes éternua et que tout le monde, le plus sérieusement du monde, lui fit la révérence.

Quand il s'inclina devant Marie-Ève, il découvrit que la demoiselle portait des chaussures de bois, sortes de sabots ressemblant à des bottines à bout relevé. Il trouva cela charmant. En revanche, il estima un peu osée la courte jupe de taffetas, qui laissait voir à peu près la moitié du bas de la jambe.

Ils dansèrent. Grégoire de Salvaye, officier du roi de France, fut bien étonné d'apprendre que sa cavalière, qui évoluait avec tant de grâce, avait appris la volte, le menuet et le quadrille chez les sœurs.

Le reste de l'été, il vint à plusieurs reprises visiter Marie-Ève, rue des Roches. Peu après, Thérèse souscrivit à une demande en mariage qui tombait à point.

Avant de partir en campagne contre les Iroquois dans la région des Grands Lacs, M. de Salvaye fit construire, place Royale, une maison où Thérèse vint vivre, autant pour aider sa fille à la tenir que pour bénéficier d'un toit.

En janvier 1690, le lieutenant s'illustra sous le commandement de Le Moyne de Sainte-Hélène et de son frère, Pierre Le Moyne d'Iberville. Avec deux cents hommes seulement, les Canadiens ravagèrent Schenectady, à quelques lieues d'Albany, la capitale du pays iroquois. Moins de deux mois plus tard, avec une centaine d'hommes placés sous son seul commandement, de Salvaye allait rejoindre une colonne, commandée celle-là par René de Portneuf. Cette fois on s'en prit à Casco, autre village anglais, qu'on réduisit à néant.

À son retour, le lieutenant fut promu major et reçut en récompense de son courage un fief dans l'île Bonaventure, située entre l'île Jésus et l'extrémité ouest de l'île de Montréal.

Une infusion de verge d'or (*solidago canadensis*) avait accéléré l'enfantement. Marie-Ève ne se souvenait pas d'avoir été délivrée, d'avoir entendu les pleurs d'un bébé, ni senti son poids doux et chaud posé contre son ventre. Ses entrailles la faisaient encore souffrir, mais d'une souffrance sans spasmes, presque légère et qui allait s'amoindrissant. Il faisait nuit noire. Elle ne voyait rien. Tout ce qu'elle savait, c'était qu'elle ne portait plus d'enfant, et la terrible phrase lui revenait, lancinante : « C'est toujours l'enfant qu'il faut sauver ! » Mais elle vivait ! Et l'enfant ? Si impérieux restait l'écho de la voix dans sa mémoire, qu'il ne pouvait être qu'en vie lui aussi. À moins que… Un doute terrible la prit. À moins que, oui, le chirurgien, ou la sage-femme, n'ait eu plus d'humanité que son mari. Mais alors, que dirait Grégoire ?…

Combien de temps encore devrait-elle attendre, sans savoir, dans l'obscurité ?

Elle se prit à somnoler malgré elle et, dans son demi-sommeil, elle revit Vadeboncœur quand, au moment de s'embarquer pour la France, il lui disait : « Je reviendrai… »

« Dans une éternité », avait-elle alors pensé. Elle avait eu raison. L'éternité n'a pas de fin et elle attendait toujours. Elle s'endormit tout à fait.

Le matin, au lieu du chirurgien Soupiran, ce fut un soldat, l'uniforme givré, la fourrure de sa toque couverte de neige, qui s'approcha de son lit.

Elle ne comprit pas. Un soldat ? Pourquoi ? Pour lui annoncer que c'était un garçon, que c'était une fille ? Elle regarda l'homme, médusée.

Et soudain, elle eut peur.

CHAPITRE XLIII

Les parois de la fosse suintaient au soleil. Une trentaine de silhouettes silencieuses piétinaient dans le petit cimetière, avec un recueillement respectueux. Le ciel, absolument bleu, était zébré par les branches nues et noires des arbres.

La cloche de l'église de Trois-Rivières sonnait la fin de l'absoute. Tandis que sous les pelletées de sable le cercueil disparaissait, le notaire Ameau se répétait intérieurement : « C'est une histoire complètement à l'envers ! »

On racontait que Lestang avait fui jusqu'en Nouvelle-Angleterre. Le lieutenant général avait envoyé deux miliciens à sa poursuite. Au sortir de l'église, quelqu'un avait demandé au notaire :

– Vous croyez qu'ils vont le trouver ?

Il s'était tourné en direction du lieutenant général.

– Ça ne me regarde plus.

Sa propre femme lui avait demandé aussi :

– C'est vrai que c'était un Français de France ? Que toutes les femmes étaient folles de lui ?

« Justement ! » avait-il failli répondre. Mais il s'était contenté de hausser les épaules. « Une histoire à l'envers », le héros aurait dû en être de Salvaye, le beau, le courageux major décoré de la croix de Saint-Louis ; le noble viveur. Hé ! non. Il était mort à Trois-Rivières, à l'ombre du moulin Platon, embroché par un soldat stupide, pour avoir couché avec la femme la plus facile de la région. On disait qu'il avait une épouse et un enfant, un fils. Certains chuchotaient que la veuve allait se trouver bien délivrée de ce courailleur ; mais d'autres rectifiaient : « Pardon ! C'était un homme d'honneur ! »

Les dernières pelletées de sable jetées, les têtes se relevèrent. Alors, plus haut que la décence ne l'aurait voulu, une femme constata :

— *Elle* n'est même pas venue !

Et chacun comprit qu'elle désignait Aimée-Bergère.

Une heure plus tard, à Trois-Rivières, la vie avait repris son cours normal. On ne parlait plus que de l'arrivée de cinq voyageurs allant de Montréal à Québec et apportant la nouvelle de l'incendie de l'Hôtel-Dieu.

CHAPITRE XLIV

Quand, d'une manière militaire, c'est-à-dire tout à fait inadéquate, le soldat Renouard eut annoncé à Marie-Ève la mort de son mari à Trois-Rivières, elle eut une réaction tout aussi inappropriée. Elle demanda :

— C'est un garçon ou une fille ?

Ce que le soldat avait pu dire, elle ne l'avait pas entendu. Avant tout, elle voulait savoir.

— Il vit ? Mon enfant ? Il vit ?

Elle gardait les yeux fixés sur la porte. Tout, pour elle, se bornait à cette interrogation encore sans réponse.

Des craquements de plancher dans la pièce voisine. Le chuintement d'une porte sur ses gonds. Des pas en direction de la chambre. Des pas qu'on allonge précautionneusement, mais qui provoquent quand même les vagissements d'un nouveau-né. Enfin, au pied du lit, ne sachant si elle devait sourire ou larmoyer, Marthe Mazoué prononça, les bras chargés d'un colis de chair enveloppé dans des langes :

— C'est une fille, madame.

Marie-Ève ne demanda pas d'explications. Elle tendit des bras vibrants d'émotion en répétant :

— Une fille, une fille… Merci, mon Dieu !

La sage-femme poursuivit :

– On a craint pour vous. On vous a crue morte, un moment. Après la naissance, il vous restait si peu de vie… on vous a laissée dormir.

En effet, Marie-Ève était encore d'une pâleur mortelle. Mais la vie animait de nouveau ses yeux ; elle irradiait tout son visage, tout son corps. La mère se pencha sur le petit être qui battait contre son cœur. Elle releva d'un doigt un coin d'étoffe pour mieux voir le minois de sa fille.

Gêné par ce spectacle qu'il n'attendait pas et par sa mission, le soldat hocha la tête. Il se dandina de droite et de gauche, cherchant que faire. On ne lui avait jamais appris ce genre de situation dans le règlement.

Et Marie-Ève continua à ne pas le voir. Elle se dit que cette petite fille, c'était le bonheur qui manquait à sa vie. Elle ne voulait pas être injuste pour son fils, mais Olivier s'était souvent montré l'enfant du père, intelligent, courageux pour son âge, mais avec déjà une certaine froideur hautaine à côté d'élans de tendresse. N'avait-il pas dit un jour à Thérèse : « Je suis un Salvaye, moi, pas un Cardinal. Je serai officier et pas boulanger. » Tandis que sa fille serait à elle seule. Elle était emportée par un bonheur enivrant. Elle aurait voulu des spectateurs à sa joie ; mais il n'y avait que ce soldat inepte, qui la regardait sans oser rien dire, cloué là.

C'était à son devoir que le malheureux était cloué. Il ne pouvait renoncer à sa pénible mission. En vrai soldat dépourvu d'esprit d'initiative, il ne pouvait que s'en acquitter. Prenant son courage à deux mains, il dit :

– Madame, j'ai pour vous une nouvelle…

Marie-Ève sourit faiblement :

— Allez ! Qu'avez-vous de si important à m'annoncer ?

Avant qu'il ait eu le temps de répondre, Olivier entra en courant. Il apportait avec lui le froid de l'extérieur. Il vint se blottir contre le lit. Marie-Ève remarqua qu'il avait pleuré. Elle allait lui demander pourquoi, quand le messager, affolé à la pensée de rater l'occasion de remplir sa mission, lâcha tout à trac :

— M. le major de Salvaye est mort à Trois-Rivières.

Elle le regarda avaler sa salive, grotesquement. Elle faillit rire, tant elle avait l'impression que tout cela se passait en dehors d'elle. Puis elle comprit : Olivier avait appris la nouvelle, d'où les larmes. Mais elle restait les yeux secs. Elle pressa sa fille contre son sein.

— Comment est-ce arrivé ? demanda-t-elle enfin d'une voix sans émotion.

N'ayant pas le courage de lui annoncer ce que toute la ville savait déjà, soit que son mari avait perdu la vie à la suite d'une stupide infidélité, le soldat éluda la question.

— Je n'ai là-dessus aucun détail encore.

« Au fond, c'est mieux ainsi », songea Marie-Ève qui préférait éviter à son fils le récit de la mort de son père. À quoi bon le forcer à entendre parler de blessures, de sang, de souffrance, d'agonie ? Elle se contenta de demander :

— Quand est-ce arrivé ?

— Dans la nuit d'avant-hier, madame.

Marthe Mazoué était restée debout sur le seuil de la chambre. Elle se tamponnait le nez de son mouchoir. Elle feignait un rhume. En réalité, elle pleurait. « Si elle savait ! » pensa Marie-Ève. Le chirurgien Soupiran, lui, marchait avec nervosité dans la cuisine comme s'il avait été lui-même le père. D'évidence, il ignorait la nouvelle.

Le soldat cherchait éperdument quelque chose d'autre à dire, qui lui permît de laisser une bonne impression.

Personne ne disait vraiment ce qu'il avait envie de dire et pourtant, tous restaient là, alors que la situation dictait de laisser Marie-Ève seule avec ses deux enfants, et de lui accorder le temps de se ressaisir après tant d'événements. Ce fut le soldat qui, le premier, eut le courage de partir. Marthe suivit.

Seule désormais avec son bébé vivant dans les bras et Olivier qui la regardait, Marie-Ève caressa la tête du jeune garçon. Il grimpa sur le lit et s'assit à côté d'elle. Plus tard, Marie Ève lui demanda de retourner à la maison, par la terrasse et l'escalier du cap, pour prier Mathurin Regnault de venir la chercher.

CHAPITRE XLV

– Tiens ! je n'avais jamais remarqué cela. Arrêtons-nous deux secondes.

Rue Notre-Dame, une pierre de la maison de Timothée Roussel, originaire de Montpellier en France, venait de frapper l'attention de Marie-Ève.

Assis du bout des fesses sur le banc étroit de sa traîne, Olivier à côté de lui, Mathurin Regnault tira sur les guides de sa jument en disant : « Ho ! ma Fine. » Puis, la voiture s'étant arrêtée, il se tourna à demi pour regarder Marie-Ève, les traits tirés mais sereine, assise derrière lui et tenant contre elle le nouveau-né enfoui dans les poils d'une épaisse fourrure. Il se dit que Marie-Ève l'étonnerait toujours. Elle était là, l'air complètement détaché, à observer une vieille pierre – en pareille circonstance !

Et c'était vrai : penchée en avant autant que le permettait le bébé, elle plissait les yeux, scrutant sur le mur la pierre où était sculpté un chien couché rongeant un os. Finalement, elle lut à haute voix, car il y avait aussi une inscription :

Je suis un chien qui ronge l'os
En le rongeant je prends mon repos
Un temps viendra qui n'est pas venu
Que je mordrai qui m'aura mordu

Elle soupira, puis elle reprit :

— C'est une bonne définition de la vie, tu ne crois pas ?

Mais c'était beaucoup demander à Mathurin. Pour toute réponse, il grogna sans se compromettre. Plus à sa portée, elle poursuivit :

— Pourquoi cette enseigne, crois-tu ? La maison n'a pas l'air d'une boutique ?

— Le propriétaire dit qu'à Pézenas, près de Montpellier, une pierre semblable est enchâssée dans un muret du pont Trompette, et il raconte que cela intrigue les gens de là-bas. Avant de partir pour la Nouvelle-France, il a commandé à un sculpteur d'en tailler la copie exacte. Il l'a emportée avec lui et fait mettre dans la maçonnerie de son mur. Depuis, les gens d'ici aussi sont intrigués. Et Roussel s'en félicite : il dit qu'on verra s'il se trouve un jour un Québécois plus fin que les Montpelliérains pour résoudre l'énigme.

Il ne put s'empêcher de sursauter en entendant le rire de la femme. Elle vit son regard, serra les lèvres et dit sèchement :

— C'est bon, va.

Il claqua de la langue et des guides, et cria : « Hue, la Fine ! » et ils repartirent. Ils trottèrent en silence un moment, ni l'un ni l'autre n'osant plus parler. L'envie n'en manquait pas à Mathurin, mais pour rien au monde il ne se fût retourné. Aussi fut-il bien heureux quand un jeune homme lança sur leur passage :

— Hé, mais c'est la jument du gouverneur !

— C'était, mon ami, c'était ! corrigea-t-il.

La Fine était d'un roux très particulier qui la faisait aisément reconnaître, et il était vrai qu'elle avait appartenu au gouverneur, ce dont Mathurin n'était pas peu fier. Lui-même n'avait-il pas été le boulanger de M. de Frontenac, avant de s'en aller travailler pour les de Salvaye ?

Un peu plus loin, un père récollet en route vers la rue Saint-Louis les salua avec un regard particulier pour Marie-Ève. Il conduisait un drôle d'attelage : deux gros dogues, l'un devant l'autre, tiraient une luge chargée d'un sac à provisions et d'un ballot sur lequel il était assis. Mathurin se retourna. Marie-Ève lui sourit. Il cria à la Fine d'avancer.

— Les récollets, sais-tu, dit-il saisissant l'occasion de parler, se servent de ce traîneau-là pour aller faire la quête, parce qu'ainsi on les voit venir de loin, d'assez loin en tout cas pour permettre à beaucoup de se cacher à temps avant qu'ils arrivent !

L'adolescent gourd qui travaillait naguère au four à pain, rue des Roches, était devenu un homme svelte. Toujours un peu amoureux de la fille de Thérèse Cardinal dont il avait à l'époque racheté la boulangerie, c'était un ami sûr. Par la suite, il avait revendu le fonds pour accepter la proposition du major de Salvaye de venir servir chez lui : il y serait l'homme à tout faire pendant que sa femme, car il était marié, tiendrait la cuisine. Maintenant père de huit enfants, il offrait un caractère affable de brave homme sans malice.

En bon chien de Marie-Ève, il n'aimait pas Vadeboncœur. Il ne lui pardonnait rien du rôle qu'il avait joué dans la vie de la jeune femme. Ne lui pardonnait pas d'être venu de Ville-Marie pour la séduire avant de partir pour la France. Ne lui pardonnait pas de l'avoir oubliée, et encore moins d'être aujourd'hui rentré au pays avec une autre. Enfin et surtout, il ne lui pardonnait pas d'exercer encore sur Marie-Ève un attrait qu'il devinait fort.

La traîne glissait bien. Fine trottait en se trémoussant de la croupe. Partout où se posait le regard, ce n'était que neige épaisse et, malgré tout, les rues fourmillaient de Québécois affairés. Mathurin Regnault pensa au temps de son enfance quand, dès l'arrivée des premiers grands froids, les gens se barricadaient dans leur maison pour attendre le printemps. L'hiver ne dérangeait plus vraiment, on s'y était habitué. S'il n'était pas venu, on l'aurait sans doute déploré. De verdoyant qu'il était l'été, le paysage devenait splendide l'hiver. Le parfum des fleurs cédait la place à la pureté de l'air, les couleurs multiples, au blanc immaculé. Il y avait de l'orgueil chez les Canadiens à se tenir debout dans la bourrasque, surtout lorsque quelque nouvel arrivé geignait devant eux sous les coups de dent du froid. Mathurin aimait à se répéter : « Moi, je suis d'ici. » En descendant la côte de la Montagne, du bras il désigna le blanc infini, doré par endroits, du fleuve :

— Des couleurs pareilles, ça ne s'invente pas !

Marie-Ève acquiesça. Dans les yeux de son bébé, elle entrevoyait des lendemains aussi beaux que ce jour si clair, si pur, si lumineux qu'on aurait dit que c'était la fête du soleil.

Ils arrivèrent place Royale. Thérèse ouvrit la porte. Mathurin aida Marie-Ève à descendre. La grand-mère n'avait de regard que pour le poupon emmailloté. Elle le prit dans ses bras et le pressa sur son cœur.

Elle restait étonnamment belle. Son corps demeurait ferme et droit. Son visage accusait les déceptions de la vie, sans y perdre. Au contraire, il gagnait en gravité. Ses cheveux, aussi denses et lourds qu'autrefois, étaient devenus blancs. Mais, quand elle souriait, la magie de jadis opérait toujours : un charme infini ravivait toute sa personne et on retrouvait aisément la jeune femme qu'elle avait été. Sa voix était devenue plus grave, comme son visage, et cela lui conférait encore plus de chaleur et de sensualité.

Pendant que les deux femmes entraient, Olivier hésita un instant à les suivre. La spontanéité enfantine fut la plus forte. Il attendit que la porte se fût refermée pour tourner les talons. Lentement d'abord, puis courant autant que le permettait la neige, il prit la direction de la maison où il savait retrouver son grand ami André, l'un des fils du marchand Petitclaude. Il avait hâte de partager avec lui l'importance que lui donnaient les deux nouvelles dont il était porteur : la naissance d'une petite sœur, une fille, peuh ! et la mort d'un père qu'il admirait d'autant plus qu'il le voyait en uniforme, et très peu souvent.

Mathurin, de son côté, conduisait Fine par la bride derrière la demeure, pour la dételer, la mettre à l'écurie et la bouchonner avec amour.

À l'intérieur, Thérèse s'activa autour du bébé, tandis que Marie-Ève alla s'allonger. Un peu plus tard, Thérèse rejoignit sa fille et lui tendit l'enfant. Il y avait fort à faire. Suffisamment, sans doute, pour qu'il n'y ait pas place entre elles pour un mot sur la fin du beau major.

— Nous l'appellerons Louise-Noëlle, dit Marie-Ève, consacrant par ce « nous » leur installation dans leur double veuvage. Et nous la baptiserons la semaine prochaine.

— Non. Demain, si tu veux.

— Demain ? Pourquoi si vite, maman ?

— Parce que je dois partir pour Montréal le plus tôt possible.

Craignant d'apprendre quelque nouveau drame, Marie-Ève hésita avant de demander :

— Que se passe-t-il ?

— Pierre Dasilva, tu sais, le postillon entre Montréal et Québec, est venu m'annoncer que Pierre Gagné est gravement malade et qu'Élisabeth me demande au manoir… Oui, Élisabeth, sa femme, répéta Thérèse devant le regard étonné de sa fille.

— Un accident ?

— Je l'ignore. Élisabeth a chargé Dasilva de me prier de venir, sans donner de précisions. J'ai l'intention de partir pour Montréal avec Dasilva. Il se remet en route dans quelques jours avec sa traîne à chiens. Pour cinquante sols, il me prend avec lui.

Marie-Ève ne dit rien. Elle pensait à cette phrase que le curé Bernière répétait à chaque naissance, à chaque décès, avec l'air d'excuser la vie d'être aussi impitoyable : « La roue tourne, tourne… »

Chapitre XLVI

À Montréal, rue Saint-Paul, régnait l'activité ordinaire des vendredis matin. Les gens des fermes environnantes venaient faire des provisions. Comme on était à la fin de février, ils se trouvaient plus nombreux que d'habitude, car ils craignaient que les tempêtes de mars ne les isolent pendant plusieurs semaines.

Isidore Viens déposa dans son berlot la lourde cruche à deux anses contenant l'huile d'olive, s'assura que les barils de lard salé, de bœuf gelé et d'anguille boucanée étaient solidement fixés aux ridelles, puis pénétra une dernière fois dans le magasin du grossiste Jean Pellet.

Un instant plus tard, il sortit avec une tinette de beurre qu'il cala entre les barils et deux ballots de couvertures. En s'asseyant, il tendit une main sous son siège : ses doigts rencontrèrent le canon rassurant de son fusil ; si les loups s'avisaient de l'approcher ils y laisseraient leur peau.

Un groupe braillard sortit de *Folle-Ville*, le cabaret dans lequel les autorités ecclésiastiques voyaient un lieu de débauche. Isidore dut crier pour forcer ces gens à s'écarter. Puis il gagna la sortie de la ville et emprunta la route de Lachine.

Il s'étonna que ces hommes fussent ivres, alors que le jour naissait à peine sous un ciel encore gris. Mais il se dit qu'après tout chacun avait droit, dans ce pays si dur, à ses moments de folie, à ses nuits blanches.

Au Bout-de-l'Isle, la femme de Pierre Gagné souffla la bougie qui vivotait depuis la veille devant la fenêtre. Il avait neigé toute la nuit. Une neige douce, à gros flocons. Tout était blanc, le sol, les arbres, les battures du fleuve, le toit du manoir, ses cheminées, tout.

Élisabeth s'approcha des carreaux et soupira. Elle pensa : « Il ne me restera plus personne »... Elle écarta les rideaux puis revint vers l'âtre. Elle força le feu avec deux grosses bûches et regarda jaillir les flammes.

Comme un cœur qui bat au milieu d'un corps endormi, le manoir vivait seul au bout de l'île, au bout du monde.

« Plus personne »... Déjà, elle avait perdu ses deux fils, Claude et Louis. Tous deux avaient été miliciens, comme les hommes valides de la colonie. Au cours des années de guerre continuelle contre les Anglais et les Iroquois, ils étaient morts au combat. D'abord Claude. Il était parti rejoindre, en compagnie d'un ami, Jean-Hébert Boucher, de Belle-Vue, le domaine voisin. Ce dernier, au retour de l'expédition, avait rapporté le drame :

— Nous étions sous les ordres du marquis Philippe de Rigaud de Vaudreuil. Après avoir fait chercher des provisions de maison en maison dans tout Montréal et nous avoir équipés pour une longue marche et des combats en terrain découvert, il nous a annoncé qu'on partait à la poursuite d'une bande d'Iroquois onneiouts, qui rôdaient dans l'île depuis quelques jours, semant mort et destruction sur leur passage. Claude n'attendait que cette occasion. Il nous parlait de son père et disait qu'il saurait être digne de lui. Nous étions cent hommes, soldats et volontaires, à quitter la ville pour repousser l'ennemi. Parmi nous, le sieur Le Moyne de Bienville et le chevalier de Crissay. À l'extérieur des murs, un autre détachement, plus gros que le nôtre, bivouaquait depuis quelques jours. À sa tête se trouvait le sieur de La Mine qui avait dressé une carte des déplacements des Iroquois à partir d'informations fournies par un aide de camp huron. Selon ces informations, il fallait se porter au plus tôt sur la rive nord, à l'extrémité est de l'île, au village de Repentigny. Nous nous sommes déplacés de nuit et nous avons franchi le fleuve à l'aide de radeaux rudimentaires : des troncs d'arbres à peine équarris et liés ensemble. En moins d'une heure nos éclaireurs avaient déniché une quinzaine de barbares qui dormaient dans l'herbe autour d'une maison sans doute abandonnée par son propriétaire pour sauver sa famille d'une mort certaine.

C'était le 7 juin, disait-il.

Il s'en souviendrait toujours : c'était le jour de son anniversaire.

— Avant même qu'ils puissent nous reconnaître, nous les avions massacrés. Tous ! À leur manière, sans prévenir et sans leur donner aucune chance de riposte. Comme des bêtes. Mais il se trouvait que la maison était emplie de compagnons de ces Sauvages. Leurs cris de guerre montèrent, stridents et inhumains. Nous vîmes apparaître à toutes les ouvertures des visages matachés, encore plus rouges de rage que de peau, si cela se peut. M. de Vaudreuil ordonna de serrer les rangs. Nous formâmes trois lignes d'attaque. Pendant que nous avancions en enjambant les cadavres, le sang chaud collait à nos semelles et son odeur nous soulevait le cœur. Le sieur Le Moyne réussit à s'approcher d'une fenêtre du repaire des Iroquois, dont il souhaitait évaluer le nombre : mal lui en prit, il reçut une décharge de fusil en pleine poitrine. Le choc fut tel que son corps fut projeté dans les airs. Un amas de chairs gluantes et déchiquetées retomba sur le sol comme une vieille étoffe. Il fallut beaucoup de poigne à M. de Vaudreuil pour éviter que nous nous lancions, dans le désordre le plus complet, à l'assaut de la maison. Plusieurs hurlaient de fureur et de haine. J'en vis même un qui bûchait de la crosse de son fusil dans le corps d'un Indien, pourtant tout à fait mort : quand le ventre a éclaté, il y a plongé les mains pour en tirer les boyaux, qu'il a lancés au loin, à bout de bras. Un moment, nous avons cru qu'il avait perdu la raison. La mort du fils du sieur de Longueuil ranima l'ardeur des Iroquois. Car ils connaissaient fort bien sa réputation de redoutable guerrier et avaient toujours craint au plus haut point sa bravoure. Alors, même quand ils ne furent plus qu'une poignée, ils entreprirent de se battre avec une telle ardeur que nous crûmes devoir retraiter. Voyant cela, le chevalier de Crissay demanda deux volontaires pour s'approcher de la maison avec des torches, pendant que les autres les couvriraient d'un feu nourri. Claude s'est avancé. Quand les flammes ont fait rage, les Iroquois se sont jetés dehors à l'aveuglette, en essayant de forcer nos rangs. Nous en avons abattu huit et repoussé trois dans les flammes. Trois ou quatre nous ont échappé et, blessés, sont allés mourir dans le bois. En dénombrant nos morts et blessés, nous avons trouvé votre fils. Face contre terre, il tenait encore sa torche à la main. Une balle en plein cœur l'avait tué. Il n'a sûrement pas souffert…

Deux mois plus tard, seulement deux mois ! c'était le tour de Louis, dans des circonstances comparables.

Déçus de la piètre performance de leurs alliés iroquois, sur lesquels ils comptaient pour déloger les Canadiens des territoires les plus giboyeux, les Anglais leur avaient envoyé un ambassadeur, pour les convaincre de constituer une troupe plus nombreuse qui fondrait sur Montréal. Le chef des Onneiouts leur avait répondu : « Il y a maintenant trop longtemps que toi, l'Anglais, tu nous jettes seuls dans le danger ; aujourd'hui, tu dois marcher le premier. Pars, nous te suivrons. » Les Anglais en avaient conclu qu'il leur fallait passer aux actes. Il fut donc convenu que des soldats viendraient de la Nouvelle-York pour assaillir Montréal, et que les Cinq-Nations leur enverraient un renfort considérable par la rivière Cataracoui.

La trahison d'un Anglais, fait prisonnier, révéla que l'assaut se porterait contre le fort de la Prairie de la Magdeleine, face à l'île de Montréal, vers l'ouest.

Alors, le gouverneur de Montréal, Louis-Hector de Callière, se rendit à l'endroit indiqué, à la tête de huit cents soldats, parmi lesquels Louis Gagné. Il en disposa la plus grande part derrière un moulin à farine construit à gauche du fort, sur un monticule dominant de dix mètres le fleuve Saint-Laurent. Le reste des troupes fut disposé à l'abri d'une autre colline, à droite.

Et commença l'attente.

Avec M. de Callière se trouvaient les capitaines de Saint-Cirques, d'Hosta, d'Escairac et Domergue, tous de récente noblesse canadienne et pour qui n'existait d'autre choix que vaincre ou mourir, car, s'ils perdaient cette bataille, ils n'auraient plus ni pays ni patrie.

Pendant la nuit du 10 au 11 août, fatigués par de longues heures de veille et trempés par une pluie qui durait depuis trois jours, les soldats dormaient à poings fermés. Des Iroquois se glissèrent derrière le moulin en empruntant le lit du ruisseau. Cet endroit vulnérable était gardé par une seule sentinelle. Elle eut juste le temps de tirer un coup de fusil avant d'être égorgée. Des soldats entendirent néanmoins la détonation et coururent aussitôt dans sa direction. Trop vite et trop en désordre. Une décharge de mousqueterie tua sur le coup le capitaine d'Hosta, blessa grièvement le sieur d'Escairac et fit éclater une cuisse de Saint-Cirques.

Malgré sa blessure béante, ce dernier continua d'animer ses hommes et d'orchestrer l'attaque. Mais l'élan téméraire qui les lança dans un nouvel assaut, tête baissée, les fit tomber dans une nouvelle embuscade où, cette fois, le capitaine Domergue fut tué.

Refusant toujours de se soucier de sa blessure, Saint-Cirques réussit malgré tout à repousser les Anglais, surgis pour prendre le fort : en moins d'une heure, ils retraitèrent, emportant leurs blessés et laissant cinq morts au pied du fort. Toutefois, en dépit de leur victoire, les Canadiens avaient à déplorer des pertes beaucoup plus considérables : vingt tués, dont Louis, le fils de Pierre Gagné. Quant à d'Escairac, il mourut le lendemain à Montréal. Saint-Cirques ne put, lui non plus, recueillir ses lauriers : il avait rendu l'âme dès qu'on lui avait confirmé la défaite des Anglais.

Élisabeth se rappelait cet été fatal et en frémissait encore. Et, ce matin, elle voyait se dresser autour d'elle le spectre de la solitude totale. « Personne... »

Petite fille, elle trouvait toutes sortes de moyens pour se dérober aux autres. Ses parents, son père surtout, confondaient la fermeté et la froideur. Aussi, pour se mettre à l'abri des chocs affectifs, s'était-elle fait une carapace.

Mais avec Pierre Gagné, elle avait prudemment, lentement, émergé de sa coquille. Certes il n'avait jamais été pour elle un amoureux bouillant ni même un homme chaleureux. Mais il avait su lui accorder une sorte de tendresse généreuse. Leur couple avait trouvé sa voie comme le ruisseau trouve son lit.

Elle, cependant, l'aimait. Elle avait laissé tomber sa cuirasse. Aujourd'hui, il ne lui restait même plus la volonté de se durcir de nouveau.

Elle regarda Pierre. Il reposait tout près d'elle, dans son fauteuil préféré, les pieds sur un coffre qu'on avait déplacé à son intention. Une couverture de laine couvrait ses jambes frileuses et son corps fatigué ; un coussin de satin lui soutenait la tête.

Depuis des semaines il vivait ainsi. Des heures et des heures durant, il observait la nature. Sans sortir dehors, il vibrait à ses moindres frémissements, recevait en plein visage la plus légère brise ou la plus violente bourrasque. Son pays sentait bon.

La bougie, en s'éteignant, avait répandu dans la pièce une odeur de mèche brûlée. Un bref moment, les narines de Pierre tressaillirent. Élisabeth serra davantage son châle autour de ses épaules. Elle avait veillé toute la nuit.

Le silence lui pesait. Seule, oui, elle était seule. Vadeboncœur n'était pas son fils, et Jeanne, sa bru, fille de nobles parisiens, n'avait rien de commun avec une

Benoist née en Canada : elle était trop éduquée et trop riche ; et puis elle avait une de ces manières de parler le français…

Dormait-elle ? Il y avait tant d'absence dans ses yeux qu'elle ne vit pas s'approcher de la fenêtre une forme, qui devint silhouette.

Puis à travers la vitre elle distingua un visage, et elle reconnut Thérèse Cardinal qui lui souriait.

Elle se leva vivement pour courir jusqu'à la porte.

Isidore Viens poursuivait sa route à travers la campagne. Il ne pouvait empêcher sa mémoire de dévider des images d'épouvante. Lachine et ses environs lui faisaient penser au massacre de 1689.

Dans la nuit du 5 au 6 août, une nuit d'orage où, déjà, les éclairs étaient des visions d'enfer, des Agniers avaient accosté l'île au pied du village de Lachine. Cachés dans les hautes herbes, ils avaient attendu patiemment les premières lueurs de l'aube. Ils venaient chercher vengeance. Deux ans auparavant, sous les ordres du gouverneur de Denonville, l'intendant de Champigny avait attiré une centaine des leurs dans un guet-apens, sous prétexte d'un banquet et de festivités diverses destinés à conclure pacifiquement les regrettables escarmouches qui, depuis plusieurs mois, s'étaient multipliées entre Blancs et Indiens. Quatre-vingt-quinze convives iroquois avaient été faits prisonniers, et trente-six d'entre eux, expédiés en France pour compléter les chiourmes de Louis XIV en Méditerranée.

Plus tard, répétant l'exploit du marquis de Tracy en 1665, le même Denonville s'était rendu en pays iroquois pour incendier tous les villages et détruire les récoltes. Impressionnés, les Iroquois avaient alors enterré leur envie de relancer les Français chez eux. Mais en 1688, des Hurons, commandés par le chef Kondiaronk, dit le Rat, avaient exécuté plusieurs ambassadeurs iroquois en affirmant agir selon les instructions de Denonville.

Cette fois, le projet d'une descente meurtrière chez les Visages pâles n'avait souffert aucun délai. Et mille cinq cents Agniers s'étaient groupés pour venir raser le petit village, l'ancienne concession de Cavelier de La Salle, qu'on appelait Lachine « en guise de raillerie à l'égard des explorateurs sans cesse hantés par la route menant aux mers et aux richesses de Chine ». Ils avaient tué ou emmené tous les hommes en captivité pour les martyriser. Ils avaient mis les enfants à la broche, contraint les mères à la tourner ; éventré les femmes enceintes et empalé les autres. En quelques heures, il ne restait plus de Lachine qu'un amas de cadavres déchiquetés et des maisons calcinées.

Passé Lachine, Isidore arriva en vue de la pointe Claire. Il était le seul humain en ces lieux et le savait : une épidémie de rougeole en 1687, puis une autre de fièvre pourprée, en 1688, avaient décimé la région, déjà peu habitée ; et en 1691, alors que la présence des Iroquois rôdant à l'orée des champs rendait toute récolte impossible, la famine avait achevé de la dépeupler.

Quand Isidore Viens aperçut les cheminées du manoir se découpant sur le ciel sombre, il soupira d'aise : manifestement, une autre tempête se préparait et il était temps de se trouver au chaud dans la grande maison pour la voir passer ! Il donna quelques coups de fouet à son cheval et pénétra dans la cour, tout surpris d'y voir la carriole de l'abbé de Casson et sa jument blonde attachée à un anneau de fer fixé dans la pierre. Il fronça les sourcils et, remettant à plus tard le déchargement des victuailles, se hâta de pénétrer dans la demeure.

Mariette, attachée au service de la maison, ouvrit. Elle mit un doigt sur la bouche et lui imposa le silence. Isidore comptait passer du froid à la chaleur de la vie. En fait, c'était tout le contraire qu'il trouvait. Timidement, comme s'il avait peur de la vérité, il demanda :

– Le sieur Gagné est-il mourant ?

Chapitre XLVII

Mitionemeg avait insisté pour débrocher son lièvre. L'animal, rôti jusqu'à l'os et d'une savoureuse couleur dorée, glissa de la broche au plat en pissant le jus par tous les plis de sa chair. Un chaud fumet monta aux narines gourmandes de Vadeboncœur et de Bénigne Basset. L'odeur piquante des herbes sauvages, cuites dans le sang et la graisse de lard, excitait l'appétit des deux hommes, déjà armés de leur fourchette.

Ils suaient à plein visage. Pendant plus d'une heure, assis près de l'âtre, Mitionemeg avait tourné la broche de fer au-dessus des flammes qui craquaient. De temps à autre, du revers de la main, il s'était essuyé le front sans sourciller, veillant sur la cuisson, regardant le feu qui lézardait la bête dont la chair se raidissait avant de se ramollir de nouveau, à point.

L'Indien annonça :

– Il est parfait…

Il penchait la tête, offrant au regard sa hure, nettement taillée.

Il portait son éternelle veste à franges. Sa peau paraissait plus rouge qu'à l'accoutumée, à cause de la chaleur étouffante qui régnait dans la pièce. De ses mains rugueuses, il distribua les portions dans les assiettes. « Un artiste », pensa Vadeboncœur.

Ils étaient tous trois à table chez lui, aussi gais et détendus que s'ils avaient été n'importe où excepté, justement, dans la riche maison de la rue Saint-Paul.

Et Vadeboncœur en était fier. Il trempa les lèvres dans le vin espagnol qu'avait apporté le notaire-greffier, et il se sentit léger. Un vent de liberté soufflait sur son cœur.

Il allait partir pour Québec, immédiatement après ce festin préparé par Mitionemeg. Pour peu, il aurait tapé des mains de joie comme un enfant à l'idée de s'éloigner de Montréal et de ses fonctions. Bien sûr, son père était malade, très malade, mais sa présence à Montréal ne pouvait rien y changer.

Depuis quelques jours, la perspective de ce voyage avait chassé ses insomnies et ses aigreurs. Jeanne, sa femme, n'avait rien compris à ce mystérieux regain de santé morale et physique. Elle ne constatait qu'une chose, qui la désolait profondément : l'appel de la liberté semblait chez Vadeboncœur plus fort que celui du devoir.

En quoi elle ne se trompait qu'à demi. « Oui, se disait-il, au moins pour un temps, finis la mascarade, les propos et les politesses de salon ! » Il refusait d'être plus longtemps de ceux qui vivent en carême les pénitences d'un mariage raté. Il avait essayé de convertir Jeanne, de lui ouvrir les yeux et le cœur sur la Nouvelle-France et ses gens ; elle avait dédaigneusement plissé le nez en l'essuyant de son mouchoir de dentelle.

Dès la traversée, lorsqu'il l'avait ramenée avec lui, il avait découvert les premières fissures qui risquaient de faire sombrer leur union. Elle avait été malade et avait vomi pendant des jours. Elle avait donné à leurs enfants le spectacle de sa faiblesse et ne se le pardonnait pas. Elle avait ouvertement souhaité mourir, maudissant le sort qui l'avait jetée sur une coquille de noix voguant péniblement vers une contrée sauvage, avec un époux qui n'était ni français ni même européen.

En vue des côtes de la Nouvelle-France, Vadeboncœur avait espéré un instant qu'il ne s'agissait que d'une crise passagère, qui passerait dès qu'elle aurait mis les pieds sur la terre ferme.

Ce qu'il lui en avait coûté, en France, pour se faire accepter de la faune capricieuse qui hantait les bals et la cour n'avait rien eu de glorieux : il avait opposé le sourire aux rires moqueurs, un visage impassible aux mimiques dédaigneuses, des mots réfléchis aux traits sans esprit. Il avait connu des amours aussi courtes qu'une nuit, des femmes aussi légères que le tulle de leur ciel de lit. Jusqu'au jour où il avait courtisé la fille aînée du chevalier de Magny, son hôte.

Ce fut affaire de routine que de la séduire. Peu à peu, sans passion et sans éclat, il avait gagné du terrain. Tout s'était fait de façon si lente, ordonnée et méticuleuse qu'il en était venu à aimer Jeanne de Magny. Doucement, bonnement.

Inscrit dans l'univers familial du chevalier, il avait d'abord coulé avec elle les années parfaites d'un jeune ménage. Un premier, puis un deuxième enfant étaient nés. Il se rappelait encore les moments où sa chair retrouvait celle de Jeanne dans l'alcôve et où elle le traitait de rustre, de brute. À la longue, les jeux de l'amour ne les avaient plus amusés ni l'un ni l'autre. Leur existence s'était empreinte d'un sérieux triste.

À côté du courage, toute valeur semblait fausse à Vadeboncœur. Il en revenait toujours là. N'était-ce pas tout ce qu'il avait appris de son père ? Il revoyait sans cesse avec émotion la scène où Pierre Gagné avait tailladé de son couteau la plaie de la jambe gorgée de pus : la morsure du loup avait été moins douloureuse…

Jeanne avait été rebutée par la difficile adaptation que lui imposait son nouveau pays. Chaque fois qu'un événement, un visage, un mot heurtaient sa personnalité de jeune femme noble, elle manifestait tant de réprobation qu'elle en tombait dans la frayeur, et criait si fort son indignation qu'elle semblait en proie à la panique.

Lâche… Vadeboncœur en avait conclu qu'elle était lâche. Et depuis qu'il en était venu à ce terrible jugement, il se permettait de se tenir devant elle à la limite du cynisme. Il lui était arrivé de s'esclaffer sans retenue devant ses mines effarouchées et d'attiser ironiquement ses frayeurs. Au fond, il se savait parfaitement injuste, mais tout aussi incapable d'agir autrement.

Lorsque, ce matin-là, Ursule, la domestique, avait ouvert la porte à Mitionemeg, la vue de l'Indien l'avait scandalisée. L'abandonnant sur le seuil de la porte comme une chose qu'on n'ose regarder de trop près, elle avait couru se réfugier auprès de sa maîtresse. Mitionemeg n'en avait eu cure. Glissant sur ses mocassins silencieux, il avait traversé la maison jusqu'au cabinet du bailli, portant sur l'épaule le lièvre encore chaud qu'il avait pris au collet.

Un cri avait déchiré la quiétude rassurante de la maison. À la vue de Mitionemeg, Jeanne, le visage strié d'horreur à son tour, s'était écriée :

– Qu'est-ce que cela ?

L'Indien connaissait la femme de Vadeboncœur, cette Blanche de porcelaine fragile ; il avait évité de répondre, de peur de l'agiter davantage. Il avait laissé Vadeboncœur expliquer, apaisant :

– Mais, Jeanne… tu connais Mitionemeg !

Elle avait enfoncé ses ongles dans ses paumes, avalé sa salive à deux reprises, comme si elle allait rester sans voix. Puis elle avait crié de nouveau :

– Un homme civilisé n'entre pas chez les gens chargé d'une carcasse qui bave le sang ! Nous ne sommes pas des sauvages !

– Non. Mais Mitionemeg, lui, en est un, n'est-ce pas ? avait rétorqué Vadeboncœur.

Mitionemeg avait souri, sentant toute l'ironie de la question. Le bailli avait poursuivi cruellement :

– Et quant à moi, un Sauvage me change des mijaurées qui s'étranglent avec leur chapelet et leurs belles manières !

La guerre entre les époux avait seulement couvé jusqu'alors. Soudain, elle semblait éclater. Jeanne allait-elle bondir, griffer, mordre ? Non, elle restait immobile. Ses yeux, sa bouche, tout son corps demeuraient pétrifiés. Enfin, ses pupilles s'étaient dilatées, ses lèvres, durcies, ses dents, serrées ; et elle avait craché :

– Barbare ! J'ai épousé un barbare !

Et maintenant, le repas des sauvages s'achevait.

L'écho des voix lui parvenait de la salle à manger. Ils tenaient des propos à mille lieues de son univers parisien. Leurs doigts étaient sûrement humides de sauce, et ils en souillaient *ses* serviettes de toile de lin finement ouvrées et brodées, tout en éructant et en poussant des soupirs de satisfaction.

Mais non, ils parlaient du nouvel évêque de Québec, Mgr de Saint-Vallier, que le roi avait rappelé en France quelques mois auparavant.

Lorsque Mgr de Laval avait fait visite au roi pour réclamer qu'on lui permît de se retirer, l'ancien aumônier de la cour, l'abbé Jean-Baptiste de La Croix de Chevrières de Saint-Vallier, avait été nommé successeur du premier évêque de Québec en 1688. Une fois de plus, l'influence des jésuites avait été déterminante. Le nouveau prélat avait manifesté, dès les premiers mois de son arrivée en Nouvelle-France, son intention de promouvoir la préséance de l'Église en toute matière d'autorité.

On le disait « zélé et plein de feu », plus moderne que Mgr de Laval en ce sens qu'il pouvait se montrer plus flexible, au début, moins austère et, surtout, d'une diplomatie propre à ménager bien des susceptibilités.

Mais, lors d'un passage à Montréal, il avait clairement établi, par petites touches — différentes remarques et certains comportements ostentatoires —, la suprématie de Québec, à laquelle il souhaitait absolument que les Montréalais se soumettent. Quand le gouverneur de Callière l'avait reçu selon le protocole réservé aux plus hauts dignitaires, il avait cru par là prouver à Mgr de Saint-Vallier que Montréal n'avait pas la revendication d'autonomie que lui prêtait l'administration de la colonie. Des soldats en armes et en habits d'apparat s'étaient tenus au garde-à-vous sur son passage, pour contenir la population enthousiaste. Des représentants des trois communautés religieuses de la ville – sulpiciens, hospitalières et congrégation Notre-Dame – étaient venus à sa rencontre en se tenant par la main.

Devant ce déploiement de déférence, le nouvel évêque, issu d'une noble famille grenobloise, docteur en Sorbonne hautement considéré par les beaux esprits fréquentant Versailles, avait failli oublier son zèle d'autorité.

Mais il s'était vite ressaisi. À peine monté en chaire, il avait qualifié de païenne l'habitude des Montréalais de se réunir sur le parvis de l'église Notre-Dame pour badiner et causer de tout et de rien, et avait dénoncé les coquettes qui, trop nombreuses, pénétraient dans la pieuse enceinte la tête à demi nue, ou couverte de boucles, de dentelles ou de rubans, allumant en outre la concupiscence des hommes avec leurs épaules dénudées jusqu'à la gorge. Enfin, le ton de l'évêque avait tourné à la sainte colère lorsque des fidèles, désapprouvant le ton et la longueur de son sermon, avaient quitté ouvertement l'église.

Non content de cela, il avait accusé publiquement le gouverneur de Montréal, M. de Callière, d'être l'amant de Mme de Ramezay, sœur du Supérieur des récollets de Québec.

Mais il avait ainsi dépassé les bornes de la décence et, à la fin, son caractère soupçonneux et sa personnalité tourmentée dressèrent contre lui à peu près tout le monde, y compris Mgr de Laval, retiré au séminaire, et les récollets, les sulpiciens, les gouverneurs Frontenac et de Callière, les jésuites, et jusqu'au roi. Si bien que, en 1694, il fut rappelé à la cour pour fournir des explications.

— On raconte que l'abbé François de Fénelon, l'ancien précepteur du fils du Dauphin, et le grand prédicateur Bossuet, d'habitude toujours en désaccord, unissent cette fois leurs efforts pour défendre la cause de notre évêque auprès du roi. Il pourrait donc bientôt revenir prendre ses fonctions, soupira Bénigne Basset.

— Mon cher, notre évêque est un roseau pensant, commenta Vadeboncœur en riant.

— Qu'est-ce que c'est ? demanda Mitionemeg, le plus sérieusement du monde.

— Un roseau pensant ? C'est, disons, quelqu'un qui sait plier sous le vent, mais n'en pense pas moins et sait se redresser à temps.

— Comme Ursule, la domestique de madame ?

— Si tu veux.

Et leur bonne humeur reprit.

En sortant de table, Vadeboncœur demanda au greffier de lui remettre le certificat qu'il devait signer afin d'assurer le départ de Buot pour Québec.

— Qui va se charger de lui ? s'enquit Basset.

— Deux miliciens le prendront à bord de leur canot ; quatre autres suivront dans une seconde embarcation.

Ils se trouvaient dans le petit boudoir voisin du vestibule.

— Attendez-moi.

Vadeboncœur disparut quelques instants et revint chargé d'un fusil, d'un sac de peau et d'une hachette. Il rayonnait : il allait partir en canot sur le fleuve, dormir à la belle étoile, bivouaquer dans les bois… D'instinct, il sentait que ce départ marquerait une rupture importante. Devait-il affronter Jeanne, raviver leur discorde ? La quitter sans un dernier mot ?

Et puis il se dit que les choses n'étaient pas si compliquées et que, de toute façon, sa décision était prise.

Dehors, il s'étonna de la douceur du temps. Bénigne Basset partit en avant afin de remettre le certificat au geôlier de Buot.

Tandis que Mitionemeg et Vadeboncœur marchaient d'un pas paisible, un individu passa en trombe, bousculant un groupe d'enfants devant la boutique de Barthélemy Lemaistre, le boulanger.

— Qui est cet énervé ? demanda Vadeboncœur.

Mitionemeg haussa les épaules pour signifier son ignorance. Au bout de la rue, ils virent disparaître l'homme qui courait. Place Notre-Dame, face à la sénéchaussée, un attroupement s'était formé.

— Ils savent déjà qu'on emmène Buot aujourd'hui, dit Mitionemeg.

Mais Vadeboncœur avait une tout autre préoccupation. Il fronça les sourcils et posa la main sur le bras du Huron :

— Dis-moi, as-tu bien vu l'énergumène de tout à l'heure ?

— Il me serait difficile de le reconnaître. Je l'ai vu de dos seulement.

Il se fit un remous dans la foule. La porte de la prison s'ouvrit et Bénigne Basset apparut, suivi de Barbe Buot, les mains liées derrière le dos, le visage malade, blanc comme la craie. Ses yeux clignaient. Visiblement, les cris des curieux venus assister à sa sortie perçaient douloureusement ses oreilles habituées au silence ; il grimaçait. Il avait un étrange mouvement de tête, comme s'il avait désiré la rentrer dans son col pour la protéger. Il avait à peine descendu les quelques marches qui le séparaient de la place, quand un homme se détacha et se rua sur lui en criant :

— Assassin ! Assassin !

— C'est lui ! Je le savais ! C'est Simon, dit Vadeboncœur.

Il bondit et s'élança en brandissant son fusil à deux mains par le canon. Il le fit tournoyer à bout de bras pour se frayer un passage jusqu'à Simon Heurtebise, qui levait un coutelas, prêt à l'enfoncer entre les omoplates de Buot. Il lui assena dans les reins un coup de crosse qui le projeta violemment face contre terre.

L'incendiaire se retourna pour constater qu'il venait d'échapper à la mort. Puis il se mit à trembler de tout son corps à l'idée que, de toute façon, ses jours étaient comptés et que, bientôt, à Québec…

Le regardant, Vadeboncœur se dit que ce prisonnier ferait tout pour s'évader plutôt que de subir son châtiment. Il demanda qu'on lui présente celui des miliciens qui aurait la charge du condamné à mort jusqu'à Québec.

— C'est Courtemanche.

On lui indiqua l'homme coiffé d'un magnifique casque de poil terminé à l'arrière par une queue de raton laveur aux tons noirs et cuivrés. Vadeboncœur le fit venir.

— Écoutez, vous aurez entre les mains un poisson frétillant d'envie de sauter à l'eau libre. Peut-être même vous provoquera-t-il à le tuer et choisira-t-il de mourir sous vos balles plutôt que d'attendre d'être exécuté sur la place publique à Québec. On ne pourrait raisonnablement l'en blâmer… Soyez donc vigilant, ne lui retirez jamais ses chaînes et veillez sur lui vingt-quatre heures par jour !

— N'ayez crainte, monsieur le bailli.

— Autre chose. S'est-on assuré qu'il n'y a aucun parent ni ami de Buot parmi ceux qui feront le voyage avec vous ?

— C'est le major Dupuy qui nous a choisis.

— Bon. C'est un militaire d'expérience.

On avait aidé Simon Heurtebise à se relever. Il geignait et semblait ne pas pouvoir se tenir debout. Le greffier demanda :

— Que fait-on de lui ?

Vadebonccœur regarda le jeune homme qui hoquetait encore de douleur. Sa femme, toute jeune et rose, avec des yeux d'animal blessé qui ne comprend pas que les humains puissent être si durs, se serrait contre lui anxieusement. Une grande tristesse envahit le bailli au spectacle d'un couple dont la vie semblait battre au rythme d'un seul cœur. Il choisit l'indulgence et dit :

— Laissez-les.

Il n'avait pas dit : « Laissez-le », car c'était vraiment les deux qu'il avait en pitié.

Bientôt, tout le monde se dirigea vers les quais. Vadebonccœur serra la main de Bénigne Basset en lui recommandant :

— Vous me remplacez ici. Veillez aussi sur ma famille, s'il vous plaît ! cria-t-il encore.

Mitionemeg avait déjà installé au milieu du canot quelques ballots contenant vivres et vêtements pour le voyage ; il attendait Vadebonccœur, assis à l'arrière, l'aviron à la main. Dès que le bailli fut arrivé, sans échanger une parole, chacun sachant exactement ce qu'il avait à faire, ils partirent. Le Huron poussa de l'aviron contre les poutres du ponton et, immédiatement, les deux hommes se mirent à pagayer pour prendre le large où les vagues ondulaient.

Passé trois heures de l'après-midi, le déclin rapide du soleil, accompagné d'une baisse sensible de la température, rappela aux voyageurs que le printemps n'avait pas tout à fait vaincu l'hiver. La main maniant l'aviron effleurait à chaque coup une eau glacée.

Avant le crépuscule ils abordèrent à une berge.

— Dépêchons-nous de faire du feu.

Mitionemeg avait tiré le canot assez loin de l'eau et l'avait abrité derrière un rempart d'arbres morts.

— Il faudra que je raccommode ça.

Vers l'arrière, une déchirure risquait de faire céder l'écorce de bouleau juste au-dessus de la ligne de flottaison.

Ils débouchèrent dans une minuscule clairière. Sur des branches de saule recourbées, des Indiens avaient laissé une peau d'orignal à sécher. Mitionemeg rappela :

— C'est bon à manger. Qu'on la fasse rôtir ou bouillir. L'hiver, il arrive que ce soit tout ce qu'on trouve à se mettre sous la dent.

Un peu plus tard, tandis que, sur un feu d'épinettes, une langue et un cœur d'ours bouillaient dans une marmite de fer, Vadeboncœur, qui observait son ami, eut soudain conscience qu'il le connaissait assez mal, tout compte fait.

— D'où viens-tu, Mitionemeg ?

— Que veux-tu dire ?

— Comment se fait-il que tu aies vécu toujours chez les Blancs, chez nous ? Tu n'as pas de famille ? Où sont les tiens ?

Le Huron l'arrêta de la main :

— C'est à cause de mon père et de celui de ta cousine Marie-Ève, tu le sais bien.

— Ce n'est pas ma cousine.

Il faisait maintenant mi-jour, mi-nuit ; des taches blanches éclairaient le sol çà et là.

Mitionemeg était accroupi, les fesses sur les talons, position qu'il pouvait garder pendant des heures. De ses mains nues, il cassait du petit bois.

– Mon père, dit le Huron, était un grand ami des Blancs. Cela datait des années où les Anglais avaient vaincu Champlain et s'étaient emparés de Québec.

Vadeboncœur connaissait bien cet épisode de l'histoire de la colonie. Chaque fois que pointait la menace anglaise, on la rappelait à ceux dont la vigilance tendait à se ramollir.

En 1627, le projet de s'emparer de la colonie naissante avait germé dans l'esprit d'un marchand anglais, Gervase Kirke, qui opérait dans un comptoir d'importation à Dieppe et qui se trouvait par là bien renseigné sur les intérêts français en Amérique du Nord. Il avait donc fondé une compagnie regroupant d'autres commerçants anglais qui désiraient autant que lui exploiter les bords du Saint-Laurent.

La compagnie mit sur pied une expédition commandée par l'un des fils de Kirke, David. Le roi d'Angleterre chargea celui-ci d'évincer les Français du « Canida ». À la tête de trois vaisseaux, l'aîné des Kirke, accompagné de ses quatre frères, Lewis, Thomas, John et James, traversa l'Atlantique, pénétra dans le golfe et s'empara aisément de Tadoussac. De là, il envoya des pêcheurs basques demander à Champlain la capitulation de Québec.

La situation du fondateur de la colonie n'était pas reluisante. Ses hommes mouraient de faim. Il manquait de munitions et le fort de Québec n'offrait guère plus de résistance qu'un château de cartes. La demande de reddition était courtoise, mais ferme. Champlain répondit de même, en déclarant qu'il ne céderait à aucun prix.

L'incertitude mina les nerfs des cent Français vivant en sursis dans l'Abitation. Chaque jour, ils guettaient anxieusement du côté de l'île d'Orléans. Ils s'attendaient à voir apparaître les navires ennemis. Champlain les encourageait et leur répétait que les renforts demandés depuis plusieurs mois n'allaient plus tarder. D'après lui, chaque jour gagné sur les Anglais rapprochait d'un dénouement heureux.

Un jour, le commandant David Kirke, qui avait fait plus de six cents prisonniers, soit trois fois plus qu'il ne possédait d'hommes d'équipage, décida de rentrer en Angleterre. Mais, devant Gaspé, il croisa les secours qu'attendait Champlain : quatre vaisseaux emplis de colons commandés par l'amiral Claude Roquemont de Brison.

Le combat s'engagea. Il dura quatorze heures, au cours desquelles il fut tiré douze cents volées de canon. Roquemont dut capituler, à court de munitions. Blessé à une jambe, l'amiral français fut gardé captif avec ses principaux capitaines, des missionnaires jésuites et récollets, et quelques autres Français. Tous étaient destinés à être ultérieurement échangés contre rançon. Tous les autres, y compris les cent prisonniers faits lors de la chute de Tadoussac, reçurent des frères Kirke l'autorisation de rentrer en France sur l'un des navires français.

Après cette bataille, un autre hiver, plus infernal que le précédent, s'abattit sur les Français dépourvus de munitions et de provisions. Leurs dernières illusions s'évanouissaient au pied du roc Solitaire. Quand les Micmacs se présentèrent pour leur vendre des anguilles, ils durent sacrifier leurs derniers vêtements pour les payer. Quelques-uns s'aventurèrent tant bien que mal dans la forêt pour dénicher du gibier : le peu qu'ils réussirent à capturer fut dévoré sur place et ils rentrèrent à l'Abitation les mains vides.

Parmi les colons martyrs se trouvaient des enfants, dont les lamentations incessantes minaient les courages. En mars, la maigre ration quotidienne de deux cents grammes de pois cassés par personne était épuisée. Les rescapés de la saison d'hiver, seize hommes et une poignée de femmes et d'enfants, sortirent, squelettiques, en guenilles, pour déterrer des racines et ramasser des glands. Champlain ordonna qu'on répare une pinasse pour aller chercher de l'aide à Gaspé. Aide qui ne vint jamais.

Quand enfin arriva l'été, des Hurons parvinrent devant le Cap-aux-Diamants et découvrirent le groupe de Français. Ils leur prêtèrent de l'aide et même en invitèrent quelques-uns chez eux pour leur refaire une santé.

Pendant ce temps, les frères Kirke quittaient Gravesend en Angleterre, avec une deuxième flotte, de six navires cette fois. Un déserteur de la Nouvelle-France, un nommé Jacques Michel, leur servit de pilote sur le fleuve Saint-Laurent. En juillet, trois de ces six bateaux mouillaient devant Québec. Les autres avaient été retardés par un combat contre des bâtiments français.

Un officier anglais se présenta à Champlain, qui se trouvait seul dans le fort ce jour-là, pour exiger sa reddition. Le Français demanda un délai de quinze jours. Mais, le lendemain, Lewis Kirke se présenta lui-même et Champlain dut admettre qu'il ne lui restait aucun moyen pour résister davantage. Il se rendit. C'était le 19 juillet 1629.

Pendant les quatre ans où les Anglais occupèrent ensuite le pays, ils abandonnèrent Québec pour s'installer principalement à Tadoussac. Ils emmenèrent avec eux Champlain et ses gens. Cependant, une partie des

Français avaient réussi à fuir et à se réfugier chez les Hurons. Tous croyaient fermement que l'occupation anglaise ne durerait qu'un temps. Quand elle cesserait, ils pourraient continuer de s'établir.

— Avec mon père et d'autres guerriers, ils apprirent notre langue, nos coutumes et, ils l'affirmèrent eux-mêmes, notre courage ; je crois bien aussi, dit Mitionemeg, qu'ils apprirent à aimer ce pays à notre manière.

Vadeboncœur avait beau savoir tout cela, de l'entendre de la bouche du Huron le fascinait. Car l'histoire de Mitionemeg était aussi celle de Français, de Blancs réconciliés avec cette nature où ils découvraient une patrie, en même temps que la fraternité avec ceux qui y étaient nés.

— Dix ans après ces événements, poursuivit Mitionemeg, une épidémie, la petite vérole accompagnée de dysenterie, emporta les deux tiers de notre population. Des bourgades entières devinrent des bourgades mortes. Il fallut y mettre le feu pour les nettoyer des corps en décomposition. La maladie venait des Blancs : jamais, avant leur arrivée, notre peuple n'avait été malade. Elle tua plus de trente mille Hurons en moins de dix ans. Même si les Français étaient rentrés en France, il était trop tard ; ils nous avaient transmis les germes de leurs maux et notre sang les contient depuis lors…

« Nous vivons dans le même pays et nous mourrons des mêmes maladies », pensa Vadeboncœur. Il admirait la façon calme qu'avait Mitionemeg de parler à la manière des oracles de son peuple. Il ne manifestait aucun sentiment, n'insistait sur aucun propos en particulier. Il racontait comme un livre ouvert, sans suggérer de jugement, ni donner de relief à son récit.

– Mon peuple ainsi décimé, les Iroquois, avec l'aide de Hollandais et d'Anglais qui leur fournissaient armes et munitions, entreprirent d'exterminer tous ceux de nos villages qui étaient répartis de l'île de Montréal aux Grands Lacs. À l'été de 1647, les Iroquois se lancèrent contre une tribu isolée, celle des Neutres, ainsi appelés parce qu'ils étaient traditionnellement paisibles, et contre la bourgade de Taenhatentaron. Ils furent mis en déroute. Mais l'année suivante, le 4 juillet exactement, ils lançaient une offensive beaucoup mieux préparée contre Ihonatiria, habité par la tribu de l'Ours et de la Corde. Cette fois, ils rasèrent complètement l'endroit. En mars 1649, sept cents Agniers et Tsonnontouans revinrent à la charge contre les bourgades Taenhatentaron et Toanché. Ils y massacrèrent tous les habitants, enfants, femmes et vieillards compris. De plus, ils s'emparèrent du missionnaire jésuite Jean de Brébeuf et le supplicièrent avec une cruauté rare, même chez les Iroquois. Un Français, Christophe Regnault, qui découvrit le corps du religieux peu de temps après son martyre, décrivit l'état dans lequel il trouva ses restes. Mon père m'a répété ses mots et je les ai appris jusqu'à ce que je les sache par cœur. « J'ai vu et touché, disait cet homme, quantité de grosses ampoules qu'il avait en plusieurs endroits de son corps, de l'eau bouillante que ces barbares lui avaient versée en dérision du saint baptême. J'ai vu et touché la plaie d'une ceinture d'écorce toute pleine de poix et de résine qui grilla tout son corps. J'ai vu et touché les brûlures du collier des haches qu'on lui mit sur les épaules et sur l'estomac ; j'ai vu et touché ses deux lèvres qu'on lui avait coupées à cause qu'il parlait toujours de Dieu pendant qu'on le faisait souffrir. J'ai vu et touché tous les endroits de son corps, qui avait reçu plus de deux cents coups de bâton ; j'ai vu et touché le dessus de sa tête écorchée ; j'ai vu et touché l'ouverture que ces barbares lui firent pour lui arracher le cœur. » Au total, les Iroquois exterminèrent plus de trois mille Hurons ; deux mille autres se soumirent à eux et rejoignirent leurs rangs plutôt que de subir le même sort. Ce fut la fin de mon peuple. N'ayant pour ainsi dire plus de pays, mon père et plusieurs de ses compagnons se dispersèrent chez les Français de Québec, Trois-Rivières et Ville-Marie. Avant la venue des Iroquois, j'avais une famille, une mère, des frères et une sœur ; après, il ne resta que mon père et moi... Mon vrai nom est Anatohata ; mon père s'appelait Mitionemeg. Quand il mourut au côté d'Urbain Cardinal, dans la fameuse bataille du Long-Sault, en compagnie de seize compagnons de Dollard Des Ormeaux, les gens de Montréal me donnèrent son nom, que je perpétue.

Il avait fini de parler. La nuit était descendue sur eux. Le feu rougeoyait. Vadeboncœur restait silencieux. Il cherchait à comprendre d'où venait la force qui faisait de son ami un être qu'il respectait. Était-ce parce qu'il vivait sans remâcher ni regretter le passé ? Sa vie se recomposait à tous les instants. Il était les quatre saisons, le cycle qui n'a ni début ni fin. Il passait en ce monde comme il passerait dans l'autre.

— Mitionemeg, pourquoi es-tu mon ami ? demanda-t-il soudain. Pourquoi es-tu fidèle à mon amitié, alors que d'autres, beaucoup d'autres, ne le sont plus depuis mon retour de France ? Pourquoi ont-ils cessé de m'aimer quand je suis parti ?

Le Huron haussa les épaules comme si la question lui semblait inutile. Mais il estimait trop Vadeboncœur pour ne pas lui répondre. Et il le fit avec son habituelle et profonde sagesse :

– Parce que ce n'est pas moi que tu as trahi en nous quittant. C'est toi. Mais tu es toujours là, en toi. C'est pourquoi je suis toujours ton ami.

CHAPITRE XLVIII

U n matin de mars 1687, le Conseil souverain avait fait placarder et crier sur les places et aux carrefours importants de la ville de Québec l'étrange interdiction suivante :

Il est défendu à toute personne d'aller chez Jean Rattier et de l'insulter en sa personne ou en celles de sa femme et de ses enfants, à peine de punition corporelle.

Grâce à cet édit, ledit Rattier avait obtenu qu'on le laisse vivre en paix, le temps du moins que sa fille aînée Marguerite épouse un homme de bien, le soldat Gabriel Mont-Villain. La cause des infortunes du pauvre Rattier était que les autorités l'avaient nommé exécuteur des hautes œuvres, c'est-à-dire bourreau.

Natif de Saint-Jean-d'Angély, au bord de la rivière Boutonne dans la province de Saintonge, Jean Rattier était venu à Trois-Rivières en 1665. Il s'était placé chez un certain bourgeois du nom de Jean Godefroy de Tonnancour. Sept ans plus tard, il s'était marié avec une femme originaire de sa province natale. L'union fut féconde : le couple eut cinq enfants en cinq ans.

Ne pouvant subvenir aux besoins d'une telle famille avec ses gages de domestique, Rattier avait loué dans la région de Nicolet, face à Trois-Rivières, sur la rive sud du fleuve Saint-Laurent, une terre qu'il entreprit d'exploiter.

En octobre 1679, son caractère impétueux, qui déjà l'avait souvent mis dans de fâcheuses situations, l'entraîna dans une échauffourée. Au cours de celle-ci, en compagnie de Jacques Dupuy, un voisin, il s'en prit à des gens du seigneur de Saint-François-du-Lac, Jean Crevier. La querelle coûta la vie à une jeune fille de vingt ans, Jeanne Couc. Son père s'en tira tout juste avec maintes blessures qui allaient le laisser infirme pour la vie.

Un juge de Trois-Rivières estima Jean Rattier coupable du meurtre de Jeanne et le condamna « à être conduit à Saint-François, au lieu que le seigneur désignera pour place publique et là, attaché à une potence, y être pendu et étranglé, et y demeurer exposé pendant vingt-quatre heures ; en quatre-vingts livres d'amende envers le roi ; en deux cents livres envers la partie civile, et aux dépens ; et, auparavant, d'être délivré à l'exécuteur et appliqué à la question ordinaire et extraordinaire pour avoir révélation des auteurs et complices de la mort de ladite Jeanne Couc ».

Rattier protesta de son innocence. Il ne s'expliquait pas pourquoi son comparse, Jacques Dupuy, s'en tirait, lui, avec une peine mineure pour voies de fait. Il en appela au Conseil souverain qui maintint la condamnation.

Il devait être exécuté sur la place Royale, à Québec. Sur quoi le bourreau vint à mourir et ne fut pas remplacé. Selon la coutume, on laissa au condamné à mort le choix : attendre en prison un nouvel exécuteur des hautes œuvres ou occuper lui-même l'office, ce qu'il s'empressa d'accepter, heureux de s'en tirer à si bon compte.

Il déménagea avec sa famille pour s'installer rue Grande-Allée, hors les murs de Québec, réduit à subir, jusqu'à l'arrêt de novembre 1679, les insultes virulentes des Québécois horrifiés par sa présence.

Avec les années, la population s'apaisa. Mais elle n'en continuait pas moins de trouver repoussante la fonction de bourreau, et méprisable la personne qui acceptait d'en remplir la charge. Cependant Rattier, bien rémunéré, put élever décemment sa nombreuse famille.

Ce matin-là, un matin de mai, il s'était levé tôt. Après avoir mangé frugalement, il revêtit son habit de mort. Sa femme, habituellement discrète et peu portée à la curiosité quant à l'identité des condamnés que son mari exécutait, s'enquit :

— On dit qu'il s'agit d'un incendiaire de Montréal que le bailli Vadeboncœur lui-même aurait voulu gracier ?

— Pas tout à fait...

Rattier en parlait comme s'il s'était agi d'une personne avec laquelle il n'avait absolument rien à voir. En un sens, il avait raison : moins il connaissait le supplicié, mieux cela valait pour sa tranquillité d'esprit. Après les exécutions, il traînait pendant des jours une sorte de malaise qui minait sa santé physique et son équilibre moral. Il se renfermait, se posait même des questions. Parfois, sa femme craignait qu'il ne s'en remette pas. Puis, cela passait.

À l'intention de son épouse, il précisa, au sujet de Vadeboncœur :

– … pas tout à fait, non. Sachant que M. le comte de Frontenac domine le Conseil souverain, le bailli lui a rendu visite pour lui demander qu'on accorde au condamné d'être pendu plutôt que roué. Peine perdue.

– N'était-il pas accompagné d'un Indien, d'un Huron ?

– Oh ! Un Huron de rien du tout ; pas un chef, rien… Le gouverneur, paraît-il, a demandé au bailli s'il ne s'était pas trompé de porte. Il lui aurait fait remarquer, en regardant son Huron, qu'aucun bal masqué n'était prévu chez lui. Les gens de la cour ont bien ri.

Le bourreau, lui, ne riait pas. Il racontait l'événement avec le plus grand sérieux du monde. Sa femme l'interrogea encore :

– Et qu'a répondu le bailli ?

– Il n'a pas répondu.

Il ôta deux chandeliers de fer posés sur un coffre à poignées d'aspect très lourd, avec couvercle à ressaut. Du coffre, il tira une pièce d'étoffe ressemblant à un sac. Il la roula, la glissa sous sa veste en cachette de Marguerite, sa femme. Cette pièce, c'était la cagoule du bourreau. Elle le savait et lui était reconnaissante de la faire ainsi disparaître, comme si de rien n'était. Car, fatalement, leur vie quotidienne était parsemée de détails morbides qu'il valait mieux escamoter, pour éviter de vivre dans l'horreur constante.

– Il n'a pas répondu, reprit l'homme à la carrure de bûcheron et au regard impénétrable. Il a quitté le château Saint-Louis sans rien dire, après avoir poliment salué le gouverneur.

– Et c'est tout ? Il est parti ? Sans chercher davantage à faire gagner son point de vue ?

– À quoi bon ? L'intransigeance de M. le comte est proverbiale, tu le sais bien. Il tranche tout, haut et fort, et nul ne peut discuter ses décisions. Mais…

Il fouilla encore dans le coffre et ne put, cette fois, camoufler l'espèce de plastron de cuir qu'il y prit.

– Mais ? insista sa femme, dont le visage était éclairé par le soleil qui pénétrait par une fenêtre sans rideau, orientée à l'est.

– Plus tard dans la journée, l'Indien s'est présenté de nouveau au château et a demandé à voir le gouverneur…

– Ah oui ?

– … et il aurait, dit-on, remis un pli de la part du bailli Pierre Vadeboncœur.

– Et que disait-il, ce pli ?

– Ça ! Tu en sais autant que moi.

– Tu ne sais rien ?

C'était un reproche.

– Rien du tout.

Il était prêt ; et il était temps qu'on le laisse seul pour prier, agenouillé devant un crucifix de bois dressé entre deux cierges toujours allumés. Chaque fois, il avait besoin d'entrer en lui-même, de se préparer, de se cuirasser en quelque sorte, de prendre du recul par rapport au rôle que son corps et ses muscles allaient remplir. Car c'était seulement ainsi qu'il parvenait à traverser l'épreuve. Il retirait de lui toute conscience ; il ne pensait plus ; il s'ignorait. Il devenait un bourreau sans tête.

Il sortit, monta à bord d'une charrette. Il fouetta légèrement son cheval, dépassant sans effort les voitures qui, comme la sienne, se dirigeaient vers la ville.

Il contempla la majesté du site s'ouvrant sur sa droite : l'étranglement du fleuve entre la falaise de Lévy et Québec, une coulée de diamants dans un écrin aux couleurs chatoyantes. Puis apparurent le gigantesque rocher et la basse ville, couronnée de la nouvelle citadelle, l'esplanade, les clochers des églises.

Quand il aborda la rue Saint-Louis pour se rendre à la sénéchaussée, dont le premier étage abritait la prison royale, il était totalement indifférent à l'œuvre de mort qu'il allait accomplir comme à l'excitation inconvenante qui faisait bourdonner tout Québec à l'approche de l'exécution de Barbe Buot.

Lorsque Mgr de Laval avait placé l'église Notre-Dame-de-la-Paix sous l'invocation de l'Immaculée Conception, il avait pensé en faire un jour la cathédrale de Québec. En 1683, après avoir obtenu les fonds du roi, il avait demandé à l'architecte Claude Baillif de réaliser son projet. Ce dernier avait trouvé là l'occasion d'implanter en Nouvelle-France l'architecture des monuments de style classique français. Du moins l'avait-il espéré. Jusqu'à ce qu'il se heurte à des restrictions financières, à la pénurie de main-d'œuvre spécialisée et à la brièveté de la belle saison. Finalement, n'avait subsisté du projet initial que la façade – et encore, on l'avait amputée de l'une des deux tours. Le tout, une fois terminé, devait être relié au vieil édifice de 1647.

Voilà pourquoi, sur la place Royale, l'on voyait un immense pan de mur soutenu par des charpentes, sorte de décor au pied duquel la foule se pressait comme dans l'attente de quelque représentation théâtrale. D'autant plus que, au centre de la place, s'élevaient des tréteaux qui auraient pu être ceux de saltimbanques.

Mais il n'en était rien. Mgr de Saint-Vallier avait interdit dans la colonie cette « honteuse dissipation » qu'était le théâtre. Il avait même remis à M. de Frontenac la somme de mille livres pour que le gouverneur renonce à organiser une représentation du *Tartuffe*.

Ce que la foule attendait, c'était l'arrivée de la charrette conduisant Buot, l'incendiaire de Montréal, sur les lieux de son châtiment. L'événement était tout à fait exceptionnel, car il se déroulait à la haute ville et la coutume était d'exécuter sur la place publique de la basse ville. Certes, cette coutume-là admettait des écarts. En 1663, on avait pendu un criminel à une potence dressée sur un radeau flottant sur le fleuve. Une autre fois, en vue de rendre son supplice particulièrement exemplaire, M. de Frontenac avait fait brûler vif un Iroquois sur la place du Marché.

Mais un autre élément contribuait à attiser la curiosité. Par dérogation à l'usage, le Conseil souverain n'avait pas ajouté, au bas de l'arrêt de condamnation à la roue, le *retentum* ordonnant que la victime soit étranglée préalablement à la rupture de tous ses membres.

Sur l'estrade, des pièces de bois formaient une croix de Saint-André disposée à l'horizontale. À côté, se dressait un poteau surmonté d'une roue de charrette. En attendant l'arrivée du condamné, la foule lançait des quolibets à un homme attaché à ce poteau, le cou enserré dans un carcan relié lui-même au pilori par une chaîne. Sur sa poitrine et dans son dos, un écriteau portait le mot IVRESSE. Le visage du coupable, exposé à la risée publique depuis des heures, était figé dans une souffrance qui révélait combien son orgueil autant que son corps étaient meurtris.

Tout à coup, il se fit un grand silence qui éteignit toute agitation, tout rire, toute voix. Une voiture à hautes ridelles de bois s'avançait, lente et bringuebalante, tirée par un cheval pie. Assis dans la charrette, vêtu en tout et pour tout d'une chemise s'arrêtant à mi-cuisses, la tête rasée, la corde au cou et les poignets liés dans le dos, Barbe Buot parvenait, par quelque miracle des nerfs, à se tenir droit, le regard fixé devant lui. Il respirait à petits coups comme s'il avait beaucoup couru. Le souffle semblait franchir difficilement ses lèvres.

Face à lui se tenait Rattier, le visage caché sous sa cagoule où deux trous laissaient apparaître la sombre lueur des yeux clignotants.

Une fois au pied des tréteaux, le bourreau descendit et tira le condamné qui faillit tomber la tête la première. Un long oh ! courut comme un frisson sur la place.

Quand Rattier et sa victime furent montés sur l'échafaud, un prêtre – on reconnut l'abbé Morin, un récollet – les rejoignit et s'entretint brièvement avec Buot.

Était-ce à cause de la densité de la foule et de son effervescence ? Il faisait sur la place une chaleur et une moiteur étouffantes. Quelques femmes se trouvèrent mal.

À l'instant où le bourreau dénuda le condamné, les curieux se hissèrent sur la pointe des pieds pour mieux voir. On aurait cru entendre battre à tout rompre le cœur de Buot, qui s'attendait à ce qu'on l'étrangle par-derrière, d'un moment à l'autre.

Une lourde main le saisit à la gorge ; la sueur se mit à couler à grosses gouttes sur son front et ruissela sur ses joues et jusque dans son cou. Il crut l'heure de sa mort arrivée. Non. Brusquement, projeté vers l'arrière, il perdit pied. Rattier le maintint sur la croix de Saint-André tout en l'y attachant, puis lui glissa une pierre sous la tête.

Barbe Buot leva les yeux vers le ciel et aperçut un vol d'hirondelles qui fêtaient le printemps. Il décida de refermer les yeux sur cette dernière image.

Ainsi, il ne vit pas le bourreau s'emparer d'une barre de fer large de trois centimètres, la lever à bout de bras et l'abattre sur ses membres. Deux fois sur chacun des bras et chacune des jambes, puis trois sur la poitrine, pour rompre toutes les côtes.

Buot eut la chance de perdre connaissance dès le premier coup. Ce fut un corps inerte que le bourreau détacha pour le laisser achever de mourir, les mains et les pieds ramenés au niveau des reins, la face exposée au soleil.

Il n'y eut personne pour applaudir ni se réjouir. Le silence devint opaque. Les premiers gémissements de Buot, quand il revint un instant à lui, le percèrent lugubrement.

La place se vida.

Chapitre XLIX

Vadeboncœur écoutait un fâcheux raconter niaisement la conquête d'une soubrette au détour d'un corridor de la grande maison du chevalier de Magny. Trois violes entraînaient mollement des danseurs sur un plancher bien ciré et craquant à peine.

Le fils de Pierre Gagné bâilla. En vain luttait-il de toute sa volonté pour n'en rien faire. Il savait qu'on ne lui pardonnerait pas une telle incivilité. Il n'y pouvait rien : il bâillait à s'en décrocher les mâchoires et ne trouvait même pas le moyen de mettre la main devant sa bouche.

Il se tenait près d'une grande fenêtre donnant sur la rue de Grenelle. À intervalles réguliers passait et repassait, entre d'étranges platanes, une silhouette mystérieuse en qui il était persuadé de reconnaître Marie-Ève. Ce n'était qu'une rêverie, mais elle valait toutes les réalités. Cette ombre féminine qui allait et venait avait plus de vérité que l'univers factice dans lequel il vivait.

Les reparties faciles, quelquefois grossières, d'une espèce de noble à perruque ridiculement frisée l'irritaient. Il devait retenir des envies féroces de faire un éclat et de bousculer toutes ces marionnettes d'apparat qui, sous les lustres de cristal, coulaient une lente et ennuyeuse vie de mondanités, et péroraient sur tout et sur rien, surtout sur rien.

Soudain, Marie-Ève fut là, très belle, et le nobliau bavard essaya d'attirer son attention par mille grâces. Vadeboncœur, n'y pouvant plus tenir, leva le poing…

En sursaut et en sueur il se réveilla dans une chambre de l'auberge de Simon Despages, à des milliers de lieues de son rêve.

Il avait beaucoup dormi. La fatigue du voyage, la tension consécutive à l'exécution du malheureux Barbc Buot l'avaient épuisé.

La chambre était exiguë. Le mobilier, simple. Un lit étroit à colonnes torses et ciel de drap ; une table à pieds chanfreinés et à tiroir ; une chaise avec dossier à balustres et à panneaux, sur laquelle il avait jeté ses vêtements.

Le soleil inondait la pièce. Des bruits montaient du dehors avec une bonne odeur chaude qui évoquait déjà l'été. Aussi s'empressa-t-il de se lever. Un instant, en s'aspergeant d'eau, il revit le corps pantelant, rompu de Buot agonisant sur la roue, et le calme insupportable de la foule qui se dispersait ensuite.

Il descendit au rez-de-chaussée. Il appela pour réclamer à déjeuner.

Une grosse fille au visage ingrat, aux doigts boudinés, le servit sans se donner la peine du moindre sourire. Il aurait aimé lui parler, lui dire ce que tout le monde ignorait encore : qu'il avait remis sa démission, qu'il n'était plus bailli, qu'il redevenait un homme ordinaire. Sans charge ni occupation ; sans titre ni privilège. *Lui-même.*

Quand Mitionemeg lui avait remis la lettre de Vadeboncœur, le gouverneur n'avait pas bronché.

— Je lui ai remis ta lettre en main propre. Il l'a lue. Tout de suite. Puis il a dit, assez fort pour que tous ses gens l'entendent : « Dites à ce monsieur que nous prenons bonne note de sa décision. » C'est tout.

À cette heure, Mitionemeg était chez les Hurons, au bout de Près-de-Ville, où se dressaient plusieurs teepees pointus, mêlant leurs fumées pâles et légères à la brume matinale qui flottait au-dessus du fleuve.

Là, peu de jours auparavant, s'élevaient encore de multiples perches. Elles soutenaient des cercueils d'écorce dans lesquels des guerriers morts au combat reposaient depuis dix ans. Avec eux l'on avait jadis placé leurs dernières armes et de la nourriture, pour leur permettre de traverser les espaces infinis que devait parcourir leur âme avant de se fixer pour l'éternité. Ces dix années de pérégrinations venaient de prendre fin. Au cours d'une grandiose cérémonie qui avait duré des jours et des nuits, leurs frères vivants avaient ouvert les tombes, nettoyé les os en psalmodiant des chants funèbres louant le courage des défunts et ressuscitant leurs exploits dans les mémoires.

Après quoi l'on avait inhumé ensemble tous ces braves. Les restes de chacun avaient été enveloppés dans un sac de peau de castor, puis déposés avec les autres dans une grande fosse tapissée de fourrures, qu'on avait ensuite recouverte d'un toit d'écorce de bouleau. L'emplacement du cimetière serait gardé secret. Au-dessus repousseraient les herbes et les buissons. Rien ni personne ne pourrait plus révéler ou découvrir l'endroit exact de la grande tombe.

Un peu plus tard, dans la rue, Vadeboncœur s'appliqua à observer les visages. Il se demandait ce qu'on pensait de lui pour avoir livré Buot à la justice, donc au bourreau. Il se figurait déceler des reproches silencieux, une sourde réprimande chez quelques-uns. Il n'en souhaita que davantage que sa démission fût connue de tous, et au plus tôt. Il lui plaisait d'imaginer qu'elle lui vaudrait en quelque sorte une réhabilitation. Elle en était déjà une à ses yeux.

Il trouvait la basse ville plus vivante que jamais. Québec était vraiment devenue une ville grouillante, populeuse, affairée. Des charrettes à bœufs et d'autres tirées par des chevaux se croisaient ; des cavaliers se hissaient sur leurs étriers pour mieux dominer la masse des gens et des animaux qui déferlaient dans les rues jusqu'à l'évasement de la place Royale et son libre débridement, son heureux mélange dans lequel chiens et enfants se faufilaient, se pourchassaient.

Vadeboncœur marcha longtemps. Il revint souvent sur ses pas, tourna en rond, refit vingt fois le même trajet. Un peuple entier le bousculait, le ballottait, l'entraînait d'une rue à l'autre. Et il était de ce peuple. Son désir était de réintégrer ses origines, sans aucune réserve.

Il se rappela son père et leur ancienne complicité et se promit que désormais il serait un Gagné, un Gagné « tout cru ».

Il leva la tête. Justement, un ami de son père l'observait du seuil de sa boutique : Petitclaude lui souriait, de l'air jovial d'un homme qui vient de jouer un bon tour.

Il avait vieilli et il était devenu la caricature de celui qu'avait connu Vadeboncœur quelque dix-huit ans auparavant. Il interpella le promeneur :

— Voilà au moins trois fois que je te vois passer. Cherches-tu quelqu'un ?

L'ancien bailli faillit lui répondre : « Oui, moi… »

– Je cherche mon chemin, dit-il. La ville a tellement grandi qu'on ne s'y retrouve plus. Et ces rues sont si encombrées que, franchement, on peut se perdre plus d'une fois dans la même.

Des flots de passants les séparaient par saccades. Aucune de ces personnes ne semblait pressée. Tous ces gens suivaient leurs pensées, allaient d'un pas régulier et lent, selon leurs préoccupations toutes quotidiennes.

Un homme sortit de la boutique du tailleur-chapelier et vint vers Petitclaude. Il portait un long tablier de drap gris. Son attitude était celle de l'employé devant son patron. Une femme, qui soulevait sa jupe pour éviter qu'elle ne traîne dans la poussière, sortit derrière lui. La voix rieuse, elle le désigna et dit, assez haut pour que Vadeboncœur l'entendît :

– Il ne veut pas me croire !

Petitclaude rit plus fort qu'elle.

– Mais si, mais si…

Et il expliqua à son commis ce qu'il devait croire. Ce dernier fronça un moment les sourcils, l'air sceptique, puis retourna dans la boutique, suivi de la cliente.

Vadeboncœur demeurait au milieu de la rue, les poings sur les hanches, examinant la maison de *Petit-claude-Maître Tailleur et Chapelier*. Il appréciait l'ampleur qu'avait prise le commerce de l'ami de son père. Chapeaux et vêtements s'étalaient derrière les carreaux de trois grandes fenêtres. La porte d'entrée aux deux battants larges et lourds était richement décorée de ferrures finement découpées.

Tirée par un beau cheval blond, une charrette à hautes roues s'arrêta devant la boutique. S'appuyant sur la main tendue d'un domestique en livrée, une femme en descendit. Elle s'avança vers Petitclaude qui, joignant les mains et inclinant la tête, s'exclama :

— Madame de La Chesnaye ! Qu'est-ce qui me vaut l'honneur… ?

— Est-il vrai que vous avez reçu des draps anglais ?

— Mais oui, mais oui…

Il l'accompagna à l'intérieur et revint presque aussitôt pour dire à Vadeboncœur, demeuré sur le seuil :

— Firmin va s'occuper d'elle. Tu viens à l'étage ?

L'étage était habité par la famille. Ils empruntèrent une porte dérobée, gravirent un long escalier recouvert d'une catalogne rouille, et débouchèrent dans un vestibule qui respirait l'aisance et le confort.

— Simonne ! Nous avons un visiteur ! Et pas n'importe qui : le bailli de Montréal. En personne !

Vadeboncœur choisit de remettre à plus tard la mise au point qui s'imposait.

Simonne, la femme de Petitclaude, apparut, impeccablement vêtue d'une longue robe de soie parfaitement coupée. Des cheveux remontés livraient aux regards son cou délicat. Elle demeurait jolie malgré la quarantaine qui brouillait un peu ses traits. Elle tendit à Vadeboncœur la main, qu'elle avait menue. Il sentit des doigts pleins de jeunesse presser chaleureusement les siens.

— C'est le fils de Pierre Gagné. Je t'ai souvent parlé de lui.

— Oui, oui… celui qui a failli tourner parisien !

— Failli, oui, acquiesça Vadeboncœur en riant.

— J'ai appris que ton père n'allait pas bien, ajouta le commerçant d'une voix émue.

Vadeboncœur hocha la tête d'un air compatissant, et le sujet douloureux fut clos.

Ils passèrent au salon, meublé de plusieurs fauteuils avec dossier à doucine garni de tapisserie et au fond couvert d'un coussin de moquette prisée. Le vert des tissus habillant ces « chaises à bras » était à la fois discret et riche. Vadeboncœur caressa un instant le dossier du fauteuil dans lequel il allait s'asseoir. Le voyant faire, Petitclaude commenta :

— Le beau tissu, ça me connaît !

Avec la même fierté toute simple, il enchaîna :

— Tu boiras bien quelque chose ? Une liqueur, par exemple ?

Simonne se leva. Elle alla jusqu'à la porte et commanda :

— Antoinette !... Apportez la liqueur d'Espagne !

À cet instant, Vadeboncœur décida de ne pas taire davantage la vérité :

— Je ne suis plus bailli de Montréal. J'ai renoncé à ma charge avant-hier. Ce supplicié... Je ne pouvais plus.

Il ne donna pas d'autres précisions, par une sorte de pudeur que comprirent ses interlocuteurs. La femme de Petitclaude ouvrit la fenêtre. Le brouhaha de la rue et des vivants chassa le spectre de l'incendiaire qui, subitement, venait de surgir entre eux. Petitclaude dit :

— Nous avons régulièrement de vos nouvelles, de ton père et de toi, par Mme de Salvaye ou par son fils Olivier, qui vient ici très souvent. Il fait la paire avec mon plus jeune, André.

— Vous la voyez souvent ?

– Assez… n'est-ce pas, Simonne ? Toi surtout, tu la rencontres très régulièrement.

– Oui.

Petitclaude fit un pauvre sourire. Son front se plissa de rides soucieuses. Il n'en dit pas plus. Vadeboncœur comprit que le gros petit homme, pourtant si bavard et jovial, n'irait pas au-delà, du moins spontanément. Ce fut lui qui insista :

– Qu'y a-t-il ?

Petitclaude secoua la tête et regarda sa femme. Elle baissa le nez, avec l'air de déplorer ce qui allait être dit.

La situation n'est pas bonne. Mme de Salvaye est actuellement très mal vue des gens de cette ville.

On n'aurait pu discerner si sa voix cachait de la réprobation. Vadeboncœur scruta le regard du commerçant. Il y lut, à n'en pas douter, de la tristesse.

– Mais… pourquoi ? Qu'est-il arrivé ?

Petitclaude s'avança sur son siège jusqu'à ne reposer que sur le bout des fesses. Les coudes sur les genoux, le ton encore plus tempéré, il expliqua :

– Tu sais ce qu'il en est des gens. La femme d'un criminel, on la montre du doigt…

– Un criminel ? De Salvaye ?…

– Hé ! il est mort en duel ! L'enquête a été menée par le petit notaire de Trois-Rivières.

– Le notaire Ameau, précisa Simonne.

– Le notaire Ameau, oui, a démontré que le major, le soir de sa mort, s'est battu en duel contre un nommé Lestang, soldat de la garnison trifluvienne, qui a disparu en Nouvelle-Angleterre depuis.

Vadeboncœur se trouva soudain mal à l'aise dans son fauteuil. Il avait la sensation qu'un courant d'air glacé venait de pénétrer par la fenêtre ouverte. Il ouvrit la bouche, mais ne put articuler un mot. Une minute plus tôt, il ignorait encore que l'époux de Marie-Ève fût mort.

Marie-Ève, veuve. Il en restait abasourdi. Toutes sortes d'images se bousculaient dans sa tête. Et toutes sortes de sentiments. Veuve ! Le mot remuait en lui la pitié devant le chagrin de Marie-Ève. Mais, en même temps, il éprouvait quelque chose qu'il refusait de nommer, qu'il eut peur qu'on ne devinât sur son visage. Quelque chose qu'un autre, peut-être, aurait appelé de l'espoir. Pour cacher son trouble, il se leva, marcha vers la fenêtre ouverte. Dehors, l'après-midi flambait au soleil ; la rue même semblait transpirer dans la chaleur des bêtes et des hommes.

Petitclaude et sa femme le voyaient réfléchir. Vadeboncœur se disait qu'il avait dû, au cours de l'avant-midi, passer devant la maison de Marie-Ève sans savoir. Mais s'il avait su, qu'aurait-il fait ? Et qu'allait-il faire maintenant ?

Il se rassit, puis demanda :

— Pourquoi ce duel ? À cause d'une femme ?

— Oui.

Petitclaude devança la prochaine question de Vadeboncœur :

— Non, pas à cause de Marie-Ève. À cause de la femme de ce Lestang que le major…

Simonne esquissa un geste lui signifiant qu'il n'était pas nécessaire d'expliquer davantage.

Une toute jeune fille au teint de nourrisson entra. Elle louchait, et avait à une joue quelque chose ressemblant à une ecchymose. Elle portait un plateau qu'elle posa sur une table, près d'un vaisselier. Elle se retira aussitôt, après avoir légèrement fléchi un genou, les mains croisées sur le ventre, en passant devant ses maîtres.

— Y a-t-il autre chose ? continua Vadeboncœur.

— Non. Heureusement, le Conseil souverain s'est refusé à saisir les biens du major, comme c'est souvent le cas pour les criminels. Mais cette indulgence a déplu : elle a encore aigri ceux qui dénigraient déjà Mme de Salvaye.

La liqueur, de couleur brune, avait un goût très sucré.

— C'est espagnol. C'est le marchand de La Chesnaye qui l'importe, dit Petitclaude.

Vadeboncœur, visiblement résolu à parler d'autre chose maintenant qu'il savait ce qu'il avait envie de savoir, annonça :

— J'ai, moi aussi, l'intention de me lancer dans le commerce.

— Tiens, tiens ! L'idée a du bon. Le pays va prospérer, j'en suis persuadé.

— Sauf votre respect, à vous voir, je le croirais volontiers.

— Ah ! mais nous avons pris de la peine.

— Qui n'en prend pas ici ?

— Hé ! ma foi, il faut ce qu'il faut.

Dans le passé, déjà, Vadeboncœur avait jonglé avec l'idée de devenir commerçant. Il avait compris que la Société de Notre-Dame avait misé sur la situation stratégique de l'île de Montréal en fondant Ville-Marie et qu'elle avait fait preuve ainsi de vues fort terrestres et pratiques, et pas seulement d'intentions missionnaires. L'île n'était-elle pas située à la jonction de trois voies d'eau majeures : le fleuve Saint-Laurent, la rivière des Iroquois et la rivière des Outaouais ? En outre, de Montréal, on pouvait s'enfoncer dans l'ouest du pays, en empruntant la rivière des Outaouais vers les Grands Lacs. On rejoignait l'Hudson et le port de Manhattan par la rivière des Iroquois, au sud. On gagnait Québec, puis l'Atlantique et l'Europe en remontant, vers l'est, le Grand Fleuve. Cette position privilégiée sur la carte de la Nouvelle-France allait, Vadeboncœur en était foncièrement convaincu, favoriser une vocation commerciale dont profiteraient quelques visionnaires. Le fils de Pierre Gagné désirait être l'un de ceux-là.

En y pensant bien, il découvrait que le projet avait germé à Paris. Il l'avait enterré en revenant à Montréal pour être bailli : « Avec votre formation, vous serez tellement plus utile à la population. Pensez : le commerce, c'est bien, c'est noble à sa façon ; mais ce pays a aussi grandement besoin de justice », lui avait dit le gouverneur, M. de Callière, en ajoutant, pour vaincre ses dernières résistances : « Si vous n'acceptez pas, sûrement *ils* nous imposeront quelqu'un de Québec ! »

Et puis, bailli, c'était presque un titre – Jeanne l'avait fortement encouragé à accepter. Il y avait aussi la rémunération qui était importante, et la chance qu'on lui offrait d'exercer le métier de juriste, comme l'avait ardemment souhaité son père.

À la fenêtre, il se pencha vers la rue toujours aussi animée. Mais quelle différence avec Paris !

Paris…

Au début, en dépit de sa forte personnalité, il avait tout au plus été considéré comme un original, voire un « sauvage ». Cela lui avait fait abandonner bien des prétentions ! Il était devenu philosophe, à force de récolter des réflexions désobligeantes chaque fois qu'il ouvrait la bouche. Parfois même on se moquait de lui en le parodiant ouvertement, en sa présence. Il avait mis plusieurs mois avant de l'accepter. Puis, avec la faculté d'adaptation de l'intelligence, peu à peu il avait remonté la pente. Il s'était mis à user méthodiquement, mais à petites doses, des tournures et des mots appris au cours des soirées, des bals ou des conversations vaines et frivoles du monde parisien. Bientôt il intéressa, puis intrigua. Des jeunes filles et des femmes tournèrent autour de lui : il était beau garçon. Les propos qu'on tenait sur son compte changèrent.

À force d'être continuellement plongé au sein d'une société hautaine, il en vint à se transformer réellement. Il ne garda plus de ses origines qu'une touche de pittoresque. Et son amour pour Marie-Ève n'était plus conforme à son nouveau personnage.

Ses études de droit lui ouvrirent des portes traditionnellement fermées. Il mûrit de nouvelles ambitions.

Rapidement, il oublia le roc Solitaire de Québec et l'amoureuse qui l'y attendait. Il connut beaucoup d'autres femmes, bien d'autres amours. Le plaisir de conquérir était nouveau pour lui et l'étourdit complètement pendant quelques années. On colporta qu'il aimait séduire.

Grâce à lui, le chevalier de Magny, son protecteur, sa caution et son hôte, affirmait revivre sa propre jeunesse. Le vieil homme, père de trois filles, donc sans héritier mâle, applaudissait aux succès de Vadeboncœur. Mieux, il lui enseignait son expérience d'un art plus difficile que la conquête répétée de la gent féminine : celui de faire fortune.

Lorsque le fils du sieur du Bout-de-l'Isle eut mûri, il se lia d'amitié avec Jeanne, l'aînée des filles, celle-là même qui était née dans la forêt d'Orléans, alors que son père et sa mère fuyaient la France avec l'aide d'un certain cocher. Il trouva peu à peu agréable d'être amoureux d'elle. Il décida de mettre en application une maxime que n'aurait pas désavouée le chevalier lui-même, et bien propre à ébaucher une fortune : commencer par épouser une fille grassement dotée.

Le couple s'installa rue de Paradis, près de la porte du Temple, dans un vieil hôtel particulier. Le jardin était pelé, négligé, avec des buissons hirsutes et des arbres sauvages, sans tonnelle ni aucun abri de plaisance. La proximité de la place des Trois-Marie, où campaient des troupes de baladins de Bohême, fit que la demeure leur coûta peu. Malgré les bruits nocturnes des cabarets de la rue de Chaulme et l'environnement à la fois austère et mal famé, Vadeboncœur aima l'endroit. Il s'ingénia à transformer sa propriété, à la rénover. Elle devint un bijou au milieu des orties, une curiosité. Surtout, elle lui procura un solide bénéfice lorsqu'il la revendit à un comte de Picardie, pressé d'habiter Paris pour fuir le climat de sa province et jouir de son titre avec plus de pompe.

En 1683, le couple avait eu un premier enfant, un garçon qu'on appela Jean ; puis, en 1685, naquit Charlotte.

À la mort du chevalier de Magny, ils étaient revenus habiter l'hôtel Marlebière, rue de Grenelle. À cette époque, entouré de sa femme et de ses deux enfants, bien installé dans les affaires, Vadeboncœur croyait ne plus jamais rentrer au Canada. Mais en 1688, la France se trouva aux prises avec l'Empire germanique, l'Espagne et l'Angleterre. Vadeboncœur ne se sentit aucunement concerné par cette guerre, et son entourage le lui reprocha. Cette indifférence risquait de lui nuire. Ce fut alors qu'il élabora des méthodes commerciales destinées à trouver une heureuse application en Nouvelle-France.

Puisque les louis d'or circulaient dans la colonie pour quatre tiers de leur cours, il s'en remplirait les goussets avant de « traverser ». Il en investirait ensuite la plus grande partie dans l'achat d'un commerce de gros. Il garderait le reste au cas où cette première tentative ferait faillite.

Ensuite, il se procurerait des fourrures au prix le plus bas, en fournissant lui-même les fonds à plusieurs coureurs de bois. Il exporterait ces pelleteries en France avec force profit. Il se ferait payer par des lettres de change tirées sur des propriétés foncières. Il se constituerait ainsi un avoir important en terres de culture, qu'il ferait exploiter par des métayers bien choisis.

Il avait appris, en observant les magasins de Charles Le Moyne et de Jacques Le Ber, qu'il devrait garnir sa boutique de la quincaillerie et des ustensiles qu'achetaient les gens de la ville, ceux des campagnes fabriquant eux-mêmes les leurs. Il mettrait en vente des « chaudières », sortes de grands chaudrons de cuivre qui pourraient obtenir beaucoup de succès étant donné leurs multiples usages. Il offrirait aussi des terrines du pays, de fabrication artisanale. Il eut ensuite l'idée d'importer du fer et de l'acier, qui trouveraient clientèle chez les campagnards puisque ces derniers concevaient eux-mêmes leurs outils et les faisaient exécuter par les forgerons.

Enfin, il comptait réaliser jusqu'à sept cents pour cent de profit en vendant aux Indiens la pacotille qu'il ramènerait d'Europe : billes de verre de diverses couleurs, grains de porcelaine montés en colliers, bagues ornées de fausses perles, grelots, peignes de buis ou d'ivoire…

Il quitta la fenêtre, revint vers la table, vida son verre et s'essuya les lèvres du revers de la main. Conscient de ce geste fort peu parisien, il en eut du bonheur.

Petitclaude alluma sa pipe. Vadeboncœur sortit la sienne d'une poche de sa veste et fouilla l'autre pour y prendre du tabac. Simonne le devança en lui présentant une manoque. Pendant quelques minutes, ce fut la cérémonie de l'allumage : les deux hommes plissaient le front, tandis que la flamme d'une mèche de paille agaçait le tabac un peu humide : on le conservait ainsi pour qu'il ne meure pas. Quand les premières volutes bleues montèrent dans la pièce, Simonne toussota, mais elle se hâta de protester :

— Ce n'est rien… Rien du tout.

Vadeboncœur lui demanda :

— Combien d'enfants avez-vous ?

— Neuf.

— Neuf !

— Hé oui ! Il faut ce qu'il faut, que veux-tu, confirma Petitclaude en serrant tendrement la main de sa femme.

Puis, s'abandonnant au dossier accueillant de son fauteuil, il s'informa à son tour :

— Que vas-tu faire en sortant d'ici ?

— Rencontrer le bourgeois de La Chesnaye, je crois bien.

N'était-ce pas sa femme qui était venue tout à l'heure, à la boutique en bas ? Donc Petitclaude devait bien connaître le riche commerçant, et peut-être pourrait-il présenter Vadeboncœur, le fils de son bon ami Gagné, à ce personnage important ?

— Pourquoi désires-tu le voir ? Tu as besoin de fonds ?

— Plutôt, oui.

Le doigt dressé, Petitclaude fit la leçon :

— Je te le déconseille. La Chesnaye est tout-puissant ; il est présent partout, ici, dans la moindre affaire comme dans la plus grosse. Il te dévorera.

— Mais pour commencer j'ai besoin de beaucoup plus que je ne possède.

— Et ta femme ?

— Ma femme ? Non. Elle n'aime pas ce pays. Je ne veux pas de son argent, et Paris, c'est fini pour moi.

Il avait dit cela sans emphase, sans aigreur ; mais, intérieurement, il bouillait.

La salle à manger communiquait avec le salon ; par la porte ouverte, on apercevait la jeune domestique qui dressait le couvert pour le dîner.

— Tu restes avec nous pour le repas ?

— Je ne crois pas ; j'ai déjeuné tard.

La vérité était qu'il ressentait une irritation depuis qu'on avait parlé de Jeanne. Il désirait être seul avec sa mauvaise humeur. Et puis, il éprouvait aussi l'urgence de revoir Marie-Ève, depuis qu'il savait.

— Moi, je pourrais t'aider.

La proposition détourna Vadeboncœur de ses réflexions.

— M'aider ? Comment ? Pourquoi ?

Petitclaude se leva. Il posa une main sur l'épaule de Vadeboncœur.

— Mange avec nous, je t'expliquerai. Après tout, il faudra bien que tu manges avant ce soir !

Le fumet d'un pâté de tourte finit par mettre Vadeboncœur en appétit. Simonne, heureuse qu'on honore sa table, décrivit les mets qu'elle offrait.

— D'abord, cette tourtière… Savez-vous qu'un garde de l'intendance s'est vanté d'avoir abattu quarante-quatre tourtes d'un coup de fusil ? Quarante-quatre ! Et ce n'est pas un exploit, les enfants en rapportent souvent, qu'ils tuent à coups de bâton, tout simplement ! Lui, poursuivit-elle en désignant son mari, il a l'habitude de dire qu'il en pleut, des tourtes, à Québec ! Alors, je me demande bien pourquoi le gouverneur veut nous faire manger de la viande de cheval. Pour essayer de nous convaincre, il en a fait distribuer chez quelques familles de la basse ville. Vous auriez dû être là, dimanche, il y a trois semaines, quand une dizaine de femmes ont jeté aux pieds du comte, à sa sortie de l'église, de gros morceaux de viande rouge sang ! Il y en a qui ont trouvé cela drôle. Le gouverneur, lui, s'est montré bon prince, il était de bonne humeur ce jour-là. Il s'est contenté de dire avec hauteur : « Dans d'autres pays, les mêmes personnes qui refusent aujourd'hui la nourriture qu'on leur donne se jetteraient à mes pieds pour en avoir… »

Simonne mit une main devant sa bouche, à la manière des adolescentes, et pouffa de rire. Vadeboncœur la trouva charmante. Voilà, se dit-il, qu'il en était à redécouvrir la grâce pétillante des femmes de son pays, cette façon d'être attentives et toujours prêtes à la réplique, cette manière, aussi, de dessiner avec des gestes ce qu'elles disaient. Il se souvint combien Marie-Ève était remuante quand elle parlait…

— Vous m'écoutez ?

Vadeboncœur tressaillit.

— Oh ! Pardon, j'étais dans la lune, je crois. Je vous prie de m'excuser.

Un sourire entendu de Petitclaude invita Simonne à continuer. Vadeboncœur se recomposa une physionomie de visiteur qui écoute religieusement.

— J'ai aussi du beurre. Si j'en parle, c'est qu'il n'est pas ordinaire, pas salé. Il est fabriqué avec de la crème sûre : il se conserve mieux, il est meilleur et s'étend aisément sur ce bon pain bis, un pain doux, de seigle et de son.

Elle parlait en jetant des coups d'œil à Vadeboncœur, des coups d'œil par en dessous, pour s'assurer que son invité l'écoutait toujours :

— Et pour dessert, des prunes, des pommes, du raisin et des noix de hêtre et de noyer. Des prunes de Montréal…

— J'en ai fait venir deux barils de chez Jacques Le Ber, intervint son mari.

— … et des pommes de Lachine, de chez André Lapin : on dit qu'à l'automne dernier, il en avait sept mille dans sa cave.

Elle continua :

— J'oubliais ! Les raisins. Ils nous viennent des vignes de la famille Picoté de Belestre – celle dont la fille, Jeanne-Geneviève, aurait été violée, vous vous souvenez ?

Vadeboncœur acquiesça.

— Eh bien ! ils se sont lancés dans la culture des vignes. Mais les résultats ne sont pas fameux : nos raisins ne renferment pas autant de soleil que ceux de France.

Petitclaude diagnostiqua doctement :

— La saison chaude est trop courte, ici ; le soleil, trop capricieux, pas assez persévérant. Il ne plombe vraiment qu'entre midi et trois heures, en juillet. Ce n'est pas un pays pour la vigne. Il faut ce qu'il faut.

— Goûtez, dit Simonne, tendant une grappe pâle.

Vadeboncœur écrasa le raisin contre son palais.

— C'est presque acide.

— Hélas ! dit Petitclaude, j'ai l'impression que les bonnes bouteilles vont déserter nos tables. Au prix qu'il en coûte pour importer ! Mais nous n'en sommes pas encore là, heureusement : regarde-moi la robe de ce bordeaux ! Il me vient de mon ami Jean Quenet, qui est aussi chapelier. D'ailleurs, ton père doit le connaître, puisqu'il demeure à la pointe Beaurepaire, pas très loin de Sainte-Anne-du-Bout-de-l'Isle…

Petitclaude se renversa un peu en arrière pour déguster, les yeux fermés, une gorgée de son vin. À le voir si satisfait, on pouvait conclure que la gourmandise était sa plus grande vertu. Lorsqu'ils mangèrent, le silence eut quelque chose de vivant, de joyeux. Au dessert, Vadeboncœur dit :

— Si nous en venions à notre affaire ?

— Venons-y, venons-y ! Je le répète : je te propose les fonds qui te manquent, une association, en quelque sorte. Comme tu le sais, les navires de haute mer ne peuvent se rendre à Montréal, puisque le tirant d'eau du fleuve est trop faible. Donc, pour peu que tu veuilles exporter et importer, tu devras disposer d'un homme de confiance qui veille à tes intérêts, ici, dans le port.

— Sans doute.

— Et dis-moi qui accomplirait cette tâche mieux qu'un associé, un complice ? En veillant à tes intérêts, il veillerait aux siens. À nous deux, moi ici, toi là-bas, nous ferions efficacement concurrence à ce bourgeois de La Chesnaye.

Petitclaude bombait le ventre. Il exultait à l'idée qu'il venait de proposer. Quand il se tenait à la porte de sa boutique, un pouce passé dans une poche de sa veste, ne l'aurait-on pas pris pour le propriétaire, déjà, de la ville entière ?

Vadeboncœur accepta.

— Bravo ! conclut Petitclaude. Nous ferons les choses sérieusement, par contrat devant notaire.

— Je ne l'envisageais pas autrement.

— Bravo ! Les affaires, cela se fait *par écrit*. Il faut ce qu'il faut !

Quand Vadeboncœur quitta Petitclaude et sa femme, il faisait nuit. Tout l'après-midi, ils avaient élaboré les termes de leur association, projeté des méthodes d'opération. Il fut décidé que le fils de Pierre Gagné rachèterait un commerce existant déjà à Montréal et dresserait une liste de fournisseurs éventuels.

Avant d'aller dormir, Vadeboncœur laissa ses pas le conduire rue des Roches. Il la remonta jusqu'à l'ancienne boulangerie de Thérèse Cardinal. Une bougie brûlait à la fenêtre de l'étage. Il ne chercha pas à se remémorer les instants de paradis qu'il avait vécus dans cette maison, ni à raviver la sensation physique du désir qu'il avait connu dans la chambre où vacillait la lumière. Mais en vibrant de toutes les fibres de son corps, il constata : « Je suis tout à fait revenu. »

Comme la veille de son départ pour la France, la lune brillait dans le ciel de Québec, glorieux d'étoiles.

CHAPITRE L

Au manoir du Bout-de-l'Isle, si la vie était encore en lui, Pierre Gagné n'en avait pas moins cessé d'exister. C'était un foudroyé vivant. Son corps, toujours fort en apparence, occupait le même fauteuil depuis plusieurs semaines. On l'aurait dit vide d'âme et de cœur. La tête, blanche maintenant, demeurait tournée dans la même direction. Les seuls changements d'expression du visage venaient des variations de la lumière provoquées par la ronde des heures. Peut-être écoutait-il tous les bruits familiers de la maison, peut-être regardait-il le printemps qui fleurissait aux grandes fenêtres de son cabinet de travail : nul n'aurait pu l'affirmer. Contre l'attaque du cerveau qui l'avait jeté bas, les médecins avaient tout essayé : toutes les purges, toutes les saignées, toutes les potions. En vain. Quoi qu'il en fût, ceux qui l'approchaient se sentaient obligés de lui parler. Étranges dialogues, où la même personne formulait les questions et les réponses, se croyant aussi obligée de crier…

– Alors ? On se sent un peu mieux aujourd'hui ? Bon, bon ! Il ne faut surtout pas perdre courage !

Ou encore, comme s'il avait été un enfant :

– Toujours étendu là, à ne rien faire ? Mais ce n'est pas bien, cela ! Il faut faire quelque chose ! Mais oui, je

580

comprends, je comprends… Cela va revenir ! Bientôt, tu courras dans les champs, tu verras !

Chaque nouveau jour n'apportait rien d'autre qu'une attente infinie. Entreprendre les réparations qui s'imposaient ? Engager des gens pour préparer la récolte et prendre soin du cheptel qui dépérissait ? Nul n'y songeait plus.

On aurait dit que tout s'en allait. Isidore Viens avait apporté une étrange nouvelle : le fils de Vadeboncœur était très malade. En l'absence du bailli, les Montréalais avaient lancé une rumeur selon laquelle la vieille domestique, une Italienne, pensez ! que tous détestaient et qu'on disait un peu sorcière, avait jeté un maléfice sur le pauvre enfant. Le chapelain des dames de la Congrégation, l'abbé Bailly, était venu, avait-on dit, dans l'intention d'exorciser le jeune garçon. Mais la femme de Vadeboncœur avait jeté de si hauts cris que le religieux s'en était retourné sans avoir pu exercer son office.

Fallait-il croire ces ragots ?

Élisabeth et Thérèse se relayaient au chevet du malade. Pendant que l'une veillait, l'autre errait dans les pièces du manoir. Aucune des deux ne s'était encore faite à cette étrange existence en sourdine. Quand elles se retrouvaient, elles parlaient « à la course », Élisabeth surtout, pour compenser leurs nombreuses heures de silence.

Thérèse éprouvait une gêne à se retrouver rapprochée de cette femme, à cause de Pierre Gagné, un homme qui, pourtant, n'avait jamais été le sien. Elle se demandait si de la rancune ne se cachait pas derrière l'attitude amène d'Élisabeth.

De son côté, cette dernière n'observait-elle pas Thérèse pour deviner si, jadis, entre elle et Pierre… ? Et pourquoi, se demandait-elle finalement, avait-elle cédé à l'impulsion de prier Thérèse de venir au manoir ? Pour tenir compagnie à qui ? À elle, qui voyait mourir son mari ? Ou à lui qui, elle le sentait bien, ne voulait pas mourir sans Thérèse près de lui ?

S'inquiéter de Marie-Ève évitait à Thérèse de trop s'apitoyer sur elle-même. Elle connaissait les gens de Québec et savait qu'ils n'étaient ni ne seraient jamais de vrais citadins et qu'ils cultivaient un esprit de clocher d'une rare intolérance. Elle était certaine que sa fille serait désormais rejetée à cause du duel où son mari avait trouvé la mort. Elle espérait que les enfants, Olivier et Louise-Noëlle, n'en souffriraient pas trop. Au cours de ses nuits d'insomnie, elle n'entrevoyait qu'une solution : que Marie-Ève quitte définitivement Québec, comme elle avait jadis tourné le dos à Montréal.

Elle le lui écrirait. Elle chercherait à la convaincre.

Elle veillait Pierre à l'heure où se couchait le soleil.

À près de soixante ans, elle estimait avoir raté sa vie. Son père lui avait recommandé l'indépendance. Il lui avait caché que, au bout, elle trouverait la solitude. Et la solitude, c'était le néant. Son père… Elle essayait parfois de se rappeler la France et son Anjou natal. Mais ce n'était plus que le souvenir d'un souvenir.

Combien d'hommes y avait-il eu dans sa vie ? Ou, plutôt, dans son lit ? Des amants, des amours ; des passions, des passades. Des petits bonheurs, des pauvres plaisirs souvent renouvelés, souvent brisés. Rien que des pluriels, pas de singulier.

Même si Pierre Gagné avait voulu la retenir quand elle avait décidé de partir pour Québec, elle ne l'aurait pas écouté. Elle en était absolument certaine. Elle avait eu tort, elle le comprenait maintenant. Avec Pierre auraient cessé la dérive, la solitude. Elle aurait trouvé chez lui des pardons qui lui manqueraient à jamais. Le désir de vouloir vivre toujours plus intensément, ou de s'en donner l'illusion, ne serait pas venu user le bonheur quotidien. Elle n'avait plus l'impression d'être utile, à qui ou à quoi que ce soit. Elle se considérait comme une vieille bête, et aurait voulu s'étendre dans un coin et se laisser mourir. Elle pensait à cette issue avec un calme effrayant. Elle avait perdu son fabuleux courage.

Souvent, elle traînait au lit. Ce qui ne lui ressemblait pas. Mais, justement, elle changeait. Il lui arrivait aussi de parler toute seule. Mais, après tout, n'était-ce pas son moyen de se tenir compagnie ?

Dans le manoir, elle se sentait recluse, morte. Pourquoi était-elle venue ? Qu'attendait-elle ? La mort de Pierre était trop certaine pour qu'on pût espérer autre chose. Était-ce cela qu'elle attendait ? Mais après ?

Au temps où elle travaillait pour l'intendant Jean Talon, elle avait été bien près de réaliser ses ambitions. Elle vivait encore sur sa lancée de femme volontaire, sûre d'elle-même et entourée d'hommes considérés pour leur courage, leur ténacité, leur intelligence, leur réussite. Elle avait su les entraîner dans son sillage ; elle n'avait pas su les retenir. Ils s'étaient envolés. Elle était restée seule.

Elle se comparait parfois à Élisabeth. Celle-ci n'était pas belle ; mais, comme les femmes qui n'ont jamais eu l'air jeune, elle n'avait pas réellement vieilli. Tout au plus son dos s'était-il voûté, ses chairs, amollies.

Un soir de juin, un violent orage éclata. Thérèse regardait fondre les dernières lueurs orangées d'un jour qui avait été particulièrement chaud, quand elle vit le ciel se craqueler soudain sous les coups de sabre d'un éclair éblouissant. Et le tonnerre parut ébranler les fondations du manoir.

Un cri suivit. Des pas retentirent à l'étage. Élisabeth s'était précipitée dans la pièce où reposait Pierre et s'était serrée contre Thérèse, le corps tremblant. Elle sanglotait.

Maintenant, lui tapotant gauchement l'épaule, Thérèse lui murmurait :

— Allons, allons…

Les larmes qui jaillissaient de ses yeux, Élisabeth ne faisait rien pour les essuyer : elle reniflait comme une enfant. Des gouttes tièdes tombaient sur le bras de Thérèse qui dit :

— Tu pleures autant que les glaçons de printemps. Cela va me prendre un seau, si tu continues !

Les sanglots d'Élisabeth parurent s'accentuer. Thérèse s'aperçut qu'en réalité elle riait. Ses prunelles, pleines d'eau, brillaient bizarrement. Elle dit d'une voix chevrotante :

— Mon Dieu, que j'ai eu peur !

La pluie tambourinait sur les carreaux ; le vent forçait la charpente de toute la demeure ; des sons stridents mouraient en plaintes grinçantes. Élisabeth s'était assise. Avant qu'elle se confie, car, c'était évident, elle allait parler, une question assaillit l'esprit de Thérèse : pourquoi Pierre Gagné avait-il fait d'elle sa femme ? Elle essaya un instant d'imaginer leur rencontre, leur amour, leur bonheur, sans doute fragile, prêt à tomber comme une feuille au dernier jour de l'automne.

Les doigts d'Élisabeth jouaient dans son giron. Elle se mit à parler.

– Voilà des jours que je ne sais plus où j'en suis. Mon mari est mort, et il ne l'est pas. J'ai perdu mes deux fils. Je ne peux pas regarder en avant, me dire que demain… Il…

Elle fit une pause avant d'oser désigner Pierre, qui entendait peut-être, et continua :

– … il disait que nous avions un pays à construire, une nation à mettre au monde, un peuple à fonder. Mais, mon Dieu, que tout cela m'est étranger ! Je ne suis pas capable d'y croire, de croire que je suis, que je peux être utile à quelque chose d'aussi… d'aussi grand. J'ai l'impression de n'être qu'une femme très ordinaire. Une mère sans enfants qui se cherche une raison d'être. Et une veuve, bientôt…

Elle regardait dans le vide. Un coup de tonnerre éclata. L'orage gagnait en intensité.

– Je ne pourrai pas rester ici, dans cette grande maison. Perdue au Bout-de-l'Isle. Non. Je ne resterai pas ici…

Elle regardait son mari, résignée. Le tonnerre roula de nouveau. L'eau, à force de battre les fenêtres, traversait l'une d'elles ; un mince filet coulait jusqu'au plancher. Élisabeth s'empara du poignet de Thérèse et le secoua :

– Et si… si nous mettions de la vie dans cette maison ? Si tu demandais à ta fille de venir ici avec ses enfants ? Elle doit être aussi seule que nous, dans sa maison de Québec.

Elle jeta un coup d'œil vers le mourant :

– Il souffrait beaucoup du fait que Vadeboncœur n'était pas revenu habiter ici. Il disait que le manoir mourrait avec lui. Tu ne penses pas qu'il serait d'accord avec moi ? Avec nous ?

– Sans doute.

Thérèse souriait. D'un sourire qui faisait son visage triste, bien plus qu'il ne l'égayait. Elle découvrait chez Élisabeth une volonté, surprenante dans sa soudaineté, de survivre malgré tout. Une volonté qu'elle-même n'avait plus et se sentait incapable de retrouver, l'eût-elle souhaité. S'agissait-il d'une sorte de déchéance dont elle ne se relèverait pas ? Son instinct s'était-il définitivement tu ?

Elle sut cependant se laisser entraîner par cette idée de semer de la vie entre les murs endormis du manoir.

– Oui. Tu as raison. Il aurait aimé sans doute que Marie-Ève et les enfants viennent vivre ici. Je vais écrire à ma fille.

Sans hésitation, elle s'assit devant le secrétaire de Pierre Gagné. Quand sa plume glissa pour tracer le premier mot sur la feuille blanche, Élisabeth se remit à pleurer doucement. Elle parlait à Pierre, comme pour le consoler :

– Elle écrit à sa fille… Marie-Ève va venir habiter avec nous…

Cette nuit-là, elles le veillèrent ensemble et elles parlèrent comme de vieilles amies.

Le matin, les yeux morts, mais le cœur content, elles s'endormirent sur l'épais tapis, après s'être couvertes de plusieurs catalognes.

Chapitre li

À Québec, place Royale, dans sa grande maison de pierre aux solides parquets de chêne, Marie-Ève veillait la vie. La lumière dorée d'un chandelier aux multiples bougies faisait briller la peau de son bébé. Épanouie, souriante, elle le langeait de batiste délicate. Elle effleurait parfois du bout des lèvres le nez minuscule de Louise-Noëlle. Puis elle baisait les petits poings fermés de l'enfant.

Elle découvrait que la tendresse peut être aussi intense que l'amour. Sa fille, ce personnage de trois mois, tendait vers elle des bras avides. Et elle était ravie de la porter à sa poitrine gonflée de lait, de voir sa bouche, belle comme une fleur, rejoindre goulûment le mamelon offert.

La tétée était une cérémonie qui réunissait parfaitement la mère et l'enfant. Marie-Ève, ensuite, se balançait tout doucement, d'avant en arrière et d'une jambe à l'autre, à l'indienne, pour endormir Louise-Noëlle. Elle lui murmurait une mélodie que, de veille en veille, elle composait pour elle. Toute sa vie se trouvait rachetée. Son enfant était son refuge contre la médiocrité des gens qui la désignaient du doigt parce qu'elle était la veuve du major de Salvaye, mort en duel.

Olivier, malgré son jeune âge, avait étrangement réagi aux événements, tant à la mort de son père qu'au vent de ragots et de froideur qui avait suivi. Pendant des semaines, il avait vécu taciturne, replié sur lui-même, avant de revenir à sa mère, dans un grand élan. Depuis, il s'était entièrement attaché à elle : le major de Salvaye n'avait plus de descendant pour perpétuer son arrogante noblesse. Olivier grandirait Cardinal, de cœur comme de caractère. Toutefois, on ne pouvait se tromper à la luminosité de ses cheveux blonds ou à la soudaine sévérité de sa physionomie quand il plissait les sourcils. On le disait beau comme une fille. Cela l'agaçait. Heureusement, sa mère lui avait annoncé qu'il était désormais *l'homme* de la famille. Il en fallait un, lui avait-elle expliqué.

L'homme. Dieu sait si elle y avait cru autrefois, à commencer par le jour de son mariage, lorsque, pendant la cérémonie, elle avait admiré le profil aristocratique de son fiancé.

En épousant ce Français fortuné et distingué, elle savait trouver une élégante sortie à son désespoir causé par le départ de Vadeboncœur. Et, du moins, ni sa mère ni elle n'auraient plus à envisager une charge de domestique chez les bourgeois de la haute ville.

Elle n'était pas amoureuse, mais elle s'était dit qu'elle pourrait le devenir. Et c'était suffisant.

Néanmoins, son cœur s'était contracté lorsqu'elle avait prononcé : « Oui, pour le meilleur et pour le pire, et jusqu'à ce que la mort nous sépare. » L'irréversibilité de ce serment l'avait frappée. Elle cessait de s'appartenir. Plus jamais elle ne connaîtrait les ardeurs d'un nouvel amour. Mais elle désirait tant avoir des enfants ! Que pouvait-elle souhaiter de plus ?

Les invités à la noce avaient été peu nombreux. Des amis du major, alors capitaine, essentiellement. Des hommes peu sympathiques pour la plupart, et qui regardaient Marie-Ève comme une bonne prise. Lorsque le couple s'était retiré pour la nuit, il s'en était trouvé un pour lancer, égrillard :

– N'en faites pas plus qu'il n'est permis.

De Salvaye avait ri à cette boutade vulgaire. Marie-Ève avait rougi. De colère plus que de gêne.

Il l'avait laissée se préparer dans une pièce adjacente à leur chambre nuptiale, en suivant sa sortie avec un sourire fat. Lorsqu'elle fut seule et nue et qu'elle se regarda attentivement, Marie-Ève, pour la première fois, ne se trouva pas jolie. Et puis c'était la première fois aussi que, avant de faire l'amour, elle s'isolait ainsi. Non, décidément, le mariage était trop factice pour l'amour. Toutes les manières, les allusions des hommes, les regards appréciateurs de son mari célébraient le corps, non le cœur.

Elle passa une camisole finement brodée dont sa mère lui avait fait cadeau. « Rappelle-toi qu'un mari est un amant », lui avait-elle dit. En rejoignant Grégoire de Salvaye, elle tremblait légèrement.

En homme habitué aux conquêtes faciles, il avait sur-le-champ pris sa passivité pour de la docilité. Il ne lui avait pas dit : « Je t'aime », n'avait pas caressé ses cheveux qui lui tombaient jusqu'aux reins. Il avait ôté la chemise de la jeune femme en promenant sur sa nudité le regard odieux du mâle sûr de lui et certain d'une satisfaction immédiate. Ses mains avaient parcouru rapidement toutes les surfaces de sa féminité, avec des doigts sans respect. Brutalement, il avait agacé la pointe de ses seins. Elle avait eu un mouvement de recul. Il avait ri et s'était hâtivement dénudé. Elle s'était glissée sous les draps, le cœur battant à lui faire mal. Toute la peau de son corps frissonnait, comme si on allait la malmener, la violer.

Sans s'attarder à des douceurs, il la couvrit. Les doigts de Marie-Ève labourèrent le drap ; elle tourna la tête vers le mur, pressa ses paupières l'une contre l'autre pour ne pas pleurer.

Et alors s'était produit l'abominable : une gifle, puis une autre. Trois, quatre. Et la voix avinée, rauque :

– Garce ! Tu ne m'avais pas dit que tu étais une *fille* ! Une *fille*, j'ai épousé une *fille* !

Il avait roulé à côté d'elle et s'était rapidement levé. Nu, tout muscles, il était beau, mais il avait l'air d'une bête méchante, prête à bondir.

– Combien d'hommes avant moi ? Combien ?

Il fit mine de la frapper de nouveau. Elle esquiva le coup, se drapa dans la couverture et sauta du lit. Elle heurta la commode. Un pichet tomba, éclata sur le sol. L'eau se répandit, lui mouillant les pieds. Grégoire de Salvaye marcha sur un éclat de porcelaine et se blessa. Elle en profita pour disparaître dans la pièce voisine. Il ne vint pas l'y chercher.

Le lendemain, c'étaient deux étrangers qui s'étaient assis à table pour déjeuner. Séparés par la haine et le dégoût. Marie-Ève avait déjà décidé de retourner vivre chez sa mère. Mais Grégoire parla :

– Le vin est mauvais conseiller.

Allait-il s'excuser ? De toute façon, Marie-Ève se préparait à lui répliquer qu'elle ne lui pardonnerait jamais.

Elle soutint son regard. Il dut baisser les yeux et parut retrouver un semblant de sérénité.

– J'avais beaucoup bu, hier. Beaucoup trop.

Tout de suite, il se rétracta :

– Mais cela ne change rien au fait.

Il la sentit se roidir. Il recula de nouveau.

– Disons que je ne pourrai jamais accepter que… Ce que tu sais. Quoi qu'il en soit, nous, les gens de ma famille, nous n'avons jamais déserté un mariage. Donc, mon intention est de te garder…

– Me garder ?

Elle s'était levée, furieuse.

– Tu ne me garderas pas, monsieur de Salvaye. L'amour n'est pas qu'un accouplement. C'est mon droit d'avoir aimé avant de te connaître. Aimer, ce n'est pas folâtrer avec le premier venu. Mon corps m'appartient, n'a toujours appartenu qu'à moi et ne sera jamais à personne. Ma mère…

– Parlons-en, de ta mère !

– Parlons-en, oui ! Sans elle, que serais-je, ce matin ? Ton esclave. Une femme déchue au nom de la prétendue loi des hommes.

Pourquoi fallut-il qu'elle éclate en sanglots juste à ce moment-là ? Grégoire l'entendit proférer entre ses dents :

– Maudit de maudit !

Décidément, soupira à part lui M. de Salvaye, cette femme n'était pas comme les autres. Pas plus comme celles de son monde que comme les catins, les soubrettes ou les chambrières avec qui il lui était arrivé de prendre son plaisir. Déroutante !

Mais Marie-Ève s'était déjà reprise. Peu lui importait de lui offrir une figure barbouillée de larmes :

– Un Français ! J'aurais mieux fait d'attendre un bon Canadien. Ce n'est pas moi que tu méprises, au fond, c'est mon pays ! Il n'y a pas ici de salons au service de la parlote et des manières sucrées. Il n'y a surtout pas de *filles*, comme tu dis, pour se distraire des femmes.

Elle le toisait. Ses yeux flamboyaient. Une chaleur passionnée colorait son visage. D'indignation et de fureur, elle secouait ses cheveux épars.

D'une beauté troublante aussi, songeait-il en la regardant, l'admirant presque. « Ma parole ! je vais la désirer », se dit-il. Et tout haut :

– Faisons la trêve, ma mie. Mieux encore, la paix.

Nu, il fit un pas vers elle.

– N'approche pas ! dit-elle avec une telle dureté qu'il s'arrêta.

– Me croiras-tu si je te dis que je peux t'aimer malgré tout ? Laissons faire le temps.

– Je ne crois rien. Je verrai.

Ils avaient donc fait vie commune pendant des années. De Salvaye était resté français ; elle était restée canadienne. Leur couple n'avait existé que pour de brèves étreintes.

Puis il était mort comme un criminel en se battant en duel avec un homme qu'il avait cocufié, comme il l'avait cocufiée, elle.

Peu de jours après la naissance de Louise-Noëlle, un clerc était venu lui apporter une convocation chez le notaire Demesnu, de la haute ville. Le tabellion lui avait annoncé qu'elle héritait, seule, de tous les biens de son mari.

Elle était riche : une maison superbe, place Royale, avec tout son contenu ; un grand domaine sur l'île Bonaventure ; une rente versée par l'administration militaire et une forte somme en louis d'or, consignée par le major chez le notaire en attendant de l'investir dans la construction du château qu'il projetait d'élever pour asseoir sa dynastie.

Elle était veuve et tout lui revenait, sans conditions, avec pleine faculté d'élire. Mais elle n'en éprouvait aucune joie particulière. Rien que la satisfaction d'être vengée et doublement libérée. Libérée d'un homme, libérée de la misère.

Puis quand, la croyant le dos tourné, on s'était mis à la désigner du doigt sans ménagements, quand on commença à regarder de travers celui ou celle à qui elle adressait la parole dans la rue ou dans une boutique, elle avait été surprise, et épouvantée par un tel déferlement d'hostilité.

Une poignée d'amis fidèles, comme Petitclaude et la famille de Jeannette Vacher – celle-ci ne s'était jamais mariée, préférant se dévouer au chevet de sa mère alitée pour la vie –, lui avaient révélé les motifs de ce comportement odieux : la mort de son mari en duel. S'y ajoutait sans doute la réputation de sa mère, à qui l'on n'avait jamais pardonné son insolente viduité. Et puis les attitudes suffisantes du défunt major, pour qui le peuple québécois n'était composé que de petites gens, et qui l'avait rudement fait sentir sans ménager les susceptibilités, lui avaient fait des ennemis qui se vengeaient sur elle. Sans parler des jalousies que ne pouvait manquer de susciter une riche et jolie veuve.

Les jours, les semaines avaient coulé. Louise-Noëlle prenait forme. Marie-Ève et, après elle, toute la maisonnée l'avaient surnommée Grenouille. Les deux premiers mois, la mère avait gardé l'enfant contre elle jour et nuit. Seuls, la chaleur de son corps et les battements de son cœur avaient le don d'apaiser les pleurs continuels de Grenouille.

– Elle n'a pas eu assez de ces neuf mois dans ton ventre, disait Mathurin Regnault. Elle en veut encore !

Marthe Mazoué, qui était devenue une bonne amie depuis l'accouchement, avait rassuré Marie-Ève :

– Ce n'est rien. Des coliques. Probablement dues à quelques étranglements dans de petits intestins tout neufs. Elle ne vomit pas ? Elle boit avec appétit ? Petit à petit, d'un boire à l'autre, le lait va définitivement ouvrir la voie.

Marthe Mazoué devait avoir raison, puisque, au bout de neuf semaines environ, Louise-Noëlle dormit seule, enfin, dans son joli berceau à quenouilles et à patins.

Un jour, Olivier, qui venait souvent se pencher sur le berceau, arriva en s'écriant joyeusement :

– La Grenouille rit ! La Grenouille a ri, maman !

Le petit garçon était fort et grand pour son âge. Il aimait parcourir la basse ville en compagnie de Josephat et d'Euclide, les deux fils de Mathurin. Marie-Ève le laissait galoper le plus librement possible. Souvent il se rendait au bord de l'eau. Les bateaux le fascinaient. À flâner ainsi, il glanait les nouvelles, les rumeurs, les annonces officielles, et il les rapportait à la maison. Un jour de mai, il avait annoncé à sa mère que le bailli de Montréal allait descendre à Québec avec un condamné à mort :

— Il paraît que c'est l'homme qui a mis le feu à l'hôpital de Montréal…

Marie-Ève avait manifesté peu d'intérêt pour le condamné à mort. Davantage pour le bailli :

— Le bailli l'accompagnera jusqu'ici, à Québec ? Tu en es certain ?

— C'est ce qu'ils disent…

— Qui, ils ?

— Eh bien, Antoine, Antoine Serre ; c'est lui le geôlier de la sénéchaussée…

— Qui d'autre ?

— La femme de Fumichon. Elle l'a dit chez le marchand Fouché.

Nicolas Fumichon était le crieur public et, c'était connu, sa femme « criait » toujours tout avant lui. Elle savait tout. Tout ce qui arrivait et tout ce qui allait arriver.

À peu de temps de là, le postillon Dasilva raconta qu'il avait dépassé des canots menés par des miliciens. À bord de l'une des embarcations, il avait aperçu un homme, les mains attachées dans le dos.

Dès lors, l'impatience avait pris Marie-Ève – elle avait beau se reprocher de ne pas être raisonnable, n'allait-elle pas avoir bientôt trente-six ans ? –, tout son être protestait : « Je veux seulement le voir. Le revoir. Même pas lui parler. Juste le regarder… Ah, que je suis idiote ! »

Enfin, elle apprit que le bailli avait été reçu par le gouverneur. Olivier raconta la scène comme on la lui avait rapportée : en riant du bailli éconduit à cause de son Indien tout mataché.

— Mitionemeg ! s'écria sa mère.

— Qui ?

— Laisse, tu ne peux pas comprendre.

Elle revoyait en pensée leur trio : Pierrot, Mitione-meg et elle. Ils couraient le long d'une mince rigole de printemps ; Marie-Ève tombait ; l'eau glacée lui mordait les jambes ; elle pleurait, criait ; les deux garçons riaient. Pierrot surtout. Et aujourd'hui…

— Comme c'est long, une vie…

— Qu'est-ce que tu dis, maman ?

— Rien, mon chéri.

Le jour de l'exécution de Buot, toute la basse ville avait gravi la côte de la Montagne. Pas Marie-Ève. Elle ne voulait pas assister au supplice. Et puis, elle se méfiait des hasards. Elle ne voulait pas rencontrer Vadeboncœur en public. C'était un moment qu'elle se réservait, qui n'appartiendrait qu'à elle. Pourtant, elle brûlait d'impatience de le revoir. Elle prit l'habitude de venir bercer la Grenouille devant la fenêtre de la salle à manger.

Les marchands s'évertuaient, aurait-on dit, à rendre son guet difficile : ils appelaient la clientèle, provoquaient des mouvements de foule. Car, en cette fin de printemps, ils offraient une multitude de produits nouveaux venus de France, des articles de toilette – rasoirs, peignes et ciseaux –, des objets de cristal – flacons, fioles et bouteilles –, des bottes de cuir…

Au milieu des figures de toutes sortes – trognes renfrognées, minois innocents, frimousses alertes ou joues affaissées –, elle faillit ne pas le reconnaître.

Mais c'était bien lui. Ces yeux-là, c'étaient les siens ! Elle eut envie de rire de sa mince moustache noire aux pointes retournées, pareille à un trait au-dessus de la bouche : cela lui donnait l'air français !

Il s'approchait d'un étalage de tissus. De deux doigts, il lissait une pièce de soie. Le marchand lui vantait sa marchandise. Vadeboncœur n'écoutait pas. Il… Oui, il regardait du côté de sa maison, mais sans la voir !

Elle s'éloigna précipitamment de la fenêtre.

Il faisait pourtant si clair, si beau. Elle se rapprocha de nouveau, et elle le regarda, longuement. Elle n'entendait plus le tumulte sur la place. Elle avait oublié qu'il était si grand, si fort, si beau. Ses traits reprenaient peu à peu place dans sa mémoire. Et la ferme douceur du regard retrouvait le chemin de son cœur.

Elle aurait voulu sortir, courir, fendre la cohue. Tant pis si ses cheveux flottaient sur ses épaules ! Elle crierait son nom. Il en ferait autant du sien, en la soulevant de terre pour l'étreindre. « Vadeboncœur ! »

Elle ne quitta pas sa demeure. Ses lèvres ne s'ouvrirent pas pour articuler le nom bien-aimé. En y mettant toute la force des Cardinal, elle s'interdisait de laisser son cœur s'emballer. Elle se promettait de s'en tenir à sa résolution de seulement l'admirer de loin. Elle se contenterait de lui parler intérieurement.

« Si tu savais comme je t'ai attendu. Mon Dieu ! J'ai l'impression de n'avoir fait que ça toute ma vie ! Chaque jour, chaque saison, chaque âge nouveau. T'attendre… »

Et pourtant, tous deux regardaient l'un vers l'autre. Lui, de la place. Elle, de la fenêtre. Une lueur d'anxiété habitait le creux de son regard : il la cherchait, il essayait de deviner si elle n'était pas derrière les carreaux qu'il fixait. Cela dura quelques minutes. Il tourna la tête. Il se remit en marche. Il se dirigea vers le centre du marché. Sa silhouette se noya dans la marée de tous les autres qui, pour Marie-Ève, n'étaient personne.

Elle constata alors que ses bras n'en pouvaient plus de porter le bébé qui s'était endormi. Elle le déposa dans le berceau. Voilà. Elle l'avait revu. C'était fini.

Elle s'étonna qu'il n'y ait rien de changé en elle. Elle était assise près de sa Grenouille. Olivier traînait quelque part avec les fils Regnault. La mère de ces derniers s'affairait à la cuisine. C'était tout.

Le menton dans la paume d'une main, Marie-Ève essaya de se convaincre qu'elle n'attendait plus rien.

Un bruit la tira de sa prostration. Mathurin apparut dans l'encadrement de la porte.

— Il y a quelqu'un qui vous demande…

Elle voulut savourer encore un peu le moment si intense qu'elle venait de vivre. Elle songea à répondre qu'elle préférait ne pas être dérangée. Cependant, elle n'osa pas. Elle se leva, se dirigea vers le vestibule.

C'était lui !

Ses yeux étaient lumineux de joie. Elle devint soudain si vulnérable qu'elle dut prendre appui contre le vaisselier.

Il était debout en plein soleil. Tout, autour de lui, était dans l'ombre. Et si elle rêvait ? Non ! Il bougea, il s'approcha.

— Mes hommages, madame de Salvaye.

« Pourquoi ironise-t-il ? Pourquoi se moque-t-il de moi ? » se demanda-t-elle. Mais elle n'eut pas le temps d'aller plus avant dans les questions. Il sourit :

— Bonjour, Marie-Ève.

Le temps passé à l'attendre n'eut plus la moindre importance dans le cœur de la jeune femme.

L'épouse de Mathurin sortit de la cuisine pour jeter un coup d'œil sur le visiteur. Elle ne connaissait pas le fils de Pierre Gagné. Elle fut toute retournée d'être en présence du bailli de Montréal.

— Monsieur, vous nous faites un grand honneur…

— Voyons, Mathilde !

Voilà que son mari lui reprochait d'être polie, maintenant ? Et qu'il l'entraînait par le coude ?

— Viens m'aider. J'ai des barriques à rouler dans la cave.

Les yeux de Vadeboncœur et de Marie-Ève se croisèrent.

— Cela fait si longtemps ! dit-elle.

Allait-elle l'accabler de reproches ? Non, elle se reprit. Elle dit banalement, bien qu'elle connût la réponse :

— Comment vont les tiens ?

— Mon père, pas très bien. Et ta mère ?

— Bien. Elle est à Montréal avec…

— Je sais.

Des plis rieurs creusaient les méplats du visage de l'homme. Elle pouvait dire n'importe quoi, rien ne saurait atteindre son contentement de la revoir.

Peut-être seraient-ils demeurés là sans bouger pendant des heures, si Louise-Noëlle ne s'était réveillée…

— Qu'est-ce que c'est ?

En entendant les cris de l'enfant, Vadeboncœur s'assombrit. Marie-Ève, elle, rayonnait de joie maintenant. Elle avait envie de se moquer un peu, de rire de lui, de tout.

— Sûrement pas une bête furieuse, dit-elle. Seulement un bébé qui a soif… Viens.

Il la suivit dans la pièce où s'impatientait Louise-Noëlle. Sa mère la tira du berceau.

— Comment s'appelle-t-il ?

— C'est une fille. C'est ma Grenouille.

Vadeboncœur ne put s'empêcher d'être ému. Il détourna la tête pour le cacher. Mais il savait que c'était plus fort que lui. Ils étaient enfin ensemble sans que le poids du passé continuât de les séparer.

— Son vrai nom est Louise-Noëlle.

— C'est un joli nom.

« Et moi, suis-je encore jolie ? » demandaient les yeux de Marie-Ève. Mais il dit :

— Je dois rejoindre Petitclaude à l'atelier de Michel Guyon, le charpentier de navire. Mais je veux, je dois te revoir avant de rentrer à Montréal. Ce soir, je viendrai. Oui ?

« Accepte ! Mais accepte donc ! » cria Marie-Ève dans son cœur.

— Je voudrais t'expliquer, que tu comprennes. Même si cela ne porte à aucune conséquence… J'ai dû te sembler injuste.

D'un geste de la main sur ses lèvres, elle lui coupa la parole. Ce n'était pas le moment. L'important, c'était ceci :

— Quand la nuit sera tombée, reviens sur la place. Si tu vois de la lumière à ma fenêtre, frappe à la porte. Je t'ouvrirai.

S'il avait osé, il aurait déposé un baiser sur sa chevelure noire, mais il partit en silence. C'est son regard qui parla.

CHAPITRE LII

La place Royale vide et grande, dans la nuit, faisait vraiment honneur à Louis XIV. Toute l'architecture de la basse ville semblait se tenir en respect devant le buste imposant du roi. Autour du socle, la lune blanchissait les galets. Sa Majesté, le visage impérieux sous les boucles de ses cheveux, paraissait ne jamais dormir.

Le temps était beau ; l'air, plus doux que de saison. Des points lumineux scintillaient aux fenêtres des maisons bordant la place ; ils projetaient des reflets disproportionnés, sous forme de traînées jaune pâle sur le sol.

Vadeboncœur marchait lentement, respirant ce décor. Les vieilles villes de France n'avaient pas plus de charme que cette clairière artificielle au sein d'une ville pourtant relativement neuve.

Il n'était plus le bailli de Montréal. Ni le diplômé de lettres légales de l'université de Paris. Ni le père de famille. Ni même l'époux d'une noble Parisienne. Il n'était qu'un homme anxieux, manquant de courage à l'idée de retrouver la seule femme qu'il eût jamais vraiment aimée, pris d'une peur brûlante comme un désir, à la perspective d'aimer de nouveau.

Une fenêtre s'entrebâilla. Il aperçut sur un mur des silhouettes mouvantes. Il faillit se cacher comme un enfant derrière la statue de Louis XIV. Au même moment, un chien aboya. Il crut que c'était après lui.

Il était là depuis la tombée du jour, à attendre le signal de Marie-Ève. Il doutait, puis reprenait confiance.

Enfin, la flamme chancelante d'une bougie troua le noir de la maison de Salvaye. Sans perdre une seconde, il courut frapper comme Marie-Ève le lui avait dit. La clandestinité ajoutait au sentiment qu'il avait de renouer avec son adolescence. Le battant de la porte s'ouvrit. Il devina Marie-Ève dans la forme blanche qui tenait la poignée :

– Entre.

Il se glissa à l'intérieur. Une ivresse l'envahissait et l'engourdissait. Derrière la forme en peignoir blanc, la porte s'était refermée sur le reste du monde.

Marie-Ève le voyait à peine, et cela lui importait peu. Elle prenait autant de plaisir à l'imaginer qu'à le voir, à mêler le rêve à la réalité. Ses yeux brillaient dans l'ombre.

Vadeboncœur lui faisait face. Qu'attendait-il ? Que faire pour ne pas briser ce moment merveilleux, la magie de cet instant ? Ne pas réfléchir. Admettre.

Il se pencha sur elle, la prit dans ses bras, la serra contre lui. Ses mains caressèrent le dos, les épaules, le cou ; ses doigts se mêlèrent aux cheveux ; ses ongles effleurèrent les reins. Elle trembla un peu. Il fit glisser ses paumes ouvertes jusqu'à la taille et l'attira davantage encore contre lui.

Pour savourer le trouble de son corps, Marie-Ève ferma les yeux. Les lèvres chaudes de Vadeboncœur cherchèrent ses paupières, son nez, sa bouche. Elle mit fin à leur embrassement pour lui montrer le chemin de sa chambre. Il la suivit en admirant la douceur mouvante de ses hanches rondes et, dans le dos, une tendre parcelle de peau blanche entre deux masses de cheveux.

Comme elle avait posé un chandelier près du lit, il put la contempler à son aise. Ses yeux avaient gardé leur limpidité, leur franchise. Malgré elle, Marie-Ève laissa affleurer son ancienne souffrance :

— Pourquoi toutes ces années, ce temps gaspillé ? Tu m'avais tout pris, je l'ai compris après ton départ. Et tu ne m'as rien rendu. Pas une lettre, probablement pas une pensée.

Il vint à elle. Elle lui tourna le dos brusquement, croisant les bras sur sa poitrine.

— Elles étaient donc si belles, les femmes de « Paris » ?

— Ne sois pas injuste, je t'en prie.

Elle fit volte-face, les poings sur les hanches.

— Injuste ? Moi ? Pendant des années, des années, tu entends ? je suis restée là, refusant de plaire, d'écouter les autres hommes, et même de les regarder !

Elle se mit à marcher de long en large dans la pièce, d'un pas rageur.

— J'ai mené une vie de carême à cause de toi. Sotte que j'étais, mon cœur battait chaque fois qu'une voile doublait la pointe de l'île d'Orléans ; j'avais l'espoir de recevoir une lettre, une pauvre lettre… J'ai cru devenir folle à force de nous imaginer réunis, l'un contre l'autre et nous aimant, comme le matin où tu es parti. Combien de fois l'ai-je revécue, cette dernière étreinte… jusqu'à en éprouver le même plaisir, si aigu qu'il me laissait pantelante ? Tu vois, il t'arrivait de me faire l'amour sans que tu sois là… Qu'est-ce que je raconte : sans que tu sois là ? Sans même que tu y songes, puisque tu étais dans les bras de femmes bien plus expertes et bien plus belles que ta Canadienne, ta fille de boulangère, dépourvue du moindre quartier de noblesse !

— Pourquoi me reproches-tu d'avoir eu des maîtresses ? demanda doucement Vadeboncœur.

Mais elle était déchaînée :

— Et que fais-tu ici ? N'as-tu pas une femme, des enfants ?

Elle avait envie de le frapper. Elle s'élança contre sa poitrine et la martela impétueusement de coups de poing. Puis tout aussi soudainement, elle le serra dans ses bras en poussant une longue plainte d'animal blessé.

— Pourquoi t'enflammes-tu ainsi, ma petite boulangère ? dit doucement Vadeboncœur.

Il prit délicatement la tête de Marie-Ève entre ses mains, et plongea son regard dans les yeux noirs où se succédaient orages de colère et vagues de passion.

— Il faut que tu saches…

Il n'acheva pas. Il l'embrassa. Longuement. Comme elle, il chancelait de désir. Il couvrit de baisers répétés le visage, la gorge, les cheveux. Ses mains parcouraient passionnément les contours soyeux de cette chair toute vibrante.

Il s'écarta d'elle pour mieux l'admirer. D'un sourire tendre elle l'invita à revenir contre elle. Il la déshabilla. Le corps tant désiré apparut. Il pensa qu'il n'avait qu'une seule nuit pour combler dix-huit ans de séparation. Il la caressa partout avec de longs gestes lents, comme s'il lui fallait de nouveau se familiariser avec tant de ferme fragilité et de délicatesse à la chaude lueur de la bougie.

Elle ne montrait aucune impatience, comprenant son refus de tuer trop vite le désir. Jamais il ne l'avait caressée avec autant d'attention, ni autant de souci d'éveiller chaque portion de son corps qu'il réapprenait. Il lui dit :

— Tu es si belle.

S'il avait su combien elle voulait le lui entendre dire ! Elle le fit rouler sur le dos. Elle se dressa un peu, le regarda et se dit que toutes ces années d'attente valaient peut-être la peine : elles lui avaient pris un adolescent, elles lui rendaient un homme, et c'était mieux.

Le désir les avait conduits au bord d'un déchaînement de violence. Le même éclair fulgurant passa dans leurs yeux. Marie-Ève accueillit Vadeboncœur dans son corps.

Bien que l'extase la fît gémir, il lui restait assez de lucidité pour remarquer qu'il évitait de l'écraser sous son poids. Alors qu'elle savait que, de tout son être, il aspirait à la posséder totalement, tant d'élégance l'émut et la consola de toutes les souffrances passées.

Ensuite, ils restèrent éveillés.

En parcourant d'un doigt lent les durs contours de son visage, geste qu'il reconnaissait, elle lui demanda :

— Parle-moi de Paris.

Il imagina un instant qu'elle voulait réveiller la querelle de tout à l'heure. Mais elle guettait ses paroles avec une mine d'enfant curieuse. Il commença :

— Paris ?... C'est un autre monde. Un monde qui n'a aucune ressemblance avec le nôtre, ici. Et ce n'est pas seulement la ville elle-même, avec ses rues innombrables, ses multiples quartiers, si différents les uns des autres qu'on dirait autant de villes dissemblables ; ce sont ses habitants, qui vivent dans un univers rempli d'inégalités. Là-bas, il te faut un titre ou des amis qui en ont un, sinon tu n'es personne. Je l'ai compris tout de suite. J'étais favorisé et ce monde singulier s'est ouvert pour moi ; il ne me restait qu'à m'y adapter, si je voulais qu'il m'adopte…

— Et pour cela, le mieux était de t'y marier ?

— Laissons cela, veux-tu.

— Je plaisantais… Un rien de jalousie. Est-ce que tu l'aimes de la même manière que moi ?

Il refusa de la suivre sur ce terrain.

— Je n'aime personne comme je t'aime.

— J'entends dans le sens de… de maintenant, de cette nuit, de tout de suite ?

— C'est dans ce sens que je l'entends aussi.

Il s'appuya sur un coude. Dans cette position, il la voyait de profil. Elle avait un petit air narquois et pro-vocant. Il se coula contre elle, encercla ses cuisses de ses jambes fortes.

— Dans ce sens-ci…

Ils s'aimèrent de nouveau.

À l'aube seulement, quand, au milieu des couvertu-res rejetées, le jour éclaira leurs corps sur le lit de ba-taille, elle posa la tête sur sa poitrine et dit :

— Qu'adviendra-t-il de nous, maintenant ? Tu vas retourner à Montréal. Je resterai ici… Il n'y aura rien de changé.

— Si. Je t'aime et nous trouverons le moyen de nous voir. Souvent. D'ailleurs, je m'associe à Petitclaude et nos affaires m'obligeront à descendre ici régulièrement.

Il la regarda dans les yeux.

– Tu dois avoir confiance. Je reviens de loin, de si loin que je m'y étais perdu. Parce que j'étais sans toi. Aujourd'hui, je ne saurais faire deux pas sans me rappeler que le bout de ma route, c'est ici, dans tes bras.

« C'est bien, pensa Marie-Ève. Je passerai donc le reste de ma vie aussi à l'attendre. » Toutefois, elle ne dit rien. Mais, en la quittant, il la trouva mélancolique.

CHAPITRE LIII

Ce n'était plus une rumeur ; c'était la vérité, et tout un drame. Un horrible drame. Le plus épouvantable, peut-être, qu'eût connu jusqu'alors l'histoire de Montréal, parce qu'il était l'œuvre du diable lui-même et que la victime, innocente, en était un enfant.

Un crime. Prémédité et d'une cruauté abjecte. Tous les habitants de Montréal se le reprochaient un peu, car depuis longtemps ils répétaient qu'une sorcière logeait dans la ville, et personne n'avait rien fait pour la chasser. Ils s'étaient bornés à manifester leur indignation et à prier leurs prêtres de les libérer de la présence de cette magicienne aux sombres maléfices.

Le chapelain des dames de la Congrégation, l'abbé Bailly, accompagné de deux enfants de chœur portant eau bénite, cierges et aspersoir, s'était rendu chez la servante du démon. Il avait pris ainsi une grave initiative : en effet, seul l'évêque pouvait désigner l'officiant d'un exorcisme. Le Rituel était des plus stricts à ce sujet :

Le Prêtre qui sera destiné pour faire l'Exorcisme des Énergumènes et Possédés du Démon doit en avoir reçu l'ordre et permission de Monseigneur l'Évesque. Il doit être d'une intégrité de vie parfaite, rempli de piété, de vertu et de prudence. Il faut qu'il soit d'un âge mûr, respectable non seulement par son office et sa Dignité ; mais encore plus par la gravité de ses mœurs. Il ne doit pas s'appuyer sur sa propre vertu ni sur ses propres forces ; mais uniquement sur la puissance de Dieu, et la vertu de Son Saint Nom, qui est terrible aux Démons.

Vêtu de son plus beau surplis et de son étole violette, l'abbé Bailly portait une croix. Il s'était arrêté à l'entrée de la maison du bailli de Montréal. Là, il avait récité une oraison et aspergé la porte d'eau bénite.

Sur quoi Ursule, la domestique, ou plutôt la magicienne, la sorcière, s'était montrée et avait déversé sur l'abbé une diatribe de mots incompréhensibles dans une langue étrangère ou étrange, ressemblant à du mauvais latin. « De l'italien », avait avancé timidement quelqu'un, mais qui s'était vite tu, foudroyé par vingt regards.

Traçant des signes de croix sur son front, sa bouche et sa poitrine, lançant en direction de la vieille femme de grands coups de goupillon, coiffant enfin le bonnet porté par les prêtres dans le chœur des églises, l'exorciste avait solennellement ordonné au prince des ténèbres, « retenu dans ce corps par art Magique ou par quelque Signe ou Instruments de Maléfice », de se retirer.

Jeanne Gagné, la femme du bailli, était alors sortie en trombe. Elle s'était littéralement jetée sur le prêtre pour le chasser. Les spectateurs de cette scène avaient jugé blasphématoire son comportement de colère.

Néanmoins les autorités ecclésiastiques avaient sévèrement condamné l'attitude de l'abbé Bailly : au nom de quel motif sérieux s'était-il autorisé à procéder à semblable rite ?

Pour se justifier, il invoqua deux paroissiens de confiance, Jean Petitjean, le charpentier de la communauté, et Thècle-Cornelius Aubrenan, domestique chez le gouverneur, M. de Callière. Ceux-ci lui avaient rapporté qu'aux noces de leurs enfants – Raphaël Petitjean avait épousé Charlotte Aubrenan –, ils avaient surpris la vieille Ursule « nouant l'aiguillette » du marié.

Le nouage de l'aiguillette était un maléfice qui empêchait le nouvel époux de consommer le mariage en le rendant impuissant. La pratique était courante en France depuis plus d'un siècle. Elle avait plus d'une fois été condamnée par des synodes et conciles provinciaux, dont le dernier était celui de Saint-Malo, en 1620. Il suffisait qu'au passage du cortège nuptial le « noueur » garde les mains dissimulées sous un chapeau et fasse avec une ficelle autant de nœuds qu'il souhaitait d'échecs au nouveau marié dans ses efforts amoureux. À Montréal, on se souvenait de René Besnard que sa fiancée, Marie Pontonnier, avait délaissé pour épouser l'armurier Pierre Gadois. Par dépit, l'amoureux abandonné avait noué l'aiguillette de son rival pendant la cérémonie du mariage, célébré le 12 août 1657 à l'église paroissiale, à l'Hôtel-Dieu. En conséquence, le couple Gadois était resté stérile. Le gouverneur d'alors, M. de Maisonneuve, avait fait comparaître Besnard devant la justice. Le coupable avoua avoir convaincu la jeune femme de coucher avec lui afin de dénouer l'aiguillette de son mari et d'écarter le mauvais sort.

Le chapelain Bailly affirmait en outre que, la nuit, on entendait chez le bailli des tintamarres inexpliqués et des bruits insolites, des incantations psalmodiées en langue inconnue par la domestique. Plusieurs paroissiens avaient clairement ouï cela en passant sous les fenêtres de Vadeboncœur.

Au vu des raisons invoquées par l'abbé Bailly pour se justifier d'avoir de son propre chef pratiqué un exorcisme, Mgr de Saint-Vallier avait demandé à ses supérieurs de le rappeler en France, avant que « ses visions chimériques, ses ridicules prétentions et ses extravagantes croisades n'égarent le mysticisme des Montréalais ».

Rien de cela n'avait empêché que, peu après, circulent de nouveaux dires concernant la domestique de Jeanne Gagné. Le fils du bailli, racontait-on, était affecté d'une maladie que les chirurgiens Nicolas Colson et Jean Thévenet ne pouvaient catégoriquement identifier. Ils avaient confusément diagnostiqué une « manière de coqueluche tournant en pleurésie ». Des soldats de la garnison qui servaient à Québec en 1661 s'étaient souvenus que, en cette année-là, une maladie s'était attaquée à tous les enfants blancs et sauvages, et en avait emporté plusieurs. Jean Madry, alors chirurgien de l'Hôtel-Dieu, appuyé par le père Le Jeune, avait attribué à quelque sorcier cette épidémie qui s'apparentait à une sévère pleurésie.

Le caractère fermé de Jeanne, les imprécations d'Ursule firent qu'une opinion s'établit : la maison du bailli était, dans tous les cas, demeure du malheur. Pour confirmer cette assertion, le jeune Jean Gagné mourut de son mal mystérieux.

Quand on sortit de la maison maudite le cadavre de l'enfant, il était boursouflé comme un noyé et sa peau était tavelée comme celle d'un vieillard. Le cortège qui l'accompagna jusqu'à l'église Notre-Dame fut pris d'hystérie quand, les yeux rougis d'exaltation, une vieille femme s'écria :

– C'est elle ! C'est elle !

Elle, c'était non pas Ursule, la domestique, mais Jeanne elle-même, qui se joignait à la procession funèbre qui devait conduire la dépouille de son fils sous le clocher neuf dont le doigt rigoureux semblait une condamnation.

On s'offusqua qu'elle osât pleurer. Elle incarnait le mal, elle était la mort. Elle avait, à la longue, suscité tant de haine qu'on ne voyait plus chez elle que ce qu'on avait décidé d'y voir. Elle dut rebrousser chemin. Des voix la couvrirent d'insultes :

– Qu'elle rentre ! Qu'elle se cache avec sa sorcière !

Finis les suppositions et les doutes ! Un crime avait été commis, il fallait châtier au plus tôt pour éviter qu'il n'y ait d'autres victimes. Le pauvre garçonnet mort n'avait-il pas une jeune sœur ?

Bénigne Basset remplissait toujours la fonction de bailli par intérim en attendant le retour de Vadeboncœur, dont il ignorait encore la démission. Devant les pressions de la population, le vieux tabellion essaya de réfléchir dans le même esprit que Vadeboncœur : en s'efforçant de résister à la folie collective qui provoquait chaque jour des attroupements devant la grande maison de la rue Saint-Paul.

Une communication du gouverneur lui enjoignit d'agir au plus tôt, dans un sens ou dans l'autre : ou bien mettre sous arrêts la domestique, suivre la procédure en vue d'un procès et lui faire subir la question ; ou bien démontrer que toute l'histoire résultait d'une énorme confusion, qu'Ursule n'était que laide, bête et italienne — auquel cas il devrait chasser les attroupements devant la maison Vadeboncœur.

Les annales judiciaires de la colonie contenaient peu de condamnations pour sorcellerie. Certes, les Français, les Charentais et les Poitevins, surtout, avaient gardé certaines croyances de leur pays. Mais les gens de la Nouvelle-France étaient en général demeurés sceptiques en matière de sorcellerie. Il en allait différemment chez les Anglais de la Nouvelle-Angleterre : là-bas, on attribuait des vertus démoniaques à toute pratique le moindrement occulte. Rien qu'en trois mois et demi, du 1er juillet au 16 septembre 1693, on y avait procédé à la mise à mort de vingt personnes accusées de sortilèges, et on en avait torturé cinquante-cinq autres sous le même prétexte. En revanche, à Québec il n'y avait eu que trois procès pour maléfice entre les années 1608 et 1659, et un seul sorcier avait été déclaré coupable et « arquebusé » à l'été 1661.

Il n'en demeurait pas moins que si, demain, la fillette du bailli connaissait le même sort que son frère…

Telle était l'atmosphère à Montréal le jour où le canot de Vadeboncœur et de Mitionemeg accosta.

Et quand Vadeboncœur, revenu chez lui, apprit de quoi il retournait, il se frotta les yeux des deux poings comme un enfant mal éveillé.

— Mais qu'est-ce qui se passe ? s'enquit-il avec stupéfaction.

Une partie de ceux qui l'avaient accueilli au port l'avaient suivi. On les entendait piailler dehors. Vadeboncœur était épuisé. Des cernes gris et moites soulignaient les contours de ses yeux. La fatigue altérait sa voix autant que l'émotion. Il ressortit aussitôt et alla droit chez Bénigne Basset.

— On me dit que mon fils est mort et que ma maison est condamnée ?

Il abattit son poing sur une table.

— Mais, morbleu ! Que sont toutes ces histoires ? Que veulent ces gens qui me collent aux mollets, et les autres, devant chez moi ?

Il passa le revers d'une main sur ses lèvres où la colère laissait une écume sèche, et haussa encore le ton.

— Et mon fils ? Est-il vrai que mon fils Jean est mort ? Et enterré ?

Il se débattait comme si on l'avait cerné de toutes parts. Bénigne Basset ne l'avait jamais vu dans un tel état, si désespéré, si impuissant devant les événements. On aurait dit qu'il se refusait à voir la vérité, qu'il préférait plutôt éclater. Cependant, il finit par se dominer, s'assit et, regardant le tabellion droit dans les yeux, lui demanda :

— Racontez, vous. Tout.

Bénigne Basset lui livra tout ce qu'il savait, y compris ce qu'il en pensait. Cela prit une bonne heure.

Vadeboncœur partagea l'indignation de sa femme. Il trouva intolérable que l'opinion publique eût interdit à celle-ci d'assister aux obsèques de son propre enfant. Il ne comprenait plus rien à Montréal. Il s'attendait à plus de discernement.

— Lorsque se manifestent des forces obscures, fit observer Basset, aucun raisonnement ne tient plus. La sagesse des uns est raillée par la croyance des autres. C'est un peu comme la foi religieuse : vous et moi, nous croyons aux mystères de l'Église, mais notre raison ne participe en rien à cette conviction.

– Et qu'allez-vous faire ?

Le bailli par intérim haussa les épaules. Vadebon-cœur réfléchit à haute voix :

– Tout cela est sans fondement sérieux. C'est ridicule. Si je vous disais que la mort de mon fils était, en un sens, prévisible ? Il souffrait depuis sa naissance de toutes sortes de maux. Vous-même l'avez vu à plusieurs reprises dans un état de grande faiblesse. Dès qu'il se dépensait, qu'il s'agitait un peu, on aurait dit que le souffle lui manquait. Nous devions lui interdire de se lever des jours durant, de peur qu'un effort de plus ne le tue…

Dans l'affliction, il se débattait pour ne pas donner l'image d'un homme qui abdique. Il pensait à Marie-Ève et aurait voulu le chaud réconfort de ses bras, de son corps, de sa voix.

Il fut reconnaissant à Basset de s'être abstenu d'agir jusqu'ici.

– Il m'a fallu, dit Basset, résister aux incitations, aux pressions de part et d'autre, même du gouverneur.

– C'est ma famille. Ce sont mes affaires, je les prends en main.

Basset se réjouit de voir une expression résolue éclairer le visage de son jeune ami. Il trouverait la solution, quel qu'en soit le prix.

Dans la rue, en sortant de chez Basset, Vadebon-cœur dévisagea les gens qu'il croisait. Il cherchait des alliés, des complices. Il en trouvait peu. Il devinait qu'on se retournait sur son passage, qu'on échangeait des commérages, qu'il était le centre d'intérêt dans la ville. Rue Saint-Paul, plusieurs commerçants se tenaient sur le seuil de leur boutique. Ceux-là, du moins, le considéraient comme un homme, avec respect. Il s'en trouva même un pour lui sourire franchement.

Un groupe jacasseur s'était agglutiné devant sa maison. Des enfants tournaient en farandole, tandis que les adultes laissaient parler la hargne.

À son arrivée les gens s'écartèrent. Il passa entre deux rangs de masques muets, sans en ressentir la moindre gêne. Il constata qu'on avait endommagé sa porte : des éraflures marquaient le bois en plusieurs endroits. Il se donna quelques secondes de répit avant de plonger dans la pénombre du vestibule. Des regards hostiles lui brûlaient le dos. Comme si sa maison avait pu être réellement un repaire de sorcières.

Il entra.

Son chien vint renifler ses bottes de peau qu'il n'avait pas retirées depuis deux jours. Il le caressa derrière les oreilles. La bête grogna de plaisir. Quand il atteignit son cabinet de travail, il aperçut Ursule qui, le visage crispé, disparut dans la cuisine. Il entendit la porte d'entrée qui s'ouvrait de nouveau. C'était Mitionemeg, l'ami des mauvais comme des bons jours.

Vadeboncœur gagna la chambre de sa femme qu'il trouva couchée. Les somptueux rideaux qu'elle avait rapportés de Paris plongeaient la pièce dans un demi-jour bleuté. Il ne pouvait reculer davantage le moment de parler à Jeanne, mais il ne savait par où commencer.

— Il a souffert ?

— Beaucoup moins que si Ursule ne l'avait pas veillé à chaque seconde, pendant près d'une semaine.

Elle lui opposait une forme d'inimitié, comme si elle s'était méfiée de lui au plus haut point. Il prit cependant un ton encore plus doux pour demander :

— Jeanne, que s'est-il passé, vraiment ? On m'a raconté…

— Alors demande-le-leur, ce qui s'est passé, à tes raconteurs ! Qui suis-je, moi ? L'étrangère ! La Parisienne ! Une adepte de Satan !

— Tu es malade ? s'enquit-il du même ton égal, par diversion.

— On le serait à moins !

Il se pencha vers elle :

— Jeanne…

Mais il s'interrompit net. Sur la table de chevet, il venait d'apercevoir un livre dont le titre le fit frémir jusqu'au cœur. Paralysé, haletant, il ne pouvait détacher ses yeux des mots terribles qui se mettaient à danser dans sa tête : *Traitement des Maladies par Secrets et Drogues.*

— Que fait ce livre ici ? dit-il d'une voix altérée.

— C'est une innocente pharmacopée qui appartient à Ursule.

Vadeboncœur prit le volume, le retourna, l'ouvrit. Dès la première page, il découvrit des strophes dans une langue inconnue. Elles étaient accompagnées d'indications destinées à ceux qui devaient les prononcer. Il frissonna à la seule idée d'en lire le contenu. Il était persuadé que la seule lecture de ce grimoire constituerait un sacrilège. Il referma l'ouvrage avec violence. Le claquement fit sursauter Jeanne.

— Ce n'est pas une pharmacopée, c'est un grimoire, dit-il durement.

Au lieu de baisser la tête sous l'accusation, Jeanne se redressa. La colère gonflait les veines de son cou et de ses tempes.

– Qu'est-ce que tu crois ? Que j'allais confier notre fils aux charlatans de ce pays perdu, de cette colonie d'ignorants ? Quand mon père a ramené Ursule d'Italie – son vrai nom est Maria Benetti –, il connaissait ses dons de guérisseuse. Il la prit dans notre maison précisément pour cette raison. Il m'a toujours dit que cela le rassurait de la savoir près de moi.

C'était donc vrai ! Ou, si ce n'était pas exactement vrai, ce qu'on disait à Montréal était assez proche de la réalité pour que les deux femmes soient mises sous arrêts et accusées de pratiques maléfiques. Il ne croyait cependant pas que le comportement blâmable de sa femme et d'Ursule ait pu, en aucune manière, entraîner la mort de son fils. Mais cela n'allégeait guère leurs responsabilités devant la population et même devant la justice.

Il quitta le chevet de Jeanne sans un mot. Il était déjà absorbé par la recherche d'un terme raisonnable à la situation. Il gagna son bureau et y resta jusqu'à une heure tardive de la nuit.

Au matin, il alla proposer à Basset le remède qu'il avait trouvé. Il livrerait sous serment une version acceptable des faits et prierait son vieil ami de venir rencontrer chez lui la domestique.

Il avertit Ursule de son intention. Il lui indiqua qu'elle n'aurait qu'à dire la vérité : elle avait veillé le jeune garçon jusqu'à sa mort, jour et nuit, sans intervenir, car elle n'aurait su que faire. La servante donna son consentement ; mais comment savoir ce que cachait cette mine de plâtre qui ne la quittait jamais ? Vadeboncœur était persuadé qu'il parviendrait à réhabiliter les deux femmes dans l'esprit de tous.

Chez le tabellion, il déclara que la langue inconnue, proche du latin, qu'utilisait la domestique était bien en fait le dialecte italien d'une région isolée. Quant aux bruits inaccoutumés entendus pendant la nuit, ils résultaient de courses entre le chat et le chien de la maison. Il insista sur l'état maladif chronique de son fils. Il justifia la violente réaction de sa femme contre la tentative d'exorcisme de l'abbé Bailly : accepter l'intervention du religieux aurait signifié pour elle avouer le crime de sorcellerie.

Il se rendit ensuite chez Jacques Le Ber à qui sa femme avait confié leur fille, Charlotte. Il découvrit qu'on avait caché à celle-ci la mort de son frère. Il remit à plus tard l'annonce qu'il lui ferait de la nouvelle.

Son retour à Montréal, il le sentait, entraînait peu à peu un retournement au sein de la population. On savait qu'il n'était pas homme à fuir ses responsabilités. Les rassemblements devant sa demeure avaient pris fin. On décelait les premiers signes d'un mouvement de sympathie à son égard.

Pour sa part, il estimait agir conformément à son devoir. Il devait prendre la défense des siens et sauver sa famille. Jeanne méritait qu'il la protège malgré elle. Elle était sa femme.

Quelques jours plus tard, Bénigne Basset sortait du bureau de Vadeboncœur. Il venait d'y interroger Ursule en présence du sergent-huissier Jean Petit-Boismorel. Le tabellion était sombre. Il rejoignit Vadeboncœur, qui lui avait appris son désir de démissionner.

– Elle voudrait proclamer qu'elle est sorcière, qu'elle ne s'y prendrait pas autrement. Elle prétend que, sans elle, votre fils aurait souffert bien davantage.

– Où est le mal ?

– Le mal commence lorsqu'elle précise les métho-des qu'elle utilisait pour écarter la souffrance : des incan-tations, des attouchements, l'application d'une étrange amulette sur la poitrine du malade, l'immersion de celui-ci dans une cuve d'eau bénite, si l'on peut dire ! par elle… Elle a précisé qu'elle a reçu l'aide de votre femme pour maintenir votre fils dans cette eau miraculeuse, froide comme les pierres !

Basset soupira :

– Même si je sais pertinemment que votre présence ici nous préserve de la répétition de telles pratiques à l'avenir, l'huissier fera rapport et…

Il se tut. Vadeboncœur pressentait la suite : Ursule devrait subir la question, elle avouerait son crime et, en conséquence, serait brûlée vive. Jeanne, pour sa compli-cité, serait bannie. Il fallait coûte que coûte éviter sem-blable catastrophe. Il jouerait sa réputation, il se ruine-rait, mais il trouverait un moyen.

– Pourquoi n'iriez-vous pas voir le gouverneur ? suggéra le notaire. Vous, un ancien bailli… M. de Fron-tenac vous écouterait. Sûrement…

– N'en soyez pas si assuré, répliqua Vadeboncœur.

– On pourrait tenter alors d'en parler à l'évêque.

– Que voulez-vous dire ? demanda Vadeboncœur, prêt à accueillir toute proposition susceptible de le sor-tir de l'impasse.

– Le crime de sorcellerie relève davantage de l'Église que de l'État. Peut-être pourriez-vous persuader l'abbé de Casson d'envoyer une rogation auprès de Mgr de Saint-Vallier.

– Pour le convaincre de l'innocence d'Ursule ? Mais sa déposition signée, sur laquelle elle est bien trop obtuse pour revenir, démolira toutes nos prétentions.

– C'est que… je ne dis pas qu'il faut plaider l'innocence. Au contraire.

Vadeboncœur le regarda en fronçant les sourcils.

– Je ne vous suis plus du tout, mon cher Basset. Expliquez-vous.

– Condamner et exécuter publiquement une sorcière, c'est reconnaître l'existence et la puissance du Mal. Il est fort possible que Mgr de Saint-Vallier souhaite une solution plus discrète.

Il ne fallait pas perdre de temps ; Basset proposa :

– Si nous allions ensemble, maintenant, voir l'abbé de Casson ?

Chemin faisant, Bénigne Basset apprit à Vadeboncœur le dernier projet du sulpicien architecte et ingénieur :

– Il fera canaliser les rapides de Lachine, afin de permettre aux embarcations de se rendre jusqu'au port, sans étape de portage.

– Ce sera excellent pour le commerce, constata Vadeboncœur.

Ils marchaient sur la banquette de bois. Le bruit des pas des promeneurs ressemblait à un long roulement de tambour. Ils arrivèrent rue Saint-Paul. Celle-ci n'avait plus l'exclusivité des commerces, des boutiques et des ateliers. Il s'en était ouvert rue Notre-Dame et dans les rues transversales aboutissant au port. Ainsi Montréal devenait-elle la métropole qu'avait prévue la Société de Notre-Dame. Selon le recensement de cette année-là, la colonie comptait douze mille sept cent quatre-vingt-six habitants. La guerre avec l'Iroquois se faisait moins âpre, plus sporadique et, depuis leur dernier échec, les Anglais ne menaçaient plus le pays avec la même intensité.

Le père du gouverneur de Montréal, Louis-Hector de Callière, était lui-même gouverneur de Cherbourg. Auprès de lui, son fils avait beaucoup appris. Son expérience de meneur d'hommes et d'administrateur s'était accrue alors qu'il était capitaine du régiment de Navarre, en France. Au Canada, il se révélait un excellent chef. On parlait déjà de lui comme futur gouverneur de la Nouvelle-France, ce qui tendait à démontrer qu'il avait réussi à amenuiser les divergences entre Québec et Montréal. De surcroît, sa réputation d'« homme de fer » s'était répandue chez les tribus indiennes ennemies des Blancs. Ces dernières avaient cessé de considérer les habitants de Montréal comme du gibier facile. En somme, l'avenir s'annonçait heureux et plein d'espoir, songeait Vadeboncœur tout en marchant ; la France neuve serait bientôt aussi forte que la vieille.

L'abbé de Casson se rallia au sage jugement de Bénigne Basset. Il estima, lui aussi, qu'il fallait réduire en cendres cette histoire de sorcellerie ailleurs que sur un bûcher, place Notre-Dame. Était-on des sauvages, pour dresser comme eux des poteaux de torture ? Il irait lui-même plaider auprès de l'évêque la cause de la famille Gagné.

Il s'embarqua sur le bac suivant et revint quinze jours plus tard. Le gouverneur fut la première personne informée du verdict de Mgr de Saint-Vallier. L'abbé rendit ensuite visite à Vadeboncœur et à Bénigne Basset.

— Mgr de Saint-Vallier s'est rendu à nos arguments.

— Bonne nouvelle ! s'exclama Vadeboncœur.

— Attendez la suite, ordonna le religieux. Monseigneur recommande d'éviter tout procès et toute exécution, qui ne feraient qu'entretenir la population dans l'idée du règne du diable parmi nous. Cependant, il ordonne que les coupables soient bannies de la Nouvelle-France…

Vadeboncœur ouvrit la bouche pour s'indigner. Mais Dollier de Casson lui imposa le silence :

— Vous m'écouterez jusqu'à la fin. Vous n'avez pas le choix, moi non plus. Toutes vos protestations sont inutiles. On ne peut à la fois être et ne pas être coupable. Vous, ancien bailli, vous savez aussi bien que moi qu'à tout crime il faut châtiment.

Voyant Vadeboncœur plus disposé à écouter, il revint aux directives du chef de l'Église canadienne :

— Donc, il faut bannir ces deux femmes. Vous devrez demander l'annulation de votre mariage avec Jeanne… ou partir avec elle. Il y a là une logique irréfutable : on ne peut être l'époux d'une sorcière et bon catholique. Choisissez.

— Mais Jeanne n'est pas sorcière ! Le délire d'une population ne prouve rien. Et ce n'est pas non plus un crime que de parler un dialecte italien bâtard. Pas plus que de croire, d'ailleurs, à une certaine médecine… populaire !

— Attention ! Si vous parliez ainsi en présence du gouverneur, du sergent-huissier ou de je ne sais qui, on vous mettrait sous arrêts.

Bénigne Basset se souvint du petit Pierrot qui suivait son père aux foires annuelles de l'été. Il prit un ton paternel pour dire à Vadeboncœur, en le tutoyant :

— Tu n'as pas le choix. Tu dois accepter l'idée que ta femme et cette vieille Italienne ont accompli des gestes condamnables. Personne ne prendra plus ta défense si tu te ranges de leur côté. Ta domestique est une adepte de la magie, Vadeboncœur ! Cesse de te faire des illusions.

Des illusions ?... Vadeboncœur regarda Bénigne Basset, puis le prêtre. Il hocha la tête et ébaucha un mouvement du bras. C'était le geste du passage, cher à Mitionemeg. Peut-être ces deux-ci le prendraient-ils pour un acquiescement à la soumission. Libre à chacun d'avoir ses illusions.

Il n'était déjà plus là. Il entendit la voix ronde de Basset :

— Il saura faire face, je vous en donne ma parole, monsieur l'abbé. Ce n'est pas pour rien que Pierre Gagné est son père...

Basset aurait pu tout aussi bien parler d'un autre, s'il n'y avait eu ce dernier mot. Mais Vadeboncœur était fils de son père, oui.

Lentement il se leva et, sans un mot, il sortit.

Chapitre LIV

Enfermée dans le silence, Thérèse veillait Pierre Gagné depuis le matin. Neuf mois maintenant, et l'agonie n'en finissait pas. On ne savait toujours pas si le malade pouvait entendre, voir. On ne savait pas si on parlait à un être humain ou à une chose. Dans le manoir, chacun marchait sur la pointe des pieds et ne s'exprimait plus que par chuchotements. C'était le silence des églises, ou des tombes.

Une tempête de neige voilait le jour. Seules les lueurs mordorées du grand âtre éclairaient la pièce.

Thérèse se tenait droite, attentive. Sous son casque de cheveux blancs, sa silhouette gardait toutes les lignes d'une éternelle jeunesse. Qui ne l'aurait pas connue et l'aurait aperçue debout, comme parfois, derrière la fenêtre, l'aurait prise pour une châtelaine au plein de la vie et douée de la force sereine des êtres bien nés.

Étant à l'âge où l'on se choie, ou, au contraire, se néglige, elle portait un long vêtement de laine qu'elle avait coupé et cousu de ses mains. C'était une robe grise à parements verts qui, à force d'être portée, épousait le corps avec une vieille et infinie tendresse. Ce mariage était une élégance.

Au cours des mois, un peu de la torpeur des manoirs avait gagné Thérèse. La seule chose que le temps n'avait pas usée en elle et qu'elle redécouvrait sans cesse intacte, c'était le profond attachement que son cœur conservait en secret pour Pierre, et qui la reliait à ce grand corps inerte, créant entre eux une sorte d'étrange connivence, à ce point profonde qu'elle était convaincue qu'il ne mourrait pas hors de sa présence et que, dans l'instant où il rendrait ce qui lui restait de vie, même s'il n'en donnait aucun signe, elle saurait. Mais cela, elle ne le disait à personne. Seule Élisabeth s'en doutait certainement. Bizarrement, elle, c'était à Thérèse qu'elle tenait par tout un réseau de perceptions muettes. Pour ce qui était de Pierre, elle avait rendu les armes, depuis le jour où celle qu'elle considérait maintenant comme son amie s'était installée dans ce fauteuil à côté du moribond.

Il fallait du bois sur le feu. Thérèse se leva. On sentait partout la présence du grand froid. On croyait le voir rôder autour des arbres blessés et comme pétrifiés, on l'entendait essayer de s'infiltrer le long des chevrons du toit ou par le moindre interstice.

Après avoir nourri le feu, elle revint s'asseoir. Ses doigts tressaillaient sur les bras de son siège : c'était le seul signe qui trahissait son âge, cette impatience des vieilles mains de ne plus pouvoir être vraiment bonnes à quelque chose.

Elle essaya de percevoir quelque part un mouvement, un bruit, indiquant la présence des autres. Pourtant le manoir était peuplé maintenant ; il s'en était passé des choses en neuf mois !

Un jour, on avait vu arriver Vadeboncœur. Tout de suite, avec son espèce de calme rudesse, il avait dit qu'il venait pour rester. Ce jour-là, il avait passé plusieurs heures en tête-à-tête, si l'on pouvait dire, avec le corps qui se trouvait dans le fauteuil ; on avait compris qu'il fallait les laisser seuls. Plus jamais il n'avait recommencé cette station, comme si le père et le fils s'étaient tout dit en cette seule fois.

Ensuite, il avait raconté. Laconiquement. Le départ de Jeanne pour la France avec Ursule. La maison de la rue Saint-Paul vendue. L'achat de l'ancien commerce de Charles Le Moyne, sieur de Longueuil. Et puis le Bout-de-l'Isle. En s'installant au manoir avec sa fille Charlotte, son premier soin avait été de rechampir une bonne partie des boiseries, comme si, par ce nouveau décor et l'odeur de neuf, il avait voulu affirmer la vie et donner un démenti à la mort.

Son arrivée avait réjoui Thérèse. Sa présence assurait la survie de la solide demeure. Pierre, qui l'avait construite, conservée, défendue la transmettait intacte à son fils.

Marie-Ève n'avait pas tardé à rejoindre sa mère et Vadeboncœur. Par une belle journée rouge d'automne, celui-ci l'avait ramenée avec les enfants. Depuis, Charlotte et Olivier avaient leur lieu de jeu et de tapage à un bout de la maison d'où on ne les entendait pas. Louise-Noëlle promettait.

D'accord avec Vadeboncœur, Marie-Ève avait renvoyé la plupart des domestiques. Mathurin Regnault et sa famille déboisaient. Plus tard, ils défricheraient le fief de l'île. Il ne manquait pas de travail pour les tenir dehors à la bonne saison. La veuve de M. de Salvaye entendait qu'aucun étranger ne puisse déranger sa chaude intimité avec Vadeboncœur. Depuis le temps…

Vadeboncœur lui fit cependant accepter l'engagement d'Isidore Viens, pour aider à la ferme. Sinon,

avait-il expliqué, autant vendre les bêtes et les bâtiments. Qu'en eût pensé son père ? Il avait regardé le
grand corps : son immobilité parlait. Marie-Ève s'était
inclinée.

Thérèse, en voyant ses enfants réunis, pensait que
l'héritière du bonheur qu'elle-même n'avait pas obtenu,
c'était sa fille. Elle était sûre aussi que, en quelque sorte,
Pierre approuvait.

La plus heureuse était sans doute Élisabeth : elle
n'était plus seule, ne le serait jamais plus.

Thérèse était debout près de la fenêtre, regardant
tournoyer les myriades de flocons, lorsque Pierre s'éteignit. Elle se tourna à temps. Le médecin avait craint
une mort très dure. Mais elle n'avait jamais douté que
cela pût se passer autrement qu'ainsi : juste un léger frémissement, suivi d'une immobilité définitive. Parce qu'il
en restait si peu à Pierre, la vie s'en alla dans un soupir.
Mais Thérèse était certaine qu'à ce même instant le vent,
quelques secondes, retint son souffle en hommage au
sieur des lieux.

Elle resta longtemps – plus d'une heure, pensa-t-elle
ensuite – seule avec lui, sans prévenir les autres. La vie
lui devait bien ce privilège. Pleura-t-elle ? Non. Elle
était de celles qui crient et tempêtent, mais ne pleurent
pas. Mais à un moment, elle se mit à trembler comme
une feuille à laquelle la saison coupe sa dernière sève.
Elle venait de comprendre qu'elle avait perdu le dernier
complice d'une vie têtue qui avait toujours refusé de se
rendre. Les *grands* comme Pierre étaient tous morts.
C'était la fin d'un monde et d'une époque. Le monde et
l'époque des pionniers.

Quand elle eut fini de trembler, elle alla prévenir les autres, puis se retira.

Ils vinrent sans hâte. Ce n'était pas une surprise. Des enfants, seul Olivier fut admis dans le cabinet de travail. Ils demeurèrent tous plantés là, gauches et inutiles, devant le grand cadavre.

Élisabeth réussit à ravaler ses larmes jusqu'à ce que l'idée de son deuil rejoigne sa raison ; alors elle éclata en sanglots. De nouveau, elle se sentit seule. Elle les regardait : qu'était-elle pour eux ? Rien. Vadeboncœur n'était pas son fils et les deux autres étaient des Cardinal ; mais entre ces trois il y avait une complicité. Elle n'était qu'une Benoist. Elle eut soudain envie de se laisser aller et chancela. Vadeboncœur, croyant à un malaise, s'empressa de la soutenir. À un geste de recul qu'elle eut, il comprit. Il lui prit les mains et lui dit doucement :

– Mon père était Français, mais vous et moi, les enfants, Marie-Ève, nous sommes Canadiens…

Voyant qu'elle n'y était pas, il reprit :

– Vous êtes de la famille, Élisabeth. La grande famille dont aurait voulu être mon père, votre mari. Ce pays.

Cette fois, contre son épaule elle pleura plus librement, puis balbutia une excuse et sortit.

Vadeboncœur revint alors vers Marie-Ève. Elle avait posé une main sur la tête de son fils Olivier. Il y ajouta délicatement la sienne, qu'elle recouvrit légèrement. Puis elle se dégagea, porta un doigt à ses lèvres et entraîna Olivier pour que les deux hommes, le vivant et le mort, soient seuls.

Quand elle eut refermé la porte, il s'avança tout près du corps. Il regarda le masque : même dans cette paix, il restait celui d'un guerrier ou d'un lutteur. Il n'avait jamais abdiqué de son vivant ; il avait entrepris une œuvre, cru à un avenir, à un peuple, à une nation. Il avait donné son sang, sa sueur, il avait défriché, bâti.

Vadeboncœur mit un genou en terre. Il prit la main droite du mort et la tint sur son front pendant qu'en silence il faisait serment. C'était un serment confus, car il ignorait les dernières volontés de son père, s'il avait eu le temps de les consigner, ce dont il doutait — la foudre avait frappé trop tôt. Resterait-il au manoir ? Et qu'eût pensé le mort de ses ambitions de commercer ? Le trahissait-il en pressentant un monde nouveau ? Non, puisqu'il entendait s'y jeter en pionnier, par l'action.

Il se releva. La fidélité dont il avait fait serment, c'était à lui-même qu'il l'avait jurée. Mais ce faisant, il était sûr maintenant de ne pas trahir son père.

Marie-Ève revint. Elle le rejoignit. Main dans la main, ils se tinrent l'un contre l'autre, veillant le grand mort. Ils pouvaient voir par la fenêtre la neige folle. Le vent soufflait en tempête.

Ce fut Isidore Viens qui, se rendant à l'étable en pleine fureur des éléments, découvrit, dans le sentier menant au fleuve, le corps gelé.

Rigide comme une statue de glace renversée par un ouragan, Thérèse, le visage dans la neige, semblait dormir.